Kate Mosse

Die Stadt der Tränen

Weitere Titel der Autorin:

Die brennenden Kammern

Titel auch als Hörbuch erhältlich

KATE
MOSSE

DIE
STADT
DER
TRÄNEN

Übersetzung aus dem Englischen
von Dietmar Schmidt

LÜBBE

Dieser Titel ist auch als Hörbuch und E-Book erschienen

Titel der englischen Originalausgabe:
»The City of Tears«

Für die Originalausgabe:
Copyright © Mosse Associates Ltd 2020

Christopher Marlowe: Das Massaker von Paris/Die Historie des Doktor Faustus.
Deutsch von Dietrich Schamp. Buchholz in der Nordheide 1999
Mit freundlicher Genehmigung durch Verlag Uwe Laugwitz.
John Milton: Das verlorene Paradies, Erster Gesang (1667),
nach der Übers. von Adolf Böttger

Für die deutschsprachige Ausgabe:
Copyright © 2021 by Bastei Lübbe AG, Köln
Textredaktion: Katharina Rottenbacher, Berlin
Umschlaggestaltung: Johannes Wiebel | punchdesign, München
Umschlagmotiv: © ivgroznii/shutterstock.com; RedDaxLuma/shutterstock.co;
Lava 4 images/shutterstock.com; Magnia/shutterstock.com;
Picsfive/shutterstock.com; © P Deliss / Godong/akg-images.de
© FALKENSTEINFOTO/Alamy Stock Photo
Satz: Dörlemann Satz, Lemförde
Gesetzt aus der Berkeley
Druck und Einband: GGP Media GmbH, Pößneck

Printed in Germany
ISBN 978-3-7857-2695-2

5   3   1   2   4

Sie finden uns im Internet unter luebbe.de
Bitte beachten Sie auch: lesejury.de

Wie immer für meine Liebsten
Greg & Martha & Felix

Und für Peter Clayton
20. Juni 1964 – 18. Juni 2018
Sehr vermisst

Doch Er, der über Wolken sitzt und herrscht,
Er höret die Gebete der Gerechten –
Und wird das Blut der Unschuldigen rächen,
Die je der Guise mit Heimtücke erschlug
Und vor der Zeit durch Mord ums Leben brachte.

Christopher Marlowe
Das Massaker von Paris (1593)

Es ist der Geist sein eigner Raum, er kann
In sich selbst einen Himmel aus der Hölle,
Und aus dem Himmel eine Hölle schaffen.

John Milton
Das verlorene Paradies, Erster Gesang (1667)

INHALT

Historische Anmerkung

Als Hugenottenkriege bezeichnet man eine Reihe von Bürgerkriegen in Frankreich, die nach jahrelang schwelenden Konflikten am 1. März 1562 begannen: Bei dem Blutbad von Wassy metzelten katholische Soldaten des Herzogs von Guise, François de Lorraine, unbewaffnete Hugenotten nieder. Erst nachdem mehrere Zehntausende Menschen getötet oder vertrieben worden waren, endeten die Kriege am 13. April 1598 mit der Unterzeichnung des Edikts von Nantes durch den ehemals protestantischen König Henri IV. Der bekannteste Vorfall der Hugenottenkriege ist die Bartholomäusnacht in Paris, ein Massenmord, der in den ersten Morgenstunden des 24. Augusts 1572 begann, doch sowohl vorher als auch nachher geschahen ähnliche Massaker in Städten und Dörfern in ganz Frankreich, unter anderem in Toulouse im Jahr 1562 (dem Zeitraum, von dem in *Die brennenden Kammern* berichtet wird). Auf die Pariser Bartholomäusnacht 1572 folgten Nachahmungstaten in zwölf Großstädten.

Die Ereignisse im Frühjahr und Sommer 1572, die zur Bartholomäusnacht und den Geschehnissen unmittelbar danach führten – der Tod Jeanne d'Albrets, die Hochzeit Marguerite de Valois' mit Henri de Bourbon, zu diesem Zeitpunkt König von Navarra, die Ermordung Admiral de Colignys und die Verantwortung für die Anordnung des Massakers selbst –, sind heftig interpretiert, um nicht zu sagen fiktionalisiert worden, und zwar durch Generationen von Librettisten, Künstlern, Regisseuren, Bühnenautoren und Romanciers, an vorderster Stelle Christopher Marlowe, Prosper Mérimée und Jean Plaidy. Die vorherrschende Auslegung der historischen Ereignisse ist Alexandre Dumas' Roman *Königin Margot* von 1845. In diesem Geiste habe auch ich mir ein gewisses Maß an künstlerischer Spekulation und Freiheit eingeräumt.

Henri IV., der erste Bourbonenkönig Frankreichs, konvertierte (zum zweiten Mal und endgültig) im Juli 1593 zum Katholizismus, um sein gespaltenes Königreich zu einigen und die ausgesprochen katholische Hauptstadt Frankreichs auf seine Seite zu ziehen. Angeblich sprach er dabei die Worte: »*Paris vaut bien une messe* – Paris ist eine Messe wert.« Im Februar 1594 wurde er in Chartres gekrönt, seine Exkommunikation ein Jahr später aufgehoben.

Bei seinem Inkrafttreten 1598 war das Edikt von Nantes womöglich weniger Ausdruck einer aufrichtigen Sehnsucht nach wahrer religiöser Toleranz als vielmehr der Erschöpfung und des militärischen Stillstands. Der Friede, den es einem Land schenkte, das sich über Fragen von Doktrin, Religion, Bürgerschaft und Souveränität zerfleischt und in den Ruin getrieben hatte, war eher zähneknirschender Natur.

Der Enkel Henris IV., Louis XIV., hob am 22. Oktober 1685 in Fontainebleau das Edikt von Nantes auf und bewirkte damit den Exodus der Hugenotten, die in Frankreich geblieben waren. Jedes Land, das die Flüchtigen aufnahm, wurde durch ihre Anwesenheit bereichert – in der Tat leitet sich der englische Begriff *Refugee* vom französischen *Refugié* ab, mit dem zuerst die Hugenotten bezeichnet wurden.

Der Achtzigjährige Krieg in den Niederlanden war nicht weniger kompliziert. Er begann 1568 als Aufstand der Siebzehn Provinzen – die heute die Niederlande, Belgien und Luxemburg bilden – gegen die Gewaltherrschaft des habsburgischen Spaniens. Unter der Führung des Fürsten von Oranien, Wilhelm des Schweigers, konnten die Invasionstruppen unter dem Herzog von Alba – der Philipp II. von Spanien unterstand – am Ende aus dem Norden und Westen des Landes vertrieben werden. Am 18. Februar 1578 wurde die *Satisfactie* unterzeichnet, die Amsterdam und Holland wiedervereinte, und am 29. Mai des gleichen Jahres wurde Amsterdam, die letzte katholische Großstadt in Holland, durch die *Alteratie* calvinistisch. Außergewöhnlich ist im Kontext der blutigen Geschichte dieser Zeit, dass dabei niemand getötet wurde. Ich habe mir in der Schilderung dieses Ereignisses ebenfalls viele Freiheiten erlaubt.

Holländer, Friesen, Zeeländer, Gelderländer und andere verstanden sich allmählich als Niederländer. Am 26. Juli 1581 unterzeichneten die Provinzen das Plakkaat van Verlatinghe, das als die Unabhängigkeitserklärung der Niederlande betrachtet wird, ein erster Schritt zur Selbstregierung. 1588 wurde die Republik der Sieben Vereinigten Provinzen gegründet, und 1609, ein Jahr vor der Ermordung Henris IV. in Paris, wurde die Republik der Vereinigten Niederlande anerkannt. Dennoch sollte es eine weitere Generation dauern, bis 1648 in Münster der Westfälische Friede unterzeichnet wurde, der nicht nur den Dreißigjährigen Krieg in Deutschland, sondern auch den Achtzigjährigen Krieg in den Niederlanden beendete und dort das sogenannte Goldene Zeitalter des 17. Jahrhunderts einleitete.

Sowohl die Entwicklung des französischen Protestantismus als auch die Anfänge der Niederländischen Republik sind Teil der Reformation in Europa, die am 31. Oktober 1517 begann, als Martin Luther in Wittenberg seine 95 Thesen an die Kirchentür nagelte. Henry VIII. von England setzte sie ab 1536 mit der Auflösung der Klöster fort, der missionarische Evangelist Jean Calvin schuf 1541 in Genf eine sichere Zuflucht für französische Flüchtlinge und Ende der 1560er Jahre in Amsterdam und Rotterdam entstanden weitere sichere Schutzorte für Protestanten. Im Mittelpunkt der Auseinandersetzungen standen das Recht, Gott in der eigenen Sprache zu verehren, die Ablehnung des Kults um Reliquien und Fürbitten, die Forderung, den Wortlaut der Bibel strenger auszulegen, der Wunsch nach schlichten Gottesdiensten auf Grundlage der Lebensregeln in der Heiligen Schrift, eine Verurteilung der Exzesse der katholischen Kirche, die viele als abstoßend empfanden, und ein Streit um die Natur der Hostie bei Kommunion und Abendmahl. Für die meisten Menschen jedoch waren solche Fragen der Doktrin sehr lebensfern.

Viele ausgezeichnete Geschichtsbücher über die Hugenotten schildern den außergewöhnlichen Einfluss dieser kleinen Gemeinschaft, eine Diaspora, die sie als kenntnisreiche Einwanderer nach Holland führte, nach Deutschland, England, Irland, in die Neue Welt, nach Kanada, Russland, Dänemark, Schweden, in die Schweiz und nach Südafrika. Der Ursprung der Bezeichnung *Hugenotte* ist unklar, allerdings gibt es Hinweise, dass es sich zu Anfang um ein Schimpfwort gehandelt haben könnte; zeitgenössische Anhänger sprachen von sich als Mitgliedern der *l'Église Réformée,* der Reformierten Kirche. Dem Fluss der Erzählung zuliebe verwende ich im vorliegenden Text jedoch die Bezeichnungen Protestant, Calvinist und Hugenotte nebeneinander.

Die Stadt der Tränen ist der zweite Band einer dreihundertjährigen Geschichte, die aus dem Frankreich des 16. ins Südafrika des 19. Jahrhunderts führt. Wenn nicht anders angegeben, sind die Figuren und ihre Familien erfunden, aber sie hätten in diesen Zeiten leben können: gewöhnliche Frauen und Männer, die vor dem Hintergrund von Glaubenskrieg und Vertreibung um ihre Liebe und ihr Überleben kämpfen.

Damals wie heute.

Kate Mosse
Carcassonne, Amsterdam und Chichester
Januar 2020

Hauptfiguren

IN PUIVERT

Marguerite (Minou) Reydon-Joubert, Châtelaine de Puivert,
    Herrin der Burg Puivert
Piet Reydon, ihr Gatte
Marta, ihre Tochter
Jean-Jacques, ihr Sohn
Salvadora Boussay, Minous Tante
Aimeric Joubert, ihr Bruder
Alis Joubert, ihre Schwester
Bernard Joubert, ihr Vater

IN PARIS UND CHARTRES

Vidal du Plessis (Kardinal Valentin), Beichtvater Henri de
    Lorraines, des Herzogs von Guise, und späterer Seigneur
    de Évreux
Louis (Volusien), sein illegitimer Sohn
Xavier, sein Verwalter und Diener
Pierre Cabanel, ein Hauptmann in der katholischen Miliz
Antoine le Maistre, ein hugenottischer Flüchtling aus
    Limoges

Mariken Hassels, eine Begine
Willem van Raay, ein reicher Kornhändler und katholischer
    Ratsherr
Cornelia van Raay, seine Tochter
Die Vorsteherin des Begijnhof (Beginenhof)
Jacob Pauw, ein katholischer Kaufmann und Ratsherr
Jan Houtman, ein calvinistischer Kämpfer während der
    Alteratie
Joost Wouter, ein calvinistischer Söldner
Bernarda Reydon, Minous jüngste Tochter

Historische Personen

Caterina de' Medici, Königin und Regentin von Frankreich,
    Mutter dreier Valoiskönige – François II., Charles IX.
    und Henri III. (1519–1589)
Marguerite de Valois, Königin von Navarra und Caterinas
    Tochter (1553–1615)
Henri de Bourbon, König Henri III. von Navarra und als
    Henri IV. erster Bourbonenkönig von Frankreich
    (1553–1610)
Admiral Gaspard de Coligny, militärischer Anführer der
    Hugenotten (1519–1572)
Henri de Lorraine, Herzog von Guise und Gründer der
    Heiligen Liga (1550–1588)

PROLOG

FRANSCHHOEK
28. Februar 1862

Die Frau liegt unter einem weißen Laken in einem weißen Zimmer und träumt von Farbe.

Hier rust. Hier ruht.

Sie ist nicht mehr auf dem Friedhof. Oder?

Die Frau ist zwischen Schlafen und Wachen gefangen, taucht aus einem Reich der Schatten hoch in eine Welt des grellen Lichtes. Sie hebt die Hand an den Kopf und spürt an ihrer Schläfe zwar die Platzwunde, findet dort aber kein Blut. Ihre Schulter schmerzt. Sie stellt sich vor, dass sie blau ist von Quetschungen, wo er sie gepackt hielt, wo seine Finger sich eingedrückt haben. Sie sieht, wie das in lohfarbenes Leder gebundene Tagebuch aus ihrer Hand auf die rote Erde des Kaps fiel. Es ist das Letzte, woran sie sich erinnert. Das und die Worte, die sie mit sich trägt.

Heute ist der Tag meines Todes.

Die Frau schlägt die Augen auf. Das Zimmer ist undeutlich und fremd, aber ein typischer Raum in einem kapholländischen Gehöft. Weiße Wände, schmucklos bis auf eine Stickarbeit mit Bibelversen. Ein Boden aus blankem Holz, eine Kommode und ein Nachttisch. Auf ihrer Reise von Kapstadt über Stellenbosch, Drakenstein und Paarl hat sie in vielen solchen Häusern übernachtet. Kapsiedlerhäuser, manche groß, manche klein, aber stets von einer Sehnsucht nach Amsterdam und dem Leben geprägt, das ihre Besitzer hinter sich gelassen haben.

17

Die Frau setzt sich auf und schwingt die Beine vom Bett. Ihr schwindelt, und sie hält kurz inne, bis die Übelkeit nachlässt. Durch die Strümpfe an ihren Füßen spürt sie den Holzboden. Ihre weiße Bluse und ihr Reitrock sind rot bestäubt, aber jemand hat ihr die Schuhe ausgezogen und ans Fußende des Bettes gestellt. Ihr Lederhut hängt an einem Haken an der Tür. Auf der Kommode steht ein Messingtablett mit einem Krug voll Kapwein – kirschrot und stark –, dazu ein Stück Weißbrot und Streifen aus getrocknetem Rindfleisch, von einem Tuch bedeckt.

Sie versteht nicht. Ist sie Gefangene oder Gast?

Auf unsicheren Füßen geht sie zur Tür und findet sie abgeschlossen vor. Von draußen hört sie das Gezwitscher eines Starenschwarms. Sie zieht die Schuhe an und geht zum Fenster. An der Innenseite des kleinen quadratischen Rahmens sind dünne Eisenstangen eingesetzt. Um sie einzusperren oder andere fernzuhalten?

Sie greift durch die Gitterstäbe und drückt die Scheibe auf. Bei Sonnenuntergang sieht der Himmel über dem Kap genauso aus wie über dem Languedoc, weiß mit einem rosa Schleier, wo die Sonne hinter die Berge gesunken ist. Die Frau kann die Kapelle am höchsten Punkt der Ortschaft sehen, ein weiteres kleines weißes Bauwerk im kapholländischen Stil mit Strohdach und spitzen Fenstern zu beiden Seiten des bogenförmigen Eingangs. Seit die neue Kirche vor einigen Jahren ihrer protestantischen Gemeinde die Türen öffnete, hat dieses Gebäude als Schule gedient. Der Anblick gibt ihr Hoffnung, denn wenigstens ist sie noch innerhalb der Stadtgrenzen. Wenn er sie ermorden wollte, hätte er sie doch gewiss in die Berge geschafft und es dort getan?

Fernab aller neugierigen Blicke.

Sie erkennt auch die Obsthaine, in denen Pflaumen, Birnen und Äpfel wachsen; in diesen Wochen hat sie gelernt, jede Art zu erkennen und zu wissen, welcher Farmer sie züchtet: die

Familie Hugo und die Haumanns, die de Villiers und die Nachfahren der du Toits.

Sie hört die an- und abschwellenden Stimmen der Mädchen, die Seilchen springen. Eine Mischung aus Afrikaans und Englisch, kein Französisch, das Erbe jahrelanger Kämpfe um die Herrschaft über dieses geraubte Land. Das Kap ist erneut britische Kolonie, die Hauptstraße der Ortschaft wurde zu Ehren der englischen Königin in Victoria Street umbenannt. Von weiter weg ertönt der Gesang der Männer, die von den Feldern nach Hause kommen, in einer anderen Sprache, die sie nicht erkennt.

Ihre Erleichterung ist flüchtig. Rasch weicht sie der Bestürzung über den Verlust des Tagebuchs, der Karte, des kostbaren Testaments, das seit Hunderten von Jahren im Besitz ihrer Familie ist. Obwohl sie das Tagebuch nun verloren hat, kennt sie jedes Wort darin auswendig, jeden Knick auf der Karte, die Klauseln und Bestimmungen des Testaments. Während sie wartet und wartet und das Licht am Himmel verblasst, glaubt sie die Stimmen ihrer Vorfahren zu hören, die ihr über die Jahrhunderte hinweg zurufen.

Château de Puivert. Samstag, der dritte Tag des Monats Mai im Jahr des Herrn 1572.

Der Kummer über den Verlust der Dokumente schlägt in Angst um: Er hat sie nur deshalb noch nicht ermordet, weil er etwas von ihr will. Nun bedauert sie ihre Vorsicht. Erinnert sich, wie sie die Hand ausstreckte, um das Moos vom Grabstein zu kratzen. Ihr schaudert bei der Erinnerung an die kalte Mündung des Revolvers und die Gnadenlosigkeit in der Stimme des Mannes, der die Waffe hielt. Sein Schatten, der Geruch nach Schweiß und nach Stein, die weiße Strähne in seinem schwarzen Haarschopf.

Sie hatte ihr Messer gezückt, ihm aber nur in die Hand geschnitten. Das hat nicht gereicht.

Das Licht wird immer schwächer, die Luft regt sich nicht,

das Summen und Surren der Insekten ist die einzige Bewegung. Die Kinder werden hineingerufen, und in jedem Haus erscheinen Nadelspitzen aus Licht, als Kerzen angezündet werden. Obwohl sie erschöpft ist, hält die Frau am Fenster Wache. Sie isst ein wenig Brot, trinkt einen Schluck vom milden Kapwein und gießt den Rest aus dem Fenster. Sie muss ihre Sinne beisammenhalten.

Die Kirchenglocke in dem einsamen weißen Turm schlägt die Stunde. Neun, zehn. Draußen ist die Dunkelheit hereingebrochen. Die Berge sind in den Schatten verschwunden. Auf der Victoria Street und dem Gitterwerk aus schmaleren Sträßchen und Gassen erlöschen die Kerzen eine nach der anderen. Franschhoek ist ein Städtchen, in dem man früh zu Bett geht und mit der Sonne aufsteht.

Erst nach elf Uhr, als sie schon mit dem Schlaf kämpft und ihr wieder der Schädel pocht, hört sie zum ersten Mal ein Geräusch im Haus. Augenblicklich steht sie gerade.

Schritte nähern sich der Tür, aber leise. Wer da kommt, geht langsam, als wolle er nicht gehört werden.

Sie hatte Stunden, um zu entscheiden, was sie tun will, doch nun übernehmen ihre Instinkte.

Sie schleicht hinter die Tür, den leeren Weinkrug in der Hand erhoben. Sie horcht auf das Scharren eines Schlüssels, der ins Schloss geschoben wird. Klackend fährt der Riegel zur Seite, und langsam öffnet sich die Tür nach innen. In der Dunkelheit kann sie kaum etwas erkennen, doch sie sieht eine weiße Haarsträhne und riecht das Leder seiner Jacke, und kaum ist er in Reichweite, schlägt sie ihm den Krug auf den Hinterkopf.

Sie verschätzt sich. Sie zielt zu hoch, und der Mann taumelt zwar, aber er bricht nicht zusammen. Sie stürzt zur offenen Tür, versucht an ihm vorbeizukommen, aber er ist schneller. Er packt sie beim Handgelenk, drängt sie zurück ins Zimmer und hält ihr den Mund zu.

»Seien Sie still, Sie Närrin! Sie sorgen noch dafür, dass wir beide sterben.«

Augenblicklich ist sie ruhig. Es ist eine andere Stimme, und im Mondschein, der durchs Fenster fällt, sieht sie seinen Handrücken. Keine Spur von dem Schnitt, den sie ihrem Angreifer mit dem Messer beigebracht hat. Und der Mann scheint ihr zu trauen, denn er gibt sie frei und tritt einen Schritt zurück.

»Monsieur, vergeben Sie mir«, sagt sie. »Ich hielt Sie für ihn.«

»Nichts passiert«, antwortet er, ebenfalls auf Französisch.

Im silbrigen Schatten kann sie nun sein Gesicht erkennen. Er ist größer als der Mann, der sie auf dem Friedhof angegriffen hat, und trägt seine schwarzen Haare kürzer, allerdings durchzieht sie die gleiche weiße Strähne.

»Sie sehen ihm sehr ähnlich.«

»Richtig.«

Sie wartet, dass er mehr verrät, aber er sagt nichts.

»Wieso bin ich hier?«, fragt sie.

Er hebt die Hand. »Wir müssen gehen. Uns bleibt nur wenig Zeit.«

Die Frau schüttelt den Kopf. »Nicht bevor Sie mir gesagt haben, wer Sie sind.«

»Wir …« Er zögert. »Ich habe beobachtet, was auf dem Friedhof geschehen ist. Ich musste bis jetzt warten. Er ist mein Bruder.«

Sie verschränkt die Arme. Sie weiß nicht, ob sie dem Mann trauen soll oder nicht. Sie wartet.

»Wir sind unterschiedlicher Meinung.«

Wieder erwartet sie, dass er es näher ausführt, aber er blickt zur Tür. Er hat es eilig wegzukommen.

»In wessen Haus sind wir?«, fragt sie.

»Es gehört unserer Mutter. Sie ist bettlägerig und weiß nicht, dass Sie hier sind. An alldem trägt sie keine Schuld.« Er berührt flüchtig ihre Hand. »Bitte, kommen Sie mit. Ich beantworte Ihnen alle Fragen, sobald wir Franschhoek verlassen haben.«

»Wo ist Ihr Bruder jetzt?«

»Er ist ausgegangen und trinkt, aber er kann jeden Moment zurückkehren. Wir müssen gehen. Am Ostrand der Stadt stehen Pferde bereit.«

Sie löst die Verschränkung ihrer Arme. »Und was, wenn ich Sie nicht begleite?«

Der Mann blickt sie offen an, und in seinen Augen sieht sie Entschlossenheit und auch Besorgnis.

»Er wird Sie töten.«

Die nüchterne Aussage überzeugt sie mehr, als beschwörende Worte oder emphatisches Zureden vermocht hätten. Lieber versucht sie ihr Glück mit dem Fremden, als dass sie hierbleibt und untätig abwartet, was das Morgengrauen bringt. Sie nimmt ihren Hut vom Türhaken.

»Sagen Sie mir, wie Sie heißen?«, flüstert sie, während sie ihm durch den dunklen Korridor zur Hintertür folgt.

Er legt den Finger auf die Lippen.

»Verraten Sie mir wenigstens, wohin wir gehen?«

Er zögert und antwortet. »Zur alten Steinbrücke an der Furt. Die anderen warten dort.«

»Ich verstehe nicht.«

»Jan Joubertsgat«, sagt er. »Wo Jan Joubert starb.« Er dreht sich zu ihr um. »Sind Sie etwa nicht deswegen hier?«

Die Frau hält den Atem an, fühlt sich mit einem Mal entblößt. »Sie wissen, wer ich bin?«

Ein Lächeln erscheint auf dem Gesicht des Mannes. »Aber sicher.« Er löst den Riegel und drückt die Tür auf. »Jeder weiß, wer Sie sind.«

ERSTER TEIL

AMSTERDAM UND PUIVERT
Mai und Juni 1572

KAPITEL 1

BEGIJNHOF
AMSTERDAM
Donnerstag, 22. Mai 1572

Die alte Mariken kniete in der Kapelle des Begijnhofs vor dem Altar, wie sie es jeden Abend tat, seit sie den Brief erhalten hatte, und betete um göttliche Führung.

In schwungvoller Schrift auf feinem Papier geschrieben, mit Wachs versiegelt und einem adligen Wappen versehen – sie hatte die Pflicht zu antworten. Trotzdem war ein Tag nach dem anderen verstrichen, und beantwortet hatte sie das Schreiben noch immer nicht. Die Worte schienen sich durch ihr Kleid zu brennen, brandmarkten sie zischend mit Verleumdung. Dreißig Jahre zuvor hatte sie an einem Totenbett in einer Pension an der Kalverstraat ein Versprechen gegeben.

»*Heer, leid mij*«, flüsterte Mariken. »Herr, leite mich.«

Verfasser des Briefes war ein französischer Kardinal, ein mächtiger Mann. Sie konnte sich ihm nicht widersetzen. Das Ersuchen um Auskunft über den Jungen und seine Mutter erschien harmlos, war einfach und plausibel formuliert. Zur Besorgnis bestand kein Anlass. Dennoch spürte Mariken hinter den amtlich klingenden Worten Boshaftigkeit. Wenn sie Seiner Eminenz gab, was er verlangte, würde sie, so fürchtete sie, nicht nur den Eid brechen, den sie einer Sterbenden geleistet hatte, sondern auch das Todesurteil für den Jungen unterzeichnen. Das Wissen, das sie besaß, war mächtig und gefährlich.

25

Flüchtig lächelte Mariken über ihre Torheit. Wenn der Junge noch lebte, wäre er ein gestandener Mann von etwa fünfunddreißig Jahren. In ihrer Erinnerung war er jedoch für immer das Kind, das über dem kalten Leichnam seiner Mutter schluchzte und ein Bündel umklammerte, das ihm gegeben worden war.

Mariken hatte das Bündel ihrer Freundin, Schwester Agatha, zur sicheren Verwahrung anvertraut, in der festen Absicht, es abzuholen und dem Knaben zurückzugeben, wenn die Zeit reif war. Aber als die Jahre dahinzogen, hatte sie es vergessen. Was darin war, hatte sie nie erfahren, doch sie hegte einen Verdacht, was es enthalten mochte. Die Chronik einer Geschichte, wie sie nicht selten vorkam: Einzelheiten eines Verlöbnisses, ein Versprechen, erst gegeben, dann gebrochen, und noch eine Frau, die in Schande leben musste.

»*Domine, exaudi orationem meum.* – Herr, erhöre mein Gebet.«

Marikens Worte hallten im leeren Raum wider, zu laut. Ihr Herz machte einen Satz, und sie wandte sich vom Altar ab, fürchtete, man könnte sie zu dieser Abendstunde allein in der Kapelle ertappen. Aber niemand hob den Riegel, niemand trat ins Kirchenschiff.

Sie hob den Blick zum Kreuz und überlegte, ob sonst noch jemand sich Marta Reydons und ihres Sohnes erinnerte. Sie bezweifelte es. Die meisten ihrer Gefährtinnen aus jener Zeit waren tot. Obwohl so viele Jahre verstrichen waren, betete Mariken noch immer für ihre Seele: Marta war im Tod genauso übel mitgespielt worden wie im Leben.

Erste Bekanntschaft mit ihr hatte Mariken in den Gassen gemacht, die die alte Pfarrkirche Sint Nicolaas umgaben. Dort tummelten sich die Frauen, die sich an die Seeleute verkauften, wenn sie von Bord der Schiffe kamen. Mariken und Schwester Agatha, eine Nonne aus einem Konvent in der Nähe, hatten für die armen Dinger getan, was sie konnten.

Mariken schüttelte den Kopf. So lange war es her. Ihre Erinnerungen hatten an Farbe eingebüßt. Sie schloss die Hand um den Brief, den sie unter ihrer langen schlichten Kutte verborgen hatte. Länger konnte sie es nicht hinauszögern. Für sie nahm es kein gutes Ende, versagte sie dem Kardinal die Einzelheiten, die er verlangte – nein, bestätigte sie nicht das, was er offenbar schon wusste. Denn wenn die Beginen auch nur fromme Frauen waren und keine Nonnen, legten sie dennoch einen Eid des Gehorsams und der Dienstbarkeit ab. Und in diesen gesetzlosen Zeiten benötigte ihre Gemeinschaft Schutz. Amsterdam hatte sich zwar noch nicht den protestantischen Rebellen angeschlossen, aber Mariken fürchtete, dass es nur eine Frage der Zeit war, bis die Stadt fiel. Vor den Toren scharten sich die Calvinisten zusammen. Viele ihrer katholischen Schwestern und Brüder waren schon aus ihren Konventen, Klöstern und Stillen Gärten vertrieben worden und geflohen. Die Vorsteherin des Begijnhofs würde von ihr erwarten, dass sie ihre Pflicht der heiligen Mutter Kirche gegenüber erfüllte.

Gleichwohl.

Als Mariken den Brief erhielt, hatte sie sich zunächst am Hafen erkundigt. In den Schenken am Zeedijk und am Nieuwendijk erhielt man Auskünfte, wenn man den Preis entrichtete. Danach hatte sie sich an einen einflussreichen Bekannten auf der Warmoesstraat gewandt. Der wohlhabende Kornhändler Willem van Raay war fromm und diskret, ein Hüter von Geheimnissen. Mariken hatte einige Jahre zuvor seine Tochter gesund gepflegt, und daher vertraute sie ihm genügend, um ihn zu fragen, ob er vielleicht von einem Pieter Reydon gehört habe oder ob darüber geredet werde, wieso jemand so Erlauchtes wie ein französischer Kardinal seinen Blick auf Amsterdam richtete. Willem van Raay hatte einen Brief an Reydon entgegengenommen, den er übergeben sollte, falls er ihn fand, und versprochen, der Angelegenheit nachzugehen.

Doch zwei Wochen waren verstrichen, und noch immer hatte sie nichts gehört.

Mariken hatte eingesehen, dass ihr nichts weiter übrigblieb, als Willem van Raay persönlich aufzusuchen. Noch eine Bürde, die auf ihrem Gewissen lastete: Beginen war es verboten, tagsüber ohne Erlaubnis auszugehen, und da sie niemandem die Gründe für ihren Wunsch, die Gemeinschaft zu verlassen, anvertrauen durfte, müsste sie lügen. Indem sie sich in der Nacht davonschlich, umging sie wenigstens die zweite Übertretung, versicherte sie sich.

Den Schlüssel zum Außentor hatte sie bereits früher entwendet, auch wenn sie sich noch nicht entschlossen hatte, ihn zu benutzen: Nicht zuletzt missfiel Mariken der Gedanke, ohne Begleitung zu solch später Stunde auf den dunklen Straßen unterwegs zu sein. Doch Gott würde gewiss über sie wachen. Sobald sie mit Ratsherr van Raay gesprochen hatte, wüsste sie genug, um eine passende Antwort an den Kardinal zu verfassen, und ihr Gewissen wäre rein. Die Last wäre ihr von den Schultern genommen.

Mariken bekreuzigte sich und erhob sich langsam. Sie spürte den kalten Abdruck der Fliesen auf ihren Knien. Jeder einzelne Knochen in ihrem Leib schien unter der Qual des Lebens zu schmerzen.

Sie rückte die *Falie* über den grauen Haaren zurecht und ging hinaus in die Nacht. Auf dem Hof war es dunkel, auch wenn in einem oder zwei Häusern um die Wiese noch Kerzen brannten. Zwischen den Dornbüschen murmelte der Bach sein Nachtlied. Mariken blickte hoch zum Fenster der Vorsteherin und betete, sie möge nicht wach sein und entdecken, dass der Schlüssel fehlte. Zu ihrer Erleichterung war das Fenster dunkel.

Ängstlich und besorgt, wie sie war, machte Mariken eine ungeschickte Bewegung und ließ den Schlüssel fallen. In all den Jahren, die sie der Gemeinschaft angehörte, hatte sie niemals auf solche Weise die Regeln gebrochen. Ihr altes Herz hämmerte, als es ihr endlich gelang, das Tor aufzuschließen. Sie trat auf die Begijnensloot hinaus und erreichte die schmalen Straßen auf der anderen Seite der Brücke. Mariken war so angespannt, dass sie nicht bemerkte, wie sich hinter ihr etwas im Dunkeln bewegte. Während sie mit gesenktem Kopf die Kalverstraat überquerte, spürte sie den Luftzug nicht. Als der Hieb sie traf und nach vorn in die Amstel schleuderte, blieb ihr keine Zeit zum Nachdenken.

Wie viele Amsterdamer, die ihr Leben von Kanälen umringt verbrachten, konnte Mariken nicht schwimmen. Als der erste Schluck Wasser in ihre Lunge drang, dachte sie nur, wie froh sie war, dass sie nun nicht mehr das Vertrauen brechen musste, das man in sie gesetzt hatte. Ihr Blick fiel auf einen Mann, der auf dem Kai stand und zusah, wie sie ertrank. Als ihre schwere graue Kutte sie rasch in die Tiefe zog, betete Mariken, dass der kleine Pieter und seine Mutter in Gottes Gnade wieder vereint würden, wenn die Zeit kam.

Und dass der Kardinal niemals die Wahrheit erfahren würde.

KAPITEL 2

Kaum ein Wind ging.

Minou legte die langen, hellen Finger an die Schläfen und drückte. Ihr Kopf pochte unverdrossen weiter. Das nahende Unwetter spürte sie als Prickeln ihrer Haut und als Schweißfilm an ihrer Kehle.

Ihre Familie versammelte sich, um ihre Entscheidung zu hören. Länger konnte sie es nicht hinauszögern, und dennoch war sie unschlüssig. Minou sah sich auf der Musikantengalerie um. Der vertraute Ort beruhigte ihr Gemüt, aber als sie sich wieder dem Fenster zuwandte und die schwarzen Gewitterwolken sah, die sich über dem Tal ballten, stieg ihr das Unbehagen in die Brust.

Was sollte sie nur tun?

Minou lockerte den hohen Kragen. Zwischen Fingern und Daumen fühlte sich der Brokat steif an. Solche Unentschiedenheit sah ihr gar nicht ähnlich. Vielleicht lag es an der Anwesenheit der Familie, die dunkle Erinnerungen an das letzte Mal weckte, als sie alle zusammen in Puivert gewesen waren.

»*Les phantômes d'été*«, murmelte sie – die Gespenster des Sommers.

Blut, Sehnen und Bein. Der Stoß des Schwertes, das Schwingen des Seils, das Brüllen des Feuers, als die Flammen den Wald im Norden ergriffen. Zwischen Sonnenaufgang und Sonnenuntergang hatten sie viele verloren.

Zehn Jahre lag jene Nacht zurück. Neues Grün gedieh an der Stelle der schwarzen, verkohlten Baumstämme, weiches Licht sprenkelte die neuen Wege zwischen den Bäumen. Im Frühjahr hatte ein Teppich aus rosaroten und gelben Waldblumen geblüht. Doch auch wenn das Land die Narben der Tragödie nicht mehr trug, bei Minou war es anders. Stets begleitete sie der Schrecken über das, was sie tief in sich beobachtet hatte, wie ein Glassplitter, der sich im Fleisch verschob. Nie hatte sie vergessen, wie nahe der Tod ihr und den Ihren gekommen war. Wie sein Atem ihr die Wange versengte.

Deshalb hatte sie ihre ganze Familie zu einem Gedenkgottesdienst eingeladen, der in der Kapelle stattfinden sollte, um den Jahrestag zu begehen und die Vergangenheit ein für alle Mal zur Ruhe zu betten. Hinterher war Minou allein in den Wald gegangen und hatte Blumen auf das überwucherte Grab der letzten Châtelaine von Puivert gelegt. Andere Gaben hatte sie dort gesehen, Gedichte und Fetzen bunter Bänder für die alte Burgherrin. Ein Gebet auf Latein. Denn obwohl die Burg nun eine hugenottische Enklave war, hingen viele im umgebenden Land weiterhin dem alten katholischen Glauben an. Die gut besuchte Église Saint-Marcel im Dorf Puivert unterhalb der Burg bewies es.

Als wollte sie ihre Gedanken bekräftigen, läutete die Glocke dieser Kirche in diesem Moment zur vollen Stunde. Minou nahm ihr Tagebuch in die Hand. Sie folgte der Gewohnheit, am Nachmittag zu schreiben, und trug Pergament und Tinte hoch zum offenen Aussichtspunkt auf dem Dach des Donjons, des Wohnturms. Auf diese Weise verband sie das Mädchen von früher mit der Frau, zu der sie geworden war. Obwohl die Pflicht rief, gestattete sie sich noch einige Momente des Alleinseins.

Schreiben half ihr, Sinn in der Welt zu erkennen, ein Bekenntnis zu dem Leben, wie sie es führte. Wenn alles andere nicht half, beruhigte das Schreiben ihre widerstreitenden Gedanken.

Minou verließ den Raum und stieg die schmale Steintreppe zum Dach hoch, deren Stufen durch die Füße von Generationen ausgetreten waren. Am engen Absatz unter dem Dach des Donjons nahm sie ihren alten grünen Reisemantel von seinem Haken neben der Tür, hob die Verriegelung und wollte gerade aufs Dach hinaustreten, als unten eine helle Stimme erklang.

»*Maman!*«

Mit dem Gefühl, ertappt worden zu sein, drehte sie sich rasch um.

»*Je suis ici, petite.*« – Hier bin ich, Kleine.

Minou hörte Schritte, und im Stockwerk unter ihr erschien das forschende Gesicht ihrer siebenjährigen Tochter. Marta ruhte niemals, weder geistig noch körperlich. Immer hatte sie es eilig, immer war sie voll Ungeduld. Wie gewöhnlich hielt sie ihre Leinenhaube, bestickt mit ihren Initialen, zerdrückt in der Hand.

»Maman, wo bist du?«

Minou nahm die Finger von der Verriegelung. »Hier oben.«

»Ah.« Marta spähte ins Halbdunkel und nickte. »Jetzt sehe ich dich. Papa sagt, es ist Zeit. Vier Uhr ist vorbei. Alle warten in der Kemenate.«

»Richte Papa aus, dass ich gleich dort sein werde.«

Hörbar holte Marta Luft, um etwas einzuwenden, aber ausnahmsweise sah sie davon ab.

»*Oui, Maman.*«

»Wo wir dabei sind, Marta, könntest du Papa auch bitten …«

Doch nur das Echo der eigenen Stimme antwortete Minou. Ihre quecksilbrige Tochter war schon verschwunden.

Der Mörder kauerte im Gestrüpp, Finger und Daumen schussbereit um die Radschlosspistole gelegt. Sein Blick war auf den höchsten Punkt der Burg gerichtet.

Er war bereit, war es seit dem ersten Licht. Er hatte gebeichtet und um Erlösung gebetet. Er hatte seine Gabe auf das Grab der vorherigen Châtelaine im Wald gelegt, einer frommen und gottesfürchtigen katholischen Edelfrau, die von hugenottischem Ungeziefer ermordet worden war. Seine Seele war rein. Er hatte gebeichtet.

Er war bereit zu töten.

Heute würde er Puivert vom Krebs der Ketzerei befreien, und dafür würde man ihn segnen. Er würde das Land säubern. Zehn Jahre lang hatte die protestantische Erbschleicherin das Château de Puivert mit Kriegsflüchtlingen gefüllt. Sie hatte Ketzern eine Zuflucht geboten, die ins Feuer der Hölle getrieben werden sollten, und den wahren Katholiken, die auf die Burg gehörten, das Essen weggenommen.

Genug war genug. Heute würde er seinen Eid erfüllen. Bald würden die Glocken der Burg wieder zur heiligen Messe rufen.

»Eine Ketzerin sollst du nicht leben lassen.«

Hatte der Priester in Carcassonne nicht genau diese Worte von der Kanzel gepredigt? Hatte er ihn nicht mit seinen stechenden Augen angeblickt, ihn aus der ganzen Gemeinde auserwählt, Gottes Befehl zu erfüllen? Hatte er ihn nicht gesegnet und ihm die Mittel verschafft?

Die rechte Hand des Mörders krampfte sich fester um die Pistole, während er die linke in die schwere Tasche schob, die neben dem Rosenkranz an seinem Gürtel hing. Auch wenn die größte Belohnung für seine christlichste Tat ihm erst im Leben nach dem Tod winkte, war es nur gerecht, dass er auf Erden einen Vorschuss erhielt.

Der Mann kreiste die Schultern und lockerte die Finger. Geduldig zu sein gehörte zu seinen Fähigkeiten. Er war ein Wilderer, er verstand es, seine Beute zu verfolgen und zur Strecke zu bringen. Der blutige Sack zu seinen Füßen zeugte von seinem Geschick. Ein Hase und ein ganzer Rattenbau. Die Küchengärten in der Hochburg zogen alle möglichen Nagetiere an. Es wäre eine Sünde gewesen, seine Anwesenheit dort nicht zu nutzen.

Der Mörder veränderte seine Stellung, als er merkte, wie die angespannten Muskeln in seinem rechten Oberschenkel zuckten. Durch das Dach aus Grün blickte er nach oben. Dunkle Wolken verhüllten die Sonne, und er hörte, wie die einzelne Glocke im Dorf zur Stunde schlug. Die Hugenottenhure pflegte zu dieser Nachmittagszeit auf dem Donjon Luft zu schnappen, warum also zeigte sie sich ausgerechnet heute nicht?

Er lauschte aufmerksam auf das leiseste Geräusch, hoffte auf das Knarren der hölzernen Tür. Er hörte nichts bis auf das ferne Donnergrollen in den Bergen und das Rascheln kleiner Tiere an den Hängen der Strauchheide hinter dem Wald.

Es war Gottes Wille, dass die Ketzerin starb. Wenn nicht heute, dann morgen. Frankreich würde nie wieder groß werden, ehe der letzte Protestant aus seinen Grenzen vertrieben war. Sie waren der Feind im Innern. Mann, Frau, Kind – es war gleichgültig. Tot, eingekerkert, vertrieben – es war gleichgültig. Wichtig war nur, die Wunde auszubrennen.

Der Mörder lehnte sich zurück und wartete auf sein Opfer. Zu seinen Füßen tränkte das Blut seiner Beute den Jutesack und färbte das grüne Gras rot.

KAPITEL 3

Saint-Antonin
Quercy

In der ausgebrannten Ruine des Augustinerklosters stand ein Knabe schweigend im Schatten der geschwärzten Kirchenmauern, in denen so viele Katholiken gestorben waren. In seinen Träumen hörte er ihre Schreie noch immer. Vor sich sah er das blutüberströmte Gesicht der Frau, die ihm mit gebrochener Stimme befahl, zu fliehen und sich zu retten.

Bei jedem Wort, das der Priester zum Kardinal sprach, der auf den geborstenen Stufen vor ihnen stand, bohrte er dem Jungen die dünnen Finger fest in die schmalen Schultern, drückte und stach. Der Knabe verstand nicht, weshalb ihm befohlen worden war, seine wenigen Habseligkeiten zu packen, oder zu welchem Zweck er in die Kirchenruine gebracht worden war; aber wusste er, dass etwas Wichtiges bevorstand.

»Ich hätte nicht so kühn sein dürfen, Euch Eure Zeit zu rauben, Eure Eminenz«, stotterte der Priester. »Ich bitte Euch um Verzeihung.«

Speicheltröpfchen trafen den Jungen im Nacken. Die Spritzer liefen zwischen seiner Mütze und seinem Kragen hinunter. Er rührte sich nicht. Wenn er dem Stock auf dem bloßen Rücken und dem Kuss des Feuers an den nackten Beinen standhalten konnte, hielt er auch dies hier aus.

»Ich hätte mich nicht aufgedrängt, hätte ich es nicht als meine Pflicht empfunden, Euch in Kenntnis zu setzen …«

»Solch frommes Pflichtgefühl ist in unseren dunklen Zeiten lobenswert«, sagte der Kardinal.

Zum ersten Mal hatte der Besucher gesprochen, und der Junge musste sich beherrschen, um den Blick gesenkt zu halten und dem Fremden nicht ins Gesicht zu sehen. Eine Stimme voll Würde, voll Autorität und Macht.

»Selbstverständlich können sich Eminenz auf meine Diskretion verlassen ...«

»Selbstverständlich.«

»... aber das große Glück Eurer Gegenwart in unserer gebeutelten Stadt ist die Antwort auf unsere Gebete. Ein Zeichen Gottes. Dass jemand Eurer Stellung ...«

»Wer sonst weiß von dieser Angelegenheit?«

»Niemand«, versicherte der Priester hastig. Seine Finger zuckten so heftig, dass der Junge sofort dachte: Er lügt.

»Soso«, sagte der Besucher trocken.

»Wir haben gelernt, den Mund zu halten. In diesem Teil Frankreichs, in dieser gottlosen Stadt sind wir Ausgestoßene. Geächtete. Ein falsches Wort, und die Hugenottenhunde stehen vor unserer Tür. Wir sind so nahe bei Montauban. So viele Katholiken wurden geopfert.«

Die Stimme des Besuchers wurde nicht weicher. »Solange Ihr an Gottes Geboten festhaltet, wird der Herr die Rechtschaffenen beschützen.«

»Ja, natürlich, Eminenz.« Der Knabe spürte, wie der Priester innehielt, wie er einatmete. »Zugleich würde Eure Großzügigkeit unserer versteckten Gemeinde zugutekommen.«

»Ah, nun kommt es zur Sprache«, murmelte der Kardinal.

»Eminenz müssen verstehen, nur so können wir weiterhin den Gläubigen, die in Angst leben, das Wort Gottes verkünden.«

Wieder spritzte Speichel in den Nacken des Jungen. Diesmal konnte er sich nicht beherrschen und erschauerte.

»Oh, täuscht Euch nicht«, erwiderte der Kardinal kalt. »Ich verstehe gut.«

Einen Moment lang herrschte Schweigen. Der Junge zwang sich, den Blick weiter auf den Boden gerichtet zu halten: ein Quadrat aus trockener Erde, verstreute weiße Kiesel, niedergetrampelte Grashalme. Der Besucher bewegte sich, und der Junge erhaschte einen Blick auf den roten Saum seines Gewands aus feinem Tuch und die dunklen bestickten Schuhe, auf deren Spitzen kein einziges Staubkorn zu sehen war.

»Ihr braucht nicht zu befürchten, dass es weitere Appelle an Eure Wohltätigkeit geben könnte«, fügte der Priester in dem Versuch hinzu, seinen Vorteil auszubauen.

Der Besucher atmete aus. »Davor fürchte ich mich nicht.«

»Nein, Eminenz?«

»Ihr seid ein wahrhaft gläubiger Mann, richtig? Ein Mann, der zu seinem Wort steht.«

»Ich bin in Saint-Antonin als höchst fromm bekannt.«

Der Junge merkte der Stimme des Priesters die Eitelkeit an und wunderte sich darüber. Merkte er denn nicht, dass ihm nicht geschmeichelt, sondern dass er verspottet wurde? Er war ein heimtückischer, erfinderischer Mann und zugleich ein Narr. Im nächsten Augenblick stach ihm die Hand des Priesters von hinten ins Kreuz.

»Der Junge ist stark und gesund. Von edler Abstammung.«

»Welchen Beweis habt Ihr dafür?«

»Diesen.« Der Junge spürte, wie ihm die Mütze vom Kopf gezogen wurde. »Und die Beichte seiner Mutter.«

Nun spürte er den Blick des Besuchers mit ganzer Macht auf sich.

»Sieh mich an, Junge. Du brauchst keine Angst zu haben.«

Er hob den Kopf und sah dem Fremden zum ersten Mal ins Gesicht. Groß, mit bleicher Haut und dunklen Brauen, verbarg er das rote Gewand eines Kardinals fast vollständig unter einem schwarzen Kapuzenmantel. Der Junge hatte ihn noch nie zuvor gesehen.

Und trotzdem: Da war etwas.

»Ich habe keine Angst, Eminenz«, log er.

»Wie alt bist du?«

»Er hat neun Sommer gesehen«, antwortete der Priester. »Lasst ihn für sich selbst sprechen. Er hat schließlich eine Zunge im Mund.«

Zum Erstaunen des Jungen zog der Besucher einen seiner ledernen Handschuhe aus und berührte ihn an der weißen Strähne in seinen Haaren, der Hauptursache, weshalb man ihn so schlecht behandelte. Ein Teufelsmal nannten sie es, ein Pestzeichen. Zahllose Geistliche hatten versucht, es ihm zu nehmen, indem sie ihm die Haare ausrupften. Stets waren sie weißer als zuvor nachgewachsen. Der Besucher rieb Daumen und Zeigefinger aneinander, zog den Handschuh wieder über und nickte.

»Keine Kreide, Eminenz. Niemand beabsichtigt hier eine Täuschung.«

Der Besucher ließ sich nicht anmerken, dass er zugehört hatte, er griff nur in sein Gewand und holte einen kleinen Jutebeutel heraus. Der Priester riss habgierig die Augen auf.

»Über diese Angelegenheit wird kein weiteres Wort verloren.«

»Selbstverständlich, Eure Eminenz. Die Mutter des Jungen ist bei seiner Geburt gestorben. Er ist mit der Liebe und Zuneigung unserer heiligen Mutter Kirche aufgewachsen. Wir lassen ihn nur mit großem Bedauern gehen.«

Der Besucher ging nicht auf die Worte ein.

»Willst du mit mir kommen, Junge? Willst du mir dienen?«

Der Junge dachte an den schwammigen weißen Leib des Priesters und das schrumplige Glied, das ihm zwischen den dürren Beinen hing, an das stille Weinen der anderen Jungen, die nicht begriffen, dass sie, wenn sie Schwäche zeigten, nur zu größerer Grausamkeit ermutigten.

»Jawohl, Herr.«

Ein schwaches Lächeln zuckte über das Gesicht des Besuchers. »Nun gut. Wenn du mir dienen möchtest, sollte ich deinen Namen kennen.«

»Volusien ist der Name, den meine Mutter mir gegeben hat.«

»Aber er wird Louis genannt«, unterbrach der Priester. »Sein Vormund hielt das bei einem Kind seiner unerfreulichen Situation für angebracht.«

Der Besucher kniff die Augen zusammen. »Unerfreulich?«

Der Junge sah, wie der Priester wütend errötete, und wunderte sich darüber, doch nun streckte der Besucher den Beutel vor. Der Priester griff mit gieriger Hand danach, aber im letzten Augenblick – zu rasch, als dass Louis sicher sagen konnte, ob es mit Absicht oder aus Unachtsamkeit geschah – ließ der Besucher den Beutel zu Boden fallen. Die Münzen klirrten hell, als er auf die Erde prallte und sie herausgeschleudert wurden.

»Komm, Junge.«

Er zögerte, gefangen zwischen Aufregung und Angst. »Ich soll Euch nun begleiten, Herr?«

»Das sollst du.« Der Kardinal drehte sich um und ging.

Louis stand gebannt vor seinem Peiniger, der auf den Knien sein Blutgeld aufsammelte, und begriff, dass er nichts empfand. Welches Mitleid oder Erbarmen Louis einmal besessen haben mochte, es war im Waisenhaus aus ihm herausgeprügelt worden. Er empfand nicht einmal Abscheu.

Er rannte los, um den Kardinal einzuholen. Sollte er Reitknecht oder Page werden? Geträumt hatte er zwar davon, aber nie erwartet, dass solche Wünsche in Erfüllung gingen. Seine Mutter hatte er nie gekannt – er wusste nur, dass die Umstände seiner Geburt von Schande überschattet waren, die Fürsorge seiner Vormünder stets von Widerwillen geprägt.

Als sie um die Ecke der niedergebrannten Kirche bogen, traten zwei Männer aus den Schatten. Ihre Gesichter waren hinter vorgebundenen Tüchern verborgen, und in den Händen hielten sie blanke Klingen. Louis hob sofort die Fäuste, bereit, seinen neuen Herrn zu verteidigen, doch der Kardinal legte ihm nur schwer die Hand auf den Kopf, als segnete er ihn.

Sein neuer Herr nickte.

Die Männer gingen an ihnen vorbei und verschwanden um die Ecke. Nur Augenblicke später hörte Louis einen Laut, der halb wie ein Quietschen, halb wie ein Grunzen klang. Danach herrschte Stille. Der Besucher blieb kurz stehen, als wollte er sich vergewissern, dann ging er weiter zu einer Kutsche mit zwei Pferden.

»Komm, Junge.«

»Zu Befehl.«

Louis hatte zwar noch nie Saint-Antonin verlassen und keinerlei Schulbildung erhalten, aber er hatte einen scharfen Verstand. Er beobachtete, und er hörte zu. Deshalb erkannte er in diesem außergewöhnlichen Moment an diesem außergewöhnlichen Tag auf der Kutsche das Distelwappen und die Farben des Herzogs von Guise.

Seine Gedanken überschlugen sich, und er grübelte, ob das Elend, das er kannte, bald durch etwas Schlimmeres ersetzt wurde. Er hatte keine andere Wahl, als mitzugehen. Trotz allem fand er, als er in die Kutsche stieg, den Mut, eine weitere Frage zu stellen.

»Wie soll ich Euch anreden? Ich möchte Euch nicht durch meine Unwissenheit kränken.«

Der Kardinal lächelte kalt. »Wir werden sehen, Volusien, bekannt als Louis. Wir werden sehen.«

KAPITEL 4

CHÂTEAU DE PUIVERT
LANGUEDOC

Minou hörte das erste Donnergrollen, als sie die schmale Treppe im Donjon hinuntereilte. Sie konnte kaum glauben, wie die Zeit dahingeflogen war. Sie hatte nur wenige Minuten schreiben wollen, doch nun war nahezu eine ganze Stunde vergangen.

Die Nachmittagsschatten waren länger geworden, und die drückende frühe Hitze des Tages war einer stillen Kühle gewichen. Die Luft knisterte unter dem Eindruck von Bedrohung und Gefahr. Minou schüttelte ungeduldig den Kopf. Am Himmel stand keine Prophezeiung. Ein Sommergewitter in den Pyrenäen war zu dieser Jahreszeit alles andere als ungewöhnlich. Die Dorfbewohner neigten zwar dazu, jedes einzelne davon als Vorbote einer Katastrophe oder eines Richtspruchs zu betrachten, doch sie glaubte, dass es die Natur war und nicht Gottes Plan, die über die Gestalt der Welt bestimmte.

Minou blieb am unteren Ende der Treppe stehen und sah auf das Wappen, das über dem Haupteingang des Wohnturms in den Stein gemeißelt war, umgeben von den Buchstaben B und P für Bruyère und Puivert. Seit zehn Jahren war sie Marguerite de Bruyère, Châtelaine der Burg von Puivert, deren Ländereien und deren Bewohner. Die Familie Bruyère hatte den quadratischen Turm im dreizehnten Jahrhundert erbaut, und als sie ihr unerwartetes Erbe erhielt, hatte Minou den Namen als ihr Geburtsrecht angenommen. Obwohl sie mittlerweile das grüne Tal im Vorgebirge der mächtigen Pyrenäen liebte – und stolz war, eine Zuflucht für alle Anhänger des Reformierten Glaubens geschaffen zu haben, die sich der Verfolgung entziehen wollten –, der Titel bedeutete ihr nichts. Sie betrachtete sich als Verwalterin von Puivert, nichts weiter.

Ihr Ehename Reydon war ein Geschenk ihres Gatten Piet, eine Gabe seines französischen Vaters, den er nie kennengelernt hatte. Seine Zuneigung galt seiner holländischen Mutter, die vor dreißig Jahren gestorben war. Ihre Tochter Marta war nach ihr benannt.

In Wahrheit fühlte sie sich noch immer als Minou Joubert, und das würde auch immer so bleiben. Dieser Name zeichnete das genauste Bild von der Frau, die sie war.

Im Wald jenseits der Burgmauern fuhr der Mörder aus dem Schlaf hoch, die Pistole noch immer in der Hand. Donnergrollen ertönte.

Hatte er sein Opfer verpasst?

Er warf einen Blick hoch zum Donjon. Dort war niemand zu sehen. Nichts von dem grünen Mantel. Die Tür zum Dach war nach wie vor geschlossen. Er rieb sich das Gesicht mit schmutziger Hand und erstarrte, als er noch ein Geräusch hörte. Diesmal kam es aus dem Unterholz hinter ihm. Er legte die Pistole hin und näherte die Hand langsam dem Jagdmesser, das er an der Hüfte trug.

Er kniff die Augen zusammen. Der Hase spürte die Gefahr, hob die Ohren und machte kehrt. Zu langsam und zu spät. Das Messer flog durch die Luft und traf das Tier in den weichen, weißen Bauch. Der Mörder sammelte die Beute ein und zog die Waffe heraus. Gedärme quollen aus dem zertrennten Fell.

Er ergriff das Tier beim Nacken und steckte es, eine Blutspur am Boden hinterlassend, in seinen Sack. Ob die Protestantenhure sich heute Nachmittag nun zeigte oder nicht, alles in allem hatte er ein gutes Tagwerk verrichtet.

Der Mörder wischte das Messer am Ärmel seiner Jacke ab und trank einen Schluck Bier. Nachdem er geprüft hatte, dass sein Kästchen mit dem Schießpulver und den Kugeln noch trocken war, setzte er sich wieder, um zu warten.

Der Nachmittag war noch nicht vorüber. Mehrere Stunden gutes Licht erwarteten ihn. Es war fast der längste Tag im Jahr.

Minou sammelte sich und blickte über den Burghof zum Hauptgebäude, in dem ihre Familie wohnte, als sich die Tür öffnete und ihr Mann herauskam.

»Minou! Endlich! Es ist beinahe fünf Uhr.«

Sie eilte zu ihm und streckte die Hände aus. »Es tut mir leid.«

Piet runzelte die Stirn. »Wir haben alle in der Kemenate auf dich gewartet.«

»Ich weiß.« Sie küsste ihn auf die Wange. »Ich habe geschrieben und die Zeit vergessen. Vergibst du mir?«

Seine Miene wurde nachsichtig. »Als wüsste ich nach all den Jahren nicht, was geschieht, wenn dich die Worte gefangen nehmen!«

»Mir tut es wirklich leid.«

Langsam gingen sie nebeneinanderher zum Haupthaus. Minou bemerkte ein Spinnennetz aus Fältchen um die Augen ihres Mannes. Er ließ die Schultern hängen, und sie fragte sich, was ihn bedrückte. Die Musik von Piets Herz kannte sie so gut wie die ihres eigenen. In den letzten Wochen – oder nein, schon länger – hatte sie gespürt, wie Distanz zwischen ihnen entstanden war. Er hatte mehrere ungeplante Reisen nach Carcassonne unternommen, und in letzter Zeit behielt er seine geheimsten Gedanken für sich.

»Wie geht es dir, mein Geliebter?«, fragte sie leichthin.

»Alles ist gut«, antwortete er, aber im Kopf war er woanders, das konnte jeder sehen.

Nach der Schlacht von Jarnac vor drei Jahren – ein Gefecht, bei dem Piets Kampfarm verletzt worden war – war ihr Gatte gezwungen gewesen, das Schwert abzulegen und andere Wege zu suchen, seiner Sache zu dienen. Er hatte ein Netz von Kurieren ins Leben gerufen, die vertrauliche Nachrichten überbrachten, flüchtigen Brüdern und Schwestern sicheres Geleit aus katholischen Städten in hugenottische Enklaven verschafft und erhebliche Mittel eingeworben, um die rebellierenden calvinistischen Kräfte in den Niederländischen Provinzen zu unterstützen.

Die Berichte über den protestantischen Aufstand dort hatte Piet mit großer Aufmerksamkeit verfolgt. Als die Nachricht vom Erfolg der Wassergeusen gegen die spanischen Kräfte im Norden Puivert erreichte, hatte Minou ihm angemerkt, wie sehr es ihn schmerzte, nicht an der Seite der »Bettler zur See« auf dem Schlachtfeld stehen zu können, besonders jetzt, da Amsterdam zwischen altem und neuem Glauben schwankte.

Sie sah ihn an. Minou hatte angenommen, er habe sich mit seiner Lage abgefunden, doch vielleicht irrte sie sich. Deshalb war ihre Entscheidung, was Paris anbetraf, so wichtig. Paris böte Piet nicht nur die Gelegenheit, viele alte Kameraden wiederzusehen, sondern auch erneut im Zentrum des Geschehens zu stehen. So Gott es wollte, gab das Abenteuer ihrem Mann etwas von dem wieder, was er verloren hatte.

»Hast du dich entschieden, Minou?«, fragte er, als sie die Schwelle des Hauses erreichten.

»Das habe ich«, log sie.

Donner ertönte über den fernen Gipfeln.

»Bist du dir sicher? Wir können noch warten, falls …«

Minou drückte seinen Arm. Die Hoffnung in seiner Stimme berührte sie. »Du wartest schon zu lange, Geliebter. Der Jahrestag ist gekommen und vergangen, alles hat sich hier versammelt.« Wieder hörten sie trockenes Donnergrollen und den Ruf eines Kuckucks.»Da. Es gibt keinen besseren Herold, der die Ankunft des Sommers verkündet. Bevor die Nacht einbricht, wird es regnen.«

Sie hörte, wie er tief Luft holte.»Minou, bevor wir hineingehen, muss ich dir etwas sagen ... etwas, das ich dir schon eine ganze Weile beichten wollte.«

Minous Herz schlug schneller.»Du kannst mir alles sagen, das weißt du doch.«

»Vor einigen Wochen erfuhr ich ...«

»Maman!«, rief ihre Tochter in diesem Moment und streckte sich gefährlich weit aus dem Erker über dem Burghof.»Beeil dich! Wir sind alle schon das Warten leid!«

»Marta!« Minou scheuchte sie mit der Hand zurück.»Das ist gefährlich, sich so weit aus dem Fenster zu lehnen. Geh wieder hinein.«

»Dann komm schnell.«

»Wir sind gleich bei euch.«

Minou wandte sich Piet wieder zu.»Wirklich, Marta ist zu waghalsig. Richtig furchtlos.« Sie legte ihm die Hand auf die Wange, spürte die Stoppeln seines gestutzten roten Barts, in den sich nun Grau mischte, rau unter ihren Fingern.»Was wolltest du mir sagen, *mon cœur*?«

Piet lächelte.»Ach, egal. Das kann warten. Wir wurden gerufen.«

Minou lachte.»Mademoiselle Marta kann sich noch einen Augenblick lang gedulden.«

»Nicht für alle Veilchen von Toulouse würde ich ihre Geduld länger auf die Probe stellen. Wir sollten hineingehen.«

Wenn Minou zurückblickte in den Monaten und endlosen Jahren, die folgen sollten, betrachtete sie dieses erste leise Missverständnis als den Wendepunkt, diesen einen Herzschlag der

Zeit, von dem an – hätte nur Marta nicht gerufen – eine andere Geschichte erzählt worden wäre.

Doch wie hätte sich Minou an jenem Junitag, als sie mit Piet im Hof der Hochburg des Château von Puivert stand, auch vorstellen sollen, dass all die Not und der Schmerz, den sie in der Vergangenheit erlitten hatte, neben dem Verlust und der Verzweiflung, die sie noch erwarteten, zu nichts verblassen würden.

KAPITEL 5

Die Kemenate, der Hauptwohnraum der Familie, erstreckte sich auf ganzer Länge im ersten Stock des Haupthauses der Burg. Der große behagliche Saal profitierte vom besten Nachmittagslicht und gehörte zu den ersten Veränderungen, die sie vorgenommen hatte, nachdem die Burg in ihren Besitz übergegangen war. Minou hatte etliche Trennwände einreißen und die Treppen und Korridore neu anordnen lassen, damit keine Erinnerungen an den alten Wohnraum zurückblieben – und die schrecklichen Taten, die darin stattgefunden hatten.

Durch drei hohe Fenster mit Doppelflügeln, jedes von Brokatvorhängen umgeben, blickte man über den Hof der Burg nach Süden. Über der Tür hing an einer Messingstange ein schwerer Vorhang. Im Sommer wurde er mit einem dicken Seil zur Seite gebunden, im Winter, wenn aus den Bergen der eisige Wind pfiff, blieb er geschlossen. Links und rechts vom Kalksteinkamin standen hölzerne Sitzbänke im rechten Winkel zueinander, davor mehrere gepolsterte Fußhocker und Stühle mit hohen Lehnen. Das andere Ende des Raumes nahm ein großer Esstisch aus Nussbaum mit zwei langen Bänken ein. An den Wänden standen eine Anrichte und zur Aufbewahrung von Tafelgeschirr und Tischwäsche eine Truhe.

Die Wandbehänge waren es, die dem Raum seinen besonderen Charakter verliehen. Vom Boden bis zur Decke bedeckten zwei Gobelins die Wände, die Minou bei einem hugenottischen Weber in Carcassonne in Auftrag gegeben hatte: Einer stellte Puivert dar, der andere war eine künstlerische Anmutung des

Begijnhofs, der frommen Gemeinschaft in Amsterdam, die sich zwischen Singel und Kalverstraat zwängte. Ein dritter, viel kleinerer Gobelin zeigte ein Familienporträt und war im vergangenen Winter fertiggestellt worden.

Als Minou mit Piet auf der Schwelle stehenblieb, genoss sie einen Moment lang den Anblick ihrer Lieben, die sich unbeobachtet wähnten: ihr Vater, Bernard Joubert, dessen alte Augen nun getrübt und blicklos waren, während seine Weisheit wie eh und je hell und klar strahlte, und ihre siebzehnjährige Schwester Alis mit dem dunklen Teint des Midi, die ihre wilden schwarzen Locken zähmte, indem sie sie zu einem langen Zopf flocht. Ihr derber, stämmiger Körperbau verriet mehr Kraft als Anmut. Ihr Bruder Aimeric war ebenfalls stämmig und stark, und obwohl er dreiundzwanzig Jahre alt war, glich er Alis so sehr, dass man sie für Zwillinge halten konnte. Er stand im Gespräch mit ihrer Tante Salvadora, deren Doppelkinn unter der schwarzen Witwenhaube wabbelte. Marta und der zwei Jahre alte Jean-Jacques hörten gespannt zu, wie ihr Großvater eine Geschichte von Rittern und dem Hof in Carcassonne aus alter Zeit erzählte, die Minou aus ihrer eigenen Kindheit kannte.

Während ihre Tochter vom Äußeren her Minou nachkam – nicht zuletzt hatte sie die ungleichen Augen, eins blau, das andere braun –, ähnelte ihr Sohn Piet und dessen Mutter: Mit seinen rostroten Haaren, grünen Augen und der sommersprossigen Haut kam er kaum nach seinen französischen Vorfahren.

Das Knarren eines lockeren Bodenbretts verriet ihre Anwesenheit.

»*Enfin!*«, rief Marta und sprang vom Fenstersitz. »Wir warten schon ewig auf euch.«

»Du musst lernen, geduldiger zu sein, *petite*«, entgegnete Minou liebevoll.

»Tante Salvadora sagt, dass im Louvre, im Königspalast, die meisten edlen Damen Röcke tragen, die so weit sind.« Marta breitete die Arme aus. »Zu groß, um durch eine Tür zu passen, man muss sich seitlich durchquetschen. Stimmt das wirklich? Denn wie sollen ...«

»Das habe ich überhaupt nicht gesagt«, wandte Salvadora ein. »Ich wollte erklären, inwiefern die Mode bei Hof die Eleganz und Größe der Krone widerspiegeln sollte. Unser edler König – und seine Schwester und seine Brüder – stellen das Beste an Frankreich dar, und deshalb müssen sie auf den Eindruck achten, den sie vermitteln. Auf ihren Porträts ebenso wie in ihrem täglichen Leben.«

Minou sah, wie Aimeric und Alis einen Blick wechselten. Sie hatten für den Valoishof nichts übrig. Mit Tante Salvadora verhielt es sich anders. Trotz ihrer Zuneigung für ihre Nichten und ihren Neffen – die durchaus erwidert wurde – hielt sie an dem alten Glauben fest, in dem sie erzogen worden war. Trotz der Gerüchte über König Charles IX., seine Wutanfälle und seine angeschlagene Gesundheit – ganz zu schweigen von der allgemein bekannten Tatsache, dass bei Hofe in Wirklichkeit die Königinmutter Caterina de' Medici herrschte –, wollte sie kein schlechtes Wort über die königliche Familie hören. Ihre Bewunderung blieb unerschütterlich.

»Die Damen und Herren am Pariser Hof tragen zu offiziellen Anlässen elegante Garderobe, aber im Alltag kleiden sie sich genauso wie wir mit weniger Pracht.« Minou wies auf das kunstvolle Familienporträt an der Wand. »Papa trägt nie sein blaues Wams mit den silbernen Schlitzen, es sei denn zu besonderen Anlässen, nicht wahr?«

Marta, die sich mit ihren sieben Jahren für weise hielt, sagte nachdenklich: »Und ich nicht meine juwelenbesetze Haube. Die ist nur für besondere Tage.«

»Genau.« Minou strich ihrer Tochter über die Wange. »Und im Louvre ist es genauso.«

Das Kind nickte. »Es ist klug, wenn sogar Königinnen und

Prinzessinnen Alltagskleider haben, denn wie sollten sie sonst spielen können?«

Alle lachten, sogar Salvadora, und Minou empfand eine Welle der Dankbarkeit für die Liebe und Gemeinschaft, die sie teilten. Sie sah wieder zum Gobelin. Piet und sie saßen in Goldfäden gekleidet, mit Silber, Perlen und Juwelen geschmückt. Auf Kissen vor ihnen saß Marta mit ihrer weißgebleichten Haube neben dem zweijährigen Jean-Jacques in Samthose und mit hölzerner Rassel. Die Farben strahlten, die Stickerei war voller Leben und Bewegung. Obwohl der Gobelin nicht größer war als das Tuch einer Dame, hatte Minou ihn am liebsten. Von allen Wandbehängen verriet er am meisten, wer sie waren.

Sollten sie all das für Paris riskieren?

Minou straffte sich, als der Gedanke ihr in den Sinn kam. Gewiss, die Reise wäre lang. Gewiss, das beständige Muster ihres Lebens, das sie sich mit Mühe erkämpft hatten, würde gestört. Aber welche Entbehrungen sie auch auf sich nehmen müssten, Paris mit eigenen Augen zu sehen würde es doch gewiss aufwiegen? Vor den mächtigen Türmen der Kathedrale Notre-Dame zu stehen und zuzusehen, wie Geschichte geschrieben wurde, war eine Ehre, die man sich nicht entgehen lassen sollte.

Minou spürte deutlich, dass Piet sie nicht aus den Augen ließ. Kein Mann hätte sich stärker bemühen können, eine Botschaft der Toleranz zu verbreiten oder zu versuchen, eine gemeinsame Grundlage für Menschen unterschiedlichen Glaubens zu schaffen. Ihr Gatte glaubte nicht nur fest daran, dass ein dauerhafter Friede möglich war, sondern auch, dass die Mehrheit der Männer und Frauen in Frankreich – ob Katholiken oder Hugenotten – diesen Frieden wirklich wollten. Zum Beweis führte er die eigene Familie an. Während Bernard wie Salvadora beim alten Glauben blieben, hatten Minou und Piet ihre Kinder nach den Vorstellungen der Reformierten Kirche erzogen. Wenn es ihrer Familie gelang, nach mehr als einem Jahrzehnt Bürgerkrieg die gegenseitigen Unterschiede zu achten, warum nicht auch die anderen?

»Minou«, sagte Piet leichthin, »sprichst du?«

Er lächelte, und selbst nach zehn Jahren Ehe sang ihr Herz. Die Unsicherheit fiel von ihr ab. Welche Zweifel sie auch hegte, sie schuldete es ihrem Mann, in Paris an seiner Seite zu sein.

KAPITEL 6

»Ich danke euch für eure Geduld.« Minou sah alle nacheinander an. »Und ich bitte um eure Nachsicht für mein schlechtes Zeitgefühl.«

Beim Klang ihrer Stimme verstummten alle. Bernard drehte sich in seinem Sessel. Tante Salvadora klappte ihren Fächer zusammen und legte ihn auf ihren Schoß. Alis ließ das Auf- und Abgehen und stellte sich neben Aimeric. Selbst der kleine Jean-Jacques spürte die Feierlichkeit des Augenblicks und hörte auf, mit den pummeligen Füßchen zu treten, als Marta neben das Kindermädchen auf die Bank sprang und ihrem Bruder zuflüsterte, leise zu sein.

»Ich bin auch dankbar, dass niemand …« – Minou sah ihre Tochter an – »*fast* niemand versucht hat, mich zu einer Entscheidung zu treiben.«

»Aber du sagst, wir sollen immer die Wahrheit sagen«, protestierte Marta.

»Still.« Piet legte ihr eine Hand auf die Schulter. »Lass Maman reden.«

»Es ist eine Ehre, dass unsere Familie eine Einladung zur königlichen Hochzeit erhalten hat. Für einige« – sie blickte Aimeric an – »ist es eine Frage der Pflichterfüllung, an jenem glücklichen Tag dabei zu sein. Für andere ist es eine Frage der Versöhnung.« Sie sah ihren Mann an, und er lächelte ihr ermutigend zu.

»Caterina de' Medici und Jeanne von Navarra. Zwei Königinnen, zwei Mütter, seit vielen Jahren verfeindet. Durch den

Ehevertrag bekunden sie ihre Absicht, ihre Differenzen zu überwinden, um ein Land aufzubauen, in dem nicht nur ihre Kinder leben können, sondern auch ihre Kindeskinder. Wenn Marguerite de Valois – Margot – den Protestanten Henri de Bourbon zu ihrem rechtmäßig angetrauten Ehemann nehmen kann, können gewiss alle Katholiken es lernen, mit ihren hugenottischen Nachbarn in Frieden zu leben.«

»Wohl gesprochen«, sagte Bernard. »Nicht wahr, Salvadora?«

»Das meine ich allerdings auch.«

Minou sah nacheinander jeden an. »Ihr alle wisst, wie schwer es mir fällt, zwischen dem zu vermitteln, was im Interesse unserer Familie ist, und unseren Pflichten gegenüber unseren Freunden und Kameraden. Aber ich habe lange nachgedacht und betrachte es nun als Ehre, nach diesen langen Kriegsjahren Zeuge zu werden, wie diese Einigung zwischen ehemaligen Feinden besiegelt wird.« Ihr Blick blieb auf Piet haften. »Und deswegen schlage ich vor, dass wir alle die Einladung annehmen und dich nach Paris zur Hochzeit begleiten.«

Einen Moment lang schien die Zeit stillzustehen. Dann klatschte Marta in die Hände, und die Welt bewegte sich weiter.

»Ich freue mich.« Piets Augen funkelten, als er Minous Hand ergriff. »Ich freue mich so sehr.«

Aimeric lachte. »Wusstest du etwa nicht, was deine Frau vorhat, Schwager?«

Piet errötete. »Ich war mir sicher, wie deine Schwester entscheiden würde!«

»Das war ich auch, aber aus selbstsüchtigen Gründen genauso sehr wie wegen eines höheren Ziels, wie ich zugeben muss. Ich bin aufgerufen, mich wieder Admiral de Colignys Gefolge anzuschließen. Er hat sich zuletzt von Paris ferngehalten – dadurch war ich frei, für die vergangenen Wochen ins Languedoc zurückzukehren –, aber jetzt schickt der König nach dem Admiral, und er kann sich nicht weigern. Zu wissen, dass ihr alle innerhalb der Stadtmauern seid, wird mir die Erledigung meiner offiziellen Pflichten viel angenehmer machen.«

Minou lächelte. »Und es wird eine Freude sein, deine Gesellschaft dort genießen zu dürfen, Bruder.« Sie machte eine Handbewegung, die den ganzen Raum einschloss. »Natürlich ist niemand von euch verpflichtet mitzukommen, auch wenn alle herzlich dazu eingeladen sind.«

Bernard schüttelte den Kopf. »Ich bin zu alt für solch eine Reise, *Filha*. Ich werde nach Carcassonne zurückkehren und mich darauf freuen, dass ihr mir alles erzählt, wenn ihr wieder da seid.«

»Wir werden dich vermissen, aber ich verstehe es gut. Was ist mit dir, liebe Tante?«

Salvadora ließ den Fächer aufschnappen, und eine kleine schwarze Feder trudelte zu Boden. »Wie du glauben kannst, ich ließe mir solch ein Spektakel entgehen, entzieht sich meinem Verständnis! Das wird die Hochzeit unseres Zeitalters. Obschon die Königin von Navarra in ihrem Glauben fehlgeleitet sein mag, ist ihr Sohn der erste Prinz von Geblüt und wurde in der Tat als Katholik geboren ...«

»Aber er hat sich zum Reformierten Glauben bekannt, kaum dass er sprechen konnte«, wandte Alis leise ein.

»Er ist der erste Prinz von Geblüt«, wiederholte Tante Boussay bestimmt. Ihre Miene wurde weich. »Und endlich Paris zu sehen. Notre-Dame und die Sainte-Chapelle, wo die heiligsten aller Reliquien der Leiden Christi zu sehen sind: die Dornenkrone, ein Splitter des wahren Kreuzes ...«

»Ein alter Holzsplitter wohl eher ...«

Minou murmelte warnend: »Alis!«

»Wann immer meine dienstlichen Pflichten es mir gestatten, wird es mir eine Ehre sein, dir die Hauptstadt zu zeigen, liebe Tante«, sagte Aimeric rasch und bedachte seine kleine Schwester mit einem Stirnrunzeln.

Marta hob die verirrte schwarze Feder auf, kitzelte damit Jean-Jacques unter dem Kinn und ließ sie in den Falten ihres Rocks verschwinden.

»Auch ich habe über die Angelegenheit nachgedacht«, sagte sie mit feierlicher Stimme. »Ich werde Papa und dich nach Paris begleiten, nicht zuletzt, um diesen kleinen Teufel im Auge zu behalten.«

»Nun wirklich!«, protestierte Salvadora. »Minou, du solltest ihr nicht erlauben zu reden wie …«

»Das ist er aber!«, beharrte Marta.

Salvadora schürzte die Lippen. »Nun, so etwas sagt man trotzdem nicht.«

»Alle Brüder sind Teufel, Marta.« Grinsend wies Alis auf Aimeric. »Und deshalb fühle auch ich mich verpflichtet, mit nach Paris zu kommen. Um ihn im Auge zu behalten!«

Aimeric schlug sich mit der Hand auf die Brust. »Du verletzt mich!«

»Ist das wahr, Maman?«, wollte Marta wissen.

»Wahr ist, dass deine Tante Alis und dein Onkel Aimeric schon ihr ganzes Leben lang einander aufziehen! Achte einfach nicht auf sie.«

»Komm, setz dich zu mir, Marta.« Alis führte ihre kleine Nichte zum Tisch. »Wir unterhalten uns über unausstehliche Brüder und wie man sie zähmt!«

Piet wandte sich Aimeric zu. »Hast du noch immer die Absicht, morgen abzureisen?«

»Das habe ich. Ich reise über Chalabre und verabschiede mich von meiner Frau, reite weiter und stoße in Saint-Antonin zu meinen Kameraden. Wenn nichts dazwischenkommt, sollte ich Ende Juni in Paris sein.«

»Hättest du vielleicht die Möglichkeit, uns eine angemessene Unterkunft zu beschaffen?«

»Für wie lange?«

»Angesichts dessen, dass die Hochzeit am achtzehnten Tag stattfinden soll, werden wir versuchen, in der ersten Augustwoche einzutreffen – wenn, so Gott will, die Stadt noch nicht vollends überlaufen ist –, und aufbrechen, nachdem die Feierlichkeiten beendet sind, einen Tag oder zwei nach dem Bartholomäustag. Somit werden wir etwa drei Wochen in Paris sein.« Er sah Minou an. »Das sollte ausreichen, oder?«

Minou lächelte. »Vollkommen.«

Salvadora richtete ihren Fächer auf Aimeric. »Ich möchte unweit des Louvre wohnen, Neffe. Auf der großen Rue Saint-Martin oder der Rue Vieille du Temple. Nicht in einem unmöglichen Viertel.«

»Das Universitätsviertel am linken Ufer der Seine könnte besser sein«, bemerkte Bernard milde. »Die Luft ist dort sauberer.«

Salvadora schnaubte. »*Angemessene* Unterkunft sagte ich, Bernard. Ich wünsche nicht die Gesellschaft von Ladenbesitzern, Dichtern oder …«

»Protestanten?«, rief Alis.

Aimerics Lippen zuckten. »Ich gebe dir mein Wort, verehrte Tante, dass ich dich vor den verderblichen Übeln der Dichtkunst und der Druckerpressen der Sorbonne bewahren werde.«

Seine Tante kniff die Augen zusammen. »Du weißt sehr wohl, was ich meine.«

»Tue ich«, antwortete er voll Zuneigung. »Ich werde für jeden ein Quartier beschaffen, das seinen Bedürfnissen genügt. Habt keine Angst.«

»Das wäre erledigt.« Piets Stimme war voller Abenteuerlust. »Ich schlage vor, wir brechen am längsten Tag auf, in etwa zwei Wochen, damit wir uns auf der Reise Zeit lassen können.«

»Welche Route schwebt dir vor?«, fragte Aimeric.

Piet sah Minou fast zaghaft an, und sie begriff sofort. Zwar hatte er auf ihre Entscheidung gewartet, aber er hatte auch schon eingeplant, dass sie und die Familie ihn begleiten würden. War es das, was er ihr vorhin noch hatte sagen wollen?

Sie nahm sich einen Becher Wein von der Anrichte und prostete ihrem Gatten zu.

Piet lächelte erleichtert über ihren Segen. »Allerdings«, wandte er sich wieder an seinen Schwager. »Ich habe mir darüber Gedanken gemacht.«

Im Wald jenseits der Burgmauern rief eine Amsel nach ihrem Gefährten. Ein Hirsch brach aus der Deckung, um auf den Wiesen zu äsen. Über den Bergen kreisten die Adler.

Noch immer beobachtete der Mörder. Er hatte nun keine Hoffnung mehr, seinen Auftrag zu erfüllen, bevor die Nacht einbrach. Er fragte sich, was geschehen war, dass sich der übliche Tagesablauf änderte, denn er bezweifelte nicht, dass die Auskunft zutraf, die er erhalten hatte. An jedem Nachmittag ging die Ketzerin auf das Dach des Donjons. Wieso heute nicht?

Bei Sonnenuntergang lauschte er dem Wachwechsel. Er sah, wie Kerzen im Donjon entzündet wurden. Eine Eule kam zur Jagd heraus. Endlich, als das letzte Tageslicht vom Himmel schwand, suchte der Mörder in den Tiefen des Waldes Unterschlupf. Er legte die Pistole weg, bedeckte sein Kästchen mit dem Schießpulver sorgsam, damit es trocken blieb, holte aus der Tasche die magere Zehrung, die er noch hatte, und setzte sich an den Stamm eines Baumes, um so die Nacht zu verbringen.

»Wenn nicht heute, dann morgen.« Der Eifer brannte ihm in den Augen. »Des Herrn Wille geschehe.«

Ganz allmählich versank der Tag hinter dem Berg.

Tante Salvadora kehrte an ihre Stickarbeit zurück. Alis nahm Marta mit nach draußen; sie wollten sich die jungen Katzen im Küchengarten ansehen. Jean-Jacques rutschte vom Schoß der

Kinderfrau, stolperte zu seinem Großvater und bettelte um eine Geschichte.

Minou saß auf der Bank unter den hohen Fenstern und lauschte auf den Sturm. Ihr bereitete es Freude, Piet zu beobachten, wie er sich, aufgeregt wie ein kleiner Junge, der seine erste Jagd plante, mit gelöstem Wams und hochgekrempelten Hemdsärmeln über den Tisch beugte. Als er ihren Blick bemerkte, wandte er sich ihr zu und wies auf das Durcheinander aus Schriftstücken und Karten.

»Möchtest du sehen, was …«

Minou hob die Hand. »Zwei Köpfe sind besser als drei. Ich überlasse die Planung gern dir und Aimeric.«

»Bist du dir da sicher, meine Dame des Nebels?«

Minou lächelte. »Ganz sicher, mein Herr. Ich bin sogar froh, nicht darüber nachdenken zu müssen.«

Als die Glocke von Saint-Marcel zur neunten Stunde schlug, brachte die Kinderfrau Marta und Jean-Jacques ins Bett, und die Diener trugen das Abendessen und Wein auf. Bei Schlag zehn zog sich Bernard zurück, kurz darauf auch Salvadora. Die Kerzenflammen tanzten und spuckten. Alis blieb noch ein wenig länger, machte Vorschläge und gab Kommentare ab, dann ging auch sie in ihre Kammer. Als die Mitternacht näherrückte und nichts darauf hindeutete, dass Piet oder Aimeric der Diskussionen müde geworden waren, wünschte auch Minou eine gute Nacht.

Endlich brach das Unwetter los. Winde heulten um die Mauern, Regen prasselte gegen die Fensterscheiben. Minou war müde bis auf die Knochen, doch als sie in ihrer Schlafkammer war, stellte sie fest, dass sie nicht einschlafen konnte. Die Stimmen in ihrem Kopf waren zu laut.

Um zwei Uhr stand sie wieder auf und öffnete die Fenster, um frische Luft hereinzulassen. Undeutlich hörte sie die Stimmen ihres Gatten und ihres Bruders, die nun auf dem Burghof unter ihr standen. Sie kehrte in ihr zerwühltes Bett zurück und fragte sich, was die beiden noch auf den Beinen hielt. Irgendwann ließ der Sturm wieder nach. Trotzdem sank Minou erst in die tintenschwarzen Arme des Schlafes, als ein blasses Morgengrauen über die Fensterbank kroch.

KAPITEL 7

LIMOGES
LIMOUSIN
Samstag, 7. Juni

Vidal du Plessis – bekannt als Seine Eminenz, Kardinal Valentin – blickte aus dem Fenster auf den kleinen Hof darunter, den das Morgenlicht beschien. Der Knabe spielte dort mit anderen Kindern. Je länger Vidal ihn im Auge behielt, desto deutlicher sah er, wie Louis sich abgrenzte. Vidal begrüßte solche Vorsicht. Der Gruppe zwar anzugehören, aber keine Aufmerksamkeit auf sich zu lenken, während man gleichzeitig beobachtete und zuhörte, kündete von gutem Urteilsvermögen. Doch, er war zufrieden.

Den ganzen Vortag und die Nacht waren sie nach Norden gefahren und hatten Saint-Antonin etwa fünfzig Wegstunden weit hinter sich zurückgelassen, bis sie am Morgen Limoges erreichten. Doch obwohl Vidal sich erfrischt und seine Schläfen mit Wasser besprengt hatte, blieb er müde und gereizt. In seinem Kopf klang das unablässige Rattern der Wagenräder nach. Jeder einzelne Knochen in seinem Leib schmerzte. In seinem Schädel hämmerte es.

Er wandte sich vom Fenster ab und blickte durch die gut möblierte Kammer. Limoges gehörte zu einem der Fürstentümer, die von Jeanne d'Albret beherrscht wurden, der hugenottischen Königin Jeanne von Navarra, und befand sich gegenwärtig in der Hand der hugenottischen Streitkräfte. Eine Handvoll adliger Güter war jedoch in katholischer Hand verblieben, nicht aus Mitgefühl oder Gnade, sondern nur, weil die Königin die Emailledosen und den Tand liebte, die in Limoges hergestellt wurden. Ob sie papistisch waren oder nicht, sie wollte nicht, dass diese Geschäfte zugrunde gingen.

Vidal hielt die Lage für absurd und störte sich daran, in einer Enklave gefangen zu sein, die auf allen Seiten von Ketzern umschlossen war. Nur noch einige Wochen, versicherte er sich, und er konnte sich wieder seinem Ziel zuwenden. Sobald Mariä Geburt im September nahte, hatte er die Freiheit, auf sein privates Anwesen bei Chartres zurückzukehren, um das nächste Stadium in seinem Lebensplan zu beginnen. Das Gut war mit Kredit bezahlt, den er aufgrund des bevorstehenden Vermächtnisses seines reichen Onkels, Philippe du Plessis, erhalten hatte. Vidal war sein Alleinerbe, da sein Onkel keine Kinder hatte.

Das zumindest hatte Vidal immer angenommen. Er schüttelte den Kopf, unwillig, solch besorgniserregenden Gedanken nachzugehen. Seine Schläfen begannen zu pochen.

Vidal war ein Stern am Himmel der katholischen Kirche. Während der Kriege war er gegen wenig Widerstand rasch in prominente Stellung aufgestiegen, hatte schon vor langem den Staub des Südens von den Füßen geschüttelt und sich dem Norden angepasst. Er war der persönliche Beichtvater von niemand Geringerem als dem Herzog von Guise, und zehn Jahre lang hatte er vom Elend der Bürgerkriege profitiert. Er war jetzt reich, er war mächtig. Doch in diesem besonderen Moment war es für ihn wichtig, dass der gegenwärtige Waffenstillstand anhielt, damit er auf sein privates Ziel hinwirken konnte. Bis Michaelis wären die letzten Vorbereitungen getroffen. Danach konnte das Land, soweit es Vidal anging, zum Teufel gehen.

Doch trotz seines großen Einflusses entglitten ihm die Dinge, das spürte Vidal. Die Situation in Amsterdam – auch wenn er Schritte ergriffen hatte, sie einzudämmen – war Grund zur Besorgnis. Vorerst reichten seine Geldmittel aus, aber beanspruchte jemand anders das Vermächtnis seines Onkels, war er ruiniert. Die Pläne, die er verfolgte, waren kostspielig. Und sein gegenwärtiger Aufenthalt im Languedoc hatte ihm bestätigt, dass die fiebrige Atmosphäre in Paris sich überall im ganzen Land ausbreitete. Frankreich war ein Pulverfass voller Hass, Uneinigkeit und Groll.

Alles hing davon ab, dass die königliche Hochzeit stattfand. Obwohl der Ehevertrag zwischen der Königinmutter und der Königin von Navarra schon im April ausgehandelt worden und ein Tag im August für die Heirat angesetzt worden war, wartete der Louvre noch immer auf den Dispens Seiner Heiligkeit des Papstes. Das war aber nur ein Hindernis. Es gab noch andere, nicht zuletzt die Liebesaffäre des Herzogs von Guise mit der königlichen Braut.

Vidal wischte sich das Gesicht mit dem Taschentuch ab. Die Furchen in seiner Stirn legten Zeugnis ab von einem Jahrzehnt im Dienste des Hauses Guise. Weder wusste er, noch scherte es ihn, ob zwischen Marguerite de Valois und Guise echte Zuneigung herrschte. Er war sich jedoch sicher, wenn – falls – Guise die Karten auf den Tisch legte, handelte er nicht als liebeskranker Narr, sondern aus unversöhnlichem Hass auf seinen Rivalen, Henri de Bourbon. Dass der Hugenotte in die katholische königliche Familie einheiraten und so die Häuser Bourbon und Valois vereinigen sollte, bedeutete einen herben Schlag für Guises Ambitionen. Vidal hegte keine Zweifel, dass sein Herr alles tun würde, was er konnte, um diesen Bund zu verhindern.

Er klopfte mit den Fingern auf die Rückenlehne seines Sessels, und der Takt wurde schneller, als seine Vision immer deutlichere Gestalt annahm. Nein, er durfte jetzt nicht wanken. Und obwohl Gott ihm schon seit langem nicht mehr zuhörte, hob Vidal den Blick gen Himmel.

»Eure Eminenz.«

Vidal drehte sich um. Sein Verwalter Xavier stand in der Tür. Trotz der südlichen Sonne blieb der Mann weiß wie Milch; seine Augäpfel waren von einem kränklichen Gelb. Dennoch, er war robust und wankte niemals.

»Was ist denn?«, fragte Vidal scharf und setzte sich das rote Birett wieder auf.

»Verzeiht mir, dass ich Euch in Eurer Ruhe störe, Monseigneur, aber wir haben Nachricht aus Paris.«

»Aha?«

Vidal streckte die Hand nach dem Brief aus. Xavier durchquerte den Raum mit zwei Schritten, überreichte seinem Herrn das Schreiben und trat respektvoll zurück.

Vidal brach das vertraute Wachssiegel, das von der Reise schon rissig war, und überflog die Worte. Stirnrunzelnd las er ein zweites Mal, um sich zu vergewissern, dass er nichts falsch verstanden hatte, hielt das Pergament an die Kerzenflamme und sah zu, wie es verbrannte.

»Eminenz?«

Er warf den brennenden Brief in den kalten Kamin. »Wir werden augenblicklich nach Paris zurückgerufen. Wie es scheint, ist die Königin von Navarra erkrankt. An einem Fieber.«

»War sie denn vorher schon schlechter Gesundheit?«

»Ich glaube, so war es«, antwortete Vidal vorsichtig.

»Dann steht zu hoffen, dass Ihre Majestät sich erholt, obwohl ...«

Vidal kniff die Augen zusammen. Er unterhielt ein Netz von Spionen im ganzen Land – und darüber hinaus –, von denen Xavier einer der zuverlässigsten Männer war. Er fragte nicht nach, wie der Mann an sein Wissen gelangte oder von wem er es erhielt, aber seine Meldungen waren nur selten falsch. Im Dienste Christi heiligte der Zweck stets die Mittel.

Vidal machte eine auffordernde Gebärde. »Obwohl?«

»Ich möchte nicht anmaßend erscheinen, Monseigneur.«

»Ich werde dich nicht für deine Worte strafen, sollten sie mir nicht gefallen. Sprich.«

Der Verwalter zögerte. »Ich bin zwar sicher, es ist ein gewöhnliches Fieber ...«

»Stell nicht meine Geduld auf die Probe, Xavier.«

»Der Kurier, der den Brief brachte, vertraute mir an, dass Caterina de' Medici ihrem königlichen Gast vor drei Tagen ein Paar Handschuhe geschenkt habe.«

Vidals Brauen zuckten hoch. »Parfümierte Handschuhe?«

»Von ihrem eigenen Handschuhmacher hergestellt«, führte Xavier aus, »heißt es, wurden sie von der Königinmutter persönlich zum Hôtel de Bourbon überbracht, dem Palast, in dem die Königin von Navarra zurzeit residiert.«

Vidal dachte nach. In Paris gab es keinen Mann und keine Frau, die noch nicht von René dem Florentiner gehört hatten, dem Parfümeur Caterina de' Medicis, und dass der Italiener zusätzlich zu seinem legitimen Geschäft auch Gifte lieferte. Sein Laden war niemals leer.

»Wird auf den Straßen viel davon gesprochen?«

»Der Kurier sagt, man redet davon sowohl in den katholischen als auch den protestantischen Vierteln.«

Vidals Finger trommelten schneller. Das passte ihm ganz und gar nicht. Wenn Gerüchte eine Verschwörung gegen die Königin von Navarra behaupteten – selbst wenn sie unbewiesen blieben, das Volk sie aber glaubte –, belastete es die Beziehung zwischen dem Palast und dem Hôtel de Bourbon, und die Heirat wurde am Ende noch abgesagt.

»Bring mir den Kurier. Ich möchte ihn selbst befragen.«

Xavier hob entschuldigend die Hände. »Ich habe nicht daran gedacht, ihn festzuhalten. Er ist schon wieder unterwegs.«

»Unterwegs? Wohin?«

»Das weiß ich nicht. Es tut mir leid, Monseigneur.«

Vidal verzog das Gesicht. »Egal. Wir haben unsere Anweisungen und können uns nicht durch Klatsch von unserer Pflicht abhalten lassen. Dem Menschen steht es nicht zu, Gottes Entscheidungen zu hinterfragen, Xavier, denn Weisheit und Gnade des Herrn übersteigen unser Verständnis. Die Seele der Königin von Navarra ist in Gottes Hand.«

»Jawohl, Eure Eminenz.«

»Mach die Pferde bereit. Ich entschuldige mich bei unserem Gastgeber für unsere vorzeitige Abreise. Wir brechen sofort auf.«

Xaviers Blick zuckte hoch. »Wir warten nicht auf Neuigkeiten aus Puivert?«

Vidal verstand seine Besorgnis. Beabsichtigt gewesen war, in Limoges zu bleiben, bis die Nachricht eintraf, dass seine Befehle erfolgreich ausgeführt worden waren.

»Der Herzog von Guise möchte mich unverzüglich in Paris zurückhaben – genauer gesagt befiehlt er mich dorthin. Ich muss davon ausgehen, dass die Angelegenheit zufriedenstellend erledigt wurde.« Er schwieg kurz. »Hinterlasse dennoch Anweisung, dass in dem Fall, dass irgendwelche Nachrichten eintreffen, sie uns alsbald nachgeschickt werden. Ich möchte gern Sicherheit haben.«

»Sehr wohl, Herr.«

»Apropos, schon ein Wort aus Amsterdam?«

Xavier sah ihm in die Augen. »Die Lage war, wie Eminenz annahm. Die Angelegenheit ist nun jedoch abgeschlossen.«

»Diskret?«

»Es besteht keine Möglichkeit, dass Ihr damit in Verbindung gebracht werdet, Herr. Und im Quartier der Nonne wurde keinerlei Beweis gefunden – falls er überhaupt je existiert hat. Nichts.«

Vidal atmete erleichtert auf. »Ausgezeichnet. Das hast du gut gemacht, Xavier. Ich werde dafür sorgen, dass du belohnt wirst.«

»Mir ist es eine Ehre zu dienen, Monseigneur.«

Ein Schrei im Hof lockte Vidal wieder ans Fenster. Das Spiel der Kinder war in einen Kampf umgeschlagen. Louis hatte die rechte Hand zur Faust geballt, aber der andere Junge – der Sohn eines Präfekten von Limoges – war der mit der blutigen Nase. Trotz des Umstands, dass er dafür eine Strafe aussprechen musste, war Vidal keineswegs ungehalten. Louis besaß Kampfgeist, einen scharfen Sinn für Selbsterhaltung und offenbar wenig ausgeprägte Skrupel. Ob er Louis nun zu seinem Sohn erklärte oder weiterhin behauptete, es handele sich bei ihm um das Kind eines entfernten Cousins, den er aus christlicher Nächstenliebe in seine Dienste genommen habe, Vidal glaubte sehr, dass der Knabe sich als nützlich erweisen würde.

»Und was ist mit dem Burschen?«, fragte Xavier.

Vidal schaute wieder auf den Hof. Sein Sohn schien zu spüren, dass er beobachtet wurde, denn er blickte hoch und zeigte nicht den Anflug von Scham im Gesicht. Ein ganz kurzes Lächeln flog Vidal über die Lippen. Er schloss den Fensterflügel.

»Der Junge kommt mit uns nach Paris.«

KAPITEL 8

CHÂTEAU DE PUIVERT
LANGUEDOC

Überall sah man Spuren des Sturms, abgebrochene Äste und Zweige, auf dem nassen Boden verstreut. Der schwere Geruch nach feuchtem Stroh und der helle Tag drangen auf sie ein, als Minou die Kemenate verließ.

Während die aufgehende Sonne ihr Muster auf das Gras malte, schritt die ernste Gruppe über den Hof zum Torhaus, um Aimeric Lebewohl zu wünschen. Marta eilte voraus, während Minou und Alis gemesseneren Schritts folgten. Der kleine Jean-Jacques sprang zwischen ihnen.

Auf dem *Basse Cour* hatten die arbeitenden Menschen der Burg ihre Stätte – die Ställe und die Schmiede, die Zwinger für die Jagdhunde, die Vorratsschuppen, das Salzhaus. An jedem Samstag diente der Hof der Vorburg als Wochenmarkt für Puivert. Händler und Handwerker kamen aus dem Dorf hoch, sobald die Tore geöffnet wurden, und bauten ihre Stände auf. Bauersfrauen mit Tragkörben aus Weidengeflecht und breitkrempigen Hüten brachten das erste Sommerobst; der Böttcher und sein Junge rollten ratternd Fässer mit Bier über die Zugbrücke und in den Schatten der Westmauer, wo sie immer standen; ein Geflügelzüchter bot eine Schar Hennen in einem behelfsmäßigen Gehege an. Das Feuer in der Esse brannte schon, der Hufschmied stand, die Raspel in der Hand, daneben. Sogar ein reisender Buchhändler war gekommen und bot seine Volksbücher und Flugschriften feil. Minou hatte ihn noch nie gesehen und nahm sich vor, sich später seine Ware anzuschauen.

Frauen neigten die Köpfe, wenn sie an ihr vorbeigingen, Männer berührten ihre Mützen. Minou lächelte und begrüßte alle, die sie kannte, mit erhobener Hand. Sie hatte einige Zeit gebraucht, um zu lernen, dass sie diese Zeichen der Gefolgschaft annehmen und erwidern musste. Nichts in ihrer bescheidenen Erziehung in Carcassonne oder ihrer Kindheit in der Buchhandlung ihres Vaters in der Bastide hatte sie auf solch eine Stellung vorbereiten können.

Minou hatte den Titel der Châtelaine unerwartet von ihrer leiblichen Mutter geerbt, Marguerite de Bruyère, von der sie ihren Namen hatte. Dass Bernard und Florence Joubert nicht ihre leiblichen Eltern waren, hatte sie erst mit neunzehn Jahren erfahren. Minou empfand tiefe Dankbarkeit für die Frau, die gestorben war, als sie sie zur Welt brachte, und der sie glich: groß und hellhäutig mit glatten braunen Haaren und Augen unterschiedlicher Farbe. Als ihre echte Mutter betrachtete sie jedoch Florence Joubert, die vor fünfzehn Jahren gestorben war. Liebe war es, die zählte, nicht Blut. Von Florence hatte sie gelernt, was sie für das Leben wissen musste, nicht zuletzt, das Alte zu respektieren und zu beachten. »Wenn wir die Fehler der Vergangenheit nicht kennen«, pflegte sie zu sagen, »wie sollen wir lernen, sie nicht zu wiederholen? Die Geschichte ist unser Lehrmeister.«

Minou beherzigte den Ratschlag, und ohne es zu beabsichtigen, hatte sie den großen mittelalterlichen Helden des Languedoc nachgeahmt, Vicomte Trencavel. Ihre Güter in Puivert leitete sie im gleichen Geist der Toleranz wie er und war stolz, dass hier, an einem der südlichsten Punkte des Midi, Hugenotten und Katholiken Seite an Seite als christliche Nachbarn lebten, nicht als Feinde.

Als Piet in den ersten Kriegsjahren fort gewesen war, hatte Minou das Gut ganz allein geführt. Sie hatte gelernt, sich auf ihren Instinkt und ihre Anschauung zu verlassen, wenn sie entschied, wer bei einem aufgelösten Verlöbnis oder unbezahlter Mitgift die geschädigte Seite war. Sie hatte sich Vorwürfe des Ehebruchs, der Nachlässigkeit und der Erbschleicherei angehört; sie hatte die Unschuldigen gegen ungerechtfertigte Klagen geschützt und die Schuldigen gestraft.

»*Merci infiniment, madame*«, sagte Marta brav.

Minou drehte sich um und erblickte ihre Tochter, die von einer Greisin eine Handvoll roter reifer Kirschen entgegennahm. Die alte Frau trug von Kopf bis Fuß Schwarz, wie es Brauch in den Bergen war. Martas hellblaues Kleid mit den zierlichen cremefarbenen Perlen wirkte im Vergleich grell.

»*Mercé a vos, madomaisèla*«, antwortete die Greisin auf Okzitanisch, der alten Sprache der Gegend.

Minou hatte mühsam gelernt, ihre Pflichten zu erfüllen, und deshalb amüsierte sie, wie mühelos Marta mit Menschen umging. Sie war ganz die geschätzte Tochter der Burg. Minou warf einen Blick auf ihren Sohn und fragte sich, ob er genauso sein würde. Sie bezweifelte es. Jean-Jacques war ein ruhiges, gutmütiges Kind von gleichmütiger Gefühlsart, nicht so lebhaft und neugierig wie seine Schwester. Jean-Jacques würde Loyalität wecken. Marta würden die Menschen ergeben sein.

Der Mörder fuhr aus dem Schlaf hoch und schlug sich auf die Wangen, um seine Sinne zu schärfen.

Jawohl, da war es. Ganz nahe. Stimmen und die Laute von Pferden, ihr Schnauben und Wiehern, das Trappeln ihrer Hufe auf feuchtem Boden. Der Lärm kam von irgendwo am Haupteingang der Burg. War sie es? Verließ die falsche Châtelaine die Feste? Ein Schreck durchfuhr ihn bei dem Gedanken, dass er seine Gelegenheit verpasst haben sollte, doch dann fiel ihm ein, dass ihr ketzerischer Bruder heute nach Norden reiten wollte. Als er zum Turm hochschaute, sah er, dass dort niemand war. Die Tür zum Dach war geschlossen.

Der Mörder kreiste seine Schultern und streckte seine Beine, um die Nacht aus den Knochen zu vertreiben, öffnete seine Hose und urinierte gegen eine Buche.

Aus seinem Lederbeutel nahm er einen Schluck Bier und kaute auf einem Bissen Brot. Danach setzte er sich wieder in Position, die Radschlosspistole auf den Knien. Eine wunderschöne Waffe. Vielleicht durfte er sie behalten, wenn die Tat getan war.

»Domine, exaudi orationem meum. – Herr, erhöre mein Gebet.«

Sein Blut wallte bei dem Gedanken an die bevorstehende Tötung.

Piet und Bernard warteten mit Aimeric am Torhaus.

Minou sah zu, wie Vater und Sohn einander umarmten. Zu sehen, dass ihr Bruder Piets alten Dolch am Gürtel trug, berührte sie. Ein Glücksbringer? Gerade legte Piet ihm die Hand auf die Schulter und beugte sich zu Aimeric vor. Minou wunderte sich, dass sie einander noch immer etwas zu sagen hatten, denn immerhin hatten sie die ganze Nacht geredet.

»Warum flüstert ihr?«, wollte Marta wissen. »Maman sagt, dass Flüstern unhöflich ist.«

Die beiden Männer traten auseinander. Piet strich seiner Tochter über die langen braunen Haare. »Es gibt Dinge, die nicht für Kinderohren bestimmt sind.«

»Was sind das für Dinge?«

»Dinge halt«, wiederholte Aimeric. Seine schwarzen Augen funkelten.

»Ich finde das ungerecht. Maman sagt ...«

»Das reicht, *petite*.« Minou zog Marta zu sich. »Bleib bei mir.«

Sie fand, dass Aimeric in seinem schwarzen Wams und der schwarzen Hose wunderbar aussah. Sein wildes Haar bedeckte eine Filzmütze, sein Bart war zu einer perfekten Spitze gestutzt. Der Landedelmann war verschwunden, jetzt sah er wieder ganz aus wie der Soldat.

»Ich wünschte von ganzem Herzen, er würde nicht gehen«, flüsterte Alis. »Gibt es nicht noch andere, die genauso hoch in Colignys Gunst stehen? Wozu braucht der Admiral unseren Bruder?«

»Es ist seine Pflicht«, erwiderte Minou. »Er hat ihm seine Dienste zugesagt.«

»Paris ist so weit weg.«

»Nicht weiter als seine früheren Stationierungen, Alis, und ist er nicht immer zu uns zurückgekehrt?«

»Aber was, wenn …«

Minou drückte ihrer Schwester liebevoll die Hand. »Schenke ihm deinen Segen. Lass ihn mit stolzen Worten im Herzen aufbrechen.«

Alis zögerte und trat vor. Ihr grünes Kleid hob sich lebhaft von der schwarzen Tracht ihres Bruders ab. Ihr Gesicht war angespannt, aber an der Haltung des Kinns erkannte Minou, dass sie seinen Aufbruch nicht mit ihrer Trauer trüben würde.

»Wenn Paris auch vor Papismus strotzt und an jeder Ecke die Prediger Gift und Galle spucken, glaube ich doch, dass es dort viel zu tun und zu genießen gibt, Bruder.«

Aimeric lächelte. »Ich werde meine Ohren vor jeder Verderbnis verschließen.«

»Du machst eine gute Figur, da habe ich keine Zweifel. Aber halte dich aus Händeln heraus, hörst du? Lass dich von der Vorsicht genauso leiten wie vom Mut …«

»Weil Brüder kleine Teufel sind«, fügte Marta hinzu.

Alis lächelte dankbar. »Ganz genau. Weil Brüder, ob klein oder weniger klein, Teufel sind.«

Zur Überraschung aller schlang Alis die Arme um Aimeric und drückte ihn fest an sich, dann schritt sie ohne ein weiteres Wort über den Hof zurück zum Haus.

»Was hat Tante Alis denn?«, fragte Marta. »Wo geht sie hin?«

»Sie ist traurig«, sagte Piet. »Was hältst du davon, wenn du und ich ihr nachgehen und sie aufheitern? Du kannst sie zu einer Partie Schach herausfordern.«

»Schach ist langweilig. Ich …«

»Oder du hilfst mir, unsere Route zu planen.«

Augenblicklich lebte Marta auf. »Darf ich Gran'pères Reisekompass nehmen?«

»Wenn du ihn vorher um Erlaubnis bittest«, sagte Minou, »und wenn er ja sagt, dann ja.«

»Darf ich ihn mir borgen, Gran'père Bernard?«

Bernard stützte sich auf seinen Stock. »Suchen wir ihn doch einmal. Gib mir deinen Arm, Marta, und wir gehen zusammen.«

»Ich gehe mit, damit sie kein neues Unheil anrichtet.« Grinsend hob Piet sich Jean-Jacques auf die Schultern. »Du findest uns in der Kemenate, Geliebte, wenn du so weit bist.«

Minou sah ihnen hinterher, drei Generationen – ihr Vater, ihr Ehemann und ihr Sohn mit ihrer quirligen Tochter, die über den Hof voranstürmte. Sie wandte sich Aimeric wieder zu und reichte ihm die Hand.

»Ich werde dich vermissen.«

»Und ich dich. Diese Wochen in Puivert waren wie die gute alte Zeit. Die Familie Joubert wieder vereint.«

»Es war eine Freude, dich so lange bei uns zu haben. Ich hoffe, deine Frau vergibt uns, dass wir dich so lange hier behielten.« Minou zögerte. »Konnten Piet und du gestern Abend die Dinge zwischen euch klären? Ihr habt bis in die Nacht geredet.«

Aimeric nickte. »Es gibt viel zu erledigen. Trotz der Friedensbedingungen sind einige Provinzen weniger sicher als andere. Piet tut recht, wenn er mit so großer Sorgfalt plant.«

»Das ist alles?«, fragte Minou leichthin. »Nicht mehr als das?«

»Was sollte denn noch sein?«

»Erscheint er dir nicht abgelenkt?«

Aimeric runzelte die Stirn. »Piet geht vieles durch den Kopf, aber das ist nicht verwunderlich. So furchtbar viel hängt davon ab, dass die königliche Hochzeit ohne Zwischenfälle stattfindet.«

»Ich finde nur …« Minou unterbrach sich. Sie wusste gar nicht genau, was sie zu sagen versuchte. »Piet hat dir keinen anderen Grund für seine Geistesabwesenheit genannt? Er hat sich dir nicht anvertraut?«

Aimeric schüttelte den Kopf. »Nein. Das heißt, er hat mich gebeten, dass ich mir Neuigkeiten aus Amsterdam verschaffe, wenn ich in Paris eintreffe. Er verfolgt den dortigen Aufstand gegen die spanische Besatzung sehr genau und würde gern Berichte aus erster Hand hören, wie die Dinge sich entwickeln.«

Das Klirren von Zaumzeug unterbrach ihr Gespräch. Aimerics Reitknecht brachte seinen gescheckten Zelter. Vor den Toren warteten mittlerweile seine Reisegefährten: drei Kameraden, die bewaffnet waren und schon im Sattel saßen. Sie trugen schlichte Kleidung, nichts Auffälliges. Die Insignien Admiral de Colignys würden sie erst anlegen, wenn sie in Saint-Antonin zu ihrer Einheit gestoßen waren.

Minou sah in Aimerics Augen ein zielstrebiges Funkeln, und obwohl sie ihn gern weiter befragt hätte, wusste sie doch, dass ihr Bruder mit den Gedanken bereits bei dem war, was vor ihm lag.

»Gute Reise«, sagte sie fröhlich.

»Pass gut auf meinen Neffen und meine Nichte auf.«

»Das werde ich.« Sie drückte ihm die Hände. »Bis wir uns in Paris wiedersehen.«

»Bis in Paris.«

Der Reitknecht legte die Hände zusammen, und Aimeric nutzte sie als Stufe, um sich in den Sattel zu schwingen. Er knallte mit den Zügeln und das Pferd trabte los.

»Hie!«

Auf der Zugbrücke drehte sich Aimeric um und winkte Minou mit erhobener Hand ein letztes Mal zum Abschied, drückte dem Pferd seine Knie in die Seiten und galoppierte los. Seine Männer folgten ihm dichtauf.

KAPITEL 9

WALD VON PUIVERT

Zwei Pferde, ein grauer Hengst und eine braune Stute, überquerten den Hügelkamm.

Mit fliegenden Mähnen und Schweifen preschten sie über
die feuchte Erde. Ihr Hufdonner hallte durch das Flusstal, bevor
sie hinauf zum Wald galoppierten.

Die Sonne stand hoch am Himmel, und die Hügel strotzten
vor Farbe – Ginster mit gelben Spitzen, purpurne Zypressen,
rosarote und weiße Wiesenblumen. Auf dem Boden ein Teppich
aus silbrigen Blättern. Zweige und tote Äste, vom Sturm der
vergangenen Nacht abgerissen, zerbrachen unter den Hufeisen.
Die Farben der Reiter stachen hell hervor. Minous alter grüner
Mantel und ihr roter Rock, Piets vergissmeinnichtblaues Wams
und ebensolche Hose. Federn an beiden Hüten.

Nach dem Gefühlssturm beim Abschied von Aimeric hatte
Minou vorgeschlagen, einmal den Tagesablauf der Burg außer
Acht zu lassen und Spinnweben zu vertreiben. Gegen zehn
Uhr hatten Piet und sie ihren Ausritt nach Norden am Flusstal
begonnen. Sie beabsichtigten, Salvadora, Bernard und die Kin-
der zum Mittagessen in ihrer Lieblingslaube zu treffen und am
Nachmittag nach Puivert zurückzukehren.

Während sie ihr Pferd antrieb, bezweifelte Minou, ob es auf
Gottes Erde eine Freiheit gab, die mit dem Gefühl vergleichbar
war, im Sommer unter dem wolkenlosen Blau des Midi-Him-
mels durch den Wald zu reiten, wo das Gelände anspruchsvoll,

aber nicht zu schwierig war und die Sonne hell, aber nicht grell schien.

»Ich gewinne!«, rief sie. Sie überraschte Piet, packte die Zügel und schwang die Reitpeitsche.

»*Par force!*«

Die Stute sprang mit gestrecktem Nacken vor. Die weiße Blesse auf ihrer Nase war eine perfekte Raute. Minou stob rasch davon, preschte den Rest des Wegs zum Waldrand, etwa dreihundert Morgen Forst, der nördlich vom Château de Puivert lag. Auf der Hügelkuppe verlangsamte sie zu einem trägen Trott und schließlich zum Schritt. Sie ließ die Zügel locker, stützte die Hände auf den Sattelknauf und folgte dem Weg, der zu der Lichtung führte, auf der sie sich treffen sollten.

»Brava«, sagte sie und tätschelte ihrer Stute das dampfende Fell.

Lichtflecken schienen durch das Laubdach und verwandelten den moosigen Boden in einen Flickenteppich aus wechselnden Formen. Ein leichter Wind ließ die Blätter rauschen, drehte Grün, sodass Weiß sichtbar wurde, Silber und wieder schimmerndes Grün.

Minou zügelte das Pferd, als ihr Ziel in Sicht kam. Vor ihnen, mitten auf der Lichtung, stellten die Diener den Mittagstisch unter einer Reihe von Buchen auf. Die Ecken des schweren weißen Leintuchs wurden vom Wind gekräuselt. Ein Handwagen für die Speisen, den Wein und das Geschirr stand in der Nähe. Etwas weiter sah sie den großen Wagen. Etwas abseits graste, an eine Erle gebunden, das stämmige braune Kutschpferd.

Ihr Vater saß mit Marta an einem kleinen Klapptisch wenige Schritte von der Feldküche. Minou staunte erneut, wie er es als Einziger in der ganzen Familie schaffte, den rastlosen Geist ihrer Tochter zu beruhigen. Bei ihm langweilte sich Marta nie.

Die Kinderfrau saß mit Jean-Jacques auf einer Decke im Schatten, und Minou freute sich, dass Salvadora sich der Gruppe angeschlossen hatte, denn an sich betrachtete sie es als albernes Getue, *en plein air,* unter freiem Himmel zu speisen. Minou war jedoch enttäuscht, Alis nicht zu sehen. Sie wusste, dass ihre Schwester wegen der Abreise Aimerics, ihres engen Gefährten, niedergeschlagen war und Abgeschiedenheit brauchte. Dennoch führte es zu nichts, sie vor sich hinbrüten zu lassen.

Château de Puivert

Alis starrte durch das Fenster der Kapelle, ohne etwas zu sehen.

Sie war zum Donjon gegangen, fern aller neugierigen Augen, und hatte geweint, bis keine Tränen mehr übrig waren. So unerschütterlich, wie sie sonst war, fühlte sie sich diesmal vor Elend geradezu hohl.

Alis lehnte den Kopf an die Glasscheibe. Weder der azurne Himmel noch die rot getupften Obsthaine im Tal hoben ihre Stimmung. Sie erinnerten sie nur, wie sie vor drei Tagen Arm in Arm mit Aimeric zwischen den Apfelbäumen gewandert war und mit ihm geredet hatte, bis die Sonne unterging.

Es war närrisch, sich von der Abreise ihres Bruders so sehr zusetzen zu lassen. Sie sollte sich glücklich schätzen, dass er überhaupt die Möglichkeit gefunden hatte, Zeit mit ihnen auf Puivert zu verbringen, vor allem ohne seine Frau. Während der schlimmsten Kämpfe war es immer wieder vorgekommen, dass sie monatelang gar nichts von ihm hörten.

Aber was, wenn er diesmal nicht zurückkehrte?

Als Alis sich wieder dem Altar zuwandte, weckte etwas an der Art des Lichtes ihre Erinnerungen. Urplötzlich musste sie daran denken, wie sie als Siebenjährige von dem Priester mit der weißen Haarsträhne auf der Burg gefangen gehalten worden war. Ein Kind, allein und verloren.

Bild für Bild schoss ihr ins Bewusstsein, hell wie ein Blitz: Wie sie an einem Strick um den Hals in den Wald gezerrt wurde, wo ein Scheiterhaufen loderte. Von Minou, die in den Flammen an den Pflock gebunden war. Von Tante Salvadora, die blutend auf dem Boden lag. Von der ehemaligen Châtelaine, die das Messer gegen sich selbst und ihr ungeborenes Kind richtete. So viel Blut.

»Nein!«

Sie wollte nicht im Schatten der Vergangenheit vegetieren. Sie hatte überlebt, war stark und selbstständig. Ihr setzte nur zu, dass der Mensch, der ihr auf Erden am wichtigsten war, heute fortgegangen war. Einsamkeit bekam ihr nicht gut, so Minou. Sie machte Alis zur Gefangenen sorgenvoller Gedanken.

Die Zeit würde ihr Werk verrichten. Mit jedem Tag würde der Schmerz von Aimerics Abwesenheit nachlassen. Der Juni würde vergehen, der Juli auch. Nur eine Frage von Wochen, bis sie einander in Paris wiedersahen. Im Augenblick war Gesellschaft das, was sie brauchte, das unschuldige Geplapper ihrer Nichte und sogar die endlosen Ausführungen ihrer Tante über die neueste Mode bei Hof.

Alis atmete tief durch. Sie würde Minous Ratschlag beherzigen. Sobald sie hörte, dass die Glocke zwei schlug, würde sie aufs Dach des Turms gehen und Ausschau nach ihrer Familie halten, die aus dem Wald nach Hause kam. Von dort oben hätte sie freie Sicht. Sie würde den Nachmittag in ihrer Gesellschaft verbringen und nicht mehr weiter über Aimeric brüten.

Der August käme schnell genug.

WALD VON PUIVERT

Als Minou hinter sich Hufgetrappel hörte, wandte sie sich um.

»Was hielt euch auf, mein Gebieter?«, fragte sie.

»Der Sieg gehört dir.« Lächelnd beugte sich Piet näher und küsste sie.

78

»Ihr gebt auf, *Sire*?«

»Ich gebe auf.« Piet küsste ihre Hand durch den Handschuh, dann die Innenseite ihres Handgelenks und schließlich ihre Lippen.

Er musste seinen Hengst zur Ruhe bringen, stieg ab und streckte die Hand aus, um Minou zu helfen, als sie ihr Bein vom Sattelknauf löste und hinunterglitt.

»*Vas-y*«, rief Piet den Reitknecht, damit er die Pferde hielt.

Minou hakte sich bei ihm ein und freute sich an dem fleckigen Sonnenlicht und dem schweren Duft der Fichten. Auf einem Ast begrüßte eine Misteldrossel mit dunkelbraun getupfter Brust den nahenden Sommer mit ihrem Gesang.

»Worüber hast du mit Aimeric geflüstert?«, fragte sie.

Piet lachte. »Ich habe ihm gesagt, wenn er keine passende Unterkunft in Paris für uns findet – und ich daher gezwungen bin, mir anzuhören, wie sich Salvadora für die ganze Dauer des Aufenthalts beklagt –, müsste ich meinen Dolch zurückverlangen und gegen mich selbst richten!«

»Das ist allerdings ein Schicksal, das sich keiner von uns wünscht! Aber ich meinte eigentlich gar nicht heute Morgen am Tor, sondern eher gestern Abend. Ihr habt bis zum Morgengrauen geredet.«

Piet zog den Arm weg.

»Was willst du damit sagen?«, fragte er scharf.

Minou starrte ihn an. »Was ich damit sagen will? Nun, nicht mehr als das, was meine Worte ausdrücken. Ich konnte nicht schlafen, deshalb bin ich aufgestanden und habe das Fenster geöffnet. Und ich hörte euch auf dem Hof sprechen.«

»Du hast gelauscht?«

»Gelauscht! Piet, wie kannst du so etwas sagen?«

»Du hast einem vertraulichen Gespräch zugehört. Wie würdest du so etwas nennen?«

Der kalte Ausdruck in seinem Gesicht entsetzte sie.

»Nach dem Regen war es schwül, in der Schlafkammer war es stickig ...« Sie berührte ihn am Arm. »Wieso bist du beleidigt, wo keine Kränkung beabsichtigt war? Bezweifelst du, ob es klug ist, dass wir dich nach Paris begleiten?«

»Nein! Ich würde dich nicht ohne meinen Schutz hier zurücklassen.«

»Schutz! Was meinst du damit?« Minou suchte seinen Blick, versuchte ihm an den Augen abzulesen, was los war. »Gemahl, was immer deine Gedanken beschäftigt, bitte sag es mir.«

Piet seufzte. »Ich mache mir Sorgen, dass allein die Anwesenheit so vieler Hugenotten in Paris von vielen als Provokation betrachtet werden könnte, ganz gleich, was der König oder die Königinmutter wünschen.«

»Ist es das, was du mir gestern sagen wolltest?«

Piet wich ihrem Blick aus. »Aber gewiss.«

»Wir sind hier sicher«, sagte sie.

»Sicher!«, brach es aus ihm hervor. »Nirgendwo ist es sicher! Überall sind Spione.«

Minou sah ihn erstaunt an. »Piet, bitte sag mir doch, was los ist. Es steckt mehr dahinter, so gut kenne ich dich.«

Einen Moment lang erwiderte er ihren Blick. Sie sah ihm seine Unentschiedenheit an, dann glitten seine Augen weg, und ein winziges Stück ihres Herzens brach.

»Verzeih mir, Minou«, sagte er, und seine Stimme klang plötzlich müde. »Ich bin erschöpft. Schenke meiner schlechten Laune keine Beachtung. Du bist nicht schuld daran.« Ohne ihr Gelegenheit zu geben, noch etwas zu sagen, stieg er wieder auf sein Pferd und galoppierte in den Wald davon, hinterließ eine Minou, die nicht zu sagen wusste, was zwischen ihnen vorgefallen war.

KAPITEL 10

Ein oder zwei Augenblicke stand Minou nur da, starrte in die Leere und fragte sich, welches schlimme Geheimnis ihr Gatte hütete, das er ihr nicht mitteilen wollte. Dann merkte sie, dass Bernard, Salvadora und die Diener alle in ihre Richtung schauten.

Minou lächelte gezwungen, tat, als wäre der Streit nie geschehen, und trat auf die grüne Lichtung zu ihnen.

»Maman!«, rief Marta. »Guck mal, was ich gemalt habe.«

Der kleine Klapptisch war mit Papier, Federn und Tinte bedeckt, einem Gliedermaßstab und farbiger Kreide.

»Zeig es mir, *petite*«, sagte Minou so fröhlich, wie sie konnte.

»Das ist eine Karte!«, rief Marta und zeigte auf eine Zeichnung. »Gran'père hat mir erlaubt, seinen Kompass zu benutzen, damit ich alles an seinen Platz setzen konnte.«

»Das war nett von ihm.«

»Wir sind hier.« Das kleine Mädchen deutete auf einen groben Umriss der Burg. »Und das ist der Weg, den wir nehmen werden, aber ich muss ihn noch Papa zeigen, damit er sagt, ob er wirklich gut ist.« Sie sah sich um. »Wo ist er denn hin?«

»Papa muss sich um etwas Dringendes kümmern. Du kannst ihm deine Karte später zeigen.«

Marta schmollte. »Aber ich wollte …«

»Geh und spiel mit deinem Brüderchen«, sagte Minou bestimmt und wies auf Jean-Jacques, der mithilfe seiner Kinderfrau auf einem umgestürzten Baumstamm balancierte. »Und das«, fügte sie hinzu, indem sie den Kompass ihrer Tochter aus der Hand nahm, »bleibt hier. Das gehört nicht dir. Es sei denn, Gran'père hätte gesagt, dass du ihn behalten darfst?«

»Hat er nicht«, sagte Bernard milde, aber er lächelte.

»Ich wollte ihn sicher aufbewahren.«

»Ich würde sagen, hier ist er sicher genug.« Minou legte den Schatz wieder auf den Tisch. Marta hatte den Anstand zu erröten.

Minou sah ihrer Tochter nach, wie sie zu den anderen rannte.

»*Filha.*« Bernard klopfte auf die Bank. »Setz dich zu mir.«

»Marta ist eine Elster«, sagte sie. »Sie sollte nichts nehmen, was ihr nicht gehört.«

»Sie ist neugierig. Sie wird es lernen«, antwortete er. »Ist ihre Zeichnung brauchbar?«

»In der Tat, sie ist ausgezeichnet. Sie hat eine ruhige Hand und ein Auge fürs Detail, auch wenn ihre Perspektive besser sein könnte. Puivert ist doch ein wenig größer dargestellt, als es verdient. Sie hat es genauso groß gezeichnet wie Paris!«

Bernard lächelte. »Puivert ist das Zentrum von Martas Welt. Hätte sie alle ihre Tage in Carcassonne verlebt, wären zweifellos La Cité und Paris die beiden Säulen, auf denen Frankreich ruht.«

Minou lachte. »Das ist wahr.«

»Deine Mutter hat dir eine Karte von Carcassonne gezeichnet, als du ungefähr so alt warst wie Marta jetzt. La Cité, die Bastide, der Fluss dazwischen, unsere Buchhandlung auf der Rue du Marché und unser Haus auf der Rue du Tresau. Erinnerst du dich?«

»Aber gewiss. Ich habe sie noch immer.«

Bernards altes Gesicht strahlte auf. »Ich habe immer gedacht, sie wäre schon vor Jahren verloren gegangen.«

»Ich habe sie sicher in meinem Tagebuch aufbewahrt.«

»Ach, dein Tagebuch! Florence wäre erstaunt zu erfahren, dass ihre grobe Skizze so geschätzt wird.«

Ein sanftes Schweigen legte sich zwischen sie. Minou spürte, dass Bernard darauf wartete, dass sie etwas sagte, und obwohl sie ihrem Mann gegenüber in keiner Weise illoyal sein wollte, brauchte sie jetzt die Weisheit ihres Vaters.

»Hast du unseren Streit gehört?«, fragte sie und war dankbar, als er keine Unwissenheit vorschützte.

»Das habe ich.«

Sie seufzte. »Gerade noch haben wir unsere Gesellschaft genossen, und im nächsten Moment … Ich begreife es nicht.«

»Wenn du mir vergibst, dass ich ausspreche, was du selbst weißt, *Filha*, aber seit seiner Verletzung hat Piet sich bemüht, eine Rolle zu finden, die ihm Ehre einbringt, Lebenssinn. Und meistens hat er Erfolg.«

»Meinst du, das weiß ich nicht!«

»Vielleicht war für ihn der Anblick von Aimeric, wie er mit seinen Kameraden aufbrach, eine unwillkommene Erinnerung an das, was er verloren hat?«

Minou brannten Tränen in den Augen. »Vielleicht. Es ist nur so, dass ich mit angehört habe, wie er gestern Abend mit Aimeric auf dem Hof gesprochen hat. Ich bin mir sicher, dass er mir etwas verheimlicht.«

Bernard hob die Brauen. »Mit angehört …«

Minou errötete. »Ich hätte mich zurückziehen sollen. Das tat ich auch, kaum dass ich bemerkte, dass ihr Gespräch nicht für meine Ohren bestimmt war. Aber was mich verstört, Vater: Als ich – ohne Hintergedanken – Piet fragte, worum es in ihrem Gespräch gegangen sei, benahm er sich, als gäbe es ein schreckliches Geheimnis. Ich habe sogar schon überlegt, ob er vielleicht in Toulouse eine Mätresse hat.«

Bernard lachte dröhnend. »Tochter, diesen Gedanken kannst du abtun. Ich habe niemals einen Mann kennengelernt, dessen Zuneigung für seine Frau so beständig ist wie bei Piet.«

Minou errötete. »Ich weiß. Ich habe ein schlechtes Gewissen,

83

dass ich mir solch einen misstrauischen Gedanken überhaupt gestatte. Aber da ist noch etwas. In letzter Zeit ist er so zurückgezogen. Und gestern, bevor wir in die Kemenate zu euch kamen, sagte er, es gebe etwas, das er mir mitteilen müsse. Sein Gebaren war ernst und gemessen. Aber Marta unterbrach uns, und der Moment war verloren.«

Bernard seufzte. »Der Schlüssel zu einer langen und glücklichen Ehe besteht weder darin, einen Streit zu vermeiden, noch darin, sich davor zu fürchten oder ihn abzulehnen. Vielmehr muss man Wege finden, Differenzen – gerade die, die unüberwindbar erscheinen – in einen Quell der Kraft zu verwandeln. Sprich noch einmal mit ihm.«

»Das habe ich schon, aber er weigert sich, mich anzuhören.«

Bernard überlegte. »Wenn nicht Untreue der Grund ist – und darin sind wir uns beide einig –, so gehe die möglichen Gründe für seine Geistesabwesenheit durch und streiche folgende gleich: Geldschwierigkeiten, Sorge um die Kinder, die Aussicht auf weitere Kämpfe, die diesjährige Ernte, die Reise nach Paris. Frage dich, was es sonst sein könnte.«

Minou überlegte, und mit einem Mal lief es ihr kalt den Rücken hinunter. Plötzlich war es so offensichtlich.

»Vidal …«, hauchte sie.

Vidal, Piets engster Freund aus seiner Studentenzeit in Toulouse. Sie hatten sich einmal so nahegestanden wie Brüder. Vidal hatte Piet zuerst verraten und später – im Bund mit der früheren Châtelaine von Puivert – versucht, ihn zu töten. Er hatte sie von Carcassonne nach Toulouse und schließlich nach Puivert verfolgt.

So viele Tote wegen eines alten Tuchfetzens, einer heiligen Reliquie.

Piet sprach niemals von Vidal – und Minou hatte ihn nie nach dem Geistlichen gefragt, aus Furcht, eine alte Narbe aufzureißen. Oft fragte sie sich aber, ob Piets Träume von dem Mann beherrscht wurden, der einmal sein bester Freund gewesen war. Und ob ihn in den Stunden vor Morgengrauen, wenn die Nachtgespenster kamen, die Erinnerung an Vidals stechende schwarze Augen und seine weiße Haarsträhne genauso sehr verfolgte wie sie.

Minou hielt den Atem an. War es möglich? Die Ereignisse, die zum Bruch geführt hatten, gehörten der Vergangenheit an. Vidal hatte, was er wollte. Ein Jahrzehnt war verstrichen ohne Hinweis, dass er ihnen weiterhin übelwollte. Warum sollte er sie nun behelligen?

Aber was, wenn es doch stimmte?

»Vidal«, sagte Minou erneut und verabscheute es, wie schon sein Name die weiche Mittagsluft vergiftete.

»Gab es Neuigkeiten von ihm?«, fragte Bernard scharf.

»Nicht dass ich wüsste. Allerdings wird er mit Sicherheit bei der königlichen Hochzeit zugegen sein. Er steht hoch in der Gunst des Herzogs von Guise. Vielleicht ist es der Gedanke, ihn wiederzusehen, der Piets Seelenfrieden stört.«

»Du wirst es nicht wissen, *Filha*, bevor du ihn danach fragst. Um eurer Liebe willen, ermuntere ihn, dir sein Herz zu öffnen.«

»Und wenn er es nicht möchte?«

Bernard bedeckte ihre Finger mit seinen Händen. »Du wirst die Missstimmung zwischen euch klären, daran zweifle ich nicht. Piet liebt dich, und du liebst ihn.« Er stand auf, ein Signal für das Ende des Gesprächs. »Ist es nicht Zeit zum Essen?«

Minou drückte ihrem Vater den Gehstock in die Hand, und Seite an Seite gingen sie zum Esstisch. Eine Holzschale mit Kirschen, eine Platte mit *Fromage de chèvre* und Berghonig, Körbe mit *Pan de blat*, irdene Schalen randvoll mit Bier. Nur der gesalzene Schinken musste noch aus dem feuchten Musselintuch gewickelt werden.

»Geh, Minou. Wir schaffen es ohne dich.«

»Ich sollte bleiben. Die Kinder …«

»… sind zufrieden.«

Sie sah zu ihnen. Jean-Jacques hatte sich müde an der Kinderfrau zusammengerollt, die leise ein Schlaflied in der alten Sprache sang, an das sich Minou aus ihrer eigenen Kindheit erinnerte. Marta hing an Salvadoras Rockzipfel, die das Besteck auf dem Tisch neu ordnete und den Zustand des Leintuchs beklagte.

»Geh«, wiederholte Bernard. »Bring die Angelegenheit mit deinem Mann ins Reine.«

Minou drückte ihn und merkte, wie spitz seine Rippen durchs Wams stachen. »Ich danke dir. Was täte ich nur ohne deinen Rat?«

»Wozu sind Väter da, wenn nicht, um ihre Töchter zu beraten?«

Sie gingen noch einige Schritte, dann blieb Minou stehen. »Vermisst du sie noch immer, Vater? Sogar nach all den Jahren?«

»Jeden Tag, *Filha*. Ich vermisse deine Mutter jeden einzelnen Tag.«

KAPITEL 11

Piet ließ dem Hengst freien Lauf.

Er wollte brüllen, wollte das Gift aus seinem Blut und die Galle aus seinem Magen spülen. Tief über den Hals des Pferdes gebeugt, ritt er schneller und härter, als könnte er vor seinen Gedanken davongaloppieren.

Er war in seine eigene Falle gegangen. Jede Unwahrheit verwand und verflocht sich mit der nächsten, bis er nicht mehr atmen konnte. Minou war seine große Liebe, seine Gefährtin. Sie vervollständigten einander. Wie sollte er sein Zögern erklären, sich ihr anzuvertrauen? Die Situation, die ihn nicht gerade zu einem Lügner, aber doch zu einem Mann machte, der etwas verheimlichte? Sein Schweigen errichtete eine Mauer zwischen ihnen, das war ihm bewusst. Aber jedes Mal, wenn er sich wappnete, um mit ihr zu sprechen, lähmte Furcht seine Zunge.

Es war seine Pflicht, sich um seine Familie zu kümmern, sie zu beschützen.

Piet spürte, wie ihm das Schamgefühl von der Brust hoch in die Kehle stieg, bis er kaum noch zu atmen vermochte. Jeden Tag, seit er den Brief aus Amsterdam erhalten hatte, sagte er sich, dass er Minou zuliebe Stillschweigen bewahrte. Er versicherte sich, dass es sinnlos war, das hilflose Entsetzen zu teilen, bis er sich von der Echtheit des Briefes überzeugt hatte. Von der Echtheit der Gefahr. Minou neigte dazu, sich zu sorgen, wieso also sollte er sie belasten, bevor es sein musste?

Selbst jetzt erinnerte er sich des anfänglichen Schocks, den Namen am unteren Ende des Bogens Papier zu lesen: Mariken.

Ihr mitfühlendes Gesicht war für ihn auf ewig mit den blauen Lippen seiner Mutter in jenem kalten, baufälligen Zimmer in der Kalverstraat verbunden. Er dachte an das Plätschern der Grachten und Wasserstraßen, als hätte er es gestern gehört, an den Geruch nach Pech und Hering in den schmalen Gassen Amsterdams, in denen Mariken ihn später in Sicherheit brachte.

Piet hatte die vergangenen Wochen mit dem Versuch verbracht, die Richtigkeit der Umstände zu bestätigen, von denen Mariken in ihrem Brief schrieb. Er hatte seine Kameraden in den Niederlanden benachrichtigt, Rebellen in Brielle und Utrecht, aber ohne Erfolg. Er konnte nur hoffen, dass er mehr erfuhr, sobald Aimeric in Paris eingetroffen war und Kontakt mit den dortigen holländischen Gemeinden aufgenommen hatte.

Sobald er es sicher wusste, würde er Minou einweihen, das schwor er sich. Aber er musste sich bei ihr entschuldigen. Sie zu verletzen war das Letzte, was er wollte. Er sah sich um und begriff, wie weit nach Norden er geritten war.

»*Hie*«, sagte er und wendete das Pferd. »*Vas-y.*«

Im Dorf schlug die Glocke zwei Uhr. Der Mörder wartete. Mit einem Mal erhaschte er im Flüstern des Windes das Geräusch der Tür, sah kurz etwas Grünes.

Sie war heute früh dran.

»*Sancte Michael Archangele, defende nos in proelio*«, betete er, sandte Worte an den Erzengel, dessen Namen er trug. »Beschütze uns in der Schlacht.«

Dieser Mordanschlag war genauso sehr eine Kriegshandlung wie eine Belagerung oder ein Sturmangriff. Er war ein Soldat im Heere Jesu Christi.

Der Mörder bekreuzigte sich rasch und trat aus der Deckung des Unterholzes. Er hatte die Entfernung und den Winkel zu der Stelle an der Brustwehr abgeschätzt, wo die Châtelaine zu sitzen pflegte, und die beste Schussposition berechnet. Wenn sie an der Tür blieb, hätte er kein freies Schussfeld. Sie musste näher an den Rand treten.

»Komm schon, komm schon«, drängte er sein Opfer. »Noch ein paar Schritte.«

Er atmete ruhig und fixierte sein Ziel. Pulver, Kugel und Zündladung waren, wohin sie gehörten. Sein Zeigefinger spannte sich um den Abzug. Er visierte am Lauf entlang.

Er sah zu, wie die falsche Châtelaine ans andere Ende des Daches ging und über die Ländereien nach Norden blickte. Er hielt den Arm ausgestreckt. Nach einer Weile wandte sich die Ketzerhure ihrer gewohnten Stelle an der zinnenbewehrten Brüstung zu. Der Winkel war nicht ganz korrekt, denn sie stand weiter weg als gewöhnlich, aber im Visier hatte er sie dennoch.

Endlich.

Vorsichtig hob er den Arm um etwa fünfundvierzig Grad, bedacht, nicht die Zündladung aus der Pfanne zu schleudern, und quetschte Daumen und Zeigefinger zusammen. Die Pistole feuerte. Gleichzeitig hörte er das Rad klicken, spürte die Spannung der Feder, die stechenden weißglühenden Funken des Katzengolds, als das Pyrit zischte und spuckte und die Kugel den Lauf verließ.

Der Knall hallte grell und abrupt durch den Wald, während die Kugel auf den Donjon zuflog. Ein Specht stob flügelschlagend in die Höhe.

Der Mörder beobachtete, wie die Hure schwankte. Rot breitete sich auf Grün aus, während sie fiel. Er atmete aus und entspannte die Schultern. Dass sie tödlich verwundet war, dessen konnte er sich nicht sicher sein, aber es war ein eindeutiger Treffer. Gott sei Dank, seine Kugel hatte ihr Ziel gefunden.

Langsam ließ er den Arm sinken. Er atmete tief ein und stellte überrascht fest, dass seine Hände feucht waren. Schlagartig lief die Zeit weiter. Er hatte keinen Augenblick zu verlieren. Er musste so viele Meilen wie möglich zwischen sich und Puivert bringen, bevor Alarm geschlagen wurde.

Der Mörder sammelte seine spärliche Habe ein, nahm die Pistole auseinander und steckte die Teile in seine Ledertasche, dann trat er die plattgedrückten Blätter und Farne auseinander, auf denen er geschlafen hatte. Er nahm den Sack an sich, der steif war von geronnenem Blut, und ließ ihn wieder zu Boden fallen. Gute Beute, aber Verwesungsgestank drang durch den Stoff; während die Felle sich noch eine Weile hielten, war das Fleisch bereits verdorben.

Er wandte sich um und ging zu dem Waldpfad, der ihn zuerst nach Chalabre führen würde, dann weitere zehn Wegstunden nach Norden zu dem Haus in Carcassonne, wo er seine Belohnung erhielte.

Während er durch die dichten Buchen und Weißbirken eilte, überlegte der Mörder erneut, ob der Kardinal ihm die Pistole ließe. Sie war gewiss teuer, aber hatte er sie sich nicht im Dienst Gottes verdient?

»Ruhig«, murmelte Minou ihrer Stute zu. Der Knall einer Waffe am stillen Nachmittag hatte das Tier erschreckt. Fast wäre sie abgeworfen worden. »Ruhig, ganz ruhig.«

Minou hatte auf einen zweiten Schuss gehorcht, aber keiner war gefallen. Sie hatte keine Jagd genehmigt, und sie glaubte auch nicht, dass Piet es getan hätte, ohne ihr Bescheid zu geben. Außerdem zogen die Wilderer der Pyrenäen noch immer das Messer oder Pfeil und Bogen jeder Feuerwaffe vor. Es war seltsam.

Sobald sie ihr Pferd beruhigt hatte, ritt Minou langsam weiter zur Burg. Sie überlegte noch immer, was sie zu Piet sagen wollte. Ihr war zuwider, dass zwischen ihnen Unmut herrschte. Ihr Zorn, ungerecht kritisiert worden zu sein, hatte dem Wunsch nach Versöhnung Platz gemacht. Ihr Vater hatte recht. Wenn sie über ihre Schwierigkeiten sprachen und sie beilegten, wäre alles gut.

Lange dauerte es nicht, bis die Spitze des Donjons in Sicht kam, gefolgt von der langen grauen Mauer zwischen den Türmen des Château de Puivert. Nichts rührte sich. Das niedrige überwölbte Tor, das in den Küchengarten führte, war geschlossen, obwohl sie die üblichen alltäglichen Geräusche von jenseits der Wälle hören konnte.

Minou ritt die ganze Nordmauer ab. Ihr wachsamer Blick wechselte zwischen der Burg und dem Wald. Sie suchte nach etwas Ungewöhnlichem, einem Fingerzeig, wo die Waffe abgefeuert worden war. Schließlich machte sie kehrt. Als sie auf gleicher Höhe war wie der Fuß des Tour Bossue, erspähte sie etwas im Unterholz. Minou stieg ab. Die Stute wollte nicht näher treten. Sie band das Tier an und ging allein weiter.

Unter den Bäumen lag ein schmutziger Jutesack. Minou band ihn auf und zuckte vor dem Verwesungsgestank zurück. Sie schüttete den Inhalt auf den Boden aus. Mehrere Ratten und zwei Hasen, einer mit aufgeschlitztem Bauch. Wieso ließ ein Wilderer seine Beute zurück, so mager sie auch sein mochte?

Sie kauerte sich nieder und fuhr mit den Fingern über die Blätter. Stellenweise war das Gras flachgedrückt. Ein Stück Brotkruste, steinhart. Jemand hatte hier lange genug gelagert, um seine Spur zu hinterlassen.

Als sie stehenblieb, hörte sie Schläge. Beständige, rhythmische, wiederholte Schläge, wie von Holz auf Stein. Minou hob den Kopf und sah, dass die Tür zum Dach des Donjons offen stand und im Wind hin und her schwang.

Ihre erste Reaktion war Unmut. Das oberste Turmgeschoss war derart Wind und Wetter preisgegeben – dem rauen Atem der Tramontana, dem Regen, im Winter dem Schnee –, dass die Tür immer geschlossen zu halten war. Im nächsten Moment wunderte sie sich. Außer ihr ging niemand dort hinauf, wieso also war die Tür jetzt nicht geschlossen?

Minou ließ das Pferd, wo es war, und eilte durch die Seitenpforte in den Küchengarten. Von dort rannte sie mit wachsendem Unbehagen in den Donjon und die Treppe hinauf.

Auf dem Dach fauchte und brauste der Wind. Minou blieb in der Tür stehen, und das Blut gefror ihr in den Adern.

»Nein ...«

Sie wollte ihren Augen nicht trauen, aber jeder Zweifel war unmöglich. Jemand lag zusammengesackt am Boden, die Arme weit von sich gestreckt. Eine grüne Kapuze, ein grünes Kleid, rot befleckt von dem Blut, das unter der Gestalt eine Lache bildete.

»Alis!«, schrie sie auf und rannte zu ihrer Schwester. »Alis!«

Minou rollte sie auf die Seite und suchte nach der Verletzung. An der Schläfe hatte Alis eine tiefe Platzwunde, aber das meiste Blut rann aus einem Einschuss in ihrem Rücken.

Mit dem Taschentuch als Druckverband versuchte Minou die Blutung zu stillen. Sofort färbte frisches Rot das weiße Leinen. Sie löste Alis die Kapuze und faltete den Stoff zu einem Kissen, das sie ihrer Schwester unter den Kopf schob. Dann eilte sie an den Rand des Daches und sah auf den Burghof hinunter. Sie brauchte dringend Hilfe, aber wo waren denn alle?

In der hintersten Ecke am Torhaus sah sie einen alten Mann mit einem Karren voll Heu, den er langsam über den Hof schob.

»Hilf mir!«, rief sie. »Hol Hilfe!« Sie wedelte mit den Armen, aber sie konnte nicht sagen, ob er sie gesehen oder gehört hatte. Minou rannte zurück zu Alis. Sie konnte sie nicht allein lassen, sonst verschlimmerte sich ihr Zustand vielleicht. Sie drückte fester, versuchte verzweifelt, den Blutfluss aus der Wunde in deren Rücken zu stillen, so gut sie konnte.

Das weiße Taschentuch wurde immer röter.

»*Il n'y a personne?*«, rief sie wieder, den Kopf zur Tür verdreht. »So helfe mir doch jemand!«

Auf dem Weg zur Burg probte Piet, was er zu Minou sagen wollte, Worte der Entschuldigung und der Liebe, er für sie und sie für ihn.

Doch als er in Rufweite kam und Minous Stute entdeckte, die am Seiteneingang in der Mauer angebunden war, verstummte er. Wieso sollte sie ihr Pferd hier draußen gelassen haben, statt es in den Stall zu bringen? Als er die toten Ratten und Hasen auf dem Boden entdeckte, begann sein Herz zu hämmern.

Piet sprang von seinem Hengst, band das Tier neben Minous Stute an und rannte durch das Tor in die Burg, als wäre ihm der Leibhaftige auf den Fersen.

Die Zeit schleppte sich dahin, gemessen nur von Alis' unregelmäßigem, unruhigem Atem. Sie wurde immer bleicher. Minou tätschelte ihre Wange, versuchte Alis zu wecken, doch die Augen ihrer Schwester blieben geschlossen. In dem Moment, in dem sie die Hand wegnahm, rann Blut aus der Wunde. Ließ Minou sie allein, starb Alis. Daran bestand kein Zweifel.

»Hilfe kommt«, sagte sie und drückte den grünen Mantel auf die Wunde. »Es dauert nicht lange.«

Endlich hörte Minou Schritte auf der Treppe, und plötzlich stand Piet in der Tür, zwei Diener hinter sich.

»Minou!«, rief er.

Innerhalb eines Moments hatte er den Anblick des blutgetränkten Mantels und der reglosen Alis, die auf dem Boden lag, aufgenommen.

Er eilte auf sie zu. »Was ist passiert, bist du verletzt?«

»Nein, ich nicht.«

Minou hörte, wie er den Atem anhielt. »Ich hatte Angst ...«, flüsterte er und kauerte sich neben sie. »Als ich dich sah, dachte ich ...«

»Alis wurde angeschossen«, sagte sie. »Ich habe den Schuss gehört, vor einer Weile.«

Piet fuhr zusammen. »Was! Hast du im Wald jemanden gesehen?«

Minou schüttelte den Kopf. »Nein, aber er hat einen Sack mit Aas zurückgelassen.«

»Den habe ich auch gefunden.«

»Jemand hat uns beobachtet, denke ich.«

»Wie schlimm ist es?«

Minou hob ein wenig das Tuch, und wieder quoll Blut hervor. »Die Kugel steckt noch in der Wunde. Wir sollten sie herausholen. Damit verhindern wir am ehesten einen Wundbrand.«

Piet nickte. »Halte ihre Hand.«

Er zog sein Jagdmesser, das am Gürtel hing, wischte die Klinge an Minous Mantel ab und drückte die Spitze in die Wunde. Alis rührte sich, aber sie wachte nicht auf.

»Ich habe sie fast.« So sanft er konnte, drehte er die Klinge. Mit einem Schwall frischen Blutes kam die Kugel heraus. Minou verschloss die Wunde sofort mit dem durchtränkten Taschentuch.

Piet hockte sich auf die Fersen. Sein Gesicht war grau vor Erleichterung. »Ich dachte, du wärest es, Minou«, sagte er wieder. »Ich dachte, ich hätte dich verloren.«

Minou bedeckte seine blutige Hand mit ihrer. »Ich weiß.«

Für die Dauer eines Herzschlags hielt sie seinen Blick. Dann sprach sie die Diener an.

»Mademoiselle Joubert ist schwer verletzt. Lasst heißes Wasser, saubere Tücher und Essig in meine Schlafkammer bringen. Auch Honig. Er ist gut, um das Blut zu reinigen. Vielleicht erspart er ihr das Fieber. Und du – Marcel – du reitest ins Dorf und sagst dem Arzt, dass wir dringend seine Dienste benötigen. Beeil dich.«

Die Diener verbeugten sich und liefen los.

»Ich fürchte, wenn wir sie bewegen, verschlimmern wir die Blutung, aber uns bleibt keine andere Wahl. Wenn du sie trägst, Piet, drücke ich meine Hand auf die Wunde.«

Er nickte. »Bei drei. Eins, zwei und drei.«

Gemeinsam gelang es ihnen, Alis vom Boden aufzuheben. Sie gab keinen Ton von sich. Leblos lag sie in Piets Armen.

»Beeil dich«, sagte Minou verzweifelt. Sie spürte wieder glitschiges Blut zwischen ihren Fingern.

Gemeinsam eilten sie zur Tür und ungelenk die Treppe hinunter. Eine rote Spur auf den steinernen Stufen verriet den Weg, den sie nahmen.

KAPITEL 12

»Warum kommt der Arzt nicht?«, fragte Bernard erneut.

Mit jedem Augenblick, der verstrich, atmete Alis flacher, angestrengter. Ihre Wangen verloren rasch die Farbe. Bernard drückte seiner jüngeren Tochter die Hand, während Minou immer wieder frische Verbände auf die Wunde drückte. Drücken und ersetzen, drücken und ersetzen. Am Ende ließ der Blutfluss endlich nach.

»Sie wird kälter«, murmelte Bernard.

»Hilfe ist unterwegs. Piet bringt den Doktor.« Minou wusste nicht mehr, wie oft sie es schon gesagt hatte. »Sie brauchen nicht mehr lange.«

Ihren Versicherungen zum Trotz dauerte es noch eine ganze Weile, bis sie endlich Piets Stimme im Flur unterhalb ihrer Schlafkammer hörte. Stiefelschritte auf der Treppe, der Geruch der Welt draußen, und ein gebeugter Mann mit grauem Haupt wurde in die Kammer geführt.

»Das ist Monsieur Gabignaud«, sagte Piet. Minou und Piet zuckten beim Klang des vertrauten Namens zusammen, den sie so viele Jahre nicht mehr gehört hatten. »Er war bis vor kurzem im Krieg.«

Sie erhob sich und begrüßte ihn. »Monsieur, Ihr seid sehr willkommen.«

»Zu Euren Diensten, Madame. Monsieur Joubert.«

Bernard neigte den Kopf. »Monsieur Gabignaud. Eure Tante hat uns einmal einen großen Dienst erwiesen, meiner verstorbenen Frau und mir.«

»Sie wäre geehrt gewesen, dass man sich ihrer erinnert.«

Der Arzt hatte pockennarbige Haut und hielt einen Holzkasten mit Instrumenten fest in den Händen, als fürchtete er, beraubt zu werden, aber Minou sah, dass hinter seinen Augen ein scharfer Geist wohnte.

»Eure Patientin ist hier, Monsieur«, sagte sie rasch. »Hat mein Gatte Euch erklärt, was geschehen ist?«

»Nur dass Mademoiselle Joubert angeschossen wurde.«

»Wir wissen selbst nicht mehr. Wir haben die Kugel herausgeholt und die Wunde mit Essigwasser gereinigt.«

»Das hätte ich auch getan, Madame.«

»Ich werde zu Salvadora gehen und sie wissen lassen, wie es hier steht«, sagte Piet leise. »Kommst du zurecht?«

Minou berührte leicht seine Finger. »Ja, aber komm so rasch zurück, wie du kannst.«

Mit einer Hand auf ihres Vaters Schulter – ob um ihn zu trösten oder selbst Trost zu suchen, konnte sie nicht mit Sicherheit sagen –, schaute Minou zu, wie Gabignaud mit seiner Untersuchung begann. Ihre Angst, er könnte eher ein Metzger als ein Heiler sein, der sein Geschäft auf dem Schlachtfeld erlernt hatte, schwand rasch, als er sanft die Wunde begutachtete, ein einzelnes gezacktes Loch am unteren Ende von Alis' Rückgrat, wo die Kugel ins Fleisch gedrungen war. Aus seinen Fragen ging hervor, dass er zudem ein mitfühlender Mann war.

»Wird meine Tochter leben, Gabignaud?«, fragte Bernard. Seine Stimme hallte laut durch die stille Kammer.

»Ich werde alles tun, was ich kann, Monsieur. Wir haben kein Anzeichen für Fieber – allerdings ist es noch früh. Und keinen Ausfluss. Ihr tatet recht, die Kugel zu entfernen, Madame.«

»Ich bin froh, dass Ihr das denkt.«

»Aber diese Platzwunde am Kopf ...«

»Wir glauben, sie hat sie sich zugezogen, als sie stürzte«, sagte Minou. »Ist sie schlimm?«

Gabignaud hob die Hände. »Was wir nicht betrachten können, ist schwieriger zu behandeln als das, was wir sehen«, sagte er behutsam, »aber ich bin voll Hoffnung.«

Während er die Wunden reinigte und frische Verbände anlegte, fungierte Minou als Augen ihres Vaters. Mit tiefer, ruhiger Stimme beschrieb sie jeden Handgriff, den der Arzt machte, um ihre Schwester zu retten.

Für den Rest des langen Nachmittags kämpfte Gabignaud um Alis' Leben.

Minou entzündete Hagedorn, Rosmarin und wilden Thymian im Kamin, um die Luft zu reinigen. Dienstboten gingen aus und ein, brachten Kupferpfannen mit heißem Wasser aus der Küche. Bleich und still saß Bernard da, das alte Gesicht gefurcht von Trauer und Angst um sein jüngstes Kind. Die Mägde rissen Baumwolltücher in Streifen und legten sie auf den Nachttisch, während andere die alten, blutigen Verbände wegtrugen, um sie im Hof zu verbrennen.

In der Kemenate bestickte Salvadora immerfort das gleiche Stück Tuch, stach sich in die Finger und hinterließ blutige Abdrücke auf dem Stoff. Sie betete und trank von Zeit zu Zeit ein wenig Wein, um ihre Furcht zu beschwichtigen. Die Kinderfrau beschäftigte die Kinder mit Kartenspielen und Geschichten. Piet kam und ging und hinterließ Minou jedes Mal die sanfte Berührung seiner Hand oder einen liebevollen Kuss auf der Wange.

Die Sonne sank tiefer, doch Alis rührte sich noch immer nicht.

»Du solltest in dein Zimmer gehen und dich ausruhen«, sagte Minou zu ihrem Vater, als sie sah, wie sein Kopf auf die Brust sank.

Bernard seufzte. »Ach, *Filha*. So viele Nächte habe ich so verbracht – an deinem Bett, bei Aimeric oder Alis, und habe gewartet, dass ein Fieber sank oder eine Übelkeit verging. Auch wenn ich jetzt nicht mehr nützlich sein kann, möchte ich, dass sie weiß, dass ich hier bin.«

»Aber gewiss weiß sie das«, sagte Minou fest. »Und dein Gesicht wird das Erste sein, was sie sieht, wenn sie erwacht.«

»So Gott es will, ja.«

»Kann ich dir wenigstens etwas zu essen oder zu trinken bringen?«

»Du bist eine gute Tochter, aber belaste dich nicht mit mir. Ich komme hier gut zurecht.«

Minou brach das Herz bei der Verzweiflung in seiner Stimme. Sie beugte sich vor, drückte ihm einen Kuss auf die Stirn und setzte die Wache an der Seite ihrer Schwester fort.

»Bitte wach auf, Alis«, flüsterte sie ihr ins Ohr. »Bitte.«

Als die abendlichen Schatten sich herabsenkten und lange Bänder goldenen Lichts auf den Boden des Zimmers fiel, entdeckte Minou ein breites Rinnsal aus Blut, das an der Seite des Bettes hinuntersickerte.

»Monsieur Gabignaud ...«, sagte sie leise, aber Bernard hörte sie dennoch.

»Was ist?«

Gabignaud hob die Bettdecke, und Minou hielt den Atem an. Die Oberdecke war sauber, aber auf dem Laken glänzte frisches Blut in der Farbe von Rubinen.

»Reicht mir bitte eine Schale, Madame.«

»Was geschieht?«, fragte Bernard. »Sagt es mir.«

»Ich nehme an, Mademoiselle Jouberts Körper versucht sich zu reinigen«, antwortete der Arzt mit angespannter Stimme und untersuchte die Wunde.

»Ist das kein gutes Zeichen?«, fragte Minou.

»Das mag sein«, sagte Gabignaud zögernd. »Aber wenn es Gottes Wille ist, sie zu sich zu nehmen ...«

Beim Knall, mit dem Bernard seinen Gehstock auf den Boden schlug, fuhren sie zusammen.

»Nein! Das ist nicht Gottes Wille! Das kann nicht sein!«

Einen Augenblick lang hingen die Worte zwischen ihnen in der Luft.

»Vater, Monsieur Gabignaud tut alles, was in seiner Macht steht. Das weißt du.«

Bernard winkte sie weg. »Das ist nicht Gottes Werk. Wenn ein Mensch es getan hat, kann ein Mann es in Ordnung bringen. Gabignaud, ich flehe Euch an. Rettet mein Kind.«

Minou nahm ihren Vater bei der Hand.

»Rettet meine Tochter, Gabignaud«, flüsterte er, und seine Kraft versiegte.

»Komm mit und setz dich hierher.« Minou führte ihn zu einem Sessel am offenen Fenster. »Die frische Luft wird dir guttun.«

»Ich verlasse das Zimmer nicht.«

»Das verlangt niemand. Aber lassen wir dem Arzt doch den Platz, den er braucht, um Alis zu behandeln.«

»Leidet sie Schmerzen, was denkt Ihr?«, fragte Minou, als sie zu Gabignaud zurückgekehrt war.

»Ich kann es nicht mit Sicherheit sagen, Madame, aber ich denke es nicht.«

»Und warum erwacht sie dann noch nicht?«

Er schüttelte den Kopf. »Es mag sein, dass Mademoiselle sich schützt, indem sie in ihrem derzeitigen Zustand bleibt. Ihre Atmung hat sich beruhigt, ihr Puls ist gleichmäßig. Sie hat ein leichtes Fieber, doch das kann sogar ein gutes Zeichen sein, ein Zeichen, dass ihr Körper sich der Verletzung widersetzt. Seht Ihr, wie sie die Hände in die Bettwäsche krallt? In ihr ist Leben, und es kämpft.«

Als der Samstag in den Sonntagmorgen überging, ließ Alis' Fieber nach.

Minou döste am Bett ihrer Schwester, während Gabignaud seiner Patientin den Puls fühlte und nach Anzeichen für Veränderungen in ihren Säften Ausschau hielt, als Alis die Augen aufschlug.

»Minou?«, murmelte sie im abgedunkelten Raum.

Zuerst hörte Minou sie nicht.

»Minou«, wiederholte Alis ein wenig lauter. »Wo bin ich?«

»Doktor! Sie ist wach!«

»Was ist geschehen? Warum bin ich hier?«

»Alis, du bist wach!«

Gabignaud lächelte. »Mademoiselle Joubert, wie geht es Euch?«

Alis starrte ihn an. »Wer seid Ihr?«

Minou brach die Stimme vor Erleichterung. »Das ist Monsieur Gabignaud, Alis. Er hat dir das Leben gerettet.«

Sie spürte, wie Alis ihr die Finger drückte, dann schloss ihre Schwester wieder die Augen. »Es ist mir eine Freude, Eure Bekanntschaft zu machen, Monsieur Gabignaud.«

Minou brauchte einen Augenblick, um sich zu fassen, und ging zu ihrem Vater, der in seinem Sessel eingeschlafen war.

»Vater«, sagte sie und legte ihm leicht die Hand auf die Schulter. »Alis ist aufgewacht. Es ist noch zu früh, um etwas zu sagen, aber wichtig ist jetzt nur das eine: Sie ist aufgewacht.«

Er war ganz still, zu still. Minou merkte, wie eine Faust sich um ihr Herz schloss.

»Vater?«, flüsterte sie und drückte seine Schulter fester. Er rührte sich nicht. Minou legte die Hand auf seine Wange und bemerkte, dass sie kalt war.

In den dunklen Stunden vor der Morgendämmerung saß Minou an ihrem Sekretär und fühlte sich leer vor Trauer. Mit einer Feder in der Hand und einem leeren Blatt Papier vor sich versuchte sie, einen Brief an Aimeric aufzusetzen.

Als das Licht zunahm und wieder Form in die Täler und Hügel um Puivert brachte, rang sie weiterhin mit Worten, die ihr nicht einfallen wollten, Worten, die zu grausam waren, zu endgültig, wo noch vieles im Unklaren schwebte. Ihre schwesterliche Pflicht hielt sie am Schreibtisch, und endlich schrieb sie nieder, was geschrieben werden musste. Nur die knappen Tatsachen. Dass am siebten Tag des Junis seine geliebte Schwester von unbekannter Hand niedergeschossen worden sei, aber überlebt habe. Und dass in den frühen Stunden des achten Junitags das alte Herz ihres geliebten Vaters aufgehört habe zu schlagen.

Als die ersten Sonnenstrahlen die Kammer erhellten, seufzte Minou, löschte die Tinte, versiegelte den Brief und klingelte. Die Magd kam herein und trug das Schreiben davon mit seinen Worten, die ein weiteres Herz brechen sollten.

ZWEITER TEIL

AMSTERDAM UND PARIS
Juni, Juli und August 1572

KAPITEL 13

Die Glocken von Sint Nicolaas und der Nieuwe Kerk schallten über die Kanäle und Wasserstraßen. Auf der Plaetse, dem Stadtplatz, feilschten Käufer und Verkäufer um den Preis von Hering und Torf, von Butter auf Holzplatten und aromatischem gelbem Käse. Die Ladenbesitzer türmten die Waren hoch in ihre hölzernen Regale. Unter den Kolonnaden des alten Rathauses, dem Stadhuis, ruhten Männer wie Frauen ihre müden Beine auf Steinbänken aus.

Es war ein schöner Tag. Die Sonne schien, auf den Straßen wimmelte das Leben. Trotz der schweren Zeiten durch die Blockaden und den Hunger, der das Land jenseits der Stadtmauern heimsuchte, herrschten innerhalb der Stadtmauern sommerliche Stimmung und Überfluss. Amsterdam war auf Handel und Finanzen errichtet.

Cornelia van Raay stand im Schatten vor dem Tor und wartete darauf, in den Begijnhof eingelassen zu werden. Sie war mittelgroß und weder zierlich noch füllig, und selbst wenn Gleichmut sie erfüllte, wirkte sie durch die dichten Augenbrauen und den offenen Blick rasch finster. Heute jedoch war sie durchaus besorgt. Im Auftrag ihres Vaters brachte sie einer Begine, Mariken Hassels, eine Nachricht. Cornelia wünschte sich, er hätte jemanden anderen zum Begijnhof geschickt. Sie mochte die bedrückte Atmosphäre nicht. Mit zu Boden gerichtetem Blick huschten die frommen Frauen umher und fürchteten zu sprechen, zu lachen oder auch nur das Gesicht zur Sonne zu heben. Aber Cornelia war eine gehorsame Tochter, und ihr Vater, ein Mann, der sich sonst wenig Gefühle anmerken ließ, war ihr sehr aufgewühlt erschienen.

Sie faltete die Hände und übte sich in Geduld.

Um sich herum hörte sie die vertraute Melodie von Amsterdam. Seile und Winden knarrten, während Waren in die Speicherhäuser am Oudezijds Voorburgwal und in der Warmoesstraat befördert wurden, wo ihr Vater seine lukrativen Geschäfte betrieb. An den Kais der Nieuwe Zijde ließen Böttcher ihre Fässer über hölzerne Rampen rattern. Kähne und Prähme wiegten sich auf dem Weg von Damrak zum Hafen, wo Schauerleute allerlei Güter umschlugen. Die Waren stammten von den Segelschiffen, die jenseits der schwimmenden Wellenbrecher im IJ ankerten. Ein Wald aus Masten wiegte sich auf Reede außerhalb der Stadtmauern.

Als Cornelia noch ein Kind war – und bevor seine Pflichten als Patrizier ihn so sehr beanspruchten –, hatte ihr Vater sie oft zum Hafen mitgenommen, damit sie seine Handelsflotte sah. Seine Schiffe transportierten Korn über die Ostsee aus dem Baltikum nach Süden bis nach Frankreich. Sie hatte es geliebt, die Matrosen und Schiffer in allen Hautfarben zu beobachten, wenn sie einander in unbekannten Zungen anbrüllten, während sie die Fracht löschten. Zeeländer mit blasser Haut gab es dort, Schiffszimmerleute aus Dänemark mit schwermütigen Augen, die bleichen Diener reicher polnischer Holzhändler, den Botendienst, der sechsmal am Tag Briefe von Amsterdam nach Antwerpen und zurück beförderte. Manchmal kamen sie auf dem Heimweg am In 't Aepjen vorbei, dem Gasthaus am Zeedijk, von dem es hieß, dass ausländische Seeleute für ihre Unterkunft dort mit Affen statt mit Münzen zahlen könnten.

Die Zeiten waren für viele schwer. Die Kriege hatten unzählige gut gehende Geschäfte zerstört; ihr Vater hatte den Sturm besser überstanden als die meisten. Cornelia sah, wie die hohläugigen Flüchtlinge in die Stadt stolperten und Zuflucht suchten. Sie sah, wie Speicherhäuser verrammelt wurden, wenn ein Kaufmann das Geschäft aufgab, wie ein Name übermalt wurde und ein anderer seinen Platz einnahm. Cornelia wusste, dass ihr Vater und sie Glück hatten.

Abermals klopfte sie ans Tor, doch das Metallgitter blieb geschlossen. Hatten die Schwestern vergessen, dass sie hier wartete? Cornelia begriff ihre Vorsicht. Es war eine Zeit des Widerstands und der Rebellion. Die meisten anderen Städte in Holland waren an die calvinistischen Rebellen gefallen, aber Amsterdam blieb eine katholische Stadt, umgeben von Protestanten. Miliz mit Luntenschlossgewehren patrouillierte nachts auf den Straßen. Bei Einbruch der Dunkelheit wurden die fünf Stadttore geschlossen und waren Tag und Nacht bemannt, um Kriegsflüchtige – und alle, die zu schwach und krank waren – am Eintritt in die Stadt zu hindern. Stadtwächter schützten die Hafenzufahrten und das IJ bei Nacht mit schwimmenden Balkensperren und Ketten.

Dennoch wuchs die Zahl der Zusammenstöße zwischen den Calvinisten und der städtischen Miliz, sowohl vor den Toren, bei den Heckenpredigten auf dem Land, die Hunderte von Kirchgängern anzogen, als auch innerhalb der Mauern. Zunehmend kam es zu Übergriffen gegen katholische Priester und Nonnen. Die Zerstörung von Standbildern und Gemälden nahm derart zu, dass alle Besucher des Begijnhofs gründlich untersucht wurden, bevor man sie einließ.

Endlich öffnete sich das Gitter, und ein schmales Gesicht im typischen grauen Kopftuch der Beginen war zu sehen.

»Die Vorsteherin empfängt Euch nun.«

»*Dankuwel.*«

Ein Riegel scharrte, ein schwerer Schlüssel drehte sich im Schloss. Cornelia schlüpfte durch das Tor, das rasch hinter ihr verschlossen wurde.

Sie folgte der Begine durch den hübschen Garten voller Rosenstöcke und Dornbüsche, durchzogen von kleinen Wasserläufen, vorbei an der kleinen Steinkirche mit ihrem hohen schmalen Turm zum größten der Holzhäuser am Rand der Grünfläche. Schweigend stiegen sie die schlichte Treppe hoch. Auf ein Klopfen an der Tür folgte von innen das Geheiß einzutreten, und sie wurde in einen großen, hellen Raum geführt.

»Guten Tag.«

Cornelia neigte den Kopf. »Es ist sehr großzügig von Euch, mich zu empfangen, Vorsteherin.«

»Dein Vater ist unserer Gemeinschaft ein wahrer Freund. Er ist doch guter Gesundheit?«

»So ist es. Vor kurzem ist er aus Frankreich zurückgekehrt, wo er einen Beitrag zum Bau einer neuen Kirche in Paris gestiftet hat.«

Die Vorsteherin nickte, als brauche über seine Frömmigkeit kein weiteres Wort verloren zu werden. »Du erkundigst dich nach einer aus unserer Gemeinschaft, nach Mariken Hassels?«

»Das ist richtig.«

»Wieso?«

Die barsche Frage überraschte Cornelia. »Ich ... weil ...«

»Warum möchtest du Mariken sprechen?«, bohrte die Vorsteherin nach.

»Mein Vater ...« Cornelia setzte erneut an. »Ihr müsst wissen, dass Mariken meinem Vater – mir – einmal einen großen Dienst erwiesen hat. Ich war krank, und der Arzt hatte die Hoffnung aufgegeben, aber sie pflegte mich, bis ich wieder gesund war.«

»Das ist mir bekannt.« Die schwarzen Augen der Vorsteherin wirkten in dem schroffen Gesicht ein wenig unheimlich. »Das liegt gut zehn Jahre zurück. Ohne die Dankbarkeit, die du Mariken schuldest, in Zweifel ziehen zu wollen, frage ich dich, wieso du sie gerade jetzt sprechen möchtest.«

Cornelias Brust schnürte sich zusammen. Ihr Vater war von Natur aus ein sanftmütiger Mensch, aber in dieser Hinsicht hatte er es an Deutlichkeit nicht vermissen lassen.

»Mein Vater hat betont, dass die Nachricht persönlicher Natur ist, nur für Mariken selbst bestimmt«, entgegnete sie. »Ich muss ihm gehorchen.«

Cornelia hob den Blick, und für die Dauer eines Herzschlags sahen sie einander in die Augen. Wille stand gegen Wille. Cornelia setzte darauf, dass die Vorsteherin sie eingedenk Willem van Raays finanzieller Großzügigkeit dem Begijnhof gegenüber und der Stellung seiner Familie in Amsterdam nicht weiter bedrängen würde.

»Natürlich möchte mein Vater, dass ich um Eure Erlaubnis ersuche, mit Mariken zu sprechen. Das ist eine Frage der Höflichkeit. Aber vergebt mir, er hat sich sehr deutlich ausgedrückt, dass ich die Nachricht nur an sie und sie allein übermitteln darf.«

Verdruss zuckte durch das Gesicht der Vorsteherin, gefolgt von Ärger, dass ihre Autorität infrage gestellt wurde und sie finanzielle Erwägungen dazu zwangen, auf jede Reaktion zu verzichten.

»Da gibt es eine Schwierigkeit«, räumte sie schließlich ein. »Der Umstand, dass Mariken unserer Gemeinschaft nicht mehr angehört.«

»Das kann doch nicht sein!«, rief Cornelia aus, fasste sich dann aber wieder. »Vergebt mir, ich wollte nicht unverschämt sein.«

Die Vorsteherin hob die Hand. »Auch für uns war es ein Schock. Mariken ist als junges Mädchen zu uns gekommen, sie gehörte der Gemeinschaft rund fünfzig Jahre an. Dennoch entschied sie sich vor einigen Wochen aus mir unbekannten Gründen, unsere Gemeinschaft zu verlassen. Sie hat keine Andeutungen gemacht, keinen Brief hinterlassen, bat weder um Erlaubnis, noch suchte sie Rat.«

»Seid Ihr sicher, dass sie freiwillig gegangen ist?«

»Du vergisst dich«, entgegnete die Vorsteherin in scharfem Ton.

Cornelia entschuldigte sich erneut. »Aber sähe es ihr denn ähnlich, dass sie einfach geht?«

»Ob es ihr ähnlich sieht oder nicht, so ist es geschehen. Wenn du es Ratsherr van Raay ausrichten würdest.«

Im Nachhinein konnte Cornelia nicht sagen, was ihre Aufmerksamkeit als Erstes weckte: eine Veränderung der Stimmung, der Blick der Vorsteherin, der in die rechte Ecke des Zimmers schoss, oder ihr Tonfall. Sie sprach nur etwas lauter als nötig, ein klein wenig deutlicher als zuvor. Unvermittelt begriff Cornelia, dass ihr Gespräch belauscht wurde.

Durch schiere Willenskraft hielt sie den Blick auf das Gesicht der älteren Frau gerichtet.

»Mein Vater wird erschüttert sein, wenn er davon hört. Ich werde ihm berichten, dass Ihr alles getan habt, was Ihr konntet, um zu helfen.«

»Tu das.« Die Vorsteherin neigte den Kopf zur Seite und fügte hinzu, als wäre es vollkommen unerheblich: »Darf ich dich nun fragen, worin die Botschaft bestand?«

Cornelia lächelte. »Nur, dass es nichts mitzuteilen gab«, log sie.

Die Miene der Vorsteherin verriet nichts, aber Cornelia bemerkte, wie sie die Schultern lockerte und ganz leicht aufatmete.

»Was er damit meint, weiß ich nicht«, fuhr Cornelia fort, »aber da Mariken nicht mehr hier ist, hat sich die Angelegenheit wohl erledigt.« Sie erhob sich. »Ich danke Euch für die Audienz, die Ihr mir gewährt habt.«

Die Vorsteherin bemühte sich nicht mehr, ihre Erleichterung zu verbergen.

»Es war meine Pflicht. Wie ich schon sagte, war dein Vater ein treuer und großzügiger Freund unserer Gemeinschaft.«

»Und das wird er bleiben.« Cornelia senkte den Kopf. »Ich möchte Eure Zeit nicht weiter beanspruchen.«

Die Vorsteherin griff nach einer kleinen Klingel, die auf dem Tischchen neben ihrem Sessel stand. Bei dieser Gelegenheit sah Cornelia erneut, wie ihr Blick in die Ecke des Raumes glitt, in der eine Stellwand stand.

»Möge Gott mit dir sein, mein Kind.«

Cornelia bekreuzigte sich und trat zurück.

Sie hatte gehofft, mit anderen Frauen der Gemeinschaft sprechen zu können, falls sich Mariken einer von ihnen kurz vor ihrem Aufbruch anvertraut hatte, aber sie fand keine Gelegenheit dazu. Die gleiche Begine, die sie zum Haus geführt hatte, kehrte zurück und brachte sie durch den Garten an der alten Kirche vorbei zum Tor. Ehe Cornelia sichs versah, stand sie wieder auf der kleinen Brücke und schaute zum Begijnhof zurück. Eine Inselgemeinde, von Wasser umringt, von Wasser geteilt, im Herzen der geschäftigen Stadt. Eine Zuflucht oder ein Kerker?

Während Cornelia zur Warmoesstraat zurückging, rief sie sich die Nachricht in Erinnerung, die sie an Mariken hatte übermitteln sollen: dass der junge Pieter Reydon überlebt habe, erwachsen sei und nun im Languedoc wohne. Er sei zum Hugenotten geworden, habe geheiratet, sei Vater einer Tochter und eines Sohnes, und sein Familiensitz in Puivert – Erbteil seiner Gattin, Marguerite Joubert – liege einige Wegstunden südlich von Carcassonne.

Dass er nichts von seinem Geburtsrecht ahne.

Cornelia beschlich der Verdacht, dass die Angelegenheit bei weitem noch nicht zu Ende war, sondern erst am Anfang stand, und trotz der Hitze, die in Amsterdam herrschte, schauderte ihr.

KAPITEL 14

Drei Wochen später
CHÂTEAU DE PUIVERT
LANGUEDOC
Sonntag, 29. Juni

Unter dem Licht des Vollmonds traf der Stallmeister des Château de Puivert die letzten Vorbereitungen für die Reise der Familie nach Paris.

Die Pferde waren frisch beschlagen und ausgeruht, Zügel und Zaumzeug repariert und mit Bändern geschmückt. Jeder Steigbügel und jede Schnalle waren mehrfach poliert worden. Die Ledersättel und Satteltaschen glänzten vom Bienenwachs und rochen nach Asche. Die Kutsche für die Familie und die offenen Wagen für die Diener und das Gepäck schimmerten im Licht. Jede hölzerne Speiche, jede Radachse war geprüft und für gut befunden.

Um acht Uhr sollte bei einem Gottesdienst in der Kapelle ihr Vorhaben gesegnet werden, dann konnte das Abenteuer beginnen.

So weit das Auge reichte, kündigte sich ein prächtiger Sommer an: Auf den Feldern wiegten sich die filigranen Flachspflanzen im Wind. Ihre blauen Blüten spähten von den dünnen grünen Stängeln zwischen silbergrauen Olivenhainen durch; an den Obstbäumen leuchteten blutrote Kirschen und die ersten neuen Äpfel in Rost und Gold.

Für Minou jedoch standen die Schönheit der Welt und ihr

Herz im Widerspruch. Ihr Aufbruch konnte nicht bald genug kommen. Zehn Jahre lang war die Burg ihre Zuflucht gewesen, doch der Tod ihres Vaters und der unerklärliche Anschlag auf Alis hatten ihr in Puivert den Frieden geraubt. Allzu oft ertappte sie sich, wie sie jeden einzelnen Moment jenes langen Tages wieder durchging und darüber brütete, was sie anders hätte machen können. Piet merkte sie die gleiche Ruhelosigkeit an. Erinnerungen, durch die Zeit harmlos geworden, Geheimnisse der Vergangenheit, stumpf vom Verstreichen der Jahre, waren mit einem Mal wieder lebhaft und scharf. Die Ungewissheit, ob Aimeric ihren Brief schon erhalten hatte, nagte an ihr genauso wie der Kummer, ihren Vater beerdigen zu müssen, ohne dass ihr Bruder oder ihre Schwester an ihrer Seite waren.

Äußerlich zumindest schien Minous und Piets Vertrautheit wiederhergestellt. Beide vereinte die Trauer um Minous Vater und das Unbehagen, Alis zurückzulassen. Unter der Oberfläche aber bestand die Distanz zwischen ihnen fort. Ihre Gespräche waren höflich und drehten sich meist um praktische Dinge. Keiner wünschte den bestehenden Zustand zu stören. Minou hoffte, dass Paris, ein Ort ohne gemeinsame Erinnerungen, ihnen den Raum geben würde, wieder zueinanderzufinden.

Die meisten Tage vor der Abreise hatte sie bei Alis verbracht. Ihre Schwester musste weiterhin das Bett hüten, aber sie zeigte Anzeichen einer vollständigeren Genesung, als der Arzt es zunächst für möglich gehalten hatte. Sie hatte bemerkenswert viel Gefühl in ihren Beinen zurückerlangt, und ihre Stimmung war deutlich besser geworden.

»Solange ich fort bin, musst du dich Doktor Gabignauds Anweisungen ohne Widerworte fügen«, betonte Minou. »Er ist zuversichtlich, dass kein bleibender Schaden zurückbleibt.«

»Glaubst du ehrlich, dass ich irgendwann wieder gehen kann?«

»Mit der Zeit wirst du es können, ja, das glaube ich fest. Und du solltest das auch.«

Alis' dunkle Augen funkelten vor Unmut. »Ich hasse es, wenn man mich bedient. Nicht nach draußen gehen oder reiten zu können, das ist mir Folter.«

»Du musst geduldig sein.«

Alis seufzte. »Kannst du noch etwas für mich tun?«

»Alles.«

»Nimm Tante Salvadora mit nach Paris! Sie droht, hierzubleiben und mich zu pflegen, und ganz ehrlich, das könnte ich nicht ertragen.«

»Alis!«

»Ich schwöre es bei meinem Leben, Minou. Wenn ich noch einen einzigen Tag erdulden muss, an dem sie von der unübertrefflichen Schönheit der Marguerite de Valois und der Herrlichkeit der königlichen Familie schwärmt, springe ich aus dem Fenster!«

Zuerst kamen sie gut voran.

Das Wetter war freundlich. Der Sommer tauchte das Languedoc in unzählige Töne von Rosarot, Gelb und Violett. Die ersten hundert Wegstunden schien die Sonne warm auf sie herab, doch die grimmige Hitze und der Staub des Midi blieben aus; sie ließen sich Zeit bis August. Nächtliche Wolkenbrüche hielten den Boden weich, was gut für die Pferde war, und sorgten jeden Morgen für frische, milde Luft, die einen schönen Tag versprach.

So weit es möglich war, hatte Piet ihren Weg durch Gebiet gelegt, das hugenottisch beherrscht wurde oder von den schlimmsten Exzessen der Unruhen verschont geblieben war. Sie übernachteten in den Häusern von Freunden und Brüdern und Schwestern im Reformierten Glauben, wann immer sie konnten. Bei den seltenen Anlässen, in denen sie sich ohne Bekannte wiederfanden, erwiesen sich die Gasthäuser am Straßenrand als brauchbar für eine oder zwei Übernachtungen. Chalabre, Toulouse, Saint-Antonin und weiter. Während der ersten Julitage war ihr langsames Tempo angenehm. Weil außer Piet niemand von ihnen je über die Grenzen des Languedoc hinausgekommen war, gab es viel Heiteres und Bewegendes: Jean-Jacques, vom gleichmäßigen Rollen der Kutschräder besänftigt, saß auf dem Schoß der Kinderfrau und zeigte auf Vögel, Wiesel und Hermeline; Marta stellte endlos Fragen – weshalb die Häuser aus Back- und nicht aus Bruchsteinen bestanden, warum man die Dächer mit Holz und nicht mit Ziegeln deckte, warum die Feldarbeiter andere Kleidung trugen, warum, warum, warum.

»Still jetzt«, mahnte Minou, als Piet die Geduld ausging. »Lass Papa in Frieden.«

Staub und Schmutz. Minou spürte, wie Frankreich unter den Rädern ihres Fuhrwerks, unter den Hufen ihrer Pferde hinwegzog, während sie von Süden nach Norden reisten. Die Farben des Midi wichen dem bedeckten Himmel im Herzen des Landes, die *Sabots* der Berge machten den Lederschuhen in den Tälern des Zentralmassivs Platz.

Im Strahlen von purpurnem Lavendel und rosarotem Hundsgift gelangte die Familie Joubert ins Berry. Die alte okzitanische Sprache verschwand, an ihre Stelle traten die schärferen Töne der *Langue d'Oïl*. Der Himmel war bedeckt, und die Arbeiter auf den Feldern sahen grau aus.

»Papa, erzähl doch die Geschichte, wie du und Maman euch kennengelernt habt«, bat Marta.

Sie waren in einem Gasthaus südlich von Limoges. Den ganzen Mittjulitag lang hatte Dauerregen sie in ihrem Quartier festgehalten, und nun tobte draußen ein Abendgewitter. Sie hatten ein bescheidenes, aber sauberes Zimmer mit weißgetünchten

Wänden und einfachen Möbeln, das groß genug war, um die ganze Familie unterzubringen, aber in der Schankstube unter ihnen war es laut. Salvadora hatte auf ihrem eigenen Zimmer bestanden – das nicht zu dicht an der Küche oder dem Stall liegen durfte, nicht im Erdgeschoss, wo die Männer tranken, und nicht unter dem Dach, wo es mit Sicherheit Flöhe gab. Minou hatte ihre ganze Geduld aufbringen müssen, um nicht die Beherrschung zu verlieren.

»Das habe ich dir doch schon tausendmal erzählt«, wandte Piet ein.

Marta neigte den Kopf zur Seite. »Aber ich höre die Geschichte so gern.«

»Papa ist müde, *petite*«, ermahnte Minou sie. »Und du gehörst ins Bett.«

»Ich bin aber gar nicht müde.«

»Es macht mir nichts aus.« Piet stand von der Fensterbank auf, setzte sich ans Ende ihres Strohlagers und zog Marta auf seinen Schoß. »Zum allerersten Mal sah ich deine Mutter …«

»… in La Cité.«

»… in La Cité, nicht mehr als einen Schritt von Gran'pères Haus entfernt, wo sich die wilden Rosen um die Tür ranken …«

Martas Gesicht verdüsterte sich. »Ich vermisse Gran'père.«

»Das weiß ich, *petite*.« Minou saß im Schaukelstuhl. »Wir vermissen ihn alle.«

Piet ging die bekannte Geschichte durch, die vom Immerwiedererzählen fadenscheinig geworden war, während Minou ihre Gesichter betrachtete: Ihren Mann, der Gefahr und Mut in der Geschichte betonte, ihre Tochter, die immer unterbrach, wenn er einen Schritt auszulassen oder die Reihenfolge der Begebenheiten zu ändern versuchte. Sie konnte nicht anders, sie fragte sich, ob Piet sie heute noch genauso liebte wie damals. Er war höflich und rücksichtsvoll, aber Minou spürte einen Abstand zwischen ihnen, der immer weiter wuchs, statt kleiner zu werden.

Marta zupfte ihren Vater am Ärmel. »Und dann?«

»Vorsicht«, sagte Minou. »Mach keinen Fleck auf Papas Hemd.«

»Meine Hände sind sauber. Ich musste sie mir hundertmal waschen.«

Minou zog die Brauen hoch. »Hundertmal?«

»Mindestens. Papa, erzähl weiter!«

Piet hob beschwichtigend die Hände. »Es war eine kalte, dunkle Nacht in Carcassonne, vor langer, langer Zeit. Die Glocken hatten zur Abendmesse geläutet, und es war die Stunde, in der man die Lampen entzündet. Da war es, dass diese höchst schöne Dame vor mir erschien ...«

»Wie ein Engel, von Gott gesandt.«

»Nein, nicht wie ein Engel«, erwiderte Piet bestimmt. »Eine echte Dame aus Fleisch und Blut.« Er streckte den Arm aus und ergriff Minou bei der Hand. »Diese Dame.«

Marta klatschte entzückt in die Hände, wie sie es immer tat. Piet legte die Hand aufs Herz, wie er es immer tat.

»Leise, *petite*«, bat Minou. »Jean-Jacques schläft schon. Und du, *mon cœur*, bist ganz genauso schlimm.«

Piet legte den Finger an die Lippen, und Marta kicherte. »Es war ein *coup de foudre* – ein Blitzschlag«, flüsterte er laut.

»Du hast dich hoffnungslos in sie verliebt.«

»Hoffnungslos.« Er mimte den Schwermütigen. »Und obwohl wir uns nicht vorgestellt worden waren, erkühnte ich mich, die schöne Dame anzusprechen.«

»Und obwohl wir einander nicht vorgestellt worden waren«, nahm Minou den Faden auf, »war ich geneigt, ihn anzuhören.«

»Aber Papa konnte nicht bleiben.«

»Das konnte ich allerdings nicht, denn ich war in einer wichtigen Angelegenheit in Carcassonne.« Minou tat so, als sehe sie den Schatten nicht, der über sein Gesicht zog. »Ich musste mich verabschieden. Und da ich den Namen der schönen Dame nicht erfahren hatte, nannte ich sie meine …«

»Dame des Nebels!«, rief Marta triumphierend. »Damit meint er dich, Maman.«

»Genau.« Sie umschloss die Hand ihrer Tochter. »Und wir haben geheiratet und lebten glücklich bis an unser Ende.«

»Nein«, protestierte Marta, »ihr habt ja alles dazwischen weggelassen.«

»Das reicht jetzt«, sagte Minou streng. »Es wird Zeit, dass du ins Bett gehst. Wir müssen morgen sehr früh aufbrechen, wenn wir unsere Verspätung aufholen und rechtzeitig in Limoges ankommen wollen.«

Marta war nun müde und erhob keine Einwände. Sie legte ihrem Vater die Arme um den Hals. Piet erhob sich, trug sie durchs Zimmer und legte sie sanft in ihr Bett.

»*Bonne nuit,* mein Kleines.«

»Gute Nacht, Papa.« Martas Stimme war schon schläfrig. »Gute Nacht, Dame des Nebels.«

KAPITEL 15

LIMOGES
LIMOUSIN

Am folgenden Tag kamen sie gut voran und erreichten Limoges, als die Glocken zur Mittagsstunde schlugen.

Ihr Gastgeber, Antoine le Maistre, hatte einmal im Heer des Fürsten von Condé gedient. Wie Piet war er bei Jarnac verwundet worden, und er hatte sich auf seinen Landsitz im von Hugenotten beherrschten Limousin zurückgezogen. Als Willkommensgeschenk reichte seine Frau, die ein liebliches Gesicht hatte, Minou eine schöne blau-goldene Dose aus Emaille. Mit großem Aufwand richtete sie ein Nachmittagsbankett mit den Kindern aus, damit Piet ein paar Stunden lang mit seinem alten Freund allein sein konnte.

»Wir bleiben nicht lange fort«, versprach Piet.

Minou lächelte. »Nimm dir so viel Zeit, wie du möchtest. Madame le Maistre und ich werden ein paar vergnügliche Stunden verbringen. In einem Haus zu sein, an einem Tisch zu essen und nachts in einem sauberen Bett zu schlafen, das macht mich mehr als zufrieden.« Sie wies auf das andere Ende des Raumes. »Und Marta hat bereits das Kommando ergriffen.«

Piet folgte ihrem Blick zu ihrer Tochter, die die vier Maistre-Kinder – zwei davon älter als sie – anleitete, welche Kostüme sie für ihr Spiel tragen sollten.

»Sie veranstalten einen Maskenball«, sagte Minou augenzwinkernd.

Piet zog die Brauen hoch. »Gütiger …«

»Von der königlichen Hochzeit! Ich brauche wohl nicht zu erwähnen, dass Marta die Marguerite de Valois spielt.«

»Natürlich. Und welcher von den beiden Jungen ist ihr Bräutigam?«

Minou lächelte. »Sie befragt Monsieur le Maistres beide ältere Söhne und entscheidet nach ihren Antworten.«

Piet lachte auf. »Gestatte ihr nicht, allzu kühn zu sein. Ich würde gern eingeladen werden, auf unserem Rückweg nach Carcassonne im September hier ein weiteres Mal zu logieren.«

»Keine Sorge. Geh nur. Genieße die Gesellschaft deines Freundes. Wir sehen uns zum Abendessen wieder.«

»Das ist unser *vin paille.*« Le Maistre reichte Piet einen Kelch mit einem Wein von sattem Gelb. »In den Kriegen wurde viel verwüstet, aber unsere Winzer bringen allmählich wieder Weine hervor, die eine Zierde für jeden Tisch sind.«

»Meinen Dank.« Piet trank voll Anerkennung und sah sich im Raum um. »Ihr habt ein schönes Haus, le Maistre. Genießt Ihr das Leben fernab vom Schlachtfeld?«

Sein Gastgeber lachte. »Ich war nie wie Ihr, Reydon. Ich habe aus Notwendigkeit und Pflichtgefühl gekämpft – weil mir keine andere Wahl blieb. Es galt wir oder sie, und kein Mann konnte untätig zusehen, wie seine Glaubensgenossen fielen.« Er hielt inne. »Aber jede Nacht im Felde habe ich in meinen Gebeten den Herrn angefleht, mich zu verschonen, damit ich hierher zurückkehren kann. Das Leben als Gutsherr bekommt mir. Ich bin glücklich, wenn ich mit meiner Frau und meinen Kindern am Kamin sitze, sonntags in die Kirche gehe, im Gemeinderat diene und dafür sorge, dass unsere Stadt sicher und gottergeben bleibt. Ich hoffe, dass ich nie wieder zum Schwert greifen muss.«

Piet lachte, aber er schüttelte den Kopf. »Ich bin froh, dass der Herr auf Euch gehört hat, mein Freund.«

»Wie geht es Euch?«

»Nun.« Piet zögerte. »Ich beneide Euch um Eure Zufriedenheit. Meine Gemahlin ist die beste Frau der Welt, unser Land ist schön, meine Kinder … Wir haben viel Gutes für unsere Sache tun können. Aber ich gestehe, ich vermisse die Aufregung des Schlachtfelds. Ich wünschte, ich könnte noch dienen.« Er hob die unbrauchbare Hand. »Ihr erinnert Euch an Jarnac?«

Le Maistre nickte. »Natürlich erinnere ich mich – Ihr wurdet verwundet, aber erst, nachdem Ihr vier Männern das Leben gerettet hattet.«

»Ich habe mir beigebracht, den Dolch mit der linken Hand zu führen. Könnte ich noch den Griff eines Schwertes umfassen, würde ich an der Seite unserer protestantischen Brüder in den niederländischen Provinzen gegen die spanische Besatzung kämpfen.«

»Weiß Eure Frau, wie Ihr empfindet?«

Piet lächelte. »Ja. Minou tut alles, was in ihrer Macht steht, um mich erkennen zu lassen, was für ein gutes Leben wir führen.«

»Sie ist eine weise Frau.« Le Maistre betrachtete ihn über den Rand seines Kelches hinweg. »Auch wenn Ihr Euch hin und wieder wünscht, sie sorgte sich nicht so sehr …«

Piet grinste. »Aber hört mich nur, in einem fort beklage ich mich. Sagt mir, le Maistre, entsprechen die Gerüchte, die ich über den Tod der Königin von Navarra vernahm, der Wahrheit?«

Die beiden alten Freunde nahmen ihre Getränke mit zur Truhenbank und setzten sich. »Heute ist es schwer, Wahrheit von Lüge zu unterscheiden«, sagte le Maistre, »und Neuigkeiten sind eine Weile unterwegs, bevor sie uns erreichen. Aber was außer Zweifel zu stehen scheint, ist, dass die Königin am neunten Tag des Juni im Pariser Hôtel de Bourbon verschied. Allgemein wird getratscht, dass sie von der Königinmutter, Caterina de' Medici, vergiftet wurde.«

Piet riss die Augenbrauen hoch. »Gibt es Anlass für diesen Vorwurf?«

»Die lange Feindschaft zwischen den beiden Damen und den Umstand, dass sie fünf Tage vor ihrem Tod ein Geschenk von der Königinmutter erhielt, ein Paar Handschuhe aus weißem Leder.«

»Von denen es heißt, sie wären vergiftet gewesen.«

Le Maistre hob die Schulter. »So sagt man, und zwar sowohl auf protestantischer als auch katholischer Seite.«

»Aber zu welchem Zweck? Die Königin von Navarra hat die Ehevereinbarung zwischen ihrem Sohn und Caterinas Tochter selbst ausgehandelt.«

»Ich gebe nur weiter, was ich gehört habe.«

Piet überlegte kurz. »Und was ist mit der Braut? Die Geschichten um ihre Affäre mit dem Herzog von Guise sind sogar ins Languedoc gelangt. Wird sie einwilligen, Henri de Bourbon zu heiraten? Er ist ein König, das stimmt schon, aber über ein Reich im Süden und zudem noch Hugenotte.«

Le Maistre lächelte ironisch. »Ich halte es für unwahrscheinlich, dass Marguerite de Valois in dieser Angelegenheit viel zu sagen hat.«

»Der Papst hat also seinen Dispens für die Eheschließung erteilt?«

»Das weiß ich nicht.« Le Maistre schenkte ihnen nach. »Gebt in Paris gut auf Eure Familie acht, Reydon. Nach allem, was man hört, ist die Stadt gespaltener denn gewöhnlich.«

»Ist das der Grund, weshalb Ihr entschieden habt, in Limoges zu bleiben?«

Le Maistre schüttelte den Kopf. »Ich habe hier alles, was ich brauche, Reydon. Ich habe keinen Bedarf, dass unsere Anführer mein Gesicht in der Menge erblicken, so edel sie auch sein mögen. Das einfache Leben genügt mir.«

In der Mitte der letzten Juliwoche brachen sie von Limoges auf. Ständig in Gesellschaft des anderen zu sein, Tag und Nacht, verlangte ihnen allmählich seinen Zoll ab. Jeder war gereizt. Vor allem Marta wurde immer unruhiger und neigte zum Zanken. Jean-Jacques litt unter einer Kolik, und wenn die Kinderfrau sich um den leidenden kleinen Jungen kümmerte, machte Marta sich immer wieder auf eigene Faust davon. Salvadora beschwerte sich über alles: die Betten zu hart, die Kost zu einfach, das Wetter zu scheußlich. Und Piet, missmutig über die kleinlichen Ärgernisse ihres Lebens auf der Reise, ritt immer früher der Kutsche voraus, kümmerte sich um ihr Nachtquartier und kehrte erst zu ihnen zurück, wenn es schon dämmerte.

Minou wünschte zunehmend, sie wären in Puivert geblieben.

Je weiter nach Norden sie kamen – aus Gebieten, die der hugenottischen Sache großenteils freundlich gegenüberstanden, in katholische Territorien –, desto lauter wurde die Unzufriedenheit. Die Steuern waren erhöht worden, um die königliche Hochzeit zu bezahlen, und zwar mehr als im Krieg. Nach drei Jahren mit schlechten Ernten litten die Menschen. Die Katholiken gaben den Hugenotten die Schuld, die Protestanten den Papisten; in jeder Ortschaft, in der sie Halt machten, trat das Erbe von zehn Jahren Bürgerkrieg deutlich zutage.

Der Juli ging in den August über.

Zehn Wegstunden nördlich von Orléans sprach man in den Schänken von nichts anderem, als dass der Bräutigam, Henri de Bourbon, mit neunhundert bewaffneten hugenottischen Edelleuten an seiner Seite in Paris eingetroffen sei. Niemand wusste, ob er seine verstorbene Mutter ehren oder ihren Tod rächen wollte. Ob er die Bedingungen des Ehevertrags einhalten oder sie anfechten wollte, darüber war der Tratsch geteilter Ansicht.

Im katholischen Kernland um Paris machten in den Schänken Gerüchte die Runde, ein hugenottisches Heer beabsichtige, auf die Königsstadt zu marschieren und die Hochzeit zu verhindern. Tausend Mann seien es, zehntausend, und wie le Maistre gewarnt hatte, ließ sich Wahrheit nicht von Falschmeldung unterscheiden.

In ihrer letzten Reisenacht, in einer stickigen Unterkunft etwa zehn Wegstunden südlich ihres Ziels, fand Piet keinen Schlaf. Minou betrachtete ihn vom Bett aus. Sein rechter Arm ruhte auf seinem Bein, das er auf die Bank im Fenstererker gesetzt hatte. Er rührte sich kaum und blickte über die Ebene zu den Stadtmauern von Paris, das unter ihnen lag. Nur ein gelegentlicher Seufzer und die Art, wie in seinem verschlossenen Gesicht die grünen Augen flackerten, verrieten seine tiefe Versunkenheit.

Minou schlug die Bettdecke beiseite, stand auf und setzte sich schweigend zu ihm in den Erker. Sie merkte ihm die Spannung an, die ihn erfasst hatte, da nun das Ende der Reise in Sicht war. Minou empfand einen Anflug freudiger Erwartung. Während sie auf die Morgendämmerung wartete, dachte sie daran, wie es ihr ergangen war, als sie Toulouse zum ersten Mal erblickt hatte. An einem stürmischen Frühlingstag, in Begleitung eines widerwilligen, heimwehkranken Aimeric hatte eine Kutsche sie in ein neues, unbekanntes Leben gebracht. Sie war damals eine junge Frau gewesen, unschuldig und voller Hoffnung, und hatte von einem jungen Mann geträumt.

Diesem Mann.

Minou drückte Piets Arm. Trotz aller Geschehnisse waren sie bis heute zusammen, und sie liebte ihn.

»Ich bin noch deine Dame des Nebels«, flüsterte sie, obschon er sie nicht zu hören schien. »Dir gehört mein Herz.«

KAPITEL 16

Zwei Wochen später
RUE DES BARRES
PARIS
Sonntag, 17. August

Die Dienerin trat in der Tür von einem Fuß auf den anderen. »Ein Herr ist hier und möchte Euch sprechen.« Sie strich sich die Schürze glatt.

Minou sah von ihrem Tagebuch auf. »Ein Herr welcher Art?« »Einer von denen, Madame.« Die Magd schniefte. »Verzeiht, Madame, das soll heißen, er ist ein Soldat …«

Minou seufzte. »Frag ihn nach seinem Namen und seinem Anliegen.«

Die Dienerschaft in den gemieteten Quartieren gab sich wenig Mühe, ihre Abneigung gegenüber den Protestanten in Paris zu verbergen, und schien zu vergessen, dass auch ihre Gäste Hugenotten waren. Trotzdem mochte Minou das Haus. Obwohl das Quartier Saint-Gervais im Herzen des katholischen Paris lag und nicht im Universitätsviertel, wo die Mehrheit der Hugenotten logierte, passte es ihnen gut. Das viergeschossige Gebäude hatte eine Eingangshalle mit einem kleinen quadratischen Fenster zur Straße und einer steilen Wendeltreppe aus Holz, die wie eine Wirbelsäule im Zentrum des Hauses nach oben führte. Das Wohnzimmer der Familie im Erdgeschoss hatte große Fenster nach Norden und Westen und war von Licht erfüllt. Im ersten Stock befanden sich eine gutsortierte Bibliothek, im zweiten

Stock darüber bequeme Schlafräume, zahlreich und groß genug für alle. Das gesamte oberste Geschoss des Hauses diente als Kinderzimmer. Durch sein Giebelfenster blickte man auf Apsis und Querschiffe der Église Saint-Gervais.

Der Stall befand sich in einiger Entfernung vom Haus, sodass man ihn nicht roch, und ein kleiner Innenhof vor dem Küchengebäude und den Dienerquartieren spendete an den heißen Nachmittagen willkommenen Schatten. Zur Gasse führte ein unauffälliges hölzernes Tor, mit einer Klinke verschlossen. Von dort waren es nur wenige Schritte zur Place Saint-Gervais, wo man mittags die Rufe von Männern hörte, die kamen, um unter der Ulme vor der imposanten gotischen Kirche Schulden zu begleichen. Marta hatte sich angewöhnt, sie beim Spielen nachzuahmen, und versuchte, auch Jean-Jacques ihre Stimmen beizubringen.

»*Attendez-moi, sols l'olme, attendez-moi.*«

Am späten Nachmittag betrachtete Minou die Nonnen, die wie schwarze Vogelscharen von ihrer *maison à colombages* zur Vesper in die Kirche strömten und nach den Abendgebeten zum Fachwerkhaus zurückkehrten. Sehr bequem war auch, dass das Haus nur eine Viertelstunde zu Fuß von dem Haus in der Rue de Béthisy entfernt lag, wo Admiral de Coligny mit seinem Gefolge wohnte, dem Aimeric angehörte.

Weiß- und schwarzgekleidete Mönche waren allgegenwärtig, Zisterzienser und Franziskaner, Jesuiten, Augustiner. Die Luft war voller Weihrauch, die Stimmung papistisch, doch Minou fand es nicht bedrückend. Kirchtürme dominierten den Horizont – neununddreißig Pfarrkirchen, je einem eigenen Heiligen geweiht. Auf der Rue Saint-Jacques standen der alte Glockenturm und die Kirche Saint-Jacques-de-la-Boucherie, der Ausgangspunkt der Pilgerreise nach Santiago de Compostela, deren Teilnehmer sich Jakobsmuscheln an die Kleidung hefteten, um sich als Wallfahrer zu kennzeichnen.

An den meisten Tagen seit ihrer Ankunft in Paris hatte Minou die Stadt erkundet, manchmal in Begleitung Salvadoras und der Kinder, manchmal allein: Sie spazierte durch den sumpfigen Marais und zur Bastille, der alten Festung, die als Staatsgefängnis diente. Sie erfreute sich an den Pfeilern und der Pracht der Église Saint-Eustache, die mit jedem Tag großartiger wurde, an dem die Steinmetze arbeiteten. Sie besuchte den Marktplatz im Quartier les Halles und die Blumenhändler unten am Fluss. Allzu oft fielen ihr Dinge auf, von denen sie ihrem Vater erzählen wollte; in der Freude des Augenblicks vergaß sie immer wieder, dass er nicht mehr lebte. Unverzüglich befiel sie dann der altbekannte dumpfe Schmerz, und sie trauerte um ihn, als wäre er gerade erst gestorben. Ihr fehlte auch die Gesellschaft ihrer Schwester. Auch wenn Alis alles verabscheute, was nach Götzenanbetung schmeckte, Paris hätte sie dennoch geliebt.

Minou war bewusst, dass sie zum Teil deshalb so viel umherging, um die Einsamkeit zu bekämpfen, die sie wegen Piets Abwesenheit empfand. Vor einigen Tagen hatte sie ihre Habseligkeiten in der Holzschatulle neu sortiert, und ihre Finger hatten den Ring aus Zwirn berührt, das erste Geschenk, das Piet ihr je gemacht hatte, als er sie bat, seine Frau zu werden. Sie lächelte bei der Erinnerung: Im Mai 1562, auf ihrer Flucht aus Toulouse, als die Sonne über den Pyrenäen aufging und ihre Gesichter noch warm waren vom Schlaf in einem Versteck. Piet war ein schüchterner junger Mann gewesen und hatte ihr einen Ring aus einem Bindfaden zur Verlobung geschenkt.

Sie waren damals so voller Hoffnung gewesen.

Minou hatte das empfindliche Erinnerungsstück einen Augenblick in der Hand gehalten und sich auf den Ringfinger gesteckt, aber sie bezweifelte, dass Piet es aufgefallen war. Und weil sich ihre Hoffnung nicht bewahrheitet hatte, dass sie in unvertrauter Umgebung leichter wieder zu ihrer Zuneigung fanden, vermaß sie Paris weiterhin zu Fuß, während der Fadenreif gleich über dem Ehering aus Silber saß.

Minou erfuhr bald, dass das Erbe der alten Stadt in scharfem Kontrast zum weißen Marmor der Paläste und neuen Herrenhäuser italienischen Stils mit ihren Türmchen und grauen Schieferdächern stand, die den großen katholischen Familien gehörten. Auf der Rue Vieille du Temple standen sie, die privilegierten Häuser des katholischen Adels, vornehmlich des Herzogs von Guise, die feinsten Herrensitze und gotischen Paläste, der Sitz der Regierung und des Handels. Hinter hohen Mauern verbargen sich Obstgärten.

Aber nirgendwo offenbarte sich für sie der Bund zwischen der alten Hauptstadt Galliens und dem pochenden Herzen des aufstrebenden Frankreichs stärker als am Louvre-Palast. Die Umwandlung des Louvre vom Bollwerk zum Palast hatte während der Herrschaft François I. begonnen. Obwohl nur das Gerippe der alten Festung übrig war – die Wassergräben und die Mauern an der Seine –, hörte Minou, wohin sie auch ging, von der Pracht des neuen Palasts: Wie Höflinge von den nüchternen militärischen Korridoren durch eine Kammer nach der anderen ins Allerheiligste der königlichen Familie gelangten, von hohen Decken und Wandbehängen, von den Gemälden und Skulpturen des italienischen Meisters Leonardo da Vinci, der den neuen Westflügel und die Salle des Caryatides entworfen hatte. Die Königinmutter, so hieß es, lasse neben dem Louvre einen neuen Palast errichten, anstelle einer früheren Ziegelei, die dem Bauwerk den Namen Tuilerien gab.

An der mächtigen Seine, der Pulsader der Stadt, ging es so betriebsam zu wie an einem Seehafen. Piet sagte, der Wasserweg erinnere ihn an Amsterdam, wo an Werften und Landungsbrücken unermüdlich gearbeitet werde und es nie menschenleer sei. Zwischen den Ufern lag die Île de la Cité wie ein Juwel im blauen Gürtel des Flusses, von vier Brücken mit den Stadtvierteln am linken und rechten Ufer verbunden. Dort, in der Kathedrale Notre-Dame, sollte die königliche Hochzeit stattfinden. Die Dienerin erschien wieder an der Tür und wartete ungeduldig auf die Erlaubnis zu sprechen.

»Also, hat er seinen Namen genannt?«, fragte Minou.

Das Mädchen schniefte. »Nein, Madame, aber er sagt, er ist Euer Bruder.«

Minou sprang auf. »Dann lass ihn nicht länger in der Halle stehen. Führ ihn herauf!«

Das Herz ging ihr über. Endlich würde sie Aimeric wiedersehen. In den Wochen, die sie schon in Paris weilten, hatte er zwar seine besten Wünsche übermitteln lassen, aber zu Besuch gekommen war er nicht. Minou räumte rasch Tagebuch und Schreibutensilien beiseite und wandte sich um.

»Aimeric!«, rief sie und schloss ihn in die Arme. »Es ist ja so lange her.«

Sie umarmten einander, bis sie schon glaubte, dass er ihr die Luft herausgedrückt hatte, dann trat sie einen Schritt zurück und sah ihn an.

»Ich muss schon sagen, du bist gewachsen.«

Aimeric lachte. »Das sagst du immer, wenn wir eine Weile getrennt waren, und nie ist es wahr! Du wirst immer ein klein bisschen größer sein als ich, Minou. Das ist richtig demütigend.«

»Unfug, das beweist deine Höflichkeit und deine Vernunft, denn es ist eine wirklich gute Größe!« Sie hakte sich bei ihm ein. »Aimeric, ich freue mich so, dich zu sehen. Wie geht es dir? Womit warst du so beschäftigt, dass du uns nicht schon früher besuchen konntest? Was sind deine …«

»Schwester, lass mich doch erst einmal hinsetzen, bevor du mich mit Fragen bestürmst!«

Minou grinste. »Verzeih mir.«

Aimeric nahm auf einem Polstersessel Platz und legte Hut und Umhang ab. Minou schenkte ihm Wein ein.

»Es tut mir leid, dass ich euch noch nicht besuchen konnte –
ich bin jede Stunde, in der ich nicht schlafe, beschäftigt. Ich
empfange Besucher für den Admiral, horche nach Anzeichen für
Ärger, bewache ihn auf der Straße, lausche jeder Proklamation,
die auf den Marktplätzen verlesen wird, und jeder Predigt, die
am Tag des Herrn von den Kanzeln donnert. Paris ist voll von
eifernden Pfaffen.«

Minou lachte. »Du bist jetzt ein Spion und kein Soldat!«

»Ganz recht! Coligny ist überzeugt, dass es Kräfte gibt, die
die Hochzeit stören wollen. Ich fürchte, dass er recht hat, aber
gerechterweise muss man sagen, dass es in beiden religiösen
Lagern solche Gegner gibt. Viele von uns finden, dass es nicht
angebracht sei, wenn ein Bourbon in die Familie Valois einhei-
ratet. Die Vorstellung von einem Protestanten, der dem Thron
so nahe steht, erfüllt sie mit Entsetzen.« Er nahm einen langen
Zug aus seinem Weinkelch. »Aber genug zu Staatsangelegenheiten. Ich möchte hören, was es bei euch Neues gibt. Gefällt dir
Paris?«

Minou lächelte. »Zu meiner großen Überraschung ja. Ich
finde mich bezaubert von dieser sehr katholischen Stadt voller
Kathedralen, Abteien und Klöster.«

Aimeric nickte. »Das verstehe ich. Ich empfinde ihren Zau-
ber genauso. Was ist mit den Kindern und mit Tante Salvadora?
Gefällt Paris ihnen auch? Ich wette, Alis ist in ihrem Element,
auch wenn sie sich allem widersetzen will. Ist sie da? Ich habe
sie sehr vermisst.«

Minou sank das Herz. »Du hast meinen Brief nicht erhalten«,
sagte sie ernst.

»Welchen Brief?« Aimeric setzte den Kelch auf den Tisch.
»Minou, was ist geschehen?«

Sie atmete tief durch. »Ich fürchte, ich habe schreckliche
Neuigkeiten.«

Aimeric stützte sich auf die Knie und hörte zu, als sie ihm

von den Ereignissen berichtete: dem Anschlag auf Alis und dem Tod ihres Vaters. Als sie zu Ende geredet hatte, blieb er reglos.

»Unser Vater ist gestorben«, sagte er mit hohler Stimme. Minou nickte. »Ja. Er hat keine Schmerzen gelitten, er ist einfach entschlafen.«

»Bist du dir sicher?«

»Er sah aus, als schliefe er. Friedlich. Endlich Ruhe.«

Aimeric senkte den Kopf, und obwohl nichts zu hören war, sah sie an seinen bebenden Schultern, dass er schluchzte.

»Ich wünschte, du hättest es schon gewusst«, sagte sie. »All die Wochen habe ich gebetet, mein Brief möge dich erreicht haben.«

»Es erscheint mir unmöglich«, sagte Aimeric. Ihm brach die Stimme. »In der ganzen Zeit, wann immer ich etwas Bemerkenswertes oder auch Beunruhigendes sah, nahm ich mir vor, Vater davon zu erzählen. Ich habe versucht, meine Eindrücke zu bewahren, bis ich ihn in Puivert oder Carcassonne wiedersehe, nur um jetzt zu erfahren, dass er die ganze Zeit tot war.«

Er hob den Blick zu ihrem Gesicht und ließ ihn rasch wieder sinken, als wollte er nicht die Wirklichkeit sehen, die darin geschrieben stand.

»Ich kann es auch immer noch nicht fassen.« Minou legte ihrem Bruder die Hand aufs Herz. »Aber du trägst ihn hier bei dir, Aimeric. So wie ich. Er wird immer bei uns bleiben.«

Er umfasste ihre Hand, wie ein ertrinkender Mann den Menschen packt, der ihn retten will. Einige Augenblicke saßen sie wortlos beieinander.

»Verzeih mir«, sagte Aimeric schließlich. »Ich bin eine schlechte Gesellschaft. Ich hatte so viele Neuigkeiten und Geschichten für dich, aber jetzt kann ich nicht klar denken.«

»In den Tagen, die vor uns liegen, ist dazu genug Zeit.«

Aimeric wischte sich mit dem Handrücken die Wangen.

»Aber was ist mit Alis? Glaubt der Arzt, dass sie sich wieder erholt? Wird sie wieder gehen können?«

»Ja, aber es dauert. Gestern erhielt ich einen Brief von ihr.« Minou schwieg kurz. »Salvadora hatte gedroht, in Puivert zurückzubleiben und sie zu pflegen, daher sind ihre guten Fortschritte eine Erleichterung.«

Zu ihrer Freude lockten ihre Worte den Anflug eines Lächelns bei ihm hervor. »Das wäre Alis gar nicht recht.« Wieder füllten seine Augen sich mit Tränen. »Meine arme liebe Schwester. Ich werde ihr schreiben und hoffe, dass wenigstens dieser Brief nicht verloren geht.«

»Sie wird sich freuen, einen Brief von dir zu bekommen.«

Aimeric fuhr sich durch die wilde schwarze Haarmähne und ließ sich in den Sessel sinken. Minou überlegte, wie jung er aussah; unvermittelt war das, was von dem Knaben Aimeric in ihm verblieb, durch die Trauer, die seine Augen verdunkelte, zutage getreten. »Möchtest du eine Weile bleiben? Vielleicht mit uns speisen? Die Kinder wären entzückt, dich wiederzusehen.«

Aimeric seufzte. »Ich wünschte, das könnte ich, Minou, aber vor morgen ist einfach zu viel zu tun. Und außerdem …« Er breitete die Hände aus. »Ich glaube nicht, dass ich eine gute Gesellschaft wäre. Ich brauche Zeit, um all die schlechten Neuigkeiten zu verdauen. Ich muss für sie beten.«

»Deine Trauer ist frisch. Wir hatten zwei Monate, um zu lernen, mit ihr zurechtzukommen.«

»Mir ist, als hätte ich einen Riemen um die Brust. Ich kann nicht atmen.«

»Es geht vorüber«, sagte Minou sanft. »Auch wenn unser Vater mir nie fern ist – und hundertmal am Tag in den Sinn kommt –, der scharfe Schmerz der ersten Tage ist einer stilleren Traurigkeit gewichen.«

Aimeric faltete die Hände. »Er ist jetzt bei Gott. Und Alis ist in Gottes Hand. Der Herr wacht über sie, da bin ich sicher.«

Minou lächelte. Sie war froh, dass Aimeric ein wenig Trost im Glauben fand. Zwar hatte sie es nie zugegeben, aber sie empfand nur leere Wut und Fassungslosigkeit, dass so etwas geschehen konnte. Auf ihrem Herzen lastete es schwer, dass ihr Vater ohne Beichte und letzte Ölung gestorben war, denn sie wusste, dass es ihm lieber gewesen wäre, versöhnt vor seinen Schöpfer zu treten.

Aimeric stand auf.

»Kommst du noch einmal zu Besuch, wenn die Hochzeit vorüber ist?«, fragte Minou und schob wieder den Arm unter seinen. »Tante Salvadora wird traurig sein, dich nicht gesehen zu haben. Piet auch.«

»Das werde ich. Ich habe euch alle sehr vermisst. Obwohl ich Piet natürlich ein paar Mal gesehen habe.«

Minous Herz zog sich zusammen. »Das hast du? Wann denn?«

»Hat er es dir nicht erzählt?«

»Nein, das hat er nicht erwähnt.« Minou zögerte kurz. »Ich will nicht hinter seinem Rücken reden, aber Piet ist nur selten zu Hause. Er verbringt viel Zeit bei seinen Landsleuten im holländischen Quartier und bei alten Kriegskameraden. Ich versuche, es ihm nicht zu verübeln, aber ich vermisse seine Gesellschaft.«

Aimeric zupfte an seinem Wams. Ihm war eindeutig unwohl. »Es tut ihm gut, die alten Kameraden wiederzusehen, an deren Seite er gekämpft hat.«

»Natürlich.« Minou zögerte. »Aimeric, als du dich aus Puivert verabschiedet hast, fragte ich dich, ob es eine besondere Angelegenheit war, über die du mit Piet bis in die frühen Stunden des Morgens deiner Abreise gesprochen hast. Du sagtest, so sei es nicht. Ist das noch immer deine Antwort?«

Nun war es Aimeric, der zögerte. »Ich kann sein Vertrauen nicht brechen«, sagte er widerstrebend.

»Etwas, lieber Bruder, belastet ihn. Ich kenne meinen Gatten gut. Sein Gesicht ist ein offenes Buch für mich.« Sie schwieg kurz. »Die Dienerin sagt, eine Frau sei an dem Tag zum Haus gekommen und habe nach ihm gefragt. Nun frage ich mich, ob es damit zusammenhängt. Wenn es mich oder die Kinder betrifft, habe ich ein Recht, davon zu erfahren.«

Aimeric verzog unentschieden das Gesicht und stieß langgezogen den Atem aus, eine Kapitulation. »Ich gebe zu, dass Piet mich gebeten hat, für ihn nach etwas zu sehen. Es betrifft seine Mutter und seine Kindheit in Amsterdam, aber mehr darf ich nicht sagen. Du musst ihn selbst danach fragen.«

Minou zog ihren Arm zurück. »Ich wusste, dass ich es mir nicht nur einbilde!«

»Wenn er dir die Angelegenheit verheimlicht, hat er einen Grund dafür, Minou. Er wird sich dir anvertrauen, wenn er so weit ist. Du musst Geduld haben.«

KAPITEL 17

»He! Dich meine ich, Mädchen. *Guenon de hus.*«

Seit Cornelia van Raay im Auftrag ihres Vaters nach Paris gekommen war, hatte sie einiges an Schmähungen und Ehrabschneidungen erdulden müssen, sobald sie sich allein auf die Straße wagte: *Putain,* Hure, holländische Kupplerin, Dirne, Hugenottensau. *Guenon de hus* war ihr bisher noch nicht zu Ohren gekommen, aber der Ton, in dem der Mann es aussprach, machte seine Bedeutung so klar wie Kristall.

Mit der Zunahme der Augusthitze und den vielen Reisenden, die fußkrank aus allen Ecken Frankreichs eintrafen, um der Hochzeit beizuwohnen, waren die Beleidigungen häufiger geworden. Es gab nicht genügend Betten. Die Schänken und Herbergen waren voll. Die Gemüter waren erhitzt.

Cornelia verabscheute Paris, aber sie konnte nicht nach Hause zurückkehren, bevor sie Pieter Reydon den Brief ihres Vaters ausgehändigt hatte. Von holländischen Dienern aus der Botschaft, die ihre Zunge nicht im Zaum hatten, und in den Schänken, in denen sich die niederländischen Rebellen trafen, hatte sie erfahren, in welchem Haus die Familie Reydon logierte. Sie brauchte ihm nur den Brief in die Hand zu drücken. Hoffentlich gelang es ihr heute. Wenn sie Erfolg hatte, konnte sie Paris vor Einbruch der Nacht verlassen, bevor die Hochzeitsfeierlichkeiten begannen.

Cornelia senkte den Kopf, das Gesicht unter dem schlichten Kapuzenmantel verborgen, und ging weiter auf der Rue des Barres auf und ab, wartete darauf, dass Pieter Reydon zurückkehrte. Beim ersten Licht hatte sie an dem Eckhaus vorgesprochen, doch die Dienerin erklärte, der Herr sei bereits ausgegangen. Ihr Plan war es, auf ihn zu warten und ihn bei seiner Rückkehr anzusprechen, aber ihre Anwesenheit auf der Straße weckte Aufmerksamkeit. Vor einer Stunde war ein hugenottischer Soldat im unverkennbaren Schwarz angekommen und wieder gegangen. Vor wenigen Augenblicken war ein anderer Mann eingelassen worden – seinem Aussehen nach ein Händler oder Geschäftsmann.

»*Putain.*«

Sie tat, als würde sie es nicht hören.

»Bist du eine falsche Christin? Eine Hugenottin.« Der Mann schien das Wort auszuspeien. »Bist du deshalb nicht bei der Messe? Schenkst du mir deshalb keinerlei Beachtung?«

Ein anderer Mann lachte, ein dritter rief eine weitere Beleidigung. Cornelia wandte sich ab. Warum wussten diese reichen jungen Pariser, die Söhne von Höflingen, von Edelleuten, wie sie annahm, so wenig mit ihrer Zeit anzufangen? Der protestantische Adel, ob französisch oder holländisch, trug seine bescheidene schwarze Kleidung mit Stolz, eine Herausforderung an die Lasterhaftigkeit der grellen pfauenbunten Hüte aus Seide und Edelsteinen, die bei Hofe getragen wurden.

»He!« Er schnippte mit den Fingern. »He, du Hugenottensau. Ich rede mit dir.«

Bellendes Gelächter und das Klirren eines Geldbeutels. »Ein katholischer Mann ist dir wohl nicht gut genug?«

Furcht flackerte in ihrer Brust auf. Cornelia richtete ihren Sinn auf den Rhythmus ihrer Füße auf der trockenen Straße und beschwor sich, auf keinen Fall den Kopf zu drehen. Wenn sie ihnen in die Augen sah, war sie verloren. Sie konnte nur so tun, als geschehe nichts. Sie drückte den Korb fester an sich und folgte weiter der Gasse, betete still, dass entweder ihr Peiniger die Freude an seinem Zeitvertreib verlor oder – sie wusste, dass der Gedanke unchristlich war – ein anderes Opfer fand. Sie beschleunigte ihren Schritt, hielt auf eine belebtere Straße zu, um Schutz in der Menge zu finden. Zum Haus der Reydons würde sie später zurückkehren.

»Hure!«

Etwas traf sie im Nacken. Ein Kiesel? Eine Münze. Cornelia zuckte zusammen, aber sie hielt nicht inne.

»Oder bist du gar nicht so billig? *Une fille de l'escadron*, bist du das?«

Noch eine Münze prallte von ihrem Schulterblatt ab. Mit einem Mal ging jemand hinter ihr und – es kam als Schock, obwohl sie es halb erwartete – packte sie beim Arm.

»Monsieur!«

»Aha, eine Ausländerin.« Der Mann drängte sie in die Gasse, die am Haus der Reydons abzweigte. Sein Atem, der nach schalem Wein stank, stieß sie ab. Seine beiden Gefährten gingen an ihr vorbei, sodass sie zwischen den Männern gefangen war. Sie sah hoch, merkte sich den gestutzten Bart, die breite weiße Halskrause, den gefiederten Samthut, den er trotz der schwülen Wärme trug, den Stahl an seinem Gürtel. Eine pockennarbige Nase, die für sein Gesicht zu groß war. Seine Finger gruben sich um ihr Kinn.

»Ich wollte nur mit dir reden, aber jetzt hast du mich gekränkt.« Sein Griff wurde fester. »Kennt ihr ausländischen Huren denn die Pariser Sitten nicht?«

Cornelia wusste, dass es am besten war, ihn nicht zu reizen.

»Monsieur, lasst mich los«, sagte sie auf Französisch. »Mein Gemahl wartet auf mich.«

»*Mein Gemahl wartet auf mich.*« Höhnisch ahmte einer seiner Spießgesellen ihren holländischen Akzent nach. »Du bist keine von den Lebedamen der Königinmutter?«

Cornelia spürte den Druck von etwas Hartem, etwas Intimem, und fuhr voll Ekel zurück. Ein Schwall sauren Atems, dann krallte sich eine Hand in ihren Schritt.

»Lasst mich in Frieden!«

Cornelia versuchte zur Seite zu treten, aber der Angreifer versperrte ihr den Weg. Sie drehte den Kopf, versuchte sich aus seinem Griff zu lösen, doch er drückte ihr nur umso fester das Kinn.

»Sieh dich doch an! Schützt Tugend vor, obwohl du unter deinem frommen Äußeren genauso bist wie die anderen. Da wirst du rot, was?« Er zerrte am Verschluss ihres Mantels, bis er sich öffnete. »Na, was haben wir denn da? Das sind aber recht hübsche Kleider unter deinem bescheidenen düsteren Äußeren.« Er legte ihr eine Hand auf die Brust.

»Monsieur, nicht!«

»Wir wissen, was ihr protestantischen Mädchen hinter verschlossenen Türen treibt, wenn ihr glaubt, vor den Augen der Christen sicher zu sein.«

»Ich bin eine aufrichtigere Katholikin als Ihr!« Die Worte waren ihr entfleucht, bevor sie sich zügeln konnte.

Der Mann kniff die Augen zusammen. »Was sagst du da?«

Seine Hand bewegte sich so schnell, dass Cornelia den Schlag gar nicht kommen sah. Ihre Wange brannte, aber der Schock betäubte jeden Schmerz. Er riss ihr die Haube herunter, packte eine Handvoll von ihren dunkelbraunen Haaren und stieß sie mit dem Rücken gegen die Wand.

»Wie kannst du es wagen, so mit mir zu sprechen? Vielleicht gehörst du trotz deiner schäbigen Kleidung doch zur Königinmutter. Eine kleine holländische *fille de l'escadron*.«

»Monsieur, bitte.«

Seine Frage ging in einen zweiten Hieb über, der härter ausfiel. Cornelia schmeckte Blut und merkte, dass ein gelockerter Zahn sich verschob. Als ihr Angreifer zum dritten Mal ausholte, fand sie endlich die Stimme, um zu schreien.

Über ihnen öffnete sich ein Erkerfenster, und eine elegante Frau mittleren Alters sah herunter.

»Was soll dieser Lärm?«

Ihr Peiniger winkte seine Spießgesellen in den toten Winkel unter dem Erker. Mit einer Hand hielt er Cornelia den Mund zu und trat in Sicht.

»Madame, ich erbitte Eure Verzeihung, dass ich Euch gestört habe.«

Cornelia versuchte sich loszureißen, damit sie noch einmal schreien konnte, aber sie konnte sich genauso wenig rühren wie ein Vogel an einer Leimrute.

»Meine Freunde haben einen über den Durst getrunken. Sie sind übermütig, das ist alles.«

»Soll dies die berühmte Pariser Höflichkeit sein, von der wir so viel gehört haben?«

»Wie schon gesagt, Madame, Übermut.«

»Ich schlage vor, Ihr schafft Euren Übermut woandershin, Monsieur!«, befahl die Frau. Zu Cornelias Entsetzen zog sie sich zurück und schloss das Fenster.

Die Einmischung hatte ihn bei weitem nicht von seinem Treiben abgebracht, sondern sein Blut angeheizt. Cornelia spürte seine Erregung, als er sich mit seinem ganzen Gewicht gegen sie drängte.

»Auch wenn du Ausländerin bist und unscheinbar, aber deine Haut ist ohne Pockennarben«, zischte er. In seinen tückischen blauen Augen flammte Jagdfieber. »Und weil du mich auf solche Art herabgewürdigt hast, steht mir eine Entschädigung zu.«

Mit einer geübten Bewegung schob er ihr die Hand zwischen die Beine. Cornelia wand sich, versuchte ihn wegzustoßen, aber sein perverses Verlangen verlieh ihm zusätzliche Kraft, und sie konnte sich nicht befreien. Sie trat ihm gegen die Schienbeine, aber das störte ihn nicht. Sie wehrte sich weiter, aber die lallenden Stimmen seiner Gefährten trieben ihn immer weiter an.

»Ich bin als Nächster dran.«

Cornelia konnte nicht fassen, dass solche Schurkerei sich am Nachmittag in der bevölkerungsreichsten Stadt Frankreichs ereignen sollte. Es war einfach nicht möglich. In Amsterdam hatte sie ihr Leben vor solch lüsternem Gebaren behütet verbracht, wusste aber, dass die kleinen Sträßchen hinter dem Zeedijk und der Sint Nicolaas solche Männer anzog.

»Messieurs, hat Madame Reydon Euch nicht befohlen, Euren Übermut woanders auszuleben?«

Hinter ihnen auf der Rue des Barres stand nun der Mann, den Cornelia beobachtet hatte, wie er ins Haus der Reydons ging. Er trug ein helles Wams und eine helle Hose und hielt einen Stapel Papiere in der Hand. Seine Miene verriet Verachtung.

Cornelia seufzte erleichtert. Einen Moment lang sagte niemand etwas, dann gab ihr Peiniger sie frei. Seine Gefährten wichen in die dunkle Gasse zurück.

Er verneigte sich halb. »Verzeiht mir, dass wir Euch gestört haben. Wir gehen nun. Euer Diener.«

Er schnippte mit den Fingern, und seine Kumpane huschten ihm hinterher Richtung Fluss. Rasch verloren sie sich in der Menschenmenge auf der Rue de la Mortellerie. Cornelia ließ erleichtert die Schultern sinken.

»Monsieur, meinen Dank. Wenn Ihr nicht …«

Der Mann zeigte mit dem Finger auf sie. »Du und deinesgleichen, ihr ekelt mich an. Kommt in eine Christenstadt und bietet euch bei helllichtem Tage feil. Verschmutzt Paris. Geh wieder dahin, woher du gekommen bist.«

Cornelia trat einen Schritt zurück, als hätte er sie geschlagen. Sie erkannte, dass sie wegen ihrer derangierten Kleidung, ihrer offenen Haare und der am Boden verstreuten Münzen für genau das gehalten wurde, zu dem die Männer versucht hatten, sie zu machen: eine Hure.

»Monsieur, Ihr verkennt mich.«

»Wir wollen hier keine Ausländer.« Er sah flüchtig am Haus hoch. »Keinen von euch.«

Cornelia richtete Mantel und Kapuze, hob ihren Korb auf und ging mit aller Würde, die sie aufbringen konnte, aus der Gasse in den feuchten grauen Nachmittag.

Wut trieb sie auf dem ganzen Weg zur Seine an. Sie war entschlossen, sich irgendwie an den Männern zu rächen, die so übel mit ihr umgesprungen waren. Nach und nach verebbte ihr Zorn. Auch wenn es ihr nicht gelungen war, Pieter Reydon die Botschaft ihres Vaters zu überbringen, hatte sie wenigstens eines erfahren: dass Madame Reydon ihren Gemahl nach Paris begleitet hatte, und dass sie eine ehrbare Frau war.

KAPITEL 18

Der Hauswirt kam zurück ins Zimmer. Seine Papiere hatte er noch immer im Arm.

»Ihr habt sie weggeschickt?«

»Den Herren tat es leid, Euch gestört zu haben.«

Minou zog die Brauen hoch. »Herren? Wohl kaum! Kanntet Ihr sie, Monsieur?«

Er schüttelte den Kopf. »Das Mädchen war eine Ausländerin.«

»Das macht keinen Unterschied«, sagte sie scharf.

Er zuckte mit den Schultern. »Eine gute Tat bedingt die nächste, Madame Reydon. Um auf unsere Verhandlungen zurückzukommen ...«

»Ich werde nicht nachgeben, Monsieur. Die Bedingungen sind vor unserer Ankunft vereinbart worden. Mein Bruder, der im Dienst des Admirals de Coligny steht, hat in unserem Namen verhandelt.«

»Wenn Ihr nicht imstande seid, etwas mehr zu zahlen, Madame Reydon, gibt es viele andere, die es tun werden«, erwiderte der Hauswirt. »Paris ist überfüllt. Freie Betten sind nicht zu bekommen.«

»Infrage steht nicht, ob wir es uns leisten können, sondern ob Ihr den Vertrag einhaltet, den wir geschlossen haben. Die Bedingungen wurden angenommen und bekräftigt. Wenn Ihr die Miete nun als zu gering erachtet, bedauere ich das, aber wir haben uns für den Monat auf einen angemessenen Mietpreis geeinigt.«

»Wie ich schon sagte«, wiederholte er mit seiner öligen Stimme, »eine gute Tat muss die nächste nach sich ziehen.«

Minou hielt seinem Blick stand und seufzte. »Ich zahle Euch eine Livre pro Woche mehr. Stellt Euch das zufrieden?«

Der Hauswirt verbeugte sich. »Es war mir ein Vergnügen, mit Euch zu verhandeln, Madame Reydon. Mit Eurer Erlaubnis verabschiede ich mich.«

»Einen guten Tag.«

Als er fort war, sah Minou wieder in die Gasse. Sie fand es abscheulich, dass in der Königsstadt solche Leute lebten. Nicht nur deren Gebaren erboste sie, sondern auch, dass sie sich nicht schämten. Doch andererseits, so dekadent, wie der Hof war, sollte es niemanden überraschen, dass solch wild ausschweifendes Benehmen wie Gift in jeden Winkel von Paris sickerte. Sie hoffte, das Mädchen war unversehrt davongekommen.

Minou nahm ihre Sommerhandschuhe von der Eichentruhe. Sie hatte sich auf ihren heutigen Besuch der Sainte-Chapelle gefreut, ein Ausflug, der ursprünglich ihrer Tante zu Gefallen geplant worden war. Sie wollte sich von den Winkelzügen des Hauswirts oder schamlosem Straßenvolk nicht den Tag verderben lassen.

Sie lächelte. Wie seltsam, dass es ihre Laune heben sollte, in einem Gotteshaus zu stehen, das dem Glauben geweiht war, von dem sie sich abgewandt hatte. Aber Eleganz und Anmut der Architektur oder Musik kannten keine Grenzen. Minou dachte an ihr jüngeres Ich – ihr katholisches Ich –, das eilig das Grabtuch von Antiochia ins Futter ihres alten grünen Mantels eingenäht und die Reliquie bestaunt hatte, die sie in den Händen hielt. Ihr Gesicht verfinsterte sich, als ihr Vidal einfiel. Sie nahm an, dass sich das Grabtuch nach wie vor in seinem Besitz befand.

»Maman, was ist eine *fille de l'escadron*?«

Sie fuhr herum. »Marta! Ich wusste nicht, dass du hier warst.«

143

Ihr Tochter trat zu ihr ans Fenster. »Hat denn die Königinmutter nicht selber eine Tochter?«

»Das hat sie«, antwortete Minou vorsichtig.

»Warum hat der Mann dann gesagt, dass sie eine der Töchter ist?«

Minou seufzte. »Das spielt keine Rolle. Die Männer sind jetzt weg.«

»Was ist eine Lebedame?«

»Marta, das genügt«, sagte Minou mit Nachdruck. »Das betrifft uns nicht.«

Marta schob die Unterlippe vor, als wollte sie schmollen, besann sich dann aber eines Besseren. »Wie du willst.«

Minou kniff die Augen zusammen. »Du wirst dieses Thema nicht weiter verfolgen, hast du mich verstanden?«

Das Kind war die Verkörperung der Unschuld. »*Oui, Maman.*«

»Marta, das ist mein Ernst. Du wirst Großtante Boussay nicht mit deinen Fragen belästigen – und auch niemand anderen –, sonst gehen wir ohne dich zur Sainte-Chapelle.«

Marta machte einen hastigen Knicks und verließ rasch das Zimmer.

»Marta, ich scherze nicht!«, rief Minou ihr nach, ohne auf eine Antwort zu hoffen. Sie wünschte sich keineswegs, dass ihre Tochter weniger neugierig wäre, aber manchmal, dass sie nicht ganz so gute Ohren hätte.

Morgen war die Trauung, auf die drei Festtage folgen sollten, danach konnten sie Paris verlassen. Sie musste zugeben, dass sie erleichtert wäre, wenn sie Tante Salvadora erst wieder in Toulouse abgesetzt hatte und zu Alis und ihrem eigenen Bett zurückkehren könnte. Erst am Vortag war ein Brief ihrer Schwester eingetroffen, in dem Alis freudig schilderte, dass sie mithilfe eines Krückstocks schon wieder einige Schritte gehen könne. Der Nachsatz von Monsieur Gabignaud, dem Arzt, war verhaltener und vorsichtiger, was die Genesung seiner Patientin anging. Minou konnte es nicht erwarten, Alis' Fortschritte mit eigenen Augen zu sehen.

Sie lächelte, als ihr die Schönheit des Languedoc im Sommer vor Augen trat. Die Wälder strotzten dann vor Farben: Kupfer, poliertes Gold, das Weinrot der Reben. Die Obstbäume schwer mit Äpfeln und Birnen behangen. Dort war die Luft klar, und auf den Ebenen sangen die Sonnenblumen ihr neustes Lied von Gelb.

Das Leben würde weitergehen. In Puivert wäre die Trauer um ihren Vater zwar schärfer zu spüren, aber allmählich würde sich alles normalisieren. Paris wäre nichts weiter als eine Erinnerung.

In der Eingangshalle saß Salvadora Boussay auf dem Sessel mit der hohen Lehne und wartete geduldig auf ihre Nichte. Auf ihrem Schoß zuckten ihre Hände. Sie war so aufgeregt wie als Mädchen bei der Erstkommunion.

In den düsteren Tagen ihrer Ehe hatte es ihr den Mut verliehen, den Prügeln und der Verachtung ihres Gatten standzuhalten, wenn sie sich vorstellte, die Straßen der heiligsten Stadt Frankreichs zu beschreiten. Und heute, endlich, ging sie zur Sainte-Chapelle, die zu sehen sie schon ihr ganzes Leben lang träumte, ein Ort der Frömmigkeit, wo …

»Großtante Salvadora, darf ich dir eine Frage stellen?«

Sie sah auf und erblickte Marta, die die Treppe hinuntereilte, die untersten beiden Stufen übersprang und vor ihr auf allen vieren landete, als wäre sie eine Katze.

Salvadora legte die Hand vor die Brust. »Also wirklich! Wo bleiben deine Manieren?«

Marta schoss hoch und machte einen frechen Knicks. »Tut mir leid. Ich möchte dir eine Frage stellen. Was ist eine *fille de l'escadron*?«

Salvadoras Wangen wurden flammend rot. »Wo um alles in

der Welt hast du solch einen schlimmen Ausdruck … Nicht in diesem Hause, möchte ich hoffen.«

»Wurde hier erst vor ein paar Minuten gesagt.«

»Das kann ich nicht glauben.«

Marta zeigte den Anstand zu erröten. »Vielleicht nicht *im* Haus, das gebe ich zu. Ich habe es von einem Herrn gehört. Unten auf der Straße. Maman hat ihn ausgeschimpft und diesen schleimigen Hauswirt geschickt, damit er mit ihm redet. Bedeutet *fille de l'escadron* das Gleiche wie Lebedame?«

»Gütiger Herr!«, rief Salvadora aus, entsetzt, dass ein siebenjähriges Mädchen solch ein Wort kannte. »Das reicht jetzt aber!«

»Aber wenn niemand es mir sagt, wie soll ich dann lernen? Es ist wichtig, dass Mädchen etwas lernen. Das sagt Tante Alis immer.« Marta pochte sich gegen den Kopf. »Ich werde niemandem verraten, dass du es mir erklärt hast. Ich behalte es für mich, genauso wie meine anderen Geheimnisse.«

»Was bist du für ein altkluges Kind.«

Marta neigte den Kopf zur Seite. »Und schön bin ich auch. Das sagt jeder.«

»Es war nicht als Kompliment gemeint.« Salvadora wedelte mit dem Fächer. »Du bist zu prahlsüchtig.«

»Maman sagt immer, dass wir nicht lügen sollen«, konterte Marta. »Also, sagst du mir jetzt, was eine *fille de l'escadron* ist?«

»Das werde ich ganz gewiss nicht. Aber ich werde mit deiner Mutter über dein Betragen sprechen, verlass dich darauf.«

Marta zog ein finsteres Gesicht und verließ die Eingangshalle genauso rasch, wie sie hereingerauscht war.

Ruhe kehrte wieder ein.

Salvadora war von dem Gespräch schockiert. Sie wedelte weiterhin so heftig mit dem Fächer, dass sich drei weitere Federn lockerten. Welch unfassliches Gebaren. Sie wusste wirklich nicht, was heute aus den Mädchen wurde.

»Aber was bedeutet es denn nun?«, bohrte Marta weiter. Nachdem sie ihre Großtante in der Eingangshalle allein gelassen hatte, war sie hinauf ins Kinderzimmer unter dem Dach gerannt. Nun saß sie gefährlich weit hinausgelehnt im offenen Fenster und ließ die Beine vor der Mauer baumeln.

»Hört damit auf, Mademoiselle; Ihr beschädigt ja die Wand.« Die geplagte Kinderfrau wiegte Jean-Jacques auf den Armen und versuchte ihn zu beruhigen. Sein Bauch war von einer Kolik angeschwollen.

»Ich werde niemandem verraten, dass du es mir gesagt hast.«

»Ich habe keine Zeit für Eure Fragen. Seht Ihr denn nicht, dass Eurem Bruder nicht wohl ist?«

»Wann ist ihm schon mal wohl. Wenn du mir antwortest, gehe ich und lasse dich in Frieden. Hand aufs Herz. Ich soll tot umfallen, wenn …«

»Sagt so etwas nicht!«

Der kleine Junge heulte erneut vor Schmerz auf.

»Bitte«, schmeichelte Marta in ihrem süßesten Tonfall. »Bitte.«

Die Kinderfrau räusperte sich. »Von der Königinmutter heißt es … – ich weiß aber nicht, ob das wirklich stimmt, vergesst das nicht – sie soll einige … Damen haben, die gegen … Geschenke – Schmuck, Juwelen und solche Dinge – edle Herren überreden, ihnen Geheimnisse zu verraten.«

»Also bedeutet *escadron* so viel wie Freunde?«

»Pst, kleiner Mann«, gurrte die Kinderfrau. »Das ist besser, *mon brave*.«

»Was heißt *escadron*?«

»Eine Gruppe.«

»Eine Gruppe von Mädchen?« Marta runzelte die Stirn, während sie versuchte, die Bruchstücke zusammenzufügen. »Ist Lebedame ein unanständiges Wort?«

Endlich hatte sie die volle Aufmerksamkeit der Kinderfrau.

»Mademoiselle Marta!«

Marta begriff, dass sie zu weit gegangen war, und küsste ihren kleinen Bruder auf die heiße Wange.

»Danke!«, rief sie und stürmte aus dem Zimmer.

KAPITEL 19

Streitend standen sich Minou und Salvadora ausgehfertig in der Eingangshalle gegenüber, die Luft erhitzt von wütenden Worten. »Ich kann es nicht fassen, dass du so unklug sein kannst, solch eine Frage zu beantworten«, rief Minou wütend. »Marta ist viel zu klein, um das zu verstehen.«

Salvadora schloss mit einem Schnappen den Fächer. »Wenn du mir Erlaubnis zu sprechen gäbst, Nichte.«

»Ich weiß, dass sie beharrlich ist, aber ihre Fragen lassen sich immer auf harmlosere Themen ...«

»Glaubst du ernsthaft«, unterbrach Salvadora sie, »dass ich Marta, einem eigensinnigen Kind, bei dem man immer damit rechnen muss, dass sie etwas sagt, das sie nicht sagen sollte, offenbaren würde, dass *filles d l'escadron* Kurtisanen sind, die Männer verführen, um ihnen Geheimnisse zu entlocken?«

Hinter ihnen öffnete sich die Haustür, und Piet trat ein. »Was um alles in der Welt geht hier vor? Die ganze Straße hört euch streiten.«

Salvadora blähte die schlaffen Wangen. »Deine Gemahlin hat eine so niedrige Meinung von mir, dass sie annimmt, ich würde eurer sieben Jahre alten Tochter die Vorgehensweisen erläutern, deren sich die Mätressen am Hof der Königinmutter befleißigen!«

»Wie bitte?« Piet sah sie verdutzt an. »Das verstehe ich nicht. Wo zum Himmel konnte Marta davon überhaupt nur hören?«

Minou sah ihn an. »Sie hat einen Tumult auf der Straße mit angehört. Als ich ihr nicht erklären wollte, was die Männer

meinten, ging sie gegen mein striktes Verbot zu Tante Salvadora.
Und sie erklärte es ihr.«

»Das habe ich ganz gewiss nicht!«

Minou warf die Hände hoch. »Wenn nicht du, Tante, wer
dann? Ich habe Marta ertappt, wie sie im Korridor auf und ab
schritt und so tat, als ...«

Sie bemerkte, dass Piet sich ein Lachen verkniff, und sah ihn
drohend an.

Salvadora straffte den Rücken. »Wenn du mir vergibst,
Nichte, aber wenn du dem Kinde gegenüber eine festere Hand
zeigtest – wenn es nicht unentwegt unbeaufsichtigt im Hause
umherliefe –, wäre es nie in die Lage gekommen, solch vulgäre
Worte aufzuschnappen.«

»Willst du damit sagen, dass ich mich nicht um mein Kind
kümmere?«

»Ich glaube, so hat Tante Salvadora es nicht gemeint«, warf
Piet ein.

Minou wandte sich ihm zu. »Du stellst dich gegen mich auf
ihre Seite?«

»Tante Salvadora, würdest du uns entschuldigen?«

Salvadora zögerte und zog sich mit einem letzten missbilli-
genden Blick auf Minou zurück.

Minou verschränkte die Arme, ihre Augen hart vor Kränkung.

Piet lockerte seine Halskrause, ging zur Anrichte, füllte zwei
Kelche mit Wein aus der Karaffe und reichte einen davon Minou.
»Wir dürfen einander nicht so an die Kehle fahren.«

»Der Streit ging nicht von mir aus. Als ich Marta tadelte,
wurde es offenbar, dass jemand ihr gesagt hatte, was der Ausdruck bedeutet. Als ich sie bedrängte, sagte sie, sie wäre Tante
Boussay in der Halle begegnet ...«

»Und das hast du so aufgefasst, als hätte Salvadora ihre Frage
beantwortet?«

»Nun, wer sonst könnte es gewesen sein? Du warst – schon

wieder – nicht zu Hause, Aimeric war schon fort. Sonst gibt es niemanden.«

»Liebste«, sagte Piet mild, »unsere einfallsreiche Tochter wird ins Kinderzimmer gegangen sein und die Kinderfrau mit Fragen gelöchert haben. Oder in die Küche; dort ist sie sehr beliebt. Irgendeine Dienerin dürfte großes Vergnügen gehabt haben, sie zu erleuchten.«

Minou runzelte die Stirn. »Marta würde mir niemals ins Gesicht lügen.«

»Sie würde dich nicht anlügen – das nicht. Aber nach deinen eigenen Worten hat sie tatsächlich nur gesagt, dass sie Salvadora ›begegnet‹ sei. Sie hat niemals behauptet, deine geschätzte Tante hätte ihr die Frage beantwortet.«

Minou nahm den Weinkelch. »Oh.«

Piet stieß mit ihr an. »Ja, oh. Unsere Tochter, so wunderbar sie ist, ist ein raffiniertes Kind, das sich Geschichten mit der gleichen Mühelosigkeit ausdenkt, mit der es atmet. Das weißt du. Nur sieht es dir nicht ähnlich, dass du dich so leicht einwickeln lässt.«

Minou lehnte sich an die Anrichte. »Ich muss Salvadora um Verzeihung bitten. Nicht nur für das, was ich sagte, sondern auch dafür, dass es unseren Besuch der Sainte-Chapelle verzögert.«

»Ihr wolltet heute dorthin?«

»So hatten wir es geplant.« Sie wies auf ihren Mantel, den Hut und die Handschuhe. »Deshalb das alles, trotz der Hitze.«

»Ich habe mich schon gewundert.«

»Der Hauswirt kam und wollte die Miete erhöhen.«

»Was hast du gesagt?«

»Ich habe abgelehnt, aber dann kam es zu dem Tumult in der Gasse. Er war so freundlich, hinunterzugehen und sich darum zu kümmern. Danach fühlte ich mich verpflichtet, einer weiteren Livre in der Woche zuzustimmen.«

»Das ist angemessen, denke ich.«

Piet öffnete das kleine Gitterfenster. Heiße Augustluft quoll über die Fensterbank und trug den Gestank der Seine und der überfüllten Straßen herein.

»Als Marta dir sagte, was sie über die *escadron* herausgefunden hat, wie hast du reagiert?«

»Ich habe ihr gesagt, dass die jungen Hofdamen, die so etwas tun, um an Geheimnisse zu kommen, dumm seien und keine Bewunderung erhielten. Langweilige Geschöpfe.«

Piet grinste. »Und was sagte Marta darauf?«

Minou spürte auch auf ihren Lippen den Anflug eines Lächelns. »Dass sie jeden verachtet, der ein Geheimnis nicht für sich behalten kann, und dass sie nie ihr Wort brechen oder Tratsch verbreiten würde, um irgendwelchen Tand zu erhalten. Ach, und dann fügte sie hinzu, sie gehe davon aus, dass es Jungen wären, die ihre Geheimnisse preisgeben, weil schließlich jeder wisse, dass Jungen ihre Zungen einfach nicht im Zaum halten können!«

Piet lachte lauthals. »Das erinnert mich an die ständigen Streitereien zwischen Alis und Aimeric, als sie noch klein waren. Alis fand Knaben ebenfalls unter jeder Würde.«

»Mit einer oder zwei bemerkenswerten Ausnahmen hat sie ihre Ansicht wohl nicht geändert.« Minou trank von ihrem Wein. »Ich habe es dir noch gar nicht gesagt, aber gestern habe ich einen Brief von ihr erhalten. Sie schreibt, in Puivert sei alles gut, und sie könne beinahe ohne Hilfe gehen.«

»Das ist eine wunderbare Neuigkeit.«

»Ja, allerdings war Monsieur Gabignaud etwas zurückhaltender. Alis wollte uns keine Sorgen bereiten.«

»Bald sind wir wieder zu Hause und können selbst nach ihr sehen. Und was Alis' schlechte Meinung über Männer angeht, wird sie anders empfinden, wenn sie sich erst verliebt.«

»Sie beharrt darauf, dass sie niemals heiraten wird. Sie sagt, ein Gatte könnte ihr nichts geben, was sie nicht schon für sich selbst hat.«

»Nicht einmal Kinder?«

Minou lächelte. »Sie antwortete, sie brauche keine eigenen Kinder, solange sie sich an Martas Gesellschaft entzücken könne.«

»Entzücken!«

»Außerdem fürchtet sie, dass ein Kind sie zu Fall bringen könnte.«

»Was meint sie denn damit?«

Minou überlegte kurz. »Von dem Augenblick an, in dem man sein eigenes Kind in den Armen hält, gehört einem das eigene Herz nicht mehr. Man wankt in der Entschlossenheit und fürchtet sich vor dem Bösen auf der Welt.«

»Empfindest du so?«, fragte Piet überrascht.

»Manchmal.«

»Aber gewiss überwiegen doch bei weitem die Freuden der Mutterschaft?«

Minou strich ihm über die Wange. »Für dich ist das leicht gesagt. Du bist ein Mann. Aber für eine Frau? Mein heutiger Mangel an Urteilsvermögen – wenn man es so nennen soll – entsprang zu einem Teil der Sorge um Marta. Dem Bedürfnis, sie vor dem Schlimmeren auf der Welt zu beschützen. Mit Jean-Jacques wird es genauso sein. Die Sorge um sie beherrscht meine wachen Stunden stärker als alles, was ich um meinetwillen empfinde.« Minou wies in Richtung des neuen Tuilerienpalasts. »Sogar die Königinmutter, die zehn Kinder geboren und sechs davon begraben hat, ist von der Liebe geschwächt, die sie für den jüngsten Sohn empfindet, und das trotz seiner *Mignons* und ihrer Besonderheiten.«

Piet nahm sie bei der Hand. »Wieso bist du wirklich so durcheinander, Minou? Ist es der Gedanke an die morgige Hochzeit? Oder weil wir überhaupt in Paris sind?«

»Nein, das nicht. Gegen meine Erwartung hat Paris mir das Herz gestohlen. Es ist eher … ich weiß es nicht. Ich wünschte, der morgige Tag wäre schon vorüber, und wir befänden uns auf der Heimreise.« Sie holte tief Luft. »Und du, Liebster, bist so selten hier. Ich vermisse dich.«

Piets Gesicht verdüsterte sich. »Ich genieße die Gesellschaft von Männern, die ich lange nicht mehr gesehen habe. Das willst du mir doch nicht verweigern.«

»Ganz im Gegenteil.«

Minou schwieg. Als sie das letzte Mal versucht hatte, Piet zu bewegen, sich ihr anzuvertrauen, war es zum Streit gekommen. Aber nach allem, was Aimeric gesagt hatte, glaubte sie nicht, dass sie heute noch den Frieden wahren konnte.

»Aimeric kam zu Besuch.«

»Das ist wunderbar.« Piet war aufrichtig erfreut. »Ich weiß, wie sehr du ihn vermisst.«

»Er sagte, ihr hättet euch ein paar Mal gesehen. Dass du ihn gebeten hättest, für dich gewisse Erkundigungen anzustellen. Er ging davon aus, dass ich Bescheid wüsste.«

Piets Miene verfinsterte sich. »Das hätte er dir nicht offenbaren dürfen.«

»Du kannst es Aimeric nicht vorwerfen: Er war in einer unmöglichen Situation. Mir hat er sich erst anvertraut, als ich ihm sagte, dass heute Morgen eine Frau zum Haus kam, die nach dir suchte.«

»Was für eine Frau?«, fragte er rasch.

»Das weiß ich nicht. Ich habe sie nicht gesehen.«

»War sie älter? Hat sie ihren Namen genannt?«

Minou sah ihm in die Augen. »Piet, weißt du denn, wer sie war?«

Piet errötete und zögerte. »Vielleicht. War sie eine Nonne?«

»Eine Nonne!«

»Zumindest aus einer frommen Gemeinschaft.«

»Wie ich schon sagte, ich habe sie nicht gesehen, aber ich denke, wenn dem so gewesen wäre, hätte die Dienerin es erwähnt.« Sie atmete durch. »Aimeric hat mir geraten, Geduld zu üben, aber ich warte seit Wochen darauf, dass du mich ins Vertrauen ziehst. Dein Schweigen hat eine Mauer zwischen uns errichtet. Du stehst auf der einen Seite, und ich auf der anderen.«

»Minou.«

Sie sprach weiter. »Ich wollte nur eines sagen. Wenn der Grund für dein Schweigen darin besteht, dass du mich vor etwas beschützen oder vor Kummer bewahren willst, flehe ich dich an – wie immer –, es dir zu überlegen. Zwischen uns sollte nichts stehen, was du mir nicht anvertrauen kannst.«

Piet stand einen Augenblick lang da und schwenkte den Wein in seinem Kelch. »Können wir Salvadora noch einen Moment warten lassen?«

Minous Herz setzte für einen Schlag aus. »Sie wird es verstehen.«

Er nickte abgehackt. »Also gut, du hast ein Recht, es zu erfahren.«

Jetzt, da der Augenblick gekommen war, fürchtete sich Minou vor dem, was Piet ihr sagen mochte. Im nächsten Moment erfuhr sie einen Sinneswandel: Es war besser, die Wahrheit zu kennen und sich ihr zu stellen, als stets zu grübeln. Die Fantasie neigte dazu, die Welt dunkler zu färben, als sie in Wahrheit war; sagten so nicht die Philosophen? Und hatten sie die nagenden Gedanken in jenen finsteren Stunden zwischen Mitternacht und Morgengrauen nicht genau das gelehrt?

»Gehen wir in unser Schlafgemach«, sagte Piet. »Ich möchte nicht, dass uns jemand zuhört.«

KAPITEL 20

Marta stürmte die Treppe hinunter. Sie war immer noch wütend über die Schelte ihrer Mutter.

»Wenn ich nicht andauernd so abgespeist würde, bräuchte ich auch nicht die Dienerinnen zu fragen«, schimpfte sie. »Das ist so ungerecht. Tante Alis hätte mir eine Antwort gegeben.« Das Porträt an der Wand wahrte Schweigen.

Marta blieb vor dem kleinen Fenster am Treppenabsatz stehen. Schon vom Gefühl erfüllt, ungerecht behandelt zu werden, musste sie nun zusehen, wie die Kutsche der Familie die Rue des Barres verließ. Marta ballte die Hände zu Fäusten. Nicht einen Moment lang hatte sie angenommen, dass ihre Mutter die Drohung wahrmachen und ohne sie zur Sainte-Chapelle fahren würde.

Sie hatte fragen wollen, ob sie einen Umweg über die Straße machen konnten, auf der die vielen Handschuhmacher ihre Geschäfte hatten. Ahnungslos hatte sie sogar mit dem Gedanken gespielt, vorzuschlagen, dass sie auf dem Rückweg von der Île de la Cité am anderen Ufer der Seine entlangfahren könnten. Sie hatte gehört, wie die Küchenmädchen davon sprachen, wie die *Mignons* des jüngsten Sohns der Königinmutter – Männer, die halb Mädchen und halb Junge waren – am Boulevard Saint-Germain mit Schoßhündchen oder sogar Äffchen spazierten, die kleine Mäntel und Hüte trugen.

Jetzt sollten ihr diese erstaunlichen Anblicke versagt bleiben.

Marta drückte das Gesicht gegen die Glasscheibe. In der hellen Welt jenseits der Hausmauern sah sie Menschen, die in kostbaren, prächtigen Kleidern ihren Geschäften nachgingen. »Nur Äußerlichkeiten sind das«, hätte Maman gesagt. »Nichts davon verrät, ob man es mit einer Person von Wert zu tun hat.« Aber was konnten bunte Sachen denn schon schaden? Marta verstand nicht, wieso verboten sein sollte zu zeigen, dass man mit Reichtum und Vermögen gesegnet war.

Und hier war sie, eingesperrt, mit der Aussicht auf noch einen langweiligen Tag in den vier Wänden des Hauses. Wo Jean-Jacques andauernd heulte und die Kinderfrau ihn ständig hätschelte und tätschelte.

Marta seufzte. Sie wurde vernachlässigt. Sogar wenn alle zu Hause waren, verging die Zeit so langsam. Hier gab es einfach keine Ablenkung. Papa war meist nicht da und tat, was immer er machte. Onkel Aimeric verbrachte seine ganze Zeit bei Admiral de Coligny und besuchte sie niemals, Maman war stets mit sich selbst beschäftigt, und Großtante Boussay war, na ja, eben sie selbst. Wenn nur Tante Alis mitgekommen wäre. Tante Alis war lustig. Sie hätte mit Marta jeden Tag etwas Neues unternommen.

Ihr kam ein Gedanke. Marta löste die Stirn von der Fensterscheibe. In ihrem Bauch flatterte die Aufregung. Sie würde wieder ausgeschimpft werden, wenn man sie ertappte, aber die Kinderfrau war mit Jean-Jacques beschäftigt, alle anderen hatten sich auf den Weg zur Sainte-Chapelle gemacht, wer also sollte sie überraschen?

So leise sie konnte, stieg sie die Treppe zum zweiten Stock mit den Schlafzimmern hoch und folgte dem Korridor zum Gemach ihrer Eltern. Sie klopfte für alle Fälle, auch wenn sie nicht damit rechnete, dass jemand zu dieser Tageszeit dort war. Nur um sicher zu sein, klopfte sie etwas lauter ein zweites Mal, drückte die Tür auf und betrat das Zimmer.

Jede Ecke des Gemachs kündete von der Gegenwart ihrer Mutter: ihr Geruch, ihre Schuhe, ihre Kleider. Ihre Haarbürste und das Spiegelglas auf der Kommode, Erbstücke der Großmutter aus Carcassonne, die Marta nie kennengelernt hatte, die blau-goldene Emailledose, das Geschenk aus Limoges. An der Tür des Kleiderschranks hing der grüne Reisemantel. Dass ihr Vater hier wohnte, merkte man kaum. Ihn verrieten nur der schwache Duft nach dem Sandelholzöl, das er sich ins Haar massierte, und seine Reithandschuhe, die übereinander auf dem Nachttisch neben dem Baldachinbett lagen. Marta schloss die Tür und ging geradewegs zu der Schatulle, in der Maman ihre wertvollsten Dinge aufbewahrte. Sie spürte den Kitzel des Verbotenen, und alle Sinne geschärft ob ihrer Missetat, öffnete Marta das Kästchen. Sie hatte nichts Böses vor, sie wollte nur wissen, was ihre Mutter aus Puivert mitgenommen hatte. Neugier verlockte sie, dort hineinzusehen, nicht Habgier.

Die schlichte alte Bibel, die ihre Mutter immer bei sich trug, legte sie genau wie das Tagebuch, das von einer Lederschnur zusammengehalten wurde und in dem Zettel aus Papier und Pergament lagen, beiseite. Als Nächstes fand sie die schäbige alte Karte von Carcassonne. Sie legte sie zu den Büchern. Ihre Finger wühlten in der Schatulle, tasteten, stocherten. Sie fand einen Ring – mit dem Geburtsstein ihrer Mutter, einem Turmalin, in Silber gefasst. Er war hübsch, wie die rosaroten funkelnden Flitter im Stein im Licht des Vormittags glitzerten, aber er war viel zu weit für ihre Finger. Mehrere säuberlich gefaltete Spitzenmanschetten waren nichts Außergewöhnliches. Da berührten ihre Finger Kugeln. Sie klapperten gegen die Wand der Schatulle, als Marta sie herauszog.

Es war ein Rosenkranz aus Holzperlen mit einem schlichten Silberkreuz. Marta war erstaunt. Gebetsschnüre waren etwas für Katholiken. Gran'père und Großtante Boussay hielten an den alten Wegen fest, aber Maman hing dem hugenottischen Glauben an, wie Papa.

Ohne Warnung öffnete sich die Tür, und eine Dienerin kam

herein. Erschrocken knallte Marta die Schatulle zu und schob sich den Rosenkranz in die Tasche.

»Mademoiselle Marta!«

»Ich warte auf meine Mutter«, stammelte sie; das Schuldgefühl löste ihr die Zunge. »Ich dachte, ich finde sie hier.«

Die Dienerin kniff die Augen zusammen. »Madame ist mit Eurem Vater unten.«

Marta war entsetzt. »Aber Maman ist doch zur Sainte-Chapelle. Ich habe gesehen, wie die Kutsche ...«

»Madame Boussay fuhr allein.« Der Blick der Magd schweifte durch den Raum, als suchte sie nach etwas, das nicht an seinem Platz war, und kehrte zu Marta zurück. »Möchtet Ihr hier auf sie warten, Mademoiselle?«

»Nein!« Marta schenkte der Dienerin ihr schönstes Lächeln. »Ich muss ihr etwas sagen, aber das kann warten.«

Sie verließ den Raum mit so viel Würde, wie sie aufbringen konnte. Der gestohlene Rosenkranz lag schwer in ihrer Tasche. Kaum war sie außer Sicht, als sie losrannte. Sie konnte nur hoffen, dass die Dienerin den Mund hielt. Marta war der versprochene Besuch in der Sainte-Chapelle verweigert worden. Wenn sie auch nicht zur Hochzeit durfte, wäre es ihr Tod.

KAPITEL 21

LA SAINTE-CHAPELLE
ÎLE DE LA CITÉ

Umschlossen von der Menge, atemlos vor Ehrfurcht, stand Salvadora Boussay in der hohen Oberkapelle und dankte ihrem guten Geschick, das sie hierhergeführt hatte, damit sie vor Gottes Antlitz trat.

Sie hatte alles zusammengetragen, was es über die Geschichte des Bauwerks zu wissen gab, und sich sämtliche Einzelheiten eingeprägt, aber die Pracht des Anblicks übertraf ihre kühnsten Erwartungen. Die Sainte-Chapelle, die »Heilige Kapelle«, war im Jahre 1248 fertiggestellt worden. Ein Werk der Gottesfurcht, hatte sie Ludwig der Heilige, der größte aller christlichen Könige, in Auftrag gegeben. Die Sainte-Chapelle diente zur Aufbewahrung der Reliquien der Passion Christi, die über Konstantinopel aus dem Heiligen Land herbeigeschafft worden waren: Teile des Wahren Kreuzes, die Spitze der Heiligen Lanze, die in Christi Seite drang, als er am Kreuze hing, eine Phiole mit Tropfen vom Blut des Heilands und den größten Schatz von allen, die Dornenkrone. Auf seiner letzten Reise nach Paris hatte der König barfuß und bußfertig die kostbaren Reliquien persönlich begleitet.

Rauten aus vielfarbigem Licht aus der prächtigen Fensterrose in der Westmauer und den Buntglasfenstern in der überwölbten Apsis fluteten die Kapelle. Jedes Fenster strebte zur zehnfachen Höhe eines Mannes auf und zeigte eine Szene aus der Bibel. Von der Schöpfung bis zum Jüngsten Gericht wechselten die Bilder nach den Stunden des Tages, so wie die Sonne über den Pariser Himmel zog.

Auf Säulen standen unter dem exquisiten Kreuzrippengewölbe Statuen der zwölf Apostel. Salvadora sah sich um und entdeckte die Nischen in der Wand, die in der Vergangenheit der königlichen Familie Frankreichs vorbehalten gewesen waren, und dahinter das Oratorium. Zweihundert Jahre nach Grundsteinlegung hinzugefügt, gestattete es den Königen und Königinnen, abgeschieden durch ein Gitter in der Wand an der Messe teilzunehmen.

Schöner vielleicht als all dies war die grande châsse, der vergoldete Reliquienschrein, der hoch über den Gläubigen auf der Empore am östlichen Ende stand und die königliche Reliquiensammlung barg: eine Truhe aus Gold, Emaille, Bergkristall, Perlen, Rubinen und Saphiren. Ein Symbol der Leiden Christi, seiner Bereitschaft, sein Leben zu geben, auf dass die Menschheit ewig lebe. Salvadora war ganz schwindlig von dem Wunder, in dem sich Gottes Liebe manifestierte.

Sie blinzelte.

Vielleicht lag es an der Hitze, die ihren Sinnen einen Streich spielte, oder der Anstrengung, so lange zu stehen und nach oben zu blicken. Aber sie hätte schwören können, dass sie über den Schrein hinweg eine Bewegung hinter dem Wandschirm sah, vor dem das Reliquiar stand. Vielleicht war auch nur das schiere Wunder, an diesem heiligsten aller Orte zu weilen, mehr, als sie ertragen konnte.

Eine Welle der Übelkeit überfiel Salvadora. Sie wedelte mit dem Fächer, aber es half nicht. Sie fühlte sich schwach, gleichzeitig war ihr kalt und heiß. Sie stolperte von dem Schrein zurück und wandte sich ab, hielt verzweifelt nach einer Sitzgelegenheit Ausschau, wo sie sich niederlassen konnte, bis ihr Schwindel verging.

Hoch über dem Kirchenschiff schob sich Louis um die schmale Plattform, bis er an der perfekten Stelle war, kauerte sich auf den Sims und lugte durch die Lücken im Wandschirm auf die Vorbereitungen unter ihm.

Der morgendliche Gottesdienst war vorüber. Nur der Geruch nach Bienenwachs und kaltem Weihrauch erinnerte noch daran. Staubflöckchen schwebten durch die Luft. Unverkennbar war der Eindruck der Verlassenheit, wie er sich einstellte, wenn eine Feierstunde zu Ende war. Dann erschien alles ein bisschen weniger hell, ein bisschen weniger besonders.

Aus der wimmelnden Masse aus Gesichtern und geistlichen Gewändern stach Vidal hervor – Kardinal Valentin. Louis nahm die Mütze ab, weil ihm warm war. Xavier schwärzte ihm jeden Morgen mit tückischem Vergnügen die Haare mit Kohle, um die weiße Strähne zu kaschieren, die der Vidals glich. Aber wenn der Kardinal sich unbeobachtet glaubte, las Louis in den Augen seines Vaters den Wunsch, ihn als Sohn anzuerkennen. Obwohl niemand sie kommentierte, fielen die Ähnlichkeiten im Äußeren und im Verhalten doch jedem ins Auge. Louis wusste, dass der Verwalter dem Kardinal den Sinn vergiftete, was sein Verhalten anging, und wenn er mit unbedecktem Kopf auf die Straße ging, erwartete ihn die Peitsche. Xavier hatte ihn einmal mit großer Grausamkeit bestraft, und wenn er ertappt wurde, wie er sich hinter dem Reliquienschrein versteckte, bekam er noch weit schlimmere Prügel.

Andererseits hatte er nicht vor, sich entdecken zu lassen.

Louis setzte die Mütze wieder auf und sah hinunter. Vor einigen Tagen hatte er die Vorbereitungen für das Fest der Übertragung der Dornenkrone in der gewaltigen Oberkapelle beobachtet. Er hatte den Kirchenleuten zugesehen, wie sie alles mehrmals prüften und die Diener hin und her rannten. Der heiße Morgen war von Schaffensdrang erfüllt gewesen. Bei diesem katholischsten aller Feste bestand keine Notwendigkeit, auf die Erfordernisse der Zeitläufte einzugehen oder sich ihren Umständen anzupassen. Louis war für diesen Aberglauben genauso wenig empfänglich wie für jeden anderen – wie lächerlich zu glauben, dass solch ein zerbrechliches Gewirk von Christus am Kreuz getragen worden sein und danach seine Reise durch die Kontinente und Jahrhunderte überstanden haben sollte. Trotzdem sah er ein, dass der symbolische Wert der Dornenkrone schwerer wog als gesunder Menschenverstand. Abergläubisch und begriffsstutzig, wie sie waren, glaubten die Menschen, dass solche Reliquien ihr Leben verändern konnten. Louis interessierte daran allein der Grund, weshalb sein Vater den Arrangements solche Aufmerksamkeit widmete, und wieso Xavier, gewöhnlich solch eine boshafte Präsenz in ihrem Haus, die Tage sowohl vor als auch nach der Zeremonie hier in der Sainte-Chapelle verbrachte.

Wie immer die Antwort lautete, die Zeremonie am 11. August war ohne nennenswerte Vorfälle durchgeführt worden. Louis wusste jedoch sicher, dass die Angelegenheit noch nicht erledigt war. Die Hochzeit war morgen, und er hegte den Verdacht, dass die Aufmerksamkeit seines Vaters ganz der Sainte-Chapelle gelten würde, während aller anderen Augen sich auf Notre-Dame richteten.

Louis besaß eine Ruhe und eine Geduld, die seine Jahre Lügen strafte. Er konnte hier bleiben, verborgen auf seinem engen Hochsitz, so lange er musste, den ganzen Tag und die ganze Nacht, wenn es nötig war. Die Jahre, in denen er sich im Schatten gehalten hatte, besonders in der tückischen Dunkelheit des Jungenschlafsaals bei Nacht, wenn die Priester kamen, hatten Louis gelehrt, keinen Raum in der Welt einzunehmen.

Sobald er wusste, was Xavier hier wollte, besaß er wieder mehr Wissen, mit dem er handeln konnte. Nichts war ohne Wert. Alles konnte genutzt worden, um sich einen Vorteil zu verschaffen oder anderen zu schaden.

Endlich entdeckte er Xavier unten in der Menge. Handelte er in Vidals Auftrag oder auf eigene Faust? Der Verwalter nahm einen Geldbeutel aus der Tasche. Die Hand eines gedungenen Schlägers schoss vor, um ihn zu ergreifen. Xavier ließ nicht los. Einen Augenblick lang standen die beiden Männer voreinander, als leisteten sie einen Eid auf die Bibel. Endlich ließ der Verwalter das Säckchen los. Der andere Mann schob es sich unter den Mantel, verbeugte sich und verließ die Kapelle durch die kleine Holztür in der hinteren Ecke.

Der Verwalter schaute sich um, als wollte er sich vergewissern, dass niemand die Übergabe beobachtet hatte, schlich wieder zu Vidal und stellte sich in dessen Nähe.

Die hingerissene Gemeinde hatte eine Menge um Louis' Vater gebildet, als die Messe vorüber war. Louis sah zu, wie einer nach dem anderen ihm den Ring küsste und seinen Segen erbat. Eine reiche alte Frau mit einer schwarzen Kapuze schien vor ihm das Gleichgewicht zu verlieren und musste gestützt und weggeführt werden.

Dumme abergläubische Narren.

Louis wusste genau, dass Frömmigkeit nur Verworfenheit kaschierte. Wer am lautesten von Gottes Werk sprach, war oft der mit dem schwärzesten aller Herzen.

Nachdem der Zwischenfall vorüber und die dicke Witwe fort war, lehnte Louis sich an die Seite der schmalen Schreinplattform. Ihm war es egal, was Xavier plante – falls er etwas plante. Xavier war für ihn nur jemand, der seinem eigenen Aufstieg im Weg stand. Trotzdem musste er vorsichtig sein. Vidal vertraute Xavier und schien dessen Treue nicht in Zweifel zu ziehen.

Die Zeit würde es erweisen. Louis würde noch kein Wort verlieren, aber er würde weiter beobachten und Beweise sammeln. Am Ende würde sich Xavier verraten. Männer wie er verrieten sich immer.

KAPITEL 22

RUE DES BARRES

Minou saß geduldig in einem Eichensessel im Schlafgemach, nippte am Wein und sah Piet zu, wie er auf und ab schritt. Er musste anscheinend seinen ganzen Mut zusammennehmen, um zu beginnen.

»Sprich einfach, *mon cœur*. Die Geschichte wird sich selbst erzählen.«

Piet sah sie an. Seine verzweifelte Miene verriet Unentschlossenheit. Minou klopfte auf den bestickten Sitz des zweiten Sessels. »Sobald du anfängst, findest du die richtigen Worte. Das verspreche ich dir.«

Piet zögerte noch einen Augenblick und füllte seinen Weinkelch nach.

»Also gut«, sagte er, und Minou schien es, dass unversehens die Stimmung im Gemach angespannt und erwartungsvoll wurde.

Piet atmete tief durch. »Ende Mai erreichte mich ein Brief. Er stammte angeblich von Mariken Hassels, einer Frau aus der Gemeinschaft der Beginen, die mich in Amsterdam als Kind gekannt hatte.«

Minou dachte augenblicklich an den Gobelin, der die Wände des Familienraums im Château de Puivert schmückte.

»Der Begijnhof«, sagte sie.

Er nickte. »Mariken hat mir das Leben gerettet. Sie kam dazu, als meine Mutter im Sterben lag, und kümmerte sich um

165

mich, bis sie eine Familie fand, die mich aufnahm. Ich sprach ganz gut Französisch, deshalb brachten sie mich ins Languedoc, und alle Spuren meiner holländischen Herkunft gingen verloren.«

Minou bemerkte, dass sie den Atem anhielt. Ihr Herz erweichte bei dem Gedanken an Piet, ein Kind, das einen schrecklichen Verlust erlitt und als Waise ganz allein zurückblieb.

»Nach all den Jahren Marikens Namen unter einem Brief zu lesen hat viele dunkle Erinnerungen zurückgebracht, Minou. Erinnerungen, von denen ich nicht gedacht hätte, dass sie noch die Macht hätten, mir zu schaden.«

»Ich verstehe.« Sie schwieg kurz. »Was stand in dem Brief?«

Piet atmete wieder durch. »Dass im Frühjahr ein französischer Kardinal nach mir gefragt hat. Er wollte wissen, ob Dokumente, die mein Geburtsrecht betreffen, noch in ihrem Besitz seien.«

»Was denn! Warum jetzt, nach so langer Zeit?«

»Das hat sie nicht gesagt, nur dass sie die Antwort an den Kardinal hinauszögern werde, bis sie wisse, ob ich noch lebe. Sie wollte mich warnen.«

Minou runzelte die Stirn. »Wie hat sie dich gefunden?«

»Sie schrieb einen Brief und übergab ihn einem holländischen Kaufmann, dem sie vertraute, in der Hoffnung, dass er ihn mir zukommen lassen könnte.«

»Es ist außergewöhnlich, dass es ihm gelungen ist«, sagte Minou.

»Ich fand es recht beunruhigend.«

»Dass dein Name in Amsterdam hinreichend bekannt ist?«

»Ja. Ich habe zwar kein Geheimnis daraus gemacht, dass ich die calvinistischen Rebellen unterstütze, aber dass ich so leicht gefunden wurde, alarmiert mich doch.«

Minou starrte ihn an. »Weißt du, um welche Dokumente es sich handeln könnte? Hat Mariken das geschrieben?«

»Nein. Sie fürchtete wohl, der Brief könnte abgefangen werden. Ich hege den Verdacht, dass es mit der Identität meines Vaters zu tun hat.«

»Er war ein französischer Kaufmann, hat das deine Mutter nicht gesagt?«

»Die Geschichte änderte sich oft.« Piet errötete bei der Erinnerung. »Manchmal war er ein Kaufmann, manchmal ein Adliger, sogar ein Prinz! Ich habe gelernt, nicht nachzufragen, als ich bemerkte, dass meine Fragen sie traurig stimmten.« Er hielt inne. »Im Rückblick ist mir klar, dass sie vielleicht gar nicht ...«

»Gar nicht gewusst hat, wer er war.«

Piet nickte. »Ja, Gott vergebe mir. So lange Zeit habe ich versucht, jede Erinnerung an den Tag auszulöschen, an dem meine Mutter starb: Ihren rasselnden Atem, der ihr mit jedem Zug mehr wehtat; zu spüren, wie sie unter meiner Hand immer kälter wurde, die Feuchtigkeit im Raum und der faulige Gestank der Fischgräten unten auf der Kalverstraat ...«

»Du musst furchtbare Angst gehabt haben.«

»Ich war ganz schwach vor Entsetzen. Selbst heute kann ich noch das Grauen spüren, allein im Dunkeln zurückzubleiben, während das Licht schwächer wurde.« Er drückte sich die Hand auf den Bauch. »Hier spüre ich es noch. Aber Mariken war da und kümmerte sich um mich. Fand ein Dach über dem Kopf für mich und Menschen, die gut zu mir waren. Das Gesicht meiner Mutter behielt ich in meinem Herzen, aber davon abgesehen versuchte ich, Amsterdam zu vergessen. Die Erinnerungen waren zu verstörend. Als ich Marikens Brief bekam, war es, als würde eine alte Wunde wieder aufgerissen, das kannst du dir gewiss vorstellen.«

Minou nickte. »An dem Tag, als deine Mutter starb, hat sie dir da etwas gegeben? Weißt du das noch? Dokumente, Briefe, ein Päckchen vielleicht? Oder kam etwas in Marikens Obhut?«

»Darüber habe ich mir in den letzten Monaten den Kopf zerbrochen, aber mir fällt nichts ein, nur mein Verlust und das Wissen, dass es die Welt, wie ich sie kannte, nicht mehr gab. Ich habe sie sehr liebgehabt, Minou.«

»Das weiß ich«, sagte sie mild.

»Ich war kaum älter als Marta.« Seine Augen loderten. »Wenn so etwas ihr oder Jean-Jacques je zustoßen sollte, ich weiß nicht ...«

Minou nahm seine Hand. »Wenn uns etwas zustoßen sollte – was Gott verhüten möge –, stehen unsere Kinder niemals so allein da wie du damals, *mon cœur*. Sie werden geliebt, sie haben Onkel und Tanten, denen sie am Herzen liegen.«

Einen Moment lang saßen sie in Schweigen da. Seine Geistesabwesenheit während des Sommers war erklärt, die verschwendeten Wochen der Distanz zwischen ihnen, aber Minou war unklar, wieso Piet ihr so lange nichts gesagt hatte. Nichts an der Sache musste ihn beschämen, nichts daran warf ein schlechtes Licht auf ihn.

»Hast du Marikens Brief noch?«

Piet durchquerte den Raum, öffnete die Reisetruhe und reichte ihr das Schreiben. »Hier.«

Minou las es, achtete auf verborgene Mitteilungen zwischen den Zeilen und sah ihrem Gatten in die Augen.

»Ich verstehe einfach nicht, wieso du mir nichts davon gesagt hast.«

»Ich wollte es. Ich habe es mehrfach versucht. Aber dann kam es zu dem Anschlag auf Alis, und Bernard starb. Ich wollte dir nicht noch mehr Sorgen bereiten. Weshalb deinen Seelenfrieden stören, wenn es nur ein Schwindel war? Ich konnte ja nicht wissen, ob der Brief wirklich von Mariken kam.«

Minous Gedanken kehrten zu dem schrecklichen Tag Anfang Juni zurück: Aimerics Aufbruch in aller Frühe, ihr mittäglicher Ausritt mit Piet in den Wald, bei dem sie so glücklich gewesen waren, allein miteinander zu sein, der bittere Streit, und wie sie mit ihrem geliebten Vater am Tisch auf der Wiese gesessen und ihn um Rat gebeten hatte. Farben und Bilder hatte sie vor Augen, jedes so lebhaft und präsent, als hätten sie sich erst gestern zugetragen.

Mit einem Mal begriff Minou. Sie sah wieder auf das Schreiben.

»Wolltest du dich mir nicht anvertrauen, weil du Vidals Hand darin erkanntest?« Sie bemühte sich, ihre Frage nicht vorwurfsvoll klingen zu lassen. An seinem Erröten erkannte sie, dass die Worte ihn getroffen hatten. »Piet, wie konntest du nur so wenig Vertrauen zu mir haben?«

»Mir ist klar, wie sehr es dich belastet, wenn ich an ihn denke«, sagte er, ohne ihr in die Augen zu sehen.

Minou schluckte eine barsche Erwiderung herunter. »Ich bedaure, wie sehr Vidal deine Gedanken beherrscht, deine Stimmung, obwohl es dafür keine Rechtfertigung gibt – du räumst ihm eine Macht ein, die er nicht besitzen sollte.« Sie pochte auf das Schreiben. »Aber das hier ist ein triftiger Grund. Besteht eine Veranlassung anzunehmen, dass Vidal der französische Kardinal ist, von dem in Marikens Brief die Rede ist? Hat er eine Verbindung nach Amsterdam im Allgemeinen oder zum Begijnhof?«

»Nicht dass ich wüsste«, gab Piet zu.

Minou seufzte. »Und deshalb hast du Aimeric gebeten, sich bei der holländischen Gesandtschaft zu erkundigen?«

»Richtig. Sie kennen natürlich den Begijnhof, aber niemand scheint etwas über Mariken zu wissen.« Ein schwaches Lächeln glitt über seine Lippen. »Pieter, so nennt sie mich, hast du gesehen? Ich hatte vergessen, dass meine Mutter mich so genannt hat.«

Minou gab ihm den Brief zurück. »Das macht es glaubhafter, dass das Schreiben echt ist, nicht wahr?«

»So ist es wohl.« Piet seufzte. »Aber wenn nicht Vidal, wer

dann? Ich wüsste keinen anderen französischen Kardinal – überhaupt niemanden eigentlich –, der sich für mich interessieren könnte.«

Minou wunderte sich über die Naivität ihres Mannes. »Piet, du bist ein bekannter und sehr offen auftretender Unterstützer der Rebellen. Wie du gerade erst zugegeben hast, ist deine Rolle bei der Versorgung der calvinistischen Truppen in den holländischen Provinzen kein Geheimnis. Das beweist schon allein die Tatsache, dass der Brief dich überhaupt erreichen konnte. Damit steht fest, dass die katholischen Kräfte in Amsterdam deinen Namen kennen. Während wir also nicht ausschließen können, dass Vidal den Brief an Mariken geschrieben hat, gibt es noch andere Erklärungen.«

Minou wappnete sich, die Frage zu stellen, vor der ihr graute. »Hast du ihn aufgesucht, seit wir in Paris sind?«

»Vidal?« Piet errötete. »Nein, aber ich habe ihn einmal durch Zufall gesehen. Er wohnt nicht beim Gefolge des Herzogs von Guise, sondern in der Nähe auf der Rue d'Orléans.«

Minou berührte seine Hand. »Hat es dich mitgenommen?«

Er zögerte. »Ich hatte mir den Moment so oft ausgemalt, Minou, mich gefragt, was ich empfinden würde – Ärger, Trauer um das Verlorene, Zorn über das, was er uns angetan hat, Rachedurst, sogar Angst. Aber obwohl ich ein Zucken unter den Rippen spürte, als wäre ich dort geschlagen worden, hat es mich in Wirklichkeit weit weniger mitgenommen, als ich gedacht hätte.«

Minou nickte, auch wenn sie ihm nicht ganz glaubte. »Hat er dich gesehen?«

»Nein, ich bin sofort beiseitegetreten.«

»Wie hat er auf dich gewirkt?«

»Älter natürlich, aber die Insignien der Macht standen ihm gut. Was das Gesicht und sein Gebaren angeht – Vidal, wie er leibt und lebt. Er hat ein kleines Gefolge, darunter einen Pagen.

Als sie vorübergingen, sah ich den Jungen.« Piet schwieg kurz. »Er ist neun oder zehn Jahre alt, würde ich sagen.«

Minou starrte ihn an. »Wieso interessiert dich der Junge?«

»Er hatte etwas an sich, Minou. Die Haltung seines Kopfes, seine Miene, seine ganze Gestalt. Für mich hatte der Junge mehr als nur eine flüchtige Ähnlichkeit mit Vidal.«

Minou zog die Brauen hoch. »Sein Sohn?«

»Ich weiß es nicht. Es wäre möglich, oder nicht? Wir wissen, dass er ein Kind in die Welt gesetzt hat, einen Jungen, der als rechtmäßiger Erbe von Puivert anerkannt worden wäre, wären die Dinge anders verlaufen, wieso also nicht noch eines?«

»Denkbar ist es.«

»Wenn der Page sein Sohn ist und Vidal ihn in seinen Dienst genommen hat, könnte es auf Reue für seine vergangenen Taten hindeuten.«

Minou gab keine Antwort. Ihr sank das Herz, als sie begriff, dass ihr Mann selbst jetzt, trotz allem Elend und Schaden, den Vidal ihrer Familie zugefügt hatte, noch immer glauben wollte, dass der engste Freund seiner Jugend nicht gänzlich verschwunden war. Sie hatten sich einmal so nahegestanden wie Brüder und einander bedingungslos vertraut.

»Natürlich hat Vidal ein Keuschheitsgelübde abgelegt«, fuhr Piet fast eifrig fort, »aber wir wissen, dass solche Dinge vorkommen. Meinst du nicht auch, es könnte darauf hindeuten, dass sein Herz nicht mehr hart ist wie Stein?«

»Möglich wäre es«, sagte Minou vorsichtig. »Einige Männer stellen fest, dass die Härte ihrer Jugend, ihre Uneinsichtigkeit, bei der Geburt eines Kindes vergeht.«

»Vielleicht ist Vidal, nachdem er gefehlt hat, eher bereit, anderen ihre Fehler zu vergeben. Vielleicht versucht er, die Vergangenheit wiedergutzumachen.«

Sosehr sie Piet beruhigen wollte, Minou drehte sich der Magen um, als sie die Hoffnung in seiner Stimme hörte. Trotz der

Wärme des Tages schauderte ihr, und mit einem Mal hatte sie das Gefühl, Vidal sei bei ihnen im Raum. Er war kein Gespenst der Vergangenheit mehr, sondern eine greifbare Bedrohung.

»Aber ich gebe zu«, fuhr Piet fort, »mir ist auch schon der Gedanke gekommen, er könnte auch hinter dem Anschlag auf Alis stecken.«

Minou riss die Augen auf. »Warum sollte Vidal denn Alis schaden wollen?«

»Nicht Alis – sondern dir. Sie trug an dem Tag ein grünes Kleid, Minou. Man hätte es leicht mit deinem grünen Mantel verwechseln können. In der Hitze des Augenblicks unterlief mir der gleiche Fehler. Und eigentlich geht außer dir niemand je auf das Dach.«

»Warum hast du davon nichts gesagt, als es geschah?«

Piet fuhr sich mit den Fingern durchs Haar. »Ich hatte keine Zeit, dir meinen Verdacht mitzuteilen. Bernard war tot, Alis' Leben hing am seidenen Faden, und irgendwie ging der richtige Moment vorüber.« Er sah sie an. »Ist dir nie in den Sinn gekommen, dass Vidal das Attentat befohlen haben könnte?«

Minou runzelte die Stirn. »Meine Gedanken waren ganz mit Alis' Überleben beschäftigt.«

»Damals schon, aber danach? Wir wissen beide, dass es kein Unfall gewesen sein kann. Es ist gegen die Naturgesetze, dass eine verirrte Kugel so hoch fliegt.«

»Ich stimme dir zu, dass mit Absicht auf sie geschossen wurde. Ich stimme auch zu, dass die Kugel vermutlich mir galt. Aus der Entfernung gleichen sich Alis' Kleid und mein Mantel wohl sehr. Aber Vidal hat uns zehn Jahre lang in Ruhe gelassen. Wenn er uns schaden wollte, hätte er es doch schon früher tun können. Warum annehmen, dass sich etwas verändert hat?« Sie wies auf den Brief. »Die zeitliche Übereinstimmung von Brief und Attentat? Du setzt beide Vorfälle in Beziehung, auch wenn es keinen Beweis dafür gibt.« Sie zögerte. »Außerdem, falls Vidal hinter dem Anschlag steckt, hätte die Kugel doch gewiss dir gegolten, *mon cœur*, und nicht mir.«

Piet lehnte sich vor. »Wenn nicht Vidal, wer dann?«

»Derjenige, der den Brief an Mariken geschrieben oder den Anschlag befohlen hat?«

»Eins von beiden, beides, ich weiß es nicht«, rief er, die Stimme rau vor Machtlosigkeit. Er ließ die Schultern sinken. »Vielleicht hast du recht, Minou. Vielleicht sehe ich Verbindungen, wo keine existieren.«

Minou küsste ihn auf die Wange. »Ach, hast du nach zehn Jahren Ehe noch immer nicht begriffen, dass ich meistens recht habe? Was diesen Brief Marikens angeht, werden wir mit Aimerics Hilfe erfahren, was es darüber zu wissen gibt. Was geschehen ist, ist vergangen, also versuche nicht andauernd an Vidal zu denken. Er ist nur ein Mann wie jeder andere. Widme ihm nicht jeden Gedanken, und lass dir von ihm nicht den Schlaf rauben.«

Zu ihrer Überraschung lächelte ihr Gatte, und zum ersten Mal seit vielen Wochen sah sie in seinen Augen Begehren flackern.

»Warum, meine Dame des Nebels? Hast du einen anderen Vorschlag, wie man den Schlaf fernhalten könnte?«

Minou errötete. »Ich könnte …« Sie trat einen Schritt zurück. »Aber erst muss ich Salvadora suchen. Sie hat fast eine Stunde gewartet, dass wir zur Sainte-Chapelle aufbrechen. Selbst ihre Geduld hat ihre Grenzen.«

Piet lächelte. »Was ist heute Nacht?«

Sie erwiderte das Lächeln. »Wir werden sehen, Liebster. Wir werden sehen.«

KAPITEL 23

La Sainte-Chapelle
Île de la Cité

Salvadora Boussay sackte auf den Sitz der Kutsche. Ihr Herz raste. Ihr Unterkleid klebte an ihrem Rücken, und die Hände in den Handschuhen waren schweißnass. Mit dem Fächer wedelte sie sich Luft zu, aber es brachte keine Erlösung.

Seit zehn Jahren hatte sie den Mann nicht mehr gesehen, aber es konnte kein Zweifel bestehen: Er war es. Hier in Paris. Er war jetzt Kardinal, das verriet sein Gewand. Selbst inmitten der Menge von Kirchgängern hatte sie seine Bosheit gespürt, seinen kalten Ehrgeiz.

Salvadora war eine stolze Frau. Ihr ganzes Leben hatte sie in der Überzeugung verbracht, dass Damen keinerlei Aufmerksamkeit auf sich ziehen sollten. Doch heute hatte sie zuerst mit ihrer Nichte gestritten und sich danach ausgerechnet in der Sainte-Chapelle zur Närrin gemacht. Unbeherrscht hatte sie aufgeschrien, wäre bei seinem Anblick beinahe gestürzt und hatte es zugelassen, dass Fremde sie berührten. Sie fühlte sich gedemütigt, eine Empfindung, von der sie geglaubt hatte, sie hätte sie hinter sich gelassen. Jahrelang war sie von ihrem Gatten brutal behandelt worden – jeder Fehler, und sei er noch so gering, konnte ihn reizen, seine Faust oder einen Stecken gegen sie zu richten, ihr den Gürtel über den Rücken zu ziehen. Ihre Torturen hatten Salvadora gelehrt, sich stets beschämt zu fühlen.

Die Kutsche bog um eine Ecke, und Salvadora streckte eine

Hand aus, um zu verhindern, dass sie vom Sitz rutschte. Ihre Gedanken verhöhnten sie weiterhin. Bei all dem Gerede am Kamin, dass sie mit unterschiedlichem Glauben Seite an Seite lebten, betete Salvadora jeden Abend, dass ihre Familie in den Schoß der einzig wahren Kirche zurückkehren möge. Besonders betete sie um Aimerics Errettung, denn wenn sie ihren Nichten auch zugeneigt war, ihren Neffen hatte sie von allen am liebsten. Aimeric war der Sohn, den sie nie gehabt hatte. Sie hatte einmal ein Kind getragen, aber eine besonders grausame Tracht Prügel hatte ihr nicht nur die Freude dieser Geburt versagt, sondern auch die Möglichkeit, jemals wieder zu empfangen.

Die Räder ratterten über das Pflaster und schüttelten sie bis auf die Knochen durch.

War Aimeric denn nicht als Katholik zur Welt gekommen? Als Katholik getauft worden? Und war nicht sein eigener Vater – Gott habe ihn selig – bis zum Tode seinem Glauben treu geblieben? Nur Aimerics kindliche Bewunderung für Piet hatte ihn an die Türen des hugenottischen Tempels geführt. Und weil Minou eine gehorsame Ehefrau war, die Urteil und Leitung ihres Gatten respektierte, blieb ihr keine Wahl, als Piet zu folgen und auch Alis mitzuziehen.

Sie wünschte, Bernard lebte noch. Er hätte gewusst, was zu tun war. Ihr Schwager hatte die seltene Fähigkeit besessen, mit gerechtem, leidenschaftslosem Blick gute Ratschläge zu erteilen. Er hatte nie ein Urteil gefällt, sondern immer nur praktische Vorschläge gemacht, die stets ein Trost waren.

Salvadoras Gedanken verschlangen sich ineinander. Was bedeuteten ein paar Jahre auf Erden im Vergleich zum ewigen Leben danach? Was, wenn ihre Familie sich für alle Ewigkeit von Gottes Liebe abgewandt hatte? War es nicht ihre Christenpflicht, sie zur wahren Kirche zurückzuführen?

Obwohl sie sich so sehr darauf gefreut hatte, die Schönheit der Sainte-Chapelle zu genießen, war es für sie auch eine Wallfahrt gewesen. Um dort zu beten, wo Gebet und Wunder in das Gebälk des Bauwerks eingeflochten waren.

Aber statt Frieden zu finden, musste sie ihn erblicken. Die Worte des Gebets waren ihr auf den Lippen erstorben, weil auch Vidal dort geweilt hatte.

Salvadora schloss die Augen und betete. »Heilige Jungfrau, die du erfüllt bist vom Mitleid für die, die dich anrufen, und mit Liebe für alle, die leiden, schwer beladen vom Gewicht meiner Sorgen werfe ich mich dir zu Füßen und flehe dich demütig an, die gegenwärtige Sache, die ich dir empfehle, unter deinen besonderen Schutz zu stellen …«

Die Kutsche hielt unvermittelt an und schaukelte noch, als der Kutscher absprang und die Tür öffnete. Salvadora hob den Gazevorhang, ein schwacher Schutz gegen den Staub von Paris, und sah, dass sie wieder die Rue des Barres erreicht hatten.

Sie blieb noch einen Augenblick lang sitzen, verstört, dass das Gebet sie nicht beruhigt hatte. Als sie zurück ins Eckhaus ging und die Glocken von Saint-Gervais hinter ihr zur Abendmesse riefen, spürte sie in ihrem Rücken noch immer die mörderischen schwarzen Augen des Kardinals.

KAPITEL 24

Hôtel de Bourbon

Im Bourbonenpalast hörte Aimeric die Glocken von Saint-Germain-l'Auxerrois zur Vesper läuten. Seine Augen waren feucht; er hatte um seinen Vater getrauert und für die Genesung seiner Schwester gebetet.

Der Palast war ein prächtiges Gebäude mit Blick auf den Fluss im Süden. Die Verzierungen und Ornamente machten das Hôtel de Bourbon zu einem der am meisten bewunderten Stadthäuser in Paris. Der *grande salle* war größer als der geräumigste Saal im Louvre-Palast. In ihm sollte der Maskenball stattfinden, den die Königinmutter für die Hochzeitsfeier veranstaltete.

Aimerics Gedanken galten jedoch nur seinem weisen, ehrenvollen Vater. Seit zwei Monaten lag er schon in der kalten Erde, ohne dass Aimeric etwas davon geahnt hätte. Er konnte es nicht ertragen. Ihm erschien es undenkbar, dass er nie wieder das sanfte Gesicht seines Vaters erblicken sollte, nie mehr mit ihm am Feuer in dem kleinen Haus auf der Rue de Tresau in Carcassonne sitzen und seinen Geschichten von früher lauschen sollte.

Aimeric blickte aus dem Fenster des ersten Stockwerks auf die Straße. Zwei Tage lang waren immer mehr Menschen gekommen, um sich vor der morgigen Vermählung ihren Platz an der Route zu sichern, die die königliche Hochzeitsgesellschaft vom Louvre zur Kathedrale von Notre-Dame nehmen würde, wo die Ehe geschlossen würde. Er fragte sich, was sein Vater von dem Spektakel gehalten hätte. Wieder füllten sich seine Augen mit Tränen. Er würde es nun nie mehr erfahren.

Mit den Menschenmengen waren die Gaukler gekommen, die Beutelschneider, die Dirnen und die Bauernfänger. Der Geruch nach Grillspießen und Backwaren der Straßenhändler drang durch die offenen Fenster. Von Zeit zu Zeit hörte Aimeric den Jubel über die Lohe eines Feuerspuckers oder die Tricks der Saltoschläger. Er wünschte, er könnte die Freuden von Paris mit solcher Unschuld genießen. Aber bei jedem Sonnenuntergang sah er nur, wie Anspannung und Feindseligkeit in die überfüllten Straßen zurückkrochen.

Seine Gedanken wandten sich seiner Schwester zu. Dass Alis solch einen gewalttätigen Anschlag erlitten hatte, dass sie beinahe gestorben wäre, wühlte ihn stärker auf, als er auszudrücken vermochte. Ihm kam es vor, als hätte er sie im Stich gelassen und stände ihr noch immer nicht bei. Sie war immer seine fröhliche Gefährtin gewesen, die beste Freundin, die er je hatte.

Hinter Schock und Trauer rasten jedoch seine Gedanken. Auch wenn seine Zeit bei Minou so rasch vorbei gewesen war, er musste sich wundern, weshalb Piet ihr gegenüber weder die Vorfälle in Puivert erwähnt noch von Vidal gesprochen hatte. Piet hatte sich ganz auf Amsterdam konzentriert, das verstand Aimeric, aber dennoch. Konnte es nicht sein, dass Vidal hinter dem Anschlag steckte? Er war ein boshafter, rachsüchtiger Mann, er verfolgte seine Feinde, und er handelte ausschließlich aus Selbstsucht.

Aimeric schloss die Augen. Sein Glaube würde ihm die Kraft verleihen, unerschüttert zu bleiben. Es gäbe genug Zeit zum Trauern und um seinem Vater den gebührenden Respekt zu erweisen, wenn er im Herbst ins Languedoc zurückkehrte, um Zeit mit seiner geliebten Schwester zu verbringen.

Aber vorerst gehörten sein Herz und sein Schwert dem Admiral de Coligny. Aimeric rieb sich die Augen und atmete tief durch. Jetzt war nicht die Zeit zu trauern. Das käme später, in der Abgeschiedenheit seiner Unterkunft. Er musste seine Gedanken wieder auf die Gegenwart richten.

Coligny führte ein Privatgespräch mit Henri de Bourbon, ein Versuch, den jungen König von Navarra zu ermutigen, sich stärker für Staatsangelegenheiten zu interessieren: Die Themen reichten von der Rolle der hugenottischen Heere in den holländischen Provinzen und der lückenhaften Anwendung des herrschenden Friedensabkommens bis hin zu den Vorbereitungen auf die Hochzeit. Henri war charmant und bei seinen Männern beliebt, aber so ungehobelt wie ein gemeiner Soldat. Vergnügen und Trinken gefielen ihm besser als Gebete und Politik, und er ließ sich sehr leicht von einem hübschen Gesicht ablenken. Ob hochgeboren oder ein Bauernmädchen im sommerlichen Obsthain, er machte keinen Unterschied. Er verliebte sich leicht und über beide Ohren, bis eine andere seinen Blick reizte. Wie Henri mit der Valoisprinzessin Marguerite, Margot genannt, auskommen sollte, die ihm an Geist und Einfluss gleichrangig war, wusste Aimeric nicht zu sagen. Vom Ruf her waren sie beide unabhängig, manipulativ, amoralisch und daran gewöhnt, ihren Willen durchzusetzen.

Zwar stand Coligny wieder in der Gunst des französischen Königs, aber Aimeric war sich bewusst, dass er sich seines Einflusses bei der Königinmutter nicht sicher sein konnte, die die Macht ihres Wortes bei ihrem kränklichen Sohn schwinden sah.

Der Admiral wollte glauben, dass ein anhaltender Frieden möglich war. Die Königinmutter war eine Pragmatikerin und bereit zu Kompromissen, wenn sie ihren Zielen dienten. Der König stand unter ihrer Fuchtel und hatte keine eigenen Ansichten. Das größte Hindernis für den Frieden war der erzkatholische Herzog von Guise. Er hasste Coligny, gab ihm die Schuld am Tod seines Vaters bei Orléans und hatte geschworen, ihn zu rächen. Allgemein war bekannt, dass Guise in Gesprächen mit

Spanien war und versuchte, ein katholisches Bündnis ins Leben zu rufen, das sich den erstarkenden protestantischen Staaten in den Weg stellte.

Aimeric seufzte und versuchte sich zu versichern, dass die Hochzeit dem Königreich guttäte, dass sie ihren Zielen nützte. Angesichts dessen, dass sowohl Henri de Bourbon als auch der König wahre Zuneigung für Coligny empfanden, konnte der Ehebund eigentlich nur zu größerer Freiheit für die Hugenotten führen.

»Ein anhaltender Frieden«, sagte er laut, als wollte er den Worten noch mehr Gewicht verleihen.

Obwohl er beim ersten Tageslicht seine üblichen Gebete gesprochen und erneut für die Seele seines Vaters gebetet hatte, neigte Aimeric den Kopf ein drittes Mal. Mit dem standhaften Glauben eines Mannes, der überzeugt war, dass Gott über die Rechtschaffenen wachte, betete er, dass der morgige Tag ohne Zwischenfall verginge und alle, die ihm teuer waren, wohlbehütet in die Arme eines neuen Tages gegeben würden.

KAPITEL 25

Marguerite de Valois stand im Unterkleid vor dem Spiegel. Die Abendsonne, die durch das Fenster schien, berührte ihre Arme und Schultern. Sie wandte sich nach links und nach rechts, besah sich von allen Seiten und stellte sich wieder frontal davor. Margot hob die Arme über den Kopf. Ihre Haut war makellos und weiß, so vollendet wie die Statuen des italienischen Bildhauers da Vinci in der Salle des Caryatides. Sie hatte sich die Haare hundertmal gebürstet, bis sie den warmen Glanz von poliertem Mahagoni zeigten. Ihre Augen waren klar und anmutig, aber sie brauchte ein wenig Tusche, um die schwarzen Wimpern zu betonen. Ihre Brauen bildeten zwei perfekte Bögen. Margot lächelte. Ihre Lippen waren von Natur so rot und prall, als wären sie mit Koschenille bemalt. Morgen würde natürlich alles, was die Natur ihr geschenkt hatte, von ihren Zofen noch verbessert werden.

Sie wäre die schönste Braut, die Paris je gesehen hatte, daran hatte sie keine Zweifel. Auf den Straßen sammelten sich schon die Menschen, das konnte sie hören. Heute war sie eine Prinzessin, morgen würde sie Königin sein. Mit dem Aussprechen ihres Jaworts bestieg sie den Thron von Navarra. Sie sprach mehrere Sprachen, hatte Grammatik und die Klassiker studiert, war Dichterin und gerühmte Tänzerin und auch bekannt für ihr Geschick auf dem Pferderücken. Nicht umsonst nannte man sie überall die »Perle von Valois«.

Margots Miene verdüsterte sich. Der König von Navarra war neunzehn, ein paar Monate jünger als sie. Sie war durchaus beeindruckt gewesen, als sie ihren zukünftigen Gemahl bei ihrer Verlobung zum ersten Mal erblickt hatte. Er hatte sich als schlagfertiger und witziger erwiesen, als ihr in Aussicht gestellt worden war, und gegen ihren Willen hatte er sie bezaubert. Als Navarra im Juni nach Paris kam, ganz in Schwarz gekleidet und von ungefähr neunhundert hugenottischen Edelleuten begleitet, hatte Margot zugeben müssen, dass er eine sehr gute Figur machte. Aber er stank nach Knoblauch aus dem Mund. Sein Haar trug er unmodisch lang *en brosse,* aus der Stirn zurückgekämmt, und er hatte grobe Manieren und sprach einen provinziellen Dialekt. Außerdem war ihr Herz nicht frei. Navarra konnte sich nicht mit ihrer ersten Liebe messen, mit Henri de Lorraine, dem Herzog von Guise.

Margot legte sich die Hand auf die Brust und erinnerte sich an die Berührung seiner Finger auf ihrer Haut. Dachte an den Geruch seiner goldenen Haare und die Muskeln auf seinem Rücken. Sie hatten des anderen Gesellschaft viele Monate lang genossen, bis sie am Ende verraten und ertappt wurden. Die Königinmutter hatte überall Spione. Guise war vom Hofe verbannt, Margot von ihrer Mutter grün und blau geprügelt und einen Monat lang in ihre Gemächer eingeschlossen worden.

Zwei Jahre waren seitdem verstrichen. Aber erst Tage zuvor hatte Margot aus einem Fenster des Louvre-Palasts zugesehen, wie der Herzog von Guise, begleitet von einer Kavalkade aus ungefähr hundert Mann, nach Paris zurückgekehrt war. Wenn er damit beabsichtigt hatte, ihrem schwächlichen Bruder, dem König, und ihrer gnadenlosen Mutter zu zeigen, wem die Herzen des Volkes gehörten, so war das Guise gelungen.

Der Schmerz zu wissen, dass Guise so nahe und ihr dennoch verboten war, trieb sie schier in den Wahnsinn. Auch wenn ein Posten vor ihrer Tür stand, betete Margot jeden Abend, dass

Guise einen Weg in ihr Schlafgemach finden möge. Jeden Tag betete sie, dass die päpstliche Botschaft eintraf, der Heilige Vater verweigere den Dispens für eine Heirat zwischen einer Katholikin und einem Protestanten, aber diese Hoffnung war mittlerweile sehr gering geworden. Heute Morgen hatte sie ihre Hofdamen tratschen hören, dass ihre Mutter angeordnet habe, jeden Gesandten aus Rom bis zum morgigen Sonnenuntergang außerhalb Frankreichs festzuhalten. Der Kardinal von Bourbon war zwar Katholik und konnte exkommuniziert werden, wenn er die Trauung ohne einen besonderen Dispens durchführte, aber er war auch Navarras Onkel. Margot hegte den Verdacht, dass der Kardinal mehr den Zorn ihrer Mutter, in Paris unmittelbar in seiner Nähe, als eine Rüge des Papstes fürchtete, der viele Tagesreisen entfernt in Rom saß.

Sie steckte in der Falle.

Margot wandte den Blick vom Spiegel ab. Ihre Schönheit befriedigte sie nicht mehr. Nichts konnte sie befriedigen, nur Guises Gesellschaft. Noch zwölf Stunden Warten. Zeit genug, damit er kam und Anspruch auf sie erhob.

»Was machst du?«

Beim Klang der gefürchteten Stimme drehte sich Margot der Magen um. All ihre Zuversicht, all ihre Eleganz fiel in dem Augenblick von ihr ab, in dem ihre Mutter zugegen war, und sie wurde wieder ein unterdrücktes, ungeliebtes Kind. Sie drehte sich um, rang um Beherrschung, aber ihre Hände wollten nicht aufhören zu zittern.

»Ich bin geehrt, Madame.«

Caterina de' Medici stand in der Tür wie ein Ungeheuer, das Margot holen kam. Die Königinmutter war seit dem Tod ihres Gatten vor dreizehn Jahren in Trauer und trug nichts außer Schwarz, bis auf ihr glückbringendes Armband aus farbigen Steinen. Margot versuchte, die scharfen, vorstehenden Augen und die schweren Hängebacken nicht anzusehen, das weiß gepuderte Gesicht und die Lippen, deren Koschenillerot vergeblich versuchte, den grausamen Mund zu kaschieren.

»Ich habe dir eine Frage gestellt. Was machst du?«

»Nichts.«

Ihre Mutter kam in das Gemach. Margot konnte nicht anders, sie zuckte zusammen.

Caterina bedachte sie mit einem kalten Lächeln. »Du hast recht, vor dem Tag deiner Hochzeit besorgt zu sein. Damit zeigst du angemessene Bescheidenheit, auch wenn ganz Paris weiß, dass du die Moral einer Straßenhure hast.« Sie reichte ihr einen Kelch. »Ich habe etwas mitgebracht, womit du deine Nerven beruhigen kannst.«

Voll Entsetzen sah Margot auf die rote Flüssigkeit in dem Kelch. War es möglich, dass ihre Mutter nie gewollt hatte, dass die Hochzeit stattfand? Jeder bei Hofe redete davon, dass ihre Mutter die Königin von Navarra vergiftet habe. Was, wenn sie auch ihr schaden wollte? Ihre Gesundheit zugrunde richten, oder ihren Geist? Sie konnte sich nicht überwinden, die Flüssigkeit zu trinken.

»Nimm ihn«, befahl Caterina. »Mit deinem Ungehorsam kränkst du mich.«

»Ich bin nicht durstig.«

Ihre Mutter kniff die Augen zusammen. »Ich weiß, was für dich am besten ist.« Sie lachte. »Glaubst du, mir läge etwas anderes als dein Bestes am Herzen?« Wieder hielt sie ihrer Tochter den Kelch hin. »Trink.«

Margot wusste, dass sie keine andere Wahl hatte, als zu tun, was man ihr befahl. Zum Widerstand fehlte ihr die Kraft. Die Hand ihrer Mutter schoss vor, und sie spürte, wie sich ihr die Fingerspitzen ins Kinn bohrten.

»Ich muss dich sicherlich nicht daran erinnern, Marguerite, aber du wirst nichts, nicht das kleinste bisschen tun, was Schande über den Namen Valois bringt. Ich bin die Gattin eines

Königs, die Mutter von Königen, und meiner harten Arbeit an dir verdankst du, dass auch du eine Königin sein wirst.« Der Druck nahm zu. »Nichts, gar nichts, was Schande über unseren Namen bringen könnte. Die Augen von Paris werden auf dir ruhen. Wenn du irgendetwas tust, das gefährdet, was ich für dich getan habe, wird dein Leben nicht mehr lebenswert sein. Hast du mich verstanden?«

Margots Kehle war trocken.

»Ob du mich verstanden hast?«

»*Oui, Maman.*«

Caterina ließ sie los. »Ich werde den König und deine edlen Brüder beruhigen und ihnen versichern, dass du ihnen gehorchst.«

Margot bebte vor Angst und Wut, aber ihr gelang ein Knicks.

Schweigend sah sie ihrer Mutter nach, wie sie aus dem Zimmer ging, und ein roter Nebel senkte sich auf sie herab. Sie wurde von ihrer Familie missbraucht, ihr wurde das Leben versagt, das sie führen wollte, ihre Wünsche wurden völlig missachtet. Margot brüllte auf und schleuderte den Kelch mit aller Kraft, die sie aufbringen konnte, durch den Raum. Der Wein spritzte durch die Luft, der Spiegel zersprang in tausend Scherben und warf winzige Splitter aus blutrotem Glas auf den Boden ihres wunderschönen Gefängnisses.

KAPITEL 26

RUE DES BARRES
Montag, 18. August

»Wacht auf!«, rief Marta und stürmte ins Schlafgemach. Mit sich brachte sie den Schlag der Matutin-Glocken. »Ich war schon beim ersten Licht fertig. Schaut mich an.« Sie wirbelte herum, den Rock breitgezogen.

Minou zog die Bettvorhänge beiseite und setzte sich auf.

Piet, der in Unterhemd und Hose am Fenster saß, hielt sich einen Finger an die Lippen. »Du bist zu laut und zu früh dran, Mademoiselle Marta! Das waren nur sechs Schläge. Wir brechen erst in einigen Stunden auf.«

»Madame, Monsieur, vergebt mir.« Die Kinderfrau erschien kleinlaut in der Tür. »Mademoiselle Marta, ich habe Euch ausdrücklich gebeten, in Eurer Kammer zu bleiben, bis ich Euch abhole.«

Minou lächelte. »Es ist schon gut, sie darf ein Weilchen bleiben.«

Piet grinste. »Empfangen wir das ganze Haus in unserem Schlafgemach, bevor die Sonne aufgegangen ist?«

»Eine gewisse Erwartung scheint den üblichen Ablauf des Tages durcheinanderzubringen.«

Minou klopfte neben sich aufs Bett, und Marta kletterte hinauf.

»Ich war so einsam in meiner Kammer, Maman.«

Minou lachte. »Einsam! Ich weiß nicht, wie das in einer Stadt voller Menschen möglich sein soll.«

»Niemand war da, mit dem ich spielen konnte«, sagte ihre Tochter und breitete den blauen Rock um sich aus. »Ich sehe schön aus in dem Kleid, oder?«

»So schön wie eine Prinzessin«, sagte Piet. »Und du wirst es ihr gleichtun, meine Dame des Nebels, wenn die Stunde schlägt.« Er küsste Minou auf die Stirn, erhob sich und zog den Morgenmantel über. »Ich werde der stolzeste Mann in Paris sein.«

»Was trägt denn die echte Prinzessin?«, fragte Marta aufgeregt. »Tante Salvadora sagt, dass …«

Minou hob ihre Tochter vom Bett. »Du warst vielleicht beim ersten Licht fertig, *petite*, aber ich bin es nicht, und dein Vater ebenso wenig.«

Marta neigte den Kopf zur Seite. »Ich kann ihm beim Anziehen helfen.«

»Gott bewahre! Ein Mann braucht ein bisschen Abgeschiedenheit.«

»Kehre in deine Kammer zurück und warte geduldig«, sagte Minou. »Die Kinderfrau wird dafür sorgen, dass du alles hast, was du brauchst. Es wird ein langer Tag, und wir müssen einige Zeit in der Hitze stehen.«

»Aber ich habe …«

In ihrem strengsten Ton sagte sie: »Marta, geh jetzt.«

Das kleine Mädchen stampfte mit dem Fuß auf. »Wie lange muss ich denn noch geduldig sein?«

Minou unterdrückte ein Lächeln. »Sobald die Glocken zum Vormittagsgebet geschlagen haben, brechen wir auf. Bis zur Île de la Cité ist es nicht weit, aber wir werden nur langsam vorankommen.«

»Warum?«

»Weil die Straßen sehr voll sein werden.«

»Aber das ist ja erst in ein paar Stunden«, jammerte Marta. »Können wir denn nicht früher …«

Piet legte seiner Tochter die Hand auf die Schulter und schob sie zur Tür, wo er sie in die Obhut einer Dienerin gab. »Mit deiner Erlaubnis, Marta, sehen wir dich und Jean-Jacques bald. Geh jetzt ins Kinderzimmer. Bereite der Kinderfrau nicht noch mehr Verdruss.«

Kaum war ihre Tochter außer Hörweite, platzten sie mit Lachen heraus.

»Ganz sicher denken alle Eltern das Gleiche, aber sie ist wirklich ein außerordentliches Kind«, sagte Piet. »Sie hat solches Selbstvertrauen.«

»Und sie ist eine Elster«, sagte Minou. »Was sie alles aufschnappt. Gestern habe ich gehört, wie sie mit Salvadora darüber sprach, Latein zu lernen, weil ihr jemand erzählt hat, dass Margot abgesehen von Spanisch, Französisch und Italienisch auch noch Latein und Griechisch versteht.«

Piet lachte. »Sie hat sogar versucht, mich zu überreden, dass sie uns zum abendlichen Fest begleiten darf, das auf die Vermählung folgt. Die Königinmutter hat für außergewöhnliche Unterhaltung gesorgt – einen Maskenball, dazu italienischer Tanz und die besten Musikanten ganz Europas. Ich sagte ihr, wir hätten die Einladung abgelehnt. Sie hielt es für töricht, solch eine Gelegenheit zu verpassen!«

»Das sieht ihr ähnlich! Ich bin so erleichtert, dass du nicht gehen wolltest. Ich vermute, es wird einer jener Abende, die man sich besser schildern lässt, als sie zu erleben.«

Piet fuhr mit dem Finger über ihr Gesicht. »Ich würde unsere eigene Gesellschaft und unsere eigene Unterhaltung erheblich bevorzugen.«

»Wie umsichtig Ihr heute Morgen seid, Monsieur.«

»Zu Euren Diensten, *Madomaisèla*.«

»*Madomaisèla!* Nach all den Jahren und zwei Kindern danke ich dir sehr für diese Artigkeit.«

»Du siehst keinen Tag älter aus als an jenem Morgen, als ich dich zum ersten Mal erblickte.«

Minous Herz sang. Seit Piet ihr von Marikens Brief und seinen Befürchtungen, was Vidal anging, erzählt hatte, war die Distanz zwischen ihnen verflogen wie ein Sommernebel. Alles war wieder wie früher, sie waren Waffengefährten, ein Herz und eine Seele, Geliebte.

Sie küsste ihn auf die Nasenspitze. »Nun, das, *mon cœur*, kommt nur davon, weil du nicht zugeben willst, dass deine Sehkraft nachlässt. Die Geschichte der vergangenen zehn Jahre, fürchte ich, steht uns beiden deutlich ins Gesicht geschrieben. Nur du kannst sie eben nicht erkennen.«

Piet grinste. Dann überraschte er sie, indem er die Tür mit dem Fuß schloss, durch das Gemach schritt, Minou in seine Arme hob und zum Bett trug.

»Aber was denn, Monsieur! Wir haben keine Zeit für ...«

Er warf sich neben sie auf die Laken. »Zeit haben wir genug, meine Dame des Nebels, um unsere glückliche Ehe zu ehren, bevor wir Zeuge werden, wie ein Bund zwischen zwei Menschen geschlossen wird, die weit weniger gut zueinander passen. Ja, in der Tat ist es sogar unsere Pflicht.«

KAPITEL 27

KATHEDRALE NOTRE-DAME
ÎLE DE LA CITÉ

Die hohen quadratischen Türme von Notre-Dame ragten prächtig in den wolkenlosen blauen Himmel. Auf den Bogenfenstern neben der westlichen Fensterrose mit ihrem uralten Buntglas funkelte das Licht der Morgensonne. Heute schienen selbst die Fratzen der Wasserspeier mehr Wohlwollen auszustrahlen als sonst.

Der Vorplatz der Kathedrale leuchtete vor Farben: Eine Menge, gekleidet in Samt und Hermelin, geschmückt mit Edelsteinen und Federn; die rosa Gesichter glänzten unter der starken Augusthitze. Am mächtigen Westeingang hoben sich die schneeweißen Priestergewänder und das goldene Funkeln von Kreuz und Weihrauchfass scharf voneinander ab.

Zu beiden Seiten des Zugangs zum Westeingang waren Tribünen mit Sitzplätzen für die Ehrengäste und Würdenträger errichtet worden – Katholiken auf der einen, Hugenotten auf der anderen, wie die Zuschauer bei einem Turnier. Unter ihnen waren Sitzplätze für geringere Kirchenmänner und Gutsbesitzer, Landadlige wie Piet und seine Familie, denen die Treue zur Krone oder zu Navarra einen Platz eingebracht hatte – oder ihr Beitrag zum Wohlstand von Paris.

Hinter den Tribünen standen, so weit das Auge reichte, Hunderttausende gewöhnlicher Bürger, um Zeuge zu werden, wie Geschichte geschrieben wurde. Reihe um Reihe, Straße um Straße, an beiden Ufern der Seine füllte ihr Stimmengewirr die Luft wie Donnergrollen aus den Bergen. Ungesehen, aber stets gehört.

Am Eingang der Kathedrale stand der katholische Kardinal von Bourbon neben seinem hugenottischen Neffen, König Henri von Navarra.

Der Bräutigam war in hellgelben, mit Perlen und Edelsteinen bestickten Satin gekleidet. Er trug seine Haare noch immer *en brosse,* im Stil des Béarn, und sein Gebaren und seine Haltung sprachen mehr vom Schlachtfeld und von der Jagd als von den Korridoren des Hofes, aber seine Erscheinung wirkte darum nicht weniger königlich. Minou versuchte vergeblich, Admiral de Coligny oder Aimeric in der Prozession zu entdecken, aber viele ranghohe Hugenotten trugen auch an diesem Tag ihr gewohntes Schwarz.

Minou musterte die Sitzreihen gegenüber, bis sie die exquisit geschmückte Abteilung entdeckte, die im rot-weiß-blau-gelben Lilienwappen der Herzöge von Guise drapiert war. Im Zentrum der Gruppe saß der Herzog persönlich, Henri de Lorraine. Selbst Minou musste zugeben, dass sein Auftreten etwas an sich hatte, das alle Blicke auf ihn zog. Noch mehr als Navarra schien dies sein Tag zu sein.

Minou stählte sich und verengte den Blick, bis sie Vidal fand. Und obwohl sie ihn gesucht hatte, schnürte sich ihr schon bei seinem Anblick die Brust zusammen, als folterte man sie in einer Eisernen Jungfrau. Die Knie wurden ihr weich, ihre Hände zitterten, als steckte ihr die Erinnerung an alle Gewalttaten Vidals in den Knochen. Sie musste sich am Geländer festhalten. Angestrengt versuchte sie das Entsetzen zu beherrschen, das sie ganz und gar erfasste: der Anblick von Alis, die auf dem Dach des Donjons in ihrem Blut lag, die verwesenden Rattenkadaver im Wald, wo der Meuchelmörder gelauert hatte.

Sie schüttelte den Kopf, um die schrecklichen Bilder aus ihrem Geist zu vertreiben.

Vidal hatte verloren. Sie lebte, und Alis wurde mit jedem Tag kräftiger. Piet war wieder der Alte. Vidal hatte sie nicht besiegt, und sie ließe sich nun nicht von der Angst vor ihm übermannen. Minou atmete tief ein und aus, bis ihr Herzschlag sich normalisierte.

Endlich konnte sie die Hände vom Geländer lösen und sich gerade hinstellen. Als sie Salvadora und Piet ansah, wurde ihr klar, dass keinem von beiden etwas aufgefallen war. Fast schien es, als wäre überhaupt keine Zeit verstrichen.

»Hier«, sagte Piet zu Marta und zog die Markise zur Seite, damit sie auf das Geländer klettern konnte. »Kannst du jetzt besser sehen?«

Das kleine Mädchen setzte sich auf die Stange. »Ja, viel besser.«

»Ja, was?«

»Ja, *danke*, Papa.« Sie zog ein Gesicht. »Wo ist denn Marguerite de Valois? Warum ist sie nicht hier, wo doch der König von Navarra wartet?«

Piet zeigte auf den Louvre-Palast. »Die Prinzessin wird in einer großen Prozession von dort kommen. Siehst du? Sie haben ihr einen besonderen Weg gebaut, damit sie direkt hierherkommen kann, ohne auf der Straße gehen zu müssen.«

»Sie schwebt auf goldener Luft.«

Salvadora, das Gesicht tiefrot von der Hitze, nickte zustimmend. »Marguerite de Valois wird von ihrem Bruder, dem König Charles IX., und der Königinmutter begleitet, dazu von ihren jüngeren Brüdern, dem Herzog von Anjou und dem Herzog von Alençon, und natürlich von ihren engsten Vertrauten.«

»Und drei Hofdamen tragen ihre Schleppe«, rief Marta. »Die Dienerinnen haben darüber geredet.«

»Du solltest dir keinen Küchentratsch anhören«, tadelte Salvadora sie. »Aber in dieser Hinsicht hast du sogar recht.«

Marta warf ihrer Großtante einen grollenden Blick zu.

»Vorsicht«, mahnte Piet, als Marta sich noch weiter vorlehnte.
»Hast du Vidal entdeckt?«, flüsterte Minou ihm ins Ohr, überrascht, dass ihre Stimme so normal klang. »In der Gruppe um den Herzog von Guise gegenüber?«
Piet legte ihr den Arm um die Taille. »Ja, aber ich habe mir deine Worte zu Herzen genommen. Besser jetzt, in einer Menge fern von uns, als dass wir uns in den kommenden Tagen auf irgendeinem Platz begegnen. Wie du schon sagtest, er kann uns nicht schaden. Das ist alles Vergangenheit.«
Minou nickte, doch wenn sie die Farbe seines Gesichts betrachtete, nahm sie ihm seine Gelassenheit nicht ab.
»Seht!«, schrie Marta. »Sie kommen!«
In einer bunten Welle wurden die Zeremonientrompeten gehoben und erklangen über dem Vorplatz der Kathedrale. Die Menge drängte hin und her: Erwartung schlug in eine Aufregung um, die die Sinne aufrührte und den Alltag vergessen machte. Trotz ihrer verwirrten Gefühle, trotz des Zusammenstoßes der Vergangenheit mit ihrer Gegenwart spürte Minou, wie ihre Stimmung sich hob, kaum dass die ersten schrillen Trompetenstöße die Luft zerschnitten.
»Die Braut sieht wunderschön aus«, sagte Salvadora anerkennend. »Eine wahre Prinzessin von königlichem Blut.«
Marta seufzte. »Bald ist sie eine Königin, weil sie einen König heiratet.«
Salvadora nickte. »In der Tat, so ist es.«
Marguerite de Valois, begleitet von ihrem ältesten Bruder, trug ein blaues Samtkleid, das mit Lilien bestickt war, und einen Umhang aus geflecktem Hermelin. Auf ihrem Kopf saß eine Krone, auf ihren Schultern lag ein weiter blauer, mit Edelsteinen besetzter Überwurf mit einer Schleppe von gut vier Ellen Länge, die von drei Prinzessinnen getragen wurde. Sie funkelte vor Diamanten, in denen sich die Sonne fing, während sie langsam auf dem goldenen Weg zu ihrem Bräutigam schritt.

Ihr Bruder, der König von Frankreich, war blass und kurzatmig von der Hitze und wirkte ängstlich, als fürchtete er die Menschenscharen und das Missfallen der Königinmutter. Beklommen blickte er um sich, während er voranstolperte. So gut er gekleidet war, er verblasste vor seinem jüngeren Bruder, dem Herzog von Anjou. Anjous dunkleren Zügen schmeichelte perfekt ein heller edelsteinbesetzter Hut, den schwere Perlen säumten. Minou kannte die Gerüchte über die widernatürlichen Gelüste Anjous und hatte sie stets als üble Nachrede abgetan. Nun überlegte sie es sich. Seine *Mignons*, die ihr Haar ebenso lockig trugen wie er, wirkten in der königlichen Gesellschaft genauso fehl am Platze wie eine Truppe von Wanderschauspielern, die während des Hochamts auftrat.

»Ist sie nicht wunderschön?«, seufzte Marta. »Blau ist auch meine Lieblingsfarbe.«

Die Trompeten verstummten, und die Menge wurde still, als die königliche Gesellschaft am Westeingang der Kathedrale ankam und vom Kardinal von Bourbon empfangen wurde.

Sie waren zu weit entfernt, um die Begrüßungsworte zu hören, zu weit weg, um die Mienen in den Gesichtern derer zu erkennen, die sich um Navarra und Marguerite scharten. Aber niemand konnte den verzweifelten Blick übersehen, den die Prinzessin dem Herzog von Guise zuwarf, als wollte sie ihn bitten, das alles zu beenden. Genauso wenig entging jedem der Augenblick des Schweigens, in dem Margot sich weigerte, die Frage des Geistlichen zu beantworten und dem König von Navarra ihr Jawort zu geben. Ebenso offenbar war, dass der schwächliche König auf ein Zeichen der Königinmutter hin den Kopf seiner Schwester niederzudrücken schien, bevor rasch der Ehesegen gesprochen wurde.

Wieder schallten die Trompeten, und die Menge brüllte. Es war vollbracht.

»Sie sind verheiratet«, sagte Piet erleichtert.

»Aber hat sie aus freien Stücken zugestimmt?«, flüsterte Minou.

Er zog die Brauen hoch. »Dem Kardinal hat es gereicht, wie es scheint.«

Nun begleitete die neue Königin von Navarra die Gesellschaft der Valois an den Tribünen vorbei in die Kathedrale, während ihr neuer Gemahl mit seinen hugenottischen Vertrauten vor dem Dom stehenblieb.

»Das ist höchst unüblich«, beschwerte sich Salvadora und wedelte mit ihrem Fächer.

»Warum geht ihr Mann nicht mit ihr?«, fragte Marta.

»Die königliche Gesellschaft geht nun zur Vermählungsmesse«, erklärte Piet. »Navarra nimmt nicht an der Messe teil, also …«

»Weil er einer von uns ist und kein Katholik wie sie?«

»Ganz genau. Du begleitest Tante Salvadora ja auch nicht zur heiligen Messe, richtig?«

Marta zog eine Schnute. »Nein, aber mir würde es nicht gefallen, wenn ich am Tag meiner Hochzeit alleine draußen stehengelassen würde.«

»Navarra wird nicht lange allein sein. Es folgen nun drei Tage Festmahl.«

»Kommen sie bald wieder raus?«

»Recht bald.«

»Können wir nicht in die Kathedrale gehen und zusehen?«

Minou lachte. »Heute nicht, *petite*.«

»Und wann?«

»Wir gehen ein andermal«, versprach Piet. »Jetzt würde man uns nicht hineinlassen, und außerdem könntest du zwischen den vielen Menschen gar nichts sehen.«

»Können wir dann nach Hause gehen?«, quengelte Marta. »Hier ist es so heiß, und Durst habe ich auch.«

»Ausnahmsweise bin ich mit Marta einer Meinung.« Salvadora fächelte sich Luft zu. »Ich mag so viel Sonne gar nicht. Das ist schlecht für meinen Teint.«

Minou fragte sich noch immer, ob vor den Augen Gottes wirklich eine Ehe geschlossen worden war. Braut und Bräutigam hatten einander kaum angesehen. Und als sie sich auf dem Vorplatz umschaute, wusste sie gleich, dass sie mit ihren Zweifeln nicht allein war. Sie zwang sich, nicht zur Loge des Herzogs von Guise hinüberzusehen. Sie war noch erschüttert, wie der Anblick Vidals sie so völlig aus dem Gleichgewicht gebracht hatte, und sorgte sich um Piet.

Jemand zupfte an ihrem Ärmel.

»Maman! Mir ist langweilig. Können wir nach Hause gehen?«

Minou legte ihrer Tochter eine Hand auf die Schulter. »Das halte ich für eine ausgezeichnete Idee.«

Cornelia van Raay beobachtete, wie die Familie Reydon sich in Bewegung setzte und die Holzstufen hinunterstieg. Augenblicklich versuchte sie zu folgen. Ihr neuer Plan war es, Pieter Reydon den Brief auf der Straße in die Hand zu drücken.

»*S'il vous plaît*«, sagte sie immer wieder, während sie versuchte, sich durch die Menschen zu drängen. Die Menge schien immer undurchdringlicher zu werden. »*Mesdames, s'il vous plaît. Messieurs.*«

Doch nun, da das größte Spektakel vorüber war, hatte ganz Paris den gleichen Gedanken – in die Bankettsäle oder Tavernen zu ziehen, zu den Palästen und Klöstern. Cornelia schaffte es nicht, sich einen Weg zwischen den vielen Menschen hindurchzubahnen.

Sie versuchte Pieter Reydon im Blick zu behalten – seine Frau ging groß und würdevoll neben ihm –, aber es war hoffnungslos. Sosehr Cornelia auch schob und drängte, sich zwischen Schultern und Rücken zu zwängen versuchte, der Abstand vergrößerte sich immer mehr.

Am Ende ergab sich Cornelia der Umarmung der Menge. Ihr Plan war gescheitert. Sie müsste später in seiner Unterkunft vorsprechen, auch wenn die Nachwirkungen des Überfalls auf sie in der Rue des Barres sie zögern ließen, wieder dorthin zu gehen. Ihr Vater hatte ihr Diskretion eingeschärft, was also blieb ihr übrig?

»Folge ihnen!«, rief Vidal und drängte sich durch die Loge zu Xavier.

Der Verwalter nahm Haltung an. »Eminenz?«

»Dort.« Er zeigte in die Richtung. »Piet Reydon. Lass ihn nicht aus den Augen.« Vidal konnte kaum glauben, was er gesehen hatte. Nicht nur Reydon, sondern auch seine Frau, die falsche Châtelaine, die seinem ungeborenen Kind das Geburtsrecht geraubt hatte. Xavier hatte gemeldet, der Attentäter habe sein Ziel getroffen. Nun wurde offenbar, dass der Mann gelogen hatte. »Finde heraus, wo sie wohnen, und melde es mir. Beeil dich.«

»Jawohl, Eminenz.« Xavier verbeugte sich und glitt davon.

Mit dem Befehl, Minou zu ermorden, hatte Vidal unter anderem beabsichtigt, Reydon in Puivert zu binden und von losen Zungen fernzuhalten, zumindest bis er aus Amsterdam die Bestätigung erhielt, dass die Laienschwester keine Papiere oder Dokumente hinterlassen hatte. Die Erkenntnis, dass die ganze Familie vor seiner Nase durch Paris spaziert war, weckte in ihm eine mörderische Wut.

Er legte die Hände an die Schläfen. Seine Kopfschmerzen hatten sich erneut verschlimmert.

Mit kaltem Interesse beobachtete Louis das Gespräch zwischen Vidal und Xavier. Er konnte nicht sehen, was Vidal derart aufgewühlt hatte, aber fest stand, dass sein Vater bis ins Mark erschüttert war.

Er wartete, bis Xavier außer Sicht war, schlich sich vor und stieg die Stufen hoch, bis er neben Vidal stand.

»Monseigneur?«

»Was ist denn?«, fuhr Vidal ihn an.

»Soll ich Monsieur Xavier begleiten für den Fall, dass er Hilfe benötigt? Vielleicht ist er froh, wenn er einen Boten hat, der Euch eine Nachricht überbringt.« Louis spürte den scharfen Blick seines Vaters und wich unwillkürlich einen Schritt zurück.

»Ich wollte nicht anmaßend sein.«

Er wappnete sich für einen Hieb, doch stattdessen spürte er Vidals Hand auf seiner Schulter.

»Das ist eine gute Idee. Gib Xavier jede Hilfe, die er braucht, aber ...«

Louis schaute auf. »Jawohl, Monseigneur?«

»Sei vorsichtig«, sagte er mit ungewohnter Herzenswärme. »Auf den Straßen ist es heute Nacht gefährlich.«

KAPITEL 28

RUE DES BARRES
Freitag, 22. August

Drei Feiertage waren auf die Hochzeit gefolgt. Von morgens bis abends läuteten die Glocken von Paris zu Ehren des neuen Königspaars von Navarra. Sie läuteten für Frieden und für den Bund zwischen den ältesten und edelsten Familien Frankreichs.

Nun waren die Festlichkeiten vorüber. Die Straßen lagen voller Abfall. Männer und Frauen scharten sich um Feuerkörbe, um die jüngsten Neuigkeiten zu hören, wetzten die Zungen an der Frage, ob Prinzessin Margot wirklich in die Ehe eingewilligt hatte. Die Spekulationen sprudelten über, ob die königliche Ehe bereits vollzogen worden sei. Die angemessenen Zeugen hatten im Schlafgemach der Hochzeitsnacht beigewohnt, wie die Tradition es verlangte, aber niemand wusste etwas mit Sicherheit.

In den Behelfslagern und den Gassen herrschte gereizte Stimmung. Um jeden Zoll Boden wurde gestritten, Messer wurden rasch gezückt, Beleidigungen genauso hin und her geworfen wie Steine. Geprellte Gesichter, gekränkte Ehre. Überall hing der Geruch von Menschen, in großer Enge zusammengepfercht, in der Luft. In den großen Häusern und auf den Boulevards stritten sich die Eheleute, Diener beschwerten sich über die ausufernden Ansprüche ausländischer Gäste. Nachbarn, die sich früher die Zeit auf der Straße vertrieben hatten, waren unter der drückenden Augusthitze gereizt und übellaunig. Und im Louvre, in der Residenz der Guise und im Hôtel de Bourbon waren die drei Parteien geteilt wie eh und je. Rausch und Spektakel hatten ihre Differenzen eine Weile übertüncht, aber wie schwelende Asche erneut in Flammen ausbrechen kann, trat nun alter Groll wieder an die Oberfläche. Guise stand stets bereit, den Zwist zu schüren. Jeden Tag, wenn der König den Admiral de Coligny zu sich rief, überschwemmte die Königinmutter – mit dem Herzog von Guise in dem einen Punkt einig, dass hugenottischer Einfluss begrenzt werden sollte – die Räume mit Spionen, unwillig, sie allein zu lassen.

Nur Minou und Piet hielten sich von allem fern. Sie erfreuten sich an des anderen Gesellschaft, als wären sie jung verheiratet, und brauchten weder Bankette noch Maskenbälle.

RUE D'ORLÉANS

»Und?«, wollte Vidal wissen.

Louis ließ Xavier nicht aus den Augen. Der Verwalter senkte den Kopf.

»Seit der Hochzeit hat Reydon die Rue des Barres nicht verlassen, Eminenz.«

»Er hat an keiner Festlichkeit teilgenommen?«

»Nein, Monseigneur.«

»Besucher?«

»Keine erwähnenswerten.«

Obwohl Louis genau wusste, dass Xavier ihn dafür bestrafen würde, berührte er trotzdem den Ärmel seines Vaters.

»Was ist denn, Junge?«

»Monseigneur, der Bruder der Dame ist mehrmals in das Haus gegangen. Er steht im Dienst des Admirals de Coligny.«

»Stimmt das?«, fuhr Vidal den Verwalter an.

Xavier warf einen Blick auf Louis. »Vergebt mir, es stimmt. Ich vergaß es ganz. Ich habe ihn einmal gesehen, wie er das Haus betrat.«

Louis räusperte sich. »Und außerdem hat heute Morgen eine Frau das Haus beobachtet.«

Vidal wandte sich dem Verwalter zu. »Warum hast du mir davon nichts berichtet?«

»Der Junge irrt sich.«

»Irrst du dich, Louis? Sprich.«

»Nein, Monseigneur. Eine Frau um die zwanzig, weder von hoher noch von niederer Geburt«, antwortete Louis, ohne auf den warnenden Ausdruck in Xaviers Augen zu achten. »Ihrer Kleidung nach ist sie Ausländerin. Sie war beim ersten Licht da.«

»Sie hat sich dem Haus nicht genähert?«

Louis setzte einen bedauernden Ausdruck auf. »Monsieur Xavier hat mir befohlen, mit ihm zurückzukehren, deshalb kann ich über die letzte Stunde nichts sagen …«

»Dann wird ›Monsieur‹ Xavier zur Rue des Barres zurückkehren und in Erfahrung bringen, wer sie ist.« Vidal winkte. »Mir aus den Augen.«

Mit einem Blick voller Heimtücke auf Louis zog sich der Verwalter zurück. Louis wusste, dass er für seine Worte später mit einer Auspeitschung zahlen würde, aber das war ihm gleich.

Zum zweiten Mal spürte er die Hand seines Vaters auf seiner Schulter. »Bist du hungrig, Junge?«

Louis gab vor, es sich zu überlegen. »Nur wenn es Euch gefällt, Monseigneur.«

»Du wirst heute Abend mit mir speisen. Jetzt geh in die Küche und sag den Mägden, sie sollen dir geben, was immer du möchtest. Wenn du satt bist, kehrst du in die Rue des Barres zurück. Berichte mir, was immer Xavier dort tut.«

»Jawohl, Monseigneur.«

Louis beging nicht den Fehler, es zu zeigen, aber innerlich frohlockte er.

RUE DES BARRES

»Sie ist fort«, sagte Piet. Er stand im Fenstererker, die Hand an der Glasscheibe.

Minou sah von ihrem Buch auf. »Wer ist fort, *mon cœur*?«

»Vorhin stand dort eine Frau an der Hintertür der Sakristei von Saint-Gervais. Sie schien unser Haus zu beobachten.«

Minou legte ihr Buch auf die Eichentruhe neben ihrem Stuhl und stellte sich zu ihm ans Fenster.

»Bist du sicher?«

»Es schien mir so zu sein.« Piet runzelte die Stirn. »Glaubst du, es war die gleiche Frau, die mich am Tag vor der Hochzeit sprechen wollte?«

»Das wäre möglich.« Minou sah zu Saint-Gervais hinüber. »Hast du sie erkannt?«

Er zuckte mit den Schultern. »Ich bin mittlerweile so weit, dass für mich alle Menschen gleich aussehen. Wir sind schon zu lange in Paris.«

Marta kam weinend ins Zimmer gerannt. »Maman!«, rief sie. »Bitte, bitte, bitte können wir heute ausgehen?«

»Es tut mir leid, *petite*, aber Jean-Jacques ist noch immer krank. Ich möchte ihn nicht allein lassen, bevor das Fieber sinkt.«

Das kleine Ding fuhr herum. »Papa, nimmst du mich mit? Du hast versprochen, dass wir Notre-Dame besuchen, und das ist drei Tage her. Obwohl ich ja eigentlich lieber zu der Wallfahrtskirche gehen würde.«

»Zu Saint-Jacques-de-la-Boucherie?«

»Ja, genau. Da lagen so viele Muscheln am Boden, und ich

wollte mir eine mit nach Hause nehmen. Sie fallen ihnen von den Kutten ab, glaube ich.«

Piet zerzauste ihr das Haar. »Ich verspreche dir, dass ich dich dorthin mitnehme, aber nicht heute. Ich warte auf deinen Onkel. Du musst dich heute Vormittag selbst beschäftigen.«

Marta verschränkte schmollend die Arme. »Es gibt hier aber keine Beschäftigung. Und Jean-Jacques weint die ganze Zeit.«

»Du solltest Mitleid mit ihm haben, statt ungeduldig zu sein«, tadelte Minou sie. »Er ist noch so klein.«

»Er ist eine Plage.«

»Marta, das ist ungezogen.«

Das Gesicht des kleinen Mädchens strahlte auf, als sie eine Idee hatte. »Was, wenn ich Großtante Boussay frage, ob sie mit mir die Sainte-Chapelle besucht? Wenn sie einverstanden ist, darf ich dann mitgehen?«

Piet legte ihr die Hände auf die Schultern. »Du durftest nicht mit zur Sainte-Chapelle, weil du ungehorsam warst – und Tante Salvadora mit deinen frechen Fragen gekränkt hast. Deshalb wird sie wohl kaum Lust haben, dich jetzt mitzunehmen, oder?«

»Ich wünschte, Tante Alis wäre hier. Sie würde mich mitnehmen.« Das kleine Mädchen stampfte mit dem Fuß auf. »Ich werde vor lauter Langeweile sterben, und dann wird es euch leidtun.«

Marta rauschte aus dem Zimmer.

»Nur noch drei Tage, und wir sind unterwegs.« Minou seufzte. Seit der Hochzeit – seit sie Vidal gesehen hatte – war ihr Seelenfriede dahin. Selbst jetzt noch prickelten ihre Zehen und Fingerspitzen, wenn sie nur daran dachte. Sie schaute ihren Ehemann an. »Wartest du wirklich auf Aimeric?«

Piet grinste. »Aber freilich! Zu lügen ist nicht richtig, schärfst du das denn Marta nicht immer ein?«

Sie lachte. »Sofern es etwas nutzt.« Ihre Miene wurde wieder ernst. »Bedeutet das, er hat Nachricht aus Amsterdam?«

»Das will ich hoffen. Dieses ständige Warten auf Neuigkeiten macht mich furchtbar unruhig.« Piet wandte sich wieder zum Fenster. »Ich möchte wissen, was diese Frau wollte.«

Minou legte ihm den Arm um die Hüften. »Wenn sie wiederkommt, gehe ich nach unten und spreche mit ihr. Mach dir keine Sorgen.«

Cornelia wischte sich den Mund mit dem Handrücken ab. Mit dem Unterarm stützte sie sich auf dem Rand des Wassertrogs ab und versuchte aufzustehen.

Sie hatte gehofft, dass es vorüber wäre mit der Übelkeit, die sie in den vergangenen drei Tagen an ihre Unterkunft gefesselt hatte. Doch allein die Anstrengung, von der Anlegestelle in dieses Viertel zu gehen, schien einen Rückfall ausgelöst zu haben. An diesem Morgen wollte sie sich gerade dem Quartier der Familie Reydon nähern, als sie der erste Anfall übermannte. Sie hatte es gerade noch in die Gasse geschafft, an diese abgeschiedene Stelle hinter der Tränke, ehe sie sich übergeben musste.

Jetzt fühlte sie sich leer, und ihr war schwindlig. Mit dem Taschentuch tupfte sie sich den Schweiß von den Schläfen und von der Kehle. Wie konnte sie in diesem Zustand Pieter Reydon unter die Augen treten?

Cornelia atmete mehrmals tief durch und wartete, dass das Beben verging. Die Gasse war abgeschieden, wie sie während ihrer Nöte vor einigen Tagen hatte erfahren müssen, bot aber den unerwarteten Vorteil, dass sie die Unterhaltungen der Dienerschaft im Garten mithören konnte. Dadurch hatte sie erfahren, dass Pieter Reydon heute zu Hause war, dass es sich bei dem hugenottischen Soldaten mit den ungebändigten schwarzen Haaren – den selbst die katholischen Dienstmädchen des Hauses anhimmelten – um Madame Reydons Bruder handelte, dass das Mädchen sieben Jahre alt war und als vorlaut galt, und dass der zwei Jahre alte kleine Junge krank war.

Wie aus Sympathie mit dem kleinen Jungen drehte sich Cornelia wieder der Magen um. Seit Tagen bekam sie keinen Bissen herunter, wie also konnte die Übelkeit noch immer so stark sein? Es musste an dem Stück Schweinefleisch liegen, das sie am Tag der Hochzeit bei einem Straßenhändler gekauft hatte. Es war nicht richtig durchgebraten gewesen. Sie betete darum, dass das Fleisch verdorben gewesen war, denn an die andere Möglichkeit wollte sie nicht denken. Sie hatte die Seeleute und Flussschiffer über einen Ausbruch von Lagerkrankheit flussaufwärts der Île de Louviers reden hören.

Verdorbenes Fleisch, das ist alles, mehr konnte sie nicht denken, bevor ein neuer Krampf ihren Magen umschloss, und sie sich wieder vorbeugte.

Im Kinderzimmer betrachtete Marta die verschwitzte Oberlippe der Kinderfrau, die sich beim Atmen senkte und mit einem leisen Pusten hob, bis sie sicher war, dass sie tief schlief. Ihre roten, rauen Hände lagen ihr reglos im Schoß, ihre Wangen hatten eine kräftige Farbe, und ihre Haube war verrutscht und ließ Strähnen aus dünnen, grauen Haaren sehen.

Marta kannte die lautesten Bodenbretter und vermied sie, während sie auf Zehenspitzen durch den Raum schlich. Sie lugte in die Wiege ihres Bruders. Seine Ärmchen hatte er über dem Kopf ausgebreitet, die kurzen dicken Beine gespreizt, sodass er dalag wie ein Stern. Sie berührte ihn an der Stirn. Seine Haut fühlte sich kühl an. Er würde noch stundenlang schlafen.

Marta nahm ihre Schuhe und ihre Haube, hielt die Klinke zwischen Daumen und Zeigefinger, damit sie die Tür leise öffnen konnte, und schlich sich vorsichtig die Treppen hinunter. Besonders leise war sie vor dem Gemach im ersten Stock: Durch die geschlossene Tür hörte sie die murmelnden Stimmen ihrer Eltern. Ohne die Küche zu durchqueren, ging sie auf Zehenspitzen auf den Hof.

Ein köstlicher Schauder lief ihr den Rücken hinunter. Wenn sie ertappt wurde, bekam sie mehr Ärger als jemals zuvor, aber da sie nicht vorhatte, sich ertappen zu lassen, empfand sie nichts als Aufregung.

Marta zog sich die Schuhe an, setzte die Haube auf, öffnete das Tor und schlüpfte in die Gasse hinaus.

Die Sonne stand über dem Haus und flutete das schmale Gässchen mit Licht. In den vielen öden Stunden, in denen sie nur aus dem Fenster starren durfte, und bei jeder Kutschfahrt hatte sie sich den Verlauf der Straße eingeprägt, sodass Marta sich vollkommen sicher fühlte.

Alle ihre Sinne schienen zu singen wie die Saiten einer Laute, während sie an einer Frau vorbeiging, die am Wassertrog zusammengesunken war und über einen schwarz- und lohfarbenen Mischlingshund hinwegsprang, der an einem Knochen nagte. Sie wich einer Bierpfütze aus. Vom Kitzel des Verbotenen erfüllt, bog sie nach links in die Rue des Barres und näherte sich eilig dem Fluss.

Marta sorgte sich, dass jemand sie ansprechen könnte, aber die Leute schauten zwar überrascht, dass ein Mädchen ohne Begleitung unterwegs war, doch sie lächelten nur oder zogen den Hut. Ihr Selbstvertrauen wuchs. An der Kreuzung zur Rue de la Mortellerie blieb sie stehen. Sie schloss die Augen und rief sich den Weg ins Gedächtnis, auf dem sie zur Hochzeit gegangen waren: von hier hinunter zur Seine, dort am Ufer nach Westen und über die Brücke auf die Île de la Cité. Lange würde es nicht dauern. Sie konnte die Sainte-Chapelle schon sehen und wäre in einer Stunde wieder zu Hause. Niemand würde je erfahren, dass sie überhaupt fort gewesen war.

KAPITEL 29

»Monsieur Joubert«, meldete die Dienerin.

Minou erhob sich. »Aimeric!«

Piet schlug ihm auf den Rücken. »Sei willkommen!«

»Neffe!« Salvadora strahlte über das ganze Gesicht.

Aimeric küsste nacheinander seine Tante und seine Schwester, schüttelte Piet die Hand, nahm Schwert und Dolch ab, legte beides mit einem Scheppern auf die Truhe und ließ sich in einen Sessel sinken.

»Von dieser Hitze gibt es kein Entkommen, nicht einmal so früh am Tag.«

Piet reichte ihm einen Krug Bier. »Ich hoffe, du behandelst meinen Poignard gut?«, sagte er und wies auf den langen Dolch, den er Aimeric in Puivert geschenkt hatte.

»Das tue ich, aber ich freue mich auch zu sagen, dass ich keinen Grund hatte, ihn zu benutzen.«

»Was gibt es Neues?«, fragte Minou.

Aimeric nahm einen großen Schluck aus seinem Krug. »Admiral de Coligny wird heute Morgen wieder zum König gerufen. Der König liebt ihn wie einen Vater und versucht, ihn zufriedenzustellen. Das kommt so häufig vor, dass die Königinmutter recht aufgebracht ist. Der Admiral möchte nichts weiter als die Erlaubnis, zu seinem Gut in Châtillon und seiner Frau zurückzukehren – sie erwartet ein Kind –, aber der König gewährt ihm keinen Urlaub.«

»Und was ist mit Navarra?«, fragte Piet.

Aimeric zuckte mit den Schultern. »Er ist wie vom Erdboden

verschwunden. Sein Interesse beschränkt sich aufs Feiern, Jagen und Huren. Für Politik hat er nichts übrig, deshalb mischt er sich nicht in Hofangelegenheiten. Ich hoffe nur, dass er seiner Gattin genug Aufmerksamkeit schenkt, damit sie nicht zurück in Guises Arme flieht. Nachdem nun die Hochzeit vollzogen und die königliche Familie den Hugenotten Navarra in ihre Reihen aufgenommen hat, glaubt der König, dass Guises Macht stark beschnitten ist.«

Minou hörte den Zweifel in seiner Stimme. »Aber da irrt er sich?«

Aimeric nickte. »Leider ja. Es häufen sich die Anzeichen, dass die Friedensbedingungen nicht eingehalten werden. Das gilt besonders für Paris. Es hat Vorfälle gegeben – ein Hugenotte wurde am linken Ufer ermordet, in Les Halles geht das Gerücht um, dass ein protestantisches Heer, das vor den Mauern der Stadt angeworben wird, die Stadt stürmen soll, Katholikinnen klagen, dass sie auf dem Weg zur Kirche belästigt werden. Die üblichen Gerüchte und Gegengerüchte eben.«

»Du glaubst, diese Unwahrheiten gehen auf Guise zurück?«

»Es ist schwer, Lüge von Wahrheit zu trennen«, räumte Aimeric ein, »aber es besteht kein Zweifel, dass Guise den Aufruhr will. Er genießt ihn. Er achtet zwar darauf, niemals eine unpassende Bemerkung zu machen, aber ich traue ihm nicht. In der Öffentlichkeit sagt er das eine, aber im privaten Kreis hetzt er seine Anhänger mit hugenottenfeindlichen Reden auf.«

»Zu welchem Zweck?«

»Guise ist ein Mann, der es genießt, Macht auszuüben. Die Folgen oder der Preis, den andere dafür zahlen müssen, sind ihm gleichgültig. Er verabscheut den König, hält ihn für schwach, ist eifersüchtig auf Navarra, und wie ihr wisst, hat er geschworen, sich an Coligny für die Ermordung seines Vaters in Orléans zu rächen. Je früher Guise Paris verlässt, desto besser.«

Aimeric leerte den Krug und stellte ihn auf den Tisch. »Aber vergebt mir, ich werfe mit meinen Klagen einen Schatten auf unser Beisammensein.«

»Sind dafür Familien nicht da?«, fragte Salvadora trocken. »Um zuzuhören, wo alle anderen das Interesse verloren haben?« Aimeric lachte. »Du bist mehr als freundlich, liebe Tante.« Er wandte sich Piet zu. »Aber der Grund, aus dem ich komme, ist der, dass ich Neuigkeiten aus Amsterdam für dich habe. Viel ist es nicht, aber du solltest sie dir anhören.«

Salvadora sah von Piet zu ihrem Neffen, nahm ihre Stickarbeit und erhob sich langsam.

»Minou, wir sollten uns zurückziehen. Die Herren müssen reden.«

Minou merkte, wie sie errötete. Wie absurd es war, dass Salvadora nach all den Jahren noch immer nicht akzeptieren wollte, dass sie und Piet ihre Angelegenheiten gemeinsam regelten.

»Das ist rücksichtsvoll«, sagte Piet rasch, »aber ich hätte es gern, wenn Minou bleibt.«

Salvadora schürzte die Lippen. »Wenn du es so möchtest.« Ihre Stimme war schrill vor Missbilligung. Sie starrte Minou an. »Essen wir wie üblich um zwei zu Mittag?«

»Ja, Tante.«

»Dann sehen wir uns bei Tisch.« Ihre Miene wurde weicher, als sie sich zu Aimeric umdrehte. »Neffe, es war mir eine Freude, dich zu sehen, auch wenn es wie immer nur kurz war. Ich hoffe, du besuchst uns bald wieder.«

Aimeric führte sie zur Tür, kam zu Minou und Piet zurück und pfiff.

»Sie ist ungehalten mit dir, Schwesterlein!«

»Salvadora hat mir noch nicht vergeben, dass ich sie nicht zur Sainte-Chapelle begleitet habe, obwohl ich es versprochen hatte.«

»Nun, um deinetwillen hoffe ich, dass ihr Zorn bald verraucht. Falls nicht, könnte euch die Heimreise nach Puivert sehr lang werden.«

Piet schloss die Tür. »Was hast du mir zu berichten?«

Aimeric warf einen Blick auf Minou.

»Ich habe Minou alles erzählt, wie ich es von Anfang an hätte tun sollen – wozu du mich ja sogar gedrängt hattest. Sie hat mir meine Säumigkeit verziehen.«

»Und andere Fehler.« Minou drückte Piet den Arm.

Aimeric lächelte. »Da bin ich froh. Als wir neulich sprachen, Minou, hast du gesagt, eine Frau sei zum Haus gekommen und habe nach Piet gefragt?«

»Ja, das stimmt. Am Tag vor der Vermählung.«

»Ich glaube, ich weiß, wer sie ist: eine gewisse Cornelia van Raay. Sie ist das einzige Kind eines reichen holländischen Kornhändlers namens Willem van Raay, eines Katholiken, der in Amsterdam wohnt, aber ausgedehnte Geschäftsbeziehungen zu Paris unterhält. Er ist ein sehr geachteter Mann. Nach allem, was ich höre, hat van Raay seine Tochter nach Paris geschickt, damit sie dich sucht, Piet.«

»Warum sollte er glauben, dass er mich hier eher findet als in Puivert?«

Aimeric hob die Hände. »Weil jeder hugenottische Adlige und Grundherr zur Hochzeit eingeladen wurde, war es eine vernünftige Annahme, dass auch du im August in Paris sein würdest. Ich habe auch entdeckt, dass van Raay ein wichtiger Gönner des Begijnhofs ist. Hat Mariken Hassels in ihrem Brief nicht geschrieben, dass sie einen Freund um Hilfe gebeten habe? Ich gehe davon aus, dass van Raay dieser Freund ist.«

»Ist das alles?«, fragte Piet. Er konnte seine Enttäuschung nicht verbergen. »Ich hatte auf mehr gehofft.«

»Ich sagte, es sei nicht viel.«

Einen Augenblick lang schwiegen sie alle.

Piet runzelte die Stirn. »Heute Morgen habe ich auf der Straße eine Frau gesehen, die das Haus beobachtete. Es könnte die gleiche sein, die schon einmal hier war – die Beschreibung der Dienstmagd war vage bis zur Nutzlosigkeit. Die Frau war schlicht gekleidet und ohne Begleitung; könnte sie trotzdem Cornelia van Raay gewesen sein?«

»Aber wenn sie es war«, überlegte Minou, »und sie die Absicht hatte, mit dir zu sprechen, wieso hat sie sich nicht vorgestellt? Das ergibt doch keinen Sinn.«

Piet zuckte mit den Schultern. »Ich weiß es nicht.«

Minou wandte sich Aimeric zu. »Weißt du, wo Mademoiselle van Raay wohnt? Wir könnten sie aufsuchen, statt auf ihre Rückkehr zu warten.«

»Dem Gerücht zufolge wohnt sie auf einem Lastkahn ihres Vaters.«

»Wo ankert er?«

»Das weiß ich nicht, aber ich kann es herausfinden.«

Piet nickte. »Wenn es van Raays Tochter ist und sie mir etwas mitzuteilen hat, wäre ich dir dafür sehr dankbar. Die Unsicherheit plagt meine Gedanken schon zu lange. Ich hätte die Angelegenheit gern um unser aller willen geklärt.«

Aimeric sah ihn an. »Und wenn der französische Kardinal, von dem Mariken in ihrem Brief schrieb, sich als Vidal erweist?«

Piet runzelte die Stirn. »Damit befassen wir uns, wenn wir es sicher wissen.«

Minou erinnerte sich an die Welle puren Entsetzens, die über sie hinweggeschwemmt war, als sie Vidal bei der Hochzeit erblickte. Seitdem hatte sie das Gefühl, dass Vidal ihr unter die Haut gekrochen war. Grauen hielt sie gefangen. Weil sie ständig daran denken musste, dass er nur wenige Straßen entfernt war, hatte sie in der vergangenen Nacht kaum Schlaf gefunden.

»Ich bin dir dankbar für alles, was du getan hast, Aimeric.«

Piet hob den Bierkrug. »Möchtest du noch einen Krug, bevor du gehst?«

»Ich wüsste nicht, was ich lieber täte, aber ich bin schon zu lange fort von Admiral de Coligny. Ich muss ihn zurück zu unserem Quartier geleiten.« Aimeric stand auf. »Kann ich morgen mit euch zu Abend essen? Ich möchte gern meine Nichte und meinen Neffen sehen, bevor ihr nach Puivert zurückkehrt.«

Minou lächelte. »Ich wäre dir höchst dankbar, nicht zuletzt, weil Marta erklärt hat, dass sie von unserer Gesellschaft am Abendtisch gelangweilt ist, und Gäste verlangt hat, die sie amüsieren sollen.«

Aimeric grinste und sah einen Moment lang aus wie der Junge, der er einmal gewesen war.

»Marta gleicht so sehr Alis damals. Sie hat sich auch immer gelangweilt und beklagt, dass sie nichts unternehmen könnte. Richtet der guten Salvadora meine Entschuldigung aus, dass ich fortgegangen bin, ohne ihr Auf Wiedersehen zu sagen. Ich mache es morgen Abend wieder gut bei ihr.« Aimeric schnallte Schwert und Dolch wieder um. »Sobald ich herausgefunden habe, wo der Kahn van Raays ankert, sende ich euch Nachricht. Falls inzwischen Mademoiselle van Raay zurückkehrt – falls es sich wirklich um sie handelt –, benachrichtigt ihr mich bitte?«

»Aber gewiss.« Piet umfasste seine Hand. »Und noch einmal meinen herzlichen Dank.«

»*À demain*«, sagte Minou.

KAPITEL 30

RUE DE BÉTHISY

Marta rieb sich die Augen. Obwohl sie schon einige Zeit versuchte, sich etwas vorzumachen, war es die schlichte Wahrheit, dass sie sich verirrt hatte.

Ging man zu Fuß, sahen die Straßen ganz anders aus als aus der Kutsche. So viele Orientierungspunkte, von denen sie dachte, sie erkenne sie, erwiesen sich als unbekannt, wenn sie sie erreichte. Diesmal war sie so sicher gewesen. Aber als sie an dem unbekannten Turm hochsah, dessen Glocken sie angezogen hatten, wünschte sie, es gäbe in Paris nicht so viele Kirchen.

Sie hatte Tränen in den Augen. Was würde Tante Alis ihr jetzt sagen? Sie war immer so tapfer. Marta runzelte die Stirn. Ihre Tante würde sagen, sie solle weitergehen, und am Ende käme schon alles in Ordnung. Aber Wolken hatten sich vor die Sonne geschoben, und sie wusste nicht mehr, in welche Richtung sie gehen sollte. Wenn sie wenigstens den Fluss erreichte, wäre es ein Anfang.

Marta blinzelte ihr Elend weg und marschierte weiter. Ständig versicherte sie sich, dass alles gut werden würde. Sie erlebte noch immer ein Abenteuer, aber sie war müde. Sie schob die Hand in die Tasche und tastete nach einer Münze. Als sie die Holzperlen spürte, die sie aus dem Schmuckkästchen ihrer Mutter genommen hatte, zuckte sie zusammen. Längst hatte sie sie zurücklegen wollen, aber durch die Hochzeit und das endlose Weinen ihres kleinen Bruders hatte sie es völlig vergessen.

Sie bog um die Ecke, und mit einem Mal, mit dem wundervollen Gefühl, dass einem der Boden unter den Füßen wieder fest wird, wusste Marta, wo sie war. Sie war in der Rue de Béthisy, wo ihr Onkel wohnte. Maman hatte ihr das Haus gezeigt, das halb hinter hohen Steinmauern verborgen war. Der Rest der Straße bestand aus Fachwerkhäusern, die zwischen den schrägen Balken in den oberen Geschossen mit weißem Gips verputzt waren. Papa hatte erklärt, dass dadurch verhindert werden sollte, dass ein Feuer auf die Holzbalken überging. Die oberen Stockwerke hingen über, fast wie Augenbrauen, die beim Anblick der schmalen Straßen missbilligend zusammengezogen wurden.

Marta strahlte. Der Beweis ihrer Findigkeit munterte sie augenblicklich auf. Gerade als sie vortreten wollte, hörte sie hinter sich Stiefelschritte. Sie schaute sich um. Ein Trupp von Männern in schwarzer Montur marschierte auf sie zu. Als sie näher kamen, sah Marta, dass die Soldaten einen Mann von edler Haltung in die Mitte genommen hatten. Er war schon älter und trug ein schwarzes Wams und eine gleichfarbige Hose, eine steife gestärkte Halskrause und einen weißen, zur Spitze gestutzten Kinnbart. Sie zuckte zusammen, als sie den Admiral de Coligny erkannte, der von der vielen Aufmerksamkeit gänzlich ungerührt zu sein schien. Vielmehr las er ein Schreiben, das er in der Hand hielt. Zu ihrer Bestürzung sah Marta ihren Onkel Aimeric, der auf den Admiral zutrat. Wenn er sie hier unbegleitet entdeckte, geriete sie in große Schwierigkeiten. Blitzschnell rannte sie in den Schatten des nächsten Gebäudes.

Nun schien alles gleichzeitig zu geschehen.

Der Admiral blieb plötzlich stehen. Als er sich umdrehte, um Aimeric das Schreiben zu zeigen, donnerte ein ohrenbetäubender Knall durch die schmale Straße und hallte von den Hauswänden wider.

Erschrocken sah Marta rechtzeitig auf, um aus einem Fenster im ersten Stock gegenüber eine Pulverrauchwolke aufsteigen zu sehen. Silbern blitzte ein Lauf auf, der rasch zurückgezogen wurde.

Eine Frau schrie, und auf der Straße lief alles durcheinander: Befehle wurden gebrüllt, Soldaten schoben sich durch die Menge. Der Admiral hielt sich den Ellbogen, und Blut quoll ihm durch die Finger. Marta sah, wie ihr Onkel de Coligny eilig in die Sicherheit des Hauses brachte; gleichzeitig stürmten die Soldaten in das Haus gegenüber. Sie traten die Tür ein, dass Holzsplitter durch die Luft flogen. Augenblicke später schrien sie aus dem Fenster im ersten Stock, dass der Meuchelmörder geflohen sei.

Die Frau schrie noch immer. Marta hielt sich die Ohren zu. Sie hatte zu große Angst, um sich zu bewegen. Die Soldaten versperrten ihr nun fast ganz die Sicht, aber sie sah die silberne Spitze eines Schwertes oder den hellen Schaft eines Spießes auf dem trockenen Boden aufblitzen. Wo der Admiral von der Kugel getroffen worden war, stand eine Pfütze aus Blut auf den Kopfsteinen.

Marta fiel auf, dass ihre Wange feucht war. Ihr Taschentuch konnte sie nicht finden, also nahm sie die Haube ab und wischte sich das Gesicht. Als sie das blütenweiße Leinen ansah, war es rot verschmiert. Ihre gestickten Initialen – MRJ – waren unter dem Blut nicht mehr zu erkennen.

Angewidert warf sie die Haube weg. Sie konnte es nicht ertragen, sie noch einmal zu berühren.

KAPITEL 31

RUE DES BARRES

Die Uhr schlug zur Viertelstunde. Minou, Piet und Salvadora saßen am Mittagstisch, der mit gefüllten Schüsseln und leeren Tellern gedeckt war.

»Vergib mir meine offenen Worte, Nichte, ich sehe nicht ein, wieso wir alle unter dem Kind zu leiden haben sollten.« Minou sah zur Tür. »Ich verstehe deinen Unmut ja, Tante, aber …«

Salvadora schnitt ihr das Wort ab. »Wenn Marta so rücksichtslos ist, nicht zum Essen zu kommen, obwohl man sie ruft, dann sei es so. Eine Mahlzeit zu versäumen lehrt sie vielleicht bessere Manieren.«

»Tante Salvadora, bitte.« Minou war sich nicht sicher, ob sie noch mehr schlechte Laune ertragen konnte. Sie war ebenfalls verärgert, aber angesichts der ständigen Beschwerden ihrer Tante riss ihr bald der Geduldsfaden. »Die Kinderfrau hätte sie wie gewohnt um zwei Uhr herunterbringen sollen. Ich verstehe nicht, dass sie das unterlassen hat.«

Piet legte seine Serviette auf den Tisch. »Ich gehe sie holen.«

»Nein, das mache ich selbst.« Minou erkannte eine Gelegenheit zur Flucht und schob den Stuhl zurück. »Ich möchte sowieso nach unserem kleinen Krieger sehen. Der arme Jean-Jacques leidet entsetzlich unter seinen Bauchschmerzen. Ihr beiden fangt schon einmal an. Ich bringe Marta gleich mit herunter.«

Ohne Piets verzweifelte Miene zu beachten, dass sie ihn mit

Salvadora alleinließ, ging Minou hinauf ins Kinderzimmer. Es war nicht nur die drückende Mittagshitze, die jeden Schritt zu einer Anstrengung machte, sondern auch die bohrende Befürchtung, dass sie schon zu lange in Paris geblieben waren. Alles an der Stadt erschien ihr mittlerweile etwas schäbig und abgenutzt. Es war, als wären am Ende eines Schauspiels die Vorhänge beiseitegezogen worden und enthüllten ein Bühnenbild, das nur aus Leim und Pappmaché bestand. Der Gestank in den Straßen, die sauren Dünste der Seine, der widerliche Brodem der Schlachthöfe, der zu ihnen drang, nachdem der Wind umgeschlagen war, all das schien durch die Wände zu ihr ins Haus zu dringen.

»*Petite*, es ist Essenszeit«, rief Minou, als sie die Tür des Kinderzimmers aufdrückte.

Der Raum war leer: eine zerwühlte Decke in Jean-Jacques' Wiege, ein irdener Becher neben dem Stuhl der Kinderfrau, Martas Malkreide auf dem Tisch verstreut neben einem halb vollendeten Bildnis der Prinzessin in ihrem Hochzeitskleid, Spuren der Betätigung am Vormittag, aber verlassen. Staubflöckchen schwebten in der heißen, reglosen Luft.

Minou kehrte auf dem gleichen Weg zurück, schaute in jedes Zimmer, an dem sie vorbeikam, bis schließlich ein Küchenmädchen sagte, sie sei vor einer halben Stunde in den Hof geschickt worden, Wasser bringen, damit der Kleine baden könne. Also ging Minou in den Hof und erwartete, beide Kinder dort zu sehen.

Unter der Platane plantschte Jean-Jacques krähend in einer ovalen Holzwanne. Die Kinderfrau, mit hochgerollten Ärmeln, goss ihm lächelnd Wasser über den Kopf.

»Madame.«

»Es scheint ihm viel besser zu gehen.« Minou kitzelte ihn unter dem Kinn. Jean-Jacques lachte. »Gut machst du das, *mon brave*!«

»Er ist gewöhnlich so eine glückliche Seele, mir hat es das Herz gebrochen, ihn so weinen zu sehen, Madame.«

Minou beugte sich herunter und ließ ihrem Sohn einen Wasserfall über den nackten, runden Bauch laufen. Er quietschte vor Vergnügen.

»Und wo ist Marta?«

»Ich dachte, Mademoiselle Marta sei bei Euch im Esszimmer, Madame?« Die Kinderfrau hob Jean-Jacques aus dem Wasser und setzte ihn auf ein Handtuch, das sie über ihren Schoß ausgebreitet hatte. »So ist es gut, kleiner Soldat. Alles ist jetzt besser.«

»Nein. Ich habe sie seit dem frühen Morgen nicht mehr gesehen.«

Die Kinderfrau runzelte die Stirn. »Sie sagte, sie geht nach unten, um Monsieur und Euch zu fragen, ob sie auf einen Ausflug gehen darf.«

»Das hat sie, aber weil wir Monsieur Jouberts Besuch erwarteten, bat ich sie, ins Kinderzimmer zurückzukehren.«

»Sie ist nicht zu mir hochgekommen, Madame.«

Minou empfand einen Schauder des Unbehagens. »Wann hast du sie zuletzt gesehen?«

Die Kinderfrau sah betroffen aus. »Ich habe mich um den Kleinen gekümmert und gewartet, dass der Anfall vorbeigeht. Mademoiselle Marta hat gemalt. Er war die ganze Nacht wach, der Arme, er wollte nicht einschlafen. Als der Anfall endlich vorüber war, schlief er ein, und ich habe vielleicht auch einen Moment die Augen geschlossen.«

»Du bist eingeschlafen.«

»Es war nur ganz kurz! Sie versteckt sich bestimmt irgendwo. Sie kann nicht weit sein. Ich bitte um Vergebung, Madame, aber Ihr wisst, wie sie ist.«

»Kümmere dich um Jean-Jacques«, sagte Minou. Vor Sorge schlug sie einen scharfen Ton an. »Ich werde sie finden. Wie du sagst, hier gibt es viele Verstecke.«

Nach einer halben Stunde Suche hatten sie keine Spur von Marta entdeckt.

»Kann sie das Haus verlassen haben?«, fragte Piet.

Minou schüttelte den Kopf. »Sie weiß, dass sie nirgendwo allein hingehen darf.«

»Das Kind ist ungehorsam.«

»Tante Salvadora, bitte«, sagte Piet. »Liebste, wenn sie sich entschieden haben sollte, auf Erkundungstour zu gehen, wohin kann sie sich gewandt haben?«

Minou hob die Hände. »Sie war begeistert von den Nummern an den Haustüren am Pont Notre-Dame.« Sie dachte angestrengt nach. »Und sie wollte zur Saint-Jacques-de-la-Boucherie, bevor wir Paris verlassen, damit sie die Muscheln aufsammeln konnte, die die Wallfahrer verlieren.«

Salvadora ließ den Fächer mit einem Knall zuschnappen. »Sie wird zur Sainte-Chapelle gegangen sein. Das Kind war sehr aufgebracht, dass es nicht mitdurfte.«

»Natürlich.« Minous Herz beruhigte sich ein wenig. »Du hast recht, dort sollten wir mit der Suche beginnen. Würdest du hierbleiben, Tante, für den Fall, dass sie inzwischen zurückkehrt?«

»Ich bezweifle nicht, dass dieses eigenwillige Mädchen tolldreist hier hereinstolziert und sich keine Gedanken macht um den Verdruss, den es verursacht hat.« Salvadora hielt inne und fügte hinzu: »Du brauchst dir keine Sorgen zu machen, Nichte.«

Wenige Minuten später standen Minou und Piet auf der Rue des Barres.

»Wir sollten uns trennen«, sagte sie.

»Mir gefällt der Gedanke nicht, dass du …«

»Mir wird zu dieser Tageszeit schon nichts passieren«, sagte Minou mit Nachdruck. »Auf diese Weise decken wir ein größeres Gebiet ab und sind schneller. Du beginnst deine Suche an der Sainte-Chapelle. Wenn du dort kein Glück hast, geh zur Kirche Saint-Jacques oder dem Boulevard Saint-Germain am linken Ufer. Marta findet die Mignons des Herzogs von Anjou und ihre parfümierten Schoßtiere unglaublich interessant.«

»Ich halte es trotzdem für klüger …«

Minou hörte ihm gar nicht zu. »Wenn ich es mir recht überlege, Piet, geh doch zuerst zu Notre-Dame. Sie ist am nächsten, und du hast Marta versprochen, mit ihr dorthin zu gehen. Vielleicht hat sie sich darauf am meisten versteift.«

Piet wollte wieder etwas einwenden, hielt aber inne. »Wohin willst du gehen?«

»Ich bitte Aimeric um Hilfe. Er kennt die Stadt besser als wir; ihm stehen Männer zur Verfügung. Er steht bei Coligny in hohem Ansehen und hat deshalb die Autorität, Fragen zu stellen.«

Piet nickte. »Wir haben etwa halb drei. Was immer wir finden, sollen wir uns hier wieder treffen, wenn die Glocke fünf Uhr schlägt?«

»Ich hoffe, vorher zurück zu sein.« Minou flößte ihrer Stimme eine Zuversicht ein, die sie nicht empfand. »Das Mädchen kann sich auf etwas gefasst machen!«

Piet rang sich ein Lächeln ab, aber Minou wusste, dass er sich genauso große Sorgen machte wie sie.

»Bis um fünf«, sagte er, küsste ihr die Hand und ging fort.

Minou sah ihm nach, bis er außer Sicht war, und versuchte, die schlimmsten Angstbilder beiseitezuschieben. Sie wandte sich in Richtung der Rue de Béthisy.

Während sie sich auf den überfüllten Boulevards einen Weg zu Aimerics Unterkunft bahnte, wurde ihr die Größe ihrer Aufgabe erst richtig bewusst: die schiere Unmöglichkeit, in einer Stadt von hunderttausend Menschen eine Siebenjährige zu finden. Minou hielt an jedem Laden, den sie je besucht hatten, an allen Karren und Ständen von Straßenhändlern längs des Weges und fragte, ob jemand ein kleines Mädchen mit langen braunen

Haaren in einem blauen Kleid gesehen habe, aber die Antwort lautete immer nein.

Bei jedem Schritt auf den trockenen Pariser Straßen hatte sie das Gefühl, dass ihr der Atem aus dem Leib gequetscht würde. Je weiter nach Westen sie kam, desto mehr spürte sie eine wachsende Spannung in der Luft, eine Schärfe, als könnte die ganze Stadt jeden Augenblick in einem Konflikt entbrennen.

Als sie den Pont aux Meuniers passierte, wo die Flügel der Mühlen in der reglosen Luft standen, hielt Minou an. Mit einer schrecklichen, herzzerreißenden Klarheit sah sie mit einem Mal sich selbst in einigen Jahren, wie sie auf diesen Tag als eine Abfolge von Fehlentscheidungen und Irrtümern zurückblickte, von denen jede zum nächsten falschen Schritt führte, bis es zu spät war. Unausweichlich, unumkehrbar.

Minou drückte die Hand an die Brust und spürte, wie ihr Herz raste. In diesem Moment weckte der Ruf eines Schauermanns am Flussufer ihre Aufmerksamkeit, und die Gegenwart kehrte zurück.

Sie schüttelte den Kopf. Sie konnte nicht zulassen, dass ihre eigenen Gedanken eine Gefangene aus ihr machten. Jetzt war nicht der Moment, sich dem Selbstmitleid oder bösen Vorahnungen hinzugeben. Sie musste ihre Tochter finden und nach Hause holen.

KAPITEL 32

RUE DE BÉTHISY

Marta wusste nicht aus noch ein. Sie versteckte sich nun schon ewig, zudem spürte sie ein dringendes menschliches Bedürfnis, das sie nicht mehr lange einhalten konnte.

Vorgehabt hatte sie davonzuschlüpfen, sobald es ruhiger wurde. Aber jetzt sah sie überall Soldaten, und an beiden Enden der Straße waren Sperren errichtet, an denen Bewaffnete standen. Niemand durfte hindurch.

Marta presste die Beine zusammen und versuchte an schöne Dinge zu denken: an ihr kleines Fuchspony mit der weißen Blesse in Puivert, die Rosenwasserplätzchen, die Maman ihr immer auf dem Markt von Carcassonne kaufte, ihre wunderschön bestickte Kapuze, die so gut zu ihren Augen passte, die blau-golden emaillierte Dose aus Limoges, die im Licht glänzte.

»Was machst du hier?«

Marta fuhr herum, als sie die Stimme hörte. »Du solltest dich nicht an andere Leute anschleichen«, schimpfte sie mürrisch, weil sie entdeckt worden war.

»Hast du dich verlaufen?«, fragte der Junge.

Sie starrte ihn an. Er war vielleicht ein bisschen älter als sie, aber er benahm sich, als hätte er jedes Recht, hier zu sein.

»Nein, warum? Und du?«

»Wir wohnen auf der Rue d'Orléans.« Ein Lächeln strich ihm über die Lippen. »Ich bin rausgekommen, um zu sehen, was das für ein Lärm ist. Willst du mitkommen?«

Marta hob das Kinn. »Nicht im Traum würde mir einfallen, mit dir irgendwo hinzugehen. Das wäre meinen Eltern nicht recht.«

Der Junge sah sich mit übertriebener Sorgfalt um. »Ich sehe deine Eltern nirgends.«

Für einen Augenblick verzagte Marta. »In dem Durcheinander sind wir getrennt worden.«

»Die Leibgarde des Königs ist hierhin unterwegs. Die verhaften jeden, der hier nicht hingehört.« Er beugte sich näher. »Weißt du, sie rechnen nicht damit, dass der Admiral überlebt.«

Marta riss die Augen auf. »Stimmt das?«

»Das wüsstest du wohl gern!«

»Mein Onkel gehört zu seinem Gefolge.«

Der Junge wich zurück. »Ich dachte, du bist eine von uns.«

»Ich bin so französisch wie du.« Unvermittelt schämte sie sich für ihren südfranzösischen Einschlag.

»Nein.« Er zeigte auf die Gebetskette in ihrer Hand. »Eine von uns.«

»Oh.« Marta errötete. Sie hatte nicht einmal bemerkt, dass sie den Rosenkranz ihrer Mutter hielt.

»Wir haben viele Diener. Es gibt zu essen und zu trinken. Du kannst etwas essen und dich ausruhen, bis deine Eltern kommen.«

Marta sah auf die Menschenmassen, die sich in der Straße drängten. Sie glaubte nicht, dass sie noch länger einhalten konnte, und sie war hungrig. Mit Fremden sollte sie nirgendwo hingehen, aber der Junge wirkte freundlich und wohlerzogen. Wie er sagte, könnte sie sich ein wenig ausruhen, wieder zu Kräften kommen, und sobald die Straßen wieder frei waren, konnte sie nach Hause gehen.

»Wir sind uns nicht einmal vorgestellt worden!«

»Wenn das deine ganze Sorge ist, kann ich das leicht abstellen.« Er lüftete den Hut und verbeugte sich. »Louis, zu Euren Diensten.«

»Ich bin Marta«, sagte sie und knickste. »Warum sind deine Haare in der Mitte weiß? Das ist ja seltsam.«

»Warum haben deine Augen unterschiedliche Farben? Das ist noch seltsamer.«

Marta hob das Kinn. »Ich bin so zur Welt gekommen.«

»Ich auch.« Louis streckte die Hand vor. »Komm. Es ist nicht weit.«

In seinem Schlafzimmer saß Admiral de Coligny an Kissen gelehnt auf dem Bett, während seine Vertrauten um ihn herum standen.

Sein linker Ellbogen war zerschmettert, einer der Finger der rechten Hand von der Wucht des Geschosses säuberlich abgetrennt, aber Gott der Herr hatte über ihn gewacht. Wäre ihm nicht in jenem Augenblick der Gedanke gekommen, Aimeric das Dokument zu zeigen, und hätte er sich dazu nicht umgedreht, hätte die Kugel ihn ins Herz getroffen.

Gott hatte ihn verschont.

Alles schien mit unfasslicher Zähigkeit abzulaufen. Coligny hörte endloses Stiefeltrampeln auf der Treppe, hinauf und hinunter, im Hof unter seinem Fenster wurden Befehle gebrüllt, in der Rue de Béthisy wurde geschrien; seine Männer suchten dort Zeugen des Geschehens und verhörten sie. Coligny war klar, dass es kaum eine Rolle spielte.

Das Haus, in dem der Attentäter ihm aufgelauert hatte, gehörte dem Herzog von Guise. Das Tor, das vom Grundstück zur Saint-Germain-l'Auxerrois führte, hatte offen gestanden, und auf dem Kirchhof hatte ein Pferd gewartet. Das war kein Anschlag aus dem Moment heraus gewesen. Er wusste es, und seine Männer wussten es auch. Die Frage lautete nur, was als Nächstes geschah.

Coligny schloss die Augen und sah das Gesicht seiner jungen Gemahlin vor sich, unter den Obstbäumen auf ihrem Gut in

Châtillon. Er betete, noch zu erleben, wie ihr Kind auf die Welt kam. Er dachte an seine ältere Tochter und seine Söhne, an seine Enkelkinder.

»Admiral«, sprach ihm eine vertraute Stimme ins Ohr. »Vergebt mir, dass ich Euch störe.«

»Was ist denn, Joubert?«

Er war so müde und so erschöpft von den stundenlangen Untersuchungen, vom Drücken und Bewegen seiner Gliedmaßen. Wie viel Zeit war verstrichen? Eine Stunde? Mehrere? Die zerschmetterten Knochen in seinem Arm pochten, und er fürchtete, dass das Fieber seine rechte Hand bereits hatte anschwellen lassen.

»Admiral, Seine Majestät der König hat Euch seinen Leibarzt geschickt, damit er Euch behandelt.«

»Ich brauche keine weitere Behandlung, ich brauche Ruhe.«

»Vergebt mir, Admiral, aber Seine Majestät und die Königinmutter begleiten ihn persönlich.«

Coligny öffnete die Augen. »In diesem Fall ist es mir eine Ehre, sie zu empfangen.« Er klang müde. »Bittet sie, mir zu verzeihen, dass ich nicht imstande bin, mich zu erheben.«

Als Joubert sich zurückziehen wollte, ergriff er den jungen Mann beim Ärmel.

»Befehlt Euren Männern – und sorgt dafür, dass der Befehl auch außerhalb der Wände dieses Hauses vernommen wird –, keine Vergeltung zu üben. Überlasst das der Hand Gottes. Kein Auge-um-Auge, habt Ihr verstanden? Guise sucht einen Vorwand, gegen uns loszuschlagen. Stellt sicher, dass wir ihm keinen Anlass bieten.«

Marta stand vor dem Virginal auf dem Tisch und klimperte eine Melodie.

»Bist du ein Diener?« Sie neigte den Kopf zur Seite. Das Holz war so blitzblank poliert, dass ihr Gesicht sich darin spiegelte.

Von dem Jungen war sie durch eine Reihe der schönsten Zimmer geführt worden, die Marta je erblickt hatte. Darin gab es goldgerahmte Spiegel über Kaminen aus weißem Marmor und silberne Kerzenleuchter und Porzellan auf jedem Kaminsims. Lange hellblaue Seidengardinen in der Farbe von Vergissmeinnicht umgaben die hohen Fenster.

In diesem Gemach, dem Musikzimmer, bedeckte ein farbenfroher Behang die ganze Wand – eine Frühstücksszene vor einer Sommerjagd. Sie zeigte einen Tisch voller Speisen und Bier, einen Habicht, so braun wie Zimt, mit einer Mütze über dem Kopf auf dem Handgelenk des Beizjägers, dazu Alaunthunde in der Obhut der *valets de limiers,* ein erhobenes Jagdhorn, blitzsaubere Waffen. Für einen Edelmann und seine Dame standen ein rotbraunes und ein graues Pferd bereit.

Marta spielte einen letzten Ton und wandte sich Louis zu.

»Also, bist du ein Diener oder nicht?«

Er verschränkte die Arme. »Was glaubst du denn?«

Sie überlegte. »Anscheinend darfst du überall hin im Haus – und es ist ein sehr feines Haus –, deshalb glaube ich nicht, dass du ein Diener bist. Aber gleichzeitig schenken dir die Dienstmägde keine Beachtung.«

Er kniff die Augen zusammen. »Was meinst du damit?«

»Sie verbeugen sich nicht, wenn du vorbeigehst, und das würden sie tun, wenn du wichtig wärst. Aber eigentlich nehmen sie von dir gar keine Notiz.«

Er machte ein finsteres Gesicht. »Bist du immer so offen?«

»Maman sagt, es ist falsch zu lügen.«

»Selbst wenn du ausgepeitscht wirst, wenn du die Wahrheit sagst?«

»Niemand würde mich je schlagen!«, erwiderte Marta voll Verachtung. »Ich werde geliebt.«

»Wenn das stimmt, warum bist du ganz allein auf der Straße unterwegs? Für mich ist das Vernachlässigung und keine Liebe.«

Marta machte einen Schritt auf ihn zu. »Nimm das zurück.«

»Warum sollte ich?«

Sie hob die Hände. »Nimm es zurück.«

Er hob ebenfalls die Hände. »Nein!«

»Jungen sind dumm. Du bist ein Narr.«

Einen Augenblick lang standen sie einander gegenüber, die Fäuste geballt, mit blitzenden Augen. Mit einem Mal konnte Marta sich nicht mehr beherrschen und kicherte. »Du siehst so wütend aus.«

Louis packte sie beim Handgelenk und verdrehte es. »Verspotte mich niemals.«

Marta versuchte sich loszureißen. Er griff fester zu, und genauso unvermittelt, wie er wütend geworden war, gab er sie frei. Der Sturm war vorüber.

»Wie alt bist du?«, fragte er.

»Fast acht«, sagte sie stolz. »Und du auch, würde ich sagen.«

»Rate noch mal.«

»Vielleicht neun Sommer«, räumte Marta ein und rieb ihr Handgelenk. Sie konnte die knallroten Abdrücke seiner Finger auf ihrer Haut sehen und fragte sich, wie sie das erklären sollte. »Ich muss jetzt gehen. Meine Eltern, die mich *verehren*, machen sich Sorgen.«

Er lachte. »Kennst du denn den Rückweg zu deiner geliebten Familie?«

»Warum glaubst du, dass ich nicht aus Paris komme?«

»Ich höre doch die Berge in deiner Stimme!«

Marta hob das Kinn. »Dein Akzent ist auch nicht besser!«

Plötzlich unterbrachen sie Stimmen auf dem Korridor vor der Tür. Louis legte den Finger vor die Lippen und zog Marta zu einer Tapetentür am anderen Ende des Zimmers.

»Du kneifst mich schon wieder.« Sie schüttelte seine Hand ab. »Willst du, dass ich dir den Weg zeige, oder nicht?«, zischte er.

Marta wollte nicht in der Schuld dieses merkwürdigen Jungen stehen, dessen Stimmung so schnell umschlug, aber sie brauchte Hilfe, um den Weg nach Hause zu finden. Das Abenteuer hatte seinen Reiz verloren.

»Also gut«, sagte sie.

»Wo wohnt ihr?«

»In der Rue des Barres. Das ist im Quartier Saint-Gervais.«

»Weiß ich. Wie heißt dein Vater?«

Marta starrte ihn an. »Weshalb willst du das wissen?«

»Weil ich eine Idee habe. Wenn ich zu deinem Vater gehe und ihm sage, wo du bist, kann er dich mit einer Kutsche abholen lassen.«

»Oh.«

»Ihr habt doch eine Kutsche?«

»Aber sicher«, antwortete sie indigniert. »Aber ist es nicht besser, wenn ich mit dir komme?«

Er zuckte mit den Schultern. »Ich wollte nur deine Schuhe schonen. Wir haben hier ein schönes Zimmer, ganz in Blau, da könntest du warten. Aber mir ist es auch recht, wenn du mitkommst. Mir soll es gleich sein.«

Marta zögerte. Sie wollte nicht allein zurückbleiben, nicht einmal in solch einem schönen Haus, aber der Gedanke, nicht mehr laufen zu müssen, verlockte sie sehr. Geplant hatte sie, sich nach Hause zurückzuschleichen, ohne dass jemand etwas merkte, aber dazu war sie schon zu lange fort. Da Papa vor Fremden nicht mit ihr schimpfen würde, wäre es so vielleicht am besten.

»Meine Füße sind müde«, gab sie zu.

»Sag mir etwas – als Beweis –, damit dein Vater weiß, dass er mir vertrauen kann.«

»Ich gebe dir das hier.« Sie griff sich an den Kopf. »Ach, das habe ich vergessen. Ich habe sie auf der Straße fallengelassen.«

»Wovon redest du?«

»Von meiner Haube. Sie war meine Lieblingshaube, und meine Initialen waren in Rot eingestickt – MRJ. Ich wollte sie dir geben, damit du sie meinem Vater zeigen kannst.«

»Also gut. Nun sag mir, wo deine Familie herkommt.«

»Aus dem Languedoc. Wir haben eine Burg mit einem Donjon und viel Land und einen Wald mit einer guten Jagd«, prahlte sie. »Ich muss zwar zugeben, dass unser Haus nicht so fein ist wie das hier, aber wir haben unser eigenes Wappen über der Tür – ein aufgerichteter Löwe mit gegabeltem und verschlungenem Schwanz und einem großen B und P – für Bruyère und Puivert.«

Louis blieb so unvermittelt stehen, dass Marta in ihn hineinlief.

»Pass doch auf«, beschwerte sie sich.

»Wofür stehen die Buchstaben, die in deine Mütze gestickt sind?«, fragte er beiläufig, als spielte die Antwort keine Rolle.

»M natürlich für Marta, R für Reydon, und J für Joubert. So hieß meine Mutter, bevor sie geheiratet hat.«

KAPITEL 33

Rue des Barres

Minou war noch in Straßenkleidung. Dick haftete der Pariser Staub an ihren Schuhen und ihrem Mantel.

Nachdem ihr von einem bewaffneten Posten an der Grand Rue Saint-Honoré der Weg versperrt worden war, hatte sie versucht, von Norden in die Rue de Béthisy zu gelangen. Aber jede einzelne Straße im Viertel schien blockiert zu sein. Den Gerüchten nach war auf jemanden geschossen worden – ob er verwundet oder getötet worden war, wusste niemand mit Sicherheit zu sagen, und es waren Hunderte von Bewaffneten auf den Straßen.

In wilder Verzweiflung, mit Magengrimmen aus Angst um ihre Tochter hatte Minou versucht, sich durch die Kreuzgänge von Saint-Eustache zu schleichen, doch den nördlichen Zugang bewachten noch mehr Soldaten. Ihre Hoffnung, Aimeric sprechen zu können, hatte sie aufgegeben. Sie musste sich gedulden, bis er heute Abend zum Essen erschien. Wenn Gott es wollte, wäre seine Hilfe bis dahin nicht mehr nötig.

Minou hatte überall dort gesucht, wo Marta gern hinging: auf dem Blumenmarkt und am Pont du Change, an Notre-Dame und auf dem Boulevard Saint-Germain. Die Sainte-Chapelle war geschlossen. Niemand konnte sich erinnern, ein kleines Mädchen mit blauem Kleid und weißer Haube gesehen zu haben.

Am Ende sah sie sich gezwungen, nach Hause zurückzukehren, und betete die ganze Zeit, Piet und Marta würden dort schon auf sie warten. Kaum war sie ins Haus getreten und hatte Salvadoras Gesicht erblickt, das grau vor Sorge war, hatte sich Minou schluchzend in einen Sessel geworfen. Sie war so erschöpft, dass sie kaum denken konnte. Der Branntwein, den Salvadora ihr aufgedrängt hatte, brannte ihr in der Kehle, und sie hatte nicht einmal die Kraft, ihn zu schlucken.

Unten wurde an die Tür geklopft.

»Sind sie es?« Salvadora richtete sich im Sessel auf.

Minou sprang auf die Füße und rannte aus dem Zimmer.

Cornelia van Raay ordnete ihre Frisur unter der Kapuze und sah am Haus der Reydons hoch. Sie wartete, dass jemand kam.

Fünf Uhr war vorüber. Sie konnte kaum fassen, wie rasch der Tag verstrichen war. Eine Welle der Übelkeit nach der anderen hatte ihr die Stunden gestohlen. Jetzt endlich war es vorbei.

Cornelia hob die Hand, um ein zweites Mal zu klopfen, als ihr geöffnet wurde. Erschrocken vom Anblick der Gattin Pieter Reydons, die in der Tür stand, trat sie unwillkürlich einen Schritt zurück.

»Mevrouw Reydon!«, rief sie auf Niederländisch aus und fasste sich wieder. »Madame Reydon, vergebt mir, dass ich Euch unangemeldet aufsuche, aber ich muss in einer dringenden Angelegenheit Euren Gatten sprechen. Ist er zu Hause?«

Madame Reydon sah sie leeren Blickes an, als wäre Cornelia gar nicht da. Cornelia fand, dass sie blass und abgehärmt wirkte, ganz anders als die Dame, die sie am Tag der Hochzeit vor Notre-Dame gesehen hatte.

»Ihr seid das«, sagte sie. »Auf der Straße gab es Streit. Vor einigen Tagen.«

Cornelia machte ein finsteres Gesicht. »Einige Männer – als Herren bezeichnen möchte ich sie nicht – wollten mir Gewalt antun. Ihr wart so freundlich, jemanden hinunterzuschicken, um mir zu helfen, und dafür danke ich Euch.«

»Ihre Mütter würden sich für sie schämen.« Madame Reydon hielt inne. »Ist Euer Name van Raay?«

Cornelia riss die Augen auf. »Woher wisst Ihr das? Ich war so vorsichtig.«

Madame Reydon lächelte flüchtig. »Ihr seid hier dreimal gesehen worden, Mademoiselle. Die Leute reden.«

Cornelia zögerte und nickte. »Mein Vater schickt mich aus Amsterdam zu Eurem Gatten.« Sie spähte an ihr vorbei in den Korridor. »Ist er zu Hause?«

»Nein, aber ich erwarte ihn. Unsere Tochter ist ... Er ist ausgegangen und sucht unsere Tochter, die unerlaubt das Haus verlassen hat ... oder entführt wurde.« Sie verstummte, weil ihr die Stimme versagte.

»Sie wurde nicht entführt«, sagte Cornelia.

Madame Reydon ergriff sie beim Arm. »Woher wollt Ihr das wissen?«, fragte sie voll Verzweiflung.

»Ich habe sie gesehen. Zumindest glaube ich, dass sie es war. Ein kleines Mädchen kam durch das Tor in die Gasse. Es ähnelte Euch, Madame, und hatte braune Haare. Es trug eine Leinenhaube und ein blaues besticktes Kleid. Es war ganz allein.«

»Wann war das?«, keuchte Madame Reydon.

»Die Uhr hatte neun geschlagen, aber noch nicht zehn.«

»Und sie war allein, sagt Ihr?«

»Jawohl, Madame.«

»Und ihr Gebaren?«

»Sie war fröhlich. Sie lächelte«, antwortete Cornelia, ohne zu zögern. »Als zöge sie auf ein Abenteuer.«

Der Anflug eines Lächelns berührte Madame Reydons Lippen ganz kurz. »Marta ist furchtlos, aber nicht sehr weise, wie es scheint.« Ihre Schultern sackten herunter. »Möchtet Ihr hereinkommen und warten, Mademoiselle van Raay, bis mein Gatte und meine Tochter wieder da sind?«

»Nennt mich Cornelia ...« Sie reichte ihr die Hand.

Ohne Warnung wurde Cornelia von einer neuen Woge der Übelkeit übermannt. Sie fühlte sich, als würde ihr Innerstes nach außen gewendet.

»Es ist nicht ansteckend«, brachte sie hervor, als sie die Besorgnis in Madame Reydons Gesicht sah. »Verdorbenes Fleisch von einem Straßenverkäufer, ich ...«

Ihre letzten Worte gingen in einem schmerzerfüllten Ächzen unter. Das Letzte, woran Cornelia sich erinnerte, war ein starker Arm, der sich um ihre Hüften legte, dann half man ihr über die Schwelle ins Haus.

KAPITEL 34

RUE D'ORLÉANS

Nachdem er Marta ins blaue Zimmer gebracht hatte, rannte Louis Hals über Kopf durchs ganze Haus zu den Privaträumen seines Vaters.

Endlich stand das Glück auf seiner Seite. Auf Geheiß seines Vaters war er zur Rue des Barres zurückgekehrt, gerade rechtzeitig, um zu sehen, wie sich ein kleines Mädchen durch ein Tor an der Seite des Hauses stahl, das Xavier und er beobachten sollten. Aus Gesprächen, die er belauscht hatte, wusste er, dass zu dem Haushalt eine siebenjährige Tochter gehörte, auch wenn er sie nie zu Gesicht bekommen hatte. Darum folgte er der Spur des Mädchens durch Paris zur Rue de Béthisy, und als Coligny angeschossen wurde, beobachtete Louis, wo sie sich versteckte. Am Ende hatte er beschlossen, sie anzusprechen. Jetzt wusste er mit Sicherheit, dass ihm das Glück die Tochter Reydons in die Hände gegeben hatte. Sein Vater würde erfreut sein.

Louis rannte um die Ecke, schlitterte über die Fliesen und kam abrupt zum Stehen. Die Tür zu Vidals Räumen am anderen Ende des Korridors war geschlossen. Auf Zehenspitzen schlich er näher, bis er durch die Tür erhobene Stimmen hörte.

Er drückte das Ohr ans Holz und erkannte das unverwechselbare Organ des Herzogs von Guise.

»Ich benötige Euren Rat nicht, Kardinal Valentin, und schon gar nicht Eure Erlaubnis.«

»Sire …«

»Und ich schenke Euch das Recht, über Euer eigenes Tun zu entscheiden, wofür Ihr mir dankbar sein solltet.«

»Selbstverständlich, Monseigneur, bin ich mir Eurer Freundlichkeit bewusst.«

»Und als Gegengabe benötige ich die Absolution.«

Louis drückte das Ohr noch fester auf die Tür.

»Monseigneur, bei allem schuldigen Respekt. In dieser Situation … Ich denke, Ihr solltet abwarten. Es gibt keinen Hinweis, dass sie Vergeltung üben wollen. Coligny lebt. Ich finde, Ihr solltet nicht überstürzt …«

»Ihr vergesst Euch«, unterbrach ihn der Herzog in kaltem Ton. »Jedes Mal, wenn mein edler Herr Vater, möge er in Frieden ruhen, in die Schlacht zog, habt Ihr ihm Gottes Segen gespendet. Er starb mit reiner Seele. Wollt Ihr mich unversöhnt vor meinen Schöpfer treten lassen?«

»Monseigneur, nein. Die Bibel sagt, dass das, was in Gottes heiligem Krieg erlaubt ist, anders beurteilt werden muss, wenn …«

»Auch dies ist ein Krieg! Weil wir nicht auf dem Schlachtfeld stehen, ist es für Euch kein gottgefälliges Werk? Schon zu lange haben die Hugenotten unser Land mit ihren schändlichen Ketzereien und Lügen vergiftet. Sie sind ein Krebsgeschwür, das den Königshof und unser ganzes Land befällt. Sie sind der Feind des Volkes. Und jetzt, versteht Ihr denn nicht, nutzen sie den Anschlag auf den Verräter Coligny als Vorwand, um gegen uns loszuschlagen. Sein Schwager lagert bereits mit viertausend Mann vor den Toren von Paris. Was Coligny selbst angeht, wird er sich nicht zufriedengeben, bis er auch den König verdorben und zu seinem Irrglauben bekehrt hat.«

Louis lauschte angestrengt.

»Monseigneur, ich glaube nicht, dass sich der König von der wahren Kirche abwenden würde.«

»Coligny hat sein Ohr. Ihr seid gewahr, dass sie jetzt, während wir sprechen – der König und seine Mutter, diese Medici-Hexe – in der Rue de Béthisy sind, um Colignys Vergebung zu erflehen.«

»Besteht ein Grund zu glauben, Monseigneur Guise«, fragte sein Vater, »dass der Anschlag auf Admiral de Coligny mehr darstellt als die Tat eines Wahnsinnigen?«

Die Worte hingen schwer zwischen ihnen in der Luft.

»Sein Name wurde genannt«, sagte Guise schließlich.

»Wessen Name wurde genannt?«

»Seigneur de Maurevert.«

»Er hat die Waffe abgefeuert?«, fragte Vidal. »Und aus einem Haus, das Euch gehört, Monseigneur?«

Diesmal gab Guise keine Antwort. Louis konnte sich gut vorstellen, wie sein Vater mit seinen schwarzen Augen den mächtigen Mann fixierte, dem er diente. »Billigt der König Euer Handeln, Sire?«, fuhr Vidal gleichmütig fort.

Louis hielt den Atem an.

»Wenn der König den Tod des Admirals und seiner kriegs-lüsternen Anhänger befiehlt, wäre es Verrat, den Gehorsam zu verweigern.«

Louis presste das Ohr noch fester an die Tür.

»Seine Majestät liebt Coligny wie einen Vater.«

»Während ich zehn Jahre lang meines eigenen beraubt leben musste«, brüllte der Herzog. »Mein Vater wurde mir bei Orléans genommen, und wenn nicht durch die Hand des Admirals, so doch auf seinen Befehl. Sollte ein Sohn nicht den Vater rächen? Coligny ist ein Ketzer und Verräter. Ein Mörder!«

»Monseigneur, während ich Eure Treue und Eure Hingabe für Eure Sohnespflichten bewundere und ehre, rate ich dennoch zu Vorsicht.«

»Täuscht Euch nicht, Ihr könnt nicht aufhalten, was be-vorsteht. Niemand kann das mehr. Die Dinge sind zu weit vorangeschritten. Diese Heuchelei, die Hugenotten wünschten nichts weiter, als in Frieden zu Gott zu beten, diese Lüge zerfrisst Frankreich. Sie zerfrisst unsere Werte. Sie verbergen ihre wahren Absichten hinter ekelerregender Frömmelei, während in Wirklichkeit Coligny und Navarra nichts weiter wollen als Macht. Sie geben sich nicht zufrieden, bevor sie den letzten Katholiken vertrieben und aus Frankreich ein protestantisches Land gemacht haben. Ich werde dabei nicht tatenlos zusehen. Habt Ihr verstanden? Ich bin ein Prinz von Geblüt, ein Nachfahre Karls des Großen. Es ist *mein* Geburtsrecht, nicht das von irgendeinem Valois-Halbblut dieser italienischen Hexe.«

Im Korridor hörte Louis ein langes Schweigen. Als sein Vater wieder das Wort ergriff, war es in einem anderen Tonfall, distanziert und ohne Gefühlsregung, pragmatisch.

»Wann wird stattfinden, was immer geschehen soll, Monseigneur?«

»Wir treffen uns morgen bei Sonnenuntergang am Tuilerienpalast. Der König muss den Befehl erteilen. Die gesamte Führerschaft: Die Herzöge von Anjou und Alençon müssen ihre Männer sammeln, die Schweizergarde wird mobilisiert, die Stadtmiliz ebenfalls. Jeder bindet sich einen weißen Tuchstreifen um den Arm, der ihn als treuen Katholiken ausweist. Wir erwarten, dass alle wahren Franzosen und Französinnen, die der Krone treu sind, ihre Pflicht tun.«

Wieder Stille, und diesmal von solcher Dauer und Intensität, dass Louis sich schon fragte, ob sie den Raum durch eine andere Tür verlassen hatten. Dann aber wurde ihm klar, dass sie beteten. Gegen seinen Willen erschauerte Louis. Sein Vater hatte sich entschieden.

»So spreche ich dich los von deinen Sünden. *In nomine Patris et Filii, et Spiritus Sancti. Amen.*«

»Amen«, antwortete der Herzog.

Louis blieb gerade genug Zeit, um sich gegen die Wand zu

drücken, als schon die Tür aufflog und Guise herausstürmte. Mit triumphierender Miene schritt er den Korridor entlang.

Im nächsten Moment erschien sein Vater an der Tür. »Ah, Louis. Ich fürchte, wir können heute Abend doch nicht gemeinsam speisen. Sag Xavier, er soll die Pferde fertig machen.«

»Eminenz, ich habe Neuigkeiten. Ich bin der Tochter des Mannes, den wir für Euch beobachten sollen, in der Rue de Béthisy begegnet und habe sie hergebracht. Ich habe ihr etwas gegeben, das sie schläfrig macht, und sie im blauen Zimmer gelassen.«

Louis' Stimme versiegte, als er bemerkte, dass sein Vater nicht zuhörte.

»Hol deine Sachen, geh hinters Haus und warte. Wir verlassen Paris auf der Stelle.«

Unvermittelt empfand Louis schreckliche Zweifel. Er wurde nicht etwa zurückgebracht in das grauenhafte Saint-Antonin, doch nicht, nachdem er in den vergangenen Monaten seinem Vater so eifrig gedient hatte? Hatte er sich nicht als würdiger Sohn erwiesen?

Louis zwang sich zu einer Antwort. »Wohin gehen wir?«

»Ins Orléanais.«

»Nach Chartres?«, fragte er, ohne nachzudenken. Es war die einzige Stadt außer Orléans, die er kannte.

Endlich richtete Vidal seine schwarzen Augen auf ihn. »Lass es mich nicht bedauern, dass ich dich mitnehme, Junge. Los!«

RUE DES BARRES

Die Strahlen der Abendsonne wanderten golden über die Dielen, während Minou und Salvadora auf Neuigkeiten warteten. Es war fast acht Uhr, drei Stunden nach dem vereinbarten Treffen, und noch immer war Piet nicht zurück.

»Wie lange wird die Holländerin hierbleiben?«, fragte Salvadora.

Minou blickte auf. Ganz in ihrer wachsenden Sorge um Marta gefangen – ihre Tochter war seit fast zehn, vielleicht elf Stunden verschwunden –, hatte sie völlig vergessen, dass Cornelia noch oben schlief.

»Mademoiselle van Raay geht es nicht gut«, sagte Minou. »Du würdest doch nicht wollen, dass ich sie auf die Straße werfe, Tante? Sie kommt aus einer guten katholischen Familie in Amsterdam.«

»Was will sie?«

»Mit Piet sprechen.«

Salvadora durchbohrte sie mit ihrem Blick. »Worüber?«

»Über ... seine Kindheit.«

»Seine Kindheit! Welche Rolle spielt seine Kindheit denn noch? Was vergangen ist, ist vergangen. Manchmal ist es besser, die Dinge auf sich beruhen zu lassen.«

»Ganz so einfach ist es nicht«, sagte Minou und ging wieder zum Fenster. Warum war Piet noch nicht wieder da? Sie öffnete das Fenster und lehnte sich hinaus, als könnte sie den Anblick ihres Mannes mit ihrer Tochter in seinen Armen herbeibeschwören.

»Soll ich die Lampen anzünden, Madame?«

»Was?« Minou drehte sich zu der Dienstmagd um. »Oh, bitte.«

»Ich habe mehr Wein gebracht, Madame.« Die Dienerin warf einen Blick zu den unberührten Speisen auf der Anrichte. »Möchtet Ihr etwas anderes zu essen?«

»Ich bin nicht hungrig. Tante Salvadora?«

»Ich bekäme keinen Bissen herunter.«

Schweigend warteten sie, während das Mädchen die Lampen entzündete und danach den Raum verließ.

»Trinkst du wenigstens etwas Wein, Tante? Er wird dich beruhigen. Du musst jetzt bei Kräften bleiben. Das müssen wir beide.«

»Vielleicht ein Schlückchen. Aus medizinischen Gründen.« Erleichtert, etwas zu tun zu haben, hantierte Minou mit dem Tablett und dem Krug und schenkte beiden etwas ein.

»Sagtest du nicht, dass Aimeric heute Abend mit uns speisen würde?«

Minou schlug sich vor die Stirn. »Richtig. Das hatte ich ganz vergessen über …«

»Das ist doch gut, oder?«, fragte Salvadora und nahm ihren Kelch entgegen. »Wenn er weder gekommen ist noch Nachricht geschickt hat, muss das bedeuten, dass sie gemeinsam nach Marta suchen.«

Für einen Moment wurde Minou leichter ums Herz.

Als die Glocken zehn schlugen, begann Salvadora zu weinen.

»Ich hätte nie gedacht … wenn ich mir überlege, wie oft ich Marta getadelt habe – wie ich …« Ihre Worte gingen in einem Schluchzen unter.

»Piet wird sie nach Hause bringen«, sagte Minou sanft. »Er wird sie finden. Ich bin mir sicher, dass du recht hast und Aimeric bei ihm ist. Marta ist klug und tapfer. Genau die Eigenschaften, die wir so oft an ihr tadeln, werden ihr jetzt zugutekommen.«

Es sei denn, sie ist entführt worden, flüsterte eine gehässige Stimme in ihrem Kopf. *Es sei denn, sie ist in die Seine gefallen und ertrunken.*

Es sei denn, es sei denn …

Qualvoll langsam verging die Freitagnacht und wurde zum Samstagmorgen.

Piet hörte, wie die Glocken Mitternacht schlugen. Schon seit einigen Stunden verbarg er sich in der Rue de Béthisy. Ganz Paris wusste mittlerweile von dem fehlgeschlagenen Attentat auf Admiral de Coligny. Piet war zwar an dem Posten auf der Straße vorbeigekommen, aber Colignys Haus war so schwer von Navarras Soldaten und der Leibgarde des Königs bewacht, dass keine Aussicht bestand, mit Aimeric zu sprechen. Piet war bereit zu warten, bis sein Schwager herauskam, was mit Gottes Willen hoffentlich geschehen würde. Viel war es nicht, aber immerhin etwas. Auf keinen Fall hätte er den Abend in ihrem Haus überstanden. Kurz war er in die Rue des Barres zurückgekehrt und hatte von einer Dienstmagd erfahren, dass seine Gattin zwar wieder da sei, Marta aber nicht mitgebracht habe. Mit einem Mangel an Mut, der ihn beschämt hatte, war Piet davongeschlichen und hierhergegangen, um Aimeric aufzusuchen. Ohne Neuigkeiten, ohne ein bisschen Hoffnung, egal wie gering, konnte er Minou nicht unter die Augen treten.

Piet ließ den Kopf kreisen und versuchte, den kalten Klumpen in seiner Magengrube zu ignorieren. Seine Zuversicht, dass sie Marta wiederfinden würden, war mit jeder verstreichenden Stunde geschrumpft. Auch wenn Aimeric einige Männer entbehren konnte, damit sie nach ihr suchten, wie sollten sie sie in einer Stadt mit hunderttausenden Menschen finden?

Womöglich war sie entführt worden und schon nicht mehr in Paris.

Piet schloss die Augen und versuchte, seinen eigenen Gedanken davonzulaufen. Er war Paris abgeschritten, von Ost nach West, von Süd nach Nord, an jede einzelne Stelle gegangen, die sie besucht hatten. Er war erschöpft. Sein ganzer Körper schmerzte, aber etwas zu tun – und sei es nur endlos lange auf Aimeric zu warten –, war immer noch besser, als die Hoffnung aufzugeben.

KAPITEL 35

ORLÉANAIS
Samstag, 23. August

Knapp nach ein Uhr morgens, viele Stunden nach der Abreise aus Paris, erreichte Vidals Gefolgschaft ein Gut am Rand einer kleinen Stadt. Die Kutschen durchquerten ein Tor aus grauem Stein und folgten einem langen geraden Fahrweg. Laut klang der Hufschlag der Pferde durch die stille Nacht. Sie hielten vor einem langgestreckten, niedrigen Herrenhaus aus grauem Stein mit einem schwach geneigten Ziegeldach.

Louis spürte einen Schlag gegen die Schulter und war sofort hellwach und kampfbereit. Erinnerungen waren präsent: die muffigen, fleckigen Mönchskutten und der schale Messwein in ihrem Atem; die Blutspur, wenn es vorüber war.

»Wir sind da.«

Louis hätte nie geglaubt, er könnte einmal so dankbar sein, Xaviers Stimme zu hören. Er war nicht in Saint-Antonin, nicht der Gnade der Priester ausgeliefert. Aus dieser Hölle hatte man ihn errettet.

»Jawohl, Monsieur«. Die Erleichterung stimmte ihn höflich.

Xavier kniff misstrauisch die Augen zusammen. »Nimm das.« Mit mehr Kraft als nötig lud er Louis eine verzierte Schatulle aus Holz auf die Arme. »Lass sie nicht fallen, sonst winkt dir was Schlimmeres als mein Stiefel im Arsch.«

Louis kletterte vom Heck der Kutsche. In der Ferne läutete die einzelne Glocke einer Dorfkirche.

»Wo sind wir?«, fragte er.

Xavier spuckte auf den trockenen Boden. »Kann dir egal sein.«

Louis schluckte seine Ungeduld herunter. »Bleiben wir hier?«

Xavier kniff ihm ins Ohr. »Lass das Fragen.«

»Ich wollte nur fragen, welcher Tag heute ist.«

Wie Louis geahnt hatte, konnte Xavier nicht widerstehen, ihn zu verhöhnen. »Du bist ein Idiot! Wir sind nur einen Tag lang gereist. Nicht zu fassen, dass seine Eminenz etwas von dir hält.«

Plötzlich fiel ihm der Ausdruck im Gesicht seines Vaters ein, als er den Namen der Stadt aussprach. »Chartres«, murmelte er.

Beim Gedanken an Marta empfand Louis ein flüchtiges Schuldgefühl, aber er unterdrückte es. Jemand würde das Mädchen bald finden, und nichts war geschehen.

Xavier packte ihn beim Arm. »Wer hat dir gesagt, dass wir nach Chartres fahren?«

»Niemand! Ich habe geraten.«

»Du solltest lieber den Mund halten.«

Die Kutsche schaukelte, als Vidal ausstieg. Wortlos ging er an ihnen beiden vorbei in das langgestreckte, schmale Haus. Xavier verbeugte sich.

Im Schutz der Dunkelheit lächelte Louis. Xavier war nicht nur unbekannt, dass sein Vater ihm Chartres als Ziel bestätigt hatte, Louis hatte zudem erfahren, dass ein Geheimnis ihren neuen Aufenthalt umgab.

RUE D'ORLÉANS

»Das war nicht meine Schuld!«, schrie Marta, als sie aus dem Schlaf auffuhr.

Einen Augenblick lang wusste sie nicht, wo sie war. Sie hatte so seltsam geträumt. Sie blinzelte. Ihre Augen waren an die Dunkelheit gewöhnt: Sie sah die blauen Wände, die Kissen auf der Liege, die Vorhänge an den langen Fenstern, und sie erinnerte sich.

Der Junge, Louis, hatte sie in dieses Zimmer gebracht, damit sie sich ausruhte. Er hatte versprochen, bald mit ihrem Vater zurückzukehren. Hatte sie geschlafen? Sie musste geschlafen haben, denn ihr Nacken war steif, im Bauch hatte sie ein komisches Gefühl und lauter Watte im Kopf. Sie schwang ihre Beine von der Liege und versuchte zu gehen, aber ihre Füße fühlten sich so schwer an wie Steinklötze.

»Louis …«, sagte sie in das leere Zimmer, als könnte er sich verstecken.

Sie fragte sich, ob Onkel Aimeric traurig wäre, wenn der Admiral starb. Sie dachte an den kleinen Jean-Jacques, und so lästig er auch war, ihr traten die Tränen in die Augen.

Louis hatte ihr befohlen, im blauen Zimmer zu bleiben, bis er mit ihrem Vater zurückkehrte, aber das musste Stunden her sein, denn der Himmel draußen war nun schwarz. Hatte er sie etwa vergessen?

Marta trat mit den Fersen gegen die Liege, unsicher, was sie tun sollte. Louis war ein Junge und so blöd wie alle Jungen, aber er war amüsant.

»Komm zurück«, flüsterte sie. Ihre Stimme erschien ihr sehr leise und unbedeutend in dem dunklen, hallenden Zimmer. Tränen quollen Marta aus den Augen und liefen ihr die Wangen hinunter. In diese Lage hatte sie sich ganz alleine gebracht. Sie wünschte, sie läge in ihrem eigenen Bett und hörte das grässliche Schnarchen der Kinderfrau oder sogar die Schnauflaute, die Jean-Jacques in der Nacht machte. Nie wieder würde sie ungeduldig mit ihm sein. Nie wieder wäre sie ungehorsam.

Marta zog sich ans andere Ende der Liege und tastete in der Dunkelheit, bis sie den Tisch mit dem Tablett gefunden hatte, das von Louis darauf abgestellt worden war. Sie nahm den Krug mit beiden Händen und schenkte sich ein. Das süße Bier war warm geworden, hatte einen Film auf der Oberfläche und schmeckte säuerlich, aber es stillte ihren Durst. Marta trank es aus, zog wieder die Beine unter sich, legte den Kopf auf die Arme und wartete. Louis würde zurückkehren, sobald er konnte. Sie vertraute ihm.

Eine angenehme Schläfrigkeit legte sich auf Marta. Rasch sank sie in schwere, traumlose Benommenheit.

»Maman«, murmelte sie, bevor der Schlummer sie übermannte.

ORLÉANAIS

Bei Sonnenaufgang wurde Louis geweckt und erhielt den Befehl, die Schatulle zu holen, die sie aus Paris mitgebracht hatten.

Xavier beobachtete ihn wie ein Falke, während er ihn durchs Haus führte, und Louis fragte sich noch mehr, was er da in seinen Armen hielt.

»Hier rein«, brummte der Verwalter und stieß Louis in eine wohleingerichtete Kammer im hinteren Teil des Gebäudes.

»Wo soll ich …«

»Was glaubst du denn wohl, Dummkopf? Auf den Tisch. Vorsichtig! Halt sie immer gerade.«

Im Halbdunkel des schmalen Raumes, den nur das frühe Morgenlicht erhellte, stapfte Louis am kalten Ofen vorbei zur langen Tafel in der Mitte und stellte die Schatulle darauf ab.

»Jetzt raus mit dir.«

»Wohin soll ich gehen?«

»In den Stall, in den Hundezwinger, auf den Abtritt, mir egal. Hauptsache, du bist nicht hier, wenn Seine Eminenz kommt. Er wünscht allein zu sein.«

Jäh verlangte Louis verzweifelt zu wissen, was in der Schatulle war. Er sah sich im Raum um, bis er entdeckte, was er brauchte. Er schob sich zur Seite und trat, so fest er konnte, gegen ein Stück Holz, das vom Rost des Kamins gefallen war. Wie erhofft fuhr Xavier herum zur Richtung, aus der das Geräusch kam. In diesem flüchtigen Augenblick hob Louis rasch den Deckel, lugte in die Schatulle und klappte sie wieder zu.

Er lächelte. Jetzt leuchteten ihm die Besuche in der Sainte-Chapelle ein. Die Frage war nur, wieso?

»Noch immer hier, du Ratte? Soll ich dir was zu fressen oder zu trinken servieren?« Xavier stieß ihm mit dem Finger gegen die Brust. »Mit deiner Beflissenheit magst du Seine Eminenz getäuscht haben, Bürschchen, aber mich leimst du nicht. Geh mir aus den Augen, oder du bekommst meinen Gürtel zu schmecken. Noch mal sag ich's nicht.«

KAPITEL 36

RUE DES BARRES

Als die Morgendämmerung über die Fensterbank kroch, hörte Minou ein Geräusch in der Eingangshalle. Im nächsten Augenblick war sie auf den Beinen.

»Marta?«

Ihre Schultern und ihr Hals waren steif von einer Nacht, die sie dösend auf dem Sessel verbracht hatte. Gegen drei Uhr in der Frühe hatte sie Salvadora überzeugen können, sich in ihr Bett zurückzuziehen, und war wieder ins Wohnzimmer gegangen. Sie musste eingeschlafen sein.

Auf der Treppe knarrte es, dann stand Piet in der Tür. Seine Kleidung war zerknittert und zeigte den Schmutz der Pariser Straßen. Einem Moment der Hoffnung folgte sofort übelkeiterregende Enttäuschung, als sie sah, dass er allein war.

»Du hast sie nicht gefunden.« Ihre Stimme war schwer vor Verzweiflung.

»Nein.«

Minou reichte ihm ihr weißes Taschentuch, damit er sich das Gesicht abwischte. »Hier.«

»Und du?«

»Nein«, antwortete sie, und die letzte Hoffnung wich aus seiner Miene.

»Überall habe ich gesucht, Minou. Jede einzelne Stelle, an der wir in den letzten drei Wochen waren, und alles, wovon Marta je gesprochen hat – die Sainte-Chapelle, Notre-Dame,

Saint-Jacques-de-la-Boucherie, am Pont du Change –, aber nichts.« Niedergeschlagen ließ er die Schultern hängen. »Niemand erinnert sich an ein kleines Mädchen in einem blauen Kleid, keine Menschenseele.«

Minou sank auf den Sessel und umklammerte die Armlehne, als brauchte sie einen Anker.

»Warum bist du so lange fortgewesen, Piet? Ich habe mir solche Sorgen gemacht.«

»Ich bin gegen fünf kurz zurückgekommen, aber als die Magd mir sagte, du seist allein heimgekehrt, ging ich sofort und machte mich wieder auf die Suche.«

Minou schüttelte den Kopf. »Trotz unserer Gespräche über gegenseitiges Vertrauen hieltest du es nicht für nötig, mir Bescheid zu geben?«

»Ich wollte dich nicht enttäuschen«, erklärte er ruhig. »Es tut mir leid.«

Piet legte ihr die Hand auf die Schulter, ob zur Entschuldigung oder um sie zu beruhigen, wusste Minou nicht zu sagen. Sie bedeckte sie mit ihren Fingern. Zum Streiten war sie zu müde.

»Wo hast du die Nacht verbracht?«

»In der Rue de Béthisy.«

Minou empfand einen Hoffnungsschimmer. »Hast du Aimeric gesprochen? Ich habe versucht, zu ihm zu gehen, aber ich kam nicht in die Nähe. Alle Straßen ringsum waren abgesperrt.«

Piet schenkte sich Wein ein und nahm Platz. »Gestern gab es einen Anschlag auf Coligny, als er auf dem Rückweg vom Louvre war.«

Minou setzte sich auf. »Was? Und lebt er noch?«

»Er ist ernsthaft verletzt, aber er wird überleben. Der Attentäter schoss aus einem Gebäude, das dem Herzog von Guise gehören soll – was wichtig sein kann, aber nicht wichtig sein muss. Jeder hätte dort hineingekonnt. Colignys Wohnung wird jetzt schwer bewacht. Der König kam persönlich, um den Admiral seiner Unterstützung zu versichern und ihm zu schwören, dass er nichts unversucht lassen würde, um den Meuchler zur Strecke zu bringen.«

»Wie kamst du an den Posten vorbei?«

Piet rieb Daumen und Zeigefinger aneinander. »Eine Münze in die richtige Tasche wirkt Wunder.«

»Aber hast du Aimeric gesprochen?«

»Nein. Ich wartete die ganze Nacht darauf, dass er das Haus verließ, aber vergebens. Am Ende habe ich einen Soldaten überzeugt – einen von Navarras Männern –, ihm eine Nachricht wegen Marta zu überbringen.«

Minou seufzte. »Also können wir unmöglich wissen, ob er die Nachricht erhalten hat und ob er nach ihr sucht oder nicht?«

Piet schüttelte den Kopf. »Sobald es Tag wird und die Wachen gewechselt haben, kehre ich zur Rue de Béthisy zurück und versuche erneut, zu Aimeric vorzudringen.« Er ließ die Hände sinken. »Es tut mir leid, Minou. Ich habe getan, was ich konnte.«

Aber nicht genug, dachte sie gegen ihren Willen. Es hatte nicht gereicht. Ihre Tochter wurde noch immer vermisst.

»Während du fort warst, ist noch etwas geschehen«, sagte sie. »Cornelia van Raay ist hier.«

Piet stellte den Kelch auf den Tisch, und Wein schwappte über den Rand. »Wann ist sie gekommen?«

»Am späten Nachmittag. Sie hat gesehen, wie Marta das Haus verließ, und zwar zwischen neun und zehn Uhr morgens. Ein gewisser Trost liegt in dem Umstand, dass sie aus freien Stücken weggegangen ist.« Sie hielt die Luft an. »Sie wurde nicht entführt.«

An Piets Miene sah Minou, dass er das Gleiche befürchtet hatte.

»Das ist immerhin etwas.«

»Nach Cornelias Bericht wirkte sie froh und tatendurstig.«

»Was hat Mademoiselle van Raay noch gesagt?«

»Sehr wenig. Sie hatte uns in der Tat schon einmal aufgesucht und ist auf Geheiß ihres Vaters in Paris, um dich aufzusuchen. Aber bevor wir weiterreden konnten, wurde ihr übel. Offenbar hat sie etwas Verdorbenes gegessen. Ich habe sie oben in ein Bett legen lassen.«

»Ich danke dir, Minou.«

»Du kannst selbst mit ihr sprechen, sobald sie aufwacht. Bevor wir uns wieder auf die Suche nach Marta machen.« Minou sah zum Fenster. Die aufgehende Sonne gab der Silhouette von Paris wieder Form. »Wir werden sie finden«, sagte sie. »Und sobald wir sie gefunden haben, möchte ich nach Puivert aufbrechen. Ich halte es hier keinen Augenblick länger aus.«

KAPITEL 37

Landgut Évreux
Orléanais

Die alte Römerstraße führte nach Westen von Chartres weg und schnitt eine Schneise durch das Flachland.

Louis saß sehr ruhig da. Die Sonne stieg hinter ihnen auf, als Gespann und Kutsche langsamer wurden. Die Kette rasselte, die Räder knarrten beim Drehen. Mit einem Peitschenknall ging es weiter – das Trappeln der Hufe auf dem trockenen Boden, das Rasseln von Zügeln und Gebiss, dampfigweißer Atem in der warmen Morgenluft. Die Kutsche schaukelte von einer Seite auf die andere, als sie immer schneller dem langen geraden Weg folgten, der ins Zentrum eines gewaltigen Landsitzes führte.

Louis starrte Xavier an, dem der Kopf auf die Brust gesunken war und auf- und abzuckte, als nicke er, und über ihn hinweg zu seinem Vater. Der Kardinal hatte die Augen geschlossen und hielt das Birett auf seinem Schoß, aber Louis bezweifelte, dass sein Vater schlief. Seit sie von Paris aufgebrochen waren, hatte sein Vater kein einziges Mal in seiner Wachsamkeit nachgelassen, nicht einmal im Schutz der eigenen Kutsche.

»Was ist?«

Die Stimme seines Vaters, laut in dem stillen, engen Raum, ließ ihn zusammenfahren.

»Nichts«, beeilte er sich zu antworten. Ihm war nicht klar gewesen, dass er ihn angestarrt hatte.

Sein Vater warf ihm einen Blick zu, faltete die Hände über dem Kardinalshut und kehrte zu seinen Gedanken zurück.

»Gut.«

Louis hob mit einem Finger den Vorhang und sah aus dem Fenster der Kutsche. Waldland bildete einen weiten Gürtel um das Gut, aber sie waren bereits aus den Bäumen heraus und überquerten im leichten Galopp das freie Feld. Ein Mann mit einem Ochsenkarren blieb stehen und zog den Hut, als sie vorbeifuhren. Ein wenig weiter entdeckte Louis einen mageren Jungen, der eine Schar Gänse mit einem Stock trieb. Beim Gedanken an das Leben, das er geführt hätte, wenn er in dem Kloster der Gnade der Mönche überlassen worden wäre, spürte er einen Augenblick lang das vertraute Heben seines Magens – so als falle er von einem hohen Turm und sehe den Boden auf sich zurasen. Er hätte genauso enden können wie dieser Junge, der früh an einem feuchten Morgen auf einem dreckigen Bauernhof irgendwelche Tiere hütete, mit der Aussicht auf ein Leben voll Eintönigkeit und Mühsal. Er war entschlossen, sein Glück niemals als selbstverständlich zu betrachten.

Der Kutschweg war recht flach, und das leichte Schaukeln der Kutsche wirkte beruhigend. Obwohl er es nicht wollte, merkte Louis, wie ihm immer wieder die Augen zufielen. Im Dämmerzustand, weder ganz wach noch schon im Schlaf, stahl sich das hübsche Gesicht des Mädchens in dem blauen Kleid in seinen Geist. Erschrocken setzte er sich auf.

»Junge, wenn du was zu sagen hast, so sprich.«

Louis sah erst Xavier an, dann seinen Vater.

»Ich habe mich nur gefragt, wo wir sind, Eminenz?«

Ein seltenes Lächeln teilte das ernste Gesicht des Kardinals.

»Zu Hause, Louis. Hier wird von nun an unser Zuhause sein.«

KAPITEL 38

»Guten Morgen, Mademoiselle van Raay.«

Ihr Gast zögerte an der Schwelle des Wohnzimmers. Cornelia sah blass aus, und die Augen unter den dichten Brauen waren trüb, aber Minou war erleichtert, dass ihr Zustand sich gebessert hatte.

»Madame Reydon, Ihr wart bereits mehr als freundlich. Bitte entschuldigt abermals meine gestrige Unpässlichkeit. Ich hatte mich für erholt gehalten.«

»Da gibt es nichts zu entschuldigen. Bitte, setzt Euch zu uns.«

Cornelia trat einen Schritt in den Raum. »Ich möchte mich nicht aufdrängen.«

»Das tut Ihr nicht. Wir haben darauf gewartet, dass Ihr erwacht.« Minou wies durch das Zimmer. »Das ist mein Gatte, Piet Reydon.«

Cornelia reichte ihm die Hand. »*Enchantée*. Also Piet, nicht Pieter?«

»Das Vergnügen ist ganz meinerseits, Mademoiselle van Raay.« Er lächelte. »Und nur meine Mutter und Mariken haben mich je Pieter genannt.«

»Mir steht die Frage vielleicht nicht zu, aber wisst Ihr schon Neues über Euer kleines Mädchen?«

Minou durchfuhren erneut Angst und Kummer. »Noch

nicht. Wir werden unsere Suche fortsetzen, aber mein Gatte wollte …«

»… gern hören, was Ihr zu sagen habt, bevor ich aufbreche.« Minou sah, wie Cornelia die Sitzmöbel musterte und den härtesten, senkrechtesten Stuhl auswählte. Sie war eine unscheinbare junge Frau mit einem breiten, offenen Gesicht, aber sie zeigte einen deutlichen Sinn für ihren eigenen Wert. Minou mochte sie dafür.

»Ihr wisst wohl bereits, dass mein Vater mich auf die Suche nach Euch geschickt hat, Monsieur Reydon.«

Piet nickte.

»Dann wisst Ihr auch, dass Mariken Hassels ihn im Frühjahr um Hilfe gebeten hat, nachdem sie einen Brief erhielt, der ihr große Sorgen bereitete.«

»Kennt Ihr – oder kannte sie – den Verfasser dieses Briefes?« Er warf Minou einen Blick zu.

»Zu meinem Bedauern nicht. Nur dass er ein Kardinal in Frankreich war. Mariken sagte meinem Vater, sie habe Euch geschrieben. Hat sie ihn nicht genannt?«

»Nein. Sie nannte keinen Namen.«

Cornelia runzelte die Stirn. »Mein Vater tat, worum Mariken ihn gebeten hatte, und schickte mich zu ihr, um ihr seine Ergebnisse zu berichten: dass Ihr Eure Kindheit überlebt habt, nun mit Familie im Languedoc lebt, ein Hugenotte seid und die Amsterdamer Rebellen unterstützt.« Kurz ließ Belustigung ihre Augen aufblitzen und wandelte ihre Züge. »Dabei war ihm unbehaglich.«

»Ihr seid Katholiken?«

»Mein Vater ist ein guter, frommer Christ, Madame Reydon. Er ist aber auch Geschäftsmann, und Krieg ist schlecht für den Handel.« Ihre Leichtherzigkeit verging. »Ich ging Anfang Juni zum Begijnhof. Die Dinge verwirrten sich. Die Vorsteherin der Gemeinschaft verriet mir – unwillig, wie ich sagen muss –, dass

Mariken die Gemeinschaft ohne Erlaubnis oder eine Andeutung ihrer Absichten verlassen hatte. Die Beginen sind keine Nonnen. Sie dürfen im Grunde kommen und gehen, wie sie wollen, aber sie brauchen die Erlaubnis der Vorsteherin.«

»Wollt Ihr sagen, Mariken sei verschwunden?«, fragte Piet.

»So scheint es.«

»Wann?«

»Die Vorsteherin wollte oder konnte es mir nicht sagen.«

»Und seit Juni habt Ihr nichts mehr von Mariken gehört?«

»Nein, Madame. In Amsterdam hat es viele Übergriffe auf Abteien und Klöster gegeben, seit die Calvinisten auf dem Land die Oberhand gewinnen. Mein Vater hielt es für möglich, dass Mariken woanders Zuflucht gesucht haben könnte, auch wenn er nicht in der Lage war, sie zu finden.«

Piet schüttelte den Kopf. »Gewiss hätte sie Eurem Vater gesagt, wenn sie den Orden wechselte?«

»Ich glaube, das hätte sie, durchaus.«

»Was glaubt Ihr, wo sie ist?«

»Ich glaube, sie versteckt sich entweder, um der Aufmerksamkeit dieses Kardinals zu entgehen, oder …«

»Oder ihr ist etwas zugestoßen.«

Cornelia nickte. »Ich bin mir sicher, dass jemand meine Audienz bei der Vorsteherin des Begijnhofs belauscht hat.«

»Wer?«, fragte Piet rasch.

Cornelia hob die Hände. »Das weiß ich nicht.«

Piet runzelte die Stirn. »In ihrem Brief an mich erwähnte Mariken, dass der Kardinal sie nach meiner Kindheit befragt habe. Hat sie Eurem Vater mehr anvertraut?«

»Sie sagte nur, es gebe Dokumente über Euren Vater, die Eure Mutter ihr anvertraut habe. Mariken gab sie einer Freundin zur sicheren Aufbewahrung und beabsichtigte, sie abzuholen und Euch zu übergeben, wenn die Zeit gekommen wäre.« Cornelia zuckte mit den Schultern. »Ob sie das getan hat oder ob die

Papiere nun verloren sind, weiß ich ebenfalls nicht zu sagen. Es tut mir leid.«

Piet lehnte sich zurück. »Das wäre es also. Wir sind in einer Sackgasse. Mariken wird vermisst, darum gibt es keine Möglichkeit zu erfahren, wo die Dokumente sich befinden oder weshalb sie wichtig sind. Nach all der Zeit werden wir nichts herausbekommen.«

»Gebt so schnell nicht auf, Monsieur Reydon. Mein Vater setzt seine Nachforschungen in Amsterdam fort. Ich würde Folgendes sagen: Er ist ein pragmatischer Mensch und neigt nicht zu starken Gefühlen. Er glaubt, dass das, worum es geht, sei es Eure Herkunft oder nicht, jemandem wichtig ist. Ihr habt einen gefährlichen Feind. Mein Vater lässt mich Euch warnen, dass Ihr vorsichtig sein solltet.«

»Ihr haltet Mariken für tot.« Minou stellte es mehr fest, als dass sie es fragte.

»Leider ja. Entweder vom Verfasser des Briefes – diesem französischen Kardinal – oder auf seinen Befehl hin getötet.«

Ihr Gespräch wurde jäh durch Schritte auf der Treppe unterbrochen. Alle fuhren herum, als eine Magd in den Raum kam.

»Gibt es Neuigkeiten?

»Verzeiht, Madame, nein. Monsieur Reydon bat mich, ihm zu melden, wenn wir bereit sind. Unten sind jetzt ungefähr zwanzig Männer versammelt.«

Minou sah Piet an. »Wessen Männer sind das?«

»Möglich, dass Aimeric meine Botschaft erhalten hat«, sagte er, »aber selbst dann schadet es wohl nicht, unsere Dienerschaft zu sammeln, und jeden, den die Nachbarhäuser entbehren können, damit sie uns bei der Suche nach Marta helfen.«

Und obwohl Piet ihr erneut nicht mitgeteilt hatte, was er tat, stiegen Minou Tränen in die Augen bei dem Gedanken, dass sie seine Entschlossenheit in Zweifel gezogen hatte.

Piet berührte leicht ihre Hand. »Kommst du mit uns?«

Minou zögerte und schüttelte den Kopf. »Ich möchte hier sein, wenn du zurückkommst. Aber dürfte ich Euch bitten, mir Gesellschaft zu leisten, Cornelia? Dafür wäre ich Euch sehr dankbar.«

»Mir wäre es eine Ehre, Madame Reydon.«

Minou wandte sich ihrem Mann zu. »Bring sie nach Hause, Piet. Bring Marta zu mir nach Hause.«

KAPITEL 39

Obwohl es erst zehn Uhr war, brannte die Augustsonne schon heiß, als Piet und die Freiwilligen sich in der Rue des Barres sammelten.

»Ich danke euch allen, dass ihr uns helft – und euren Herrschaften dafür, dass sie euch freistellen. Ihr wisst schon, dass unsere siebenjährige Tochter vermisst wird.« Piet musste seine Ansprache unterbrechen, weil die Angst ihm die Kehle zuschnürte. »Ich bin zuversichtlich, dass wir sie finden können. Ihr alle kennt Marta entweder vom Sehen, oder sie ist euch beschrieben worden. Als sie zuletzt gesehen wurde, trug sie ein blaues Kleid und eine weiße Haube mit rot eingestickten Initialen.«

Piet sah die Männer nacheinander an. Etliche von ihnen nickten.

»Unsere Aufgabe ist schwierig. Jeder von euch hat ein Viertel zu durchsuchen. Stellt Fragen, wenn es euch sinnvoll erscheint, geht an Stellen, die nur ihr als gebürtige Pariser womöglich kennt. Wenn ihr getan habt, was ihr könnt, kehrt zurück und erstattet meiner Gemahlin Bericht. Jeder von euch bekommt einen Sol für seine Mühe und einen Krug Bier. *Bonne chance*, und möge Gott mit euch sein.«

Die Sonne stieg höher in den endlosen blauen Himmel. Die Stunden verstrichen. Der Nachmittag warf lange Schatten auf die Häuser. Einer nach dem anderen kehrten die Männer mit müden Füßen und enttäuscht in die Rue des Barres zurück, wo Minou, Cornelia und Salvadora warteten.

Nur Piet suchte weiter. Es war seine Art, seinen verräterischen Gedanken zu entfliehen. Er nahm den gleichen Weg wie am Vortag, stellte den gleichen Ladenbesitzern und Schankwirten die gleiche Frage, obschon er auf eine andere Antwort hoffte. Er war erschöpft. Sein ganzer Körper schmerzte, aber er konnte einfach nicht aufgeben.

Als es Abend wurde, kehrte Piet zur Rue de Béthisy zurück. Zweimal während des Tages war er am Anfang der Straße abgewiesen worden. Er wusste, dass es töricht und gefährlich war zu versuchen, auch nur in die Nähe von Colignys Quartier zu gelangen, aber er musste Aimeric sprechen. Was immer geschah, er musste Minou versichern können, dass er alles in seiner Macht Stehende getan hatte. Anders konnte er ihr nicht unter die Augen treten.

Er hatte Glück: Der Posten nahm das Bestechungsgeld an.

»Meinen Dank, Freund«, sagte Piet und reichte ihm einen Sol. »Alles ruhig heute Nacht?«

»Bisher.« Der Posten biss in die Silbermünze und winkte Piet durch. »Aber an Eurer Stelle würde ich nicht verweilen.«

»Ich stehe in Eurer Schuld.«

Piet schlüpfte unter der Absperrung hindurch und gelangte auf die Straße. Geduckt ging er im Schatten der überhängenden Obergeschosse dicht an den Häuserwänden entlang und gelangte an den Fachwerkbauten vorbei zum Quartier des Admirals de Coligny. Ihm fiel auf, dass an einigen Häusern weiße Kreuze auf die Türen gemalt worden waren; die Farbe glänzte noch feucht.

Als er näher trat, weil er auf eine bessere Sicht hoffte, streifte Piets Schuh etwas, das auf dem Boden lag. Er bückte sich und hob es auf: Ein Stück alter Stoff, blutbefleckt, der zertrampelt im Straßenstaub lag.

Er begriff, was es war, und die Welt blieb stehen.

KAPITEL 40

RUE D'ORLÉANS
Sonntag, 24. August
Bartholomäustag

Als Marta wieder erwachte, war es zu ihrer Überraschung dunkel. Ihr kam es vor, als hätte sie schrecklich lange geschlafen, und trotzdem schien die Nacht noch nicht vergangen zu sein. Sie setzte sich auf. Der Kopf tat ihr weh, und ihr linker Fuß war eingeschlafen, weil sie darauf gelegen hatte. Vor Hunger knurrte ihr fürchterlich der Magen, und sie presste sich die Fäuste auf den Bauch, damit es aufhörte. Sie musste ganz verzweifelt auf den Abort.

Auf Beinen, die sich anfühlten, als gehörten sie ihr nicht, ging sie vorsichtig ans Fenster. Sie starrte hinaus und öffnete den Flügel, weil sie ihren Augen nicht ganz traute. An den meisten Häusern in der Straße waren weiße Kreuze auf die Türen gemalt worden. Sie runzelte die Stirn und kicherte bei dem Gedanken, wie wütend Großtante Salvadora wäre, wenn jemand ihre Tür so verschandelt hätte. So weit Marta es erkennen konnte, waren in der ganzen Straße nur drei Häuser ausgelassen worden.

Marta stapfte ungeduldig mit dem Fuß, verschränkte und löste immer wieder die Arme. Sie wusste nicht, was sie tun sollte. Louis hätte längst aus der Rue des Barres zurück sein müssen; er war so viele Stunden fortgeblieben.

Sie drehte sich um und sah ins Zimmer. War sie kein Gast in diesem Haus? Wie unhöflich, sie so lange allein zu lassen. Sie würde eine Dienerin suchen und sie bitten, ihr etwas zu essen zu bringen, während sie wartete.

Marta ging zur Tür und drückte die Klinke. Nichts geschah. Sie versuchte es erneut mit beiden Händen, aber die Tür ließ sich nicht öffnen. Nach einigen weiteren Versuchen hatte sie einen Einfall. Sie schob den kleinen Finger ins Schlüsselloch und stieß gegen kaltes Metall.

Sie war eingeschlossen.

Wütend rüttelte Marta an der Klinge, rief und trat gegen die Tür. Doch trotz ihres Lärms blieb es im Korridor vor dem Zimmer vollkommen still.

Ein Schauder lief ihr den Rücken hinunter. Jemand musste sie doch gehört haben, warum also kam niemand? Marta trat einen Schritt von der Tür weg. Hatte Louis sie eingesperrt? Wut wallte in ihr auf. Wenn er es gewesen war, hatte er einen Fehler begangen. So leicht ließ sie sich nicht austricksen.

»Jungen sind so blöd«, murmelte sie, während sie sich im Zimmer umsah. »Ah!«, rief sie aus, als sie entdeckte, was sie suchte.

Sie nahm ein Notenblatt vom Virginal und prüfte es zwischen den Fingern, um sich zu vergewissern, dass es steif genug war, dann eilte sie zur Tür zurück. Sie legte sich flach auf den Boden und schob das Blatt unter der Tür durch, bis es direkt unter dem Schlüsselloch lag. Aus ihrem Haar zog sie eine Nadel und drehte sie vorsichtig im Schüsselloch, vor und zurück, bis der Schlüssel auf der anderen Seite mit einem Klirren auf den Boden fiel.

Mit klopfendem Herzen zog sie behutsam an dem Notenblatt und stellte am Gewicht fest, dass der Schlüssel auf dem Papier gelandet war. Nun brauchte sie ihn nur noch unter der Tür hindurchzuziehen, und sie war frei. Auf dem Bauch liegend holte Marta langsam das Notenblatt ein, und bald hielt sie den Schlüssel in der Hand.

»Na also!« Sie sprang auf. »Jungen sind blöd.«

Triumphierend schob sie den Schlüssel ins Schloss, drehte ihn um, öffnete die Tür und stürmte aus dem Raum. Sie konnte kaum erwarten, Tante Alis ganz genau zu schildern, wie schlau sie gewesen war, wenn sie erst wieder in Puivert waren.

Der Korridor war leer. Marta ging auf Zehenspitzen. Sie hatte Angst, ertappt zu werden, aber je weiter sie kam, ohne dass jemand sie entdeckte, desto mutiger wurde sie.

Während sie einen leeren Raum nach dem anderen durchquerte, wich ihr Stolz dem Unbehagen. Sie konnte nichts hören. Marta begriff es nicht. Keine Stimmen, keine Schritte, überhaupt keine Geräusche. Alle waren fort. Sie war in diesem schönen Haus ganz allein.

Im Erdgeschoss bog Marta um eine Ecke und kam auf einen langen Gang mit schmucklosen Wänden. Weder gab es Behänge noch Bilder, nichts als eine Tür am anderen Ende.

Langsam drückte sie die Klinke.

RUE DE BÉTHISY

Ungläubig starrte Piet die Leinenhaube seiner Tochter an, die er in den Händen hielt. Weshalb war sie hier? Tausend Fragen schossen ihm durch den Kopf, eine beängstigender als die andere.

Marta war hier gewesen, so viel stand fest. Aber wo war sie jetzt? Piet fuhr mit dem Finger die drei rot gestickten Buchstaben entlang – MRJ. Die Stickarbeit war steif und fleckig von getrocknetem Blut. Das Entsetzen verschlug ihm den Atem.

War seine Tochter tot?

Über den Dächern von Paris läutete die Sturmglocke. Piet riss den Kopf hoch. Das war ein Waffenruf. Hinter sich hörte er Pferdehufe. Er drückte sich gerade noch rechtzeitig in den

Schatten, als eine Abteilung Bewaffneter am anderen Ende der Straße in die Rue de Béthisy hereinstürmte. Jeder Mann trug eine weiße Armbinde. Gleichzeitig erkannte Piet die Farben des Herzogs von Guise, die Uniform der Schweizergarde und die Insignien der Königsbrüder, der Herzöge von Anjou und Alençon. Mit zunehmendem Entsetzen beobachtete er, wie die Abteilung vor dem Quartier Admiral de Colignys anhielt. Statt sich ihnen in den Weg zu stellen, legten die Schützen am Tor ihre Arkebusen ab. Piet drehte sich der Magen um. Wer immer den Anschlag auf den Admiral befohlen hatte, es konnte kein Zweifel bestehen, dass dieser zweite Überfall vom Louvre-Palast ausging.

Die Posten traten beiseite und ließen die Soldaten ins Haus. Ein Moment der Stille folgte, ein Schrei erscholl, und die Männer des Königs stürmten mit gezogenen Waffen das Anwesen.

»Tötet den Verräter!«

Blutgier schien die Soldaten zu befallen, und das nicht nur in dem Anwesen, sondern auch auf der Straße. Bewaffnete mit weißen Armbinden schlugen die Türen ein, auf die kein Kreuz gemalt war, und jäh begriff Piet: Die weißen Kreuze kennzeichneten katholische Häuser, die weißen Armbinden katholische Kämpfer. Wer nicht so markiert war, musste Hugenotte sein. Als er aus der Ferne die ersten Schüsse hörte, nicht nur von Gewehren, sondern auch von Kanonen, gefror das Blut in seinen Adern zu Eis. Was hier vorging, war weit schlimmer als alles, was er sich vorgestellt hätte. Die Katholiken beschränkten sich nicht auf einen weiteren Mordanschlag gegen Coligny. Sie hatten vor, alle Hugenotten zu töten.

Piet riskierte einen letzten Blick auf das Haus und zwang sich umzukehren. Er hatte keine andere Wahl. Er musste so schnell wie möglich zurück zur Rue des Barres und seine Familie retten. Aimeric konnte er nun nicht mehr helfen – er war nur ein Mann gegen viele.

Seine Pflicht galt seiner Frau und seiner Familie. Er konnte nur beten, dass es nicht schon zu spät war, um sie zu retten. Der Verlust seiner Tochter zerriss ihm das Herz, als er ihre Haube in seine Tasche schob. Seine Finger berührten Stoff. Piet zog das Taschentuch hervor, das Minou ihm gegeben hatte. Obwohl es vom Pariser Schmutz hellgrau geworden war, konnte es als weiß durchgehen. Vielleicht schützte es ihn.

Eilig band er es sich um den Arm und rannte los, durchquerte das Pariser Gassengewirr. In seinen Muskeln pochte die Erinnerung an sein vergangenes Leben als Soldat und Spion. Er ahnte nicht, dass jeder Schritt ihn weiter von der letzten Gelegenheit entfernte, seine Tochter zu retten.

RUE D'ORLÉANS

Marta stand vor Angst gelähmt da. Das Zimmer machte ihr Angst, obwohl es mit schönen Möbeln und erlesenen Wandbehängen eingerichtet war. An dem großen Schreibtisch standen alle Schubladen offen, als wäre jemand eilig aufgebrochen. Über einem kleinen Altar hing ein riesiges Gemälde von Christus, der blutend am Kreuz hing, und davor stand ein kleines Betpult.

Marta wollte weg von hier. Aber jetzt läuteten Glocken, und nicht die üblichen, sondern welche, die furchtbar klangen. Schrill. Marta hatte bisher nur einmal einen ähnlichen Alarm gehört, als ihre Burg von katholischen Söldnern angegriffen wurde. Lange hatte der Angriff nicht gedauert, und Marta war noch sehr klein gewesen, aber sie hatte nie vergessen, wie die Sturmglocke sie am ganzen Leib zum Zittern gebracht hatte.

Sie zwang sich, ans Fenster zu gehen und ihre Hand auf das Glas zu legen. Die Welt war orange, nicht schwarz, wie es nachts sein sollte. Ihr wurde klar, dass Flammen in den Himmel züngelten. Paris brannte.

KAPITEL 41

RUE DE BÉTHISY

»Admiral«, drängte Aimeric, »wir müssen aufbrechen. Wir haben keine Zeit zu verlieren. Hört Ihr nicht die Sturmglocke?«

»Ich höre sie durchaus«, erwiderte Coligny. »Es sind die Glocken von Saint-Germain-l'Auxerrois, der Pfarrkirche des Louvre-Palasts, wenn ich mich nicht irre.«

»Aber der König hat eigene Männer abgestellt, um Euch zu schützen«, sagte Aimeric ungläubig. »Und Navarra ebenfalls.«

»Glaubt Ihr etwa, sie würden nicht abermals versuchen, mich zu töten?«

Aimeric schüttelte den Kopf. »Der König kam selbst hierher, um Eure Vergebung zu erbitten.«

Coligny lächelte weise. »Was immer Seine Ehrwürdige Majestät vor zwei Tagen geglaubt hat, Joubert, es gilt nicht mehr. Was seine Männer angeht, so gehorchen sie ihm nur so lange, wie die Königinmutter es will.«

Vom Hof hörte Aimeric das Klirren von Schwert gegen Schwert, während die hugenottischen Soldaten das Haus verteidigten, und Schmerzensschreie gellten herauf.

»Ich muss ihnen helfen. Wir sind in der Unterzahl.«

Coligny ergriff ihn beim Arm. »Nein. Holt den Pfarrer. Ich möchte beten.«

»Admiral, wir sollten fliehen.«

»Joubert, es ist zu spät. Wir können nun nichts weiter tun, als Gott um Erlösung von diesem Bösen zu bitten.«

Aimeric versuchte verzweifelt, die Ohren vor dem Lärm des Gemetzels zu verschließen, rief den verängstigten Pfarrer und bewachte die Tür, während der Geistliche hastig die Gebete herunterhaspelte.

»Amen«, murmelte Coligny.

Aimeric half ihm von den Knien hoch.

»Jetzt bin ich versöhnt vor Gottes Augen und bereit zu sterben. Herr Pfarrer, Ihr könnt gehen, wenn Ihr wollt.« Coligny sah die Männer seiner Leibwache an. »Wie Ihr alle. Ich danke Euch für Eure ehrenvollen Dienste, aber sie kommen meinetwegen. Rettet Euch und geht im Lichte von Gottes Liebe.«

»Ich werde Euch nicht verlassen, Admiral«, sagte Aimeric, während sich der Pfarrer eilig an ihm vorbeidrückte. »Ich habe einen Eid geschworen.«

»Ihr müsst aber, Joubert«, entgegnete Coligny. »Ihr müsst das nehmen.« Er griff in seine Truhe und nahm eine Handschrift heraus. »Dies ist eine Chronik unserer bewegten Zeit, der Schlachten, die wir geführt haben – jener, in denen wir siegreich waren, und jener, in denen Gott nicht an unserer Seite stand. Sie handelt von dem Frieden, um den wir uns bemühten, den Krieg um Glauben und um Land. Ich vertraue Euch das Manuskript an. Ich möchte, dass meine Worte noch lange leben, nachdem ich tot und begraben bin.«

»Admiral, wenn ich Euch verlasse, seid Ihr schutzlos.«

Coligny sah ihm in die Augen. »Wenn durch meinen Tod viele andere verschont bleiben, Euch eingeschlossen, Joubert, dann sei es so. Es ist Gottes Wille.«

»Ich kann nicht zulassen, dass das geschieht.«

»Es ist mein letzter Befehl an Euch. Ich fürchte, dass es heute Nacht um mehr geht, als die Welt von einem einzigen alten Diener des Herrn zu befreien. Sucht Euch ein katholisches Haus zur Zuflucht. Meidet unsere Verbündeten, haltet Euch von unseren eigenen Häusern fern. Habt Ihr verstanden, Aimeric?«

Dass der Admiral ganz ungewohnt seinen Vornamen benutzte, brachte Aimeric rasch zu sich. Seine Pflicht war es zu gehorchen.

»Verstanden.« Er stählte sich, nahm das Manuskript und beugte das Haupt. »Admiral, es war mir eine Ehre, Euch zu dienen.«

»Macht es gut, Aimeric. Bis wir uns wiedersehen, und das werden wir. Habt keine Furcht, Gott ist mit Euch.«

Aimeric verneigte sich erneut, öffnete das Fenster und kletterte auf das Dach über der Rückseite des Gebäudes. Hinter ihm splitterte die Tür, und Colignys Mörder stürmten ins Zimmer.

Das wertvolle Manuskript unter dem Hemd verborgen, floh Aimeric über die Hausdächer, bis er nicht mehr konnte.

Er legte sein schwarzes Wams und den Soldatenhut ab und versteckte beides in einem Schornstein. Viel half es nicht. Sein Gesicht war bekannt; viele wussten, dass er zu Colignys Gefolge gehörte. Wenn man ihn fing, würde man ihn töten, und die Handschrift wäre verloren. Aimeric maß den Abstand zwischen den Häusern mit den Augen und entschied, dass er die Entfernung überspringen könne. Vorausgesetzt, keiner der Soldaten sah nach oben, konnte er ins katholische Herz von Paris rings um den Louvre fliehen und dort ein Versteck suchen, bis das Schlimmste vorüber war. Was er danach anstellen sollte, wusste er nicht. Er wusste nur, dass er Admiral de Colignys letzten Auftrag erfüllen musste.

Er dachte an die Spiele mit Alis in ihrer Kindheit. Sie waren auf den Brustwehren der Mauern von Carcassonne herumgekraxelt und in der Cité von Zinne zu Zinne gesprungen. Er hob den Blick zum Himmel, betete darum, wohlbehalten die andere Seite zu erreichen, und sprang.

KAPITEL 42

Rue d'Orléans

»Hier hinein«, flüsterte der junge hugenottische Pastor und führte den Rest seiner Gemeinde durch gepflegte Gärten in einen leeren Stall. Er wusste nicht, weshalb solch ein großartiges Haus verlassen dalag, doch es gab kein anderes Versteck. Er verrammelte die Tür mit einer Holzlatte und bedeutete den Damen mit Gesten, sich hinten in den Ställen zu verstecken, während sich alle wehrfähigen Männer eine Waffe suchten – ob Mistgabel, Schaufel oder Holzknüppel. Alles war besser als nichts.

Ihm war klar, dass es nicht lange dauern konnte, bis sie gefunden wurden. Die schwachen Stalltüren würden dem Anprall von Stahl und Stiefeln nicht lange standhalten.

Der Pastor schob die Hände unter sein Gewand, damit seine Mitstreiter nicht sehen konnten, wie sehr sie vor Angst zitterten: vier Männer – einer schwerverletzt – und zwei Frauen. Sein Mut versagte bei der Erinnerung an die Diener, die niedergemetzelt in der Rue de Béthisy auf der Straße gelegen hatten, gleich neben dem Haus, wo sie sich zum Gebet getroffen hatten. Ein schlichter Gottesdienst in einem Privathaus war nach den Bedingungen des Friedensabkommens zulässig. Ihnen hätte nichts geschehen dürfen.

Der Pastor schluckte mühsam. Obwohl er Todesangst litt, war er entschlossen, nicht aufzugeben. Er war stark, denn er hatte von Kindesbeinen an auf dem Land gearbeitet, bevor Gott ihn rief. Er konnte kämpfen, um seine Herde zu schützen.

»Gütiger Gott, schütze uns vor deinen Feinden«, sagte er, ergriff eine Mistgabel und bedeutete den Männern, es ihm gleichzutun. »Verwirre deine Feinde …«

Er konnte nicht sicher sein, ob es in seinem Kopf vorging oder auf der Straße, aber er hörte sich nähernde Hufe und den Kampfruf von Männern, die der Hass antrieb. Schlagartig war ihm klar, dass es keine Errettung geben würde, keine Gnade.

»*Mes amis*«, sagte er und breitete die Arme aus, »lasst uns beten.«

Durch einen Spalt in der Tür konnte er sehen, dass ihre Verfolger nun im Garten waren, die weißen Bänder an ihren Armen leuchteten im Mondlicht. Die jüngere Frau – kaum mehr als ein Mädchen – begann zu weinen.

»Sprecht mit mir«, flüsterte er. »*Que Dieu Se lève, et que Ses ennemis soient dispersés; et que fuient devant Sa face ceux qui Le haïssent.*«

Unter den Tritten der Soldatenstiefel bog sich der waagerechte Balken der Stalltür und zerbrach.

»Gott wird sich erheben«, wiederholte der Pastor lauter, »seine Feinde werden sich zerstreuen, und die ihn hassen, werden vor ihm fliehen!«

Als die Stalltür geöffnet wurde, wandte er sich den Angreifern zu. Es waren weniger, als er gedacht hatte, und einen Moment lang fragte er sich, ob sie sie abwehren könnten.

Der Anführer, das Gesicht leuchtend vor Verachtung, trat vor.

»Wir haben nichts Unrechtes getan.«

»Und doch seid Ihr geflohen.« Die Stimme des Hauptmanns war machtbewusst und verächtlich.

»Hättet Ihr an unserer Stelle nicht das Gleiche getan?« Der Pastor suchte den Blick seines Verfolgers und gestattete sich Hoffnung. »Wir sind alle Gottes Geschöpfe.«

Einer der Soldaten lachte. »Soll ich ihn umbringen, Cabanel?«

»Nein, der gehört mir.«

Ein Moment der Stille trat ein – unterbrochen vom Scharren eines Schwerts, das aus der Scheide gezogen wurde, und vom Blitzen von Stahl, als die Klinge eindrang. Der Pastor riss überrascht die Augen auf. Er sah an sich hinunter, entdeckte den Griff, der ihm aus dem Bauch ragte, und spürte, wie warmes Blut sein schwarzes Gewand tränkte. Mit einem Schmatzen wurde die Klinge herausgezogen, Blut und Gedärm folgten. Erst da spürte er den Schmerz und taumelte.

Cabanel wies auf die Frauen. »Macht mit ihnen, was ihr wollt. Danach bringt ihr sie um. Alle.«

»Nein!«, schrie der Pastor, während er auf die Knie sank. Er musste sie beschützen. Ihre Seelen waren in seiner Hand.

Doch sie hatten Jäger vor sich, die Blut gewittert hatten. Mit erhitzten Gemütern schritten sie hin und her, spotteten und quälten ihre Opfer mit den Schwertspitzen.

»Ketzerratten.«

Die ältere Frau schrie, als ihr die Kapuze vom Kopf gerissen wurde und weiße Strähnen darunter sichtbar wurden. Das Mädchen versuchte zu fliehen, erhielt jedoch einen Schlag gegen den Kopf und stürzte zu Boden. Blut breitete sich auf dem hellen, trockenen Stroh aus. Ein Mann wollte einschreiten, doch ein Soldat schlug auch ihn nieder, und er brach besinnungslos neben dem Mädchen zusammen.

Der Pastor versuchte auf das Mädchen zuzukriechen, aber sein Körper ließ ihn im Stich.

»Im Namen Gottes, lasst sie in Frieden. Nur der Herr kann euch noch retten«, sagte er, obwohl ihm schwindelte. »Ihr watet in der Sünde. Bereut. Tut Buße für Eure Schandtaten.«

Seine Augen schlossen sich zuckend.

»Herr, lass mein Schreien zu dir kommen!«, sprach er, aber die Wörter kamen ihm nur lautlos über die Lippen und lösten sich auf wie Dunst.

Der Mann, den sie Cabanel nannten, hockte sich neben ihn und setzte ihm die Dolchspitze in den Augenwinkel.

»Du hast den König verraten«, sagte er. »Du bist ein Feind Frankreichs.«

Der Pastor spürte, wie ihm die Klinge ins Auge gedrückt wurde, und stieß einen letzten Todesschrei aus.

»Hugenottenabschaum, ihr alle. Was heute Nacht passiert, war schon lange fällig.«

»*Mon Capitaine*«, schrie ein Soldat, und alle jubelten. »Hoch Cabanel!«

Während der Pastor verblutete, sah er ein letztes Mal auf den verlassenen Garten, als die Stalltür hin und her schwang. Mit einem Mal glaubte er, ein Kind im Haus zu sehen, das mit entsetzt aufgerissenem Mund am Fenster stand. Oder es war ein Engel, gekommen, ihn ins Licht zu holen.

In seinem Versteck am anderen Ende des Gartens neigte Aimeric den Kopf und betete für die Seelen seiner Brüder und Schwestern.

Er war Soldat. Das Gemetzel mit anzusehen und nichts zu unternehmen war eine Sünde, aber welche Wahl hatte er? Wollte er das Manuskript schützen, das ihm Admiral de Coligny anvertraut hatte, durfte er nicht entdeckt werden. Er konnte nicht zulassen, dass es Männern wie diesen Soldaten in die Hände fiel. Die Wahrheit musste bekannt werden. Colignys Worte sollten späteren Generationen bekannt sein.

Aimeric verfolgte das Vordringen der Soldaten im Garten. In der Dunkelheit und dem Chaos seiner Flucht über die Hausdächer hatte er sich mehrmals verirrt, aber er glaubte, dass er in der Rue de Louvre war. Das Gebäude kannte er nur vom Blick über die hohe Grundstücksmauer hinweg, ein weiteres prächtiges Haus im Besitz der Familie Guise. Es war eigenartig dunkel.

Eine Bewegung an einem Fenster im Erdgeschoss lenkte sei-

nen Blick auf sich. Kleine Hände an der Scheibe. Ein Kind? Aimeric kniff die Augen zusammen und versuchte es deutlicher zu
erkennen, aber das Licht war zu schwach. Im nächsten Moment
hörte er zerbrechendes Glas und begriff zu seinem Entsetzen,
dass die Soldaten das Haus stürmten.

Sein Gewissen war schon arg belastet von dem, was er beobachtet hatte. Diesmal hatte er keine Wahl. Wenn dort im Haus
ein Kind war, allein und verlassen, musste er etwas unternehmen.

KAPITEL 43

Betäubt vor Angst, nahm Marta die Hände vom Fenster und trat zurück. Sie glaubte, ihr Herz müsste stehenbleiben.

So viel Blut. Sie sah auf ihre Hände, als erwartete sie, es auch dort zu entdecken.

Als sie hörte, wie die Scheiben zerbrachen, wusste sie, dass die Soldaten im Haus waren. Sie hatten die Menschen getötet, zwei Frauen und die Männer, und jetzt kamen sie, um auch sie umzubringen.

Marta wusste, dass sie sich verstecken musste, aber ihre Beine gehorchten nicht. Sie war an den Fleck gebannt, steif wie die Amsel, die sie einmal an einem Wintermorgen in Puivert gefunden hatte. Das Vöglein war am eisigen Boden festgefroren gewesen. Warum sollte sie auch fliehen? Die Leute hatten sich im Stall versteckt, und die Soldaten hatten sie trotzdem umgebracht.

Marta merkte, wie es ihr warm die Beine hinunterlief. Sie sah nach unten und entdeckte eine Pfütze um ihre Schuhe. Großtante Salvadora hätte sie deswegen ausgeschimpft, aber jetzt wären ihr die Zurechtweisungen egal gewesen, weil sie bedeutet hätten, dass sie bei ihrer Familie in Sicherheit und alles war, wie es sein sollte.

Sie hörte Stiefelschritte im Gang und fand endlich den Mut wegzulaufen. Sie warf sich unter den riesigen Eichentisch, zog die Knie ans Kinn und versuchte sich so klein wie eine Maus zu machen. Sie bebte vor Angst, aber jetzt musste sie tapfer sein.

Die Tür flog auf und krachte gegen die Wand. Die Soldaten stolperten ins Zimmer. Einige hielten Flaschen mit Bier, andere Fackeln, aber alle brüllten und jubelten einander zu, als wären sie auf einer Feier. Marta drückte sich noch tiefer ins Dunkel.

Trotzdem spürte sie im nächsten Moment, wie eine raue Hand sich um ihren Knöchel schloss und sie aus ihrem Versteck gezerrt wurde.

»Was haben wir denn hier?«, lallte der betrunkene Soldat. In seinem blutbespritzten Wams überragte er sie. »Hast du auf uns gewartet, Kleines?«

Sie öffnete den Mund zum Schreien, aber nichts kam heraus.

»Lasst sie in Ruhe!«

Zuerst glaubte Marta, dass sie es sich nur einbildete. Wie konnte ihr Onkel Aimeric hier sein? Als sie aber den langen Dolch ihres Vaters in seiner Hand entdeckte, wusste sie, dass er gekommen war, um sie zu retten.

»Sie ist nur ein Kind!«, rief er. »Tut ihr nichts.«

Aimeric wandte sich ihr zu. Als sie sah, wie er erstaunt die Augen aufriss, begriff Marta: Er hatte gar nicht gewusst, dass sie in dem Haus war. Er hatte irgendein Mädchen retten wollen. Ihr Onkel streckte die Hand aus. Sie sprang auf und wollte zu ihm laufen.

Alles ging sehr schnell.

Der Soldat, der sie entdeckt hatte, schwang den Arm und schlug sie brutal. Marta flog nach hinten und prallte mit dem Kopf gegen eine Ecke des Schreibtischs. Benommen sank sie zu Boden.

Ihr Onkel stürmte vor, aber ein anderer Soldat streckte den Fuß aus, und er stürzte. Marta schrie auf, als Papiere aus seinem Hemd quollen, ein Blatt nach dem anderen, und sich auf dem Boden vor dem Altar verteilte, während ihm der Dolch klirrend aus der Hand fiel. Er streckte sich danach, aber ein dritter Soldat trat ihm auf die Hand. Innerhalb weniger Augenblicke lag Aimeric umzingelt am Boden, und vier Schwerter zeigten auf seine Brust.

Marta schwindelte. Ihr war übel. Sie kniff die Augen zusammen und sah auf ihre Hände. Diesmal war das Blut echt.

»Den kenne ich«, sagte ein Soldat und trat Aimeric heimtückisch in die Seite. »Das ist einer von Colignys Leuten.«

»Möge Gott euch vergeben.« Aimeric versuchte aufzustehen, aber ein zweiter Tritt schleuderte ihn wieder zu Boden.

»Ich dachte, wir hätten alle Ketzer erwischt, *mon Capitaine*.«

»Hier ist der Anteil für den Teufel«, stieß Cabanel hervor.

Er beugte sich vor, packte Aimeric beim Haar und schnitt ihm mit geübter Bewegung die Kehle von einem Ohr zum anderen durch. Blut spritzte auf die polierten Fliesen und befleckte den Saum des weißen Altartuchs. Es lief über die Papiere ihres Onkels und durchtränkte sie.

Marta hörte, wie sie schrie.

»Stopf ihr das Maul«, brüllte Cabanel.

Der Betrunkene richtete sein Schwert auf Marta. »Willst du auch so abtreten? Bist du auch einer von denen?« Er kam auf sie zu. »Komm her, du kleine Hure.«

Marta schaffte es aufzustehen. Sie rannte auf die offene Tür zu, aber ihre Beine bebten, und sie war nicht schnell genug.

»Nicht so eilig!« Der Soldat packte sie um die Hüften und hob sie wie eine Trophäe in die Luft. Sie merkte, wie ihr Blut am Hinterkopf herunterlief, wo die Haut aufgeplatzt war. »Was machen wir denn mit dir?«

Plötzlich fiel Marta ein, was Louis in der Rue de Béthisy gesagt hatte. Sie schob eine bebende Hand in die Tasche und zog den Rosenkranz ihrer Mutter hervor.

»Eine von uns«, flüsterte sie.

»Was hast du gesagt?«

Marta versuchte erneut zu sprechen, aber ihre Zunge ge-

horchte ihr nicht. Alles schwieg, dann machte Cabanel eine ungeduldige Geste.

»Bist du katholisch?«, fragte der Hauptmann. »Eine gute
Christin?«

Marta zögerte und nickte.

»Wohnst du hier?«

Verängstigt nickte Marta erneut.

»Wem gehört das Haus?« Er zeigte auf ihren Onkel, der tot
am Boden lag. »Ihm?«

Sie schüttelte den Kopf, und ihr wurde noch schwindliger.

»Wem dann?«

Marta wollte antworten, aber ihre Stimme ließ sie im Stich.
Sie legte die Hände zusammen und schlug ein Kreuz, wie sie es
bei Großtante Salvadora gesehen hatte.

»Ein Priester wohnt hier?« Sein Blick streifte den Altar. »Jemand Wichtiges?«

Sie nickte zum dritten Mal.

Cabanel sah durch den opulenten Raum und streckte die
Arme aus. »Gebt sie mir. Ich lasse sie zu meiner Frau bringen,
bis wir wissen, zu wem sie gehört. Ein reiches Haus wie das
hier, da gibt es gewiss eine Belohnung. Jemand wird sie schon
haben wollen.«

Marta tat der Kopf weh. Sie wollte nicht mit dem Mann gehen. Aber gegen ihren Willen schlossen sich flatternd ihre Lider,
und obwohl sie dagegen ankämpfte, sank sie nach vorn gegen
seine Schulter.

Als sie aus dem Zimmer getragen wurde, gelang es Marta
noch einmal, die Augen zu öffnen. Sie sah Aimeric mit seinem
ungezähmten schwarzen Haarschopf, wie er auf einem Bett aus
verstreuten Papierblättern in einer Pfütze seines eigenen Blutes
lag. Seine Augen waren weit geöffnet, aber seine Hand zuckte
nicht mehr, deshalb wusste sie, dass er tot war.

Dann nichts mehr.

KAPITEL 44

RUE DES BARRES

»Liebste, ich flehe dich an«, bat Piet.

»Ich gehe nicht ohne meine Tochter!«

Es war fast drei Uhr morgens, etwa eine halbe Stunde nach Piets Rückkehr in die Rue des Barres, und der Kampflärm kam immer näher. Die Familie Reydon hatte sich in der Küche auf der Rückseite des Hauses versammelt, mit ihren kostbarsten Habseligkeiten, fluchtbereit. Cornelia van Raay band das letzte weiße Band Salvadora um den Arm.

»Nein! Ich werde nicht gehen. Ich begreife nicht, wie du so etwas verlangen kannst!« Minou umklammerte Martas blutbefleckte Haube. »Das beweist gar nichts. Was, wenn sie hierher zurückfindet, und wir sind nicht mehr da? Nein.«

Piet nahm sie bei den Händen.

»Hör mir zu. Ich möchte auch nicht aufbrechen, aber wir müssen. Hörst du sie denn nicht? Sie kommen näher. Ich habe sie gesehen. Sie schlachten Unbewaffnete ab – Männer, Frauen, sogar Kinder.«

Minou schlug sich gegen die Brust. »Wenn Marta tot wäre, wüsste ich es. Wir müssen weiter nach ihr suchen.«

»Da spricht dein Herz, Minou, nicht dein Verstand.« Er trat näher zu ihr. »Wir haben jeden Zoll der Stadt abgesucht, das weißt du. So viele Leute haben nach ihr gesucht, das weißt du auch. Ich schwöre dir, ich habe alles getan, was ich konnte. Wir müssen akzeptieren, dass Marta verschwunden ist.«

Sie sah ihm in die Augen. »Auf keinen Fall! Ich werde meine Tochter nicht im Stich lassen. Und auch Aimeric ist noch hier in der Stadt, und wir wissen nicht, wie es ihm geht.« Ihre Stimme schien von weit weg zu kommen. »Du kannst ja aufbrechen, wenn du willst. Ich bleibe.« Sie umfasste Martas Haube so fest, dass ihre Fingerknöchel blau wurden. »Das hier beweist gar nichts.«

»Minou, hör mir zu!«, beschwor er sie wieder. »Uns läuft die Zeit davon. Wir müssen fort. Hier sind wir nicht sicher. Auf den Straßen liegen die niedergemetzelten Toten. Es ist schlimmer als alles, was ich je gesehen habe. Die Katholiken haben die Tore geschlossen und vor dem Hôtel de Ville Kanonen aufgefahren. Sie führen einen Plan aus, den sie gründlich vorbereitet haben. Sie haben vor, uns alle zu töten, begreifst du das denn nicht?«

Minou schüttelte den Kopf. »Dieses Haus gehört einem Katholiken. Der Hauswirt wird für uns bürgen.«

»Für uns lügen, meinst du?«, entgegnete er. »Selbst wenn er es täte, es spielt keine Rolle mehr! Der Pöbel ist außer Rand und Band. Was immer die Absicht war, jetzt ist es zu spät. Paris hat den Verstand verloren.«

»Bisher haben sie uns unbehelligt gelassen.«

Piet hörte nicht zu. »Meinst du etwa, unsere Nachbarn würden uns nicht als Hugenotten denunzieren, wenn sie sich damit retten können? Der Feind im eigenen Land, so betrachtet man uns. Die Katholiken – zum größten Teil anständige Menschen, Leute wie wir – haben die Erlaubnis erhalten, sich gegen uns zu wenden. Weißt du etwa nicht mehr, wie es zu Anfang des Krieges in Toulouse zuging?«

Minou schloss die Augen, als sie sich daran erinnerte, wie Toulouse vor zehn Jahren gebrannt hatte. Das Blut und die Straßensperren, die sterbenden Männer und Frauen, die in der Zuflucht lagen, Reihe um Reihe um Reihe.

»Ich erinnere mich«, sagte sie schließlich sehr leise.

Piet fasste sie bei den Armen. »Und jetzt ist es sogar noch schlimmer. Gewöhnliche Menschen – wie unser Hauswirt – blockieren die Straßen. Banden von Halbwüchsigen plündern die Hugenottenviertel – Saint-Martin, Saint-Eustache, Saint-Honoré –, das habe ich mit eigenen Augen gesehen.« Er zupfte an dem Tuch um seinen Arm. »Eine weiße Armbinde wird sie nicht lange täuschen.« Er ließ die Hände sinken. »Um Jean-Jacques willen, um Salvadoras willen müssen wir aufbrechen.«

Minou sah die gequälte Miene ihres Gatten, das angstvoll gerötete Gesicht ihrer Tante. Cornelia van Raay, blass und ernst, lauschte auf jedes Wort. Endlich schaute Minou zu ihrem kleinen Sohn, der friedlich in den Armen der Kinderfrau schlief, ohne zu ahnen, wie sehr sein Leben in Gefahr war. Schließlich geriet ihre Entschlossenheit ins Wanken.

»Wenn wir Paris heute verlassen«, sagte sie mit versagender Stimme, »werden wir nie erfahren, was Marta zugestoßen ist. Für den Rest unserer Tage werden wir uns das fragen. Begreifst du das nicht? Es wird uns zugrunde richten.«

Piet legte seine Hände um ihr Gesicht. »Auch mir bricht es das Herz, ich kann kaum atmen oder denken. Genau wie du möchte ich glauben, dass sie noch lebt und in Sicherheit ist. Aber die Aussichten dafür sind gering. Marta wird schon zwei ganze Tage vermisst. Je länger wir zögern, desto schwieriger wird es für uns zu entkommen. Du musst an Jean-Jacques denken.«

Minous Augen füllten sich mit Tränen. »Jetzt verlangst du von mir, dass ich zwischen meinem Sohn und meiner Tochter wähle?«

»Nein«, entgegnete Piet ruhig. »Ich bitte dich, zwischen den Toten und den Lebenden zu wählen. Marta ist verloren, Jean-Jacques ist hier. Er braucht dich.« Minou hörte, wie er die Luft anhielt. »*Ich* brauche dich.«

Einen Augenblick lang schienen seine Worte zwischen ihnen in der Luft zu schweben, scharfe, schmerzhafte, furchtbare Worte, die sich nicht zurücknehmen ließen.

Sie hob den Kopf. »Dir ist klar, dass ich dir, wenn ich jetzt mitkomme, vielleicht nie vergeben kann, dass du mich zwingst, unsere Tochter im Stich zu lassen? Dieser Moment wird für immer zwischen uns stehen.«

Auch auf Piets Wangen glänzten nun Tränen. »Ich weiß, dass uns keine Wahl bleibt«, sagte er mit versagender Stimme, »wenn wir retten wollen, was von unserer Familie übrig ist.«

Minou brach das Herz. Sie wusste, dass Piet recht hatte, aber sie hatte auch die Wahrheit gesprochen. So ungerecht es sein mochte, die Entscheidung würde sie für den Rest ihres Lebens voneinander entfremden. Sie hielt seinem Blick noch kurz stand und gab dann nach.

»Also gut.«

Piet seufzte. »Gott sei Dank. Sobald ich euch alle in Sicherheit gebracht habe – und das Schlimmste vorüber ist –, kehre ich nach Paris zurück und suche weiter nach Marta. Ich gebe dir mein Wort, Minou. Ich werde nicht aufgeben, bevor ich sie finde.«

Doch obwohl Minou sah, wie seine Lippen sich bewegten, hörte sie nichts, und seine Erleichterung über ihre Kapitulation widerte sie an. Sie wandte ihm den Rücken zu und nahm Jean-Jacques der Kinderfrau ab.

»Liebste, sieh mich an«, sagte Piet. »Bitte.«

Minou fühlte sich seltsam gelassen, losgelöst von allem, was geschah, als betrachtete sie die Szene aus weiter Ferne.

»Du holst meine Schatulle aus meinem Zimmer«, wandte sie sich an die Kinderfrau. »Sie werde ich nicht zurücklassen. Und Jean-Jacques' Kreisel.«

»Minou, bitte.« Piet versuchte ihre Hand zu nehmen.

Sie trat außer Reichweite. »Cornelia, würdet Ihr meinem Gatten sagen, was Ihr mir gesagt habt?«

Die junge Niederländerin nickte. »Während meines Aufenthalts habe ich auf einem Kahn meines Vaters gewohnt. Wenn wir die Seine erreichen, gelingt es uns vielleicht, damit die Stadt zu verlassen.«

»Wo ankert der Kahn?«, fragte Piet rasch.

»Stromaufwärts von der Place de la Grève. Gegenüber der Île de Louviers.«

»Aber auf dieser Seite des Flusses.«

»Ja.«

»Glaubt Ihr, die Posten lassen uns durch?«

Minou verschloss die Ohren vor der Hoffnung in der Stimme ihres Mannes. Für sie war es, als hätte er bereits vergessen, dass er Marta im Stich ließ.

»Mein Vater ist in Paris so wohlbekannt wie in Amsterdam, Monsieur Reydon. Man weiß, dass er ein frommer Katholik ist und mehrfach für die Église Saint-Merri gespendet hat. Wir haben dort unsere eigene Kirchenbank. Deshalb bin ich zuversichtlich, dass die Posten in den Türmen unsere Flagge erkennen und uns passieren lassen. Wenn wir durch die Kontrollpunkte kommen und sicher flussabwärts fahren können, ohne durchsucht zu werden, besteht die Aussicht, dass wir Rouen erreichen, wo die Handelsschiffe meines Vaters ankern.«

»Liebste?«, fragte Piet bittend. »Was hältst du davon?«

»Ich stimme zu«, hörte Minou sich antworten. »Das ist unsere beste Hoffnung.«

»Gut, ich bin froh, dass du einverstanden bist.« Er atmete auf. »Wir werden entkommen, wenn wir zusammenhalten. Und später gehe ich zurück nach Paris, Minou. Ich verspreche es dir.«

Minou staunte über die Naivität des Mannes, den sie geheiratet hatte. Falls sie es durch die Straßensperren schafften, falls sie den Fluss erreichten, falls sie sicher auf dem Fluss entkommen konnten – selbst dann war es fraglich, dass auch nur einer von ihnen jemals nach Paris zurückkehren könnte. An diesem Tag, dem 24. August, dem Bartholomäustag, hatte sich die Welt unwiederbringlich verändert.

KAPITEL 45

Rue d'Orléans

»Wo ist er?«

Misstrauisch blickte sich der Herzog von Guise im Zimmer um: auf das Durcheinander, die aufgerissenen Schubladen, die verstreuten Papiere auf Schreibtisch und Fußboden, das Blut an der Unterkante des Altartuchs und schließlich wieder zu dem Hauptmann, der unruhig vor ihm stand.

Guises Hochgefühl, den Vater gerächt zu haben, war verflogen. Der Triumph der frühen Stunden – Coligny die Klinge in die Brust zu drücken, die Jubelrufe seiner Männer in den Ohren, den Körper des Admirals aus dem Fenster zu werfen, während er den abgetrennten Kopf hochhielt, damit alle ihn sehen konnten – hatte sich verflüchtigt und war einem Unbehagen darüber gewichen, dass eine Menschenmasse, durchsetzt mit Arkebusieren und Miliz, ganz Paris brandschatzte. Statt sich, wie vom Kronrat beschlossen, gegen eine bestimmte Anzahl von Häusern zu richten und die Welt von den »Kriegshugenotten« zu befreien, waren die Überfälle in wahllose Gewalt ausgeartet. Läden wurden verwüstet, Kirchen, sogar die Häuser von Katholiken. Der Pöbel war außer Kontrolle, niemand hatte ihn mehr in der Hand. Das Morden hielt an.

Nun war es kurz nach vier Uhr morgens, auch wenn im fortgesetzten Missklang der Sturmglocke kein Christenohr hören konnte, wie zur Matutin geläutet wurde. Guise hatte dem Gemetzel entfliehen wollen und war zu seinem geistlichen Berater gegangen, um die Absolution zu erhalten. Statt Vidals hatte er eine heruntergekommene, betrunkene Abteilung Soldaten im Wohnhaus vorgefunden und ein Schlachtfest in den Ställen.

»Wie heißt Ihr, Hauptmann?«, verlangte Guise zu wissen.

»Cabanel, Sire. Pierre Cabanel.«

»Ich frage Euch erneut, Cabanel, und Ihr wäret klug, wenn Ihr mir wahrheitsgemäß antwortet. Wo ist mein Beichtvater?«

Im Fackellicht sah Guise in den Augen des Hauptmanns die Angst blitzen.

»Monseigneur, ich weiß nicht, wer hier wohnt.« Er legte die Hand auf die Brust. »Bei meiner Ehre, als wir hier eintrafen, fanden wir das Anwesen verlassen vor. So ist es seit einigen Tagen, wenn ich raten sollte.«

Guise hob die Hand. »Etwas ausführlicher.«

»Wir gingen zuerst in den Stall, Monseigneur. Dort gab es keine frischen Spuren von Pferden.« Einer der Soldaten unterdrückte ein Lachen. Cabanel sah ihn wütend an.

»Wieso seid Ihr überhaupt hier, Cabanel?«

»Wir haben Ketzer verfolgt, Monseigneur. Sie waren aus einem Haus in der Rue de Béthisy geflohen, neben dem Quartier des Admirals de Coligny. Als ihr Pastor sie hierher führte, fürchteten wir um die Sicherheit der Hausbewohner, denn wir wussten, dass viele Häuser in der Rue d'Orléans im Besitz Eurer edlen Familie sind.« Er schluckte schwer. »Als sie Widerstand leisteten, waren meine Männer zu ihrem eigenen Schutz gezwungen …«

Guise machte ein finsteres Gesicht. »Ich kann sehen, was Eure Männer zu ihrem eigenen Schutz taten, Cabanel. Fahrt fort.«

»Nachdem die Gefahr beseitigt war, durchsuchten wir den Garten und die Nebengebäude, die Dienstbotenquartiere und schließlich auch das Haus. Niemand war dort.«

Guise wies zu der blutigen Leiche, die vor dem Altar lag.

»Wer bitte ist dies?«

»Einer von Colignys Leuten, Monseigneur. Er muss uns gefolgt sein.«

»Mit diesem Manuskript?«

»Jawohl, Monseigneur.«

Guise hob ein Blatt Papier auf, dann ein weiteres. Ein schiefes Lächeln kräuselte seine Lippen. Er schnippte mit den Fingern und einer seiner Leibwächter rannte herbei.

»Sammle die Papiere auf. Verwahre sie sicher. Ich glaube, die Königinmutter wäre daran sehr interessiert.« Mit dem Stiefel stieß er die Leiche an. »Und beseitigt den Ketzer.«

Cabanel rief zwei seiner Männer, die den Toten aus dem Raum schleiften. Sie hinterließen eine Schmierspur aus Blut auf den Fliesen.

»Und sonst war niemand hier? Seid Ihr Euch da sicher?«

Der Hauptmann zögerte. »Jawohl, Monseigneur.«

Guise sah sich ein letztes Mal im Raum um. Er wirkte nicht überzeugt.

»Dieses Haus gehört Kardinal Valentin – Vidal, so heißt er eigentlich. Ich wäre bestürzt, wenn ihm etwas zugestoßen sein sollte. Ich wäre aber erheblich ungehaltener, sollte ich entdecken, dass er – aus eigener Entscheidung – Paris ohne Erlaubnis verlassen hat. Das würde ich als schreiende Illoyalität ansehen.« Er zog eine Münze hervor. »Habe ich mich deutlich ausgedrückt?«

Cabanels Augen funkelten. »Jawohl, Monseigneur.«

»Wenn Ihr mir mitteilt, was ich erfahren will, wird es Euer Schaden nicht sein. Mir ist es gleich, wie lange es dauert oder wie viel es kostet, aber ich will wissen, wohin Vidal verschwunden ist.«

KAPITEL 46

ÎLE DE LOUVIERS

Minou folgte Cornelia in der Dunkelheit durch die wilden Straßen. Unter den Falten ihres Mantels verbarg sie den warmen Leib ihres Sohnes. Sie konnte nicht denken, sie konnte sich nicht gestatten, etwas zu empfinden. In der Ferne hörte sie Kampflärm, neben sich den pfeifenden Atem Salvadoras, die angestrengt versuchte, Schritt zu halten. Dicht bei ihr trug Piet die Schatulle mit ihrem Tagebuch und ihren anderen Schätzen im rechten Arm mit der unbrauchbaren Hand; in der Linken hielt er den blankgezogenen Dolch.

Minou konnte es nicht ertragen, ihn anzusehen.

Jeder Schritt, der sie von der Rue des Barres entfernte, bedeutete einen Verrat an ihrer Tochter. Und obwohl ihr Kopf ihr immer wieder sagte, dass keine Hoffnung bestehe, Marta in diesem Schrecken, diesem Durcheinander wiederzufinden, antwortete ihr Herz stets, dass sie ihr eigen Fleisch und Blut im Stich ließ.

Viele andere wollten zum Fluss, und ihr Grüppchen fand sich bald in einem dichten Strom von Flüchtlingen wieder. Jemand trat Minou auf den Saum des Mantels und straffte das Band an ihrem Hals. Ein Ellbogen grub sich ihr in die Rippen. Schweißgeruch und der saure Atem fremder Menschen umgaben sie.

Schon zweimal in ihrem Leben hatte Minou erlebt, wie Gesetzlosigkeit um sich griff. Mit sieben oder acht Sommern, im gleichen Alter, in dem Marta nun war, hatte eine brüllende

Menge in Carcassonne sie eingeschlossen. Minou erinnerte sich noch, wie fest ihre Mutter ihre Hand umfasst und dafür gesorgt hatte, dass sie sich trotzdem sicher fühlte. Wie sie Minous Augen bedeckt hatte, damit sie nicht die am Galgen zuckenden Körper sehen musste. Zehn Jahre später war sie in Toulouse in den Anfang des Ersten Hugenottenkrieges geraten. An jenem Maitag hatte sich Piet in den Kampf gestürzt und alle beschützt, die sich selbst nicht verteidigen konnten. Er hatte der Gefahr die Stirn geboten und war nicht vor ihr geflohen. Keinerlei Angst hatte er gezeigt.

An jenem Tag hatte Piet ihr das Leben gerettet.

Aber jetzt? Auch wenn sie seinen Beweggrund nicht verurteilte – sie glaubte ihm, dass er aus Liebe zu ihr und ihrem Sohn handelte –, zerstörte sein Tun sie dennoch.

»Alles wird gut, *mon brave*«, flüsterte sie Jean-Jacques zu und suchte Halt in der Liebe, die sie für ihren Sohn empfand. »Maman wird dich nicht verlassen.«

Der grimmige Ausdruck der Gesichter ringsum trieb Minou an; Hass und Boshaftigkeit verwandelten anständige Menschen in Ungeheuer. In dieser Hinsicht hatte Piet recht: Paris hatte sich gegen sie gewandt. Ihr wurde klar, dass sie nicht in der Stadt bleiben konnten, wenn sie überleben wollten.

Sie befanden sich nun am östlichsten Ende der Stadtmauern nahe der Bastille, einem Viertel, das Minou kaum kannte.

»Hier entlang«, flüsterte Cornelia.

Sie wandten sich nach rechts und näherten sich rasch der Stadtmauer. Piet wollte auf die Wächter zutreten, doch Cornelia streckte die Hand vor.

»Lasst mich. Mich kennen sie.«

Minou beobachtete ein gedämpftes Gespräch, woraufhin Cornelia einem Posten eine Münze in die Hand drückte. Zu ihrem Erstaunen öffnete er das Tor und winkte sie rasch hindurch.

Eilig führte Cornelia sie den Weg längs des Quai des Célestins zu den Anlegeplätzen gegenüber der Île de Louviers, wo mehrere Lastkähne auf dem Wasser tanzten. Minou ging schneller, nervös, da sie es nun beinahe geschafft hatten.

Da ertönte auf einem Landgang vor ihnen ein einziges Wort. »Ketzer!«

Cornelia winkte sie außer Sicht. Mit angehaltenem Atem warteten sie, und Minou sah zu ihrem Entsetzen, dass eine Meute eine Familie auf einem Anlegesteg eingekreist hatte: einen alten Mann – den Großvater vielleicht –, seine Tochter und drei kleine Mädchen, deren dunkle Kleidung sie als Hugenotten verriet.

»Verräter! Was verpestet ihr Frankreich mit eurer Ketzerei!«

Wörter spitz wie Dornen, Hohn, Spott, Gejohle. Minou musste zusehen, wie ein bärtiger Mann den Großvater ergriff und ins Wasser stieß, dann griff er nach einem der Kinder. Die Mutter versuchte ihn abzuhalten.

»Ich flehe Euch an!«, schrie sie. »Sie können doch nicht schwimmen.«

»Dein Gott wird sie retten, wenn er es für richtig hält«, lachte der Bärtige, packte das kleinste Mädchen und schleuderte es in die Seine, als wäre es nichts.

»Wir müssen etwas unternehmen«, stieß Piet hervor.

»Es ist furchtbar, aber das dürfen wir nicht. Sie würden sich auch auf uns stürzen«, widersprach Cornelia.

Die Menge jubelte, als auch die Mutter und die beiden anderen Kinder im stinkenden Fluss landeten. Minou hielt Jean-Jacques die Ohren zu.

Salvadora schluchzte. »Ich bin zu alt, um so etwas mit anzusehen. Ich kann nicht weiter.«

»Wir lassen dich nicht zurück.« Piet legte den Arm um sie. »Stütz dich auf mich.«

Minou wandte sich ab.

Kaum war der Pöbel weitergezogen, als Cornelia ihnen winkte weiterzugehen.

»Es ist nicht mehr fern. Der letzte Anleger.«

Sie stiegen am Kai hinunter und eilten den Steg entlang zu dem Lastkahn, der Willem van Raay gehörte. Zwei Männer standen davor. Ihre Blicke huschten ängstlich hin und her. Minou sah ihnen die Erleichterung an, als sie Haltung annahmen.

»*Zeg niks*«, sagte Cornelia. »*Dit zijn mijn vrienden.*«

Der Lastkahn war einer der schönsten, die Minou je gesehen hatte. Er lag tief im Wasser und hatte eine große Kajüte mittschiffs und gebogene Holzbänke an den Seiten. Vier Ruderer gab es, zwei auf jeder Seite, und am Heck des Bootes flatterte eine Flagge mit den Handelsfarben Amsterdams und einem Wappen, das der Familie van Raays gehörte.

»Ich habe ihnen gesagt, dass Ihr meine Freunde seid«, sagte Cornelia, während sie ins Boot stiegen, »und ich habe sie gebeten, nichts zu sagen, falls wir angehalten werden. Monsieur Reydon, es wäre am besten, wenn Ihr außer Sicht bliebet, bis wir weit von Paris entfernt sind. Madame Boussay, vielleicht wäre es unter Deck auch für Euch etwas bequemer?«

Piet machte den Eindruck, als wollte er protestieren, aber er befolgte Cornelias Rat.

»Komm, Tante Salvadora«, sagte er, »lass mich dir helfen. Minou?«

»Ich bleibe draußen, wenn Cornelia es mir erlaubt.«

»Wenn du es so willst.«

Piet zögerte, nahm ihr Jean-Jacques ab, reichte ihn der Kinderfrau und bot Salvadora den Arm an. Sie verschwanden unter Deck.

»*Roeien!*«, befahl Cornelia der Mannschaft.

Die Männer lösten sofort die Leine und zogen sie an Bord. Mit einem Ruck drückten sie das Boot vom Anleger weg. Die Ruderer tauchten die Riemen ein und lenkten den Kahn vom Ufer weg in die Mitte der Strömung.

»Gut«, sagte Cornelia, obwohl ihr Gesicht düster und blass

vor Sorge war. »Wenn es am Oberlauf keine Sperre gibt, gelingt es uns vielleicht zu entkommen.«

Schreie waren zu hören, Kanonenschüsse, Laute des Todes. So viele Menschen trieben auf dem Wasser und schrien, während der Fluss sie in die Tiefe zog. Der Himmel war hell vom Feuerschein, orange Flammen leckten in die Schwärze der Nacht. Wie es aussah, brannten ganze Stadtviertel, und das auf beiden Seiten der Seine.

Sie fuhren weiter. Die Riemen glitten ins Wasser und brachen heraus, bis sie auf der Höhe des letzten Turmes in der Stadtmauer waren.

Gerade als Minou schon glaubte, sie wären sicher entkommen, hörte sie einen Ruf. Sie drehte sich um und sah ein Boot, das hinter ihnen übers Wasser jagte.

»Im Namen des Königs befehle ich Euch anzuhalten!«

Das Boot ging längsseits. Außer dem Kommandanten in königlicher Montur sah sie vier Bogenschützen und zwei Männer mit Arkebusen.

»Erklärt Euch«, rief der Kommandant.

»Ich bin Cornelia van Raay aus Amsterdam.« Minou bewunderte sie für ihre Ruhe. »Ich bin im Auftrag meines Vaters in Paris.« Sie wies auf die Flagge. »Seine Schiffe liegen in Rouen vor Anker. Im Lichte der Geschehnisse – ohne Zweifel neue Gräueltaten der Protestanten – hielt ich es für das Beste aufzubrechen.«

Das Boot kam näher, so nahe, dass Minou die Spuren erkennen konnte, die Schweißperlen auf der Stirn des Kommandanten hinterlassen hatte.

»Warum nicht bis zum Morgen warten?«

Cornelia rang sich ein Lächeln ab. »Ich werde nicht die Fracht meines Vaters gefährden. Ein paar Stunden könnten entscheidend sein.«

Der Kommandant musterte die Barke von vorn bis achtern. »Welche Geschäfte führt Euer Vater?«

»Er ist Kornhändler, Monsieur, und katholischer Wohltäter.«
Der Kommandant setzte einen Fuß auf die Bordkante des
Kahns, als erhebe er Anspruch darauf, und wies auf Minou.
»Und wer ist sie?«

»Meines Vaters Gattin«, sagte Cornelia rasch. »Madame war
in Paris, um Verwandte zu besuchen. Wir kehren jetzt nach
Amsterdam zurück.«

»Niemand sonst an Bord?«

»Niemand sonst«, log Cornelia. Sie machte eine einladende
Geste. »Ihr könnt gern an Bord kommen und Euch selbst überzeugen, Monsieur.«

Minou hielt den Atem an und betete, dass er nicht ins Boot
käme und niemand unter Deck einen Laut machte. Ihr Herz
pochte so heftig in ihrer Brust, sie konnte kaum glauben, dass
er es nicht hörte.

Der Kommandant nahm den Fuß weg und trat zurück. »Das
wird nicht nötig sein, Mademoiselle ...«

»Van Raay«, sagte Cornelia mit einer Stimme so klar wie Glo-
ckenschlag. »Mein Vater wird von Eurer Höflichkeit hören. Gott
schütze den König.«

Der Kommandant salutierte, ließ das Boot wenden und hielt
wieder aufs Ufer zu.

Cornelia blieb stehen, sah ihm nach und brach schwer at-
mend neben Minou auf dem Sitz zusammen.

Minou legte der jungen Frau die Hand auf den Arm. »Ich
danke Euch, Cornelia.«

Die Freundin antwortete nicht, sie saß nur da und hielt sich
an der Bank fest, dass die Knöchel weiß hervortraten. Langgezogen seufzte sie und hob den Kopf.

»*Ga door*«, befahl sie der Mannschaft: Weitermachen.

Minou berührte den alten Verlobungsring aus Zwirn, den
Piet ihr vor zehn Jahren geschenkt hatte. Seit Piet und sie den
Rückweg ins Herz des anderen gefunden hatten, hatte sie ihn

jeden Tag an ihrem silbernen Hochzeitsring getragen. Minou sah auf den Faden in ihrer Hand. Dann nahm sie ihn mit einem Ruck ab und warf ihn ins schwarze Wasser der Seine. Was brauchte sie jetzt noch solche Andenken der Zuneigung?

Minou wandte sich um und sah zu, wie Paris hinter ihnen immer kleiner wurde. Sie fragte sich, ob sie die Stunde ihres Todes nur hinauszögerten und ob sie sich in diesem Augenblick überhaupt darum scherte.

»Verzeih mir, *petite*«, murmelte sie in die Dunkelheit und hoffte gegen jede Chance, dass Marta noch lebte. Und dass sie irgendwie ihre Stimme hörte.

DRITTER TEIL

AMSTERDAM UND CHARTRES
Mai 1578

KAPITEL 47

Minou schüttelte sich das Wasser von den Händen. Sie trat vor auf die Steinterrasse, die an der ganzen Längsseite des Hauses entlanglief, und drehte sie hin und her, damit sie in der Sonne trockneten.

Es waren nun die Hände einer Frau, die arbeitete.

Nach einem besonders harten Winter und einem entmutigenden Frühling voll Regen, Nebel und Sturmwinden war unvermittelt der Mai mit klarem Himmel, Raureifnächten und hellen warmen Tagen nach Amsterdam gekommen. Die Blätter an den Apfelbäumen hatten ein helles Silbergrün angenommen, und Wolken aus weißen Blüten saßen an den Zweigen. Das Gras war gefleckt von Klee, Schafgarbe, Hundskamille und Schöllkraut. Die Tage wurden länger, und der Garten wurde schöner.

»*Doucement!*«, rief Minou, als einer der älteren Jungen ein blasses, dünnes Mädchen anrempelte, das noch kein Wort gesagt hatte, seit es eingetroffen war. »Sei vorsichtig, Frans. *Voorzichtig!*«

Der Junge winkte entschuldigend. Minou sah über das Geländer, das die Terrasse vom Obstgarten trennte, und fragte sich, ob sie einschreiten sollte. Agnes, ein Mädchen aus Brielle, das mit am längsten hier lebte und dessen ganze Familie in den ersten Jahren der Revolte ermordet worden war, kam ihr zuvor. Sie legte den Arm um die Neue und nahm sie beiseite, um sich mit ihr hinzusetzen.

»*Voorzichtig!*«, mahnte Minou erneut. Frans achtete nicht auf sie.

Sie lächelte schief. Obwohl sie versucht hatte, die Sprache zu meistern, blieben ihr die harten holländischen Wörter unangenehm, und die frecheren Kinder wie Frans taten manchmal so, als verständen sie Minou nicht. Entmutigen ließ sie sich dennoch nicht – so viele ihrer Waisen kamen aus Zeeland oder Friesland, manchmal auch aus Flandern –, aber manchmal musste sie auf ihre eigenen Kinder zurückgreifen. Sowohl Jean-Jacques, der nun acht Jahre alt war, als auch die kleine Bernarda, die in der vergangenen Woche fünf geworden war, sprachen Niederländisch wie ihre Muttersprache.

Minou machte sich große Hoffnungen für die diesjährige Apfelernte im Garten, ein winziges Eden im Herzen der belagerten Stadt, die sie nun ihr Zuhause nannten. Sie wusste, dass sie sich glücklich schätzen sollte. Zum größten Teil tat sie es auch. Wenn sie morgens aufwachte, hatte sie ein Dach über dem Kopf und war in der Gesellschaft derer, die ihr wichtig waren. Und obgleich es auf den Straßen oft gefährlich war, da sich der Krieg gegen die spanische Besatzung hinzog und die Seeleute ihren Groll von den Schiffen in die Stadt trugen, und es oft nicht genug zu essen gab, bedeutete das Überleben ihrer Familie ein Wunder in einer Zeit, in der so viele gestorben waren. Sie war dankbar für ihr Leben in einer Welt, die auf den Kopf gestellt worden war. Aber nicht Gott dankte sie für ihre Errettung, sondern Cornelia van Raay.

Von dem Moment vor sechs Jahren an, als Cornelia vor der Haustür in der Rue des Barres gestanden hatte – dem Tag, an dem für Minou ihr vorheriges Leben endete –, gehörte die junge Holländerin zur Familie. Sie besaß Kraft und eine Erfindungsgabe, die ihre privilegierte Herkunft Lügen strafte. Sie hatte sie aus Paris hinausgebracht, als so gut wie jedes andere Schiff zum Wenden gezwungen oder angegriffen wurde. In den schrecklichen Wochen, die auf die Bartholomäusnacht gefolgt waren und in denen sich die Grausamkeit und Mordlust des Pöbels gegenüber Hugenotten auf die anderen Städte Frankreichs ausbreitete, hatte Cornelia sie an Bord eines Frachters ihres Vaters versteckt, der in Rouen vor Anker lag, bis es sicher war weiterzufahren. Cornelia war es auch, die sie endlich, im Winter 1572, nach Amsterdam gebracht hatte. Salvadora hatte an Gicht und einer Lähmung gelitten, Jean-Jacques war bis auf die Knochen abgemagert, und Minou, die darunter litt, dass in ihr ein ungewolltes Kind heranwuchs, war noch taub vom Verlust Martas. Auch von Aimeric hatten sie seit sechs Jahren keine Nachricht. Sie mussten davon ausgehen, dass er tot war.

Mit wenig Aufhebens hatte Cornelia weiterhin nach den Dokumenten gesucht, die Mariken anvertraut worden waren. Als Tochter eines geachteten katholischen Kaufmanns konnte sie Fragen stellen, die man Minou, einer hugenottischen Flüchtigen, niemals beantwortet hätte. Aber obschon Cornelia ein Kloster nach dem anderen aufsuchte – auf der Suche nach der Freundin, der Mariken die Papiere anvertraut hatte, die Piets Geburtsrecht betrafen –, erfuhr sie nichts.

Cornelia hatte ihnen eine Unterkunft beschafft und ihren Vater überredet, beim Erwerb des bescheidenen Eckgrundstücks aus dem ehemaligen Kapuzinerkloster zu vermitteln. Wie die meisten Klöster und Konvente in der Oude Zijde, dem ältesten Teil der Stadt, hatten Steuern die Kapuziner in die Armut und aus dem Geschäft gedrängt. Nur das Franziskanerkloster, einen Steinwurf von Minous Haustür entfernt, war verschont geblieben.

Minou sah mit Stolz auf ihr schmales vierstöckiges Haus. Am östlichen Ende des Zeedijk errichtet, einem der alten Deiche

Amsterdams, der sich an der Nordgrenze der Stadt am Hafen krümmte, befand sich ihr Grundstück schräg gegenüber des Sint Antoniespoort, des Haupttors, das von Osten in die Stadt führte.

Die Terrasse führte zu einem kleinen Obstgarten, in dem die Kinder nachmittags spielten. Ihre zusammengewürfelte Gemeinde wuchs, und sie brauchten mehr Raum. Willem van Raay hatte den alten Stall der Kapuziner gekauft, damit sie darin Schlafsäle und Wohnzimmer unterbringen konnten.

Ihr *Hofje* – Armenhaus – war genauso organisiert wie die Zuflucht für hugenottische Flüchtlinge an der Rue du Périgord in Toulouse, in der Piet früher gearbeitet hatte. Jeder in Not war dort willkommen gewesen. Heute, sechzehn Jahre später in Amsterdam, sorgten Minou und er für Dutzende elternlose Kinder, unschuldigen Opfern der Kriege in Frankreich und den Niederländischen Provinzen, die es nach Amsterdam verschlagen hatte. Flüchtlingen wie ihnen. Auf diese Weise konnten sie ihre Dankbarkeit einer Stadt gegenüber zeigen, die sie aufgenommen hatte. Zumindest für Minou bot es zudem eine Möglichkeit, die Last zu mindern, die auf ihrem Herzen lag.

Allmählich hatten sie sich ein neues Leben in der Stadt der Tränen geschaffen. Minou hatte Amsterdam diesen Beinamen verliehen, nachdem sie mit gebrochenem Herzen hier eingetroffen war. Sie hatten sich daran gewöhnt, Pfannkuchen und Barsch und eingelegten Hering zu essen statt *Pan de blat*, Ziegenkäse und frische Feigen, enge Bundhauben und schlichte Kragen zu tragen statt bestickter Kapuzen und Halskrausen. Minou hatte gelernt, für eine andere Tochter zu sorgen, Bernarda, die im Frühjahr 1573 zur Welt gekommen war, auch wenn sie zu ihrer Schande nie vermocht hatte, das Kind zu lieben. Nach Minous Vater benannt, war Bernarda mit Piets roten Haaren und Jean-Jacques' sommersprossiger Haut gesegnet. Sie sah Marta nicht im Geringsten ähnlich.

Im Sommer 1573 erreichte die Familie schließlich die Nachricht, dass zwei Monate nach dem Pariser Massaker Puivert von katholischen Truppen eingenommen worden war. Ein Brief von Alis hatte sie erreicht: Sie war trotz ihrer Verletzungen entkommen und war in der hugenottischen Hochburg La Rochelle an der Atlantikküste untergekommen.

Minou hatte auf mehr Neuigkeiten gewartet, doch erst verstrichen Wochen, dann Jahre ohne ein weiteres Wort. Allmählich hatte sie akzeptiert, dass sie nicht nur Aimeric und Marta verloren hatte, sondern auch Alis.

Von diesem Moment an hatte Minou versucht, Augen und Ohren vor den Gespenstern der Vergangenheit zu verschließen. Als sie einmal glaubte, sie sehe in den Kolonnaden des gotischen Rathauses auf der Plaetse das Gesicht ihrer Tochter, hatte sie sich abgewandt. Wenn sie einen schwarzhaarigen Mann wie Aimeric entdeckte, der auf dem Oudezijds Voorburgwal entlangging, oder eine feurige junge Frau vom Schlage Alis' mit einem Buchhändler auf der Kalverstraat feilschte, wusste sie, dass sie sich nicht täuschen lassen durfte. Sie konnte nicht zulassen, dass ihr geschundenes Herz erneut gebrochen wurde.

Bei der Vertreibung von so vielen Tausenden von Menschen, den Kriegen, die in Frankreich und den Niederländischen Provinzen wüteten, der blutigen Gewalt der Revolte gegen die spanische Herrschaft, dem alltäglichen Kampf ums Überleben, dem Hunger und dem zerbrechlichen Frieden in Amsterdam, dem behutsamen Wiederaufbau ihres Lebens in einer neuen Stadt gerieten die alten Geschichten allmählich in Vergessenheit.

Minou sagte sich, dass nur die Gegenwart zählte.

Willem van Raay, so reserviert und förmlich er auch war, führte Salvadora jeden Sonntag zur Messe. Er war ein frommer Mann, den katholischen Traditionen ergeben, in denen er erzogen worden war. Er betete in der Nieuwe Kerk und nahm Madame Boussay gern dorthin mit. Minou hatte sich eine Zeitlang gefragt, ob zwischen den beiden eine Herbstromanze erblühte, aber obwohl sie des anderen Gesellschaft genossen, behagte Salvadora das Leben in Amsterdam nicht. Die Sprache, die Gebräuche, die Enge, nichts davon entsprach ihrem Geschmack. Ihre Gesundheit litt, und der Verlust ihrer Großnichte, ihrer Nichte und des Neffen, ihres Lieblings, forderte seinen Zoll. Nachdem im Juli 1573 der Frieden von La Rochelle unterzeichnet wurde und dem Vierten Hugenottenkrieg ein Ende setzte, sodass die Fernstraßen Frankreichs wieder bereist werden konnten, war Salvadora nach Toulouse zurückgekehrt.

Minou hatte sie mit Bedauern ziehen sehen und sich große Sorgen gemacht, ob sie ihr Ziel je erreichte. Willem van Raay hatte ihr jedoch für einen Teil der Reise Begleitschutz gestellt, und Salvadora war ohne Zwischenfall zu Hause angekommen. Obwohl nur selten Nachrichten durchkamen, gelangte doch hin und wieder ein Brief von ihr aus dem Languedoc nach Amsterdam. Nun, da Minou nicht jeden Tag in Gesellschaft Salvadoras verbringen musste, fiel es ihr leichter, liebevoll an ihre Tante zu denken.

Während Frankreich von einem Konflikt in den nächsten stolperte, setzte bei Minou die Erkenntnis ein, dass sie noch immer nicht – und vielleicht nie – ins Languedoc zurückkehren konnten, und Amsterdam war langsam zu einem neuen Zuhause geworden.

KAPITEL 48

In Amsterdam waren die Winter weniger rau als in Puivert, und im Frühjahr war die Luft weicher. Das Land jenseits der Stadtmauern breitete sich flach und feucht aus, Schleusen, Deiche und Kanäle schraffierten es, so weit das Auge reichte, Äcker, Windmühlen, gelegentlich zusammengescharte Häuser, eine Kirche. Vom schroffen, grauen Midi unterschied es sich so sehr, wie Minou sich nur vorzustellen vermochte. Sogar das Licht in Amsterdam war anders.

Zunehmend dachte Minou von Frankreich als einem Land, das nur in ihrer Fantasie existierte. Carcassonne, Toulouse, Puivert – Orte, die sie einst gekannt und geliebt hatte – waren bloße Erinnerungen aus alten Träumen, die verblassten und an Farbe verloren. Sosehr sie den Anblick der Kapelle von Puivert, wo Piet und sie getraut worden waren, auch in ihrem Gedächtnis zu bewahren versuchte, die weite Gewölbedecke und die Fenstermalereien von Sint Nicolaas erschienen ihr nun weit realer. Und versuchte sie auch, sich an den Wind in ihrem Gesicht zu erinnern, wenn sie an einem Sommertag ihre rotbraune Stute durch den Wald von Puivert ritt, fühlte sie sich doch am lebendigsten, wenn sie die raue salzige Gischt des IJ auf ihrer Haut spürte.

Während die Monate zu Jahren wurden, gewöhnte sich Minou an das Leben in einer Welt, die nicht vom Wald, sondern vom Wasser bestimmt wurde. Auf schmalen Brücken überquerte sie Grachten und erkundete alte Wege. Sie ging die gesamte Stadt innerhalb der Mauern ab, an breiten Kanälen neben dem

Wassergraben, der Amsterdam beschützte, von der Singelgracht im Westen bis zum Sint Antoniespoort im Osten und zu ihrem Zuhause auf dem Zeedijk. Sie stand auf dem Damrak und sah nach Süden zur Kirche auf der Heilige Stede, wo im vierzehnten Jahrhundert ein Wunder Amsterdam zu einem der meistbesuchten Wallfahrtsorte im Norden gemacht hatte. Selbst in diesen schwierigen Zeiten strömten noch immer Hunderte von Katholiken jeden März in die Stadt, um das Mirakel von Amsterdam zu ehren. An anderen Tagen ging Minou auf den Damrak und sah nach Norden auf den Wald aus Masten im tieferen Wasser des IJ. Sie lernte es, das Knallen der Takelage dieser treibenden Palisade aus großen Schiffen im Wind zu lieben, und auch die schrillen Schreie, mit denen die Möwen die Matrosen nach Hause riefen.

Dennoch konnte Minou manchmal, wenn sie sehr niedergeschlagen war, das Gespenst ihrer Tochter nicht daran hindern, sich neben sie zu stellen. Marta hätte die Schiffe und ihre Verheißung von Abenteuer geliebt, hätte zu gern gesehen, wie sie Segel setzten, um zu fernen Ländern aufzubrechen. An diesen trügerischen Tagen entdeckte Minou überall Mädchen mit langen braunen Haaren, wie Marta sie hatte: Ein Moment der Hoffnung, Minous Herz schlug schneller, und sie folgte. Aber das blaue Kleid blieb immer gerade außer Reichweite, und wenn der Traum verging, fand Minou sich wieder beraubt und allein auf einer unbekannten Straße wieder.

Neuigkeiten vom Krieg in Frankreich erreichten sie durch Kaufleute und Seeleute, fahnenflüchtige Soldaten und Bauern, die nach Norden flohen: von den Zugeständnissen, die gemacht und widerrufen wurden; vom Tod König Charles IX. und der Thronbesteigung seines Bruders, des Herzogs von Anjou, als Henri III.; von der Gründung der Heiligen Liga, angeführt vom Herzog von Guise, und der Flucht des Königs von Navarra aus seinem langen Pariser Hausarrest, nach der er sich an die Spitze der hugenottischen Truppen setzte. Fetzen, die vom Wind und in den Segeln der großen Schiffe und Rümpfen der kleinen Boote hergetragen wurden.

In den Niederländischen Provinzen war die Lage nicht weniger heikel. Brutal bekämpften die unterdrückerischen Spanier die Truppen des Fürsten von Oranien, vernichteten Dörfer und Ernten, raubten dem Volk Obdach und Nahrung. Amsterdam litt als einzig verbliebene katholische Stadt wirtschaftlich, verlor Handel und Finanzmacht, je länger der Kampf um die Unabhängigkeit anhielt. Die Zeit war reif für einen Wandel. Viele Calvinisten und Geusen, die in den ersten Jahren der Revolte ins Ausland gegangen waren, kehrten nach Amsterdam zurück.

Piet hatten sie mit offenen Armen empfangen und in ihre Gemeinschaft aufgenommen. Weil er viele Jahre die niederländische Unabhängigkeit unterstützt hatte, war er als Verbündeter, als Anführer, als Freund sehr gesucht. Während des vergangenen Winters und Frühjahrs hatte er regelmäßig an Treffen in Lastage teilgenommen, dem Viertel der Schiffbauer und Schiffsausrüster vor dem Osttor, in dem viele aufrührerische Protestanten wohnten. Amsterdam gab ihm einen Daseinszweck und eine Vitalität zurück, die er schon verloren geglaubt hatte. Minou versuchte sich darüber zu freuen, aber in Wahrheit empfand sie Zorn, wie leicht Piet die Vergangenheit zu vergessen schien: Aimeric vermisst, Alis vermisst, Marta verschollen.

»Frans!«, rief Minou jetzt. »Ich sage dir es zum letzten Mal. Sei vorsichtiger! Du bist zu wild.«

»*Het spijt me.*« – Es tut mir leid.

Minou schenkte sich einen Becher Bier aus dem Krug ein und sah nach ihren eigenen Kindern in der Menge. Ganz wie Aimeric und Alis in ihrer Kindheit trotz des Altersunterschieds manchmal für Zwillinge gehalten worden waren, so ähnelten sich nun Jean-Jacques und Bernarda, obwohl drei Jahre sie trennten. Vom Teint und der Haarfarbe kamen sie beide nach ihrem Vater. Keiner von beiden ähnelte Minou auch nur ein bisschen – oder ihrer älteren Schwester.

Marta. Minou spürte den vertrauten Schmerz im Herzen. In diesem Sommer wurde sie dreizehn.

Sechs Jahre waren vergangen, aber Piet und sie hatten nie über Marta gesprochen. Wozu auch. Minou war nach wie vor überzeugt, dass sie es gespürt hätte, wenn ihrer Tochter etwas zugestoßen wäre. Piet glaubte das Gegenteil und fand, dass Minous Weigerung, die Wahrheit zu akzeptieren, sie in der Vergangenheit gefangen hielt.

Sie beneidete Piet um seine Sicherheit. Als ihr geliebter Vater gestorben war, hatte sie geglaubt, der Tod wäre der größte Verlust, den ein Herz ertragen müsste. Nun hatte sie begriffen, dass es eine ganz andere Hölle bedeutete, nicht zu wissen, was aus jemandem geworden war. Dieser winzige, tückische Funken Hoffnung schnitt scharf wie ein Diamant und wollte einfach nicht erlöschen.

Sie verbrachten Zeit miteinander, und sie waren höflich und respektierten des anderen Ansichten. Aber sie lebten mehr als zugeneigte Freunde zusammen denn als Mann und Frau. Minou hatte versucht, Piet zu verzeihen, dass er sie gezwungen hatte, Marta in Paris zurückzulassen, und seither keinerlei Anstalten machte, nach ihr zu suchen. Lange nach dem Vorfall hatte sie akzeptiert, dass sie nichts anderes hätten tun können – die Zahl der Toten und Vermissten bestätigte es –, aber so ungerecht es auch war, sie verübelte Piet weiterhin, dass er nicht härter gekämpft hatte. Dass er aufgegeben hatte.

»Mevroow Reydon?«

Minou drehte den Kopf. »Was gibt es, Agnes?«

»Da ist eine Person an der Tür, die fragt nach Euch.«

Minou zog die Brauen hoch. »Eine Person?«

Agnes runzelte die Stirn. »Ein Mann, glaub ich, aber mager.

Er ist ungepflegt, und seine Haare sind kurz und durcheinander, aber seine Kleidung ist ... komisch.«

»Komisch?«

»Ich hab ihm gesagt, Ihr seid vielleicht gar nicht zu Hause.«

Agnes tat recht daran, vorsichtig zu sein. Von Zeit zu Zeit tauchte eine Mutter oder ein Vater, die ihr Kind auf die Straße geschickt hatten, an ihrer Tür auf und verlangte Entschädigung. Allen Ernstes wollten solche Leute Geld für ein Kind, das sie im Stich gelassen hatten.

Minou seufzte. »Hat diese Person dir ihren Namen genannt?«

»Gefragt hab ich, aber ...«

Hinter ihnen schlug die Tür zur Terrasse auf, und der Besucher stand unangemeldet da. Er schwankte unter der Last dessen, was er trug.

Einen flüchtigen Moment lang trügten Minou die Augen, und sie glaubte, Aimeric sei zurückgekehrt. Sie blinzelte. Dann ergriff der Besucher das Wort.

»Ich habe dich gefunden.«

Beim Klang der vertrauten Stimme entfiel Minou der Becher, und das Bier spritzte auf die Steine. Mit zottigen schwarzen Locken, die kurz und schief geschnitten waren, sah der Besucher eher aus wie ein Junge denn wie eine Frau von dreiundzwanzig Jahren, aber ein Irrtum war ausgeschlossen.

Minou eilte vor und umarmte ihre Schwester. »Liebste Alis! Ist es denn möglich?«

»Endlich«, sagte Alis, dann brach sie bewusstlos vor Minous Füßen zusammen.

KAPITEL 49

Die sinkende Sonne tauchte die Turmspitzen des Sint Antonie-spoort in flammendes Rot, als Piet in die Dachkammer des Hauses stürmte.

»Ist es wahr? Alis ist hier?«

Minou saß am Bett ihrer Schwester und schaute lächelnd zu ihm hoch. »Ja. Salvadora würde sagen, es ist ein Wunder.«

Piet musterte Alis, die reglos unter den Decken lag. »Wann ist sie angekommen?«

Minou schaute durch das kleine Fenster und erkannte, dass die Sonne beinahe schon untergangen war. »Am frühen Nachmittag.«

Piets Gesicht war verzerrt vor Sorge. »Ist sie verletzt? Oder krank?«

»Sie ist erschöpft. Sie hat das Bewusstsein verloren, deshalb trugen wir sie hierher. Seitdem hat sie geschlafen.« Minou schwieg kurz. »Vor einigen Stunden habe ich Frans nach Lastage geschickt, um dich zu holen.«

Piet ließ ihre unausgesprochene Frage unbeantwortet. »Und sie hat in der ganzen Zeit nichts gesagt? Wo sie gewesen ist, oder wie sie …«

»Nichts.« Minou streckte die Hand aus und berührte den Wandbehang. »Erinnerst du dich daran, Piet? Alis hat es geschafft, ihn von Puivert bis hierher zu tragen.«

Einen Augenblick lang schloss sie die Augen und erinnerte sich, wie das Licht im Familiensaal von Puivert auf den Wandteppich gefallen war, während sie alle darunter lebten und redeten. Die Farben waren nun verblasst, aber die Lebendigkeit der Stickarbeit hatte sich nicht verändert. Die Familie Reydon-Joubert in ihrer feinsten Kleidung. Sie und Piet mit Goldfaden und Silber und juwelenbesetzten Perlen, der zweijährige Jean-Jacques in Samthose mit Holzrassel und die siebenjährige Marta in ihrem blauen Kleid und ihrer Lieblingshaube mit der roten Stickerei.

Sie öffnete die Augen zur Amsterdamer Dämmerung. »Wo bist du gewesen, Piet? Frans sagt, er konnte dich nicht finden.«

Piet schaute sich um, als fürchtete er Zuhörer, und schloss Tür und Fenster. Wäre der Ausdruck in seinem Gesicht nicht gewesen, hätte Minou über die Vorstellung gelacht, dass ihr Gespräch ganz oben im Haus von der Straße aus belauscht werden könnte.

»Der Wechsel naht«, flüsterte Piet aufgeregt. »Hendrick Dircksz gerät endlich unter Druck.«

Minou stellte sich zu ihm ans Fenster. »Er ist nicht mehr erster Burgemeester?«

»Vorerst gehört ihm das Stadhuis noch, aber sein Einfluss schwindet. Die Massaker in Naarden und Haarlem, das Abschlachten von Frauen und Kindern durch spanische Soldaten, diese Verbrechen sind unvergessen. Dircksz war zu lange gegen die Unterzeichnung der *Satisfactie*. Selbst jetzt noch weigert er sich, zahlreiche Bedingungen zu erfüllen.«

»Warum hat er überhaupt unterschrieben?«

»Die ›Bettler‹ haben ihn mit vorgehaltenem Schwert gezwungen. Aber …« – Piet erwärmte sich für das Thema – »indem er weiter die spanische Besatzungsmacht gegen den Fürsten von Oranien unterstützt, wo jede andere größere Stadt im Norden und Westen der Provinz sich dem Aufstand angeschlossen hat, zerstört Dircksz Amsterdams Wohlstand. Zu viele Schiffe fahren heute an uns vorbei und laufen lieber die Ostseehäfen an. Kaufleute verlegen ihre Speicherhäuser nach England und Dänemark.«

»Handel also«, stellte Minou fest, »statt Souveränität und Glaube.«

»Dircksz und die anderen Burgemeesters haben sich dem wirtschaftlichen Druck gebeugt, das ist richtig. Aber wenn sie uns weiterhin unsere Kirchen verweigern, müssen sie gehen.«

»Uns?«, fragte sie leichthin. »Du meinst Hugenotten, Flüchtlinge wie wir?«

»Hugenotten, Calvinisten, Protestanten, das Wort ist unwichtig. Alle von reformiertem Glauben. Holländer, Franzosen, Engländer sogar; auch das spielt keine Rolle. Viele Calvinisten, die Amsterdam verlassen haben, sind jetzt zurückgekehrt. Viele dieser Männer kenne ich dem Namen nach seit zehn Jahren. Jetzt ihre Bekanntschaft zu machen und als Bruder begrüßt zu werden, ist eine Ehre.«

»Das weiß ich«, sagte Minou behutsam. »Aber deinem Gesicht nach wird etwas ganz Bestimmtes geschehen. Habe ich recht?«

»Du solltest die Veränderung nicht fürchten, Minou.«

»Das ist eine sehr törichte Ansicht.«

Piet suchte ihren Blick. »Die Situation wurde lange genug verschleppt. Die Dircksz regieren Amsterdam seit vierzig Jahren. Die Welt hat sich geändert, Amsterdam hat sich geändert. Wir brauchen neue Anführer, ein neues Holland mit Amsterdam als seiner Hauptstadt. Wir müssen nach vorn sehen, nicht zurück.«

»Soll ich mich fürchten?«, fragte Minou ruhig. »Mir kommt es so vor, als sollte ich es. Für unsere Freunde und Nachbarn, für die Kinder. Für uns?«

»Nein, natürlich nicht. Wir haben die Absicht, den Regierungswechsel im Stadhuis friedlich zu vollziehen, vernünftig, ein Appell an den gesunden Menschenverstand.«

Minou musterte ihren standhaften, ehrenwerten Gatten und sah die Sorgenfalten auf seiner Stirn. Sein rotes Haar war heller geworden und an den Schläfen nun grau. Er war ein guter Vater, ein guter Ehemann, ein Mann von Prinzipien, aber sie entdeckte Eifer in seinen Augen, das Leuchten der Abenteuerlust und eine gewisse Naivität. Es behagte ihr ganz und gar nicht.

»Uns wurde von Nonnen berichtet, die nackt durch die Straßen geführt werden, und ein katholischer Priester wurde verstümmelt und an einem Baum aufgehängt vor den Schreyershoektoren gefunden«, sagte sie. »Nach jeder Heckenpredigt, mit denen die Calvinisten die Menge aufstacheln, rotten sie sich zusammen und ziehen plündernd vor dem Haarlemmerpoort umher und bedrohen die Ansässigen.«

Piet runzelte die Stirn. »Das sind Opportunisten, Vigilanten, nichts weiter.«

»Trotzdem sind sie gefährlich.« Minou seufzte. »Und was geschieht, wenn die Bürgermeister und Patrizier – und auch der katholische Klerus – nicht freiwillig weichen wollen? Was, wenn sie ihr Amt nicht einfach so an deine Genossen übergeben?«

Piet ballte die linke Hand zur Faust. »Das werden sie, das müssen sie. Wir haben Männer in ihren Kreisen, die glauben, dass der Umschwung erfolgt ist. Sie glauben, die Zeit ist richtig und religiöse Zugehörigkeit ist nicht mehr entscheidend. Wir werden der alten Garde keine andere Möglichkeit lassen als den Rücktritt. Zum Besten von Amsterdam und für unseren eigenen Glauben.«

Einen Moment lang war Minou still. Erinnerungen an Carcassonne, an Toulouse und an Paris überfluteten sie. Blut auf den Straßen, Familien im Krieg. Die Geschichte bewies, wie selten es vorkam, dass Männer ihre Macht bereitwillig abgaben, wenn sie sich erst einmal an sie gewöhnt hatten; wie Männer voller Ehrgeiz nicht einfach die Schlüssel der Stadt, die sie beherrschten, an jene überreichten, die sie verabscheuten.

»Sollen wir unseren Aufbruch vorbereiten?«, fragte sie, auch wenn sie bezweifelte, ob sie noch eine Flucht überleben würde. Nicht jetzt, wo auch Alis hier war. Sie hatte eine Heimat verloren, sie war nicht sicher, ob sie den Verlust einer weiteren ertrug. »Sag es mir, Piet. Sollen wir gehen, bevor aus dem ›friedlichen Rücktritt‹ ein neues Massaker wird?«

»Nein!«, rief er. »Minou, ich gebe dir mein Wort. Von unserer Seite wird kein Blut vergossen. Wir wollen Amsterdam nicht zerstören, sondern unseren Kindern und Enkelkindern als sichere, wohlhabende Stadt bewahren.«

»Was ist mit Cornelia und ihrem Vater? Willem van Raay ist ein Stadtrat. Er gehört zu Dircksz' Gefolgsleuten. Was wird aus ihm werden?«

Er hielt ihrem Blick stand. »Alle werden willkommen sein, solange sie akzeptieren, dass die Dinge sich ändern. Es wird zum Besten von allen sein.«

Minou betrachtete ihn ungläubig. »Nach allem, was Monsieur van Raay für uns getan hat, nach allem, was Cornelia für uns tut, würdest du ihnen in den Rücken fallen? Piet, du musst ihn warnen vor dem, was geschehen wird.«

»Ihn warnen?«

»Ihm wenigstens Zeit geben, sich vorzubereiten.«

»Ich kann doch keinen Verrat ...«

»Das ist kein Verrat!«, rief sie mit erhobener Stimme. »Zieh ihn ins Vertrauen, Piet. Ohne ihn und Cornelia hätten wir nichts. Nicht einmal unser Leben.«

Das Knarren des Bettgestells unterbrach sie.

»Minou?«, murmelte Alis.

Minou ließ den Streit sein, eilte an die Seite ihrer Schwester und sah in das Gesicht, das sie so liebhatte. Alis war dünner als früher, ihre schwarzen Locken waren mit stumpfer Klinge gestutzt, aber der Funke in ihren Augen leuchtete genau wie immer. In diesem Moment sah sie ihrem Bruder so ähnlich. Minou hielt den Atem an. Wie sollte sie ertragen, Alis zu erzählen, dass Aimeric seit der Bartholomäusnacht vermisst wurde und wahrscheinlich tot war?

»Minou …« Alis versuchte sich aufzusetzen. »Ich bin wirklich hier? Es war kein Traum?«

Minou lachte. »Es war kein Traum. Willkommen in Amsterdam.«

KAPITEL 50

WARMOESSTRAAT

»Du hast nach mir geläutet, Vater?«

»Komm herein, meine Liebe.« Willem van Raay führte Cornelia in das Empfangszimmer im ersten Stockwerk und schloss die Tür hinter sich.

Verheerende Feuersbrünste hatten 1421 und 1452 die meisten alten Holzhäuser im Kern der Stadt zerstört. So tragisch es sein mochte, die Stadt hatte dadurch Raum bekommen, um zu ihrer Form zu finden und sich von der armen Verwandten Antwerpens zu einem Handelszentrum zu entwickeln, das es an Bedeutung übertraf. Im Mittelpunkt des neuen Warenverkehrs standen Männer wie Cornelias Vater, nüchtern, ehrlich und fromm, aber bereit, hart zu verhandeln.

Viele der hübschen Kaufmannshäuser aus roten Ziegeln in der Warmoesstraat, wo sie wohnten, ragten fünf Stockwerke hoch auf und hatten zierliche, verzierte Halsgiebel. Treppen führten von der Straße hinauf zu einer schmalen Eingangstür mit hohen Bleiglasfenstern zu beiden Seiten. An einigen Häusern verkündeten behauene Zierkacheln aus bemaltem und vergoldetem Gips über der Tür das Jahr des Baus und zeigten oft auch einen Hinweis auf das Gewerbe des Hauseigentümers. Die Kacheln zwischen den Steinbogenfenstern des Hauses der van Raays stellten einen reichgekleideten Mann dar, der vor einem Frachtschiff mit der Familienflagge stand und Korn zwischen den Fingern in einen Korb rieseln ließ.

Cornelia missfiel die Zurschaustellung, aber ihr Vater musste sicherstellen, dass sein Erfolg für andere sichtbar war, besonders jetzt, wo so viele Kaufleute und Händler durch die Kriege aus dem Geschäft gedrängt worden waren. Selbst in diesen schwierigen Zeiten spielte in Amsterdam der äußere Anschein eine große Rolle.

Auf der Rückseite der Häuser an der Warmoesstraat zogen sich Speicherhäuser bis an den Kai. Durch ihre langen, hohen Fenster sah Cornelia, wie sich die letzten Strahlen der sinkenden Sonne auf dem Wasser spiegelten. Scharen von Prähmen, Kähnen und Booten mit flachem Boden fuhren vom ersten bis zum letzten Tageslicht am Damrak auf und ab und beförderten Fracht zu den Handelsschiffen, die im Hafen lagen, an den Bau- und den Reparaturwerften von Lastage: Korn, Hopfen, Käse, Fisch, Bier, Wein, Tuch, Seife, Hanf, Bauholz, Nägel, Seile. In dieser großen Handelsstadt konnte alles getauscht oder verkauft werden.

Willem van Raay machte eine Handbewegung zu einem Besucher. »Du kennst unseren Nachbarn, Jacob Pauw.«

Sie sah den korpulenten Mann an, der in einem Sessel saß, einen Zinnkrug auf dem niedrigen Tisch neben sich. Er trug ein gefüttertes Wams aus weißer Seide mit goldenen Knöpfen und eine Kniehose aus roter Seide. Sie wusste, dass er eitel war, aber für einen nachbarschaftlichen Besuch war selbst er zu gut gekleidet. Unruhe erfasste sie.

»Aber gewiss.« Cornelia neigte den Kopf. »Guten Tag.«

»Juffrouw van Raay«, sagte der alte Mann pfeifend, während er sich zur Begrüßung mühsam erhob.

»Setz dich, Cornelia«, sagte ihr Vater.

Ihr fiel auf, dass auch er einen Krug hielt, obschon der Deckel geschlossen war. Sollte auf etwas angestoßen werden? Um eine Übereinkunft zu feiern?

Ihr Selbstbewusstsein wankte. Cornelia verabscheute die affektierte Geringschätzung der Frauen, die sie in Paris gesehen hatte, und das schamlose Aufstiegsstreben der Töchter ihrer Nachbarn, mit dem sie sich herausputzten, um einen Ehemann zu ergattern, aber Pauw war doch wohl nicht der neueste Freier, dem ihr Jawort zu geben ihr Vater sie zu überreden hoffte? Sie war von Natur aus ein freundlicher Mensch, aber sie bezweifelte, ob sie ungerührt bleiben konnte, sollte Jacob Pauw sie um ihre Hand bitten.

Auf alles gefasst nahm sie auf der Sesselkante Platz und legte die Hände auf die Knie.

Cornelia wusste, dass sie als unscheinbar galt. Ihr fehlten sowohl die femininen als auch die häuslichen Qualitäten, die eine gute Amsterdamer Ehefrau auszeichneten. Ihre Brauen waren breit, ihre braunen Haare dick. Sie hatte ein breites, ehrliches Gesicht. An ihrem Aussehen war keinerlei Zierlichkeit. Sie war fünfundzwanzig und damit noch nicht zu alt für eine Braut, aber eindeutig alt genug, damit die Witwen in den Bänken der Nieuwe Kerk über sie flüstern und auf sie deuten konnten.

Aber ihr Vater war reich, und sie war sein einziges Kind. Er wollte einen Enkelsohn, dem er die Früchte seiner Arbeit hinterlassen konnte. Cornelia glaubte, dass er bei aller Berechnung sie auch glücklich sehen wollte. Nur wusste sie leider, dass ein Ehemann sie nicht glücklich machen würde.

»Cornelia«, begann ihr Vater. »Ich habe dir etwas zu sagen.«

Er zupfte an den Ärmeln des langen braunen Gewands, das er zu Hause immer trug, und wie ein Blitzschlag traf sie die Erkenntnis, dass auch er beklommen war.

»Du erinnerst dich vielleicht, dass ich dich vor einigen Jahren gebeten habe ...« Er hob die Hand. »Natürlich, das ist dumm von mir. Natürlich erinnerst du dich. Sie sind nun deine Freunde.«

Cornelia überraschte der unsichere Ton ihres Vaters. Er war kein redseliger Mann, wog jedes Wort sorgfältig ab, bevor er es aussprach. Was seinen Glauben und seine Geschäfte anging, war er sich stets sicher, und er schien nur wenige Zweifel zu hegen, was das Richtige war. Andererseits, seit Burgemeester Dircksz im Februar die *Satisfactie* unterzeichnet und damit, wie ihr Vater es sah, die Katholiken Amsterdams verraten hatte, waren Cornelia viele Veränderungen an ihm aufgefallen. Sein Vertrauen zu jenen, mit denen er im Stadhuis saß, war erschüttert.

»Vor sechs Jahren habe ich dich mit einer Botschaft zu Mariken Hassels geschickt, möge der Herr ihre Seele behüten.«

Cornelia setzte sich kerzengerade auf. »Es war am 9. Juni 1572.«

Er nickte. »Als du an jenem Tag mit der Nachricht zurückkehrtest, dass die ehrsame Dame nicht mehr im Begijnhof war, hast du mir auch von deinem Verdacht berichtet, dass dein Gespräch mit der Vorsteherin belauscht worden sei, weißt du noch?«

»So ist es.« Die beiden Männer tauschten einen Blick, und die Beklommenheit ihres Vaters machte nun auch Cornelia unruhig. »Worum geht es?«

Pauw seufzte, sein Atem rasselte in der Brust. »Ich war es. Ich saß hinter dem Wandschirm verborgen.«

Cornelia verbarg ihre Überraschung. »Ich verstehe. Auf Bitten der Vorsteherin?«

Er schüttelte den Kopf. »Nein, obwohl sie in meine Absicht eingeweiht war.«

»Und die wäre gewesen?«

Pauw blickte ihren Vater an, als bäte er um Erlaubnis zu antworten.

»Sagt es ihr, Jacob.«

Pauw hauchte Luft aus. »Juffrouw van Raay, in meinem Leben habe ich viele Dinge getan, für die ich mich schäme. Von ihnen steht dies an oberster Stelle. Ihr müsst meine Lage verstehen. Alle meine Geschäftsinteressen lagen zu der Zeit, als der

Aufstand begann, im Westen. Um genau zu sein, in der Stadt Brielle.«

Cornelia nickte. Jeder wusste, dass die Einnahme der Hafenstadt durch die Wassergeusen genannten Kaperfahrer im April 1572 ein Wendepunkt im Krieg zwischen den calvinistischen Rebellen und ihren spanischen Herren bedeutet hatte.

»Als die Wassergeusen die Stadt besetzten, verlor ich alles. Ich kam hierher nach Amsterdam in der Absicht, von Neuem zu beginnen, aber es war schwierig, Fuß zu fassen.«

Cornelia streifte seine teure Kleidung mit einem Blick, bedachte den Umstand, dass er in einer der reichsten Straßen Amsterdams wohnte, und begriff sofort.

»Jemand hat angeboten, Euch zu unterstützen ...«

»Es wirkte so harmlos«, sagte Pauw. »Sie boten mir so viele Gulden, ich konnte nicht ablehnen.«

Cornelia sah ihren Vater an, aber vom Ausdruck seiner Augen gewarnt sprach sie nicht aus, was ihr in den Sinn gekommen war.

»Ich bin sicher, Ihr habt geglaubt, das Richtige zu tun«, log sie.

»Ein Franzose im Dienst eines hochbedeutenden Kardinals glaubte, dass eine der Laienschwestern im Begijnhof – er nannte mir ihren Namen: Mariken Hassels – etwas über einen Hugenotten wissen könnte. Einen Feind ...«

»Piet Reydon«, unterbrach Cornelia ihn, »ist ein Freund.«

»Aber gewiss.« Pauw errötete, und sein Atem ging noch schwerer. »Ja, gewiss.« Er sackte zusammen. »Der Franzose hatte versucht, mit Mariken zu sprechen, nur um ihr die Frage zu stellen, versteht Ihr. Er wollte ihr nichts Böses. Aber sie missverstand und ... sie verließ Amsterdam.«

»Sie *verließ* Amsterdam?«, wiederholte Cornelia. Gewiss war es nicht möglich, dass Pauw solch eine Erklärung akzeptierte? »Sagt Ihr, sie ging aus eigenem Entschluss?«

Pauw fuhr verunsichert fort: »Der Franzose war verständlicherweise bestürzt darüber, aber nicht nur deshalb, sondern auch, weil er nun der Beschaffung der Papiere, von denen seine Eminenz annahm, sie seien in Marikens Besitz, keinen Schritt nähergekommen war; Papiere, deren Inhalt unserer Sache schaden könnte.«

»Wessen Sache genau?«

»Unserer heiligen Mutter Kirche«, antwortete ihr Vater im Brustton der Überzeugung.

Pauw wurde jäh von einem Hustenanfall ergriffen.

»Darum wandte er sich an Jacob um Hilfe«, fuhr ihr Vater fort, während Pauw um Atem rang.

»Er bot mir so viel Geld«, brachte Pauw hervor, als der Anfall vorüber war. »Genug, dass ich mir ein Speicherhaus kaufen und neu anfangen konnte. Genug sogar, um der Gilde beizutreten.«

Cornelia sah erst ihn, dann ihren Vater an.

»Nachdem Jacob das Gespräch zwischen dir, Cornelia, und der Vorsteherin des Begijnhofs belauscht hatte, kamen ihm Zweifel, ob die Dinge sich so verhielten, wie sie ihm dargestellt worden waren.«

»Das alles ist vor langer Zeit geschehen.«

»Ich nehme an, Jacob hielt die Sache für vorüber. Habe ich recht, Jacob?«

Pauw wischte sich über den Mund. »Die Vorsteherin ließ Marikens Zelle durchsuchen und fand nichts. Der Franzose fand ebenfalls nichts. Euer Vater sagt mir, dass Mariken in Amsterdam geboren und aufgewachsen ist. Sie hatte keine Geschwister, und ihre Eltern waren lange tot. Sie hat nie woanders gelebt. Ihr müsst verstehen, ich bin meist fort von Amsterdam gewesen. Der Aufstand, der Verlust unserer Märkte im Westen …«

Cornelia behielt eine unbeteiligte Miene bei.

»Ich habe mich Eurem Vater anvertraut. Ich habe mich erkundigt und erfahren, dass es eine Nonne gibt, die mit Mariken in Sint Nicolaas zusammengearbeitet hat, ungefähr zur gleichen Zeit, als Reydons Mutter starb. Schwester Agatha ist nun in hohem Alter und gehört zu den wenigen Nonnen, die im Konvent von Sint Agnes auf dem Oudezijds Voorburgwal verbleiben. Ich fragte mich, ob es möglich wäre, dass Mariken etwas in ihrer Obhut hinterlassen hat.«

Cornelia kannte den Konvent. Er gehörte zu den wenigen Klöstern, die ihr den Einlass verweigert hatten, als sie nach den verschwundenen Unterlagen gesucht hatte.

»Und wart Ihr erfolgreich?« Sie bemühte sich, ihre Aufregung nicht anklingen zu lassen.

Er schob die Hand in sein gefüttertes Wams und zog einen Packen Papiere hervor, die in ein altes graues Tuch gewickelt waren.

»Nehmt sie«, sagte er und drückte ihr das Bündel in die Hände. »Ich bin ein guter Katholik, aber eine ehrliche Frau zu ermorden – oder zu Tode zu hetzen –, die ihr Leben dem Dienst an der Kirche gewidmet hat?« Er schüttelte den Kopf. »Das kann ich nicht billigen.«

Cornelia sah ihm in die Augen. »Was ist der wahre Grund, dass Ihr dies erst jetzt mit meinem Vater teilt? Ihr hattet sechs Jahre Zeit, Eure Taten zu sühnen.«

Er seufzte lang und schwach. »Ich sterbe, Juffrouw van Raay. Der Krebs in meiner Kehle und meiner Brust wächst. Bald kann ich gar nicht mehr atmen. Ich habe keine Kinder, die noch leben, und keine Frau. Ich möchte mich nicht mit Marikens Tod auf dem Gewissen ins Grab legen.«

KAPITEL 51

CHARTRES

In der blauen Stunde zwischen Nachmittag und Abend legten der Edelmann und sein fünfzehnjähriger Sohn die kurze Strecke von ihrem imposanten Stadthaus an der Rue de Cheval Blanc zum Kloster schweigend zurück.

Seigneur de Évreux bot im Licht des frühen Abends eine stattliche Erscheinung. Hochgewachsen und schlank, von Kopf bis Fuß ein Edelmann, verriet bereits seine Kleidung seine Stellung und seinen Reichtum. Unter dem bestickten Wams trug er ein Batisthemd, mit Goldfaden und Pailletten besetzt, eine steife Halskrause aus Spitze und passende Ärmelrüschen, gefütterte Kniehosen und grüne Strümpfe. Rosetten zierten seine Schuhe mit den am Absatz erhöhten Korksohlen, die der König modisch gemacht hatte. Sein schwarzer Bart war zu einer Spitze gestutzt, und seinen Kopf mit der Tonsur bedeckte ein Hut in einem Grün, das zu den Rosetten passte. Unter dem kurzen blauen Umhang aus Samt trug er eine Tasche aus spanischem Leder.

Der Junge wusste, dass er die Gedanken seines Vaters nicht stören durfte, aber er fragte sich, wohin sie gingen, und weshalb. Gewöhnlich blieb Louis auf dem Landsitz westlich von Chartres zurück, wenn sein Vater in die Stadt ging.

Aber diesmal nicht. Die Luft schien vor erwartungsvoller Spannung zu summen.

Mit schnellem Schritt passierten Vater und Sohn den Bischofspalast und folgten dem Nordrand der großen gotischen Kathedrale, die Chronisten das »Buch in Stein« nannten. Geschichten aus dem Alten und Neuen Testament standen in die Portale geschlagen, und die Buntglasscheiben konnten sich selbst mit der Sainte-Chapelle messen.

Louis war bisher nur einmal in der Kathedrale gewesen. Er hatte sich hineingeschlichen, um das berühmte Bodenlabyrinth zu sehen. Dabei hatte er die Wallfahrer beobachtet, die dem Chemin de Jérusalem folgten – einige zu Fuß, einige auf Knien –, und dabei heftige Abscheu und Verachtung für eine Religion empfunden, die aus menschlichen Wesen solche blinden, dummen Kreaturen machte. Chartres, Paris, Saint Antonin – hierher kamen die Gläubigen, die sich vom Trugbild eines Lebens nach dem Tod täuschen ließen, von den falschen Versprechen einer Wallfahrt, verbreitet von eigennützigen Händlern der Lügen und Heuchelei. Er war von der Sancta Camisia, der Robe, die angeblich die Jungfrau Maria getragen hatte und von Karl dem Kahlen der Kathedrale gestiftet worden sein sollte, ganz unberührt.

Aber das Labyrinth war schön und geheimnisvoll. In den Steinfußboden des Kirchenschiffs geschlagen, gingen elf konzentrische Kreise ineinander über und führten nach innen, wo eine Kupferplatte Theseus im Kampf gegen den Minotauren zeigte. Das war ihm ins Herz gedrungen wie noch nie irgendetwas zuvor.

Louis hasste es. Das machte ihn schwach.

»Hier entlang«, befahl sein Vater und betrat das nördliche Querschiff der Kathedrale.

Es war zwischen Vesper und Komplet, und in dem Steingebäude war es still. Im Schatten vor der Tür zur Sakristei stand ein Priester in schwarzer Soutane.

»Warte hier. Wenn jemand kommt, lasst ihn nicht durch.«

Louis neigte den Kopf. »Sehr wohl, Monseigneur.«

»Die Angelegenheit wird mich nicht lange beschäftigen.«

Louis gehorchte nur, bis sein Vater mit dem Priester in der Sakristei verschwunden war, dann folgte er. Die Tür schloss schlecht, und obwohl er nur einen Lichtstreifen sehen konnte, der aus dem Raum drang, konnte er die Stimmen hören.

»Habt Ihr es?«, fragte sein Vater.

»Jawohl, Seigneur de Évreux, obwohl ...«

»Ja?«

»Wären Monseigneur nicht für Eure Ehrlichkeit und Gerechtigkeit bekannt, würde ich es nicht erwähnen, aber ich fürchte, dass die Ausgaben, die ich zu tätigen gezwungen war, um diesen Gegenstand zu erlangen, die Summe übersteigen, die Ihr mir zur Verfügung gestellt hattet.«

»Ist das so?«, fragte Évreux kühl.

»Jawohl, Monseigneur. Der Handwerker verlangte das feinste Garn, das in Chartres leider nicht erhältlich ist. Nicht einmal in Paris. Ich musste es aus Spanien kommen lassen.«

»Aus Spanien! Ich bin beeindruckt von solcher Hingabe.«

Louis lief ein Schauder den Rücken hinunter. Er erinnerte sich, was geschehen war, als sein Vater das letzte Mal in diesem Ton gesprochen hatte. Sofort war er wieder in den Ruinen des alten Klosters von Saint-Antonin.

Dem Priester war es offenbar ebenfalls aufgefallen, denn er begann zu stammeln.

»Es war mir eine Ehre. Ich wollte mich nicht beklagen ...«

»Mir obliegt es, dafür zu sorgen, dass Ihr erhaltet, was Euch zusteht.«

»Ich bin dankbar für Eure ...«, katzbuckelte der Priester. Seine letzten Worte gingen in einem Keuchen und einem langen, schmerzerfüllten Ausatmen unter. Dann fiel etwas Schweres zu Boden.

Louis verließ rasch seinen Horchposten. Als sein Vater einige Minuten später herauskam, stand er an der Stelle, von der er den Zugang zur Sakristei bewachen sollte. Évreux hielt ein Stück aus vergilbtem Stoff in den Händen. Er schritt an Louis vorbei, der sich ihm anschloss.

»Ist alles zu Eurer Zufriedenheit, Monseigneur?«

Évreux faltete das Tuch und steckte es unter seinen Mantel. »Der Wunsch der Menschheit, getäuscht zu werden, ist eine Konstante. Alle Menschen sind Narren. Die richtigen Worte im Gebet gemurmelt, genug Münzen auf den Kollektenteller gelegt, die Anbetung einer Reliquie, der die Macht nachgesagt wird, elende, gemeine Leben zu transformieren. Dennoch, was könnte erreicht werden …«

Er blieb unvermittelt stehen, als bereue er, seine innersten Gedanken mitgeteilt zu haben, und schob das Tuch in seine Ledertasche. »Das wird meine Sammlung ergänzen.«

Louis begriff nicht. »Eure Sammlung, Monseigneur?«

Sein Vater schwieg kurz und lächelte. »Unsere Sammlung.«

KAPITEL 52

ZEEDIJK
AMSTERDAM

»Hier.« Minou reichte ihrer Schwester ein Taschentuch, damit sie sich die Augen trocknen konnte.

»Aber sie könnten noch leben«, beharrte Alis. »Du hieltest mich für tot, aber hier bin ich. Du kannst dir nicht sicher sein.«

Es war Abend. Die Schwestern saßen auf der Bank der langen Steinterrasse und schauten in den dunklen Garten. Minou hatte Alis alles geschildert, was in Paris geschehen war, und von ihrem Leben seither erzählt.

»Es lässt sich nur schwer beschreiben, wie es an jenen Augusttagen in Paris war.« Minou wählte ihre Worte mit Sorgfalt. »An der Oberfläche war alles beschlossene Sache. Die Hochzeit wurde durchgeführt, die Allianz sollte die katholische und die hugenottische Seite zusammenbringen. Aber unter der höflichen Fassade wurde der alte Hass nicht schwächer, sondern stärker.« Sie seufzte. »Aimeric war immer in Colignys Nähe. Es ist fast sicher, dass er bei der Ermordung des Admirals zugegen war. Das und das Massaker, das in der Bartholomäusnacht folgte, gehörten zu einem Angriff auf die gesamte hugenottische Gemeinschaft, Alis. Wer immer den Befehl erteilte – der verstorbene König, Guise, Anjou oder die Königinmutter –, sie waren einig. Ich glaube nicht, dass Aimeric überlebt haben kann. Es war zu gut geplant.«

»Aimeric könnte entkommen sein«, schluchzte Alis. »Einige sind entkommen.«

»Die meisten nicht. Tausende sind in jener Nacht gestorben, und Tausende mehr während der folgenden Wochen in anderen Städten.«

Erneut traten Alis die Tränen in die Augen. »Mir erscheint es undenkbar, dass ich ihn nie mehr wiedersehen soll. Wie kannst du dich damit abfinden?«

Minou holte tief Luft. »Das kann ich gar nicht, aber ich habe gelernt, damit zu leben. Mir blieb keine Wahl. Mit der Zeit wird es einfacher.«

Lampen hingen zu beiden Seiten der Tür, und von Zeit zu Zeit war der Flügelschlag von Motten, die zur Flamme flogen, der einzige Laut im Garten. Die Kinder schliefen, die Küche war still.

Seit sie aufgewacht war, hatte Alis gebadet und frische Kleider angezogen, einen Teller Pfannkuchen gegessen und dazu Bier getrunken. Beim ersten Schluck Amsterdamer Bier war sie zusammengezuckt, denn gewöhnt war sie an den Branntwein, den man in den Flüchtlingslagern in und um die hugenottische Hochburg La Rochelle trank, aber dann hatte sie ihren Krug schnell geleert und nach einem zweiten gefragt. Sie war mit ihrer Nichte Bernarda und wieder mit Jean-Jacques bekanntgemacht worden, der sich nicht an sie erinnerte. Erst danach hatte Minou ihr eröffnet, dass Aimeric vermutlich tot und Marta verschollen war.

Alis gab ihr das Taschentuch zurück.

»Fühlst du dich etwas besser?«, fragte Minou sanft.

Alis zuckte mit den Schultern. »Das ist das Seltsamste. Seit ich aus Puivert geflohen bin, gab es keinen Tag, an dem ich nicht an dich und Aimeric gedacht hätte, oder an die Kinder. Der Glaube, dass wir alle eines Tages wieder zusammen wären, hat mir den Mut geschenkt, den ich brauchte, um weiterzumachen. Nun zu erfahren, dass Aimeric höchstwahrscheinlich tot ist – und Marta …«

Minou drückte ihr die Hand.»Ich weiß. Es ist zu viel, um es aufzunehmen.«

Eine Weile saßen die Schwestern schweigend beieinander. Jenseits der Mauern setzte sich das emsige Treiben der Stadt fort. Minou wusste, dass sie Alis nicht drängen durfte.

»Es tut gut, solche normalen, alltäglichen Geräusche zu hören«, sagte Alis schließlich.

Minou lächelte.»Amsterdam ist eine Stadt, die niemals schläft. Tag und Nacht hört man die Karren, die Waren zum Hafen bringen, und den Wind in der Takelage der Schiffe. Nachts patrouillieren die Gilden auf Straßen und Grachten. Du wirst dich daran gewöhnen.«

»Mir gefällt es. Es zeigt, dass das Leben weitergeht.« Alis strich sich den geliehenen Rock glatt.»Aber ich bin mir nicht sicher, ob ich mich je hieran gewöhnen werde.«

»Hast du auf der Straße immer Hosen getragen?«

Sie nickte.»Nachdem ich aus Puivert geflohen war, stellte ich fest, dass es sicherer war, wenn man mich für einen Jungen hielt. Eine unbegleitete Frau auf der Reise zieht unerwünschte Aufmerksamkeit auf sich. Deshalb schnitt ich mir die Haare, tauschte mein Kleid gegen Jacke, Strümpfe und Hose und versteckte mich vor aller Augen, so gut ich konnte.«

»Das war klug.« Minou tätschelte ihrer Schwester das Bein. »Ist die Wunde verheilt? Im letzten Brief, den ich vor so vielen Jahren von Monsieur Gabignaud bekam, schrieb er, dass du nur langsame Fortschritte machtest.«

Alis' Gesicht wurde ernst.»Der gute Gabignaud. Er wurde beim Angriff auf Puivert im Herbst 1572 getötet.«

»Oh nein! Als Katholik hätte ihm doch nichts geschehen dürfen?«

»Er starb, als er seine hugenottischen Freunde und Nachbarn beschützte.« Alis runzelte die Stirn. »Gabignaud war von Natur aus melancholisch. Er fürchtete, dass ich es nicht akzeptieren könne, wenn mein linkes Bein steif bliebe. Ich hingegen machte mir nur Gedanken darüber, was ich würde tun können. Ich war entschlossen, mich zu erholen. Frische Luft, jeden Tag eine Stunde Spaziergang im *Basse Tour,* um wieder zu Kräften zu kommen – ich trieb den armen Doktor zur Verzweiflung.«

Minou lächelte. »Mir tut es leid, dass er tot ist.«

»Er war ein guter Mann. Nachdem Puivert fiel, floh ich und nahm nur mit, was ich tragen konnte. Als ich nichts mehr zu verkaufen hatte, arbeitete ich mich von Dorf zu Dorf, las und schrieb Briefe gegen ein Bett für die Nacht.« Sie sah auf ihre Röcke. »Ich habe einen guten Jungen abgegeben. Aber das hast du ja immer gesagt!«

Minou lachte. »Du warst so eifersüchtig auf Aimeric und seine Freiheiten. Ständig hast du ihn nachgeahmt. Sogar damals, als du bei so schlechter Gesundheit warst, hast du auf der Place Marcou versucht, die Bäume hochzuklettern, bist ihm in die Gassen der Cité nachgerannt oder auf der Straße vor Vaters Buchhandlung in der Bastide. Andauernd musste ich Risse in deinen Röcken nähen oder dich an den Fluss zurückschicken, damit du einen verlorenen Schuh oder eine vergessene Haube suchtest!«

Als Aimerics Name fiel, senkte sich der Schatten wieder herab.

»Glaubst du wirklich, dass er tot ist?«, fragte Alis leise. »Und nicht nur vermisst? So viele Leute werden vermisst.«

»Er hätte eine Möglichkeit gefunden, uns zu benachrichtigen, Alis.«

»Aber deine kleine Tochter … unsere Marta. Besteht denn keine Möglichkeit, dass sie gefunden wird?«

Einen Moment lang antwortete Minou nicht. »Am Tag des Mordes an Admiral de Coligny hat Piet ihre blutige Haube auf der Straße gefunden. Da wurde sie schon zwei Tage vermisst. Er meinte, wir müssten vom Schlimmsten ausgehen.«

»Und was ist mit dir?«

Minou zögerte. Sie hatte ihre Gedanken so lange für sich behalten, dass es ihr gefährlich vorkam, sie auszusprechen. Aber sie hatte Alis vor sich. Alis würde sie verstehen.

»Wenn Piet nicht so sicher gewesen wäre, dass Marta tot ist, hätte er Paris in jener Nacht weder verlassen noch mich gezwungen, ihn zu begleiten. Ich wollte nicht gehen. Selbst nach all den Jahren wache ich jede Nacht auf und fühle mich schuldig, weil ich Marta im Stich gelassen habe. Mehrmals habe ich überlegt, für ihre Seele zu beten, oder einen Grabstein mit ihrem Namen aufzustellen, um mich zu überzeugen, dass sie fort ist. Jedes Mal habe ich es unterlassen. Ich kann die Hoffnung, sie zu finden, nicht aufgeben, Alis. Ich werde niemals akzeptieren, dass sie nicht mehr lebt, bevor ich ihren Leichnam in meinen Armen halte.«

Alis kniff die Augen zusammen. »Du glaubst nicht, dass sie tot ist?«

Minou schüttelte den Kopf. »In meinem Herzen spüre ich, dass Marta lebt, dass sie noch irgendwo dort draußen auf der Welt ist, und obwohl ich weiß, dass es gegen jede Wahrscheinlichkeit oder Vernunft ist, bete ich jeden Abend für sie. Ich bete, dass es ihr gut geht und für sie gesorgt wird und dass sie glücklich ist und … dass sie uns nicht vergessen hat.«

»Meine liebste Schwester …«

»Ist dir klar, dass Marta jetzt dreizehn ist?«, fragte Minou leise. »Sie ist eine junge Dame.«

Alis lachte. »Marta hat sich schon mit sieben für eine Dame gehalten! Erinnerst du dich, wie sie ihre Geburtsfeier geliebt hat, das Getue und die Geschenke?«

»Sie hat es genossen, im Zentrum der Aufmerksamkeit zu stehen.«

»Und wie hat sie Tante Salvadora damit aufgeregt! Sie hat Marta ständig getadelt, weil sie sich so sehr ›in den Mittelpunkt‹ dränge.«

Minou lächelte. »Tante Salvadora gehört zu der Generation, die glaubte, dass Mädchen gesehen, aber nicht gehört werden sollten.«

»Zu mir pflegte sie das Gleiche zu sagen, erinnerst du dich noch? Sie befahl, mich damenhafter zu benehmen, stiller und nicht so ungehobelt zu sein. Was immer das genützt hat!«

Minou nickte. »Aber Aimeric hatte sie am liebsten. Sein Verlust war mehr, als sie ertragen konnte.«

Alis seufzte. »Ich verstehe, weshalb Piet es so sieht, aber du bist ihre Mutter. Wenn du glaubst, dass Marta noch lebt, lebt sie vielleicht noch.« Sie hob die Hände. »Sind Wunder irgendwie begrenzt? Sieh mich an, bin ich kein Beweis, dass Wunder geschehen können?«

Minou empfand eine Welle der Dankbarkeit und Liebe zu ihrer Schwester. »Ja. Trotz allem, trotz aller Hindernisse und Gefahren hast du den Weg zu uns gefunden.«

»Du bist ihre Mutter«, wiederholte Alis bestimmt.

Und zum ersten Mal, solange sie zurückdenken konnte, fühlte Minou sich ein wenig besser.

KAPITEL 53

WARMOESSTRAAT

Cornelia musterte das Bündel auf ihrem Schoß.

Jacob Pauw war bis zum späten Abend geblieben. Als Mann, der ruiniert worden und wieder aufgestiegen war, hatte er letzten Endes einen zu hohen Preis für die Wiederherstellung seines Vermögens gezahlt. Keine Frau, keine Kinder, nur das Erlöschen des Lichts, während der Krebs wucherte. Nun blieb ihm allein die Furcht vor dem Urteil Gottes, nachdem der Herr seine Seele zu sich genommen hatte.

Ihrem Vater zuliebe – und aus Mitleid für den todkranken Nachbarn – war Cornelia bei ihnen geblieben, bis die Lampen entzündet wurden und Jacob Pauw sich endlich verabschiedet hatte. Erst danach hatte sie sich in ihre Kammer zurückziehen können, um sich das Paket anzusehen, das Mariken vor so vielen Jahren Schwester Agatha anvertraut hatte.

Ihre Finger schwebten über dem grauen Tuch, das an den Kanten ausgeblichen war. Eine Schnur war mehrmals um das Paket gewickelt und verknotet. Es sah nicht aus, als wäre es in den vielen Jahren seit dem Tod von Piets Mutter jemals geöffnet worden. Dennoch, ein Siegel gab es nicht. Cornelia empfand eine verzweifelte Neugier auf das, was darin war.

»Aber Piet ist dein Freund«, sagte sie sich erneut. Sie hatte kein Recht, in seinen privaten Unterlagen zu schnüffeln oder sein Geheimnis vor ihm zu erfahren.

Als die Glocken zehn Uhr geschlagen hatten und verklungen

waren, gelangte sie zu einer Entscheidung. Wenn sie jetzt – noch heute Abend – das Paket zu Piet brachte, erfuhr sie vielleicht, was es enthielt. Immerhin war genau durch diese Angelegenheit ihre Freundschaft erst entstanden.

Cornelia nahm ihren einfachsten braunen Mantel aus dem Schrank, schlich, achtsam darauf bedacht, dass die Dienstboten sie nicht hörten, die Treppe hinunter und verließ das Haus auf die Warmoesstraat. Mit ihrem üblichen entschlossenen Schritt überquerte sie die Gracht gegenüber Sint Nicolaas auf den Oudezijds Voorburgwal und die nächste in das Netz aus engen Gassen, die zum Zeedijk führte.

Das Glück war auf ihrer Seite. Die Nacht war ruhig, und keine *Schutterij* – mit Arkebusen bewaffnete Miliz – verlangten von ihr zu erfahren, wohin sie ging, keine Matrosen torkelten aus Schänken oder Freudenhäusern und belästigten sie, keine hungrigen Bettler gingen sie mit ausgestreckter Hand an, während sie durch die Gassen zum Haus ihrer Freunde eilte.

ZEEDIJK

Als die Nacht eingebrochen war und die Scharen winziger Insekten, die über Amsterdams Wasserstraßen lebten, sie heimsuchten, hatten sich Minou und Alis ins Haus zurückgezogen und ins Wohnzimmer der Familie gesetzt, wo sich Piet um zehn Uhr zu ihnen gesellte.

Der Raum war schlicht, aber gemütlich. Seinen besonderen Charakter verlieh dem Zimmer ein Druck der gefeierten Stadtkarte Amsterdams von Cornelis Anthonisz, die über dem Kamin hing. 1538 von den Stadtvätern für den Besuch Kaiser Karls V. in Auftrag gegeben, war sie, statt ihm überreicht zu werden, als Symbol des Bürgerstolzes ins Stadhuis gekommen, dem Rathaus an der Plaetse. Der Kartograph ließ Drucke seiner berühmten

Karte herstellen und verkaufte sie in seiner Werkstatt hinter der Nieuwe Kerk. Willem van Raay hatte Piet als großzügiges Einweihungsgeschenk ein Exemplar davon überreicht.

In den Straßen vor dem Haus waren die Lampen entzündet worden und sendeten goldene Lichtkreise auf die Zeedijk und den Platz vor dem Sint Antoniespoort. Während die drei sprachen, hörten sie, wie die Stadttore geschlossen wurden und die Nachtwache eintraf. Sie hörten die Kirchenglocken einander über die Wasserringe hinweg rufen. Minou und Piet erzählten von ihrem geregelten Leben in Amsterdam, dem Leben, das sie sich aufgebaut hatten. Alis berichtete vom Dasein unter Belagerung in La Rochelle, ihrer langen Reise voller Umwege nach Norden, davon, wie sie von einem Hafen zum anderen vordrang. Von den Grausamkeiten, deren Zeugin sie geworden war. Fast sechs Jahre lang war sie von einem Ort zum nächsten gezogen und hatte niemals für mehr als wenige Tage hintereinander im gleichen Bett geschlafen. Allein der Gedanke, ihre Familie wiederzufinden, hatte ihr einen Grund gegeben, weiterzumachen – und stets hatte sie gebetet, ihre Ahnung, dass Minou und Piet in Amsterdam seien, möge sich bewahrheiten.

»Ich bin erstaunt, dass du daran gedacht hast, ihn mitzunehmen, als du aus Puivert geflohen bist.« Minou strich mit den Fingern über die schweren Fäden des Wandteppichs. »Und nie hast du ihn verkauft. Das ist noch ein Wunder!«

Alis grinste. »Ich war schon in Versuchung – er ist schwer und hätte einen guten Preis erzielt –, aber er hat mir Mut geschenkt. Er half mir zu glauben, dass ihr alle irgendwo in Sicherheit seid und auf mich wartet.« Sie grinste noch breiter. »Und ich gebe zu, er hat mir auch auf andere Weise gute Dienste geleistet. Als Mantel im Winter, als Satteldecke, als Matratze, als Decke. Er wurde zu einem Glücksbringer, ähnlich wie dein alter Dolch, Piet. Du hast ihn Aimeric an dem Tag geschenkt, an dem er Puivert verließ.«

Er nickte traurig. »So ist es.«

»Mit meiner Schatulle ist es genauso.« Minou lächelte. »Ich konnte mich nicht dazu überwinden, sie in Paris zurückzulassen. Einige Dinge daraus fehlen – vor allem der Rosenkranz unserer Mutter –, aber ich habe noch immer meine Papiere, die Karte von Carcassonne …«

»An die erinnere ich mich!«, rief Alis.

»Und mein Tagebuch habe ich auch.«

»Schreibst du noch?«

»Im Grunde nicht.« Minou zuckte mit den Schultern. »Heutzutage genügt es, am Leben zu sein.«

Eine Weile lang saßen sie schweigend beisammen. So viel gab es zu sagen, und doch bestand keine Notwendigkeit zu reden. Schließlich stellte Alis ihren Bierkrug ab. Minou beobachtete sie und bemerkte, auf welche Weise ihre Schwester durch die Jahre, in denen sie in Verkleidung gelebt hatte, verändert worden war. Sie saß wie ein Mann, die Beine gespreizt, die Hände fest auf die Knie gelegt.

»Da wäre noch etwas, aber ich bin nicht sicher, ob du es hören möchtest, Piet.«

Er kniff die Augen zusammen. »Was denn?«

»In den ersten Monaten dieses Jahres war ich in der Champagne und reiste durch Land, das dem Herzog von Guise gehört …« Sie unterbrach sich kurz. »Wusstest du, dass Guise seit seiner Verwundung im Fünften Krieg Le Belafré genannt wird – Narbengesicht –, genau wie sein Vater?«

Piet nickte. »Das habe ich gehört.«

Alis fuhr fort: »Ich war nach Flandern unterwegs und wollte von dort nach Amsterdam.«

»Woher wusstest du, dass wir hier sein könnten?«

Alis schüttelte den Kopf. »Das wusste ich nicht, nicht mit Sicherheit. Als die Nachricht vom Massaker in Paris das Languedoc erreichte, wollte ich unbedingt Neuigkeiten erfahren. Dann breitete sich das Gemetzel nach Toulouse und Puivert aus, und mir wurde klar, dass ihr nicht heimkommen würdet. Nachdem die Belagerung von La Rochelle endete und wieder Schiffe in den Hafen einliefen, hieß es immer wieder, dass Amsterdam sehr viele geflohene Hugenotten aufgenommen habe. Angesichts von Piets holländischem Geburtsrecht hielt ich es für möglich, dass ihr unter ihnen sein könntet.«

»Es war kühn, auf dieser dünnen Grundlage solch eine Reise anzutreten«, sagte Minou.

Alis zuckte mit den Schultern. »Es war meine einzige Hoffnung. Wie auch immer, es war März, und ich durchquerte die Champagne. Ostern rückte näher, und Guises Heilige Liga war noch eifriger als sonst. Eines Abends in einer Taverne in Reims belauschte ich ein Gespräch zwischen zwei Soldaten über Guises Beichtvater.«

Piet schluckte. »Vidal?«

Alis nickte. »Wie es scheint, ist er in der Bartholomäusnacht verschwunden. Wusstest du das?«

Piet wurde weiß im Gesicht. »Du meinst, er ist umgekommen? Vidal ist tot?«

»Niemand ist sich sicher. Das Haus, in dem er in Paris wohnte, wurde verlassen vorgefunden. Er kann in die Ausschreitungen der Bartholomäusnacht geraten sein, oder er wurde als Geisel genommen oder ermordet. Bekannt ist nur, dass Guise in den vergangenen fünf Jahren einen guten Teil seines Vermögens ausgegeben hat, um es herauszufinden.«

Piet lehnte sich zurück. »Sollte es möglich sein, dass Vidal die ganze Zeit tot war und ich nichts davon wusste, Minou?«

»Wenn Guise ihn suchen lässt, deutet das darauf hin, dass er anderer Ansicht ist.«

Piet wollte gerade etwas entgegnen, als ein lautes Pochen an der Haustür ihr Gespräch verstummen ließ. Er war augenblicklich auf den Füßen, die Hand am Griff des Dolches.

»Wer klopft denn noch zu dieser Stunde?«, fragte Minou.

»Ich gehe nach unten«, sagte Piet. »Vermutlich ist es für mich.«

Alis wartete, bis seine Schritte verklungen waren. »Warum ist Piet so unruhig?«

Minou hatte ihre Schwester nicht beunruhigen wollen, indem sie zugab, dass Amsterdam sich womöglich als nicht sicherer als die geplagten französischen Lande erweisen würde, die sie durchreist hatte. Deshalb hatte sie zur politischen Lage in Amsterdam noch kein Wort verloren.

»Piet befürchtet, dass es bald zu einem Umsturz in Amsterdam kommen könnte«, begann sie vorsichtig und sah Entsetzen in Alis' Gesicht. »Er ist überzeugt, dass er friedlich verlaufen wird, aber ...«

Minou verstummte, als Piet mit einer Besucherin ins Wohnzimmer zurückkehrte.

»Cornelia?«, fragte Minou erstaunt. »Was ist passiert?«

»Vergib mir, dass ich zu so später Stunde erscheine, zumal ihr Gäste habt ...« Sie sah Alis ins Gesicht und schwieg.

Minou lächelte. »Das ist meine Schwester Alis, Cornelia. Nach sechs Jahren hat sie ihren Weg zu uns gefunden. Alis, das ist unsere teure Freundin Cornelia van Raay.«

»Es ist mir ein Vergnügen, Euch kennenzulernen, Mademoiselle van Raay«, sagte Alis freundlich. »Minou hat mir erzählt, wie gut Ihr und Euer Vater zu ihr gewesen seid.«

Piet zeigte ein kleines verschnürtes Bündel. »Minou, Cornelia hat es gefunden.« Ungeduld klang aus seiner Stimme. »Nach so langer Zeit hat Cornelia gefunden, was meine Mutter vor ihrem Tod Mariken anvertraut hat.«

KAPITEL 54

Minou nahm die beiden Kerzenleuchter vom Kaminsims und stellte sie mitten auf den Tisch.

»Bring es her«, sagte sie. »Hier lässt es sich besser betrachten.«

»Möchtet ihr, dass ich gehe?«, fragte Cornelia. »Ich bin zwar neugierig, was darin ist, aber wenn es eine Privatangelegenheit …«

»Du hast es gefunden, Cornelia; ich finde, du solltest bleiben. Was sagst du dazu, Piet?«

»Ich bin ganz deiner Meinung.«

Die drei Frauen scharten sich um den Tisch und sahen zu, wie Piet das Bündel sorgsam darauf ablegte. Mit seinem Dolch zerschnitt er behutsam die Schnur und zog sie unter dem Tuch hervor.

»Was ist das für ein Stoff?«, fragte Alis.

»Ich glaube, es ist ein Stück von einer *Falie*«, antwortete Cornelia.

»Und was ist eine *Falie*?«

»Die Kopfbedeckung, die die Schwestern des Begijnhofs tragen«, antwortete Minou. »Mariken Hassels war bei Piets Mutter, als sie starb.«

»Mariken, natürlich.«

Piet entfaltete das Tuch vorsichtig, als sorge er sich, dass es unter seinen Händen zu Staub zerfallen könnte.

»Was ist darin?«, fragte Minou. »Was siehst du?«

»Einen Brief«, sagte Piet. »Nein, zwei Briefe. Der eine ist gesiegelt und in Kanzleischrift geschrieben.« Er legte ihn auf den

Tisch. »Bei dem zweiten ist die Tinte stärker verblasst, und er scheint eilig hingekritzelt zu sein.« Er legte ihn neben den ersten und trat zurück. »Ich kann gar nicht hinschauen.«

Minou legte ihm die Hand auf den Arm. »Hier ist nichts, was dir wehtun kann.«

»Das kannst du nicht wissen.«

»Das sind alte Worte. Wir sind hier, und wir sind zusammen. Nichts zählt mehr als das.«

Seine Miene wurde mild. »Trotzdem, kannst du mir die Briefe vorlesen? Ich schwöre, ich kann es nicht selbst tun.«

»Wenn du das möchtest, tue ich es natürlich.«

Piet zog seinen Stuhl heran und setzte sich. Alis und Cornelia taten es ihm gleich. Minou war sich des Scharrens der Stuhlbeine auf den Fliesen überdeutlich bewusst, des Gefühls, dass alle den Atem anhielten. Aller Augen ruhten auf ihr.

Sie nahm den Brief in die Hand und warf einen Blick darauf. Dann hob sie den Kopf. »Das ist Niederländisch, Piet. Ich kann ihn nicht lesen. Es tut mir leid.«

»Ich kann übersetzen, wenn ihr möchtet?«

Piet zögerte und nickte schließlich. Minou reichte Cornelia den Brief und setzte sich neben ihren Mann.

»Er ist von deiner Mutter, für dich am 8. März 1542 geschrieben.«

»In dem Monat ist sie gestorben.«

Minou hielt Piets Hand fest, während Cornelia vorzulesen begann.

Mijn lieveling. Mein kleiner Liebling. Ich schreibe Dir in Eile und mit der Hilfe meiner lieben Freundin Mariken, denn ich habe nur noch wenig Kraft. Die Krankheit hält mich gefangen, und ich glaube nicht, dass ich das Ende des Monats erlebe. Bis Du alt genug bist, um das hier zu lesen, liege ich lange unter der Erde.

Cornelia hielt inne, als widerstrebe es ihr, an einem solch persönlichen Moment teilzuhaben.

»Lies weiter«, drängte Minou sie leise.

Von diesem Leben werde ich nur wenig vermissen, allein Dich, meinen schönen Sohn. Mein Leben in diesen letzten sieben Jahren war ein Martyrium, aber Dein Vater hat mich geliebt. Am zwölften Tag im Mai des Jahres 1534 schritten wir gemeinsam durch die rote Tür. Außer dem Tag Deiner Geburt, als Du rasch und gesund auf die Welt kamst, war es der glücklichste Tag in meinem Leben.

»Was meint sie damit, dass sie durch die rote Tür gingen?«, fragte Alis.

»Die Tür von Sint Nicolaas ist rot«, erklärte Minou. »Das ist die Kirche nicht weit von hier. Es bedeutet, dass sie dort verheiratet wurden.«

»Verheiratet?«, rief Piet. »Aber ich dachte immer …«

Minou dachte daran, wie Piet ihr mit einer Mischung aus Scham und Stolz berichtet hatte, dass seine Mutter gezwungen gewesen war, sich auf den Straßen von Amsterdam zu verkaufen, um ihn ernähren zu können.

»Lass uns zuhören, *mon cœur*. Cornelia, bitte lies weiter.«

Philippe konnte über den Sommer hinaus nicht bei mir in Amsterdam bleiben, weil ihn seine Pflicht seinem Vater und seinen Besitztümern gegenüber nach Frankreich zurückrief. Wir wählten Reydon als den Namen, der vor dem Priester genannt werden sollte, zu Ehren seines Familienguts. Wir wussten, dass wir einen eigenen Namen brauchten, den wir nennen konnten, bis Philippe seinen Vater um dessen Segen gebeten und ihn empfangen hätte.

Alis rutschte auf dem Stuhl umher. »Was meint sie damit?«

»Ich nehme an«, antwortete Minou, »dass Philippe den Bund der Ehe ohne Erlaubnis eingegangen war und deshalb seiner Gattin nicht seinen Familiennamen geben konnte, bevor er mit seinem Vater gesprochen hatte.«

»Aber er wollte sie schützen, und deshalb suchte er einen Namen aus, der sie mit ihm in Verbindung brachte?«

»Ich glaube schon.« Minou sah Piet an, doch er war in seine eigenen Gedanken versunken.

Cornelia fuhr fort:

Philippe gab mir sein Ehrenwort, zu mir zurückzukehren. Er wollte unbedingt seinen Sohn kennenlernen, und er versprach, in der Zwischenzeit Geld zu schicken. Um die Gültigkeit unserer Ehe und Deine Abstammung zu bestätigen, ließ er mir ein Testament da, das ich diesem Brief beilege.

»Die arme, arme Frau«, flüsterte Minou.

Der Herbst kam, dann der Winter. Ich wartete und wartete, aber vergeblich. Er kehrte nie zurück und schickte nie eine Nachricht. Ohne jeden Unterhalt war ich gezwungen, zur Sint Nicolaas zurückzukehren, aber nicht mehr als Braut, sondern ...

Cornelia errötete und hörte auf zu lesen. »Die nächsten Zeilen sind sehr schwer zu entziffern.«

Minou lächelte. »Du bist sehr rücksichtsvoll, Cornelia, aber dazu besteht keine Veranlassung. Piet weiß, wie seine Mutter ihrer beider Unterhalt verdienen musste. Auf diese Weise hat sie Marikens Bekanntschaft gemacht.«

Cornelia nickte.

*Leveling, Du bist Deines Vaters Sohn und Erbe. Ich
bete, dass Du ein gutes Leben haben wirst, ein besseres
Leben ohne mich. Ich vertraue Dich Marikens Obhut
an. Sie wird eine gute, fromme Familie finden, die Dich
aufnimmt.*

*Du bist von wachem Geist und tüchtig, ein Sohn, auf den
jeder Mann in Amsterdam stolz wäre. Ich gebe meine
Seele in Gottes Hand und bete, dass er Dir immer
gnädig gesonnen ist. Je liefhebbende moeder, Deine Dich
liebende Mutter, Marta Reydon.*

Cornelia legte den Brief sanft auf den Tisch, und Piet schlug die
Hände vors Gesicht und schluchzte.

KAPITEL 55

Einen Augenblick lang schienen die staubigen Liebesworte einer lange toten Mutter an ihren Sohn im Raum nachzuschwingen. Schließlich ergriff Piet das Wort. »Ich danke dir, Cornelia.«

Sie senkte den Kopf. »Mir war es eine Ehre, solch einen Brief vorzulesen.«

»Soll ich weitermachen?«, fragte Minou leise, weil sie ihn nicht bedrängen wollte, bevor er bereit war. Piet nickte, also nahm sie das andere Dokument vom Tisch. »Das muss das Testament sein, von dem sie schreibt. Soll ich es öffnen?«

Piet reichte ihr seinen Dolch als Brieföffner.

»Ja, bitte.«

Minou schob die Spitze unter das unversehrte Siegel und brach es. Rote Splitter rieselten auf den Tisch. Sie entfaltete das schwere Pergament und strich es glatt.

»Das Dokument ist auf Französisch, von der Hand deines Vaters, nehme ich an. Es handelt sich um ein offizielles Testament, in dem bestätigt wird, dass am zwölften Maitag 1534 in der Kirche Sint Nicolaas zu Amsterdam Marta Franssen, Jungfrau aus der Gemeinde, mit Philippe du Plessis, dem Seigneur von Radon und Forges, verheiratet wurde.«

Piet sprang auf, sein Stuhl flog nach hinten.

»*Mon cœur*, was hast du denn?« Seine Miene beunruhigte Minou. Sie erhob sich ebenfalls. »Was ist los?«

»Dieser Name.« Piets Augen blitzten. »Unmöglich, dass das …«

»Reydon wird anders geschrieben als Radon, meinst du das?«

»Nein! Du Plessis. Philippe du Plessis.«

Minou schüttelte den Kopf. Piet ergriff das Testament, als müsse er es selbst sehen, und warf es auf den Tisch. »Piet, was bedeutet der Name? Sprich.«

Er fuhr sich durchs Haar und atmete tief ein.

»Philippe du Plessis war ein Mann, der seinen jungen Neffen aufnahm, nachdem der Vater des Burschen – sein Bruder – wegen Verrats hingerichtet worden war. Er war der Mann, der die Ausbildung seines Neffen in Toulouse bezahlt hat. Der Mann, der seinen Neffen als den eigenen Sohn aufzog und ihm die erste Pfründe in Saint-Antonin kaufte.«

Minou hatte das Gefühl, den Boden unter den Füßen zu verlieren. »Das kann nicht sein.«

Alis und Cornelia tauschten einen Blick. »Das verstehe ich nicht«, sagte Alis. »Wer ist du Plessis' Neffe?«

»Vidal«, antwortete Minou mit einer Stimme, die von weither zu kommen schien.

»Das bedeutet, dass Vidal und du leibliche Cousins seid?«

Piet nickte, aber er sagte kein Wort.

»Wir haben immer den Verdacht gehegt, er sei der Kardinal, der Mariken geschrieben hatte«, sagte Minou, »auch wenn wir uns den Grund nicht erklären konnten. Jetzt kennen wir ihn.«

ZEEDIJK

»Junge! Ja, du da. Junge.«

Frans fuhr hoch. Nachdem er Juffrouw van Raay die Tür geöffnet hatte – sie besuchte die Reydons regelmäßig, und deshalb hatte er sie sofort hereingelassen –, hatte er sich auf die Treppe vor dem Hauseingang gesetzt und geglaubt, ein paar Minuten Ruhe und Frieden zu bekommen. Der Jungenschlafsaal war stickig und überfüllt, es wurde zu viel geschnieft und gefurzt und, sobald die Kerzen heruntergebrannt waren, manchmal auch geweint.

Frans sprang auf. »Was ist?«

Ein Mann mit dem Mund voller schwarzer Zähne trat aus dem Dunkel. »Wohnen hier die Reydons?«

»Wer will das wissen?«

Unversehens hatte er die Hand des Mannes an der Kehle und wurde gegen die Wand gedrückt.

»Lasst mich los!«

»Ich frage dich noch mal, Junge, und du wirst antworten.« Frans versuchte zu nicken, aber der Mann drückte noch fester zu. »Verstanden?«

»Ja, Herr.«

»Gut. Wohnt hier Piet Reydon?«

»Ja, Herr.«

»Ich habe eine Botschaft für ihn von seinen Kameraden – nur für seine Ohren bestimmt. Sag ihm, es wird übermorgen passieren. Sag ihm genau das.«

»Übermorgen«, wiederholte Frans. Er rang nach Atem.

»Richtig.«

Der Mann drückte noch einmal zu und ließ ihn los. Frans sackte auf die Knie und hielt sich die Kehle.

»Vergiss es nicht.« Der Mann verschwand wieder in den Schatten der Straße.

Frans beugte sich vor und erbrach sein Abendessen. Nun fiel ihm der Name des Mannes wieder ein: Joost Wouter, einer von Houtmans Leuten.

Houtman kannte er allerdings. An Sonntagen kniete er beim calvinistischen Gottesdienst, jeden zweiten Wochentag war er in einer ganz anderen Stellung auf den Knien. Und dabei war er verheiratet und hatte drei Kinder.

Piet schritt im Zimmer auf und ab.

»Vidal muss wissen, dass wir Cousins sind, eine andere Erklärung gibt es nicht.«

»Und das wollte er sich von Mariken bestätigen lassen?«

Piet griff sich das Testament. »Oder er wusste, dass dieses Schriftstück existiert, und wollte es vernichten.«

»Lebt Philippe du Plessis noch?«, fragte Alis.

Piet zuckte mit den Schultern. »Das weiß ich nicht.«

»Es muss einen Grund geben, weshalb alles nach so langer Zeit zu diesem bestimmten Moment anfing«, überlegte Minou. »Der Brief an Mariken, der Anschlag in Puivert. Vidal hatte uns zehn Jahre lang in Ruhe gelassen. Aber wenn du Plessis starb, hat er auf dem Totenbett vielleicht Vidal seine Sünden gebeichtet – und seine Jugendtorheiten.«

Piet hielt inne. »Das würde bedeuten, dass Vidal erst da, im Winter 1571/72 oder Frühjahr 1572, erkannt hat, dass es jemanden gibt, der größeren Anspruch auf das Erbe seines Onkels hat als er.«

»Und erfahren hat, dass dieser Mann du bist, Piet. Kannst du dir seinen Schock vorstellen?«

»Als wir Studenten waren, hat Vidal mir erzählt, dass sein Onkel nie geheiratet habe und ihm als seinem Alleinerben daher ein beträchtliches Vermögen hinterlassen würde.«

»Es sollte möglich sein herauszufinden, ob du Plessis tot ist. Wir wissen, wo seine Güter sind: Das steht in dem Brief.« Minou schnippte mit den Fingern. »Und wenn Vidal über Nacht sehr reich geworden ist, warum sollte er noch im Dienst des Herzogs von Guise bleiben? Mit seiner Erbschaft wäre also auch sein Verschwinden erklärt. Wenn wir annehmen, dass Guise sich geweigert hat, ihn aus seinen Diensten zu entlassen, könnte Vidal im Durcheinander der Bartholomäusnacht die Gelegenheit zur Flucht ergriffen haben.«

Piets Augen blitzten. »Du glaubst, Vidal lebt noch?«

»Dem Gespräch nach, das Alis in Reims belauscht hat, erscheint das gut möglich.«

»Warum sollte Guise ihn nicht entlassen?«, fragte Alis.

Minou runzelte die Stirn. »Vidal war Guises Beichtvater. Er dürfte viele Dinge gehört haben, die sehr persönlich und vertraulich sind: Seine Litanei der Fehler und Sünden – wir wissen ja, was für ein Mensch Guise ist. Besonders jetzt als Anführer der Heiligen Liga kann er das Risiko nicht dulden, dass Vidal ihn verrät oder seine Gottlosigkeit offenlegt.«

»Davon abgesehen ist Guise ein rachsüchtiger Mann«, fügte Piet hinzu. »Er würde Vidal als abschreckendes Beispiel bestrafen – damit jeder weiß, dass niemand, egal welcher Stellung, vor ihm sicher ist.« Er runzelte die Stirn. »Vidal kann nicht auf den Gütern seines Onkels sein. Dort hätte Guise ihn längst gefunden. Wo also steckt er?«

KAPITEL 56

»Verzeiht, Madame Reydon.«

Minou drehte sich um. »Frans, du hast mich erschreckt! Du solltest längst im Bett sein.«

»Ich habe eine Botschaft für den Herrn.«

»Kann das nicht bis morgen warten?«

»Ich glaube nicht.«

Piet winkte. »Lass ihn eintreten.«

Frans sah zu den Frauen.

»Es ist nur für Eure Ohren bestimmt.«

»Sei nicht albern«, sagte Piet. »Raus damit.«

Frans trat zaghaft näher. »Er hat mir befohlen, ich soll Euch sagen, dass es übermorgen geschehen wird.«

Piets Miene änderte sich. »Er? Wer hat die Botschaft überbracht?«

»Ein Mann, vor ein paar Minuten. Er hat mir seinen Namen nicht genannt, aber ich kenne ihn. Joost Wouter. Einer von Houtmans Leuten.«

Langsam schob Piet den Dolch in die Scheide an seinem Gürtel und wandte sich Minou zu. Die folgenschweren Enthüllungen des Abends schienen vergessen.

»Ich muss gehen.«

»Jetzt?«, fragte sie. »Zu dieser späten Stunde?« Sie wies auf den Tisch mit den Dokumenten. »Trotz alldem?«

Piet ergriff sie bei der Hand. »Ich bin nicht lange fort.«

»Was soll denn das?«, fragte Alis, kaum dass er den Raum verlassen hatte.

In der Aufregung über Cornelias Entdeckung hatte Minou sich zu vergessen erlaubt, was Piet ihr über den geplanten Umsturz erzählt hatte. Jetzt bestürmten sie wieder ihre Ängste. Sie ließ die Arme sinken.

»Weißt du, wohin Piet geht?«, bohrte Alis.

»Nein«, antwortete Minou in schärferem Ton als beabsichtigt.

»Aber du weißt, was die Botschaft bedeutet, das sehe ich an deinem Gesicht.«

»Du weißt es?«, fragte Cornelia.

Minou zögerte, unentschlossen zwischen Loyalität zu Piet und zu ihren Freunden, denen nicht nur sie das Leben verdankte. Bei dem Gedanken, dass sie kurz davorstand, ihren Gatten zu hintergehen, pochte ihr Herz heftig. Sie sah es nicht als Verrat, aber was würde Piet davon halten? Vor Cornelias Ankunft hatte sie das Dilemma, ob sie sprechen sollte oder nicht, endlos geplagt. Minou stellte die Rechtschaffenheit seiner Ziele nicht infrage, nur Piets Bereitschaft, alle Bande der Freundschaft und der familiären Verpflichtung zur anderen Seite dafür zu durchtrennen.

Sonderlich gut kannte sie Willem van Raay nicht – er hatte stets respektvolle Distanz gewahrt. Durch Salvadora hatte Minou jedoch viele Kleinigkeiten über ihn erfahren: dass er die Stadt liebte und seine Pflicht tat, dass er eine wunderbare Singstimme hatte, tief und sonor, dass er fromm war und komme, was wolle, jeden Freitag zur Beichte und jeden Sonntag zur Messe ging und das Andenken seiner verstorbenen Frau in Ehren hielt.

Dass er eine außergewöhnliche Tochter großgezogen hatte.

Minou wusste, wie viel sie selbst ihrem geliebten Vater verdankte, und dass sie alles getan hätte, um ihn zu schützen. Schuldete sie Cornelia nicht genau das Gleiche? Das war keine

Frage von Verrat an ihrem Gatten, vielmehr ging es darum, ihre Freundschaft zu würdigen.

»Cornelia, würdest du mich zu deinem Vater bringen?«

Cornelia riss die Augen auf. »Zu dieser Stunde? Er wird längst zu Bett sein.«

»Mir ist klar, dass es spät ist. Trotzdem …«

Cornelia suchte ihren Blick und nickte. »Also gut.«

»Was ist mit mir?«, fragte Alis. »Was soll ich tun?«

Minous Miene wurde mild. »Du solltest schlafen gehen. Der Tag war lang. Du musst sehr müde sein.«

»Was soll ich Piet sagen, falls er vor dir zurückkommt?«

»Richte ihm aus, dass ich Cornelia zur Warmoesstraat begleitet habe. Er weiß, wie gefährlich die Straßen zu dieser Uhrzeit sein können.«

»Es war mir ein Vergnügen, Eure Bekanntschaft zu machen.« Cornelia reichte Alis die Hand. »*Tot ziens*. Das bedeutet: Bis bald.«

»*Tot ziens*«, wiederholte Alis, und beide lächelten.

Minou küsste ihre Schwester auf die Stirn. »Sorge dich nicht, Alis. Wir sind vor Sonnenaufgang zurück.«

KAPITEL 57

»Was soll das heißen: nichts?«, fuhr Guise auf. »Sechs Jahre lang lebt Ihr schon auf meine Kosten, Cabanel. In dieser Zeit habt Ihr mir Gerüchte gebracht, aber keinerlei nützliche Erkenntnisse.« Cabanel war unerwartet zu Guise gerufen worden und hatte noch keine Gelegenheit gehabt, seinen Bericht vorzubereiten. Er war um Worte verlegen und zittrig. Krampfhaft versuchte er, nicht die auffällige Narbe im Gesicht des Herzogs anzustarren.

»Monseigneur, ich war nicht untätig …«

Guise schnitt ihm das Wort ab. »Aber auch nicht erfolgreich.«

Cabanel wich nicht zurück. »Selbst heute noch werden so viele Menschen seit dem Massaker vermisst, und die Aufzeichnungen …«

»Die Bartholomäusnacht!«, schrie Guise. »Wie lange soll die Bluthochzeit denn noch als Rechtfertigung für jedes Versagen herhalten! Jemand von Kardinal Valentins Bedeutung verschwindet nicht einfach spurlos.«

»In den vergangenen fünf Jahren habe ich in jedem Kloster gesucht, in jedem Gotteshaus und jedem Stift, habe nicht nur die Bücher noch der kleinsten Kirche eingesehen, sondern auch …«

»Ich will keine Ausflüchte hören, Cabanel. Ich habe Euch beauftragt, meinen Beichtvater wiederzufinden. Wenn Ihr wahrhaft ganz Paris abgesucht habt, so ist er eindeutig nicht in Paris.«

»Ich bin nach Saint-Antonin gereist, nach Toulouse, auf die Güter seines verstorbenen Onkels.«

»Sucht gefälligst sorgfältiger. Vidal ist dem gewöhnlichen Mann nicht unbekannt. Er hat Merkmale, durch die er hervorsticht.«

Cabanel hielt inne. »Aber was, wenn er tot ist, Monseigneur?« Der Herzog von Guise trat auf ihn zu. »Dann bringt mir seine Leiche, Cabanel. Ich habe Euch gut für Eure Dienste belohnt, aber mir geht die Geduld aus. Habt Ihr verstanden?«

»Jawohl, Monseigneur. Und falls – sobald – ich ihn finde?«

Guise sah ihm in die Augen. »Wer seine Eide nicht hält, wer seine Herren betrügt, die ihn erhoben haben, den soll das gleiche Schicksal ereilen wie Ketzer und Verräter. Ist das klar, Cabanel?«

Als er ein Geräusch aus dem Vorraum hörte, zückte Guise den Dolch. Cabanel war sich bewusst, dass der Herzog in ständiger Gefahr lebte. Er hatte viele Feinde, sowohl auf der eigenen Seite als auch im Lager der Hugenotten. Guises Leibwache war angeblich noch größer als die des Königs.

»Wer da?«

Ein Wächter schob ein hübsches Mädchen in einem indigoblauen Kleid ins Zimmer.

»Ich habe sie auf dem Korridor gefunden, Monseigneur Guise.«

Cabanel ergriff die Angst. »Monseigneur, verzeiht mir. Das ist meine Tochter. Sie war bei mir, als Ihr mich rufen ließt, und weil ich Euch nicht warten lassen wollte, brachte ich sie mit …«

»Genug.«

Guise schob den Poignard zurück in die Scheide und winkte sie zu sich.

»Wie heißt du, Mädchen?«

»Marie Cabanel.«

»Wo bleiben deine Manieren?«, zischte ihr Vater.

»Ich heiße Marie Cabanel, Monseigneur Guise«, sagte sie rasch und knickste.

Zu Cabanels Erleichterung schien Guise bezaubert.

»Wie alt bist du, Marie Cabanel?«

»Ich habe dreizehn Sommer gesehen, Monseigneur, aber ich bin weit für mein Alter.«

Cabanel beeilte sich mit einer Entschuldigung. »Monseigneur, sie …«

Guise hob die Hand. »Schweigt, Mann.« Er senkte sein Gesicht auf ihre Höhe. »Du bist kühn, mein Kind.«

Marie hielt seinem Blick stand. »Ich bin dazu erzogen worden, die Wahrheit zu sprechen, Monseigneur.«

Guise lächelte. »Das merkt man.« Er kniff ihr mit Daumen und Zeigefinger ins Kinn. »Bist du eine gute Christin? Dienst du Gott mit Gedanken und Tat?«

»Ich gehe jeden Freitag zur Beichte, sonntags in die Messe und bete jeden Abend.«

Cabanel hatte furchtbare Angst, dass Marie den frommen und eifrigen Guise mit ihrer Impertinenz kränkte. Sie hatte nie gelernt, den Mund zu halten.

»Woher habt Ihr diese Narbe?«, fragte sie und berührte den Herzog im Gesicht.

»Marie!«, rief Cabanel aus. Zu seiner Überraschung lachte Guise auf.

»Außergewöhnliche Augen«, murmelte er und ließ sie los. »Cabanel, bringt Eure Tochter fort. Und gebt Euch mehr Mühe. Der Kardinal muss gefunden werden und erhalten, was er verdient. Allein der Verdacht, er könnte noch leben, verursacht mir Übelkeit.«

»Jawohl, Monseigneur.«

Cabanel verbeugte sich, packte seine Tochter grob beim Arm und schob sie aus dem Zimmer.

KAPITEL 58

Lastage
Amsterdam

Kurz vor Mitternacht näherte sich Piet dem Treffpunkt in Lastage. Vor sich hörte er Schritte im Dunkeln, daher trat er zurück außer Sicht, bis er sah, wer es war.

»Le Maistre«, rief er und trat auf seinen alten Freund zu, »bei allem, was heilig ist! Ich habe nicht gewusst, dass Ihr in Amsterdam seid.«

Über sechs Jahre lang hatte Piet nichts von Antoine le Maistre gehört. Zum letzten Mal waren sie einander begegnet, als Minou und er in Limoges ihre lange Reise zur königlichen Hochzeit in Paris unterbrochen hatten.

Die beiden Männer umarmten einander.

»Reydon, bei allem, was heilig ist! Ich bin hocherfreut, Euch zu sehen.«

»Was fehlt Euch?«, fragte Piet, bestürzt über die Veränderung des Freundes. Die Zeit war grausam zu Maistre gewesen. Er war bis auf die Knochen abgemagert, seine Haut teigig und zerfurcht, das Haar weiß wie Schnee. Bevor sie sich voneinander lösten, spürte Piet die Rippen des anderen durch die Kleidung. Melancholie umgab ihn wie ein Dunst.

Antoine hob die Hände. »Wie Ihr seht, wandle ich noch auf dieser Erde.«

»Wie geht es Eurer Familie?«

Le Maistre schüttelte den Kopf. »Ich habe keine Familie

mehr. Unser Land wurde im letzten Krieg verheert.« Er seufzte. »Ich war nicht dort, um sie zu beschützen. Sie haben niemanden am Leben gelassen.«

»Mein Freund, es tut mir so leid.« Piet dachte an Maistres Frau mit dem netten Gesicht und seine apfelwangigen Kinder, die glückliche Zeit in Limoges in jenem Juli.

»Wir leben in schlimmen Zeiten, Reydon«, sagte le Maistre leise. »Nach der Tragödie hielt mich nichts mehr in Limoges, deshalb ging ich nach Norden, um mein Schwert anzubieten. Was ist mit Euch?«

»Wir leben jetzt in Amsterdam. Puivert wurde eingenommen, und nach der Bartholomäusnacht konnten wir nicht mehr nach Hause.«

»Sind Eure Frau und Eure Kinder bei Euch?«

Ein Schatten zog über Piets Gesicht. »Wir haben unsere älteste Tochter Marta bei der Pariser Bluthochzeit verloren. Sie wird vermisst, wir wissen nicht, ob sie tot ist. Mein Schwager ist ebenfalls verschollen.«

»Mir tut Euer Verlust meinerseits leid.«

Piet nickte. »Aber Minou geht es gut, und unser Sohn und unsere jüngere Tochter Bernarda sind wohlauf. Sie ist nach Minous Vater benannt. Und erst heute ist Minous Schwester Alis, von der wir seit dem Überfall auf Puivert nichts mehr gehört hattten, bei uns in Amsterdam angekommen.« Er schlug le Maistre auf den Arm. »Ich habe vieles, wofür ich dankbar sein kann.«

Einen Augenblick lang standen die beiden Männer schweigend mit den Gespenstern ihrer Vergangenheit zusammen.

»Hier also sind wir wieder«, sagte le Maistre schließlich. »Zum Guten oder zum Schlechten, Waffenbrüder.«

»Waffenbrüder.« Piet lächelte schief. »Und erneut werden wir in den Dienst gerufen. Gehen wir hinauf?«

Während sie die steilen Treppen zum obersten Stockwerk des Hauses erklommen, bemerkte Piet traurig, wie schwer Antoines Atem ging. Als er vorschlug, kurz innezuhalten, winkte sein alter Freund jedoch ab.

Sie traten in einen stickigen Raum, in dem es nach Hering und Holzrauch roch.

»Reydon!«

Einer der Anführer der calvinistischen Rebellen in Lastage war Jan Houtman – ein trinkfester, kompromissloser Soldat, dessen Eltern bei der Belagerung Haarlems von den eindringenden spanischen Soldaten ermordet worden waren.

Er stand auf. »Ich habe nicht mit Euch gerechnet.«

Piet war entmutigt. Die protestantische Gemeinde von Amsterdam hatte ihn größtenteils willkommen geheißen, wie alle, die ihr Ziel teilten, einen neuen protestantischen Staat zu errichten. Dennoch gab es einen harten Kern aus Holländern und Zeeländern, die jeden ablehnten, der nicht aus den Niederländischen Provinzen stammte.

»Ein Bote kam heute Abend zu mir.«

In der Zimmerecke bemerkte Piet einen hart aussehenden Mann, der sich die Fingernägel mit einem Messer reinigte und genau der Beschreibung des Mannes entsprach, der Frans vor dem Haus angegriffen hatte.

»Es war nicht nötig, dass Ihr persönlich erscheint«, sagte Houtman grob.

Piet sah ihm in die Augen. »Da die Botschaft mir nicht persönlich ausgerichtet wurde, hielt ich es für am klügsten, mich zu vergewissern, dass sie korrekt übermittelt wurde.«

Houtman sah den Mann in der Ecke wütend an. »Ich habe es dir ausdrücklich gesagt! Mit wem hast du gesprochen?«

»Irgendeinem Balg, das vor dem Haus faulenzte.«

»Du bist ein Narr, Wouter.«

Piet zwang Houtman, ihm in die Augen zu sehen. »Ich wollte mich vergewissern, was geplant ist, um jede Aufgabe, die mir übertragen wird, umso besser ausführen zu können.«

Houtman zögerte, dann bat er Piet mit einer Handbewegung, sich zu setzen. »Ihr müsst Antoine le Maistre sein«, sagte er mit beträchtlich freundlicherer Stimme zu dem anderen Mann. »Ihr seid höchst willkommen, Monsieur. Eure Großzügigkeit in den letzten Monaten wissen wir zu schätzen.«

»Zu Euren Diensten.«

Antoine warf einen Blick auf Piet, bevor er sich setzte, als wollte er sich entschuldigen, ihn nicht in das Ausmaß seiner Beteiligung eingeweiht zu haben.

Piet schaute sich um. Die Versammlung war kleiner als üblich, und er erkannte nur wenige: eine Auswahl an calvinistischen Unruhestiftern, die auf der Plaetse predigten, sobald der Stadtrat tagte, und dazu Heringsverkäufer, Händler, Buchhalter, Kerzenzieher, Schuhmacher, Männer, die von ihrer Arbeit lebten.

»Stimmt es, dass das Datum auf den sechsundzwanzigsten vorverlegt wurde?«, fragte Piet.

Houtman wirkte erbost über seine Direktheit. »Ja.«

Piet war sich nicht sicher, weshalb die Dinge beschleunigt wurden oder warum die Stimmung so aufgeladen war. Angesichts der außergewöhnlichen persönlichen Offenbarungen des Abends war es denkbar, dass er mehr in die Dinge hineindeutete, als gerechtfertigt war. Doch gleichzeitig gab es hier den Beweis, dass man sich einig war, Amsterdam zu einer calvinistischen Stadt zu machen. Dennoch spürte er Widerspruch im Raum. Er bezweifelte, dass er ihn sich nur einbildete.

»Ihr trefft uns mitten in der Diskussion an«, sagte Houtman vorsichtig. »Darüber, wie genau vorgegangen werden soll.«

»Ich dachte, die Entscheidung sei schon getroffen?«

Houtman lächelte kalt. »Es geht mehr um das Wie, weniger um das Wann.«

»Und wir haben keine Zeit, das für ein paar Ausländer noch einmal durchzugehen«, knurrte ein anderer Mann, seinem Akzent zufolge ein Zeeländer.

»Wir sind alle Brüder des reformierten Glaubens«, sagte Houtman rasch mit einem Blick auf le Maistre, den er offenbar nicht kränken wollte.

Antoine hob die Hand. »Ich verstehe. Die Zeit, in der wir leben, ist es, die uns geneigt macht, nur unseresgleichen zu trauen. Das sehe ich genauso.«

»Wouter glaubt«, fuhr Houtman fort, »dass Dircksz' Anhänger nicht nachgeben werden, es sei denn vor vorgehaltenem Schwert oder Arkebuse. Ich glaube das nicht.«

»Wir können ihnen nicht trauen«, wandte Wouter ein. »Sie haben die Bedingungen der *Satisfactie* anerkannt und sie unterzeichnet, aber dann nicht beachtet.«

»Im Rat sitzen viele gemäßigte Katholiken«, entgegnete Houtman. »Sie werden vernünftig sein.«

»Du lässt dich leicht täuschen, wenn du das glaubst!«

Im Raum redete alles durcheinander. Piet hatte im Lauf der Jahre an vielen solchen Gesprächen teilgenommen – in Carcassonne, Toulouse und Amsterdam. Die Frage war immer die dieselbe: Ob man gutgläubig agieren und voraussetzen sollte, dass die andere Seite sich genauso verhielt, oder besser das Schlimmste annahm und als Erster zuschlug.

»Hört mir zu«, rief Houtman in das Durcheinander. »Es gibt genauso viele Katholiken, die einen Kompromiss erreichen wollen, wie es auf unserer Seite Gemäßigte gibt, die für Frieden und Gerechtigkeit arbeiten.«

Wouter knallte die Faust auf den Tisch. »Sie sind papistisches Gewürm!«, rief er.

Houtman achtete nicht auf ihn. »Monsieur le Maistre, was denkt Ihr? Ihr dürft frei sprechen. Ihr seid unter Gleichgesinnten.«

Antoine hob die Hand. »Ich könnte meine Sicht kaum äußern. Ich bin erst seit wenigen Wochen in Amsterdam.«

»Was ist mit Euch, Reydon?«, fragte Wouter höhnisch. »Ihr

seid wenigstens zum Teil Amsterdamer, wenn auch nur von der mütterlichen Seite.«

Piet merkte, wie sich alles anspannte. Wie verflochten die Bande des Blutes, der Loyalität und der Geburt waren. In Carcassonne und Toulouse hatte man seine Treue zum Languedoc oft angezweifelt, weil er nur zum Teil Franzose war. Über fünfzehn Jahre lag es zurück, und nun wurde ihm misstraut, weil er zu viel französisches Blut in sich hatte.

»Wie le Maistre würde ich mir nicht anmaßen, für Amsterdam zu sprechen. Unser Freund hier sagt ganz richtig« – Piet wies auf Wouter –, »ich sei nur zur Hälfte Niederländer. Aber mit Eurer Erlaubnis sage ich Folgendes: Wie ich finde, sollte und wird diese wunderbare, prächtige, moderne Stadt – die so viele unseres Glaubens als Brüder willkommen geheißen hat – das Herz eines neuen protestantischen Landes bilden. Denke ich, dass unser Ziel, die Menschen mit Herz und Verstand zu gewinnen, dadurch gefährdet werden könnte, wenn wir die Macht mit Gewalt an uns bringen? Ja, das denke ich. Wenn Ihr fragt, wie wir uns als neue Anführer dieser Stadt würdig erweisen können, würde ich sagen: dadurch, dass unsere Argumente auch ohne Gewalt siegreich sind. Blut vergossen wurde schon genug.« Piet sah die Männer im Raum an, einen nach dem anderen. »Die Macht steht uns zu. Wir sollten die Bedingungen des Abkommens der *Satisfactie*, das Dircksz mit dem Fürsten von Oranien geschlossen hat, respektieren, auch wenn er selbst und seine Anhänger sie missachten. Wir sollten beweisen, dass unser Standpunkt so unerschütterlich ist, dass wir keine Gewalt brauchen, um zu obsiegen.«

Einen Moment lang war es still im Raum. Niemand sprach, niemand bewegte sich. Dann richtete ein Mann nach dem anderen den Blick auf Jan Houtman.

»Ihr sprecht gut, Reydon. Aber Worte allein genügen vielleicht nicht.«

»Wir haben die Menschen auf unserer Seite«, entgegnete Piet. Houtman runzelte die Stirn. »Und dazu sind viele von uns in bewaffneten Gilden und Zünften.«

»Und Männer im Rathaus«, sagte ein anderer Mann. »Wenn sie ihre Kollegen überzeugen können ...«

»Genau das meine ich«, sagte Piet.

Houtman nickte. »Ein friedlicher Übergang gäbe uns, der neuen Regierung, den nötigen Einfluss, um die Veränderungen, die wir erreichen möchten, schnell vorzunehmen.«

»Und wenn sie nicht in Frieden ihre Plätze räumen?«, entgegnete Wouter. »Was dann? Sollen wir vor ihnen knien wie die Nonnen und sie um die Schlüssel zu unserer eigenen Stadt anbetteln?«

»Dazu wird es nicht kommen«, beharrte Piet. »Sie werden erkennen, dass ihre Zeit vorüber ist.«

Während er ihre Mienen musterte, fühlte er sich in ein anderes, ähnliches Streitgespräch zurückversetzt, in einem ähnlichen Raum in Carcassonne kurz vor Ausbruch der Hugenottenkriege. Eine ähnliche Debatte zwischen Männern – von denen einige sich später als Verräter erwiesen. Manche waren für friedliche Mittel eingetreten, andere glaubten, dass ihr Ziel nur mit Gewalt erreicht werden konnte.

Piet dachte an den jüngeren Mann, der er gewesen war, bevor Liebe und Krieg und Verlust ihn ausgelaugt hatten. Wie er seine abgewetzte Ledertasche von der Schulter nahm und sie sorgsam auf den Tisch legte. Er erinnerte sich, wie er die Schnalle löste und hineingriff; er sah noch vor sich, wie das Licht auf den dünnen Stoff darin fiel. Das helle Grabtuch von Antiochia schien zu schimmern und verwandelte das im grauen Halbdunkel liegende, bescheidene Zimmer in einen Ort des Lichts.

Mit einem Mal fiel ihm ein, wie er im August 1572 vor der Sainte-Chapelle gestanden hatte, an dem Tag, an dem Marta verschwand, und die Wächter sagen hörte, dass es einen Versuch gegeben hatte, die Dornenkrone aus ihrem Reliquiar zu entwenden. Wie eine Welle überschwemmte ihn die Erinnerung an die schrecklichen Stunden, in denen er Paris nach seiner verschwundenen Tochter abgesucht hatte.

Die ganze Zeit, in der er mit Minou gesprochen hatte, hatte die Frage an ihm genagt, wieso Vidal Macht und Stellung gegen ein Leben im Verborgenen eintauschen sollte. Womöglich war das die Antwort? Seine Obsession, seine Ambition, seine Gier. Zu welchen Schritten er bereit war. Vidal war ein Jäger, aber er jagte weder Menschen noch Tiere.

Sondern Reliquien.

KAPITEL 59

WARMOESSTRAAT

Nachdem sie das Haus am Zeedijk verlassen hatten, eilte Minou mit Cornelia die Straße entlang. Ihr Herz pochte wegen der späten Stunde.

Sie überquerten die alten Grachten des Oude Zijde, hielten an jeder Ecke nach Stadtwächtern Ausschau, verbargen sich in Hauseingängen und in der Dunkelheit, bis die Streifen vorübergegangen waren. Minou fragte sich, auf welche Seite sich die Armbrustschützen und die jungen Soldaten, die eitel ihre Arkebusen schulterten, wohl stellen würden, falls der Umsturz erfolgte.

Sie riss sich zusammen. Nicht falls – sobald.

Kurz vor ein Uhr morgens betraten sie das Haus der van Raays in der Warmoesstraat und setzten sich in den gleichen Raum, in dem Pauw wenige Stunden zuvor sein Geständnis abgelegt hatte. Während sie auf Cornelias Vater warteten, geriet ihr Gespräch immer wieder ins Stocken. Die Kerzen flackerten, das helle Wachs sammelte sich auf dem runden Messinghalter.

»Glaubst du, Piet wird nun versuchen, Vidal zu finden?«, fragte Cornelia.

»Ich weiß es nicht«, sagte Minou.

In den Jahren in Amsterdam, in denen Freundschaft und Vertrauen zwischen ihnen gewachsen waren, hatte sie Cornelia nicht nur anvertraut, wie sie zu ihrem unerwarteten Erbe gekommen und Burgherrin von Puivert geworden war, sondern auch, wie Vidal ihre Familie beinahe vernichtet hätte.

»Du musst verstehen, dass Vidal wie ein boshafter Schatten ständig in Piets Kopf präsent ist. Zu entdecken, dass sie miteinander verwandt sind … Piet hat nie an unsere sichere Rückkehr nach Frankreich geglaubt, auch wenn dort jetzt Waffenstillstand herrscht. Die neuen Erkenntnisse ändern das vielleicht.«

»Wenn du Plessis ohne andere Nachkommen starb, ist eher Piet der rechtmäßige Erbe seines Besitzes als Vidal.«

»Ganz genau.«

»Ob das, was er heute Abend erfahren hat, etwas an seinen Gefühlen für seine Mutter ändern wird?«

Minou lächelte. »Nein, denn Piet hat sie ohne Vorbehalte geliebt, trotz ihres Lebenswandels und ihres tragischen Todes. Zu entdecken, dass sie doch verheiratet war, wird seine Verehrung für sie nur vergrößern.«

»Und das Andenken seines Vaters beschädigen?«

»Piet hatte niemals irgendwelche Achtung vor seinem Vater. Er hatte angenommen, er wäre … Er verabscheut Männer, die sich Frauen durch Geld gefügig machen.«

Cornelia hob die Brauen.

Minou lachte. »Piet würde alle Freudenhäuser schließen. Er würde Tavernen und Schenken im Hafen inspizieren, wo sich die Matrosen zusammenscharen, und die Sammelpunkte überwachen, wo die Stadtwächter ihre Nachtstreifen beenden und sich Gesellschaft suchen.«

»Ehe oder gar nichts?«

»Ehe oder gar nichts«, stimmte Minou zu. »Bist du überrascht?«

Cornelia überlegte. »Ich verbinde wohl solch strenge Moral mit den Calvinisten. Ihre Askese, ihre Gebete und ihre absolute Hingabe, jede Sekunde jedes Tages nach den Geboten Gottes zu leben, scheint mir vielen Dinge jede Freude zu entziehen.

Piet ist mir nie wie jemand vorgekommen, der diese Ansichten teilt.«

»Nach der Bartholomäusnacht haben sich die Fronten von Katholiken und Hugenotten verhärtet. Gemäßigte Stimmen wurden niedergebrüllt, während die Anführer die Vorstellung verwarfen, dass ein Kompromiss möglich sein könnte, und sich einer Schwarz-Weiß-Sicht auf die Welt zuwandten.«

Cornelia seufzte. »Entweder bist du mein Freund oder mein Feind. Dazwischen ist nichts denkbar.«

Minou nickte. »Ich will nicht sagen, dass Piet so ist, aber er betrachtet sich jetzt zuerst und vor allem als Calvinisten. Davor war er zwar stolz, Hugenotte zu sein, aber er war auch Landbesitzer, Ehegatte, ein Mann aus dem Languedoc, ein Vater.«

Cornelia nickte. »Wird Piet wegen der Erbschaft Vidal herausfordern?«

Minou überlegte kurz. »Früher hätte ich gewusst, wie ich diese Frage beantworten soll. Heute bin ich mir nicht sicher. Wir haben die ersten drei Kriege überlebt, nur um nach der Bluthochzeit alles zu verlieren. Land, Vermögen, das Erbe für unsere Kinder, unser Zuhause. Und vor allem meinen Bruder und meine Tochter. Ohne dich und deinen Vater hätten wir noch immer nichts, Cornelia. Dank euch konnten wir ein wenig von dem wiederaufbauen, was uns verloren ging. Aber Piet wird nie aufhören zu brüten, und ich fürchte, dass die Wurzeln seiner Sorgen in seiner Kindheit zu suchen sind – die Erinnerung, am Bett seiner Mutter zu sitzen und trotz seines zarten Alters zu begreifen, dass sie sterben musste, weil sie arm waren. Sie hatten kein Geld für die Miete, kein Essen, schon gar keine Möglichkeit, einen Arzt zu bezahlen, der ihre Leiden linderte. Also: ja. Es ist denkbar, dass Piet versuchen wird, sich etwas von dem zu sichern, was rechtmäßig ihm gehört – oder ihm gehören könnte –, wenn er glaubt, dass er damit die Zukunft unserer Kinder sichert.«

»Das verstehe ich«, sagte Cornelia. »Aber wie siehst du es?«

Minou seufzte. »Ich möchte nicht, dass Piet Vidal aufspürt. Sosehr ich meinem Gatten auch immer wieder versichere, dass Vidal uns nicht mehr schaden kann, fürchte ich den Kardinal.« Sie zögerte. »Andererseits, wenn Piet erfolgreich beweist, dass er du Plessis' Sohn ist, könnte das Erbe uns die Mittel geben, um die Suche nach Marta wiederaufzunehmen. Das haben wir nie getan, wir konnten es uns nicht leisten. Wir unternahmen, was wir konnten, und haben Briefe geschickt, aber eine regelrechte Suche nach ihr konnten wir nie einleiten. Wir haben den Versuch aufgegeben, und das wird immer auf meinem Gewissen lasten.«

»Aber Minou, nach all der Zeit – besteht denn noch Hoffnung?«

»Ich wüsste wenigstens, dass wir es versucht haben.«

Erneut trat Stille ein. Cornelia versuchte sich vorzustellen, wie es wäre, wenn sie ein Kind suchte, das sie verloren hatte. Sich jeden Tag auszumalen, wie ihre Tochter heute aussähe.

»Marta hatte Augen wie ich. Eins braun, eins blau. Das ist sehr selten.«

»Dem Wandteppich nach, den Alis aus Puivert mitgenommen hat, schien dir Marta auch in anderer Hinsicht zu gleichen.«

»Im Aussehen allemal. Vom Charakter her … wenn sie überhaupt etwas von jemandem hatte, so hatte sie mehr von Alis. Marta hatte es immer eilig, war immer ungeduldig und reizbar, bereit, sofort zurückzuschlagen.«

Cornelia lächelte. »Alis ist genau so, wie ich sie mir nach deinen Beschreibungen immer vorgestellt habe.«

»Im Flüchtlingslager vor La Rochelle und während ihrer Reisen hat sie sich als Junge verkleidet!«

Cornelia lachte.

Die kleine Wanduhr surrte, bewegte ihre Gewichte und klickte, als ihr einzelner Zeiger die volle Stunde gefunden hatte.

»Ein Uhr.« Cornelia hob den Kopf und lauschte auf Lebenszeichen aus der Schlafkammer ihres Vaters, aber die Dielen
machten kein Geräusch. »Er geht früh zu Bett und schläft sehr
fest. Es mag besser sein, wenn wir wiederkommen ...«
»Es sollte noch heute Nacht sein.«
Minou schauderte es, und sie zog sich das Tuch enger um die
Schultern. Sie hatte Cornelia nicht eingeweiht, was sie Willem
van Raay so Dringendes mitzuteilen hatte. Und ihre Freundin
hatte sie nicht bedrängt.
»Dann warten wir weiter«, sagte Cornelia.

KAPITEL 60

ZEEDIJK

Piet blieb vor seiner Haustür stehen und lauschte auf die Glocken, die ein Uhr schlugen. Im Haus war es dunkel. Er nahm an, dass alle zu Bett gegangen waren.

Ganz wie Frans zuvor setzte er sich auf die Stufen und ging im Kopf die Ereignisse des Abends durch: die Bestätigung seiner Ängste, dass Vidal sich weiterhin in ihr Leben einmischte, die Identität seines Vaters, die Worte seiner Mutter, die nur noch über den Abgrund der Jahre zu vernehmen waren. Gleichzeitig wusste er, dass er für die kommenden achtundvierzig Stunden alle persönlichen Empfindungen beiseitestellen musste.

In gutem Glauben hatte er Minou erzählt, dass der Umsturz ein friedlicher Wechsel der Ordnung sein würde, von alten Wegen zu neuen. Die Niederlande sollten nicht länger ein Vasallenstaat unter spanischem Joch sein, sondern ein neuer unabhängiger Staat unter dem Fürsten von Oranien mit Amsterdam im Herzen. Ein protestantischer Staat nach eigenem Recht, nichts weniger.

Seit er Jan Houtman und seinen Anhängern zugehört hatte, war er nicht mehr so zuversichtlich. In ihren Augen stand die gleiche Feindseligkeit, die er 1572 auf den Pariser Straßen in den Augen von Guises Männern gesehen hatte, denen die Blutgier alles menschliche Empfinden aus dem Herzen vertrieb. Die gleiche Brutalität hatte er in Toulouse wüten sehen, in der Mainacht 1562, als die Stadt in Flammen aufging.

Piet rief sich ins Gedächtnis, was aus diesen dunklen Zeiten an Gutem entstanden war, denn in jener Nacht in Toulouse hatte er seinen verwundeten Kameraden in den Schutz eines Hauses geführt – des Hauses, das Salvadoras Gatten gehörte – und Minou wiedergefunden, ein mutiges junges Mädchen von Prinzipien und Ehre, das junge Mädchen, in das er sich verliebt und das er später geheiratet hatte. Selbst in den schlimmsten Zeiten war es ein Wunder, wie das menschliche Herz weiterschlug.

Liebe und Hoffnung.

»Meine Dame des Nebels«, flüsterte er in die Nachtluft.

Das Lächeln auf seinen Lippen verblasste. Er hatte Minou versprochen, dass Amsterdam friedlich von der Vergangenheit in die Zukunft übertrat. Houtman war in keiner Hinsicht der Schlimmste von ihnen. Auch wenn er Ausländer nicht mochte, war er ein kluger Mann, der zu seinem Wort stand. Hatte Piet an diesem Abend genug getan, um Houtman zu überzeugen, dass ihre beste Aussicht auf Erfolg darin lag, sich wie Politiker zu verhalten und nicht wie Soldaten?

Wenn nicht, was würde ihnen allen zustoßen?

Ohne Willem van Raay hätten sie nichts. Die Frage, die Piet sich stellen musste, lautete darum, ob er seine Treue mehr einem Ideal schuldete, der hugenottischen Sache, oder jenen, die für ihn und die Seinen gesorgt hatten, als sie es am dringendsten benötigten.

Piet erhob sich. Minou hatte recht. Er schuldete es ihren Freunden, sie zu warnen. Van Raay war ein nüchterner, pflichtbewusster Mann, er war fromm. Dennoch fand er, wie Piet wusste, die Exzesse der katholischen Kräfte beunruhigend. Er musste darauf setzen, dass van Raay die Stadt Amsterdam mehr liebte als die Männer, die sie gegenwärtig regierten.

Er musste Cornelias Vater mitteilen, was geplant war, und zu Gott beten, dass van Raay nicht die Ratsherren verständigte.

Andernfalls konnte Piet die Rechnung genauso sehr von einem calvinistischen wie einem katholischen Schwert präsentiert werden. Von beiden Seiten als Verräter verdammt.

WARMOESSTRAAT

»Und dieser Umsturz soll übermorgen stattfinden?«

»Mein Gatte versichert mir, dass er ohne jedes Blutvergießen ablaufen soll. Darauf hat er mir sein Wort gegeben.«

Van Raay sah ihr in die Augen. »Und Ihr glaubt ihm, Madame Reydon?«

»Ich glaube, dass Piet daran glaubt«, antwortete Minou bedachtsam.

Van Raay lächelte müde. »Aber Garantien gibt es keine.«

»In solchen Situationen gibt es sie nie.«

»Nein.«

Cornelia beugte sich vor. »Vater, was denkst du? Könnte Burgemeester Dircksz nachgeben? Du kennst ihn seit so vielen Jahren.«

Van Raay legte seiner Tochter die Hand auf die Schulter. »Wir sind alte Männer, meine Liebe. Wir sind Gefangene unserer eigenen Erfahrung und, wenn ich so sagen darf, unserer Traditionen. Hendrick ist ein frommer Katholik, ein wenig unnachgiebig, aber ein wahrer Christ. Ihm fällt es schwer, sich eine andere Ordnung vorzustellen.«

Minou sah ihre Freundin an und wandte sich wieder ihrem Gastgeber zu. »Piet glaubt, dass eine bedeutende Minderheit innerhalb des Stadtrats – alles fromme Katholiken – das Vertrauen in Dircksz' Führerschaft verloren hat. Die Calvinisten sagen, es gebe Männer im Rat, die glauben, dass Dircksz mit seiner Uneinsichtigkeit Amsterdam in fast nicht wiedergutzumachender Weise schade. Dass es nicht eine Frage des Glaubens sei, sondern des Verrats an Amsterdams wirtschaftlicher Zukunft.« Sie suchte seinen Blick. »Würdet Ihr sagen, dass das stimmt?«

Minou merkte Willem van Raay an, dass ihre Frage ihn verstörte. Seit Jahren sah er sie als Freundin seiner Tochter und Piet Reydons Gattin. Dass sie eigene Ansichten haben sollte, brachte ihn durcheinander.

Cornelia bemerkte seine Verwirrung ebenfalls. »Minou war – ist – Châtelaine de Puivert im Languedoc, Vater. Sie hat das Gut viele Jahre selbstständig geleitet.«

Willem van Raay hustete. »Ich wollte nichts Gegenteiliges andeuten.« Er verstummte und wog Minous Frage ab. »Ja, ich würde das, was Ihr beschriebt, als brauchbare Einschätzung des Stands der Dinge bezeichnen.«

Minou atmete erleichtert auf. »Das ist gut.«

»Beantwortet mir eine Frage, Madame Reydon. Glaubt Ihr an die Gutartigkeit der Menschheit, oder sind wir alle Gefallene?«

Minou verbarg ihre Überraschung über die Frage. »Ich glaube, das ist vielleicht der Unterschied zwischen uns. Ihr glaubt an die Erbsünde, daran, dass der Mensch gefallen ist. Wir glauben daran, dass der Mensch durch Gottes Gnade und allein durch Gottes Gnade errettet wird. Wir benötigen keine Fürbitte, nur unseren eigenen wahren Geist.«

Ein Funke leuchtete in den Augen des älteren Mannes auf. »Ich erfülle meine Christenpflicht durch Almosen und Wohltätigkeit, genau wie Ihr. Euer *Hofje* ist ganz dem beispielhaften katholischen Armenhaus nachempfunden.«

Minou lächelte. »Genau. Wir glauben beide, dass unsere Christenpflicht uns gebietet, denen zu helfen, die Hilfe benötigen. Vielleicht spielt es gar keine Rolle für unser Werk, wo wir am Sonntag beten?«

Van Raay hob die Hand. »Ihr könnt von mir nicht verlangen, dass ich dem zustimme. Ich fürchte um die Seelen aller, die sich von der wahren Kirche abgewandt haben.«

»Ihr nennt uns alle Ketzer?«

»Ich ziehe es vor, Euch fehlgeleitet zu nennen. Ich bete darum, dass Ihr in den Stand der Gnade zurückfindet, zum Glauben Eurer geschätzten Tante, und dass Eure Sünden Euch vergeben werden.«

Minou neigte den Kopf. »Wie in meinen Gesprächen mit Tante Salvadora müssen wir uns darauf einigen, dass wir geteilter Meinung sind.«

Eine weitere belastende Pause trat ein. »Sagt mir eines, Madame. Wird uns gestattet werden, in Frieden unseren Glauben zu praktizieren? Werden unsere Kirchen gestürmt?«

Minou empfand einen Stich des Zweifels. Sie spürte Cornelias Blick auf sich.

»Wenn ich die Wahrheit sprechen soll: Ich weiß es nicht«, antwortete sie.

Willem van Raay nickte über ihre Ehrlichkeit. »Es ist schon spät. Was genau erbittet Ihr von mir?«

»Ich wollte Euch warnen. Und Euch für all das Gute danken, das Ihr uns im Lauf der Jahre erwiesen habt.«

Van Raay tat ihre Dankbarkeit mit einer Handbewegung ab. »Ja?«

»Fragen möchte ich Euch Folgendes: Wenn die Calvinisten sich ehrenhaft verhalten, seid Ihr der Meinung, dass dann ihre Stimmen gehört und ihre Bedingungen akzeptiert worden sollen? Zum Wohle Amsterdams und seiner Bürger?«

Van Raay legte die Finger aneinander. »Falls die Ansicht Eures Gatten zutrifft, dass die Geusen aufrichtig einen friedlichen Übergang wünschen – und falls wir genügend gemäßigte Stimmen innerhalb des Rates bewegen können, dafür zu stimmen –, dann halte ich es für möglich, dass Amsterdam der Welt zu zeigen vermag, wie man solche Dinge angehen kann.«

In diesem Augenblick öffnete sich die Tür, und ein unruhiger Diener trat ein, augenblicklich von Piet gefolgt. Er wirkte zerzaust und außer Atem, und als er seine Gattin erblickte, blinzelte er erstaunt.

»Minou?«

»So spät und noch ein Gast …«, stellte Willem van Raay trocken fest.

»Vergebt mir mein Eindringen zu dieser Stunde, aber ich muss Euch etwas Wichtiges mitteilen.«

Van Raay begann zu lachen.

»Vater?« Cornelia eilte zu ihm, erstaunt von seinem Verhalten.

Er winkte sie weg. »Bring unserem Gast Wein.«

»Aber es ist halb zwei Uhr morgens!«

»Irgendwo steht schon die Sonne über der Rah«, rief er und brach wieder in Gelächter aus.

Cornelia fiel in sein Lachen ein, und auch Minou schloss sich an. Piet schaute sie verdutzt an.

Der Zeiger an der Uhr klickte, und sie schlug zögernd die halbe Stunde, Augenblicke bevor der Glockenklang von Sint Nicolaas in den Raum drang und sie übertönte.

KAPITEL 61

Louis wurde die Decke vom Bett gezogen. Augenblicklich war er auf den Beinen, wieder im Waisenhaus; das Herz schlug ihm bis zum Hals. Im nächsten Moment erinnerte er sich: Diese Tage waren vorbei.

»Steh auf!«, brüllte Xavier. »Der Seigneur will dich sehen.«

Louis war nun so groß wie Xavier, kein hilfloses Kind mehr, das man mit Prügeln zum Schweigen bringen konnte. Und mittlerweile war er sich auch sicher, dass er die Zuneigung seines Vaters besaß. Bewies das nicht schon die Tatsache, dass Seigneur de Évreux ihn gestern nach Chartres mitgenommen hatte?

Louis griff nach seinem Wams. »Du solltest nicht in diesem Ton mit mir reden.«

Xavier stieß ihm den Finger gegen die Brust. »Ich nenne dich, wie es mir passt, Bursche. Ihn hast du vielleicht eingewickelt, aber mich täuschst du nicht. Er ist am Steg.«

»Unten am See?«

Xavier verließ die Kammer schon wieder. »Beeil dich«, rief er über Schulter. »Lass Seigneur de Évreux nicht warten.«

Louis sah ihm hinterher und hasste ihn mit jeder Faser. Ihm schauderte. Es war noch früh. Gerade fiel der erste Lichtschimmer durchs Fenster. Er schöpfte kaltes Wasser aus der Schüssel auf seiner Kommode, wusch sich Gesicht und Hände, kleidete sich an und eilte durch den Korridor.

Draußen graute der Morgen.

KATHEDRALE VON CHARTRES

Niemand machte sich Gedanken, weil der Priester die Frühandacht nicht abhielt. An Tagen ohne besondere religiöse Bedeutung, selbst an einem Sonntag, war das Kapitel bereit, seine Abwesenheit zu übersehen, wenn es nicht allzu oft vorkam.

Als der Morgen durch die Buntglasscheiben der Kathedrale schien, wurden einige Augenbrauen gehoben, weil sein Platz bei den Laudes noch immer leer war.

Nun war es sechs Uhr, und die Gebete der Prim waren beinahe vorüber.

»Vielleicht ist er erkrankt?«, fragte ein Novize, ein Neuzugang aus der Bretagne, blass und von überbordender frommer Inbrunst, kompromisslos und pflichteifrig. Die Bräuche des Kapitels musste er noch lernen.

»Vermutlich hat er verschlafen«, entgegnete eine Stimme neben ihm, deren Besitzer sich deutlich bewusst war, dass der vermisste Priester genauso gut in den Armen einer Frau auf der Rue du Cheval Blanc aufgefunden werden konnte wie auf den Knien in der Kathedrale. »Wer braucht nicht mal Hilfe, damit er hochkommt«, fügte er hinzu und lachte über seinen eigenen Witz.

Der Novize runzelte die Stirn und nahm sein Murmeln des Offiziums wieder auf, bis das Stundengebet absolviert war. »*Sancta Maria et omnes sancti.* Amen.«

Er bekreuzigte sich und beugte vor dem Altar das Knie, dann ging er zum nördlichen Querschiff, um sein Chorhemd aufzuhängen.

Die Sonne war noch nicht ganz aufgegangen, aber es war

schon hell genug, um etwas auf den Bodenfliesen zu entdecken. Er blieb stehen. Sein Vater war Schlachter; den Geruch von Blut kannte er. Der Novize hob den Saum seiner Kutte und kniete nieder. Ein zähes Band aus Rot führte seinen Blick über den Fliesenboden zur Tür der Sakristei, unter dem es verschwand. Mit pochendem Herzen ging der Novize hin und drückte die Tür auf.

Zuerst begriff er nicht, was er sah: eine summende Wolke aus schwarzen Insekten. Dann wurde das Sakrileg offenbar – Fliegen, die über den Leib schwärmten, die klaffende Wunde einer vom einen Ohr zum anderen durchschnittenen Kehle, der Heiligenschein aus Blut um den Kopf des Priesters, die von blauen Adern überzogenen Hände, die einen Lederbeutel an seine Brust drückten wie einen Schild. Der Schlüssel zum Reliquiar der Sancta Camisia lag neben ihm.

Obwohl der Novize seine Kindheit im Schlachthaus verbracht hatte, prallte er zurück und schrie auf.

Landgut Évreux

Louis trat hinaus in den Sonnenschein.

Vom Garten am Herrenhaus konnte er den ganzen Weg über die weiten Rasenflächen zum See blicken, der im Herzen des Gutes lag. Durch den frühmorgendlichen Nebel, der vom Wasser aufstieg, waren die kunstvollen weißen Säulen des Turms im italienischen Stil auf der kleinen Insel gerade sichtbar.

Louis entdeckte seinen Vater vor dem Steg am Ufer und rannte los.

Sein Vater nahm das feuchte Tuch herunter, das er sich auf die Schläfe drückte. »Du hast mich warten lassen.«

»Vergebt mir. Ich kam, so schnell ich konnte.« Er sah seinem Vater ins blasse Gesicht. »Geht es Euch gut, Monseigneur?«

»Ein Kopfschmerz, nichts weiter. Komm.«

In letzter Zeit bekam sein Vater regelmäßig Kopfschmerzen. Der Apotheker hatte ihn zur Ader gelassen, aber soweit Louis sagen konnte, hatte es kein bisschen geholfen.

Louis folgte Vidal auf den Steg, wo ein Fährmann wartete.

»Setzen wir zur Insel über?«

Évreux gab keine Antwort, sondern bedeutete Louis nur, in den flachen Kahn zu steigen und sich an den Bug zu setzen. Louis war ein guter Schwimmer, aber ihm behagte nicht, wie das Boot im Wasser schaukelte. Er kletterte über die Holzbänke zum Bug und umklammerte dort fest das Schandeck.

Der Kahn ruckte, als sein Vater einstieg und sich ins Heck setzte. Der Fährmann stieß das Boot ab, sprang hinein und griff nach der schweren Eisenkette, die an einer Stange hing und das Ufer mit der Insel verband. Langsam, Hand um Hand, zog er den Fährkahn daran über das Wasser.

Als sie sich dem weißen rechteckigen Turm näherten, durchfuhr Louis die Aufregung. Sein Vater hatte ihn noch nie auf diese Insel gebracht.

Er wandte sich um. »Weshalb sind wir hier, Monseigneur?«

»Du stellst zu viele Fragen.«

»Verzeiht mir«, entschuldigte sich Louis erneut. »Es tut mir leid.«

Sein Vater lachte. »Dreimal, bevor der Hahn kräht. Soll ich dich Petrus nennen?«

Louis schwieg und wandte sich wieder nach vorne, der Insel zu.

KAPITEL 62

ZEEDIJK
AMSTERDAM

Über Amsterdam zeigten sich die ersten Sonnenstrahlen und bemalten die Mauern der Stadt mit hellem Morgenlicht. In Minous Schlafkammer war es noch düster.

»Die Kinder werden sich fragen, wo ich bleibe.« Sie rollte sich zu ihrem Gatten herum.

Piet rutschte näher zu ihr heran, sodass ihre Nasen sich beinahe berührten.

»Ich sollte aufstehen«, sagte sie.

»Du kannst mir ruhig noch ein paar Augenblicke deiner Gesellschaft gönnen«, sagte er leise und fuhr mit den Fingern durch ihre langen braunen Haare, die ausgebreitet auf dem Kissen lagen. »Agnes kommt zurecht. Und Alis ist jetzt auch da.«

Minou lächelte ihn an. Sein geliebtes Gesicht, sein rostroter Bart, die gleichfarbigen Haare, beides graumeliert. Als sie einander zum ersten Mal begegnet waren, hatte er sich große Mühe gegeben, die Farbe abzudunkeln. Mit seinem hellen nordischen Teint und den roten Haaren war er unter den dunkleren Männern des Languedoc hervorgestochen. In Amsterdam sah er wie ein Einheimischer aus.

»Hast du geschlafen?«, fragte sie.

Drei Uhr war es gewesen, als sie sich von Cornelia und ihrem Vater verabschiedet hatten, fast vier, als sie endlich im Bett lagen, sich bei den Händen hielten und im Dunkeln redeten.

Minou nahm an, dass sie geschlafen haben mussten, denn der Tag erhellte die Ränder der Fensterläden, aber sie hatte keine Erinnerung daran. Ihre Gliedmaßen fühlten sich schwer an, und in der Magengrube hatte sie ein Gefühl von Übelkeit.

»Nicht viel.« Er strich ihr über die Wange. »Und du?«

»Ein wenig. Jedes Wort unseres Gesprächs spukte mir im Kopf umher, bis ich fast verrückt wurde vom Grübeln.«

Piet stützte sich auf den Ellbogen. »Mir erging es genauso. Die Situation ist so heikel. Ein falsches Wort von gleich welcher Seite, ein geworfener Stein oder ein Stadtwächter mit einem Groll, und es ist aus. Bis gestern Abend habe ich wirklich geglaubt, dass niemand Gewalt anwenden will. Aber Houtman …«

»Ich weiß«, sagte Minou, weil sie begriff, wie wichtig ihm war, dass sie ihm glaubte. »Du hast das Richtige getan, *mon cœur*. Du hast unsere Freunde keiner Idee geopfert. Du hast sie rechtzeitig gewarnt.«

»Nein, das hast *du* getan.«

Sie küsste ihn auf die Lippen. »Was glaubst du, was wird er tun? Kann man ihm trauen?«

»Ich kenne van Raay nicht gut«, antwortete Piet. »Er ist als frommer Christ mit Prinzipien bekannt, aber vor allem ist er Geschäftsmann. Ich bete darum, dass das sein Handeln bestimmt. Ich hoffe, er geht in den Rat und spricht sich für Mäßigung aus.«

»Meinst du, er wird fliehen?«

Piet überlegte. »Das glaube ich nicht. Wenn van Raays Stimme sich durchsetzt, brauchen wir nur dafür zu sorgen, dass Houtmans Männer ihre Befehle befolgen.«

Die Stille umschloss sie. Alles, was gesagt werden konnte, war gesagt. Jetzt mussten sie abwarten.

Eine Weile lang lagen sie einander nur sanft in den Armen. Minou wurde klar, wie lange sie das nicht mehr getan hatten. Der Verlust Martas hatte ihnen unter vielem anderen auch ihre Intimität genommen.

Minou konnte sich lebhaft erinnern, wie sie zum letzten Mal als Mann und Frau beisammengelegen hatten: am Morgen der königlichen Hochzeit, in der Augusthitze und mit dem Wissen, dass sie sich eigentlich schon anziehen sollten, waren sie für einen weiteren Kuss unter der Decke geblieben. Bernarda war an diesem Tag gezeugt worden, auch wenn Minou das erst bemerkt hatte, als sie viele Tagesreisen von Paris entfernt waren.

Eine Tochter für die andere.

Minou mochte ihr jüngstes Kind selbstverständlich, aber sie konnte nicht anders, sie fand Bernardas Zaghaftigkeit ermüdend. In ihren geheimsten Augenblicken war ihr klar, dass sie dem Mädchen niemals vergeben konnte, dass es nicht Marta war, und dafür fühlte sie sich schuldig.

»Liebst du mich noch?«, flüsterte Piet.

Der Zweifel in seiner Stimme ließ ihr Herz springen. »Liebster, wie kannst du mich so etwas fragen?«

»Liebst du mich noch?«

»Aber sicher.«

»Ich bin ein schlechter Ehemann gewesen. Ich habe dich vernachlässigt, ich …«

Minou legte ihm den Finger auf die Lippen. »Nichts mehr davon. Du bist ein guter Mann, Piet, ein guter Vater. Du hast dein Bestes getan. So wie ich. Niemand kann mehr verlangen.«

Sie beugte sich vor, sodass ihre Haare wie ein Schleier auf seine nackte Brust fielen, und küsste ihn auf den Mund.

»Sandelholz, wie eh und je.«

Er sah mit Verlangen in den Augen zu ihr hoch. »Bist du sicher?«

»Kein Wort mehr, Monsieur«, sagte sie, ließ ihr Nachthemd von den Schultern gleiten und legte sich neben ihn. Sie spürte die Wärme seiner Haut.

»Minou.« Das Wort entschlüpfte seinen Lippen, als er sich zu ihr drehte.

Sie legte ihm die Hände auf den Rücken und hieß die Kraft in sich willkommen. Er atmete schneller, keuchender, angetrieben von der Erinnerung an alles, was sie verloren hatten, bis er ihren Namen noch einmal ausrief. Er erbebte, dann blieb er still liegen.

Allmählich ließ das Brausen in Minous Kopf nach, bis nichts mehr blieb als die gedämpfte Stille der Kammer und die Geräusche Amsterdams, in dem die Straßen erwachten. Sie kannten nichts als einander und waren wieder Liebende. Piet legte seinen Kopf an ihre Schultern und ließ ihn dort ruhen. Seine Tränen waren feucht auf ihrer Haut. Sie merkte, wie er in ihren Armen schwer wurde, als er in den Schlaf sank.

Versöhnt. Im Reinen.

KAPITEL 63

LANDGUT ÉVREUX
CHARTRES

Als sie sich der Insel näherten, entdeckte Louis, dass der hohe, weiße Turm weit größer war, als er vom Ufer aussah, und noch prächtiger wirkte. Im italienischen Stil errichtet, den er aus dem Guise'schen Haus in Paris kannte, hatte das Bauwerk eine makellos glatte Fassade mit einem gleichwinkligen Giebel genau in der Mitte. Seine Wandpfeiler waren unbeschädigt, an jeder Ecke stand ein quadratischer Zierturm.

Louis fragte sich, was das sein sollte. Eine Kapelle? Diese Idee verwarf er. In ihrem Haus hatten sie eine Kapelle zur privaten Nutzung, und am Rand des Guts gab es für die Knechte und ihre Familien eine kleine Kirche.

Das Boot schwankte, als der Fährmann heraussprang und es an einem Holzpfahl festmachte. Er bot Seigneur de Évreux die Hand. Louis stieg zuletzt aus.

»Die ganze Insel ist dem Wasser abgerungen«, erklärte sein Vater, als führe er einen Kaufinteressenten umher. »Unter dem Turm und der Flutkammer ist ein Kanal zum See mit einem Schieber, falls das Wasser zu hoch steigt. Wie du sehen kannst, liegt der See in einer Senke, sodass das Bauwerk immer der Gefahr der Überschwemmung ausgesetzt ist.«

»Ist es denn je überschwemmt worden?«

Vidal schüttelte den Kopf. »Niemals. Ich habe holländische Baumeister aus Amsterdam kommen lassen, damit sie den unteren Raum mit einem Schieber versehen, der das Wasser beherrscht. Ihr Wissen beim Bau solcher Dinge wird von niemandem übertroffen. Der Turm selbst ist das Werk italienischer Steinmetze, die ich aus Venedig geholt habe.«

»Das muss viel Geld gekostet haben.«

Vidal lächelte. »Da hast du recht, aber du wirst schon noch lernen, dass die besten Handwerker ihren Preis immer wert sind.«

Vom Liegeplatz folgten sie schweigend einem Weg aus Steinplatten. Mitten in der Turmwand, auf die sie zugingen, war ein mit Schnitzereien verziertes Tor mit einer kleineren eingelassenen Tür. Dahin gelangte man über eine steinerne Treppe, die sich von links zu einer Balustrade hinaufschwang. Unter dem Giebel war ein einzelnes rundes Fenster in die Mitte der Fassade gesetzt, fast wie ein riesiges Auge, in dem sich die aufgehende Sonne spiegelte.

Louis sah aus zusammengekniffenen Lidern auf die Steinmetzarbeit am Giebelfeld. Er beschirmte seine Augen und erkannte, dass es eine Szene aus der Passion Christi war. Also handelte es sich doch um eine Kirche?

»Monseigneur, wo sind wir hier?«, wagte er zu fragen.

Sein Vater lächelte. »Das erfährst du früh genug, Junge. Komm mit.« Vidal öffnete die Tür mit einem schweren eisernen Schlüssel. Einen Moment lang standen sie vor dem Eingang, die Sonne im Rücken, die ihre Schatten langgezogen und monströs wirken ließ, dann traten sie ein.

Augenblicklich bestürmte der Geruch von Weihrauch und Wachs und eingeschlossener Luft Louis' Sinne. An einer Seite des schmalen Korridors ragten in regelmäßigen Abständen schmiedeeiserne schwarze Leuchten aus der Wand. Alle Kerzen brannten. Ihr flackerndes Licht warf Schatten auf die lebensechten Fresken, die in Alkoven in der Wand gegenüber gemalt waren: Christus auf Golgatha am Kreuz, wo der römische Soldat ihm mit der Lanze die Seite öffnete; Ludwig der Heilige im bescheidenen Gewand eines Pilgers, der die Dornenkrone durch die Tore von Paris zur Sainte-Chapelle trug; Maria Magdalena, die im Garten von Gethsemane weinte, das Grabtuch in der Hand; Maria, die Mutter Gottes, in ihrem heiligen Gewand, das Jesuskind in den Armen; eine Frau, die Christus mit einem Tuch die Stirn wischte; Karl der Große mit einer Phiole königlichen Blutes; Konstantin mit dem Schwert in der Hand und dem Zeichen des Kreuzes am Himmel über sich.

Louis konnte nicht an sich halten, er streckte die Hand aus und zog mit dem Finger die Linien nach.

»*In hoc signo vinces*«, sagte Évreux. »In diesem Zeichen wirst du siegen. Kaiser Konstantin soll vor einer großen Schlacht ein Zeichen am Himmel gesehen haben. Gegen alle Aussichten war er siegreich. An diesem Tag konvertierte er aus Dankbarkeit für seine Errettung zum Christentum.«

»Und das?« Louis deutete auf eine Zeichnung des Labyrinths in der Kathedrale von Chartres.

»Manche sagen, dass die Knochen Maria Magdalenas darunter begraben sind.« Évreux hob die Hände. »Aber davon bin ich noch nicht überzeugt.«

»Warum ist da ein Kelch in dem Gemälde?«

»Ah, die Legende des Heiligen Grals, des Gefäßes, in dem die Blutstropfen Christi aufgefangen wurden. Auch sie steht mit der Kathedrale in Verbindung.« Er lächelte schief. »Das bringt meine Gutgläubigkeit an die Grenzen, aber das Labyrinth selbst ist ein Werk außerordentlicher Qualität. Dort herrscht Transzendenz.«

Seine Stimme versiegte. Louis nickte nur, er wollte den Augenblick nicht stören. Schon einige Zeit hatte er seinen Vater so nicht mehr erlebt. Von dem Moment an, in dem er seine rote Kardinalssoutane gegen die Kleider eines Landedelmanns getauscht hatte, war der Blick seines Vaters eher auf weltliche denn auf himmlische Dinge gerichtet gewesen. Vidal, hochgeachteter Beichtvater des Herzogs von Guise, war zu Seigneur de Évreux geworden, einem reichen Einsiedler, der sich ins Umland von Chartres zurückgezogen hatte.

Louis hatte stets angenommen, dass die Frömmigkeit seines Vaters nicht auf seiner Liebe zu Gott beruhte, sondern auf der Macht, die ihm sein Amt verlieh. Der Ehrgeiz seines Vaters war durch seine Dienststellung beim Herzog jedoch gezügelt und nicht gefördert worden, und Louis begriff, weshalb er sich verstecken musste – Guise war nicht daran gewöhnt, dass man seine Wünsche missachtete oder sich gar darüber hinwegsetzte. Gleichzeitig hatte Louis sich gewundert, wieso Vidal bereit war, so viel aufzugeben, um das Leben eines Eremiten zu führen.

Nun wusste er es.

»Es ist ein Reliquiar«, sagte er und schaute zu seinem Vater hoch.

Vidal nickte. »Es zu vollenden hat viel Zeit gedauert. Ich habe zehn Jahre gewartet, bevor ich den ersten meiner Schätze, das Grabtuch von Antiochia, von seiner bisherigen Heimstatt hierherbrachte, zu seiner letzten Ruhestätte, um mein Lebenswerk zu beginnen: die Verherrlichung von Gottes Königreich auf Erden durch die Macht, die mir von den heiligen Gegenständen übertragen wird. So kündigt sich ein neues Zeitalter des christlichen Glaubens an, der sein Zentrum in Chartres hat und nicht in Rom.«

»Ihr seid ein Reliquienjäger ...«

Vidal lächelte. »Einige würden es so nennen. Nun komm, Junge.«

Sie gingen einige Schritte weiter und blieben am Ende des Ganges stehen. Évreux zog einen schweren roten Vorhang beiseite und legte eine Tür frei, in deren Schloss ein Schlüssel aus Messing steckte.

»Denn der Herr, dein Gott, führt dich in ein gutes Land,

ein Land, darin Bäche und Brunnen und Seen sind, die an den Bergen und in den Auen fließen«, rezitierte er, während er den Schlüssel drehte. »Das Deuteronomium. Kapitel acht, Vers sieben. Denn obwohl wir nur wenige Berge in Chartres haben, haben wir Bäche und Brunnen und dies hier, unsere Insel im See.«

Louis spürte die Hand des Vaters in seinem Kreuz. Vidal schob ihn vor in einen weiten Saal mit hoher Decke.

Auf den ersten Blick wirkte er nach den bunten Farben im Gang schlicht. Ein Tisch diente als Altar, zwei Stühle waren mitten in den Raum gestellt. Zwei Kandelaber mit weißen Kerzen standen auf dem Boden. Es gab keine Fenster, nur eine schmale Tür am anderen Ende, die in einen Vorraum zu führen schien, aber ein weites Dachfenster, in die Decke aus weißem Gips und Holz gesetzt, flutete den Raum mit blendendem Morgenlicht.

In aufrichtiger Ehrfurcht wandte sich Louis langsam um, immer des Blickes seines Vaters gewahr, der auf ihm ruhte.

»Sollten wir Gott nicht so verehren?«, fragte Vidal.

»Ich habe noch nie etwas Vergleichbares erblickt, Monseigneur«, antwortete Louis aufrichtig.

Als seine Augen sich an den Tanz von Licht und Schatten gewöhnt hatten, sah er, dass die Fresken in diesem Allerheiligsten die gesamte linke Wand einnahmen. Vor jedem stand auf einem Podest ein goldener Schrein mit gläsernen Seitenwänden.

»Tritt näher«, sagte Vidal. »Was siehst du?«

»Dass diese Gemälde alle von derselben Hand ausgeführt wurden?«

Sein Vater nickte. »Das ist richtig, aber ich meinte mehr, was sie darstellen.«

»Das sind die Stationen des Kreuzweges«, antwortete Louis; er erinnerte sich an die Wände der Kirche in Saint-Antonin.

»Richtig. Ursprünglich waren die Stationen tatsächliche Orte auf dem Prozessionsweg der Via Dolorosa, des Leidenswegs, den

Christus zu seiner Kreuzigung auf Golgatha gegangen ist. Mit der Zeit zierten gemalte Darstellungen aller sieben Stationen auch die Wände von Kirchen und Kathedralen.«

»Warum sieben?«

Vidal nickte zufrieden. »Das ist eine Frage, über die Theologen und Gelehrte seit Jahrhunderten debattieren. Rom betrachtet diese sieben Szenen als theologisch am bedeutsamsten. Ich jedoch glaube, wenn wir Gläubige zurück in die eine wahre Kirche holen wollen, sollte es mehr Stationen geben – zwölf oder sogar vierzehn –, die die ganze Geschichte erzählen: von Pontius Pilatus, der Christus zum Tode verurteilt, bis hin zur Himmelfahrt Christi, nach der er zur Rechten seines Vaters sitzt.« Louis sah in den Augen seines Vaters den Eifer blitzen. »Eines Tages wird es geschehen. Der Wechsel wird kommen.«

Er winkte Louis näher. »Das ist die erste Station. Nachdem Christus zum Tode verurteilt wurde, nimmt er das Kreuz auf seine Schultern. Und von dieser Reliquie, die erste meiner Sammlung, wird behauptet, sie sei ein Splitter des Wahren Kreuzes.«

Louis schaute in den Schrein und sah ein Stück geschwärztes Holz von einer Handbreit Länge, das auf einem weißen Kissen aus Satin lag.

Vidal ging zur zweiten Szene. »Hier fällt Christus zum ersten Mal unter dem Kreuz.«

Der Schrein darunter war leer. »Dafür habt Ihr keine Reliquie?«

»Noch nicht.« Vidal schritt weiter zur dritten Station.

»In diesem Schrein ist auch nichts.«

»Deshalb sind wir hier.« Vidal hob den Deckel ab und reichte ihn Louis. »Dieses Fresko der dritten Station zeigt den Augenblick, in dem Jesus seiner Mutter Maria auf dem Weg nach Golgatha begegnet.« Er griff unter sein Wams und zog den Stoffstreifen hervor, den er aus der Kathedrale mitgenommen hatte.

Gegen seinen Willen fand sich Louis im Bann des Mysteriums gefangen. »Was ist das, Monseigneur?«

»Die Sancta Camisia. Bislang in der Kathedrale von Chartres und nun so viel sicherer in unserem Reliquiar verwahrt, geschützt vor den diebischen Fingern gieriger Priester. Man sagt, sie sei ein Teil der Heiligen Tunika, die Unsere Liebe Frau bei Christi Geburt getragen hat.«

Louis sah zu, wie sein Vater behutsam den dünnen Stoff über einen kleinen Rahmen aus Holz hängte.

»Setz den Deckel wieder auf.«

Er gehorchte. »Aber sehen denn die Priester nicht, dass es fehlt, und schlagen Alarm?«

»Oh, lange vor dem gestrigen Abend wurde ein Austausch vorgenommen. Seit dem Pfingstfest wird in der Kathedrale von Chartres eine Replik der Heiligen Tunika ausgestellt, eine ganz vorzügliche Kopie. Gestern ging es nur darum, für den bereits erfolgten Diebstahl zu zahlen und das echte Tuch in Besitz zu nehmen.« Vidal klopfte auf den Deckel des Schreins. »Das ist ein Kniff, den ich von einem alten Freund gelernt habe, von Piet Reydon. Er war es, der mir dabei half, den allerersten Schatz meiner Sammlung zu beschaffen, das Grabtuch von Antiochia.«

Louis fuhr auf und dachte unvermittelt an das Mädchen mit den unterschiedlichen Augen.

»Der Mann, den Ihr mich in der Rue des Barres beobachten hießet?«

Vidal zog die Brauen hoch. »Ich hatte vergessen, dass du ihn zu Gesicht bekommen hast. Ja, es war Reydon, der mir beigebracht hat, dass die Kopie nur gut genug sein und dem entsprechen muss, was die einfachen Leute zu sehen erwarten, und sie werden sie akzeptieren. Der Glaube an seine Eigenschaften ist wichtiger als der Gegenstand selbst.«

»Monsieur Reydon hat Euch die Reliquie verkauft?«

Vidal lachte. »Ganz so ist die Transaktion nicht verlaufen.«

Sein Vater ging weiter zum vierten Fresko und wies auf einen weiteren leeren Kasten. »Dieser Schrein erwartet das Sudarium Christi, das Schweißtuch der Veronika. Etliche Quellen behaupten, es sei das Tuch, mit dem die heilige Veronika Christus auf der Via Dolorosa das Gesicht abgewischt hat und das 1527 während des Sacco di Roma verloren ging. Einige sagen, es hätte Rom nie verlassen, andere, dass es nach Wien gelangt sei. Ich betrachte Alicante als wahrscheinlicher, hatte aber noch keinerlei Erfolg bei dem Versuch, es aufzufinden.«

Ohne innezuhalten, schritt er an den nächsten beiden Stationen vorbei und blieb vor dem siebenten und letzten Schrein stehen.

»Das ist es, was Reydon mir gebracht hat. Das Grabtuch von Antiochia.«

Louis musterte den schimmernden Stoff, die Zierstickereien und die seltsame Schrift und bemerkte, dass sich in seiner Brust etwas rührte. Er empfand die Regung als sehr unangenehm.

»Was sind das für Buchstaben?«

»Das ist Kufi, eine der ältesten Formen von Kalligraphie auf der Welt.«

»Wunderschön.«

Vidal nickte. »Ganz recht.«

Louis wollte sich unbedingt aus dem Bann des Grabtuchs lösen. Rasch ging er die Wand entlang zurück zu einem Fresko, das sie ausgelassen hatten.

»Was ist damit?«

Sein Vater zog die Brauen hoch. »Das, glaube ich, weißt du genau. Zumindest Xavier sagt mir immer wieder, dass du Bescheid weißt.«

»Monseigneur?«

»Als wir am Abend vor der Bartholomäusnacht nach Chartres kamen und nachts die Pferde ausruhen ließen, beschuldigte er dich, in die Schatulle geblickt zu haben, die wir mitbrachten, und zwar gegen seinen ausdrücklichen Befehl.«

Louis merkte, wie er errötete, und erinnerte sich, wie er den Verwalter gereizt und ein Stück Holz durch das Refektorium getreten hatte, um ihn lange genug abzulenken, damit er den Deckel heben konnte.

»Xavier wollte dich dafür verprügeln. Er hielt dich damals – und tut es heute noch – für ungehorsam, für gefährlich illoyal.« Die Hand seines Vaters war plötzlich an seinem Nacken, die Nägel bohrten sich ihm ins Fleisch. »Bist du illoyal, Junge?«

»Nein, Monseigneur.« Louis versuchte, keine Miene zu verziehen und nicht wegzuschauen. »Aber Fleiß und Treue schulde ich Euch, niemandem sonst.«

Vidal hielt seinem Blick stand. »Eine gute Antwort. Aber vergiss niemals: Xavier hat mir länger treu gedient, als du Zeit auf dieser Erde verbracht hast. Mach ihn dir nicht zum Feind.«

Als hätte das Gespräch niemals stattgefunden, ließ Vidal ihn los. Louis verschluckte einen erleichterten Seufzer.

»Komm und schau dir an, was mein Verwalter dich nicht sehen lassen wollte.«

Im Schrein vor der sechsten Station lag ein einzelner dünner Immergründorn, so lang wie Louis' Hand, auf einem gefalteten Tuch aus weißer Seide. Er sah nach nichts Besonderem aus und hätte von einem Busch oder Baum auf ihrem Gut stammen können.

»Ein heiliger Dorn von der Dornenkrone.«

Vidal nickte. »Hätte ich einen Handwerker gefunden, der fähig wäre, die ganze Krone zu reproduzieren, hätte ich es ihn tun lassen. Ich habe zu viel Zeit und sehr viel Mühe aufgewandt, um solch einen Mann zu finden – in Frankreich, in der Levante, im Heiligen Land –, aber es gab keinen. In der Sainte-Chapelle habe ich die *grande châsse* sehr oft besucht. Die Krone ist so zerbrechlich und niemals unbewacht, dass es unmöglich war, sie lange und eingehend genug zu betrachten.« Er klopfte gegen die Glasscheibe. »Vorerst muss dieser eine Stachel genügen, aber eines Tages wird auch die Dornenkrone hier ruhen.«

Die Worte seines Vaters in den Ohren, musterte Louis die Schreine.

»Monseigneur, ist es wichtig, ob es sich um das echte Relikt handelt oder eine Nachahmung?«

Vidal wandte sich ihm zu und sah ihn an. »Im Dienste Gottes müssen alle Dinge echt und aus sich heraus wertvoll sein, Louis. Eine Reliquie, die von Unserer Lieben Frau oder dem Herrn berührt wurde, ist über alle Maßen kostbar.« Er schwieg kurz. »Wenn allerdings die Menschen glauben und ihren Glauben und ihr Vertrauen in einen Gegenstand setzen, selbst wenn es sich nicht um das Original, sondern eine Kopie handelt, ist Gottes Absicht ebenfalls erfüllt. Wie ich bereits sagte, auch das hat Reydon mir beigebracht.«

Louis dachte an die vielen heißen Augusttage zurück, die er auf der Empore mit dem mächtigen Reliquiar der Sainte-Chapelle verbracht und auf die winzigen Menschen unter ihm hinuntergeblickt hatte. Er schloss die Augen und stellte sich die Abmessungen der Krone vor.

»Ich könnte sie zeichnen, Monseigneur.«

Er merkte, wie Vidal sich anspannte. »Du hältst dich für begabter als die besten Künstler Frankreichs? Bist du so hochmütig?«

»Nein, Monseigneur, aber ich glaube, ich könnte sie gut genug zeichnen, dass ein Meisterfälscher damit eine Kopie herstellen könnte.«

»Wie kommst du darauf, Junge?«

»Während unserer Zeit in Paris war ich viel in Xaviers Gesellschaft. Wenn er in Eurem Auftrag zur Sainte-Chapelle ging, habe ich ihn begleitet. Ich habe viele Stunden bei der Heiligen Krone verbracht.«

»Wie konntest du sie aus der Nähe betrachten, wenn es mir unmöglich war?«

Louis zögerte. »Ich bin auf den schmalen Sims oben an der *grande châsse* geklettert, Monseigneur, und habe mich dort versteckt. Niemand hat mich je entdeckt.«

Ganz langsam legte sich ein breites Lächeln über Vidals Gesicht. »Gut, gut, gut, Volusien, bekannt als Louis.« Er schwieg. »Erinnerst du dich, dass du mir zuerst so vorgestellt wurdest?«

»Jawohl«, antwortete er entzückt, dass sein Vater es nicht vergessen hatte. »Aber wenn es Euch recht ist, bevorzuge ich Louis.«

Vidal hob die Hand. »Kehren wir zum Haus zurück, Louis. Dort wirst du mir zeigen, was du vermagst. Ich hoffe zu deinem Besten, dass du deine Talente nicht übertrieben hast.«

KAPITEL 64

Als Minou wieder aufwachte, war die Schlafkammer leer. Einen Augenblick lang fühlte sie sich wieder als junge Braut, die sich an die Wonne erinnerte, zum ersten Mal geliebt zu werden. Doch kaum dass sie sich aufsetzte und an Kissen lehnte, die nach ihrem Mann dufteten, spürte sie das Knirschen des Alters in ihren Knochen und lachte.

Sie warf die Decke zurück und stand auf, spritzte sich kaltes Wasser ins Gesicht und kleidete sich rasch an. Über ihren Kittel zog sie ein dünnes Leinenkorsett, darunter hatte sie einen leichten Reifrock. Obwohl die Bürgerfrauen starre Reifen unter ihren Röcken trugen, hatte Minou schon lange dem Praktischen Vorrang vor der Mode eingeräumt. Sie kleidete sich nun für Tage, die von körperlicher Arbeit erfüllt waren.

Minou nahm ihr grünes Lieblingskleid aus dem Schrank, versah es vorn mit Spitze und legte einen offenen Kragen an. Strümpfe und Schuhe mit roten Sohlen waren ihr einziges Zugeständnis an die sich ändernden Zeiten.

Sie öffnete die Fensterläden, ging an den Frisiertisch und bürstete sich die Haare. Einhundert Striche morgens und abends, ganz wie ihre Mutter es ihr vor so langer Zeit in Carcassonne beigebracht und wie sie es Alis und später Marta gelehrt hatte. Und nun Bernarda. Während sie zählte, streifte ihr Blick die Emailledose, die Antoine le Maistres Frau ihr vor all den

Jahren geschenkt hatte – Piet hatte ihr am vergangenen Abend erzählt, dass er nun Witwer sei und in Amsterdam lebe, ein wichtiger Finanzier der calvinistischen Rebellen.

Gleich daneben stand ihre hölzerne Schatulle, der wichtige Gegenstand, den sie nicht auf der Flucht in Puivert oder Paris zurückgelassen hatte. Minou klappte sie auf: die schlichte Bibel, das einzige Erbstück von ihrer Mutter; die Karte von Carcassonne in Kreide, an die sich auch Alis erinnerte; der in Silber gefasste Turmalin, ihr Geburtsring, den sie nur selten trug. Den Rosenkranz mit den Holzperlen und dem silbernen Kreuz – ein Überbleibsel aus ihrem Leben als Katholikin – besaß sie nicht mehr. Minou hatte erst in Amsterdam bemerkt, dass er fehlte.

Sie schaute auf ihren Ringfinger und erinnerte sich, wie sie ihren Verlobungsring aus Zwirn, den Piet für sie gemacht hatte, in die dunkle Seine geworfen hatte. Eine Geste, die zeigte, wie sehr das Vertrauen zwischen ihnen zerbrochen war. Empfand sie noch das Gleiche? Konnte die vergangene Nacht wenigstens im Ansatz den Schaden beheben, den ihre Ehe erlitten hatte?

Sie wollte es hoffen. Minou hielt den Atem an, als ihr klar wurde, dass sie Piet endlich verziehen hatte. Noch immer war er die Liebe ihres Lebens. Lächelnd nahm sie das Tagebuch zur Hand. Alis' Worte am gestrigen Abend hatten sie daran erinnert, wie sehr sie das Schreiben genossen hatte; ein anderes Vergnügen, das ihr durch die sinnlosen Kriege geraubt worden war. Doch Alis war nun in Sicherheit, und Minou erkannte, dass sie jede Freiheit hatte, sich voll Freude an die langen Sommernachmittage zu erinnern, die sie schreibend auf dem Dach des Donjons verbracht hatte. Doch war der Donjon zu dem Ort geworden, an dem Alis beinahe ermordet worden wäre, und Minou hatte die Lust daran verloren.

Sie löste die Lederschnur und schlug das Tagebuch auf. Den Seiten entstieg der Duft des Languedoc und des Waldes von Puivert, Pinien und Buchen und die Wärme des Midi. Sie ging zum letzten Eintrag – Freitag, der 6. Juni 1572 –, fast sechs Jahre zuvor.

Minou atmete aus und erinnerte sich, wie sie den Nachmittag verbracht hatte, indem sie mit ihrem Gewissen rang und zu entscheiden versuchte, ob sie Piet nach Paris begleiten sollten oder nicht. Wie unterschiedlich wäre ihr Leben verlaufen, hätte sie sich anders entschieden.

Sie riss sich zusammen. Marta hätten sie nicht verloren, so viel stand fest. Sie müsste nicht jeden Tag ein Loch in ihrem Herzen spüren und sich fragen, ob ihre Tochter noch lebte. Trotzdem wäre Aimeric in Paris gewesen, und Piet bei ihm. Sie wären dennoch in die Blutnacht geraten. Und Monate später wäre Puivert angegriffen worden, egal, was sie getan hätte.

Was wäre, wenn.

Eine Welle der Traurigkeit überkam sie. Vergangene Entscheidungen zu bedauern war sinnlos. Sie konnte nicht zurück. Sie konnte nur versuchen, das Beste aus der Gegenwart zu machen und zu schätzen, was sie noch hatten.

Alis war hier. Sie hatte überlebt.

Heute würde Minou ihrer Schwester die Stadt zeigen, die sie mittlerweile liebte. Sie würden zu den Tuchhändlern in der Rokin gehen und Stoff kaufen, um Alis neue Kleider zu schneidern. Danach ginge sie mit ihr zur Kalverstraat, wo die Künstler und Buchbinder ihre Ateliers unterhielten, und sich eine neue Schreibfeder und ein Tintenfass kaufen. Nach dem morgigen Tag – an dem, so Gott wollte, alles friedlich verlief – würde Alis sich in das Leben in Amsterdam einfinden, und Minou würde wieder mit dem Schreiben anfangen.

Sie warf einen letzten Blick auf die leere Seite im Tagebuch und stellte sich vor, wie sie das heutige Datum niederschrieb: der sechsundzwanzigste Tag im Mai 1578.

Ein besonderer Tag.

Sie musste daran denken, wie viel bei dem Umsturz schiefgehen konnte – dazu brauchte es nur einen unruhigen Jüngling mit einem Stein in der Hand –, und ihr Gemüt verdüsterte sich.

Hinter sich hörte sie ein Geräusch, als Frans in den Raum kam. »Madame, der Herr möchte wissen, ob Ihr Euch unten zu ihm gesellt?«

Minou schloss die Schatulle. »Sag ihm, ich komme sofort.« Statt wieder zu gehen, huschte der Junge ans Fenster.

»Geht es dir wieder gut?«, fragte sie freundlich.

»Ich kann auf mich selber aufpassen«, prahlte er. »Ich hab ihn erkannt – einen von Houtmans Leuten. Joost Wouter. Er ist ein Idiot. Wenn ich ihm das nächste Mal begegne, schlag ich ihm die Zähne ein.«

Sie lachte. »Du wirst nichts dergleichen tun!«

»Wenn man vom Teufel spricht«, sagte Frans, der noch immer aus dem Fenster sah.

Minou stellte sich neben ihn. »Ist das der Mann, der dir wehgetan hat? Wouter, sagst du?« Sie folgte seinem Blick zum Sint Antoniespoort gegenüber.

»Nee, das ist Jan Houtman. Der hat das Kommando.« Er schniefte. »Ihr könnt mir glauben, über den könnte ich Euch einiges erzählen.«

»So? Was denn?«

»Sachen, von denen er nicht will, dass sie bekannt werden, so viel kann ich Euch sagen.«

Minou kam eine Idee. Sie legte Frans fest die Hände auf die Schultern und drehte ihn zu sich.

»Frans, das könnte wichtig sein. Sag mir alles, was du über Jan Houtman weißt.«

KAPITEL 65

PLAETSE
Montag, 26. Mai

Der Tag, an dem Amsterdam von der Vergangenheit in die Zukunft trat, begann schwül, die Luft war schmierig von den Gerüchen und Geräuschen einer übervölkerten Stadt. Der Wind blies frisch übers Op 't Water auf den Damrak zu und ließ die Flaggen und Wimpel knallen. Er flüsterte in der Takelage der Schiffe auf dem IJ, zwischen Prähmen und Flusskähnen wurden Nachrichten ausgetauscht. Der Himmel schimmerte, wenn die Sonne hinter den eilenden Wolken verschwand und wieder aus ihnen hervortrat.

Minou sah aus dem Fenster im obersten Stockwerk und bemerkte eine Gruppe von Männern, die sich an der Ecke des Zeedijk versammelt hatten. Als sie nach rechts blickte, entdeckte sie, dass die Franziskaner, die Grauen Mönche, die Tore des Klosters noch nicht geöffnet hatten, obwohl die Sonne schon aufgegangen war. Gegenüber, vor dem Sint Antoniespoort am anderen Ende des Platzes, bemerkte sie Soldaten, die noch immer auf ihren Posten standen, obwohl die Nachtwache seit einigen Stunden vorüber war.

Die Aktion sollte – wenn alles nach Plan verlief – am Nachmittag auf der Plaetse stattfinden, während der Rat tagte.

Mit heftiger Anspannung in der Brust wandte sich Minou vom Fenster ab und hoffte, dass das, was Frans ihr über Houtman verraten hatte, als Druckmittel wirkte, das ihn zwang, Wort zu halten. Houtman war der Schlüssel. Seine Männer würden tun, was er sagte. Befahl er ihnen anzugreifen, würden sie angreifen. Ordnete er Zurückhaltung an, würden sie ebenfalls gehorchen.

Kurz nach Mittag hörte Minou einen Schuss vom Sint Antoniespoort. Sie eilte zur Vordertür und sah einen Mann, der die Fahne der Rebellen schwenkte und über den Platz rannte.

»Wer Oranien liebt, zeige Mut und folge mir!«

Die Aktion sollte auf der Plaetse beginnen, aber dennoch geschah hier etwas. Und es war zu früh! Unruhig sah Minou mit an, wie die Tore des Sint Antoniespoort aufgeworfen wurden und Männer mit Heuballen hinauskamen, dann schoben andere auf der Brücke über den Stadtgraben Kanonen auf den Platz.

»Was geht da vor?«, fragte Alis. Besorgt hatte sie sich neben Minou gestellt. »Geht es los?«

»Ich bin mir nicht sicher. Ich muss es Piet sagen.«

»Ich begleite dich.«

Minou zögerte. »Also gut. Sag Agnes, sie soll die Türen verriegeln und die Kinder im Haus halten, bis wir wieder da sind.«

Während Alis ging, wandte sich Minou wieder dem Fenster zu. Vom anderen Ende des Platzes hörte sie nun Kampflärm – die *schutterij* und die Nachtwächter. Es war unmöglich zu wissen, wer auf welcher Seite stand.

Sie eilten über die Grachten zum Stadtplatz. Weil Markttag war, drängten sich die Menschen in den Straßen. Bisher schien die Unruhe am Osttor sich noch nicht bis ins Herz der Stadt ausgebreitet zu haben.

Doch als sie die Plaetse erreichten, sah Minou, dass die Rebellen alle Zugänge zum Stadtplatz abgeriegelt hatten. Die kleinen Straßen, die von Norden und Westen auf die Plaetse führten, waren bereits gesperrt. Am Damrak stand eine Reihe von Männern.

»Sind das Katholiken oder Protestanten?«, flüsterte Alis.

Minou erinnerte sich an die weißen Armbinden und die Kreuze, die in der Bartholomäusnacht auf die Türen katholischer Häuser gemalt worden waren, und begriff, wie ungleich komplizierter es in Amsterdam war.

»Schwer zu sagen. Sowohl bei den *schutterij*, den Gildenschützen, als auch bei der Stadtwache gibt es Männer beider Glaubensrichtungen.«

Das Stadhuis stand ungerührt da, eines der schönsten Gebäude in der Stadt, das jedoch von Zeit und Feuer gezeichnet war. Der abblätternde Gips der Fassade war mit revolutionären Losungen beschmiert. Die Wetterfahne auf dem Turm war zur Seite geknickt und erweckte den Eindruck, der Wind käme nicht von Westen, sondern von den Kopfsteinen des Platzes.

»Ist Piet hier?«, fragte Alis.

»Irgendwo muss er sein.«

Während Minou mit dem Blick die Menge nach ihm absuchte, fiel ihr auf, dass nur sehr wenige Frauen zugegen waren. Und auf dem ganzen Platz sahen die Händler zu, dass sie fortkamen: Sie luden ihre Waren auf Karren, schlossen knallend ihre hölzernen Stände und flohen vor dem Ärger. Ohne dass ein Befehl erteilt oder ein Schuss abgefeuert worden wäre, war das Stadhuis zum Sammelpunkt geworden. Stadtwächter und Schützenbrüder, die mit der calvinistischen Sache sympathisierten, sollten die Tore beschützen. Die Anführer der Geusen sollten in die Ratskammer eindringen und die Sitzung unterbrechen. Das Ziel war es, Dircksz und die Räte durch schiere zahlenmäßige Überlegenheit einzuschüchtern und zum Einlenken zu bewegen.

Piet hatte erklärt, dass Houtman und seine Leute aus Richtung Sint Nicolaas anrücken würden. Minou hielt Ausschau, bis sie endlich ihren Mann im mittleren der drei breiten Steinbögen vor dem Rathaus stehen sah. Bei ihm war Houtman, der sich gerade anschickte, die Stufen hochzusteigen.

»Da ist er«, sagte sie eilig zu Alis. »Komm mit.«

Rasch überquerten sie den Platz, bis Minou so nahe bei Piet war, dass er sie entdeckte. Er nickte, und wie sie es am Abend zuvor verabredet hatten, trat er von Houtman zurück, damit Minou seinen Platz einnehmen konnte.

»Meneer Houtman?«

»Nicht jetzt, Frau.«

»Meneer«, beharrte sie in ihrem sorgfältig artikulierten Niederländisch. »Ich möchte Euch sprechen.«

Houtman beachtete sie nicht. Minou eilte die Stufen hinauf und stellte sich direkt vor ihn. Sie musste ihn dazu bringen, sie anzuhören.

»Geht mir aus dem Weg!«

Sie wich nicht von der Stelle. »Ich weiß, Ihr seid ein Mann von Ehre.«

Er versuchte sich an ihr vorbeizudrängen, doch wieder vertrat Minou ihm den Weg. »Geht mit Worten gewappnet in die Ratskammer, nicht mit Waffen.«

Er zögerte. »Was?«

»Wir wollen kein Blutvergießen. Davon haben wir genug gesehen.«

Houtman wollte Minou beiseitestoßen, doch Alis packte ihn beim Handgelenk und drehte ihm den Arm auf den Rücken. Einer von Houtmans Männern wollte ihm zu Hilfe kommen, doch Piet fing ihn ab.

»Lass ihn los, Schwester«, sagte Minou ruhig.

Alis riss seinen Arm hoch zu seinen Schultern und gab ihn frei.

Houtman rieb sich das Handgelenk. »Für wen haltet Ihr Euch? Ich habe keine Zeit, mir Weibergeschwätz anzuhören.«

Minou sah ihm in die Augen. »Da habe ich etwas anderes gehört. Dass Ihr die weibliche Gesellschaft sogar so sehr genießt, dass Ihr nicht nur eine, sondern zwei Gattinnen habt, und zwei Familien. Die Frage ist nur, ob die Damen voneinander wissen. Und wissen unsere calvinistischen Pastoren Bescheid?«

Houtman wurde puterrot im Gesicht. »Das ist gelogen.«

»Ein schönes Haus in der Nähe vom Heiligeweg – es hat eine Reihe von blauen Fliesen über dem Türsturz –, und das andere, nicht ganz so prächtig, am Sint Olofspoort.«

Houtman brachte sein Gesicht dicht an ihres. »Wer hat Euch das erzählt?«, stieß er hervor. »Wer immer es war, er hat gelogen.«

Minou lächelte. »Mag sein, dass es ein Missverständnis ist, aber die Leute reden, und Tratsch verbreitet sich rasch, ob er wahr ist oder falsch.«

»Wenn ich ein Haus am Sint Olofspoort unterstütze, so allein aus Wohltätigkeit. Jeder gute Bürger sollte seine Christenpflicht kennen.«

»Das ist ehrenwert.« Minou verbarg ihre wahren Empfindungen hinter einem Lächeln.

Houtman wandte sich Piet zu. »Ist das Euer Tun, Reydon?«

»Hört Euch an, was meine Gattin zu sagen hat, Houtman.«

»Was wollt Ihr, Frau? Sprecht. Ich kann nicht warten.«

»Ich will, dass es kein Blutvergießen gibt.«

Er lachte. »Und Ihr glaubt, ich könnte es verhindern?«

»Ich glaube, dass Ihr den Respekt Eurer Männer genießt«, entgegnete Minou in ruhigem Ton. »Wohin Ihr sie führt, werden sie Euch folgen.«

Houtman schwieg kurz. »Und wenn ich mich für Mäßigung ausspreche, werdet Ihr kein Wort dieses verabscheuungswürdigen Tratsches verlauten lassen?«

Minou sah ihm in die Augen. »Wenn Ihr Euer Möglichstes tut, um sicherzustellen, dass dieser Übergang friedvoll verläuft, werde ich für mich behalten, was ich weiß. Nutzt Euren Einfluss, Meneer Houtman. Keine Waffen, keine Scheinprozesse, keine Hinrichtungen.« Sie beugte sich vor und flüsterte ihm die letzte vernichtende Information ins Ohr.

Houtman trat wuterfüllt zurück. »Ich tue, was ich kann«, sagte er, »Ihr habt mein Wort.« Er fegte die Stufen hoch und verschwand im Rathaus.

Minou winkte Piet, der nun an der Ecke der Kalverstraat wartete, und ließ ihn wissen, dass die Botschaft übermittelt sei. Sie nahm Alis beim Arm und ging vom Stadthaus weg. Die Angelegenheit lag nun in Piets Händen.

»Alis, ist alles in Ordnung?«, fragte sie, als ihr auffiel, dass ihre Schwester Mühe hatte, Schritt zu halten.

»Ich gehe heutzutage ein bisschen langsamer.«

»Daran hatte ich nicht gedacht, verzeih mir.«

Alis atmete mehrmals durch. »Erinnerst du dich noch, als ich klein war? Da konnte ich sogar Aimeric davonlaufen.«

»Ja. Und gerade eben warst du sehr mutig – ich danke dir. Houtman so festzuhalten.«

»Alte Gewohnheit.« Alis lächelte schief. »In den letzten Jahren habe ich den einen oder anderen Kniff gelernt, um Männer zu entmutigen, die ihre Hände nicht bei sich behalten können. Erst zuschlagen, Fragen stellen kann man später.«

Minou lachte. »Ich will mir gar nicht ausmalen, was Tante Salvadora dazu zu sagen hätte. So seltsam es klingt, ich vermisse sie.«

»Wir werden sie wiedersehen. Wir werden Toulouse wiedersehen.«

Alis warf immer wieder Blicke auf die Menschen, die sich zusammenrotteten. Einige Männer riefen etwas, aber die meisten waren still. »Worauf warten sie?«

»Auf das, was als Nächstes geschieht.«

»Was sollen wir tun?«

Minou war sich nicht sicher. Die Kanonen, die von Sint Antoniespoort und anderswo herangeschafft worden waren, standen nun unweit des Damrak aufgereiht. Unweit des Oudezijds war die Straße durch Heuballen blockiert, und im Wasser lagen zwei Flusskähne, von Schutterij bewacht, vertäut, und warteten. Wenn es zum Kampf kam, saßen Alis und sie in der Falle.

»Beim ersten Anzeichen von Ärger verschwinden wir«, sagte Minou leise.

Ihr Herz schlug heftig, ob vor Hoffnung oder Angst, das konnte sie nicht sagen. Wie lange würde es dauern, bis es Nachricht aus der Ratskammer gab?

»Warum sollte Houtman sich Sorgen um solch ein Geheimnis machen?«, fragte Alis. »In La Rochelle gab es kaum einen Mann, der nicht irgendwo eine Mätresse hatte.«

»Amsterdam ist eine Stadt, in der Ordnung eine große Rolle spielt. Die Calvinisten haben sehr strenge Moralbegriffe. Sie verurteilen die fleischlichen Gelüste des Mannes beinahe so sehr wie die der Frau. Wenn Houtman unter der neuen Herrschaft vorankommen will, kann er sich nicht leisten, dass sein Name mit einem Skandal verbunden ist.«

»Mir kommt es so banal vor. Nicht für die Frauen selbst«, fügte sie rasch hinzu, als sie Minous Miene sah, »aber mir erscheint es als sehr wenig, um mit einem Mann wie Houtman zu feilschen, das ist alles.«

»Frans – der älteste unserer Jungen im *Hofje* – hat mir erzählt, dass Houtmans neue Gattin auf dem Heiligeweg reich ist, eine ältere Witwe ohne Kinder. Seine erste Frau andererseits ist jung – und hat ihm in drei Jahren genauso viele Söhne geschenkt –, aber arm wie eine Kirchenmaus.«

Alis zog die Brauen hoch. »Also hat er rechtswidrig ein zweites Mal geheiratet, um sie ernähren zu können. Ich verstehe.«

Minou nickte. »So scheint es. In Amsterdam ist es anders als in Toulouse, wo nur Männer aus den ältesten Familien ein öffentliches Amt bekleiden dürfen. Aber um voranzukommen, braucht Houtman Geld. Ohne Geld hat er keine Möglichkeit, in ein hohes Amt aufzusteigen.« Minou wies auf die neuen Kaufmannshäuser mit ihren frischgestrichenen Läden, den Schlusssteinen über den Toren, den funkelnden Türklopfern aus Messing, die sich im stillen Wasser spiegelten. »Sieh dich um. All diese Respektabilität hat ihren Preis.«

»Und das ist die Sorte Mann, in die du dein Vertrauen setzt? Wenn unsere Anführer Heuchler sind, unehrenhaft, welche Hoffnung besteht denn noch für uns?«

Minous Miene wurde ernst. »Ich weiß. Ich hoffe nur, es genügt.«

»Glaubst du wirklich, das Wort eines Mannes kann einen Unterschied bewirken?«

»Meiner Erfahrung nach ist es immer das Wort eines Mannes, das den Unterschied ausmacht. Zum Guten oder zum Schlechten. Wenn Houtman seine Sache gut macht, werden andere ihm folgen.« Minou seufzte. »Hoffen wir einfach, dass ich nicht allein bin. In Amsterdam gibt es eine Heerschar von Frauen, die ihre Überzeugungskraft zum gleichen Zweck einsetzen: die Männer zu mäßigen. Sie dazu zu bringen, die Waffen ruhen zu lassen.«

»Ein Regiment, das in den Frieden marschiert, nicht in den Krieg.«

Minou blickte auf ihr Spiegelbild in der Gracht. Mit ihrer weißen Bundhaube, dem schlichten Kleid und dem Kragen einer Matrone sah sie nun ganz nach einer holländischen Hausfrau aus. Sie lächelte.

»Ganz genau.«

KAPITEL 66

STADHUIS

Piet fand einen Platz auf der Galerie, die auf drei Seiten oben um den Ratssaal lief. Die Calvinisten hatten gegen geringen Widerstand das Stadhuis in ihren Besitz gebracht. Obwohl die Menge draußen auf der Plaetse laut war, hielten sie Ordnung, als gäbe es keinerlei Uneinigkeit, und die Geusen waren ungehindert ins Gebäude eingezogen, begleitet von bewaffneten Bürgern und Soldaten. Während die Anführer zur Ratskammer selbst vordrangen – und bei den Ratsherren Furcht und Empörung weckten –, waren ihre Anhänger in der Eingangshalle geblieben, um der offiziellen Wache keinen Grund zum Einschreiten zu geben.

Auf hölzernen Bänken tief unter Piet saßen die Ratsherren, Magistrate, Stadtverordneten, Büttel mit ihren flachen schwarzen Hüten und den Pelzstolen ihres Amtes. Einige standen auch und protestierten gegen die Besetzung der Kammer, aber die meisten warteten schweigend ab, was wohl geschehen würde.

Auf dem erhobenen Podium am Westende des Ratssaals stand Hendrick Dircksz, seit vierzig Jahren Erster Burgemeester und Vorsitzender des Rats. Seine engsten Verbündeten saßen in zwei Reihen hochlehniger Eichenstühle hinter ihm. Vor dem Podium hockten zwei Schreiber und der Protokollführer auf hohen Hockern an einem langen schmalen Schreibpult, die Federn in der Hand, als hielten sie inne bei der Aufzeichnung einer offiziellen Angelegenheit, die nun vielleicht nie zu Ende gebracht würde.

Piet erinnerte sich, wie er sich in eine andere Versammlung dieser Art geschlichen hatte, in Toulouse bei Ausbruch der Kriege. An jenem Apriltag 1562 war die falsche Entscheidung gefällt worden und hatte zu einem Blutbad geführt, das fünf Tage lang anhielt und ganze Viertel der Stadt in Schutt und Asche legte. Viele Tausende Hugenotten – und auch Katholiken – waren getötet worden, nur weil ihre Anführer es nicht vermocht hatten, einen Kompromiss zu finden. Piet hielt den Atem an. Gebe Gott, dass sich das hier nicht wiederholte.

Sie waren in Amsterdam, nicht in Toulouse.

Vor Dircksz stand der Anführer der calvinistischen Geusen zwischen seinen Glaubensbrüdern. Piet sah das Funkeln der silbernen halbmondförmigen Medaillen auf seinem schwarzen Wams, und wenn Piet auch nicht wusste, wer er war, stand doch fest, dass er der Sache der Rebellen schon große Dienste geleistet haben musste, um derartigen Schmuck zu tragen.

Piet blickte durch den Saal und fand die Männer auf der eigenen Seite und aus dem Rat, die er kannte: Willem van Raay, der am Rand stand, den Seifenhändler Jansz aus der Warmoesstraat, den Nachbarn der van Raays, Jacob Pauw, Joost Buyck, einen der erfolgreichsten Kornhändler der Stadt. Auf der entgegengesetzten Seite stand Jan Houtman mit Wouter neben sich.

Wie die Ruhe vor einem Sommersturm in den Pyrenäen lag die Erwartung von Händeln über dem Saal, als die beiden Gegner, Feinde seit vielen Jahren, einander endlich von Angesicht zu Angesicht gegenüberstanden.

»Das sind unsere Forderungen.« Der Calvinistenführer hielt Dircksz ein Dokument hin.

Der Burgemeester nahm es. Gelassen las er; die Hand, mit der er es hielt, erschien ruhig. Piet kam es vor, als halte jeder Mann im Saal den Atem an.

Dircksz las das Dokument ein zweites Mal und hob den Kopf.

»Ich bedaure, dass ich ohne bessere Zusicherungen diesen

Bedingungen nicht zustimmen kann.« Mit dem Handrücken schlug er gegen das Papier. »Wir brauchen Garantien, dass Ihr Euch an das haltet, was Ihr versprecht. Wie sollen wir sicher sein, dass Ihr diese Bedingungen einhaltet, wenn wir dem Rücktritt zustimmen?«

Piet hatte erwartet, dass Dircksz es rundheraus ablehnen würde zu verhandeln oder sogar die Wache rief, doch er schien anzudeuten, dass man sich durchaus einigen könne. Bestand Grund zur Hoffnung? Er hielt sich an der Balustrade fest und beugte sich vor.

»Bezweifelt Ihr meine Glaubwürdigkeit?«

»Ich bitte um Beweise dafür«, versetzte Dircksz.

Jemand aus der Menge stieß einen Fluch aus, und es wurde laut im Saal. Von einem Augenblick zum anderen stritt jeder, drohte mit dem Finger, ein Priester hob die Hände zum Himmel. Mehrere Calvinisten drehten sich um und brüllten Beleidigungen, bis auf ein Zeichen von Dircksz der helle Schlag eines Hammers durch den Aufruhr schnitt.

»Ich bitte um Ruhe!«, rief der Protokollführer. »Burgemeester Dircksz möchte sprechen!«

Doch der Calvinistenführer trat vor. »Ihr beleidigt den Fürsten von Oranien und unser Land, indem Ihr Euch weigert, die Artikel der *Satisfactie* zu befolgen. Er ist der rechtmäßige Herrscher über unsere Provinzen und nicht ein spanischer König in Madrid, der sein schuldengebeugtes Reich mit unseren Steuergeldern saniert.«

»Ein König regiert durch göttliches Recht.«

»Nicht in Holland, hier nicht. Er ist auch nur ein Mensch.«

Dircksz bekreuzigte sich. »Mit Eurer Blasphemie schmäht Ihr Gott den Herrn.«

Der Calvinist wandte sich ab. Erneut erhoben seine Anhänger lautstark Einwände.

»Ruhe! Ich befehle Euch Ruhe!«, rief der Protokollführer.

»Stadträte, edle Herren, respektiert die Traditionen dieser Kammer!«

Während die Debatte weiterging, trat Houtman auf den Calvinistenführer zu und flüsterte ihm etwas ins Ohr. Gleichzeitig stand Willem van Raay von seiner Bank auf und näherte sich dem Podium, um mit seinen Kollegen zu sprechen. Piet schlug das Herz bis zum Hals. Sollte ihr Plan Erfolg haben? Dircksz schien den Kopf zu schütteln. Houtman fasste den Calvinistenführer beim Arm und wurde abgeschüttelt.

Die Türen flogen auf, und ein Bote rannte in den Saal. Er drängte sich durch die Menge in den Gängen, bis er das Podium erreichte. Mit rotem Gesicht und außer Atem überreichte er eine Nachricht an den offiziellen Protokollführer, der auf das Podium trat und sie an Dircksz übergab.

Der Saal fiel in erwartungsvolles Schweigen.

»Daran besteht kein Zweifel?«, fragte Dircksz, nachdem er die Nachricht gelesen hatte.

»Keiner«, antwortete der Bote mit einer Stimme so klar wie eine Glocke.

Dircksz las die Nachricht erneut und nickte. In zehn Minuten schien er um genauso viele Jahre gealtert zu sein, als hätten vier Jahrzehnte Verantwortung mit einem Mal ihren Tribut gefordert. Seine Schultern sackten herab, aber ob aus Erleichterung oder Verzweiflung, vermochte Piet nicht zu erkennen.

»Ich verstehe«, sagte Dircksz schließlich. Er wandte sich zunächst seinen Verbündeten hinter ihm zu und schließlich der Masse der Ratsherren, die unter ihm saßen. »*Mijn vrienden*«, sagte er. »Meine Freunde und loyalen Kollegen, zum Besten von Amsterdam gebe ich nach.«

Ungläubiges Gemurmel verbreitete sich wie ein Lauffeuer im Saal. Männer schauten einander an und flüsterten hektisch; niemand war sich ganz sicher, was geschah. Der Calvinistenführer zögerte kurz und ergriff dann das Wort.

»Durch die mir verliehene Autorität bestätige ich hiermit, dass wir am sechsundzwanzigsten Tag im Mai des Jahres unseres Herrn 1578 in Anwesenheit aller Mitglieder im Namen des Fürsten von Oranien den Vorsitz dieser Kammer übernehmen.« Er wandte sich um. »Würdet Ihr die Herren aus dem Saal begleiten?«

Piet merkte, dass er den Atem angehalten hatte. Sollte es möglich sein, dass die Macht so einfach übernommen werden konnte, ohne dass ein einziger Schuss fiel?

Mit großer Würde, den Kopf hoch erhoben, stieg Dircksz vom Podium. Nach einem Augenblick gelähmter Ungläubigkeit folgten die anderen drei Burgemeester und die Ratsherren. Schweigend schritten sie hintereinander durch den Saal und verließen ihn durch den Haupteingang.

Nachdem sie fort waren, herrschte einen Augenblick lang Schweigen. Dann folgte der Taumel. Calvinisten schlugen einander auf die Schulter, einige nahmen sogar in den Sitzreihen Platz, die soeben erst geräumt worden waren.

»Lang lebe Amsterdam!«, erging der Ruf. »Lange lebe der Fürst von Oranien!«

Die übrigen Ratsmitglieder gingen zur Tür. Sie schubsten und stießen einander mit den Ellbogen zur Seite, so eilig hatten sie es, zu ihren Geschäften und ihren Schiffen zurückzukehren, zu ihren Speicherhäusern und Herden. Ihre Anführer waren fort, aber sie wussten nicht, was das für den einfachen Mann bedeutete. Das konnte nur die Zeit erweisen.

Oben auf der Galerie lehnte sich Piet gegen die Wand und versuchte zu verstehen, was er gerade beobachtet hatte. Sollte es möglich sein, dass vierzig Jahre ununterbrochener Macht soeben zu Ende gegangen waren?

Er wusste, was in der Nachricht gestanden hatte – dass alle Stadttore nun in den Händen der Calvinisten seien, und der Hafen ebenfalls. Dircksz war keine andere Möglichkeit geblieben, als zurückzutreten. Er und seine Kollegen würden ins Exil jenseits der Grenzen von Amsterdam gebracht. Am Damrak standen zwei Kähne für sie und die führenden katholischen Geistlichen und Mönche bereit. Da während der Kriege viele Calvinisten selbst aus der Stadt ausgewiesen worden waren, verwunderte es nicht, dass sie den Männern, die sie nun endlich überwunden hatten, die gleiche Strafe zudachten. Piet wusste auch, dass in der Nachricht an Dircksz versprochen worden war, alles Menschenmögliche zu tun, um die Häuser der Verbannten vor Plünderern zu schützen, und dass ihren Familien erlaubt würde, ihnen ins Exil zu folgen.

Sie würden nun ihre eigenen Kirchen bekommen. Ihre protestantischen Kirchen. Aber auch Katholiken hätten die Freiheit, in Frieden ihren Glauben auszuüben. Amsterdam würde eine moderne Stadt sein, eine tolerante Stadt.

Piet schüttelte den Kopf. Nach wie vor traute er seinen Augen nicht. Sollte es wirklich möglich sein, dass auf beiden Seiten kein Einziger seine Schusswaffe hob oder nach dem Messer griff? Er zögerte und empfand einen unerwünschten Stich des Zweifels. Was, wenn vor dem Gebäude ein Hinterhalt gelegt war? Wenn alles nur ein Trick war, eine Falle? Was, wenn die Kähne beschossen wurden oder auf dem Platz ein Meuchelmörder lauerte? Es brauchte nur ein Schuss abgefeuert oder ein Schwert gezogen zu werden, und mit der Diplomatie war es zu Ende.

Piet sprang auf und rannte zur Treppe.

KAPITEL 67

Plaetse

Alis sah zurück zum Stadhuis.

»Minou, ich glaube, da geht etwas vor.«

Eine halbe Stunde war verstrichen, seit die Calvinisten ins Rathaus eingedrungen waren. Minou hörte das Gebrüll, aber sie konnte nicht sehen, worauf die Menge reagierte. Die Stimmung unterschied sich von allem, was sie je erlebt hatte. Wut und Empörung hingen in der Luft, aber nicht der schwelende Groll, der eine Menschenmenge in Windeseile zu einer mordlüsternen Meute machte.

»Ist das nicht Cornelia?«, fragte Alis.

»Wo?«

Alis zeigte Richtung Kalverstraat. »Dort.«

Minou sah hin und winkte. Cornelia schob sich rasch durch die Menge und kam zu ihnen.

»Was ist passiert?«, fragte sie rasch. »Konntest du etwas sehen?«

»Die Geusen bringen die Burgemeesters und ein paar Patrizier hinaus. Sie führen sie zu den Kähnen.« Sie ergriff Minou beim Arm. Ihr Gesicht war weiß vor Angst. »Minou, was, wenn mein Vater darunter ist? Wenn er verbannt wird, was soll ich tun? Das Exil überlebt er nicht. Unser Geschäft würde untergehen.«

»Piet hat getan, was er kann, um deinen Vater zu beschützen.« Minou betete, dass Houtman Wort halten würde. »Ihm wird nichts geschehen.«

»Die Anführer im Saal sind damit vielleicht einverstanden«, erwiderte Cornelia verzweifelt, »aber was ist mit denen?« Sie wies auf die Menge. »Was ist mit all denen, die so lange unter Dircksz' Herrschaft gelitten haben? Sie machen ihn und seine Amtskollegen für ihren Hunger und ihre Entbehrungen verantwortlich. Woher sollen *sie* denn wissen, dass mein Vater ein guter Mensch ist?«

Minou konnte sich nicht erinnern, je erlebt zu haben, dass Cornelia die Beherrschung verlor. Während ihrer Flucht aus Paris und auf der gefährlichen Reise nach Norden hatte sie sich nie anders als standhaft gezeigt.

»Selbst wenn dein Vater gezwungen sein sollte, die Stadt für eine Weile zu verlassen, kannst du in seiner Abwesenheit seine Geschäfte führen. Wir werden dir helfen.«

Alis nickte. »Was immer geschieht, deinem Vater wird nichts geschehen. Dafür werden Minou und Piet sorgen. Ich kann mir nicht vorstellen, dass dein Vater möchte, dass du dir Sorgen um ihn machst.«

Cornelia seufzte tief. »Das zumindest ist wahr.«

Unvermittelt teilte sich die Menge, um drei oder vier Geusen hindurchzulassen, denen zwei Reihen schwerbewaffneter Bürgersoldaten folgten, die Henrick Dircksz und die anderen Burgemeester abführten. Der Protokollführer und andere Ratsmitglieder gingen in Paaren hinter ihnen, gefolgt von führenden katholischen Geistlichen und den verhassten Grauen Brüdern, die in Amsterdam die Augen und Ohren der Spanier gewesen waren.

»Warum haben sie kapituliert?«

Minou sah Cornelia an. »Die Calvinisten sind zu gut organisiert, und sie haben die Bevölkerung auf ihrer Seite.«

»Da ist unser Priester von der Nieuwe Kerk«, sagte Cornelia entsetzt. »Ich bete, dass sie ihm nichts antun.«

Nur die Franziskaner zeigten Spuren von Gewaltanwendung:

zerrissene Kutten und blutige Gesichter. Kaum sah die Menge sie, höhnten die Leute und riefen Beleidigungen.

Cornelia schluchzte, als sie ihren Vater am Ende der Kolonne entdeckte. Er bewegte sich langsam und stützte mit dem Arm Jacob Pauw, der kaum laufen konnte.

Als die Gefangenen die Gracht erreichten, hörte das Höhnen und Beschimpfen auf. Ein Schweigen fiel über die Menge, als die ersten Männer den Steg erreichten.

Auf dem Steg zögerte Dircksz einen Moment und wandte sich um, als wolle er ein letztes Abschiedswort an seine Stadt richten. Dann stieg er, die vorgestreckte Hand eines Soldaten ignorierend, ohne fremde Hilfe in den Kahn. Der Protokollführer folgte ihm, und das Boot schaukelte auf dem Wasser, als die übrigen Burgemeester einstiegen.

Als Nächster wurde Willem van Raay zum Steg geführt. Minou schaute sich um und suchte verzweifelt die Menge nach Piet ab.

»Ich ertrage es nicht«, weinte Cornelia. »Ich muss ihn sprechen! Ich kann ihn doch nicht ohne ein Wort gehen lassen.«

Minou hielt sie zurück. »Ich weiß, es ist schlimm, das mit anzusehen und nichts zu tun, aber du würdest es ihm nur schwerer machen. Wir haben einen Plan. Mach dir keine Gedanken.«

Sie sah besorgt über den Platz, rechtzeitig, um einen Mann zu entdecken, der vom Stadhuis herbeigerannt kam und sich ohne Scheu durch die Menge drängte. Erst als er den Damrak erreichte, erkannte Minou, dass es niemand anderer als Houtman war.

»Halt!«, rief er. »Dieser Gefangene ist in meinen Gewahrsam zu überstellen.« Keuchend wies er auf Willem van Raay.

Minou atmete erleichtert auf.

»Auf wessen Befehl?«, wollte ein Soldat wissen.

Houtman wies ein Dokument vor. »Hier, schwarz auf weiß. Der Gefangene wird nach Sint Antoniespoort gebracht.«

»Nein!«, schrie Cornelia. »Wenn sie ihn dorthin bringen, sehe ich ihn niemals wieder. Gefangene überleben dort nicht, das weißt du genau. Lass mich los!«

»Cornelia, du musst mir vertrauen«, flüsterte Minou eindringlich. »Deinem Vater wird nichts geschehen, darauf gebe ich dir mein Wort.«

Willem van Raay wurde aus der Reihe gezerrt. Man drehte ihm die Arme auf den Rücken, und sofort umstellten ihn Houtmans Leute.

»Nein!«, schrie Cornelia erneut. »Lass mich los!«

Wieder versuchte sie sich loszureißen, aber die Soldaten führten ihren Vater bereits Richtung Oude Zijde ab. Mit einem Mal verließ sie die Kraft. Sie sackte zusammen. Ihr Kopf sank an Minous Schulter, und sie begann zu weinen.

»Alles wird gut, meine Liebe. Alles wird sich lösen.«

Aber vielleicht auch nicht, flüsterte eine hämische Stimme in Minous Kopf. Was, wenn Houtman sein Wort brach? Was, wenn Piet etwas zustieß und er nicht einschreiten konnte?

Was, wenn der Preis für die Vermeidung eines ausgedehnten Konflikts sich als das Leben Willem van Raays erwies?

»Alles wird gut«, wiederholte Minou und betete, dass sie recht hatte.

Der zweite Kahn, mit Jacob Pauw an Bord, legte vom Kai ab und trat seine Reise zum IJ an.

»Wie kannst du dir so sicher sein?«, schluchzte Cornelia. »Wann halten Männer schon ihr Wort!«

»Folge ihnen«, flüsterte Minou ihrer Schwester zu. »Sorge dafür, dass sie Willem wirklich nach Sint Antoniespoort bringen.«

Ein furchtsamer Ausdruck durchzuckte Alis' Gesicht. Mit Erschrecken begriff Minou, dass ihre Schwester nicht im Mindesten ahnte, wie sie dorthin kommen sollte. Ihr war es so selbstverständlich vorgekommen, sie an ihrer Seite zu haben, dass sie ganz vergessen hatte, dass Alis erst seit zwei Tagen in Amsterdam war.

»Wir gehen gemeinsam«, sagte Minou rasch.

Zu dritt folgten sie Houtmans Leuten über die Grachten und durch die Gassen nach Osten. Hinter ihnen auf der Plaetse hörte Minou die Menschen jubeln und frohlocken, aber sie hielt den Blick auf Willem van Raay gerichtet, der zum östlichen Stadttor geführt wurde. Sie war ganz angespannt vor Furcht, dass ihr Plan scheitern könnte.

Sie eilten über den Oudezijds Voorburgwal, den Kloveniersburgwal entlang und in Richtung Zeedijk, bis die vertrauten roten Türme von Sint Antoniespoort in Sicht kamen. Am Rand des Platzes blieben sie stehen, und Minou sah, dass ihr Haus ruhig und ungestört von der Maisonne beschienen wurde, aber das Tor des Klosters der Grauen Brüder stand weit offen, und Minou kam der Verdacht, dass die Plünderer bereits zugange waren. Die Amsterdamer verabscheuten die Franziskaner. »Wartet«, sagte sie.

Sie konnten nur zusehen, wie Willem van Raay auf die Brücke über den Graben gebracht und ins Torhaus geführt wurde.

Cornelia ließ den Kopf hängen. »Er ist ein toter Mann.«

»Alles verläuft nach Plan«, sagte Minou nach außen unerschüttert. »Geh mit Alis in unser Haus und warte dort. Ich komme nach, sobald ich kann.«

»Was hast du vor?«

»Piet und ich haben versprochen, uns um deinen Vater zu kümmern.«

»Aber man kommt dort nicht hinein!«

Alis legte Cornelia den Arm um die Schultern. »Komm mit. Minou weiß, was sie tut.«

Minou zog sich die Haube tief ins Gesicht und überquerte rasch den Platz zur Sint Antoniespoort. Entgegen Alis' Versicherung hatte sie nicht die leiseste Ahnung, was sie als Nächstes tun sollte. Sie wusste nur, dass es besser wäre, bereitzustehen, sobald Piet auftauchte. Er hätte eigentlich schon hier sein müssen. Das Torhaus umgab ein Graben, und eine kleine flache Brücke führte zum Eingang. Auf der Stadtseite standen vier massige Verteidigungstürme aus roten Ziegeln mit grauen Dächern, die wie spitze Hüte aussahen. Ein weiteres Tor mit zwei Türmen war zum Land gerichtet, und unterirdisch war ein Schieber, sodass sich ständig Wasserrauschen in die alltäglichen Geräusche des Wachwechsels und das Rattern hölzerner Räder auf Kopfsteinpflaster mischte.

Das schmale Tor im hohen sechseckigen Turm wurde wie üblich von Schutterij bewacht, das beruhigte Minou. Nichts am Gebaren der beiden Schützenbrüder deutete darauf hin, dass im Innern der Bastion etwas Besonderes vorging.

Unvermittelt wurde das Tor aufgestoßen, und Minou hörte Stimmen. Der jüngere der beiden Wächter hob die Arkebuse und eilte nach innen. In diesen Sekunden sah Minou einen Mann, der auf dem Festungshof stand. Minou erkannte ein zerrissenes Wams, den rostroten Haarschopf. Dem Gefangenen waren die blutigen Hände auf den Rücken gebunden. Der Schützenbruder stieß ihn mit dem Gewehr an. Als der Gefangene sich umwandte, sah Minou, dass sein Gesicht von Prellungen und Platzwunden übersät war.

»Piet!«

Das Tor bebte in den Angeln und wurde verriegelt. Minou blieb verstört auf der anderen Seite zurück.

KAPITEL 68

LANDGUT ÉVREUX
ORLÉANAIS

Viele hundert Wegstunden von Amsterdam entfernt sah Vidal
an diesem grauen Nachmittag seinem Sohn beim Malen zu.

Kaum waren sie am Vortag vom Reliquiar zurückgekehrt,
hatte Louis für Vidals Diener eine Liste der Materialien aufge-
stellt, die er brauchte. Den ganzen Nachmittag hindurch trafen
Lieferungen ein.

Früh am Morgen hatten sie sich in Vidals Privaträume im
Herrenhaus zurückgezogen, wo das Licht gut war, und Louis
hatte mit der Arbeit begonnen.

Hohe Fenster, die vom Boden bis zur Decke reichten, nahmen eine ganze Wand des rechteckigen Zimmers ein. Gegenüber hingen Gemälde, und goldene Spiegel verdoppelten die
polierten Möbel aus Eiche und Nussbaum, die Vorhänge aus
hellgrünem Satin und die dazu passenden Polster. Der Raum
diente dazu, Ehrengäste zu empfangen; ein Atelier war er nicht.
Dennoch hatte Louis darum gebeten, hier arbeiten zu dürfen.
Ausnahmsweise hatte Vidal nachgegeben.

»Wo hast du deine Fertigkeiten erlernt?«, fragte er aus ehrlicher Neugier.

Louis sah auf. »Im Skriptorium von Saint-Antonin. Die Mönche ließen alle älteren Jungen arbeiten, die irgendwelches Geschick mit der Schreibfeder zeigten.«

»Was haben sie dir beigebracht?«

»Die Pigmente vorzubereiten – langwierige, mühsame Arbeit –, und wie man Buchstaben kopiert.« Seine Miene verdüsterte sich. »Es war der einzige geheizte Raum im ganzen Kloster.«

»Du hast dich unersetzlich gemacht?«

»Es war dort sicherer als – sonst wo«, sagte Louis nur, und ein finsterer Ausdruck zog über sein Gesicht. »Ich hatte die Erlaubnis, alle unbrauchbaren Stücke Pergament zu behalten.«

Vidal trank den Wein aus und sah sein kahlköpfiges Spiegelbild am Boden des leeren Kelchs. Er stellte ihn auf den Tisch zurück. »Warum hast du das noch nie erwähnt?«

»Ich habe es nie als nennenswertes Können betrachtet.«

»Bis jetzt.«

»Jawohl, Monseigneur.«

»Aber du hast heimlich weiter geübt.«

Louis zögerte. »War das falsch?«

Vidal lächelte. »Ganz im Gegenteil, besonders, wo dein Talent jetzt zum Ruhme Gottes genutzt werden kann.«

Louis lächelte scheu und nahm wieder den Pinsel zur Hand.

Vidal schenkte sich Wein nach und nahm einen großen Schluck. Seine Gedanken schweiften in die Ferne.

Gott hörte ihm schon seit vielen Jahren nicht mehr zu; die Stimme des Herrn war immer schwächer geworden, bis sie ganz verstummte. Vermutlich hatte Gott ihm ohnehin nie zugehört. Aber bald würden die Dinge sich ändern. Vidal war sich bewusst, dass sein Glaube, so oft geschwächt, angezweifelt und enttäuscht, umso stärker wurde, je näher sein Tod kam. Mit der Macht, die er durch die Ansammlung der heiligsten Reliquien erlangt hatte, würde er sein Ziel erreichen, im Herzen der alten Diözese von Chartres einen neuen katholischen Orden zu gründen. Wenn es wieder ungefährlich war, aus dem Dunkel zu treten – nach Guises Tod oder Entmachtung –, würde Vidal als Gottes wahrer Vertreter auf Erden hervorkommen, den die Fesseln der todgeweihten katholischen Kirche nicht banden. Vidal lächelte. Er würde Gott zwingen, ihn wieder in seine Herde aufzunehmen.

Vor fünfundzwanzig Jahren hatte Vidal als frommer Student in Toulouse rasch begriffen, dass im Dienste der Heiligen Mutter Kirche allein Reichtum und Wissen etwas zählten, aber nicht die Gottesfurcht. Macht war es, die für das Vorankommen eines Mannes sorgte. Gelernt hatte er rasch: Latein, Griechisch, Italienisch, Englisch, Spanisch, ein wenig Hebräisch. Der Wunsch, niemals auf die Deutungen anderer angewiesen zu sein, die Heilige Schrift selbst zu lesen und zu verstehen, hatte ihn zu einem der fleißigsten jungen Gelehrten am Collège de Foix gemacht.

Vidal hatte immer gewusst, dass er sich nicht für die Strapazen eines Lebens im Dienst der Kirche eignete, aber als Sohn eines Verräters, dessen Besitzungen beschlagnahmt worden waren, besaß er nur schlechte Aussichten. Unterstützt worden war er nur von seinem frommen Onkel, und ohne dessen Protektion hätte es düster für ihn ausgesehen. Als der Onkel also den Wunsch äußerte, dass sein Neffe nach Abschluss seines Studiums die Priesterweihe empfangen sollte, blieb Vidal keine andere Wahl.

In den ersten Monaten seines ersten Pfarramts in Saint-Antonin diente er Gott aufrichtig und mit tiefem Glauben, aber sein Blick blieb immer an einem hübschen Gesicht oder dem verbotenen Aufblitzen eines Fußknöchels hängen. Die geistigen Freuden waren beträchtlich weniger anziehend als die Wonnen des Leibes. Damals plagte ihn sein Gewissen. Nach jeder neuen Überschreitung betete er um Vergebung. Er kasteite sich und beichtete seine Sünden. Er schwor, niemals wieder zu fehlen, tat Buße und erneuerte seine Schwüre. Er erlegte sich die strengsten Körperstrafen auf und gelobte, den schmalen Pfad der Tugend nie wieder zu verlassen. Doch gleich, wie lange es anhielt – bis zu diesem oder jenem Festtag, manchmal darüber hinaus –, immer fand er sich am Ende in einem warmen Bett wieder.

Nun wenigstens war sein Blut erkaltet.

Vidal leerte wieder den Weinkelch in der Hoffnung, das Pochen in seinem Schädel abzustumpfen. Der Schmerz war heute schlimm. Der Arzt hatte ihn zur Ader gelassen und ihm Pulver gegeben, aber nichts half.

Er hatte stets akzeptiert, dass er sich, ohne sein Erbe zu riskieren, nicht von der katholischen Kirche lossagen konnte, bevor sein Onkel starb. Er wartete ab. Dennoch plante er die ganze Zeit und baute sich insgeheim ein eigenes Vermögen auf. Er verkaufte Ablassbriefe, nahm Schenkungen dankbarer Witwen an; er kannte zahlreiche Kunstgriffe. Am Ende hatte er dieses verlassene Anwesen außerhalb von Chartres erwerben können und war gerüstet, seine neue Identität anzunehmen, sobald die Zeit ihm passend dünkte.

Endlich, im August 1572, etwa fünf Monate nach dem Tod seines Onkels, standen die Sterne günstig. Der Anschlag auf Coligny und die Verschwörung, die hugenottische Führung in der Bartholomäusnacht auszulöschen, gaben ihm die Gelegenheit zu verschwinden.

Aus Kardinal Valentin wurde Seigneur de Évreux.

Doch Reydon ging ihm nicht aus dem Kopf. Nach einiger Zeit erfuhr Vidal, dass er und seine Familie das Blutbad in Paris überlebt hatten und nach Amsterdam geflohen waren. Da Xavier felsenfest behauptet hatte, dass keinerlei Beweis für die fehlgeleitete Vermählung seines Onkels oder Reydons Abstammung existierte, hatte Vidal entschieden, ihn in Frieden zu lassen, auch wenn Spione ihn im Auge behielten für den Fall, dass die Lage sich änderte. Trotzdem geisterte Reydon ihm ständig durch die Gedanken, wie ein Splitter unter der Haut. Gesorgt dafür hatte das Geständnis seines Onkels auf dem Totenbett, er habe ein Kind gezeugt.

Vidal wusste auch, dass der Herzog von Guise die Suche nach ihm nicht aufgegeben hatte. So sehr ihn die Leitung der

Heiligen Liga auch beschäftigte, sosehr er mit der niemals endenden Spirale aus Kriegen und Friedensabkommen zu tun hatte, Guise unterhielt ein ausgedehntes Netz von Spionen. Seine Fühler reichten in jede Provinz Frankreichs, und indem Vidal die Dienste des Herzogs verließ, ohne dessen Erlaubnis oder Segen einzuholen, hatte er sich seinen ehemaligen Gönner zu einem gefährlichen Feind gemacht.

Bis vor Kurzem hatten seine Vorsichtsmaßnahmen ausgereicht; seine Identität war geheim geblieben. Doch in den acht Monaten relativen Friedens nach dem Ende des Sechsten Hugenottenkrieges hatte Guise offenbar die Suche nach seinem ehemaligen Beichtvater verstärkt. In den vergangenen Wochen hatte Vidal von mehreren vertrauenswürdigen Informanten von einem Mann im Dienst des Herzogs erfahren – einem Pariser namens Cabanel, ehemaliger Hauptmann der Miliz –, der in Reims und Blois Fragen gestellt hatte.

Zum ersten Mal seit seinem Verschwinden spürte er den Atem von Guises Jagdhunden, die ihm auf den Fersen waren. Vidal hatte noch nicht entschieden, wie er vorgehen wollte. Die Versuchung war groß, einen Meuchelmörder auszusenden, um einen Meuchelmörder zur Strecke zu bringen. Was ihn davon abhielt, war keinesfalls sein Gewissen. An Vidals Händen klebte viel Blut. Zu Anfang der Kriege war er in Toulouse und Carcassonne ein gefürchteter, tüchtiger Inquisitor gewesen. In Gottes Namen hatte er befohlen, Menschen zu strecken, zu peitschen und zu erhängen. Ohne jede Gnade hatte er Ketzer und Gotteslästerer aufgespürt. Freilich hatte es auch andere Tötungen gegeben, zu seinem Vorteil und aus Rache, die nicht Gott zur Last gelegt werden konnten.

Aber Vidal wusste auch, dass eine Spur manchmal erkaltete und man durch vorschnelles Handeln womöglich Aufmerksamkeit auf sich zog, statt sie zu vermeiden.

Fürs Erste gebot ihm sein Instinkt zu warten.

»Warte nur ab, und du wirst sehen«, sagte er.

»Monseigneur?«, fragte Louis.

Vidal war überrascht, dass er laut gesprochen hatte.

Die Uhr schlug drei. Ihm wurde klar, dass der Junge stundenlang gearbeitet hatte, ohne eine Pause zu machen und sich zu stärken. Er war ganz auf seine Aufgabe konzentriert gewesen. Louis schob den Stuhl zurück und stand auf.

»Bitte. Es ist fertig.«

Vidal empfand einen ungewohnten erwartungsvollen Schauder. Als er zum Tisch ging, merkte er, wie sehr er sich wünschte, dass der Junge seine Arbeit gut gemacht hatte.

Louis wackelte mit den Fingern und trat zurück. »Perfekt ist es nicht, Monseigneur, aber besser kann ich es nicht.«

Im wolkigen Nachmittagslicht schien das Bild zu leuchten und zu schimmern und vor Vidals Augen zu tanzen. Er betrachtete die Farbmalerei auf dem schlichten Brett, verdrillte Binsen, von einem Kristallreif gehalten. An der Oberseite zeigte ein blauer Schild Christus am Kreuz. Zwei andere, kleinere Scheiben im gleichen Smalteblau waren ebenso exquisit: Die eine stellte Ludwig den Heiligen dar, wie er mit der Reliquie in den Händen nach Paris kam, die andere die Tore von Jerusalem.

»Die Bildnisse auf den Schilden könnten ungenau sein«, sagte Louis. »Ich bin nie dicht genug herangekommen, um sie richtig erkennen zu können. Ich musste die Einzelheiten erraten, die sie zeigen könnten. Aber ich habe mein Bestes getan.«

Vidal richtete sich auf. Er hörte der Stimme seines Sohnes die Angst an und begriff, dass der Junge sein Schweigen fälschlich für Missfallen hielt.

»Ein größeres Geschenk hättest du mir nicht machen können.«

Louis strahlte. »Es gefällt Euch, Monseigneur?«

»So ist es. Das ist die Dornenkrone in allen Einzelheiten. Die Größe stimmt, die Form, die Schönheit allgemein.«

Louis atmete auf. »Ist sie gut genug, um sie ins Reliquiar zu bringen?«

Vidal starrte den Jungen an, erstaunt über das Missverständnis. Doch weil er Stolz auf die Arbeit seines Sohnes empfand, lächelte er. »Das ist nicht der Zweck deines Bildnisses, Louis. Wir werden nun einen Handwerker suchen, der fähig ist, eine gute Kopie der Krone anzufertigen. Danach kehren wir zur Sainte-Chapelle zurück. Paris ist nun wieder sicher, aber die Bedrohung durch den Ketzer Navarra und seine Bilderstürmer bleibt immer gegenwärtig.«

Er sah, wie Louis' Miene umschlug, als er verstand. »Wie bei dem Grabtuch von Antiochia und der Sancta Camisia.«

Vidal lächelte. »Die heiligste aller Reliquien sollte sicher und außer Reichweite der Hände derer aufbewahrt werden, die sie zerstören würden. Alles zum größeren Ruhme Gottes.« Er schwieg kurz. »Du bist ein großes Talent, Louis.«

Der Junge errötete.

Zum ersten Mal seit dem Tod der einzigen Frau, die er je geliebt hatte – für den er Reydon verantwortlich machte –, empfand Vidal eine Herzensregung. Zum ersten Mal legte er die Arme um seinen Sohn und zog ihn an sich. Endlich beanspruchte er ihn ganz für sich.

KAPITEL 69

Sint Antoniespoort
Amsterdam

Fieberhaft sah Minou sich nach einer Möglichkeit um, wie sie nach Sint Antoniespoort hineinkommen konnte.

Sie schritt den Graben ab, aber sämtliche Tore in den Steinbögen waren mit schweren Eisenriegeln versperrt, und das Haupttor bewachten zwei bewaffnete Posten. Auch der Abwasserkanal war mit einem Eisengitter versehen.

Unmöglich konnte sie ungesehen hineinkommen. Minou schaute zu den Fenstern hoch. Alle waren mit Läden verschlossen und ebenfalls vollkommen sichtbar.

Eine Idee glomm in ihr auf. Wenn sie nicht ungesehen in den Turm gehen konnte, musste sie es eben ganz offen tun. Sie schaute sich auf dem Platz um, bis sie eine alte Frau entdeckte. Sie trug einen fadenscheinigen Mantel und hielt einen Korb, der von einem rot-weiß-gestreiften Tuch bedeckt war. Für Minous Absichten würde das genügen. Noch besser war es, dass die Greisin offenbar auf Sint Antoniespoort zuging – vielleicht brachte sie ihrem Sohn oder ihrem Gatten, der im Turm stationiert war, Brot und Hering? Selbst an einem Tag wie diesem ging das ganz normale Leben weiter.

Rasch ging Minou an ihre Seite. »Nun, Mevrouw, das ist ein schöner Nachmittag, nicht wahr?«

Die Alte drehte sich ihr zu und blickte sie misstrauisch an. »Hab schon schlimmere erlebt.«

»Ich hoffe, Ihr vergebt mir, dass ich Euch behellige, aber ich habe Euch einen Vorschlag zu machen. Ein Freund hat mit mir gewettet – Ihr wisst ja, wie das ist –, dass ich niemanden finde, dem ich eine gute Tat erweisen könnte. Ich habe ihm gesagt, dass er sich irrt, und die Wette angenommen.«

Die Frau blieb stehen. »Warum solltet Ihr das wünschen?«

»Die Wette lautet, dass ich jemandem helfen soll. Ich sehe, dass ihr einen schweren Korb tragt. Darf ich diese Aufgabe für Euch erledigen?«

»Ich bringe meinem Neffen in Sint Antoniespoort das Essen«, erklärte die Alte zögernd.

»Ich weiß, es ist töricht, aber ich möchte nicht an der Aufgabe scheitern, die mein Freund mir gestellt hat.«

»Euer *Freund*?« Die Alte schnaubte verächtlich. »So ist das also. Seid Ihr nicht ein bisschen alt für solche Spielchen?«

Minou zuckte mit den Schultern. »Was soll ich sagen? Er würde gut zu mir passen. Ich bin verwitwet. Ich habe weder Vater noch Brüder. Oder Söhne«, fügte sie hinzu und hatte ein schlechtes Gewissen, dass sie log.

Die Frau schnaubte wieder. »Wie alt seid Ihr?«

»Ich bin schon in meinem vierten Jahrzehnt.«

»Kein gutes Alter, um sich einen neuen Gatten zu suchen.«

»Nein«, stimmte Minou zu. »Mein erster Mann wurde bei der Belagerung von Haarlem getötet.«

»Von Katholiken?« Die Greisin spuckte verächtlich auf den Boden. »Zwei meiner Söhne sind gestorben, als die spanischen Hunde die Stadt einnahmen.«

»So viele gute Männer haben ihr Leben verloren.«

Einen Augenblick lang schwieg die alte Frau. Minou betete, dass sie ihr Angebot in Erwägung zog.

»Warum erlaubt Ihr mir nicht, Euch diesen Dienst zu erweisen?«, fragte Minou rasch. »Es wurde geschossen, bevor die Unruhe auf der Plaetse losbrach. So habe ich wenigstens gehört.«

Die alte Frau drehte den Kopf und blickte über die Schulter zum geplünderten Franziskanerkloster. Erneut spuckte sie aus. »Amsterdam ist besser dran ohne sie. Aufknüpfen sollte man sie alle, die ganze Bande.«

Minou ließ sich nicht ablenken. »Geht besser nach Hause, dort ist es sicherer für Euch. Ich erledige Eure Aufgabe.«

Die Frau kniff die Augen zusammen. »Eure Haube sieht aus, als wär sie aus Leinen.«

Minou hielt ihrem Blick stand. »Das ist sie.«

»Ein ehrlicher Tausch. Ihr tut Eure gute Tat, und ich bekomme Eure Haube?«

»Ein ehrlicher Tausch.«

Die Frau saugte an ihren Zähnen. »Was ist mit meinem Korb? Ich möchte ja meinen Korb nicht verlieren.«

»Ich bringe ihn zu Euch nach Hause, wenn Ihr mir verratet, wo Ihr wohnt.«

»Das könntet Ihr natürlich tun.«

Minou hielt den Atem an.

»Eure Stimme. Ihr seid nicht von hier. Woher soll ich wissen, dass ich Euch trauen kann?«

»Ich wurde hier geboren«, entgegnete Minou rasch. Sie machte sich Piets Lebensgeschichte zu eigen. Sie wusste genau, wie misstrauisch Amsterdamer gegenüber jemandem von außerhalb Hollands sein konnten. »Aber meine Mutter starb, und zu meinem Unglück wurde ich zu meiner Großmutter nach Flandern gegeben, damit sie sich um mich kümmerte.«

»Das ist allerdings Unglück.« Die Frau saugte wieder an ihren Zähnen. »Mein Neffe ist im Torhaus. Ihr müsstet die Treppe ganz nach oben steigen.«

»Das schaffe ich schon.«

Endlich nickte die alte Frau. Sie reichte Minou den Korb und nahm zum Tausch Minous Haube entgegen. Fest schnürte sie die Bändel unter ihrem Kinn zusammen.

»Er heißt Joost. Joost Wouter. Er ist meistens oben auf dem Turm stationiert. Ihr müsst durch drei Türen. Gebt den Korb nur ihm persönlich, das sind alles Diebe da drin.«

»Ich verstehe.«

»Der Handel gilt. Keine Rückgabe. Kein Rückzieher. So was gibt es hier nicht.«

»Abgemacht ist abgemacht«, stimmte Minou rasch zu. Den leichten Teil hatte sie hinter sich.

KAPITEL 70

SINT ANTONIESPOORT

Ein Jutesack wurde Piet über den Kopf gezogen. Er versuchte sich zu wehren, aber er konnte es nicht verhindern. Die Hände auf den Rücken gefesselt, wurde er mit dem Lauf einer Arkebuse nach vorn gestoßen. Ohne etwas sehen zu können, stolperte und schlitterte er auf den Steinstufen. Er begriff nicht, was schiefgegangen war. Alles schien nach Plan zu laufen. Als Houtmans Männer Willem van Raay von der Plaetse schafften, war Piet gefolgt wie zuvor vereinbart. Aber kaum trat er durch das Torhaus in den Burghof, hatte er nicht Willem und Houtman vorgefunden, die auf ihn warteten, sondern war überwältigt worden. Ein paar kräftige Schläge hatte er austeilen können, aber er war von vier Männern angegriffen worden. Einer von ihnen war Wouter gewesen.

»*Naar beneden*«, befahl eine Stimme – er sollte die Treppe hinuntersteigen.

Je tiefer es ging, desto kälter wurde es. Piet spürte, dass die Feuchtigkeit von den Ziegelmauern tropfte. Durch die Jute hörte er gedämpft das Wasserrauschen am Schieber. Der Gestank wurde mit jeder Stufe schlimmer, ein Brodem aus Angst, Exkrementen und Blut. Piet kannte die Gerüchte über ein Gefängnis, das unter Sint Antoniespoort versteckt war, aber er hatte es für Hirngespinste gehalten. In dieser Stadt der Deiche und Grachten gab es nur wenige Keller, und letzten Endes trug immer das Wasser den Sieg davon. Und doch war er hier und wurde in ein verborgenes Amsterdam verschleppt, von dem er nicht hatte glauben wollen, dass es existierte. Nach einem letzten Stoß des Wärters stolperte Piet auf eine rutschige Stufe. Als ihm der Sack vom Kopf gerissen wurde, hörte er, wie hinter ihm eine schwere Tür zuschlug und jemand den Riegel vorschob.

Piet blinzelte und wartete, dass seine Augen sich an die enge, dunkle Kammer gewöhnten. Fenster gab es nicht, auch keinen anderen Weg hinaus als die Tür, durch die er hineingestoßen worden war.

Galle stieg ihm in die Kehle. Boden und Wände waren von Blutspritzern überzogen. Zwei Lederriemen hingen an Eisenringen, die ins Mauerwerk eingelassen waren. Ein Gespickter Hase, dessen Stacheln braun waren von getrocknetem Blut, lag neben einem Tintenfass und einer Feder auf dem Tisch. Piet erinnerte sich an ähnliche Folterkammern unter den Straßen von Toulouse, wo die Inquisition ihre Gefangenen verhörte. Minous geliebten Vater hatte man an solch einem Ort gequält. Viele seiner Kameraden waren in Kammern wie diesen gestorben.

Aber das war vor fünfzehn Jahren in Frankreich gewesen. Hier waren sie in Amsterdam.

»Auf wessen Befehl bin ich hier?«, begehrte Piet auf.

Er konnte gerade die Umrisse zweier Männer ausmachen, deren Gesichter im Schatten verborgen waren. Einer mit der Kleidung eines Soldaten, Wams und Kniehosen. Der andere trug ein langes Gewand.

»Wieso bin ich hier? Sagt es mir!«

Aus den Schatten hörte er eine Gegenfrage. »Was denkt Ihr denn, weshalb Ihr hier seid?«

Piets Herz schlug schneller. Er kannte die Stimme – förmlich, präzise, gemessen –, und doch, es konnte nicht sein. Er musste sich irren.

»Wisst Ihr, wo Ihr seid?«

»Monsieur«, sagte Piet, »würdet Ihr Euch vorstellen?«

»Monsieur?« Der andere Mann schnaufte höhnisch. »Ihr seid jetzt in Amsterdam. Ihr Ausländer seid alle gleich.«

Piets Magen verkrampfte sich. Diese Stimme kannte er ganz gewiss. »Houtman! Was in Gottes Namen geht hier vor?«

Houtman trat aus der Dunkelheit und applaudierte dabei langsam. »Seid Ihr wirklich solch ein Narr, wie es scheint, Reydon?«

Als Houtman Stellung bezog, konnte Piet das Gesicht des ersten Mannes deutlich erkennen. Die Bestätigung dessen, was er einfach nicht hatte glauben wollen, traf ihn wie ein Schlag vor den Kopf. Willem van Raay. Der Mann, der seiner Familie geholfen und sich für sie eingesetzt, der Mann, den er vor dem Umsturz gewarnt hatte, er stand vor Piet, als bedeutete ihre Freundschaft nichts.

»Willem?«, fragte Piet ungläubig. »Das verstehe ich nicht.«

Van Raay gab keine Antwort.

Houtman stieß Piet hart gegen die Brust. »Könnt Ihr Euch meine Überraschung vorstellen, Hugenotte, als der Ratsherr van Raay mich davon in Kenntnis setzte, dass in meinen Reihen ein Spion sein Unwesen treibt?«

Piet wurde es kalt. »Ich verstehe nicht, was Ihr meint.«

Houtman lachte bellend. »Was für ein Aas verlässt seine Kameraden, denen er einen Treueeid und Stillschweigen geschworen hat, und geht zu jemandem, der unseren Feinden anhängt?« Er stieß ihn wieder an. »Was für ein Verräter tut das?«

»Ich kann es erklären.«

Van Raay hob die Hand. »Es gibt nichts zu erklären. Es war Verrat.«

Houtman lachte. »Wir sind Amsterdamer, der Ratsherr van Raay und ich. Glaubt Ihr wirklich, wir lassen uns von Ausländern sagen, wie wir unsere Stadt regieren sollen?«

»Was ist mit unserer gemeinsamen Sache?«

Houtman stand Piet nun Auge in Auge gegenüber. »Begreift

Ihr es nicht? Es gibt keine gemeinsame Sache. Das neue Amsterdam gehört uns. Es gehört Holland, keinem zusammengewürfelten Bündnis von Flüchtlingen. Ganz sicher nicht Euch, Hugenotte!«

Piet suchte verzweifelt einen Ausweg aus seiner Lage. Mit Worten, nicht mit Waffen, wie Minou gesagt hatte. Der Gedanke an die Frau, die er liebte, erneuerte seine Entschlossenheit. Nach allem, was er erduldet hatte, durfte es so nicht enden. Er musste dafür sorgen, dass sie weiterredeten.

»Houtman, Ihr mögt mich nicht, so viel weiß ich. Ich weiß auch, dass Ihr mir nicht traut, obwohl ich Euch mein Wort gebe, dass meine Motive, um mit Ratsherr van Raay zu sprechen, ehrenwert waren. Für seine unerschütterliche Unterstützung meiner Familie und unseres *Hofje* schulde ich ihm genauso viel Loyalität wie unserer Sache. Unserer *gemeinsamen* Sache, wie ich dachte. Ihr wisst auch, dass ich Holland gut gedient habe. Was heute in Amsterdam erreicht wurde, grenzt an ein Wunder. Ein friedvoller Übergang der Macht. Ihr werdet in die Geschichte eingehen für die entscheidende Rolle, die Ihr gespielt habt.« Er blickte sich in der Folterkammer um. »Gefährdet Eure Reputation nicht.«

»Und da haben wir sie wieder, die altbekannte französische Arroganz.« Houtman bleckte die Zähne. »Glaubt Ihr wirklich, der bedauerliche Tod eines Mannes wird etwas ändern? Ihr schätzt den Wert Eures Kopfes viel zu hoch ein.«

»Wie soll mein Tod Euch nützen, Houtman?«, fragte Piet müde und wandte sich dem Mann zu, den er für seinen Freund gehalten hatte. »Oder Euch, Willem? Um der Freundschaft zwischen unseren Familien willen, ich flehe Euch an, beteiligt Euch nicht an dieser Sache. Sie ist eine persönliche Angelegenheit zwischen Houtman und mir.« Er sah Houtman wieder an. »Das stimmt doch? Es hat nichts mit Loyalität oder Ergebenheit gegenüber unseren Zielen zu tun, und das wisst Ihr.«

Ohne Warnung schlug Houtman ihm in den Magen. Piet torkelte rückwärts. Er bekam keine Luft mehr, aber er blieb auf den Beinen.

»Ein Hugenottenhund, der alles preisgibt wie eine Jungfrau in einem Hurenhaus, ist für uns nicht von Nutzen.«

Piet hörte das Scharren, mit dem eine Klinge aus der Scheide fuhr, und ihm wurde kalt.

»Ein Ausländer weniger in unserer Stadt«, rief Houtman und warf sich mit seinem Dolch auf ihn.

Diesmal war Piet bereit. Er verlagerte sein Gewicht auf das rechte Bein, trat mit dem linken zu und traf Houtman mit dem Stiefel am Handgelenk. Der Dolch schlitterte klirrend über die Bodensteine.

Houtman schrie gellend, dass es von den feuchten Wänden widerhallte, dann ging er auf die Knie, die Augen überrascht aufgerissen. Piet begriff nicht; er konnte dem Kerl bestenfalls das Handgelenk gebrochen haben. Doch Houtman sank zur Seite, ohne den Versuch zu unternehmen, seinen Sturz abzufangen. Mit einem Knacken prallte sein Kopf auf den Boden, und diesmal drang kein Laut über seine Lippen.

»Möge seine Seele Frieden finden.« Van Raay wischte einen blutigen Dolch am Ärmel sauber.

»Willem?« Ungläubig starrte Piet auf die Klinge. »Mein Freund, ich flehe Euch an …«

Van Raay seufzte. »Ihr habt nichts von mir zu befürchten.«

Piet starrte auf den Mann, der tot vor seinen Füßen lag. »Ich begreife nicht.«

»Das war die einzige Möglichkeit, ihn zu bewegen, seine Wachsamkeit aufzugeben.«

»Also standet Ihr nicht mit Houtman im Bund?«

»Nein.«

»Woher wusste er dann, dass ich Euch von den Plänen erzählt habe?«

»Ich vermute, dass Houtman Euch verfolgen ließ, als Ihr am Samstagabend nach dem Treffen in Lastage zu mir kamt. Am Tag darauf stand Houtman vor meiner Tür und behauptete, er habe mir etwas über Euch und Eure Familie zu sagen. Er bot an, es mir zu verraten, vorausgesetzt, ich nehme an dieser Farce teil.« Er sah sich in der Folterkammer um. »In Anbetracht dessen, was auf dem Spiel stand – für Euch und für Amsterdam –, blieb mir keine andere Wahl, als in seinen Vorschlag einzuwilligen.«

Piet sah zu Houtman. »Warum sollte er mich töten wollen, wenn so viel dahintersteckt? Das leuchtet mir nicht ein.«

Van Raay seufzte. »Seid Ihr immer noch kein Amsterdamer, Reydon? Habt Ihr noch nicht begriffen, was Menschen auf sich nehmen, um Respektabilität zu erlangen? Houtman hatte den Ehrgeiz, im neuen Rat zu sitzen. Die Calvinisten wollen nun zwar das spanische Joch abschütteln, aber auf ihre Art sind sie genauso engstirnig wie die katholischen Bürger, die sie zu verachten behaupten. Damit ein einfacher Soldat wie Houtman Aussichten hat, einen Sitz im Stadhuis einzunehmen, brauchte er Geld.«

»Deshalb die reiche Witwe im Heiligeweg.«

Van Raay nickte.

»Minou und ich hatten dieses Wissen nur nutzen wollen, damit Houtman dafür sorgt, dass seine Männer nicht gewalttätig werden. Wir hätten es niemals gegen ihn verwendet.«

»Nun, darauf konnte Houtman sich nicht verlassen. Er wollte sicherstellen, dass Ihr nicht redet.«

Piet runzelte die Stirn. »Hat er Euch gesagt, was er über meine Familie wissen wollte?«

»Nein, er sagte nur, dass es Spione in Amsterdam gibt, die im Namen eines französischen Edelmanns Fragen über Euch stellen.«

Piet wurde kalt. »Wusste Houtman den Namen dieses edlen Herrn?«

»Das hat er nicht gesagt. Er könnte es sich ausgedacht haben. Houtman war jeder Vorwand recht, um gegen Euch loszuschlagen.«

»Und in Amsterdam wimmelt es von Spionen.« Piet versuchte sich einzureden, dass es nichts zu bedeuten hatte. Er schüttelte den Kopf. Es wäre noch Zeit genug, um darüber nachzudenken, was das bedeutete, aber nicht jetzt. Er sah auf den toten Mann. »Wir müssen hier fort. Es wird nicht lange dauern, bevor jemand Houtman vermisst.« Er hielt van Raay die gefesselten Hände hin. »Könnt Ihr mich losschneiden?«

Van Raay hob entschuldigend die Schultern. »Da Houtmans Leute überall sind, könnte es sicherer sein, die Komödie noch ein wenig länger zu treiben. Wenn sie Euch weiterhin für einen Gefangenen halten, der nun in meinem Gewahrsam ist, wirkt das glaubwürdiger.«

Einen Augenblick lang starrte Piet ihn nur an, erstaunt über die Wandlung des ernsten, frommen Mannes, den zu kennen er geglaubt hatte.

Van Raay sah ihm seine Verwunderung an und lächelte. »Ich bin nicht immer ein Kornhändler gewesen, Reydon.«

KAPITEL 71

Vor dem Haupteingang von Sint Antoniespoort standen zwei Wachtposten.

Minou holte tief Luft, zog sich die Kapuze ihres Mantels über den Kopf und ging über die Brücke auf die Männer zu. Den geliehenen Korb mit seinem rot-weiß gestreiften Tuch hielt sie vor sich.

»Ich bringe das Essen für Joost Wouter!«

Der jüngere der beiden winkte sie durch, ohne auch nur in den Korb zu sehen, aber der zweite – ein Mann mit pockennarbigem Gesicht – begleitete sie in den Festungshof, schloss die schwere Tür hinter ihnen und legte den Riegel vor.

»Wouter ist ganz oben.«

Übelkeit überfiel Minou, als sie begriff, dass sie sich zwar genau überlegt hatte, wie sie in die Festung kam, aber sich keinerlei Gedanken gemacht hatte, was sie tun sollte, sobald sie drinnen war. Piet konnte überall sein.

»Geht Ihr jetzt oder nicht?«, knurrte der Wachtposten. »Hier könnt Ihr nicht bleiben.«

»Ich bin schon weg«, murmelte Minou. Sie hielt ihr Gesicht verdeckt. »*Dankuwel.*«

Sie trat auf den Turm zu, an dem eine gewundene Treppe nach oben und in die Tiefe führte. Sie hatte jedoch nur zwei Schritte gemacht, als sie von irgendwo unter sich einen Schrei hörte.

»Was soll denn das wieder?«, knurrte der Wächter und legte die Hand ans Schwert.

Minou huschte in den Schatten der Treppe.

»Wer da?«, rief der Wächter nach unten.

Er bekam keine Antwort. Minou sah, wie er kurz zögerte, und zur Treppe trat, die nach unten führte. Genauso rasch stolperte er alarmiert zurück, blieb mit dem Schuh hängen und schwankte, als zwei Männer die Stufen heraufgeeilt kamen.

»Dieser Gefangene wird unverzüglich nach Schreyershoektoren verlegt. Entriegelt das Tor.«

Der Wachtposten nahm Haltung an. »*Zeer good.*«

Minou war es, als verliere sie den Boden unter den Füßen. Alles schien sich langsam zu bewegen, wie im Traum: der Stadtwächter mit den Pockennarben, der eilig den Befehl befolgte, Piet mit geschwollenem, blutigem Gesicht und auf den Rücken gefesselten Händen und der Mann mit dem typischen flachen Bürgerhut, der Piet vor sich herführte.

Cornelias Vater.

Sie ließ den Korb los, und er purzelte die Stufe hinunter. Ein Krug rollte heraus und zersprang. Einen Moment lang kreuzten sich Piets und Minous Blicke, dann stand die Zeit nicht mehr still.

Der Posten fuhr zu Minou herum, gerade als ein Kamerad, der heftig aus einer Wunde an der Stirn blutete, hinter Willem van Raay die Treppe hochstolperte.

Van Raay zog ein Messer und neigte sich zu Piet. Minou schrie auf.

»Piet!«

»Es ist alles gut!«, rief er zurück und hob die Hände, von denen das zerschnittene Seil abfiel.

»Schlagt Alarm!«, rief der pockennarbige Wächter.

Aber bevor er noch einmal rufen konnte, warf Minou sich auf ihn. Sie überraschte den Mann, und er verlor die Waffe. Willem van Raay wandte sich dem verletzten Wächter zu, der hinter ihnen die Treppe hochkam, während Piet dem Pockennarbigen gegen das Kinn schlug und ihn zu Boden streckte.

Minou hörte Stiefeltrampeln aus dem Stockwerk über ihnen.
»Da kommen noch mehr Soldaten!«, rief sie.

»Minou, flieh, solange du kannst«, rief Piet und stellte sich an van Raays Seite. »Wir halten sie auf.«

»Ich gehe nicht ohne dich.«

Der Wächter war benommen – Piet hatte einen Schemel an seinem Kopf zerbrochen, als sie aus dem Gefängnis stürmten –, aber er brüllte und gebärdete sich wild wie ein Eber. Er schlug mit dem Schwert zu. Piet parierte den Hieb, aber die Klingenspitze traf ihn am Arm. Ein neuer blutender Schnitt öffnete sich in seiner Haut.

Minou schrak zusammen, als jemand von hinten an ihr zerrte. Der Mantel schnürte sich ihr ins Fleisch, und sie riss an dem Band an ihrer Kehle, um nicht zu ersticken. Sie prallte gegen die Wand und bekam keine Luft mehr. Ein Mann mit schwarzen Zähnen packte sie mit einer schmutzigen Hand am Hals.

»Was haben wir denn hier?«

Piet fuhr herum. »Lasst die Hände von ihr, Wouter!«

»Das habe ich ja noch nie erlebt!«, rief Wouter höhnisch. »Bringt seine Frau mit, damit sie eines Mannes Arbeit tut.«

Im Chaos der nächsten Momente sah Minou nicht, was auf der Treppe geschah. Aber sie hörte den Ruf, mit dem der Wächter die Stufen hinunterpolterte, und das Krachen, mit dem er auf die Kopfsteine am unteren Ende prallte. Daraufhin herrschte Stille.

Piet sprang auf Wouter zu und zwang ihn, Minou loszulassen. Keuchend eilte sie die Treppe zum nächsten Stockwerk des Turmes hoch und legte den äußeren Riegel der verstärkten Tür vor, damit niemand dort herauskommen konnte.

Piet und Wouter umkreisten einander, jeder mit gezogenem Dolch, und jeder wartete auf den richtigen Moment zuzustechen. Minou konnte sehen, dass auch Willem van Raay in Schwierigkeiten war. Die Farbe war ihm aus dem Gesicht gewichen, und sein Atem kam in kurzen Stößen.

Von innen hämmerten andere Soldaten gegen die verriegelte Tür.

Selbst wenn sie nicht hindurchkamen, Minou wusste, dass es nicht lange dauern konnte, bevor der Lärm den verbliebenen Wächter am Tor herbeilockte, und das wäre das Ende.

Da hatte sie eine Idee. Sie kauerte sich hin und streckte die Hand nach dem Korb aus, der am Fuße der Mauer auf der Seite lag. Aber sie konnte ihn nicht ganz erreichen. Sie streckte die Finger ein wenig weiter aus, verzweifelt bemüht, weder Wouter zu warnen noch Piet abzulenken. Schließlich gelang es ihr, den Rand des Korbes zu fassen. Behutsam zog sie ihn zu sich, während die Gegner einander umkreisten, finteten und parierten.

Minou wartete, bis Wouter sich ihr genähert hatte, und warf ihm den Korb zwischen die Beine. Er stürzte zwar nicht darüber, aber es lenkte ihn kurz ab, und er stolperte. Piet nutzte die Blöße und stieß seinem Gegner den Poignard ins Bein. Wouter schrie wie am Spieß und ging zu Boden. Er hatte die Augen weit aufgerissen. Piet drehte ihn herum. Minou schlug die Hand vor den Mund. Sein Bauch war aufgeschlitzt, Blut und Gedärme quollen hervor. Er war ins eigene Messer gefallen.

»Sieh nicht hin«, sagte Piet rasch. Er nahm sie bei der Hand und rief van Raay.

»Wir müssen los!«

»Ihr geht, Reydon. Ich folge.«

Auf seiner Stirn glänzte der Schweiß. »Seid Ihr verletzt?«, fragte Minou ihn.

»Ein wenig kurzatmig bin ich, meine Liebe, das ist alles.«

»Könnt Ihr gehen?«, fragte Piet. »Wenn wir es so machen, wie Ihr ursprünglich vorgeschlagen habt, besteht noch Aussicht herauszukommen.«

Van Raay nickte, aber Minou sah, wie schwer es ihm fiel. »Minou, du lenkst die Wächter ab, während wir durch das Tor gehen. Wir hatten geplant zu sagen, dass Willem mich zu einer anderen Bastion bringt. Sie verlegen oft Gefangene zwischen den Türmen.«

»Ich werde mein Bestes tun.« Sie schaute auf den bewusstlosen Wächter. »Draußen sollte nur ein Posten stehen. Dieser Mann hat mich hierher begleitet.«

Piet nickte. »Kannst du mir die Fesseln richten?«

Minou wickelte die Schnüre um Piets Hände, die nun nach vorn kamen, damit er sie an Ort und Stelle halten konnte. Ohne Wouter anzusehen, nahm sie den Korb, legte das rot-weiße Tuch wieder darüber, rückte den Mantel zurecht, um die roten Male an ihrem Hals zu verbergen, und trat durch die schwere Außentür, die sie weit offen stehen ließ.

Zu ihrer Erleichterung war der junge Wächter noch allein. Nichts deutete darauf hin, dass er von dem Kampf hinter den dicken Mauern etwas gehört hatte.

»Joost Wouter lässt danken, dass Ihr mich hineingelassen habt«, sagte sie.

»Er würde das Gleiche für mich tun«, sagte der junge Mann. »Außerdem bekomme ich dafür ein Bier.«

»Recht so«, sagte Minou. »Eine gute Tat verdient eine Belohnung.«

Aus dem Augenwinkel sah sie Piet und van Raay, die sich bereithielten. Sie tat, als stolperte sie, und hielt sich am Arm des Postens fest. Heimlich winkte sie den beiden, sich zu bewegen.

»Seid vorsichtig, Mevrouw«, sagte der junge Wächter.

»Ich weiß nicht, was mit mir ist. Ich bin heute ganz durcheinander. Es muss an dem Vorfall im Stadhuis liegen.«

»Ihr habt davon gehört?«

»Ich war dort. Ich habe gesehen, wie Hendrick Dircksz abgeführt wurde.«

»Habt Ihr das! Es kommen bessere Zeiten. Holland sollte für sich stehen.«

Diesen Vorteil musste sie nutzen. »Führt Ihr mich über die Brücke, junger Mann?« Minou fasste seinen Arm noch fester. »Um nichts in der Welt möchte ich ins Wasser fallen. Ich habe gehört, der Aufruhr ging hier los?«

»So ist es«, sagte er stolz. »Alle Männer mit reinem Herzen sollten dem Fürsten von Oranien folgen.«

»Von Politik verstehe ich nichts.« Verstohlen winkte sie hinter seinem Rücken Piet und van Raay. »Und seht nur dort.« Sie wies über den Platz auf das Franziskanerkloster, in genau die entgegengesetzte Richtung zu der, in die Piet und Willem verschwanden. »Endlich hat man die Grauen Mönche vertrieben.«

»Die wird niemand vermissen!«

Minou sah, dass Piet die Hände in die Ärmel gezogen hatte und den Strick baumeln ließ, als wäre er noch gefesselt. Willem van Raay hatte die Hand auf Piets Schulter, als zwänge er ihn zum Weitergehen. Wenn sie nur nicht angehalten wurden.

»Politiker sind einer so schlecht wie der andere.« Minou sprach in raschem Tempo, um die Aufmerksamkeit des Postens zu fesseln. »Immer sind wir einfachen Leute es, die darunter zu leiden haben, ganz egal, wer im Stadhuis sitzt. Das Leben der einfachen Leute ist ihnen allen egal.«

»Holland wird allein besser dran sein. Wir brauchen keine Spanier, die uns sagen, was wir tun sollen. Die unsere Steuern festlegen, unsere Gesetze schreiben und uns unsere Kirchen verweigern.«

Minou sah, dass Piet und Willem fast fort waren. Nur noch ein paar Schritte – als es ein lautes Geräusch gab und der Posten sich Richtung Lastage umdrehte. Im letzten Augenblick bemerkte er die beiden Männer. »He!«, rief er. »He, ihr da!«

Willem van Raay sah über seine Schulter. »Der hier kommt

nach Schreyershoektoren«, rief er, aber Minou merkte, wie schwach seine Stimme war. »Auf Befehl von Jan Houtman.«

Der Wächter wollte ihnen hinterher. Minou vertrat ihm den Weg.

»Nach Schreyershoektoren!«, rief sie aus. »Ich möchte wissen, was der Mann verbrochen hat. Muss doch was Schlimmes sein, wenn sie ihn dorthin bringen, meint Ihr nicht auch?«

»Auf Houtmans Befehl, sagt Ihr?«, rief der Junge über ihre Schulter hinweg.

»Ja«, erwiderte van Raay, aber diesmal drehte er sich nicht um.

»Ich befehle Euch, bleibt stehen!«

Minou zupfte an seinem Ärmel. »Welches Glück wir haben, dass so gute Soldaten wie Ihr uns beschützt. Ich sage Euch, wenn ich das nächste Mal komme, bringe ich Euch auch etwas mit.«

Der Posten warf einen letzten Blick auf die beiden Männer, die am Nordende des Platzes verschwanden, und zuckte mit den Schultern. Minou sandte ein stilles Dankgebet gen Himmel.

»Nun, jetzt muss ich mich aber sputen. Ich danke Euch für Eure Hilfe, junger Mann.«

Er neigte den Kopf und kehrte zum Sint Antoniespoort zurück, während Minou den Weg zum Zeedijk einschlug. Sie musste sich zwingen, nicht loszurennen. Erst in diesem Moment sah der Posten, dass jemand ihm wild aus einem Fenster im Obergeschoss zuwinkte.

»Was ist los?«, rief er hinauf.

»Die Tür ist verriegelt. Wir sind eingesperrt!«

Minou blieb nicht stehen, bis sie außer Sicht war.

Sie suchte sich eine stille Ecke und sammelte sich. An die Wand der Taverne gelehnt atmete sie mehrmals durch. Ihre Hände zitterten, und Schweiß lief ihr über den Rücken. Die

Angst und Wut, die ihr die Kraft zum Kämpfen geschenkt hatten, verließen sie schon wieder.

Minou schloss die Augen. Sie konnte nicht fassen, wie knapp sie alle einer Verhaftung entgangen waren. Piet war übel zugerichtet, und Cornelias Vater hatte das Ende seiner Kräfte erreicht, aber wenn Gott es wollte, befanden sie sich nun in Sicherheit. Sie nahm an, sie würden zum Zeedijk kommen, sobald sie sich vergewissert hatten, dass niemand ihnen folgte.

Aber sie hatten es geschafft. Sie hatten die Wächter überwunden und waren entkommen. Minou schauderte bei dem Gedanken, dass sie wenigstens einen Mann getötet hatten, und Wouter war ebenfalls tot. Was würde geschehen, wenn die Leichen gefunden wurden? Ihr Gesicht war stets von ihrer Kapuze verdeckt gewesen, aber Piet musste erkannt worden sein. Willem van Raay ebenfalls. Sie schob den Gedanken beiseite und zwang sich, an das Nächstliegende zu denken. Was sie tun wollten, darüber zu entscheiden wäre Zeit genug, wenn sie erst wieder zu Hause wären.

Als sie in den Zeedijk einbog, sah sie Piet und Willem van Raay, die sich aus der anderen Richtung näherten. Minou eilte ihnen entgegen.

»*Mon cœur*, du bist gerettet. Gott sei Dank.«

»Willem ist verletzt«, sagte Piet leise. »Er könnte eine gebrochene Rippe haben.«

»Der Hieb hat mir die Luft aus dem Leib getrieben«, keuchte van Raay. »Ich muss nur wieder zu Atem kommen. Ein paar Augenblicke, mehr brauche ich nicht.«

Minou sah ihn an. Seine Haut hatte die Farbe von Milch, und das Atmen fiel ihm schwer.

»Cornelia und Alis warten drinnen auf uns«, sagte sie. »Lasst mich Euch helfen, es ist nicht mehr weit.«

Minou legte den Arm um van Raays Hüfte, und mit Piet, der ihn von der anderen Seite stützte, führten sie ihn zum Eckhaus.

Sie kamen nur langsam voran. Als Minou ihren Griff verlagerte, stellte sie fest, dass ihre Hand klebrig war. Sie sah hin und entdeckte frisches Blut an ihren Fingern. Er war nicht von einer Faust getroffen worden, eine Klinge war ihm zwischen die Rippen gedrungen.

»Piet«, flüsterte sie drängend. »Beeil dich. Er hat einen Messerstich bekommen.«

KAPITEL 72

ZEEDIJK

Minou und Piet stolperten mit van Raay in der Mitte ins Haus. Er war kaum noch bei Bewusstsein. Bei jedem Schritt sickerte frisches warmes Blut durch seine Kleidung.

»Frans!«, rief Piet in den leeren Flur. »Frans!«

»Bringen wir ihn dort hinein.« Minou wies auf den Raum im Erdgeschoss, durch den man in den Garten gelangte. »Wir haben keine Zeit, ihn in eine Bettkammer zu bringen. Er muss ruhig gelagert werden.«

Piet drückte die Tür mit dem Stiefel auf. »Blutet er noch immer?«

»Ja.«

»Geht es dort?« Er deutete mit dem Kinn auf die eicherne Sitzbank.

Minou schüttelte den Kopf. »Sie ist zu schmal. Er muss flach liegen. Wir heben ihn auf den Tisch. Breite deinen Mantel für ihn aus, und wir legen ihm etwas anderes unter den Kopf.«

Gemeinsam konnten sie van Raay an den Rand des Tisches lehnen, dann hob Piet seine Beine an und legte ihn sanft ab. Noch mehr Blut schoss aus der Wunde und tropfte von der Eichenplatte auf den Boden.

Aus dem Garten hörte Minou die Stimmen der spielenden Waisenkinder. Welch unschuldige Laute, die überhaupt nicht zu den Schrecken dieses Tages passen wollten.

»Piet, bitte Agnes, Wasser und Verbandsmaterial zu bringen.

Wir müssen die Wunde säubern und verbinden. Such Cornelia.«

»Das mache ich. Wie schlimm ist es?«

»Bis ich es mir angesehen habe, kann ich es nicht sagen«, antwortete Minou, obwohl sie nach Willems Gesichtsfarbe und der Blutmenge, die er verloren hatte, befürchtete, dass es schon zu spät sein konnte. »Sie soll Branntwein bringen und auch Baldrianwurzel. Das hilft gegen den Schmerz. In der untersten Kommodenschublade unserer Bettkammer liegt welche.«

Während Piet in den Flur eilte, kam Frans aus dem Garten herein und blieb wie angewurzelt stehen, als er Willem van Raay sah.

»Der Teufel schütze uns ...«

»Frans, ist Juffrouw van Raay hier?«

Der Junge starrte auf das Blut, das unter dem Tisch eine Pfütze bildete.

»Frans!«, fuhr Minou ihn an.

»Verzeihung! Ja, sie ist auf der Terrasse. Was ist mit ihm geschehen? Wir haben den ganzen Tag Gerüchte gehört, und jetzt plündern sie das Kloster der Grauen Mönche.«

Minou runzelte die Stirn. »Ohne Juffrouw van Raay zu beunruhigen, gehst du wieder in den Garten und bittest sie zu mir.«

Mit einem letzten Blick auf den Sterbenden eilte Frans zurück ins Freie. Minou wandte sich ihrem Patienten zu. Als er versuchte, zu Atem zu kommen, rasselte es furchtbar in seiner Brust. Sie sah, dass es keine Hoffnung gab.

»Wie geht es Euch, Meneer van Raay?«, fragte sie. Erleichtert stellte sie fest, dass er beim Klang ihrer Stimme die Augen aufschlug.

»Ah, Minou.« Er streckte den Arm vor und nahm sie bei der Hand. »Ein Priester ... ich muss meine Sünden bekennen und das letzte Abendmahl erhalten. Ich möchte im Stand der Gnade vor den Herrn treten.«

»Ihr werdet nicht sterben, Willem. Das lasse ich nicht zu.«
Er rang sich ein Lächeln ab. »Oh, ich sterbe. Und wenn es
Gottes Wille ist, so sei es. Ich hatte ein gutes Leben. Ich habe
meine Pflicht getan.«

Minou schluckte, damit ihr keine Tränen kamen. »Das habt
Ihr. Ihr seid ein guter Mann.«

Agnes kam mit den Dingen, die Minou verlangt hatte, in den
Raum. Sie riss die Augen auf, als sie van Raay sah.

»Sie sagen, dass auf der Plaetse niemand verletzt wurde.«

»Es geschah woanders.« Minou nahm Agnes die Verbände
ab, auch wenn sie wusste, dass es sinnlos war. »Du musst zur
Nieuwe Kerk gehen und …« Minou verstummte, weil ihr einfiel, dass der Priester und seine Leute zu den Ersten gehört hatten, die auf die Flusskähne verladen worden waren. »Geh zum
nächsten Kloster und hole einen Priester. Ratsherr van Raay
braucht die Sterbesakramente. Beeil dich.«

Agnes knickste und ging. Gleich darauf hörte Minou, wie die
Haustür geöffnet wurde und ins Schloss fiel. Der Lärm hallte
wider und legte sich.

Minou träufelte einige Tropfen Baldrian auf Willems Lippen, hielt ihm die Hand und horchte auf das Rasseln in seiner
Brust. Sie fürchtete, dass ihm die Klinge in die Lunge gedrungen
war.

In dem Moment kam Cornelia ins Zimmer. »Vater!«, schrie
sie und rannte zu ihm. »Was ist passiert?«

»Du musst dich auf das Schlimmste vorbereiten, Cornelia«,
sagte Minou sanft.

Beim Klang der Stimme seiner Tochter schlug Willem die
Augen wieder auf. »Ah, du bist hier. Da bin ich froh. Der Priester kommt.«

»Du brauchst keinen Priester«, sagte Cornelia verzweifelt.
»Alles wird wieder gut. Sag es ihm, Minou.«

Von Mitgefühl für ihre Freundin erfüllt, nahm Minou Corne-

444

lia bei der Hand. »Es ist beinahe so weit. Ich habe nach einem Priester geschickt, aber ...«

Van Raays Pupillen schienen dunkler zu werden. »Bist du das, Cornelia?«

Sie sah Minou entsetzt an, dann atmete sie tief durch. Ihre Stimme wurde mild und sanft. »Ich bin es, Vater. Ich bin hier.«

Er hustete. Blut sammelte sich in seinem Mundwinkel. »Was, wenn wir uns irren, Cornelia? Was, wenn uns auf der anderen Seite nichts erwartet? Wenn es nur Dunkelheit gibt?«

Cornelia schüttelte den Kopf. »Gott wartet auf dich. Er nimmt dich auf in sein Haus.«

»Ah.« Ein Seufzen kam ihm über die Lippen, und er lächelte. »Ich werde sein Angesicht sehen. Und deine liebe Mutter, wie sehr habe ich sie vermisst.«

Cornelia kämpfte mit den Tränen. »Du bist mir beides gewesen, Vater und Mutter. Mir hat es an nichts gemangelt.«

»Lebe ein langes, glückliches Dasein auf Erden, meine Liebe. Und wenn deine Zeit kommt, warten wir auf dich. Deine Mutter und ich. Kümmere dich um unsere schöne Stadt.« Er lächelte wieder. »Würdest du mit mir beten, Liebes. Ein letztes Mal.«

Minou trat zurück. Sie wusste, dass es so weit war. Sie sah zu, wie Cornelia die Hände ihres Vaters umschlang und zu beten begann.

»*Pater noster, qui es in caelis, sanctificetur nomen tuum* ...« Und obwohl Minou seit fünfzehn Jahren die Worte des Vaterunsers auf Französisch sprach und nicht auf Latein, kamen ihr die alten Worte leicht über die Lippen. »*... et ne nos inducas in tentationem, sed libera nos a malo.*«

»Amen.« Cornelia machte das Kreuzzeichen auf der Stirn ihres Vaters, beugte sich vor und küsste ihn.

Für einen Augenblick schien Farbe in Willem van Raays Gesicht zurückzukehren. Er drehte den Kopf zu Minou.

»Sagt Piet ... Mir ist noch etwas eingefallen, das Houtman zu mir sagte.«

Cornelia drückte seine Hände. »Leise, Vater. Sag nichts.«

»Es ist wichtig.« Willem ergriff Minous Hand fester. »Der Reliquienjäger ... der Priester, der gleiche ...«

»Ein Priester kommt«, sagte Cornelia voll Verzweiflung.

»Nein, der französische Kardinal ... Sagt Piet, dass er ...« Aber seine Worte gingen in einem weiteren Hustenanfall unter.

»Vater!«, schluchzte Cornelia. »Vater!«

Endlich riss Willem die Augen auf, als hätte er in weiter Ferne etwas Wunderbares gesehen, und ein Ausdruck tiefer Gleichmut erhellte sein Gesicht. »Er wartet. Er wartet in Gesellschaft der Heiligen.«

Zum letzten Mal schloss van Raay die Augen.

Als er den letzten Atemzug machte, sank Cornelia schluchzend zu Boden. Minou legte die Arme um die Freundin und hielt sie, während sie weinte. So saßen sie noch, als eine halbe Stunde später der Priester aus dem Kloster mit Rosenkranz und Salböl eintraf.

Aus der Ferne hörte Minou das Brüllen der Menge auf der Plaetse und das helle Trompetengeschmetter, mit dem Amsterdam seine unblutige Revolution feierte.

VIERTER TEIL

AMSTERDAM UND CHARTRES
Juli und August 1584

KAPITEL 73

Sechs Jahre später
ZEEDIJK
AMSTERDAM
Freitag, 13. Juli 1584

Minou stand im Kartenraum – so hatten Piet und sie das Zimmer im Erdgeschoss getauft, das der Verfolgung Vidals gewidmet war – und starrte auf die Holztafel an der weißgetünchten Wand. Von oben bis unten hafteten dort so viele Papiere, Sendschreiben und Dokumente, dass kaum eine freie Stelle blieb.

Minou hob den Arm und fügte den Brief hinzu, den sie von Antoine le Maistre erhalten hatten. Wann würden sie mehr hören? Piets alter Freund und Kamerad hatte versprochen zu schreiben, sobald ihn weitere Neuigkeiten erreichten. Nach jahrelanger Suche nach Guises verschwundenem Beichtvater stellte dies die vielversprechendste Spur dar.

Der Nachmittag war heiß. Als Minou das Fenster öffnete, um ein wenig frische Luft hereinzulassen, entdeckte sie ihren Sohn Jean-Jacques im Garten hinter der Terrasse. Er hob einen Neuzugang auf die hölzerne Schaukel und stieß ihn an, zuerst leicht, bis der kleine Junge Vertrauen fasste und lächelte. Minou wusste gut, dass es oft die einfachen Dinge waren, die Kriegswaisen über ihren Verlust hinweghalfen: ein Kreisel, eine Schiefertafel und bunte Kreide, ein Pfannkuchen, heiß aus der Pfanne; ein frischgepflückter Apfel.

449

Rothaarig wie einst sein Vater, war Jean-Jacques mit seinen dreizehn Jahren durchschnittlich groß, aber breit in den Schultern. Sein Äußeres stand im Einklang mit seinen Vorzügen. Er war standhaft und verlässlich, geduldig, fleißig und loyal. Nie ergriff er das Wort, es sei denn, er hatte etwas zu sagen, das auszusprechen sich lohnte. Von seiner französischen Herkunft war nur wenig übrig, und während Minou und Piet in der Zurückgezogenheit ihrer eigenen Räume noch immer ihre Muttersprache benutzten, wurde im *Hofje* ausschließlich Niederländisch gesprochen. Nachdem Jean-Jacques den Kinderschuhen entwachsen war, benutzte er, auch wegen der wachsenden frankreichfeindlichen Stimmung in Amsterdam, die niederländische Form seines Namens: Johannus. Minou dankte Gott jeden Tag, dass er sich noch nicht für das Heer des Fürsten von Oranien anwerben lassen konnte.

Trotz der Herausforderungen der vergangenen sechs Jahre – in denen sich der calvinistische Aufstand gegen die spanische Tyrannei in den Provinzen fortgesetzt hatte –, war ihr Leben in Amsterdam verhältnismäßig friedlich geblieben. Minou musste für vieles dankbar sein, auch dafür, dass Piet und sie ihre Freiheit behalten konnten.

Sie befürchtete nicht mehr, dass ihnen der Tod des erzcalvinistischen Anführers Houtman und seines Anhängers Wouter in Sint Antoniespoort zur Last gelegt werden könnte. Nach den Ereignissen vom Mai 1578 hatte sie monatelang in Angst gelebt, sie könnten verhaftet werden.

In der Nacht der *Alteratie* war es zu zahlreichen Plünderungen von Kirchen und Klöstern gekommen. Tage verstrichen, dann Wochen, und Minou fragte sich allmählich, ob der Zwischenfall im Sint Antoniespoort angesichts der größeren Kämpfe, die anderswo in der Stadt ausbrachen, in Vergessenheit geraten war. Führte man den Tod Houtmans und Wouters, das Niederschlagen zweier Stadtwächter, auf einen Streit um die Beute eines Plünderzugs zurück? Auf einen alten Groll zwischen den Rebellen aus Lastage und gemäßigteren Aufständischen? Der junge Wachtposten hatte entweder nie von den beiden Männern berichtet, die an jenem Nachmittag das Torhaus verließen, oder er hatte sie nicht gut genug beschreiben können.

In den letzten Maitagen 1578 war es auf den Straßen Amsterdams gefährlich gewesen. Calvinistische Banden zogen umher und taten, was ihnen gefiel. Doch nach und nach hatte sich in Amsterdam eine neue Ordnung eingestellt. Ein gemäßigter Stadtrat war gebildet worden, in dem sowohl Protestanten als auch Katholiken saßen, wenngleich die Führung in calvinistischer Hand lag. Sint Nicolaas war zu einer protestantischen Kirche geworden, die Nieuwe Kerk aber für einige Zeit den Katholiken erhalten geblieben. Zusammengerottete Protestanten hatten die Heilige Stede überfallen und alles vernichtet, was an den Kult um das Mirakel von Amsterdam erinnerte. Die Frauen im Begijnhof jedoch waren wie versprochen unbehelligt geblieben und hatten die Erlaubnis erhalten, die Feier des Mirakels zu übernehmen. Nach wie vor lockte es daher jeden März zahlreiche Gäste in die Stadt, die ihr Geld in den Gasthäusern und Schenken ließen.

Bei jedem Schritt hatte für den neuen Rat an erster Stelle die Ausdehnung der Stadt und ihrer Handelsgeschäfte gestanden. Innerhalb weniger Monate wurde der Hafen um Lastage erweitert – die Arbeiter errichteten größere Bleichhäuser, gewaltige Speicherhäuser und schmucke neue Zunftbauten. Die Stadtverteidigung wurde mit der Nieuwe Gracht im Osten verstärkt, und allmählich kehrten auch die katholischen Patrizier aus ihrem Exil in Haarlem und Leiden zurück.

Vor den Mauern der Stadt entstanden auf den weit ausgedehnten grünen Feldern ebenfalls neue Gemeinden. Aus Frankreich trafen immer mehr Hugenotten ein, die vor der Verfolgung flohen, und siedelten sich im Westen an. Marranen und Sepharden, die den Schrecken der Inquisition in Spanien und Portugal entkommen waren, besiedelten Land vor Sint Antoniespoort im Osten.

Schiffe liefen wieder in den Hafen ein. Amsterdam war für Geschäfte offen und hieß Flüchtlinge aus Gent und Brügge, Brüssel und Antwerpen willkommen. Kaufleute, Musikanten, Handwerker, Künstler, Bankiers, Advokaten – Menschen von Bildung und Können – suchten Sicherheit und einen Platz, auf den sie ihr müdes Haupt betten konnten. So vieles hatte sich in sechs Jahren verändert.

Minou schloss das Fenster, damit die Fliegen nicht ins Haus kamen, die im Sommer die Stadt heimsuchten, und sah ihr Spiegelbild in der Scheibe: eine elegante Frau mittleren Alters mit braunen Haaren, die noch immer dicht waren und unberührt von Grau, aber mit einigen Falten um die Augen. Minou bedauerte den Verlust ihrer Jugend nicht. Ihr Gesicht erzählte die Geschichte des Lebens, das sie gelebt hatte: von Liebe und Verlust, von Glück und Trauer, von allen Gefühlen, die der Welt ihre Farbe verliehen.

Minou schaute erneut auf den Brief Antoine le Maistres am Notizbrett und betete, dass sie bald Bestätigung von ihm erhielten. Im Laufe der Jahre hatten Piet und sie gelernt, niemals zu hoffen – dazu hatte es zu viele Fehlalarme gegeben –, aber jetzt? Diese Neuigkeit klang wahr.

Seitdem sie entdeckt hatten, was Marikens Hinterlassenschaft umfasste – den Brief von Piets Mutter und die Urkunde ihrer Heirat mit Philippe du Plessis –, hatten Minou und Piet ihre gesamte Freizeit und alle ihre begrenzten Mittel aufgewandt, um nach Vidal zu suchen. Sie folgten jedem Hinweis, aber die massenhafte Wanderung von Menschen in der nie endenden Abfolge religiöser Kriege, die Plünderungen und die Vernichtung von Kirchenbüchern und anderen Aufzeichnungen in den französischen Ortschaften hatte zur Folge, dass sie nur wenig fanden, dem sie nachgehen konnten. Du Plessis' Güter bei der Stadt Redon in der Bretagne waren verkauft worden. Niemand, der Vidal ähnelte, war nach Krankheit und Tod seines Onkels im März 1572 in der Umgegend gesehen worden, und niemand wusste etwas von einem legitimen Sohn, den eine Holländerin in Amsterdam ihm viele Jahre zuvor geschenkt hatte.

Weil Vidals Leben offenbar davon abhing, den Augen der allgegenwärtigen Spione Guises zu entgehen, war Minou überzeugt, dass er sich eine andere Identität zugelegt hatte. Deshalb hatten sie ihre Aufmerksamkeit dem einzigen anderen Hinweis zugewandt, den sie hatten, und sei er auch noch so vage, nämlich Willem van Raays letzten Worten, die nur einen Schluss zuließen: dass der französische Kardinal nun ein Reliquienjäger sei.

In den Papieren ihres Vaters hatte Cornelia weder etwas entdeckt, das seine Worte erklärte, noch einen Hinweis, welches Wissen Wouter womöglich hätte verkaufen wollen. Angesichts ihrer bisherigen Zusammenstöße mit Vidal hielt Minou die Spur dennoch für berücksichtigenswert. In Frankreich befanden sich seit 1562, dem Beginn der Hugenottenkriege, religiöse, aus Klöstern und Konventen geplünderte Gegenstände im freien Umlauf, und der Handel mit Reliquien galt als besonders lukrativ. Die wichtigsten katholischen Stätten wurden nun rund um die Uhr bewacht, und Berichte über Diebstahlsversuche wurden verbreitet. Tante Salvadora, die zurückgezogen in ihrem Haus an der Rue du Taur in Toulouse lebte, hatte weder Vidals Grausamkeit noch seine Untaten vergessen, um das Grabtuch von Antiochia in seinen Besitz zu bringen. Daher tat sie alles, was in ihrer Macht stand, um Piet und Minou zu helfen.

Aber vor Maistres Brief waren alle Spuren im Sand verlaufen.

Minou wandte sich dem Eichentisch in der Mitte des Raums zu, den eine riesige Karte Frankreichs bedeckte. Schwarze

Kreuze darauf zeigten, wo in den vergangenen sechs Jahren ein Reliquienjäger, der Vidals Beschreibung entsprach, gesehen worden war: Saint-Antonin, Toulouse, Carcassonne, Reims, Wassy, Rouen, Nantes, Amiens. Minou nahm einen Kohlestift zur Hand und zeichnete ein frisches Kreuz bei Chartres ein.

Ein unvermitteltes Geräusch riss sie aus ihren Überlegungen. Sie sah auf und entdeckte in der Tür zur Terrasse ihre Tochter, die von einem Fuß auf den anderen trat.

»Bernarda, du hast mich erschreckt!«

»*Het spijt me.*«

Bernarda war inzwischen elf, und ihre Sommersprossen und die kupferroten Haare verrieten eindeutig, dass sie Johannus' Schwester war. Auch sie zeigte durchschnittliche Größe und einen kräftigen Körperbau. In Amsterdam geboren und aufgewachsen, war sie durch und durch niederländisch. Französisch sprach sie nur stockend und mit deutlichem Amsterdamer Akzent.

Minou winkte. »Du brauchst dich nicht zu entschuldigen, Kind. Komm herein.«

Das Mädchen trat einen Schritt näher und blieb stehen, die Hände sittsam gefaltet. »Ich wollte dich nicht stören.«

»Ich habe nur nachgedacht.«

Da Bernarda kein neugieriges Mädchen war, fragte sie nicht weiter nach.

Minou seufzte. »Was kann ich für dich tun, Bernarda?«

»Darf ich Tante Alis besuchen? Sie hat mir ein Buch versprochen, und ich habe kaum noch etwas, das ich den Kindern vorlesen kann.«

»Das ist sehr gütig von dir. Natürlich darfst du gehen. Bitte Johannus, dich zur Warmoesstraat zu begleiten.«

»Ich brauche keinen Aufpasser«, murmelte Bernarda.

»Ich möchte nicht, dass du allein gehst. Nimm deinen Bruder mit, wie ich dich gebeten habe.«

Das Mädchen sah auf seine Füße. Mit ihr hatte Minou es leicht, aber manchmal wünschte sie sich, Bernarda zeigte ein bisschen mehr Temperament. Und wie so oft konnte sie nicht anders, als ihre sehr niederländische Tochter mit der französischen Tochter zu vergleichen, die sie verloren hatte.

Martas Verlust war ein ständiger Schmerz, stets präsent, aber mit jedem Jahr weniger scharf. Zwölf Winter und Sommer waren vergangen, seit sie ihre temperamentvolle Tochter zuletzt gesehen hatte, und wenn sie in ihrem Herzen auch eine winzige Flamme der Hoffnung nährte, Marta habe irgendwie überlebt, glaubte Minou in Wahrheit nicht mehr daran.

Sie versuchte, Martas Andenken im Haus lebendig zu halten. Der Wandteppich der Familie Joubert-Reydon, den Alis aus Puivert gerettet hatte, hing im Wohnzimmer, und Minou hatte stets Wert darauf gelegt, Johannus und Bernarda von ihrer älteren Schwester zu erzählen, von dem blauen Kleid und den ungleichen Augen, eins blau, eins braun. Aber Minou wusste, dass Marta ihnen nichts bedeutete. Sie war nur das Mädchen vom Wandteppich.

»Ich möchte nicht, dass du allein auf die Straße gehst, Bernarda.«

»Wie du wünschst, Mutter.«

Mit einem Schuldgefühl, weil Bernardas Gehorsam sie so quälte, legte Minou ihr den Arm um die Schultern und drückte sie ein wenig zu fest an sich.

»Du bist ein braves Mädchen«, sagte sie. »Nimm Agnes mit, wenn du möchtest. Richte Alis und Cornelia meine besten Empfehlungen aus und bitte sie, heute Abend mit uns zu essen. Würde dir das gefallen?«

Bernarda zuckte mit den Schultern. »Ist mir gleich.«

Minou seufzte erneut. »Dann bitte sie, um sechs Uhr zu kommen.«

Während Bernarda durch den Garten davonging, trat Minou

an ihren Sekretär, nahm ihr Tagebuch hervor und setzte sich, um zu schreiben. Etwas zu tun war besser, als auf weitere Nachricht von Antoine le Maistre zu warten. Bis dahin konnten Tage vergehen, sogar Wochen.

In den Jahren zwischen ihrer Flucht aus Paris und Alis' Ankunft in Amsterdam hatten ihre Tinte und ihre Feder unberührt in der Schublade gelegen. Alis war es gewesen, die sie ermutigt hatte, sie wieder zur Hand zu nehmen. Dank ihrer leidenschaftlichen Ermunterung hatte Minou begonnen, jeden Tag zu schreiben. Getrieben von dem Wunsch, dass die Stimmen gewöhnlicher Frauen, wie sie eine war, nicht verloren gehen mochten, füllte sie einen Band nach dem anderen mit Schilderungen, wie ihre Familie die Kriege überstanden hatte, wie es war, aus der Heimat zu fliehen und sich in einer fernen Stadt ein neues Leben aufbauen zu müssen.

Heute war das Schreiben für sie genauso wichtig wie das Atmen. Eine Notwendigkeit, eine Pflicht. Ihre Tagebücher stellten keine Chronik ihrer Hoffnungen und Ängste mehr dar, sondern legten nieder, was es bedeutete, auf der Flucht zu sein, ein heimatvertriebener Mensch, Zeuge des Todes einer alten Welt und der Geburt einer neuen. Minou wusste, dass stets nur die Leben der Könige, Feldherren und Päpste aufgezeichnet wurden. Ihre Taten und Ziele wurden zur einzigen geschichtlichen Wahrheit.

Minou tauchte die Feder in die Tinte, aber sie hatte erst das Datum niedergeschrieben, als sie hörte, wie die Haustür sich mit einem Knall schloss.

Sie hob den Kopf. Weder die Kinder noch die Diener durften vorn eintreten – sie alle gingen durch das Gartentor, das direkt auf den Zeedijk führte. Zu dieser Tageszeit war Piet gewöhnlich im Speicherhaus der van Raays. Seit einigen Jahren führten er und Cornelia mit Alis' Hilfe das väterliche Geschäft.

»Piet? Bist du das?«

Er kam in den Kartenraum, und sein Gesicht verriet, dass er

Neuigkeiten hatte. Minou sprang auf. »Was ist los? Ist ein zweiter Brief von le Maistre eingetroffen?«

»Der Fürst von Oranien ist tot. Vor drei Tagen ist er in seinem Delfter Hauptquartier einem Mordanschlag zum Opfer gefallen.«

KAPITEL 74

Das Reliquiar
Chartres

Seigneur de Évreux saß mitten in der Kammer. Seine dünnen Finger umklammerten die geschnitzten Armlehnen der Cathedra, seines Bischofsthrons.

Die Dochte an den hohen silbernen Kandelabern zu beiden Seiten des Altars brannten, obwohl es nicht nötig war. Der Sommernachmittag leuchtete hell durch das Dachfenster in der weißen Stuckdecke und flutete das Herz des Reliquiensaals mit Licht. Die Ecken und Mauern lagen im Schatten, der die exquisiten Fresken der Stationen des Kreuzwegs und die Schreine davor vor der Kraft der Sonne schützte.

Vidal hob die Hand an die rechte Schläfe. Das Geschwulst hatte nun die Größe einer Faust, und über seinem rechten Ohr dehnte sich weiß die Haut. Es verursachte ihm keine Schmerzen mehr, und obwohl ihn Ohnmachten plagten, die ihm ganze Tage raubten, glaubte Vidal fest, dass Gott ihn verschonen würde, bis sein Werk verrichtet war.

Sechs Jahre.

Er hätte nicht geglaubt, dass es so lange dauern würde, seine Sammlung zu vervollständigen. Das Grabtuch von Antiochia 1562, ein Stachel der Dornenkrone 1572, die Sancta Camisia 1578. Seither hatte Vidal einen venezianischen Glasbläser beauftragt, mithilfe der ausgezeichneten Zeichnung seines Sohnes eine Replik der Dornenkrone herzustellen – verdrillte Zweige innerhalb eines Kristallreifs, wie Louis sie in der Sainte-Chapelle studiert hatte. Wenn die Leute Glauben und Vertrauen in einen Gegenstand setzten, selbst wenn er eine Kopie war, war Gottes Ziel genauso erfüllt.

Im Schrein vor der zweiten Station des Kreuzwegs lag eine Phiole mit hellbrauner Erde von der Via Dolorosa, wo Christus zum ersten Mal gestürzt war, und in der fünften lag nun eine weitere Phiole mit einem einzigen Tropfen vom Blut Christi, von der Stelle, wo der Heiland zum zweiten Mal zu Boden gefallen war.

Nur ein leerer Schrein verblieb.

Das Wüten und die Wirren der Hugenottenkriege in Frankreich und die Phasen bewaffneten Friedens hatten es Vidal erleichtert, von Guises Spionen unentdeckt zu bleiben. Gleichzeitig erschwerten sie das Einholen von Informationen ungemein. Vidal war klar, dass sein Ziel vor dem Eintreffen der letzten Reliquie oder ihrer Kopie in Chartres unerfüllt bleiben musste: eine wahre katholische Kirche in Frankreich zu gründen, die mit der falschen Frömmigkeit von Guises durch Spanien finanzierter Heiliger Liga konkurrieren konnte. Erst musste die Sammlung vollständig sein, dann käme sein Ziel in Reichweite.

Vidal spürte sein Alter und die Krankheit in seinen Knochen, als er aufstand. Zum Gehen brauchte er inzwischen einen Stock. Die Elixiere und Kuren der Apotheker hatten einen hohen Preis verlangt. Sein Kopf war mit rauen weißen Stoppeln besetzt und erinnerte an ein winterliches Feld unter einer Schneedecke. Sein auffälliges Haar war verschwunden.

Die silberne Stockspitze klopfte auf dem gekachelten Boden des Reliquiars, als Vidal zu dem leeren Schrein ging und davor stehenblieb.

Die Zeit war gekommen.

Im Juni, vor einem Monat, war Caterina de' Medicis jüngster Sohn nach einem katastrophalen Feldzug in Flandern gestorben, und die Welt hatte sich gewandelt. Sein Bruder, der König Henri III. – der Herzog von Anjou, so dachte Vidal noch immer von ihm – hatte keine Kinder, was bedeutete, dass nun der Hugenotte Henri de Bourbon, König von Navarra, der Anwärter auf den französischen Thron war.

Niemand glaubte, dass die Heilige Liga einen protestantischen Monarchen hinnehmen würde, aber wäre Guise so mutig, sich offen gegen die rechtmäßige Erbfolge zu stellen? Navarra war der erste Prinz von Geblüt. Guise hatte kein Recht, ihn infrage zu stellen, aber Vidal hegte keinerlei Zweifel, dass er es versuchen würde.

Frankreich versank bereits im Chaos. Und Vidal spürte, dass er schon bald endlich aus den Schatten treten könnte. Mit der unbeschreiblichen Macht der Reliquien würde er die alten Prinzipien der Heiligen Apostolischen Kirche ehren. Sein Gott wäre der Gott des Alten Testaments, rachedurstig, tyrannisch und allmächtig. Frankreich brauchte ihn, um zu alter Glorie zurückzufinden. Nur Stärke und Gewalt würden ihrem gespaltenen Land Frieden bringen. Wenn seine Macht erprobt und er unbesiegbar wäre, würde Vidal dem Herzog von Guise seine Unterstützung anbieten.

Aber vorher brauchte er die letzte Reliquie.

KAPITEL 75

ZEEDIJK
AMSTERDAM
Freitag, 20. Juli

Minou streckte den Kopf in den Kartenraum.

»Was hält dich von mir fern, *mon cœur*? Du sagtest, du würdest mich zum Markt begleiten.«

Piet sah vom Tisch auf. »Ich habe die Zeit vergessen.«

Minou ging hinein, schloss die Tür hinter sich und küsste ihn. »Du hast dich seit dem ersten Morgenlicht hier vergraben.«

»Das tut mir leid.«

Sie lächelte. »Kein Grund, sich zu entschuldigen.« Sie nahm das Taschentuch hervor und wischte ihm einen Kohlefleck aus dem Gesicht. »Ich sorge mich nur um dich, wenn du dich hier einkerkerst. Wir hören früh genug von Antoine. Bis dahin können wir nichts weiter tun.«

Über eine Woche war vergangen, seit ein katholischer Fanatiker, ein Franzose, den Fürsten von Oranien in seinem Delfter Hauptquartier aus nächster Nähe erschossen hatte. Die Führung des Aufstands war in die Hände seines ältesten Sohnes und seines bevorzugten Feldherrn übergegangen, aber niemand wusste, was als Nächstes geschehen würde. In Amsterdam herrschte eine explosive Stimmung. Alles war gereizt.

Am Vortag hatte Minou in der Oude Kerk Cornelia und Alis in der Kirchenbank der Reydons getroffen, um in der Kühle des Morgens zu hören, was die Frauen an Gerüchten auszutauschen hatten, bevor der Pastor mit der Predigt begann. Am Abend hatten sich Männer an den dunklen Straßenecken und den Kais getroffen, um Neuigkeiten weiterzugeben. Was bedeutete die Ermordung des Prinzen für Holland? Was bedeutete sie für Amsterdam?

»Beschäftigt noch etwas deine Gedanken?«, fragte Minou.

Piet gab keine Antwort.

»Du hast lange genug gearbeitet. Komm in den Garten. Atme eine Weile frische Luft.«

»Das kann ich nicht.«

Minou ließ die Hand an seiner Wange ruhen. Sie kannte diese Stimmung bei ihrem Gatten gut. Er war wie ein Terrier mit einem Knochen, unfähig, davon abzulassen – Tag und Nacht, wenn es sein musste –, bis er beendet hatte, was ihn beunruhigte.

»Womit beschäftigst du dich?«

Piet gab keine Antwort, und Minou rieb geistesabwesend über einen braunen Fleck auf dem Tisch. Die Dienstboten hatten die Platte des Eichentisches, auf dem Willem van Raay verblutet war, geschrubbt und poliert und erneut geschrubbt, aber dieser eine Fleck ließ sich nicht entfernen. Das Blut war zu tief in die Maserung gesickert. Sie verschob ein Stück Papier auf dem Tisch, um das Mal zu bedecken.

Dann sah sie auf das Gewirr der Dokumente. »Wäre es möglich, dass vier Augen mehr sehen als zwei?«

»Daran liegt es nicht.«

»Woran dann, Liebster?«

Einen Moment lang schwieg Piet wieder. Er nahm den Kompass und beugte sich, das Instrument behutsam in den Händen haltend, über den Tisch.

»Er erinnert mich an den alten Taschenkompass deines Vaters. An die Geschichten, die er von seinen Reisen hätte erzählen können.«

Minou lächelte. »Du kanntest ihn nur als alten Mann, aber vor den Kriegen hat er ganz Frankreich bereist und kam sogar einmal nach London und hierher nach Amsterdam. Überall suchte er Bücher, die wir in unserem Laden an der Rue du Marché verkaufen konnten.«

»Dort habe ich dich zum ersten Mal gesehen. Du hast die Kerle, die mich verhaften wollten, zurechtgestutzt und in die Irre geführt.«

»Ich war damals jung und töricht.«

»Du sahst eine Ungerechtigkeit und hast dich nicht abgewandt.« Piet legte ihr eine Hand auf die Wange. »Du hast dich nicht verändert, Minou.«

Sie schmiegte sich an seine Berührung. »Du bist sehr galant, wenn du so nett lügst.«

Piet legte den Kompass auf den Tisch. »Marta hat Bernards Kompass geliebt. Sie hat ihn sich ständig ›geborgt‹. Erinnerst du dich noch?«

Dass er ihre Tochter erwähnte, war ungewöhnlich, und Minou hielt den Atem an. »Marta war eine furchtbare Elster.« Sie zögerte. »Ich wusste nicht, dass du noch an sie denkst.«

»Wie kannst du das anzweifeln!«, rief Piet und sah sie mit solchem Schmerz in den Augen an, dass es ihr ins Herz schnitt. »Ich habe festgestellt, dass es mir zusetzt, von ihr zu sprechen, deshalb ließ ich es. Ich weiß, dass ich dich damit verletzt habe, Minou, und ich wünschte, ich hätte dir in den furchtbaren ersten Tagen eine bessere Stütze sein können. Aber als ich versuchte, mit dir zu reden, habe ich alles nur verschlimmert.«

Minou überlegte sich genau, was sie sagte. »Wir betrachteten die Dinge unterschiedlich. Daran ist niemand schuld. Du hast um eine Tochter getrauert, die du für tot hieltest. Ich um eine Tochter, die ich verloren, aber noch am Leben glaubte.«

Er senkte den Kopf. »Du hast mir vorgeworfen, dass ich dich gezwungen habe, Paris ohne sie zu verlassen.«

Minou errötete. »Das stimmt. Viele Jahre lang. Ich habe lange gebraucht, um dir zu verzeihen, aber ich weiß, dass du dein Bestes getan hast, Piet. Das haben wir beide.«

Sein Seufzer kam von Herzen. »Denkst du oft an Marta?«

Sie lächelte. »Jeden Tag. Aber ich erwarte nicht mehr, sie irgendwo zu entdecken – in einer überfüllten Straße, in der Kirche, wenn ich abends bete. Zu viele Jahre sind vergangen, Piet. Sei es die Weisheit des Alters oder einfach die verstrichene Zeit, aber mittlerweile sehe ich die Dinge wie du.«

Zu ihrer Überraschung nahm Piet etwas vom Tisch und ging zur hölzernen Bank.

»Minou, setz dich zu mir.«

Ihr Herz setzte einen Schlag aus. »Was ist denn?«, fragte sie rasch. Mit einem Mal hatte sie große Angst vor dem, was Piet ihr zu sagen hatte.

»Was ist denn?«, wiederholte sie und nahm neben ihm Platz, nervös und steif, als säße sie einem Künstler Modell.

»Sei mir nicht böse, aber heute Morgen habe ich den Brief von le Maistre erhalten, auf den wir gewartet haben.«

»Was!« Minou errötete verletzt. »Warum hast du mir das nicht sofort gesagt? Ich saß auf heißen Kohlen. Das ist herzlos!« Sie versuchte aufzustehen, aber er nahm ihre Hand. »Nein, Piet! Wir haben oft – so oft – darüber gesprochen. Jedes Mal flehe ich dich an, mir nichts zu verheimlichen, sondern mich einzubeziehen. Jedes Mal gibst du mir dein Wort, dass du es beim nächsten Mal tun wirst, aber dann …«

»Es tut mir leid.«

»Ich verstehe es einfach nicht.« Minou zwang sich, mehrmals tief durchzuatmen. »Also, was steht in dem Brief? Hatte er recht? Ist es Vidal?«

Piet gab keine direkte Antwort. »Du erinnerst dich, dass Antoine le Maistre sich nach der *Alteratie* dem Heer des Fürsten von Oranien anschloss und nach Süden zog?«

464

Minou winkte ab. »Das weiß ich.«

»Er wurde bei der Belagerung von Antwerpen eingeschlossen und entkam nur knapp. Er verließ Flandern und ließ sich in Chartres nieder, wo er Verwandte hat.«

»Wieso erzählst du mir Dinge, die ich bereits weiß?«

Piet sprach weiter. »In dieser Stadt kamen ihm die Gerüchte über einen dortigen Landadligen namens Seigneur de Évreux zu Ohren. Évreux wird als eine Art Eremit betrachtet.« Er klopfte auf den Brief, den er hielt. »Antoine hat weitere Neuigkeiten.«

»Die Bestätigung, dass Évreux Vidal ist?«, fragte Minou rasch.

»Nicht ganz, aber drei Dinge, die er entdeckt hat, scheinen diese Annahme zu untermauern. Erstens hat Évreux einen Sohn von neunzehn oder zwanzig Jahren. Das entspricht dem Alter des Jungen, den ich in Paris am Tag der Hochzeit in Vidals Begleitung gesehen habe.«

Minou schüttelte den Kopf. »*Mon cœur*, wie ich damals und seither immer sagte, haben viele Männer Söhne in diesem Alter! Das ist kein Beweis.«

»Zweitens, schreibt Antoine, wurde kurz, nachdem Seigneur de Évreux sich bei Chartres niederließ – im Herbst 1572, was zu dem Datum passt, an dem Vidal verschwand –, ein junger Priester ermordet in der Kathedrale aufgefunden. Die offizielle Erklärung lautete, dass er versuchte, entweder die Sancta Camisia zu stehlen oder zu beschützen, und bei dem Versuch getötet wurde.«

»Aber die Sancta Camisia ist doch gewiss noch in der Kathedrale von Chartres, oder?«

Piet lächelte gezwungen. »Es wird dort eine Reliquie ausgestellt.«

Minou begriff. »Aber der Mord bestärkt die Vermutung, dass ein Austausch vorgenommen wurde – eine Replik gegen die echte Reliquie –, genau wie Vidal es mit dem Grabtuch von Antiochia getan hat.«

»Richtig.« Piet nickte. »Und der Zeitpunkt liegt zwischen Vidals Verschwinden aus Paris und Évreux' Ankunft in Chartres.«
Das stützte die Vermutung, aber Minou wollte dennoch keine voreiligen Schlüsse ziehen.

»Du sagst, es waren drei Dinge.«

»In der letzten Woche soll ein Hauptmann im Dienste des Herzogs von Guise – ein Capitaine Pierre Cabanel – in Chartres aufgetaucht sein und Fragen über Seigneur de Évreux gestellt haben.«

»Ein Einheimischer?«

»Er kommt aus Paris. Es klingt, als wäre Guise zum gleichen Schluss gelangt: dass Évreux sein vermisster Beichtvater ist.«
Piet wandte sich ihr zu. »Ich weiß, dass du mir von falscher Hoffnung abrätst, Minou, aber ich habe so ein Gefühl. Ich bin mir sicher, dass er es ist.«

Minou spürte es auch. Sie setzte sich zurück, hörte das Knarren der Bank und streckte die Hand vor.

»Darf ich Antoines Brief selbst lesen?«

Aus irgendeinem Grund kühlte die Stimmung im Raum ab. Sie sah Piet an, versuchte den Ausdruck in seinem Gesicht zu deuten, aber er sagte nichts. Langsam reichte er ihr das Schreiben.

Minou las und sah keinen Grund, weshalb Piet ihr den ganzen Tag verschwiegen hatte, dass der Brief eingetroffen war. Er enthielt nicht mehr als das, was er ihr soeben gesagt hatte. Bis sie das Postscriptum las, das flüchtig an den unteren Rand der Seite gekritzelt worden war.

Ihr wurde kalt.

»Deshalb habe ich mich hier den ganzen Tag vergraben«, sagte Piet leise. »Ich wusste nicht, was du empfinden würdest. Ich wusste nicht, was ich empfand.«

»Ja, ich verstehe.« Minou flüsterte kaum. Die Gedanken brausten ihr im Kopf, ihr Herz hämmerte dumpf.

Piet nahm ihr sanft den Brief aus der bebenden Hand.

»›Cabanel ist in Begleitung seiner Tochter‹«, las er vor. »›Ich habe ihn noch nicht zu Gesicht bekommen, aber sie ist ein wunderschönes Geschöpf von achtzehn oder neunzehn Sommern. Es ist seltsam, Reydon, aber etwas an ihr erinnerte mich sehr an Eure Gemahlin: Die gleichen langen braunen Haare, der gleiche helle Teint und eine außerordentliche Übereinstimmung – die junge Frau hat ein blaues und ein braunes Auge.‹«

Piet nahm sie bei der Hand. »Cabanel kommt aus Paris. Was, wenn sie es ist, Minou? Was, wenn es Marta ist? Wenn unsere Tochter endlich gefunden wurde?«

KAPITEL 76

CHARTRES

Ein einzelner Sonnenstrahl fiel durch die Lücke in den Läden und legte sich wie ein goldenes Band auf das Bett.

Marie Cabanel stand am Fenster und schaute über die Rue du Cheval Blanc zum Nordeingang der Kathedrale. Sie hatte sich genau so gestellt, dass sie dem Sakristan den verlockendsten Anblick bot: groß, die langen braunen Haare offen über den Schultern und dem Rücken, bescheiden. Marie legte eine Hand auf die Fensterbank, sodass die weiße Innenseite ihres Armes aufreizend sichtbar war.

»Habe ich dich mit etwas, das ich getan habe, gekränkt?«, fragte sie flüsternd, aber laut genug, damit der Kirchendiener eilig durch den Raum kam.

Marie spürte ihn dicht hinter sich, spürte die Wärme, die von ihm ausging. Sie konnte sich genau vorstellen, wie seine Hand in der Luft schwebte mit dem verzweifelten Verlangen, sie zu berühren. Sie ließ ihn noch einen Augenblick warten und streckte, ohne sich umzudrehen, die Hand hinter sich, sodass der Saphirring im Sonnenlicht flüchtig aufblitzte. Der Sakristan sollte keine Zweifel hegen, dass sie eine außergewöhnliche Frau war. Die Art Frau, um die in alter Zeit vielleicht Kriege geführt worden wären.

Der junge Kirchendiener packte die Hand wie ein Ertrinkender und verflocht seine Finger mit ihren.

Scheinbar ohne sich zu bewegen, löste Marie das Band ihres

Mantels ganz. Er rutschte von ihren Schultern auf den Boden. Wie eine Pfütze umgab der hellblaue Stoff ihre Füße und offenbarte, dass sie nichts außer einem Unterhemd trug. Marie hörte, wie ihm der Atem stockte, und drehte sich langsam um, damit er die Konturen ihres Körpers sah, die sanfte Rundung ihrer Taille.

»Du bist …«

Marie legte ihm einen Finger auf den Mund. »Ich hätte nicht kommen dürfen, aber ich konnte nicht anders.«

Sie beugte sich vor, sodass der Saphir an ihrer Halskette, von einem Blau, das perfekt zum Ring passte, gegen sein schwarzes Gewand schlug. Nur ganz kurz schmiegte sie sich an ihn und zog sich dann wieder zurück. Für Marie war es wichtig, dass ihn der Gedanke an das quälte, was er vielleicht bekommen würde. Anders konnte sie ihm das, was sie von ihm erfahren musste, nicht entlocken.

»Das kann nicht geschehen …«, murmelte er, doch die Worte blieben ihm im Hals stecken. Er schloss die Augen, und Marie sah, dass seine Lippen sich bewegten.

Sie wusste, dass er betete, und sie lächelte. Gottesmänner waren alle gleich. Den Geist über das Fleisch zu stellen war gut und schön, wenn sie nachts in ihren Mönchszellen allein lagen. Aber sobald sie in der Nähe war, brachen sie ihre Schwüre nur zu leicht.

Ihr letzter Liebhaber, ein süßer junger Priester aus der Sainte-Chapelle in Paris, hatte ihr in allen Einzelheiten geschildert, was ihm durch den Kopf ging, wenn er sich anstrengte, der Versuchung zu widerstehen. Er stellte sich vor, wie er vor dem großen Altar kniete, stellte sich die Bilder an der Gewölbedecke vor, dachte an Christus am Kreuz mit blutenden Händen und Füßen. Er versuchte, den Schlag seines Pulses durch die Melodie des Chorgesangs zu ersetzen, den Stimmen, die durch das Kirchenschiff fluteten und zu den höchsten Dachbalken aufstiegen.

Krampfhaft erinnerte er sich an die Verheißung der Auferstehung und des Lebens nach dem Tode für alle, die dem Herrn treu ergeben waren und seine Gesetze befolgten.

Marie streckte die Hand aus und zwang den Sakristan zärtlich, sich hinzuknien. Er atmete nun rascher.

»Ich möchte dir nur Trost schenken. Du arbeitest so fleißig zum Wohle anderer.«

Er legte den Kopf an ihren Bauch und ächzte, als er ihren Duft einsog. Er versuchte, die Arme um ihre Schenkel zu legen.

»Du erinnerst dich an die Tage, nachdem wir das erste Mal zusammengelegen haben?«, fragte sie und zog sich aus seiner Reichweite zurück. »Liebster, ich konnte weder schlafen noch essen oder trinken. Ich war krank, so sehr habe ich dich vermisst.«

»Wirklich?« Sie hörte nun die Verzweiflung in seiner Stimme.

»Du warst so lieb.« Sie lächelte. »Mein kleiner Singvogel.«

Er schloss die Augen. »Aber ich darf es nicht. Es ist eine Sünde. Mein Gelübde verbietet es.«

Marie sank vor ihm auf die Knie, sodass ihre Gesichter auf gleicher Höhe waren.

»Gibst du mir deinen Segen«, murmelte sie, nahm seine Hand und drückte sie sich aufs Herz, »oder brichst du damit auch dein Gelübde?«

Sie sah deutlich, wie verzweifelt es ihn nach ihr verlangte und wie sehr er versuchte, seinem Verlangen zu widerstehen. Im nächsten Augenblick spürte sie eine leichte Zunahme des Drucks, als er ihre Brust umfasste.

»Ich danke dir für deine Freundlichkeit.« Sie schob ihre geübte Hand unter sein Gewand. »Niemand braucht es zu erfahren.«

»Der Herr sieht alles.«

»Und vergibt allen, die aufrichtig bereuen«, flüsterte sie und fuhr mit dem Finger die Innenseite seines Oberschenkels hoch.

Auf den Knien bog sich der Sakristan nach hinten, und Marie wusste, dass sie ihn am Haken hatte.

Unversehens stand er auf, hob sie vom Boden auf, trug sie zum Himmelbett und zog die Vorhänge so heftig zurück, dass die Ringe auf der Schiene rasselten.

»In Chartres spricht man voll Achtung von dir.« Marie gestattete ihm, sie auf die Laken zu legen. »Ich kann dir zeigen, wie du der Mann wirst, der zu sein dir bestimmt ist.«

Sein Gelübde hatte er vergessen, auch, welch guten Blick man aus dem Zimmer auf die Kathedrale hatte.

»So ist es gut«, ermutigte sie ihn und öffnete sich ihm.

Er schloss die Augen, nahm nichts mehr wahr bis auf seine Bewegungen in ihr. Verlangen löschte jeden Gedanken aus.

Sie stöhnte, als schenkten seine Stöße ihr Wonne. »Hast du entdeckt, wonach ich dich gefragt habe?«, murmelte sie ihm ins Ohr.

Er antwortete nicht. Er konnte nicht antworten. Er hatte jeden Begriff davon verloren, wo er war. Aber Marie wusste, dass sie ihn jetzt zum Reden bringen musste. Einige ließen jede Wachsamkeit fahren, nachdem es vorbei war. Andere empfanden augenblicklich Scham und wollten nur von ihr weg.

Sie packte eine Strähne seiner Haare und zog sie grob nach hinten. Er schrie auf, und sie brachte ihn zum Schweigen, indem sie ihren Mund an seinen führte und ihn in die Lippe biss. Er stöhnte mit einem exquisiten schmerzerfüllten Schauder auf.

»Wo ist er zu finden?«

»Marie …«

Sie schlang ihm die Beine um den Rücken, und bevor er begriff, was sie tat, rollte sie ihn herum, sodass sie rittlings auf ihm saß.

»Wo wohnt Seigneur de Évreux?«, drängte sie und ließ ihre Haarpracht über ihn fallen wie einen Schleier. »Du hast versprochen, es für mich herauszufinden.«

»Ich weiß es«, keuchte er.

»Du hast die Papiere mitgebracht, wie ich es befahl?«

»Ja«, schrie er. »Ich hatte sie in der Sakristei versteckt, falls ... Für den Fall ... Ich hoffte, du würdest wiederkommen.«

»Das hast du gut gemacht.« Marie ermutigte ihn, indem sie ihn auf den Mund küsste. »Und Évreux' Güter sind wo?«

»Es steht alles drin«, stotterte er, nicht länger Herr über seine Zunge. »Ich habe es aufgeschrieben. Für dich.«

Sie wiegte sich zurück und bog den Rücken nach hinten. Als er zum Ende kam, rief er ihren Namen laut aus.

Danach lag Marie bei ihm, tröstete ihn und murmelte ihm zu, bis er einschlief. In dem, was sie tat, war sie gut. Sie war keine aus Caterina de' Medicis *escadron volant* – für solch eine Ehre war sie nicht hochgeboren genug. Aber während sie im Herzen von Paris aufwuchs, hatte Marie ihnen zugesehen, ihre Methoden beobachtet und sie an ihre Möglichkeiten angepasst.

Unvermittelt durchfuhr sie scharf eine blitzartige Erinnerung. Wie eine Perle, die durch staubige Dachspeicher rollte, das Gefühl, dass sich etwas gerade außer Sicht befand, außer Reichweite: der Gedanke an eine weiße Haube, an einen Mann, auf der Straße belauscht, an ein Kleinkind, das immerfort weinte, an Fragen, die nie beantwortet wurden.

Schlaglichter aus einem Leben vor dem Leben, an das sie sich erinnerte. »Was ist eine *fille de l'escadron*?« Wer hatte diese Frage gestellt? Sie? »Jungen sind dumm, sie geben Geheimnisse preis für Tand.«

Sie hasste diese Momente, diesen Widerhall von irgendwann vor der Zeit. Sie wurden häufiger, und sie hatte niemanden, mit dem sie darüber sprechen konnte. Andere Gesichter, andere Stimmen, die sie nicht erkannte, die aber irgendwo tief in ihr verankert waren; Bilder aus einer Zeit, bevor sie Marie Cabanel war.

Sie schloss die Augen und konzentrierte sich auf die Gegenwart. Für die Vergangenheit hatte sie keinen Bedarf. Alles, was zählte, waren das Jetzt und ihre Ziele. Mehr gab es nicht.

Marie wartete, bis der Schlafende in ihren Armen schwer geworden war, dann glitt sie unter ihm hervor. Während die großen Glocken der Kathedrale von Chartres das Verstreichen der Stunde kündeten, bemerkte der Sakristan nicht ihre Finger, die geübt in den Falten seiner Soutane tasteten und im Lederbeutel suchten, bis sie die Papiere fand. Er sah den Ausdruck der Befriedigung in ihren Augen nicht, mit dem sie die Einzelheiten las.

Als Marie auf der Rue du Cheval Blanc im Vier-Uhr-Schatten des heißen Nachmittags stand, gestattete sie sich einen Moment des Triumphs. Unter anderem hatte sie bestätigen können, dass Seigneur de Évreux zwar ein Haus in der Stadt besaß, auf genau dieser Straße, sein eigentliches Anwesen aber westlich in der Landschaft des Orléanais lag. Dort wohnte er mit seinem Sohn, einem jungen Mann von einundzwanzig Sommern, und man sagte Évreux nach, ein Reliquienjäger zu sein.

Er war es, Marie hatte keine Zweifel.

Nun musste sie Vidal einen Brief schreiben und ihm ein Geschäft anbieten, das er nicht abschlagen konnte. Was danach geschah, lag in Gottes Hand. Sie verdrehte die silberne Kette ihres Halsschmucks und ließ den Edelstein im Sonnenlicht blitzen. Unter allen Blautönen war Saphir ihr am liebsten.

Sie lächelte. Ihr Vater wäre zufrieden gewesen.

KAPITEL 77

Warmoesstraat

Amsterdam

»Was wirst du unternehmen?«, fragte Alis wieder.

Nachdem sie um sechs gegessen hatten, waren die Kinder in den Garten gegangen, um die kühlere Abendluft zu genießen, während sich die Erwachsenen ins Wohnzimmer zurückzogen. Minou und Piet hatten Alis und Cornelia über le Maistres Brief ins Bild gesetzt.

Als es für sie Zeit war, nach Hause zurückzukehren, hatte Minou entschieden, Cornelia und Alis zurück zu ihrem Haus auf der Warmoesstraat zu begleiten. Cornelia hatte sich entschuldigt und vorgeschützt, dass sie Frachtunterlagen durchsehen müsse, und Alis und Minou allein gelassen.

Nun dämmerte es, und die beiden Schwestern saßen in der Wohnstube des Hauses. Die hohen schlanken Fenster zur Gracht standen offen. Glühwürmchen umflatterten die Kerzen auf den Fensterbänken. Im Raum hing der Duft nach Zitronellöl.

Minou konnte sich nicht beruhigen. Nach zwölf Jahren zu akzeptieren, dass ihre Tochter tot sei, war die Vorstellung, dass Marta doch noch leben könnte, beinahe mehr, als sich ertragen ließ. Ihr kam es vor, als wäre ihr eine Schicht ihrer Haut abgezogen worden, und jeder Nerv prickelte. Sie war aufgeregt, ja, aber zugleich fühlte sie sich vollkommen niedergeschmettert.

»Du weißt, was Piet möchte. Was ist mit dir, Minou, was möchtest du?«

Sie sah ihre Schwester an. »Ich weiß es nicht. Ich möchte ja glauben, dass diese junge Frau Marta ist. Aber gleich im nächsten Moment kann ich den Gedanken nicht ertragen, sie könnte es sein.«

»Wieso nicht?«

Minou atmete tief durch. »Weil ich sie aufgegeben habe, Alis. Ich habe aufgehört zu glauben, dass sie aufzufinden ist.«

»Das stimmt nicht«, widersprach Alis. »Du hast alles getan, was du konntest, aber du warst in Amsterdam. Zu viele Menschen sind nach der Bluthochzeit verschwunden oder gestorben; wie hättest du ein siebenjähriges Mädchen aus der Ferne finden sollen? Und Paris war – ist – zu gefährlich für unsereinen. Du bist zu streng gegen dich selbst. Du solltest dich nicht schuldig fühlen.«

»Aber ich tue es«, schluchzte Minou.

Einen Moment lang ließ sie sich von den Geräuschen der Kähne auf der Gracht beruhigen, dem Plätschern, mit dem die Riemen ins Wasser tauchten, dem leisen Gluckern der Wellen an den Mauern. Minou begriff, dass sie Marta nie gestattet hatte aufzuwachsen. So viele Jahre lang war das Gesicht ihrer Tochter vor ihrem inneren Auge gleich geblieben – auch wenn das Bild mit der Zeit immer mehr an Farbe verloren hatte, war Marta für sie noch immer das Mädchen, das die weiße Haube fest in der Hand hielt, ihr blaues Lieblingskleid trug und zu ihr kam, um sich zu beschweren, dass sie an einem heißen Augusttag mit ihrem kranken Brüderchen ins Kinderzimmer eingesperrt wurde. Das mutige, kühne, ungeduldige und ungehorsame Mädchen, das allein in die Straßen von Paris gezogen und niemals zurückgekommen war.

»Was, wenn es Marta ist und sie mich nicht mehr kennt? Sie wäre jetzt neunzehn.«

»Aber gewiss wird sie sich an dich erinnern«, sagte Alis bestimmt.

»Oder was, wenn sie es ist, aber ich sie nicht mehr liebhaben kann?«

Alis lächelte. »Das wirst du. Womöglich dauert es eine Weile, und unter Umständen ist es schwer, aber sie wird den Weg zurück in dein Herz schon finden und du in ihres. Du bist ihre Mutter. Sie wird dich nicht vergessen haben.«

»Vielleicht doch. Es ist so lange her.«

Minou spürte, wie ihr das Elend aus jeder Pore drang. Ihre Glieder waren schwer, als wäre sie aus tiefem Schlaf zu früh erwacht. Sie fühlte sich zerfahren und durcheinander. Zwölf Jahre lang hatte Minou gebetet, dass ihr die Tochter wiedergegeben werde. Nun empfand sie bei dem Gedanken daran nichts als Entsetzen.

Sie verflocht die blassen Finger auf ihrem Schoß. »Was, wenn sie gelitten hat – was dann?«

»Die Beschreibung der jungen Frau in Monsieur le Maistres Brief klingt nicht danach«, sagte Alis, aber Minou sah Mitleid in den Augen ihrer Schwester aufblitzen. »Was immer in Martas Leben geschehen oder auch nicht geschehen ist, ob gut oder schlecht, du bist dem gewachsen. Es ist gut möglich, dass sie dir Dinge erzählt, die du nicht hören möchtest. Dass sie ein Leben gelebt hat, das völlig anders ist als das, welches du ihr ermöglicht hättest. Etwas anderes vorzugeben wäre töricht. In Zeiten des Krieges ist es schwer, eine Frau zu sein, geschweige denn ein Mädchen.«

»Wenn sie es ist«, sagte Minou wieder.

»Wenn sie es ist.«

Sie atmete tief durch. »Piet ist begeistert von dem Gedanken, dass wir nach all den Jahren nicht nur Vidal gefunden haben, sondern auch Marta. Er hat keine Zweifel. Aber es gibt keinen Grund zu der Annahme, dass Cabanel oder seine Tochter noch in Chartres sind.«

»Für das Gegenteil auch nicht«, gab Alis zu bedenken.

Minou sah ihrer Schwester ins Gesicht. »Du meinst also, ich sollte mitgehen?«

Alis lachte laut auf. »Du *musst* sogar mitgehen! Du kannst doch nicht hier in Amsterdam bleiben und dir das Hirn zermartern. Oder darauf warten, dass Piet zurückkommt. Je früher du aufbrichst, desto eher weißt du Bescheid. Wie auch immer die Dinge stehen, du hast dann Gewissheit.«

Hinter ihnen war etwas zu hören, und Cornelia steckte den Kopf durch die Tür. Alis' Gesicht leuchtete auf.

»Störe ich?«, fragte sie.

Alis streckte die Hand aus. »Selbstverständlich nicht.«

Cornelia kam herein. Sie brachte ein Zinntablett mit drei Bierhumpen und einem Krug.

»Ich dachte, ihr braucht vielleicht eine Erfrischung.«

Minou wunderte sich immer wieder, wie sehr Cornelia sich in den Jahren seit ihrer ersten Begegnung verändert hatte. Ihre braunen Haare waren ein wenig dünner geworden, und ihre Züge hatte die Zeit nicht weicher gemacht, und dennoch war sie irgendwie in sich hineingewachsen. Das Alter bekam ihr gut.

Minou beobachtete, wie Cornelia im Vorbeigehen Alis an der Schulter berührte, und sie lächelte. Die Liebe bekam ihr. Sie bekam ihnen beiden.

Cornelia hatte nie geheiratet. Sie war finanziell unabhängig und bedurfte keines Ehemanns, der sie versorgte. Mit Piets Hilfe hatte sie das Geschäft ihres Vaters erweitert. Der Reederei der van Raays gehörte nun eine der erfolgreichsten Flotten Amsterdams.

Schon in zartestem Alter hatte Alis klargestellt, wie wenig sie Jungen schätzte, und später ihren Abscheu vor der Ehe. Minou hatte geglaubt, sie würde darüber hinauswachsen, aber als Alis sich an das Leben in Amsterdam gewöhnt und Minou ihre Schwester neu kennengelernt hatte, begriff sie, dass Alis schon früh ihr eigenes Herz erkannt hatte.

»Was geht dir durch den Kopf?«, fragte Alis.

Minou lächelte. »Nichts.«

Eine Weile saßen sie schweigend beisammen und tranken ihr Bier. Alis und Cornelia saßen auf ihren gewohnten Sesseln zu beiden Seiten vom Kamin. Minou blieb am Tisch und zeichnete mit der Fingerspitze Muster auf die polierte Holzplatte.

»Wenn wir nach Chartres gehen«, sagte sie schließlich, »passt ihr dann auf Jean-Jacques und Bernarda auf? Und das *Hofje*?«

Cornelia und Alis tauschten einen Blick. Minou wurde klar, dass sie bereits darüber gesprochen hatten.

»Aber gewiss«, sagte Cornelia.

Alis grinste. »Bernarda und Johannus werden in unserer Obhut mehr als glücklich sein. Ich ziehe zurück in den Zeedijk und halte alles am Laufen, bis ihr wieder da seid.«

Minou lächelte. »Dir ist klar, dass wir einen ganzen Monat fort sein könnten? Oder länger, je nachdem, was wir herausfinden?«

Cornelia und Alis tauschten noch einen Blick.

»Ich habe überlegt, Tante Salvadora einzuladen, herzukommen und zu bleiben«, sagte Alis zaghaft. »Sie kann helfen, sich um die Kinder zu kümmern. Johannus mag sie sehr.«

»Du magst Tante Salvadora nicht einmal!«, rief Minou aus. »Ich erinnere mich gut, wie sie dich in Puivert gepflegt hat, nachdem … Du hast gesagt, wenn wir sie nicht mit nach Paris nähmen, würdest du dich aus dem Fenster stürzen.«

»Das hast du nicht gesagt!« Cornelia lachte.

Alis hob die Hände. »Ich gebe zu, dass ich sie anstrengend fand. Aber damals war ich jünger. Und sie hat immer Aimeric bevorzugt.« Ihr Gesicht wurde ernst. »Ich glaube, sie wäre dankbar, wenn sie bei eurer Rückkehr hier sein kann. Falls es Marta ist. Tante Salvadora hat die schlimmen Tage und eure Flucht aus Paris nicht vergessen. Das liegt auch ihr schwer auf dem Herzen.«

»Sie war immer so streng zu Marta.«

»Das ist nun einmal ihre Art. In ihren Briefen fragt sie immer nach ihr.«

»Du korrespondierst mit Tante Salvadora?«, fragte Minou ehrlich überrascht.

»Sie sinnt gern über Aimeric nach.« Alis seufzte. »Und ich auch.«

»Du hättest mit mir reden können.« Minou versuchte, sich nicht ausgeschlossen zu fühlen.

»Du hattest schon an Marta zu denken. Außerdem vermisst Tante Salvadora die Kinder. Sie fragt oft nach ihnen.«

Minou runzelte die Stirn. »Ich habe sie angefleht, hier bei uns zu bleiben, aber sie war fest entschlossen, nach Toulouse zurückzukehren.«

Alis grinste. »Du musst entschuldigen, Cornelia, aber Salvadora mochte die holländische Gesellschaft nicht und hasste Amsterdam. In einem ihrer Briefe nannte sie die Stadt ein ›widerliches feuchtes Loch‹.«

Cornelia lachte. »Mein Vater hat erzählt, dass sie sich viel beklagte. Jedes Mal, wenn er sie zur Messe in der Nieuwe Kerk führte, hatte sie etwas auszusetzen.«

Minou sah zu, wie sie einander anlächelten, und wunderte sich noch immer über die Korrespondenz zwischen ihrer Tante und ihrer Schwester, von der sie nicht im Entferntesten geahnt hatte.

»Glaubst du, Salvadora würde kommen?«, fragte sie. »Reisen ist wieder gefährlich. Nach dem Tod des Bruders des Königs hat sich die Lage in Frankreich verschärft, und hier ist sie heikel wegen der Ermordung des Fürsten von Oranien.«

»Cornelia hatte eine Idee«, sagte Alis. »Sie meint, dass ihr – falls ihr nach Chartres reist – am besten so viel von der Strecke wie möglich mit dem Schiff zurücklegt. Das Schiff, das dich und Piet nach Frankreich bringt, könnte dann die französische Westküste hinunter nach Bordeaux fahren und Tante Salvadora dort abholen, wenn sie von Toulouse sicher dorthin reisen kann.«

Minou nickte. »Es wäre beruhigend, Tante Salvadora wieder bei uns zu haben.« Sie wandte sich Cornelia zu. »Glaubst du, du findest an Bord eines deiner Schiffe Platz für uns?«

»Ich muss in die Listen sehen, aber ich glaube, wir haben ein Schiff, das übermorgen ausläuft. Ihr könntet nach Rouen fahren und von dort aus nach Westen nach Chartres reiten. Durch die südlichen Provinzen zu reisen ist gefährlich – dort wird grimmiger denn je gekämpft. Solche Verheerung und Hungersnot, heißt es. Auf dem Wasser seid ihr sicherer.«

»Und auf der Rückreise bringt es Salvadora mit?«

»Aber ja.«

Endlich lächelte Minou. »Die gleiche Reise, die wir vor so vielen Jahren machten, nur in umgekehrter Richtung. Du rettest uns abermals, Cornelia.«

Zu ihrer Überraschung errötete die Holländerin. »Kein Anlass zu danken«, sagte sie barsch. »Du hast es seitdem so oft aufgewogen.«

Alis klatschte in die Hände. »Also ist das beschlossen.«

Minous Stimmung hob sich unerwartet. »Wenn Piet einverstanden ist – und ihr beide sicher seid, dass es für euch keine Last bedeutet, bis zu unserer Rückkehr das *Hofje* zu leiten –, ja, dann ist es beschlossen. Am Sonntag setzen wir Segel nach Chartres.«

KAPITEL 78

Landgut Évreux
Chartres

»Ihr haltet den Brief für echt, Vater?«

Seit über einen Sakristan aus der Kathedrale die Nachricht eingetroffen war, dass eine Frau behauptete, im Besitz des Sudariums zu sein, des Schweißtuches der Veronika, fand Louis keine Ruhe.

»Den Brief oder die Reliquie?«, erwiderte Vidal mit Schärfe.

»Beides.«

»Ich würde es annehmen.«

Louis zögerte. Die Stimmung seines Vaters war in letzter Zeit sehr wechselhaft, und er wollte ihn nicht reizen. Am Morgen war Vidal abermals zur Ader gelassen worden, und während Louis einerseits wusste, dass sein Vater unter Schmerzen litt, hegte er andererseits den Verdacht, dass die Besuche des Apothekers mehr Schaden anrichteten, als sie nutzten. So groß war seine Sorge, dass er den Fehler begangen hatte, Xavier darauf anzusprechen. Noch am gleichen Tag hatte Louis ausreiten wollen und festgestellt, dass sein Sattelgurt angeschnitten war. Reines Glück hatte verhindert, dass er sich schwer verletzte. Liebe hatte nie zwischen ihnen geherrscht, aber in letzter Zeit schien Xaviers Hass auf Louis heißer zu brennen denn je.

Er wählte seine Worte mit Bedacht. »Selbst wenn dem so ist, besteht denn die Notwendigkeit, sie hierher einzuladen, Monseigneur?«

»Ziehst du mein Urteil in Zweifel?«

»Auf keinen Fall, nur erscheint es mir als unnötiges Risiko. Ihr habt Euer Privatleben stets so gut geschützt. Gewiss wäre ein Treffen in Chartres besser? Ich könnte in Eurem Auftrag diesen Sakristan aufsuchen und mehr über die Frau herausfinden.«

»Nein.«

Louis verbiss sich seine Enttäuschung. »Oder Euch wenigstens begleiten.«

Vidal schüttelte den Kopf. »Überall lauern Spione.«

Sie saßen in der Bibliothek des Herrenhauses. Sein Vater trommelte rhythmisch mit den Fingern auf die Armlehne. Louis lebte schon lange genug in seiner Gesellschaft und wusste, dass er das nur tat, wenn er sich sorgte.

»Ist etwas Besonderes geschehen, weshalb Ihr Chartres zu meiden wünscht?«, erkundigte er sich vorsichtig.

Louis sah die Unentschlossenheit in seines Vaters Augen und vermutete, dass Xavier ihn wieder beeinflusst hatte. Der Verwalter war schlau und verschlagen. Xavier sagte niemals etwas ausdrücklich, woran Seigneur de Évreux sich stoßen konnte, aber selbst der winzigste Seitenhieb gegen Louis' Loyalität konnte großen Schaden anrichten. Die Krankheit, unter der sein Vater litt, hatte sein Urteilsvermögen geschwächt.

»Ich bin darauf aufmerksam gemacht worden, dass jemand Fragen gestellt hat«, sagte Vidal schließlich.

»Hat Xavier es Euch zugetragen?«

Verärgerung zuckte durch die Augen seines Vaters. »Wer es mir gesagt hat, spielt keine Rolle, denn ich halte es für wahr.«

»Es gibt immer jemanden, der Fragen stellt, Vater.«

»Nicht so dicht bei uns.«

Louis erhob sich. »In Chartres also, meint Ihr das? Wisst Ihr, wer?«

Vidal legte die Hand an die Schläfe. »Die Gefahr ist glaubhaft, mehr brauchst du nicht zu wissen.«

»Wenn das der Fall ist, dann vergebt mir, Vater, aber dann erscheint die Entscheidung, diese Frau – diese Fremde – hierherkommen zu lassen, noch unklüger. Ich bin erstaunt, dass Xavier Euch dazu geraten hat.«

»Xavier hat alles in der Hand.«

Louis gefiel nicht, wie das klang. »Vater, ich möchte nicht unverschämt erscheinen, aber haltet Ihr es für möglich, dass diese glaubhafte Gefahr und der Brief, in dem Euch das Sudarium angeboten wird, miteinander verbunden sind?«

Zum ersten Mal in diesem Gespräch blickte Vidal ihn an. »Das zeitliche Zusammentreffen macht mich allerdings nachdenklich.«

»In diesem Fall …«

»Genug!« Sein Vater trommelte schneller mit den Fingern. »Wenn das Schweißtuch echt ist, lohnt sich das Risiko. Ich werde es erst wissen, wenn ich es selbst sehe.«

»Und wenn es eine Fälschung ist?«

Er lachte hohl. »Ich kann mir nicht vorstellen, dass Guise mir eine Frau schickt, damit sie mich tötet. Das würde sein Gefühl für Gerechtigkeit beleidigen! Außerdem wird er ohnehin bald auf Knien zu mir kommen.«

Louis sah seinen Vater voll Unbehagen an. Vidal war trotz seiner Krankheit gewöhnlich so sorgfältig, so gemessen, aber heute beherrschte Wankelmut sein Denken. Gerade noch verkroch er sich vor Guise, und im nächsten Moment buhlte er um Aufmerksamkeit.

»Eure Wünsche sind mir Befehl, Vater.«

»Ich werde dem Sakristan einen Brief schreiben, dass dieses Geschöpf sich hier vorstellen darf, sobald sie fraglichen Gegenstand im Besitz hat. Xavier wird ihn überbringen.«

»Ich kann Euch diesen Dienst erweisen, Monseigneur«, bot Louis an. Auf diese Weise hätte er Gelegenheit, auf eigene Faust Nachforschungen über die geheimnisvolle Frau anzustellen.

»Ich will dich hier haben.«

Unvermittelt schlug Vidals Stimmung wieder um. Sein Gesicht entspannte sich, und das Licht kehrte in seine Augen zurück.

»Es gibt niemanden, der das versucht hat, was ich tue. Ich bin so nahe am Ziel. Seit Ludwig der Heilige die Sainte-Chapelle errichtete, um die heiligsten Reliquien der Passion Christi aufzunehmen, hat niemand ein ähnlich ehrgeiziges Ziel verfolgt.«

Louis stand lauschend da, die Hände respektvoll verschränkt.

»Du hast noch die Ungeduld der Jugend. Ich bin geduldig gewesen, aber jetzt endlich ist alles in meiner Reichweite. Der Zeitpunkt ist richtig. Der König kann sich nicht entscheiden, ob er die hugenottische Bedrohung zermalmen oder in die Arme schließen soll. Bourbon ist nun Thronfolger, und Guise wird das nicht zulassen. Frankreich wird zerbrechen. Und wenn das geschieht, stehe ich bereit – der Beichtvater einer neuen Kirche, die sich aus der Asche erhebt, um der Macht Roms und Spaniens zu trotzen.« Er schenkte sich einen Kelch Wein ein und hielt ihn prostend hoch. »Und wenn ich sterben sollte, wirst du mein Werk beenden. Sicherstellen, dass mein Vermächtnis mich überlebt. Das ist dein Zweck als mein Sohn, hast du verstanden? Deshalb habe ich dich hierhergebracht.«

Vidal stellte den Kelch auf das Tablett zurück.

»Bring mir Papier und Tinte. Ich werde den Brief jetzt schreiben.«

Louis verbiss sich jede Antwort. Er fürchtete, dass sein Vater den Verstand verloren hatte.

KAPITEL 79

DAMRAK
AMSTERDAM

Zwei Tage später, als die Sonne hoch am Himmel stand und Amsterdam am schönsten aussah, gingen Minou und Piet zum Ende des Kais der van Raays am Op 't Water.

Minou umarmte nacheinander Bernarda und Johannus und versprach, dass sie zurückkehren würden, bevor der Herbst allzu weit fortgeschritten wäre. Sie ermahnte sie, brav Tante Salvadora zu gehorchen, sobald sie eintraf. Piet sagte zu Johannus, dass er während seiner Abwesenheit der Mann im Hause sei.

»Obwohl eigentlich Tante Alis das Sagen hat«, fügte Minou lächelnd hinzu.

Cornelias Diener lud ihre Reisetruhe ins Boot, doch Piet behielt seine Ledertasche bei sich. Minou wandte sich Alis zu, um ihr Lebewohl zu sagen.

»Versichere mir noch einmal, dass es das Richtige ist.« Sie schaute zur Silhouette der Stadt. »All das zurückzulassen. Euch alle zurückzulassen.«

Alis nahm sie bei den Händen. »Liebste Schwester, du hast keine Wahl. Du tust genau das Richtige.«

»Solange einer von uns sicher ist.«

Minou wandte sich der Reihe hoher Häuser am anderen Ufer zu und empfand eine seltsame Nostalgie.

»Aber was, wenn wir …«, setzte sie an.

»Du kehrst zurück, bevor das Laub sich golden färbt. Bevor

485

die letzten Äpfel im Garten zu Boden fallen, wirst du wieder zu Hause sein.«

»Zu Hause …«, murmelte Minou.

Unvermittelt erinnerte sie sich, wie sie im März 1580 mit Alis, Jean-Jacques und Bernarda auf der Plaetse gestanden hatte, um die Ankunft Wilhelms von Oranien zu sehen. Auf der Back einer Galeere, die in seinen edlen Farben Orange, Weiß und Blau geschmückt war, fuhr er am Kopf einer Flottille den Damrak entlang. Als der Fürst von Bord ging, sah Minou seine dicke weiße Halskrause über dem Pelzkragen und sein besticktes samtenes Wams mit goldenen Spangen. Von Kopf bis Fuß hatte er wie der Mann ausgesehen, der sie von der spanischen Herrschaft befreien würde.

»Bist du so weit?«, fragte Piet, streckte den Arm aus und bot ihr seine Hand.

Minou sah in sein vertrautes Gesicht, erkannte die Entschlossenheit in seinen Augen und der Haltung seiner Schultern, und war beruhigt. Sie war bereit. Alis hatte recht. Sie mussten fahren. Denn auch wenn es nur ein winziger Hinweis war, auf den sie ihre Hoffnung setzten – die Übereinstimmung der ungleichen Augen –, war es richtig, dass sie Vertrauen hatten.

Minou schob die Hand in die Tasche. Heute Morgen hatte sie Martas alte Haube eingesteckt, als Glücksbringer oder vielleicht auch, um die Erinnerung ihrer Tochter zu wecken. Sie war sich nicht sicher.

Falls sie Marta fanden.

Im letzten Moment hatte Minou auch ihr Tagebuch in die Truhe gelegt. »Ja, ich bin so weit«, sagte sie und stieg in das Boot.

»Wir kümmern uns gut um alles, solange ihr fort seid«, versprach Alis. »Ihr braucht euch um nichts zu sorgen. *Au revoir!*«

»*Tot ziens!*«, rief Minou zur Antwort. Als Bernarda und Johannus winkten, durchfuhr sie ein Stich des Schuldgefühls, dass sie sie zurückließ. »Ich werde euch vermissen, meine Kleinen. Ich habe euch lieb.«

Cornelia erteilte dem Schiffer den Befehl. Er stieß das Boot vom Kai ab, sprang hinein und lenkte sie in die Mitte des Wassers, wo er sich in die Boote einreihte, die nacheinander zur Schleuse fuhren, den Hafen durchquerten und dahinter aufs offene Meer gelangten.

KAPITEL 80

Vier Wochen später
RUE DE LA POISSONNERIE
CHARTRES
Dienstag, 21. August

Im Abendrot trafen Minou und Piet in Chartres ein.

Die Reise von Amsterdam hatte ungefähr vier Wochen gedauert. Mit gutem Rückenwind waren sie nach Rouen gelangt – nach Norden durch das IJ, südwestlich entlang der flandrischen Küste und nach Osten die Seine hinauf. In Rouen hatten sie sich einige Tage ausgeruht. Zu seiner Erleichterung hatte Piet einen Brief Antoine le Maistres vorgefunden, aus dem hervorging, dass Cabanel und seine Tochter noch in Chartres seien. Piet hatte ein Antwortschreiben gesandt, in dem er seinem Freund mitteilte, wann sie anzukommen hofften.

Als sie die nächste Etappe ihrer Reise antraten, wich helle Julisonne einem schiefergrauen Himmel und unablässigem Regen im August.

Sie durchquerten die Normandie nach Süden, gelangten ins Orléanais und näherten sich Chartres über Évreux, Nonancourt und Dreux. Auf den Feldern verfaulte die Ernte. Das Land war durchtränkt. Mehrere Flüsse waren über die Ufer getreten.

Das monotone Donnern der Pferdehufe auf dem feuchten Boden, das unerbittliche Nieseln, das Rumpeln der Wagenräder, bei dem Minou das Gefühl bekam, dass ihr die Zähne aus dem Mund geschüttelt wurden – alles verlangte seinen Tribut. Oft wünschte sie sich, zurück in Amsterdam zu sein statt auf einer Reise, von der sie immer mehr fürchtete, sie könnte sich als aussichtslos erweisen.

»Bist du sicher, dass er uns heute erwartet?«, fragte sie nicht zum ersten Mal, während das Fuhrwerk über das Kopfsteinpflaster schmaler Straßen zu der Adresse holperte, die le Maistre ihnen genannt hatte.

»Ja«, versetzte Piet. Seine Ungeduld war ein untrügliches Zeichen, dass auch er sich sorgte, le Maistre könnte seinen letzten Brief nicht erhalten haben. »Ich hoffe es.«

Aber als sie vor dem Fachwerkhaus in der Rue de la Poissonnerie hielten, öffnete ihnen ein Diener sofort die Tür, und le Maistre stand in der Eingangshalle, um sie persönlich zu empfangen. Minou und Piet wurden in ein gemütliches Zimmer geführt, wo sie sich den Straßenstaub aus den Gesichtern waschen konnten. Keine Stunde nach ihrer Ankunft saßen sie mit ihrem Gastgeber unter den Ästen einer Platane hinter dem Haus, tranken lieblichen Weißwein und aßen *Cochelins,* ein süßes Gebäck, typisch für die Gegend.

»Für das Wetter möchte ich mich entschuldigen.« Le Maistre lächelte. »Im Regen zeigt Chartres sich nicht von seiner besten Seite. Wir hatten einen ungewöhnlich feuchten August.«

»Wir sind an eine Welt des Wassers gewöhnt«, lachte Piet.

Von der Reise erschöpft und die Sinne angenehm vom Wein betäubt, war Minou es zufrieden, dem Gespräch der beiden Männer zuzuhören.

»Ihr wart nie in Versuchung, nach Amsterdam zurückzukehren?«, fragte Piet.

Le Maistre schüttelte den Kopf. »Ich kam mir dort stets wie ein Außenseiter vor. Ich konnte die Sprache nicht lernen, und nach Antwerpen – nach dem Verlust so vieler Männer, an deren Seite ich kämpfte – wollte ich nach Frankreich zurück. Nicht nach Limoges. Ich hätte keine Freude gehabt, jeden Tag an den

Verlust meiner Frau und meiner Kinder zu denken. Hier wenigstens gibt es keine Erinnerungen, die mich aufwühlen.«

Piet nickte. »Habt Ihr hier Freunde?«

»In Chartres gibt es nur wenige von uns, die dem Reformierten Glauben anhängen. Es ist eine sehr katholische Stadt, und einige Abschnitte der nördlichen Stadtmauern tragen noch die Narben der hugenottischen Belagerung im zweiten Krieg, deshalb sind wir hier auch nicht beliebt. Aber wir können uns im Verborgenen treffen, um zu beten, und zumindest im Augenblick geht es hier genauso friedvoll zu wie irgendwo anders.« Er lächelte. »Und ich kenne eine Witwe, eine Frau von sanftem Gemüt im mittleren Alter. Den Platz meiner geliebten Frau wird sie niemals einnehmen, aber wir genießen des anderen Gesellschaft. Heutzutage genügt es, wenn man sicher und zufrieden ist. Das Feuer meiner Jugend ist verschwunden.«

Piet hob das Glas. »Ich freue mich für Euch, mein Freund.«

In den Zweigen über ihnen stimmte eine Amsel ihr Klagelied um den schwindenden Tag an.

»Und die Angelegenheit, die uns hierherführt?«, fragte Minou.

Le Maistre stand auf. Die Abendstimmung wechselte.

»Sollen wir uns nach drinnen zurückziehen?«, fragte er. »Ich möchte nicht belauscht werden.«

RUE DE LA PORTE CENDREUSE

Marie Cabanel zog sich die blaue Seidenkapuze über den Kopf, befahl der Kutsche zu halten und machte sich zu Fuß in die dunkler werdenden Straßen auf.

Sie eilte über kleine Plätze und vorbei an Fachwerkhäusern, die verdrießlich im strömenden Regen standen. Hinter ihr drohte der Fluss, die Eure, über die Ufer zu treten.

Zur verabredeten Stunde kehrte Marie in das Künstleratelier im Schatten der Prieuré Saint-Vincent zurück. Sie schaute sich um. Dass ihr jemand gefolgt war, glaubte sie nicht – sie hatte einen Bogen geschlagen, und im Übrigen war es dunkel –, aber es war immer klüger, sich zu vergewissern.

Der Regen sickerte ihr durch die Kapuze und tropfte zwischen ihr Kleid und ihre Halskrause. Zugleich bedeutete es eine Erleichterung, der Enge der Pension entkommen zu sein. Seit sie vor drei Wochen die Fälschung in Auftrag gegeben hatte, war Marie die meiste Zeit in den Räumen, die sie unter dem Namen ihres Vaters mietete, geblieben. Ein Einheimischer war großzügig dafür bezahlt worden, dass er ihren Vater spielte. Jeden Abend fraß er sich voll und betrank sich, aber es war eine notwendige Vorsichtsmaßnahme. Hätten die Leute gewusst, dass sie eine Frau ohne Begleitung war, wäre sie nicht sicher gewesen.

Sie hasste es alles. Die Stille, den Mangel an Gesellschaft und Unterhaltung. Aber so Gott es wollte, würde es nicht mehr lange dauern. Wenn alles nach Plan lief, war es nur noch eine Frage von Tagen, bis sie endlich auf dem Heimweg war.

Nur einen Augenblick lang ließ sich Marie von ihren Gedanken dorthin tragen. Sie entsann sich an beinahe gar nichts aus ihrer frühen Kindheit, bloß gelegentliche Schlaglichter, aber ihre Erinnerungen führten sie stets zurück in die Stadt, die sie liebte. Nach Paris. Sie erinnerte sich, wie sie in der Tür eines wunderschönen blauen Zimmers gestanden und gesehen hatte, wie sich bis in die Ferne noch ein weiterer Raum nach dem anderen daran anschloss. Ein Gefühl, dass sie nur das letzte dieser Zimmer zu erreichen brauchte, um dort etwas zu finden, was sie unbedingt sehen musste. Danach verdunkelte sich die Erinnerung: das Gespenst eines Mannes mit schwarzen Locken, der tot auf dem Boden lag. So viel Blut. Und nichts.

Zu den wenigen Dingen, die ihr Vater aus ihrer Kindheit erzählte, gehörte ein schlimmer Sturz auf den Kopf, als sie sieben war.

Maries Finger suchten den Rosenkranz an ihrer Hüfte, wie immer, wenn ihre Gedanken sich ineinander verwanden. Einmal hatte sie ihren Vater gefragt, ob es möglich sei, dass sie einen Mord beobachtet hatte. Er war ihr die Antwort schuldig geblieben, und jetzt war er ebenfalls tot, hatte es ihr überlassen, den Auftrag zu Ende zu führen, von dem er besessen gewesen war.

Als die Tür zum Atelier sich öffnete, wurde Marie zurück in die Gegenwart gerissen.

»Mademoiselle, seid willkommen. Wenn Ihr eintreten möchtet?«

Sie sah den Alten an, einen begabten Schneider und Fälscher. Falten umgaben seine Augen wie ein Spinnennetz, und eine vergrößernde Brille saß auf seiner Nasenspitze, als hätte sie ihn mitten in einer schwierigen Näharbeit unterbrochen. Nadeln unterschiedlicher Stärke waren in sein Filzwams gestochen und bildeten eine Silberleiter wie die Bänder am Rock eines Soldaten.

»Ist es fertig?«

»Das ist es.«

Marie folgte ihm durch ein Gewirr winziger Zimmer, bis sie eine große Werkstatt an der Rückseite des Hauses erreichte. Eine Reihe von Lampen brannte über einem langen Arbeitstisch, der von Stoffen, Scheren und Farben übersät war. Marie stellte erleichtert fest, dass er ihre Anweisungen befolgt und seine Lehrlinge fortgeschickt hatte.

»Wo ist es?«, fragte sie. Ihre Stimme war schneidend vor Anspannung.

Der alte Schneider lächelte. »Ich glaube, Ihr werdet nicht enttäuscht sein, Mademoiselle.«

Marie hoffte, dass nicht alles umsonst gewesen war. Die

Kosten, die Wartezeit, die Anreize, um sicherzustellen, dass die Arbeit rechtzeitig vollendet wurde. Über Évreux war wenig bekannt, aber es hieß, er habe ein scharfes Auge und ungewöhnlich großes Wissen, was Antiquitäten anging. Marie hatte Empfehlungsschreiben aus dem Hafen von Alicante in Valencia gefälscht, dem vielversprechendsten unter den Orten, die für sich in Anspruch nahmen, das Sudarium zu besitzen, das Schweißtuch der Veronika, eine der am schwierigsten zu fassenden Reliquien der Passion Christi.

Von Évreux hieß es, er sei darauf versessen, es zu besitzen.

»Zeigt es mir«, forderte Marie den Alten auf.

Der Schneider öffnete einen Karton, nahm eine Rolle Tuch hervor und breitete es auf dem Tisch aus. Marie wusste es besser, als den Stoff zu berühren, aber augenblicklich bewunderte sie, wie geschickt der Schneider den Geruch und den Schimmer des Heiligen Landes eingefangen hatte. Das Tuch schien nach Ölhainen, Sandelholz und Zedern zu duften. Das Bild auf dem Tuch zeigte einen sanften Mann mit sorgenvollen Augen, die erfüllt waren vom Leid der Welt.

»Wird es genügen?«, fragte der alte Schneider.

Marie atmete langgezogen aus. »Das wird es.«

RUE DE LA POISSONNERIE

In Antoine le Maistres Arbeitszimmer betrachteten Minou und Piet eine Karte der Umgebung.

»Évreux' Anwesen ist hier.« Le Maistre wies auf eine Fläche Land etwa fünf Wegstunden westlich von Chartres. »Ich habe den Mann nie zu Gesicht bekommen, aber allgemein wird gemunkelt, dass Pierre Cabanel, ein Hauptmann im Dienst des Herzogs von Guise, das Haus Évreux' in der Rue du Cheval Blanc, nicht weit von hier, beobachten lässt. Cabanel habe auch

Männer, die das Herrenhaus auf Évreux' Anwesen im Auge behalten.«

»Seid Ihr sicher, dass dieser Cabanel geschickt wurde, um Évreux zu töten?«

»Wenn Évreux tatsächlich Guises früherer Beichtvater ist, dann ja. Jeder weiß, dass der Herzog einen Preis auf den Kopf des Kardinals ausgesetzt hat.«

»Warum hat Cabanel dann noch nicht gehandelt?«

Le Maistre zuckte mit den Schultern. »Évreux verlässt sein Gut nur sehr selten. Es ist gut bewacht: Er beschäftigt kriegserfahrene Söldner. Und selbst in diesen gesetzlosen Zeiten kann ich mir vorstellen, dass Guise – dessen Führerschaft der Heiligen Liga auf seiner moralischen Autorität und seiner Frömmigkeit beruht – sich nicht den Mord an einem Geistlichen vorwerfen lassen möchte.«

»Das ergibt überhaupt keinen Sinn!«

Le Maistre lachte bitter. »Nichts von alldem ergibt Sinn, Reydon. Hunderttausende Menschen wurden im Namen Gottes abgeschlachtet, nicht nur Soldaten auf dem Schlachtfeld, sondern auch Frauen und Kinder, und alles nur wegen des Rechts, so zu beten, wie wir es möchten, für das Recht, in der eigenen Sprache zu beten. Mit diesem Wahnsinn haben wir unser Land vernichtet. Nichts davon ergibt irgendwelchen Sinn.«

Piet legte dem Freund die Hand auf die Schulter. »Ich weiß.«

Le Maistre seufzte. »Verzeiht mir, ich bin dessen so müde.«

»Wo ist Cabanel jetzt?«

»Mir gelang herauszufinden, dass er in einer Kutschstation an der Straße logiert, die nördlich von Évreux' Besitz verläuft. Vermutlich erwartet er weitere Befehle.«

»Ist seine Tochter noch bei ihm?«, fragte Minou beklommen.

»Ich gestehe, dass ich das nicht weiß.« Le Maistre seufzte. »Madame Reydon, vielleicht hätte ich nichts sagen sollen. Erst nachdem ich den Brief nach Amsterdam abgesandt hatte, wurde mir klar, dass ich Eure Hoffnung womöglich grundlos geweckt haben könnte. Nur war die Ähnlichkeit so verblüffend, und ich erinnere mich noch so lebhaft an Eure Tochter. Ich konnte nicht anders, als mich zu wundern.«

Minou nickte. »Wollt Ihr sie mir beschreiben?«

»Sie ist von Eurer Statur, Madame Reydon, und gleicht Euch sowohl in Haltung als auch im Gebaren. Sie hat etwas an sich, eine Eleganz und Selbstsicherheit, eine Kühnheit in der Art, wie sie sich gibt.«

»Welche Farbe haben ihre Haare?«

»Sie waren von ihrer Kapuze bedeckt, aber ich konnte braune Strähnen sehen.«

»Die Farbe von Herbstlaub«, sagte Piet lächelnd.

Le Maistre nickte. »Ihre Züge erinnerten mich augenblicklich an Euch, Madame Reydon, so sehr, dass ich sprachlos war. Der Schwung der Nase, die helle Haut, die Form des Mundes. Aber vor allem anderen waren es ihre Augen. Wir gingen auf der Straße aneinander vorbei. Sie folgte der Rue du Cheval Blanc, ich ging in die entgegengesetzte Richtung.«

»Ihr saht ihre Augen deutlich?«

»Ein braunes und ein blaues Auge. Ich erinnere mich, wie meine liebe Frau davon sprach, als Ihr bei uns in Limoges wart. Bei Euch und auch bei Eurer Tochter.«

Minou lächelte. »Ich habe noch die Emailledose, die Madame le Maistre mir schenkte. Ich halte sie in Ehren.«

Le Maistre lächelte ebenfalls, einen Moment lang in glücklichere Zeiten zurückversetzt. Auf dem Hof sang die Amsel noch immer in der Platane.

»Was schlagt Ihr vor zu tun?«, fragte Piet.

Le Maistre hob die Hände. »Das liegt an Euch, mein Freund. Ich kann Euch zum Landgut Évreux bringen, aber wie Ihr ins Herrenhaus gelangt, wenn wir einmal dort sind, das weiß ich nicht. Ich kann Euch auch zuerst zu der Kutschstation bringen, in der Cabanel und seine Tochter sich eingemietet haben. Ich gebe Euch jede Hilfe, die Ihr braucht. Aber entscheiden müsst Ihr selbst.«

Piet zögerte und wandte sich an Minou. »Was würdest du tun?«

Sie schaute ihn an. Im flackernden Kerzenschein wirkten die Sorgenfalten in seinem Gesicht tiefer als sonst.

»Dir ist klar, welches Datum wir morgen haben, *mon cœur*?«

»Der zweiundzwanzigste Tag im August ...« Er verstummte.

»Oh.«

Minous Finger stahlen sich zu Martas alter Leinenhaube in ihrer Tasche.

»Morgen ist es auf den Tag genau zwölf Jahre her, dass wir sie zuletzt sahen. Ich erinnere mich an jeden Augenblick jenes Tages, als wäre es gestern gewesen: die drückende Hitze, der Gestank der Straße, der Lärm in der Rue des Barres. Der Tag war heiß und feucht. Aimeric kam – auch ihn sah ich am gleichen Tag zum letzten Mal. Jean-Jacques litt an einer Kolik und hatte die ganze Nacht geweint. Marta preschte in unsere Schlafkammer und verlangte, in die Stadt gebracht zu werden. Sie war erst sieben.«

»Minou«, murmelte er. »Liebste.«

»Ich muss diese junge Frau sehen.« Ihre Worte platzten aus ihr heraus. »Heute Abend, morgen, so bald als möglich. Noch einen Tag in Ungewissheit halte ich nicht aus.«

KAPITEL 81

UMLAND VON CHARTRES
ORLÉANAIS

Im dunklen Herzen des Landes um Chartres saß Marie Cabanel in ihrer Kammer und lauschte auf den Regen, der gegen die Fensterscheibe peitschte. So Gott es wollte, war das ihre letzte Nacht in dieser lauten, übelriechenden Absteige.

Nachdem Marie die Schneiderwerkstatt in Chartres verlassen hatte, hatte sie einen Brief an Seigneur de Évreux geschrieben mit der Bitte um eine Audienz, diesmal unter eigenem Namen statt dem des willigen Sakristans. Zur Kutschstation, ihrer Zuflucht für die vergangenen sieben Wochen, war sie nur zurückgekehrt, um zu warten und sich zu erholen, aber Ruhe fand Marie nicht. Jede Kleinigkeit, die ihren Plan noch zum Scheitern bringen konnte, kam ihr in den Sinn, darunter vor allem die Möglichkeit, dass Évreux den Köder gar nicht schluckte. Hatte sie in das Schreiben genug einfließen lassen, um ihn zu überzeugen, sie zu empfangen? Was, wenn er nicht einmal auf den Brief antwortete?

Marie erhob sich und schritt im Zimmer auf und ab. Ihr Plan war ausgezeichnet. Sie musste zuversichtlich sein, dass sich alles fügte.

»Es muss gehen.« Der Klang ihrer Stimme flößte ihr Mut ein. »Das wird es.«

Sie hatte vorgeschlagen, sich in seinem Haus an der Rue du Cheval Blanc zu treffen. Das wäre sicherer gewesen. Pierre, der bierdurstige Tagelöhner, den sie angestellt hatte, damit er ihren Vater spielte – und der gerade in dem kleinen Zimmer nebenan schlief und schnarchte –, würde aus geeigneter Entfernung auf sie achten. Auch wenn alles davon abhing, dass Marie Évreux' Vertrauen errang, war sie nicht so töricht, den Landadeligen allein aufzusuchen.

Sie atmete tief durch. Ihre Nerven waren heute Nacht angespannt. Besorgnis flatterte in ihrem Magen. Sie brauchte nur zu bestätigen, dass Évreux mit Vidal identisch war – von ihrem Vater kannte sie jedes seiner typischen Kennzeichen –, dann konnte sie sich davonmachen, bevor ihm auffiel, dass die Reliquie gefälscht war.

Der Fälscher hatte ausgezeichnete Arbeit geleistet. Aber war sie gut genug, um ein so geübtes Auge wie das von Évreux zu täuschen? Sie würde es erst erfahren, wenn sie ihm das falsche Schweißtuch vorlegte.

Ihr Herz setzte einen Schlag aus. Sie musste daran glauben, dass die Sterne günstig standen.

Verlief alles wie gewünscht, würde sie Chartres unverzüglich verlassen und die Heimreise nach Paris antreten. Mit Glück wäre sie zu Michaelis wieder in ihrer bescheidenen Wohnung in der Rue Saint-Antoine. Über ein Jahr lang war sie fort gewesen.

Niemand wartete dort mehr auf sie. Sie hatte weder Brüder noch Schwestern, und an ihre Mutter erinnerte sie sich kaum – eine unscheinbare, dürre Frau, die an der Seuche gestorben war, die Paris nach dem Massaker der Bartholomäusnacht befallen hatte. Ihr Vater war im vergangenen Winter gestorben, bei einem dämlichen Raufhandel in einem Rouener Wirtshaus.

Cabanel war ein rauer, verschlossener Mann gewesen, niemand, der Zuneigung zeigte, aber gegen sie hatte er nie die Hand erhoben. Auf seine Weise, dachte sie, hatte er sie liebgehabt. Sie machte sich keine Illusionen, was seinen Charakter betraf – er war ein bezahlter Mörder, ein Intrigant und Attentäter –, aber er hatte sie wie einen Sohn behandelt und ihr alles beigebracht, was er über das Leben im Schatten wusste.

Die nächste Phase ihres Plans bestand darin, beim Herzog von Guise um eine Audienz zu ersuchen. Sie würde ihr bestes blaues Kleid tragen und sich sittsam und charmant geben. Sie würde um seine Verzeihung bitten und ihm eröffnen, dass sie, eine Jungfrau von neunzehn Jahren, den Auftrag erledigt habe, der ihrem Vater, Pierre Cabanel, von ihm erteilt worden sei. Marie war einmal mit ihrem Vater beim Herzog gewesen – sie musste dreizehn oder vierzehn gewesen sein. Der Herzog hatte sie mit seiner Aufmerksamkeit geehrt und sich günstig über ihre Kühnheit und die ungewöhnliche Farbe ihrer Augen, eines braun und eines blau, geäußert. Sie ging davon aus, dass er sich an sie erinnern würde.

Und dann?

Marie erlaubte sich zu träumen.

Worauf sie hoffte, war, dass sie – mit einer Empfehlung von Guise – die Aufmerksamkeit Charlotte de Sauves erregte, der Anführerin von Caterina de' Medicis *escadron volant*. Ganz Paris wusste, dass die ehemalige Mätresse nicht nur die Aufmerksamkeit Henri von Navarras und die von des Königs jüngerem Bruder, »Monsieur«, auf sich gezogen hatte, sondern inzwischen auch die des Herzogs. Wenn Guise zufriedenstellte, was Marie in Chartres herausfand, konnte er doch ein gutes Wort bei Charlotte de Sauves für sie einlegen? Sie würde ihren Namen ändern. Cabanel war zu gewöhnlich, sie hatte nie gefunden, dass er zu ihr passte. Mit einer neuen Identität konnte sie als die Frau beginnen, die zu sein ihr bestimmt war.

Mit einem Mal empfand sie einen unbegreiflichen Verlust. Und Beschämung. Maries Finger krümmten sich zu einer Faust. Dann schob sie das Gefühl beiseite. Sie brauchte sich vor niemandem zu rechtfertigen. Es gab niemanden, der sich um sie scherte. Sie hatte sich das Leben, das sie führte, nicht ausgesucht, und ihr blieb keine andere Wahl. Überleben konnte sie nur durch ihren Verstand und ihr Aussehen. Später, wenn sie eigenes Geld besaß und endlich sicher war, blieb genügend Zeit für Reue und Besserung.

Ein Ruf unter ihr riss sie vom Abgrund ihrer tückischen Gedanken zurück.

Marie eilte ans Fenster und sah noch, wie der jüngste Stallbursche, ein süßer Junge mit einem weinroten Muttermal im Gesicht, herausstürzte und die Zügel eines Zweispänners packte, der zu rasch in den Hof einfuhr.

»Ruhig«, rief er. »Ganz ruhig.«

Marie war enttäuscht. Sie hatte den Boten erwartet, der Nachricht von Évreux brachte, aber nun trafen nur Übernachtungsgäste ein.

Noch eine Weile stand sie am Fenster, sah auf die leere Landschaft hinaus und lauschte auf Hufschlag. Der Regen hatte aufgehört, aber der Abend war feucht, und nun lag ein weißer Nebel über dem flachen dunklen Land. Ohne Warnung kam ihr ein Satz in den Sinn.

»Meine Dame des Nebels.«

Eine vage Erinnerung überkam sie: an eine Winternacht und Kopfsteinpflaster, an ein Mädchen und einen Jungen, die einander im Schatten der nebligen Kathedrale begegneten. Ein Mädchen, das aussah wie sie.

Erschüttert drückte Marie den Fensterflügel so weit auf, wie es ging, und saugte die Nachtluft ein. In der Schankstube unter ihr war es still geworden. Nichts rührte sich. Nur der saure Geruch von Stroh nach Regen, Pferdepisse und Dung stieg zu ihr hoch.

Marie setzte sich auf die Truhe vor dem Fenster und nahm den Dolch ihres Vaters in die Hand. Er hatte ihn mehr geschätzt als alles andere, hatte ihn nie aus den Augen gelassen. Sein Glücksbringer, hatte er ihr erzählt, Sinnbild der Nacht, in der sein Los sich gewandelt hatte. Er hatte ihn in der Hand gehalten, als er starb, als sein Leben verrann wegen eines Krugs Bier in einer Hafenschenke. Mit einem Mal erinnerte sich Marie an seine letzten Worte.

»Ich hatte nie vor, dich zu behalten«, hatte er geflüstert.

Marie ließ den Moment vor ihrem geistigen Auge vorbeiziehen: das Eis auf dem Boden, der erschütterte Matrose, entsetzt, was er getan hatte, das Knallen der Tavernentür, der Geruch nach Schweiß und Bier, als Männer kamen, um ihren Vater hineinzutragen. Die Schreie der Möwen über dem Wasser. Sie hatte nicht geweint. Es wäre sinnlos gewesen.

»Ich hatte nie vor, dich zu behalten …«

KAPITEL 82

LANDGUT ÉVREUX

Louis stand vor der Tür der Bibliothek, den Brief seines Vaters in der Hand. Das Schreiben der Frau, die behauptete, im Besitz des Sudariums zu sein, war kurz vor Mitternacht eingetroffen. Nun war es zwei Uhr morgens, und der Bote wartete noch immer auf eine Antwort.

Es war dunkel, aber er zögerte dennoch. Lauschte. Nicht eine Maus rührte sich, die Diener waren in ihren Kammern, sein Vater hatte sich in sein Schlafgemach zurückgezogen. In der Gewissheit, dass er unbeobachtet war, schob Louis die Dolchspitze unter das Évreux'sche Siegel und löste das Wachs ab. Er versicherte sich, dass sein Tun gerechtfertigt sei, weil er damit seinen Vater schützte.

Louis hielt das Papier vor die Kerze und las die wenigen Worte – nichts weiter als das, was er schon wusste: dass Marie Cabanel morgen bei Sonnenuntergang auf das Gut kommen sollte. Der Name Cabanel sagte ihm nichts.

Er zog das rote Siegel über die Flamme, gerade lange genug, um es zu erweichen, und verschloss den Brief wieder. Mit einer bösen Ahnung ging er hinaus auf den Hof und nahm den Bogen zum Küchengarten, wo zu warten dem Boten befohlen worden war.

Der junge Mann döste auf einer Bank.

Louis stellte sich vor ihn. »Was soll das?«

Der Junge sprang auf. »Monsieur!«

»Mit der Empfehlung Seigneur de Évreux'«, sagte Louis, den Brief fest zwischen Daumen und Zeigefinger. »Wo sollst du das abgeben?«

»Das kann ich nicht sagen, Monsieur.«

Louis starrte ihn an. »Kannst du es nicht, oder willst du es nicht?«

»Die Dame hat mich gebeten, es nicht zu tun – ihr Ruf.«

»Glaubst du denn etwa, mein Vater hätte die Angewohnheit ...« Louis schlug den Jungen auf die Schulter. »In diesem Fall hoffe ich für dich, dass du keinen allzu langen Ritt vor dir hast.«

»Nein, Monsieur.«

»Ich nehme an, Mademoiselle Cabanel bleibt durchaus in der Nähe, aber weit genug entfernt, um die Diskretion zu wahren.« Louis gab ihm eine Münze. »Seigneur de Évreux wird dankbar sein, wenn du in dieser Angelegenheit taktvoll bist. Du weißt, wie die Leute reden.«

»Vielen Dank, Monsieur.« Der Bote seufzte erleichtert. »Mein Ziel ist nur eine Wegstunde entfernt, danach reite ich zurück nach Chartres.«

Rue de la Poissonnerie

Minou saß im Dunkel ihrer Schlafkammer. Ihr ruheloser Geist ließ sie kein Auge zutun.

Ihr kam es vor, als zöge sie in die Schlacht. Sie empfand Entschlossenheit und Erwartung, aber auch Entsetzen über das, was vor ihr liegen mochte. Gedanken um ihre Tochter und wie sie sein mochte, schossen ihr durch den Kopf. Was würde Marta sagen, wenn sie einander nach all den Jahren von Angesicht zu Angesicht gegenüberstanden? Was würde sie empfinden?

Minou versuchte sich an alle Vorstellungen von Marta zu erinnern, die sie in zwölf Jahren der Trauer beschworen hatte: ihre Tochter mit zehn, ein wenig größer, aber noch die Gleiche; mit zwölf, das Haar geflochten, in einem schönen Kleid; mit fünfzehn an der Schwelle zur Frau. Und nun, wenn Antoine le Maistre zu glauben war, ihr so ähnlich wie das Abbild in einem Spiegel. Das gleiche Gebaren, die gleiche Haltung, hatte er gesagt. Die gleichen ungewöhnlichen Augen, blau und braun, wie man sie so selten zusammen fand. Minou würde sich als junges Mädchen wiedersehen, und der Gedanke erfreute und erschreckte sie zugleich. Aber in Wahrheit stand ihr nur das Mädchen klar vor Augen, das an genau diesem Tag im Jahr 1572 verschwunden war. Das Mädchen auf dem Wandteppich.

Minou spürte einen Stich in ihrer Brust und presste die Hände gegen die Rippen, um nicht aufzuschreien. Nach so vielen Jahren der Vorsicht hatte sie ihren Schild gesenkt und sich Hoffnung gestattet. Wenn sie wieder enttäuscht wurde, wusste sie nicht sicher, ob ihr Herz es ertrug.

LANDGUT ÉVREUX

Louis eilte zum Stall.

So nahe am Gut gab es nur ein einziges Gasthaus. Wenn er richtig vermutete und Marie Cabanel dort war, konnte er sie beobachten, wie sie die Einladung seines Vaters erhielt, und die Situation beurteilen. Wenn sie aufrichtig erschien, war es gut. Aber wenn ihm etwas merkwürdig vorkam, war er wenigstens vorgewarnt.

»Wo willst du hin, du kleiner Teufel?«

Louis bekam einen Hieb zwischen die Schulterblätter und fuhr herum.

»Wag es nicht, mich anzufassen!«

Xavier stieß ihn erneut, trieb ihn gegen das Geländer. Louis hörte, wie das Pferd mit den Hufen aufs Stroh stampfte.

»Ich warne dich, strapaziere nicht meine Geduld.«

Der Verwalter lachte. »Oder was? Läufst du dann weinend zu Papa? Was glaubst du denn wohl, wie unser edler Herr reagieren würde, wenn er wüsste, dass du seine Privatkorrespondenz öffnest? Oder wenn er erfährt, dass du dich mitten in der Nacht davonstiehlst?«

Louis bot ihm die Stirn. »Das geht dich nichts an. Geh mir aus dem Weg.«

»Ich habe dir eine Frage gestellt, Bürschchen. Wohin willst du?«

Zu seinem Entsetzen sah Louis es in der Hand des Verwalters silbrig aufblitzen.

»Sei kein Narr.« Verzweifelt sah er sich nach etwas um, womit er sich verteidigen konnte. »Keiner von uns will Schwierigkeiten.«

Xavier stieß spielerisch mit dem Messer nach ihm. »Von dem Augenblick an, als wir nach Saint-Antonin kamen, hast du nichts als Schwierigkeiten gemacht. Ich habe es Seiner Eminenz damals gesagt und werde ihn jetzt daran erinnern, dass du nichts taugst. Du kennst keine Treue und keine Zuneigung. Du bist eine Ratte. Er kann dir nicht trauen, schon gar nicht jetzt, wo er krank ist.« Xavier lächelte verzerrt. »So furchtbar krank. Nicht mehr lange auf dieser Welt, würde ich sagen.«

Louis erschauerte. »Was meinst du damit?«

Xaviers Antwort bestand in einem weiteren Stoß mit dem Messer. Diesmal hinterließ es einen Schnitt in Louis' Unterarm.

»Nur weil sein Blut in deinen Adern fließt, nur weil du ihm ähnlich siehst, glaubst du da etwa, ich lasse mich von dir verdrängen, nachdem ich ihm so lange gedient habe?«

Aus dem Augenwinkel sah Louis eine Harke, die an der Holzstütze am Ende der Pferdebox lehnte. Er streckte den Arm danach aus, ergriff sie und knallte Xavier den Stiel auf die Schulter.

Der Mann heulte auf, ließ das Messer jedoch nicht fallen.

»Tu das nicht, Xavier«, rief Louis und schwang wieder die Harke.

Mit einem Knirschen traf der Stiel den Verwalter seitlich gegen den Kopf. Xavier ging zu Boden. In den Boxen hinter ihm wieherten und stampften die Pferde.

Einen Moment lang starrte Louis ihn entsetzt an. War er tot? Er kniete sich neben ihn. »Xavier?«

Louis befühlte den Hals des Mannes und spürte keinen Puls. Zu atmen schien er auch nicht. Hatte er ihn getötet?

Eine Welle puren Entsetzens durchlief ihn, und er fühlte sich wie das wehrlose Kind, das vor all den Jahren im Kloster von Saint-Antonin eingesperrt gewesen war.

Louis erhob sich. Er war kein schwacher Junge mehr, der im Dunkeln auf die Strafe wartete, die mit Sicherheit kam. Er war der Sohn des Seigneur de Évreux, der legitime Erbe seines Vaters. Er hatte aus Notwehr gehandelt, die Interessen seines Vaters beschützt.

Aber würde Vidal ihm glauben?

Louis sah durch die offene Stalltür und bemerkte im Osten den ersten Schimmer der Morgendämmerung. Eines war sicher: Er konnte Xavier nicht hier zurücklassen. Seine beste Hoffnung war, wenn die Abwesenheit des Verwalters so lange wie möglich unbemerkt blieb. Die Gedanken seines Vaters richteten sich ganz auf die Ankunft Marie Cabanels am Abend. Vidal war davon besessen, seine Sammlung zu vervollständigen. Gewiss hätte er an diesem Tag keinen Sinn für etwas anderes?

In der Hoffnung, dass er richtiglag, versteckte Louis die blutige Harke, und während er betete, dass keiner der Tagelöhner schon wach war, packte er Xavier bei den Beinen. Langsam und vorsichtig zerrte er die Leiche im ersten Tageslicht vom Stall bis an den See. Der Weg war beschwerlich, das Gras feucht vom Morgentau, aber er schaffte es.

Keuchend nahm sich Louis einen Moment, um zu Atem zu kommen, dann rollte er die Leiche ins Wasser und sah zu, wie Xavier unter die dunkle Oberfläche sank. Noch immer entsetzt über das, was er getan hatte, rannte er zum Herrenhaus zurück, bevor jemand bemerkte, dass er nicht im Bett lag.

KAPITEL 83

LANDGUT ÉVREUX
Mittwoch, 22. August

Bei Tagesanbruch hatten Marie Cabanel und ihre beiden Begleiter das Waldland durchquert, das die Évreux'schen Ländereien nach Norden begrenzte. Die Männer hatten ihr versichert, dass so früh am Tag keine Soldaten in diesem Teil des Gutes Dienst täten. Wenn sie Pech hatten, entdeckte sie ein Wildhüter, doch solange keine Hunde in ihre Nähe kamen, sollten sie sicher sein.

Mitten in der Nacht hatte Marie Évreux' Nachricht erhalten. Er willigte ein, sie zu empfangen, aber das Treffen sollte nicht in seinem Haus in Chartres stattfinden, wie Marie gehofft hatte, sondern vielmehr auf dem Landgut. Ihre Entschlossenheit war ins Wanken geraten, als sie es las. Ohne Zweifel war ihr Vorhaben dadurch gefährlicher und ihre Position riskanter.

Aber als ein rosaroter Sonnenaufgang über die Fensterbank stieg, hatte sie ihre Zuversicht wiedererlangt. Sie war zu weit gekommen, um jetzt aufzugeben. Der Erfolg lag in ihrer Reichweite, sie brauchte nur die Nerven zu bewahren.

Um sechs Uhr hatte Marie ihre Räume verlassen, die Rechnung beim Wirt beglichen und ihre Habseligkeiten auf den Wagen geladen. Ihr erschien es klug, sich mit dem Gut vertraut zu machen, bevor sie in der Abenddämmerung dorthin zurückkehrte. Auch wenn die Ausgabe ihre schwindenden Mittel noch stärker zusammenschmelzen ließ, hatte sie sich entschieden, zu ihrem Schutz nicht nur Pierre mitzunehmen, der sich als ihr Vater ausgab, sondern auch dessen Bruder. Zusammen mit dem Kutscher hatte sie damit drei Beschützer. Alle stammten aus der Gegend und waren ortskundig. Wenn alles nach Plan verlief, konnte sie von dem Geld, das Évreux ihr für das gefälschte Sudarium zahlen würde, mühelos die zusätzlichen Kosten bestreiten.

Wenn er sich nur von der Fälschung täuschen ließ.

Marie trat an den Waldsaum und blieb stehen. In der Ferne sah sie das Herrenhaus, das allein mitten auf der weiten Kuppe eines Hügels stand.

»Ich werde mich dem Haus mit der Kutsche auf der Hauptzufahrt nähern.«

Pierre räusperte sich. »Zum Haus braucht Ihr nicht. Dort drüben werdet Ihr ihn finden.«

Marie sah in die Richtung, in die er deutete, und sah einen großen See. In seiner Mitte befand sich eine Insel, und darauf stand ein weißes Bauwerk.

»Eine Kirche? Ich will hier nicht beten, Messieurs!«

Jean sah sie verschlagen an. »Seigneur de Évreux pflegt jeden Abend bei Sonnenuntergang auf die Insel überzusetzen.«

Marie runzelte die Stirn. Unruhe regte sich in ihrer Brust. Das machte es noch komplizierter. Allein in Évreux' Haus zu gehen war schon gefährlich, aber das?

»Und er ist gewöhnlich unbegleitet?«, fragte sie.

»Bis auf den Fährmann, der ihn rüberbringt, ja.«

»Sein Sohn begleitet ihn nicht?«

Pierre zuckte mit den Achseln. »Manchmal.«

»Von wem wisst Ihr das alles?«

Pierre und Jean tauschten einen Blick. »Wir haben einen Spitzel auf dem Gut«, sagte der ältere Bruder. »Seigneur de Évreux' Verwalter.«

»Ist er vertrauenswürdig?«

»Xavier dient Évreux seit zwanzig Jahren.«

Marie starrte auf das Bauwerk. Als das Licht heller wurde, hob sich der weiße Turm umso schroffer gegen den blauen Himmel ab. War es eine Privatkapelle? Ein Mausoleum? Mit einem Mal begriff sie. Wenn alles, was sie über Évreux wusste, der Wahrheit entsprach, stand dann nicht zu vermuten, dass es sich um ein Reliquiar handelte?

Marie spürte neue Zuversicht. Der Einsatz hatte sich soeben erhöht. Ihre Gedanken überschlugen sich. Nun stellte sie sich vor, wie dankbar der Herzog von Guise wäre, wenn sie ihm nicht nur Neuigkeiten über Vidals Aufenthalt brächte, sondern auch Informationen über die Reliquien, die er hortete. Sie wären für die Heilige Liga von unschätzbarem Wert.

»Gibt es eine Fähre?«

Pierre hustete. »Es gibt eine Kette, die einen Steg unterhalb des Herrenhauses mit der Insel verbindet.«

»Allerdings können wir auch hinüberschwimmen«, sagte Jean.

Marie dachte laut. »Also, wenn wir in das Gebäude gehen, könntet Ihr ebenfalls dort sein.«

Pierre nickte. »Ganz genau.«

Marie runzelte die Stirn. »Wie wollt Ihr es wissen? Ich bezweifle, ob ich Euch irgendwie benachrichtigen kann.«

»Wir werden das Haus beobachten, Mademoiselle. Wenn wir Euch hinauskommen und Richtung See gehen sehen, werden wir ebenfalls das Wasser überqueren.«

Maries Hand legte sich auf den Dolch ihres Vaters an ihrer Hüfte. Oftmals am Schleifstein geschärft, hatte er ihm gut gedient bis zum Tag seines Todes. Vielleicht würde er nun auch sie beschützen.

Sie wusste, dass sie ein gewaltiges Risiko einging. Selbst wenn Seigneur de Évreux von der Reliquie getäuscht wurde, welche Garantien hatte sie, dass er sie gehen ließ? Dennoch, der

Einsatz war hoch. Wenn sie Erfolg hatte, würde sie sich das Leben gestalten können, das sie verdiente. Sie wäre endlich sicher.

Marie sah ein letztes Mal zum Herrenhaus auf dem Hügel und dem weißen Turm mitten auf der Insel, dann wandte sie sich wieder zwischen die Bäume. Obwohl sie in Paris geboren und aufgewachsen war, hatte sie sich immer gewundert, wie gut sie im Wald zurechtkam. Wald bedeutete für sie lange und glückliche Sommertage, ein Picknick unter blauem Himmel und Freiheit. Kurz trat ihr ein Kind vor Augen, das neben einem alten Mann saß: ein Tisch voller Papier und bunter Kreide, eine handgezeichnete Karte. Das Gefühl, geliebt und angehimmelt zu werden.

»*Les fantômes d'été*«, murmelte sie.

»Mademoiselle Cabanel?«

Marie blinzelte und fand sich zu ihrer Überraschung im Umland von Chartres wieder. Die Gespenster der vergangenen Sommer waren entschlüpft.

»Bei Sonnenuntergang kehren wir zurück«, sagte sie forsch, drehte sich um und ging zur Kutsche.

KAPITEL 84

Als die Glocken der Kathedrale zur Mittagsandacht riefen, ritten Minou, Piet und Antoine le Maistre durch das Westtor aus der Stadt.

Es war der zweiundzwanzigste Tag im August, der Jahrestag von Martas Verschwinden. Die Sonne stand hoch, der Himmel war ein endloses Blau, doch zarte mattweiße Wolken am Horizont drohten mit einem Umschlag des Wetters.

Die drei alten Freunde ritten schweigend, jeder in seine eigenen Gedanken versunken. Nach außen hin wirkte Minou selbstsicher und gelassen. Sie trug ihren treuen grünen Reisemantel für den Fall, dass sein Anblick Martas Gedächtnis auf die Sprünge half, und hatte sich das Haar so frisiert, wie sie es vor zwölf Jahren in Paris getragen hatte, statt in der aktuellen niederländischen Mode. In ihrer Satteltasche steckten ihr aktuelles Tagebuch und Martas alte Haube. Aber unter der Oberfläche pochte ihr Herz wie Wellen, die immer wieder an die Küste schlugen.

An einer Weggabelung im flachen grünen Land gut drei Wegstunden hinter Chartres zügelte le Maistre sein Pferd. Eine Straße führte weiter nach Westen, ein schmaler Pfad zweigte nach links ab.

»Hier geht es zum Landgut Évreux.«

»Wie weit ist es noch?«, fragte Piet.

»Etwa zwei Wegstunden nach Süden«, antwortete le Maistre. »Die Kutschstation, in der Cabanel und seine Tochter wohnen sollen, sind an der Straße, eine gute halbe Stunde weiter.«

»Seid Ihr Euch nicht sicher?«, fragte Piet scharf.

»So sicher, wie ich mir sein kann«, entgegnete le Maistre, »aber Ihr wisst, wie es ist. Eine Nachricht wird übermittelt, dann weitergeleitet und erneut wiedergegeben. Wenn sie das Ohr erreicht, für das sie bestimmt war, ist die Wahrheit schon fadenscheinig geworden.« Er verzog das Gesicht. »Bevor wir angekommen sind und den Wirt persönlich gesprochen haben, kann ich mir nicht sicher sein. Ihr versteht?«

»Piet hat verstanden«, sagte Minou rasch. »Wir verstehen beide.«

Landgut Évreux

»Vor seinem Angesicht flohen die Erde und der Himmel, und es wurde keine Stätte für sie gefunden.«

Vidal war nicht sicher, ob er die Worte laut ausgesprochen hatte. Er schien in einem Grenzbereich zwischen Wachen und Schlafen zu existieren, gefangen vom Schmerz und der Krankheit in seinem Kopf. Er spürte das Gewicht der Bibel auf seinem Schoß. Sie war in der Offenbarung aufgeschlagen, auch wenn er nicht in die Seiten hineinzusehen brauchte. Die Worte standen ihm ins Herz eingebrannt.

»Und ich sah die Toten, die Großen und die Kleinen, vor dem Throne stehen, und Bücher wurden aufgetan, und ein anderes Buch wurde aufgetan, das ist das Buch des Lebens; und die Toten wurden gerichtet nach dem, was in den Büchern geschrieben war, nach ihren Werken.«

Solche Träume. Solche schrecklichen, dunklen Träume. Der Tag des Jüngsten Gerichts wie vorhergesagt. Bliebe er noch lange genug verschont, um den Waagebalken wieder zu seiner Gunst zu neigen? Damit er das weiße Himmelslicht erblickte und zwischen Engeln und Erzengeln stände? Falls die Cabanel ihm brachte, was sie versprach – vielleicht. Nur, sagte der Teufel auf seiner Schulter, wird Gott die Falschheit von der Wahrheit unterscheiden. Welche Gnade könnte es für dich geben?

»Vater?«

Vidal fuhr hoch, und die Bibel fiel von seinen Knien auf den Boden.

»Xavier, bist du das?«

»Ich bin es, Vater. Louis.«

Bis er klar sah, verging ein Moment. Die hohen Fenster zum Garten, die Bücherregale mit den Glastüren. Er war in der Bibliothek und wartete auf den Sonnenuntergang. Jetzt erinnerte er sich wieder.

Vidal richtete die Augen auf seinen Sohn. Einen Moment lang glaubte er, sich selbst im Spiegel zu sehen. Der gleiche düstere, direkte Blick, die charakteristische weiße Haarsträhne. War der Junge der Aufgabe gewachsen, die Vidal ihm stellte? Er wollte sichergehen, doch Louis behielt seine Gedanken für sich. Vidal wusste nie, was sein Sohn wirklich dachte. Aus diesem Grund traute Xavier ihm nicht, hatte ihm nie getraut. Vidal rieb sich mit der Hand über die Stoppeln auf seinem geschorenen Haupt.

»Wo ist Xavier? Ich möchte mich für unseren Gast an diesem Abend bereitmachen.«

»Es tut mir leid, Vater. Ich habe ihn überall gesucht – im ganzen Haus, in seinen Räumen, im Stall, in der Küche. Ich bin sogar zum Dorf geritten. Niemand hat ihn gesehen.«

Vidal ließ die Hand in den Schoß fallen. Diese Mattigkeit war kein gutes Zeichen.

»Bring mir Wein und mein Tonikum.«

Er sah Louis zu, wie er ihm großzügig einschenkte, eine in

Papier eingewickelte Dosis des Pulvers hineinschüttete und umrührte.

»Hier bitte, Vater.«

Vidal nahm einen tiefen Schluck und leerte den Kelch in drei Zügen. Sofort belebte sich sein Blut wieder. Er streckte den Kelch vor, damit er nachgefüllt wurde.

»Ich könnte es tun«, sagte Louis, als er mit der Karaffe kam.

»Was tun?«

»Da Xavier nicht hier ist – und du deine üblichen Vorbereitungen triffst –, könnte ich dir doch als Barbier dienen? Ich habe ihn oft genug mit Rasiermesser und Tuch beobachtet.«

Vidal rieb sich wieder über den Kopf und nickte.

»Gib acht, dass dir die Hand nicht ausrutscht.«

Als Minou, Piet und le Maistre die Kutschstation erreichten, war der Himmel grau geworden und die Luft kühl. Schwarze Wolken huschten über den Horizont. Ein neues Gewitter sammelte dort Kräfte. Minou zog sich den Mantel fest um die Schultern und wünschte, sie trüge wärmere Reithandschuhe.

»Überlasst es mir.« Le Maistre sprang von seinem Pferd und verschwand im Wirtshaus.

Minou und Piet stiegen ebenfalls ab. Durch die offene Tür sahen sie, dass das Kutschhaus voll war. An den langen Tischen und Bänken saßen hauptsächlich Männer. Eine füllige Matrone stellte Platten mit Brot und getrocknetem Schinken in die Mitte der Tische, dazu Teller mit süßen Keksen, den *Cochelins,* die ihnen le Maistre vorgesetzt hatte, und aufgeschnittenen Pflaumen. Eine Kellnerin eilte die Reihen auf und ab und füllte hölzerne Humpen aus einem Krug mit Bier auf. Hier konnten Leute kommen und gehen, ohne dass jemand etwas sagte oder sie bemerkte. Hier konnte man abseits neugieriger Augen warten.

Nach kurzer Zeit kam le Maistre wieder heraus. »So viel habe ich herausfinden können: Im Juni hat der Wirt zwei Zimmer im

Obergeschoss an einen Pierre Cabanel und seine Tochter vermietet. Sie kam im Auftrag ihres Vaters als Erste, um sich zu vergewissern, dass die Unterbringung sich für ihren Vater eignete, der ein Kriegsinvalide ist.«

»Ein Invalide!«, rief Piet aus.

»Ich nehme an, das war nur ein Vorwand, um ihn versteckt zu halten. Der Wirt räumt ein, den Mann nur selten gesehen zu haben. Alle Mahlzeiten wurden ihm aufs Zimmer gebracht. Die Miete wurde stets pünktlich gezahlt. Die beiden waren still und machten niemals Ärger.«

»Was ist mit der jungen Frau?«, fragte Minou besorgt.

Le Maistre zog die Brauen hoch. »Der gute Wirt war von Mademoiselle Cabanel höchst bezaubert. Charmant und höflich, gut gekleidet. Er beschrieb sie in zahlreichen Einzelheiten, und obwohl der Mann ein Säufer ist, besteht für mich kein Zweifel, dass es die gleiche junge Frau ist, die ich in Chartres gesehen habe. Er hörte gar nicht auf, davon zu schwärmen, wie schön ihre Augen seien. Im Gegensatz zu ihrem Vater ritt sie manchmal aus.«

Minou sah zu den Fenstern auf den Hof hinauf. Ihre Knie waren mit einem Mal weich. »Sind sie jetzt da?«

Le Maistres Ausdruck verdüsterte sich. »Ich bedaure sagen zu müssen, dass sie es seit heute Morgen nicht mehr sind. Mademoiselle Cabanel hat ihre Rechnung heute früh beglichen und ist in großer Hast noch vor Sonnenaufgang aufgebrochen.«

Minou empfand eine niederschmetternde Enttäuschung. Dem Ziel so nahe zu kommen und wieder zu scheitern, sie ertrug es kaum.

»Warum so plötzlich?«, fragte Piet. »Was hat der Wirt gesagt?«

Le Maistre schüttelte den Kopf. »Nichts, und er wusste auch nicht, wohin sie wollten. Er hat aber erwähnt, dass vor dem Morgengrauen ein Bote für Mademoiselle Cabanel eintraf. Das

ganze Haus habe er mit seinem Hämmern gegen die Tür aufge-
weckt.«

Piet sah Minou an. »Was, wenn Cabanel entdeckt hat, dass
Évreux nicht Vidal ist?«

Minou sammelte sich. »Nein, ich glaube eher, dass er die
Bestätigung dafür erhalten hat. Ich glaube, Cabanel ist aufgebrochen, um Évreux zu töten.«

Sie spürte Piets Blick. »Du willst damit sagen, dass wir ihnen
folgen sollten?«

»Ich weiß nicht, was wir sonst tun sollten. Irre ich mich,
haben wir keine Hoffnung, sie jetzt noch zu finden. Sie könnten
überallhin verschwunden sein. Die besten Aussichten winken
uns, wenn wir zu Évreux' Gut reiten und hoffen, dort Cabanel
und seine ...« Minou verstummte. Sie war nunmehr überzeugt,
dass es Marta war, die sie verfolgten. »Unsere Tochter ist in großer Gefahr.«

»Wenn sie es ist«, sagte Piet leise.

Minou wandte sich von ihm ab.

KAPITEL 85

LANDGUT ÉVREUX

Marie ließ die Hand vorzucken, um sich festzuhalten, als die Kutsche scharf von der Straße auf den langen Kutschweg abbog, der zu Évreux' Herrenhaus führte.

Endlich wurde es dunkel. Pierre und sein Bruder Jean mussten bereits im Wald am See sein. Sie verdrängte die Frage, was geschehen würde, sollte Évreux mit seiner Gewohnheit brechen und im Herrenhaus bleiben. In diesem Fall hätte sie nur den Kutscher zu ihrem Schutz, wenn es Schwierigkeiten gab.

So weit sie zurückdenken konnte, war Marie noch nie so nervös gewesen. Ihre Hand glitt zum Dolch ihres Vaters, den sie verborgen an der Hüfte unter ihrem Mantel trug. Sie konnte sich um sich selbst kümmern. Hatte sie nicht die vergangenen sieben Monate auf sich gestellt überlebt?

Sie hatte sich sorgsam gekleidet – elegant, aber nicht zu elegant. Ihre Haare waren unter eine Haube und einen blauen Hut gesteckt, sodass der schimmernde Ton zu sehen war. Statt eines Kleides trug sie ein Wams, das an ihrer Taille zu einer Spitze auslief. Ein weiter Rock über einem Reifrock, ebenfalls blau, vervollständigte mit einer weißen Halskrause aus durchbrochener Spitze ihr Äußeres.

Auf gerader Linie fuhr die Kutsche weiter zum Herrenhaus. Marie atmete abermals tief durch. Sie legte die Hände fest auf ihren Schoß, drückte sie auf den Karton, der das Sudarium enthielt, um sie am Zittern zu hindern.

Als sie aus der Kutsche stieg, begann es zu regnen.

»Warte hier«, befahl sie dem Kutscher.

Merkwürdig still war es. Niemand war zu sehen, keine Diener, keine Gärtner, keine Wächter; es gab überhaupt kein Lebenszeichen. Während Marie zur Eingangstür ging, war sie sich ihrer Schritte auf dem feuchten Boden und dem Rascheln ihrer Röcke nur zu bewusst. Sie blickte auf, weil sie das Gefühl hatte, beobachtet zu werden, aber die verhangenen Fenster waren dunkel, und sie sah niemanden.

Marie hob die Hand an den schweren Ring aus schwarzem Eisen. Sie klopfte, und das Geräusch hallte durch das Haus. Sie hörte Schritte und einen Riegel, der beiseitegeschoben wurde.

Ein Diener in schwarzer Livree stand vor ihr. »Mademoiselle.«

»Seigneur de Évreux erwartet mich.« Ihr gelang ein selbstsicheres Lächeln.

Der Diener neigte den Kopf. »Wenn Ihr mir folgen wollt.«

Als Marie in die geflieste Eingangshalle trat, hörte sie, wie sich hinter ihr die schwere Tür schloss, und ihr schauderte.

Von der Galerie im ersten Stock am anderen Ende der Halle sah Louis zu.

Sie war jünger, als er erwartet hatte, gut gekleidet und selbstsicher. Ihn wunderte, dass sie ohne Begleitung erschien. Zwar konnte sie eine Zofe oder einen Leibwächter in der Kutsche haben, aber ihm erschien es außerordentlich dumm von ihr, das Haus allein zu betreten.

Er beobachtete, wie der Diener sie durch die Halle zur Bibliothek führte, ganz wie vereinbart. Sein Vater hatte ihm befohlen, sie ein paar Minuten allein zu lassen, sich dann vorzustellen und ihr zu eröffnen, dass Seigneur de Évreux sie im Reliquiar empfangen werde.

Louis hielt es nach wie vor für einen Fehler. Aber heute war sein Vater ihm mehr wie sein früheres Selbst erschienen. Sein Geist war scharf, er hatte seine Lethargie abgeschüttelt und sich den Vorbereitungen mit Freuden gewidmet. Weil seine Augen ein klein wenig zu hell leuchteten und seine Bewegungen mit einer Energie aufgeladen zu sein schienen, die ihm in den zurückliegenden Monaten gefehlt hatten, so entschied sich Louis, beides als Zeichen der Besserung zu betrachten. Und zuletzt hatte er Louis gestattet, ihn anzukleiden. Nach Xavier hatte er nicht mehr gefragt.

Louis wartete, bis der Diener sich zurückgezogen hatte, ging die Treppe hinunter und näherte sich der Bibliothek, bereit, seine Rolle zu spielen.

Kaum hatte der Diener sie allein gelassen, öffnete Marie das Fenster und goss den kredenzten Wein in das Blumenbeet darunter. Den leeren Kelch stellte sie zurück aufs Zinntablett.

Sie war nicht so unerfahren, dass sie im Haus eines Fremden eine Erfrischung annahm. Obschon sie den Louvre-Palast noch nie betreten hatte, wusste sie wie jedermann, dass bei Hofe die Angst grassierte, vergiftet zu werden. Der König hatte einen eigenen Vorkoster, der jede Speise probierte und sogar Teller und Servietten küsste, bevor die Hand des Monarchen sie berührte. Für die Königinmutter galt das Gleiche. Zu viele Gewürze konnten benutzt werden, um den Geschmack von Bilsenkraut oder Tollkirsche zu überdecken, und ein stark gewürzter Wein konnte immer Beigaben enthalten.

Eine Uhr schlug zur Viertelstunde.

Marie nahm ein Buch in die Hand, prüfte anerkennend die Qualität des Einbands und stellte es zurück. Sie ging weiter und fuhr mit den Fingern über die Buchrücken, bis sie das Ende des Regals erreicht hatte. Gelangweilt von der Bibliothek ging sie zur Flügeltür und öffnete sie, um in den Raum dahinter zu schauen.

Das Nachbarzimmer war mehr nach ihrem Geschmack. Gut

geschnitten und hell, hatte man es mit Rosenholzmöbeln eingerichtet. Eine hohe Kommode aus Nussbaum, die golden in den
Strahlen der sinkenden Sonne schimmerte, bestickte Seidenkis-
sen und silberweiße Polster in der Farbe von Apfelblüten. Hier
gab es viel zu bewundern.

Eine schöne Emailledose zog Maries Aufmerksamkeit auf
sich. Im *émail champlevé,* dem Grubenschmelzstil hergestellt,
der in Limoges so beliebt war, tanzten und schmausten darauf
goldene Gestalten vor einem blauen Hintergrund – Satyrn und
Nymphen, ein Bankett im Wald. Marie wendete sie in ihren
Händen und war sich sicher, genau solch eine Dose schon einmal irgendwo gesehen zu haben. In ihrem Kopf regte sich eine
Erinnerung, sprach mit Flüsterstimme von einem warmen Sommernachmittag in der Gesellschaft von Kindern und der Schen-
kung einer Dose, die dieser so ähnlich sah wie ein Zwilling dem
anderen. Ein blaues Kleid und eine weiße Haube mit …

»Würdet Ihr mir wohl sagen, was Ihr in diesem Raum sucht?«

Überrascht hätte Marie die Dose beinahe fallengelassen. Mit
aller Beherrschung stellte sie sie sorgsam auf den Tisch zurück,
während sie sich fasste.

»Ihr habt mich erschreckt.« Sie wandte sich zu der Stimme
um.

Der junge Mann stand in der Tür am anderen Ende des Raumes. Was Marie sah, gefiel ihr. Groß und breit, den dunklen Bart
zu einer Spitze gestutzt, die langen schwarzen Haare unter dem
grauen Samthut aus der Stirn gekämmt. Er trug eine helle Hose,
ein Wams mit edelsteinbesetzten Knöpfen, die an der Seite saßen, wie es modern war, und statt der Halskrause einen Kragen
aus durchbrochenem Leinen.

»Wer seid Ihr?«

Er lachte. »Die Frage ist doch mehr: Wer seid Ihr?«

»Ich warte auf Seigneur de Évreux. Er erwartet mich.«

»Ist das so?«

»Ja, allerdings bezweifle ich, dass Euch das etwas angeht.«
Er starrte sie weiterhin von der Tür an.

»Nur dass dies die Privaträume meines Vaters sind und Ihr in die Bibliothek geführt wurdet. Versucht es noch einmal, Mademoiselle Cabanel.«

Marie merkte, dass sie rot anlief, aber sie beschloss, dass Frechheit siege. »Die Tür stand offen.«

Er verschränkte die Arme. Irgendetwas an der Geste schickte ihr eine weitere Erinnerung durch den Kopf. Sie zerbrach sich den Kopf, aber sie bekam die Erinnerung einfach nicht zu fassen.

»Verzeiht, aber sind wir uns schon einmal begegnet?«

»Wart Ihr zuvor schon in Chartres?«

»Nein.«

»Dann halte ich es für ausgeschlossen.«

Marie starrte ihn an, verwundert über das merkwürdige Gespräch. Sie wartete, dass er noch etwas sagte, doch er stand weiterhin schweigend da.

»Euer Vater erwartet mich«, sagte sie schließlich. »Ich habe ihm etwas von großem Wert zu zeigen.«

Sie trat vor ins Licht und streckte den Karton vor sich. Zu ihrem Erstaunen wurde der junge Mann kreidebleich.

»Was ist denn?« Allmählich verlor sie die Geduld mit ihm. »Wir waren für diese Stunde verabredet. Wieso empfängt er mich nicht? Ist er derart ungehobelt?«

»Verzeiht mir, Mademoiselle Cabanel.« Mit einem Mal war der Bursche wieder charmant. »Mein Auftrag ist es, Euch zu meinem Vater zu bringen. Er wird Euch im Reliquiar empfangen. Angesichts der Natur Eures Besuchs hielt er das für angebrachter.«

Obwohl Marie genau daraufhin geplant hatte, empfand sie unvermittelt Angst. Évreux' Sohn streckte einladend die Hand zu ihr vor, und auch an dieser Bewegung war etwas Vertrautes. Ein Schauder lief ihr den Rücken hinunter.

KAPITEL 86

Minou, Piet und Antoine le Maistre stiegen ab und führten ihre Pferde durch den Wald. Der feuchte Boden dämpfte den Schlag ihrer Hufe.

Sie sahen niemanden, hörten niemanden.

Die Abenddämmerung wich der Nacht, die einen nasskalten Wind mitbrachte. Außerhalb vom Schutz der Bäume war aus dem Nieseln Regen geworden.

Sie näherten sich so weit, wie sie konnten, ohne gesehen zu werden. Die Kutsche, die sie von der Straße zum Gut hatten abbiegen sehen, stand nun vor dem Herrenhaus, aber aus den Fenstern schien kein Licht. Selbst die Dienerquartiere und Stallungen wirkten verlassen.

»Wo sind denn alle?«, flüsterte Piet. »Kann Vidal – Évreux – das Gut verlassen haben?«

Le Maistre schüttelte den Kopf. »Das hätten wir gesehen. Den ganzen Nachmittag lang haben wir es beobachtet.«

»Könnte er eine andere Route genommen haben? Durch den Wald vielleicht?«

»Das ist denkbar, aber unmöglich, wenn das ganze Haus ihn begleitet haben soll. Der Kutschweg stellt den einzigen passierbaren Zugang dar.«

»Ich werde mir als Erstes das Haus ansehen«, sagte Piet. »Es kann ja sein, dass die Diener alle nach hinten hinaus wohnen.«

»Ich begleite Euch«, sagte le Maistre.

»Sei vorsichtig.« Minou drückte Piets Arm.

Sie sah den beiden Männern hinterher, wie sie die Deckung

der Bäume verließen, sich im Schutz der Buchsbaumhecken im Garten dem Haus näherten, über die offene Fläche eilten und aus ihrer Sicht verschwanden.

Als sie sich dem Ufer der Insel näherten, bremste der Fährmann das Boot, indem er die Hände an der Kette immer dichter setzte.

»Seid Ihr wohlauf, Mademoiselle Cabanel?«, fragte Louis.

Sie saß kerzengerade und hielt die Schachtel vor sich wie einen Schild.

»Alles vorzüglich, vielen Dank«, antwortete sie in einem Ton, der ihre Worte Lügen strafte.

Fast eine Stunde lag Marie Cabanels Ankunft zurück, und Louis' Gedanken waren weiterhin in Aufruhr. Es erschien ihm vollkommen unmöglich, dass die Frau, die gekommen war, um mit seinem Vater ein Geschäft zu machen – seinen Vater zu täuschen –, das Mädchen sein sollte, das er vor zwölf Jahren im blauen Zimmer an der Rue d'Orléans zurückgelassen hatte, und dennoch konnte kein Zweifel bestehen. In dem Augenblick, in dem sie im Studierzimmer seines Vaters aus dem Schatten getreten war, hatte er es gewusst. Wie sollte er ihre Augen verkennen?

Marie Cabanel war Marta Reydon-Joubert.

Das änderte alles. Louis hatte keinen Zweifel, dass die Reliquie gefälscht war und nur als Vorwand diente, um Zutritt zum Landgut zu erhalten, aber sollte es möglich sein, dass das Leben seines Vaters nicht von einem Meuchelmörder im Sold des Herzogs von Guise bedroht wurde, sondern Vidals altem Feind? Louis wusste, dass Piet Reydon seinen Vater jeden Tag plagte, und seit sein Geist verfiel, hatte sich das noch verschlimmert. Es grenzte an Besessenheit. Der Berg an Dokumenten und Papieren, die er in seinem Schreibtisch aufbewahrte, Aussagen und richterliche Urteile, das Testament seines verstorbenen Onkels, sie alle bestätigten das.

Was Louis einfach nicht beantworten konnte, war die Frage,

ob Marta ihn ebenfalls erkannt hatte oder nicht. Sie glaubte, ihn zu kennen, so viel hatte sie zugegeben, aber er bezweifelte, ob sie sich sicher war. Sobald sie im Reliquiar waren, würde er seinem Vater sagen, wer sie war. Dann lag es in dessen Händen.

Im schwindenden Licht sah Louis aufs Wasser. Einen Augenblick lang glaubte er, Xaviers Gesicht zu sehen, das aus der schimmernden grünen Leere unter dem Boot zu ihm hochstarrte, weit aufgerissene tote Augen. Erschrocken fuhr er zurück, und der Fährkahn schwankte.

»Seid vorsichtig, sonst bringt Ihr uns zum Kentern. Ich bin auch so schon nass genug.« Marie Cabanel wandte sich ihm zu und sah ihn an. »Was ist los? Ihr seht seltsam aus.«

Ihre Worte versetzten ihn wieder in den Neunjährigen, den ein vorlautes Mädchen aufforderte zu erklären, wieso er so eine seltsame weiße Haarsträhne hatte. Befangen zog sich Louis den grauen Hut tiefer in die Stirn.

»Wir sind da«, sagte er überflüssigerweise, als das Boot ans Ufer stieß. »Lasst mich Euch helfen, Mademoiselle.«

Er reichte ihr die Hand. Nach kurzem Zögern ergriff Marie sie.

»Konntet ihr etwas sehen?«, fragte Minou hastig, als Piet und le Maistre zurückkehrten. »Sind sie dort?«

Piet schüttelte den Kopf. »Ich kann es nicht sicher sagen, ohne hineinzugehen, aber das Haus wirkt vollkommen verlassen.«

»Trotzdem sind die Pferde noch im Stall«, sagte le Maistre. »Es ist seltsam.«

»Was ist damit?« Minou zeigte auf den See hinter dem Haus. Im letzten Dämmerschein war ein weißer Turm gerade noch erkennbar. »Dort brennt Licht.«

Piet sah angestrengt hin. »Das stimmt. Was sagt Ihr, le Maistre? Sollen wir versuchen, ins Haus zu gelangen, oder …«

»Aber selbstverständlich!«, unterbrach ihn le Maistre. »Jeder hier weiß, dass Évreux sich sein eigenes Reliquiar bauen ließ. Ich hatte immer angenommen, dass es im Herrenhaus wäre, aber es könnte auch dieser Turm sein.«

Sie alle wandten sich dem See zu.

»Horch.« Minou legte Piet die Hand auf den Arm. »Hast du das auch gehört?«

»Nein.«

»Es klang wie eine rasselnde Kette. Du weißt schon, wie in Lastage, wenn die Boote mit Winden aus dem Wasser gezogen werden, um den Winter über repariert zu werden.«

Sie lauschten alle, doch nun war es wieder still.

»Sollen wir hinuntergehen und uns den Turm ansehen, oder versuchen wir ins Haus zu kommen?«, fragte le Maistre. »Die Entscheidung liegt bei Euch.«

»Minou?« Piet sah sie an.

Sie überlegte kurz. »Ihr habt beide das Gefühl, das Haus sei leer, aber die Kutsche ist hier, also müssen sie irgendwo sein. Ich glaube, wir sollten hinunter zum See gehen und schauen.«

Piet nickte. »Gehen wir zu diesem Wäldchen dicht am Wasser. Wir gehen einzeln, das ist unauffälliger. Ich gehe zuerst, danach folgst du, Minou. Le Maistre, Ihr geht auf die andere Seite, schaut, ob dort jemand ist, und kehrt zu uns zurück.«

Piet eilte den Grashang zwischen Haus und See hinunter. Er rannte in den Regen. Minou wartete, bis er außer Sicht war, folgte ihm und hielt den Mantel am Hals fest geschlossen.

»Was siehst du?«, flüsterte sie, als sie ihn erreicht hatte.

»Am Steg liegt ein Boot.« Piet zeigte übers Wasser. »Und siehst du die Streben? Über das Wasser ist eine Kette gespannt, an der ein Fährmann den Kahn hinüberzieht. Sie muss das Geräusch verursacht haben, das du gehört hast.«

»Ist jemand auf dem Boot?«

»Nicht, so weit ich sehen kann.«

»Dann muss ich es gehört haben, als es von der Insel zurückkehrte. Aber was ist mit dem Fährmann, ist er hier?«

»Ich sehe ihn nicht.«

Während sie warteten, dass Antoine zurückkehrte, erlosch das letzte Licht am Himmel, und ein starker Wind erhob sich. Nebel stieg von der Oberfläche des Sees auf und hüllte alles in ein seltsam graues Licht. Nachtschwalben und Nachtigallen stimmten ihre Klagelieder an.

»Was gibt es Neues?«, fragte Piet, als le Maistre zurückkam.

»Vom anderen Ufer des Sees beobachten zwei Männer das Reliquiar.«

»Cabanel?«

»Ich habe den Mann nie gesehen, aber man könnte es vermuten.«

»Und der andere?«

Le Maistre zuckte mit den Schultern. »Ich weiß es nicht.«

»Habt Ihr *sie* gesehen?« Minous Frage kam als Schwall heraus. Ihr war gar nicht aufgefallen, dass sie die Luft angehalten hatte.

»Nein, fürchte ich, Madame Reydon.«

Piet drückte ihren Arm. »Wenigstens deutet es darauf hin, dass Cabanel glaubt, Vidal sei auf der Insel. Wenn er dort ist, wird auch seine Tochter nicht weit sein.«

Minou war sich bewusst, dass sie zu viele Annahmen machten, damit die Beobachtungen zu der Geschichte passten, die sie hören wollten. Was sie als Nächstes tun sollten, wusste sie nicht. Warten, beobachten, in den Turm gehen? Alle Möglichkeiten waren riskant. Untätig bleiben konnten sie nicht, aber was, wenn sie durch ihr Handeln Marta in Gefahr brachten?

»Ihr seid Euch ganz sicher, dass sie nicht dort war?«

»Sie hätte zwischen den Bäumen versteckt sein können«, räumte le Maistre mit Zweifel in der Stimme ein. Er wandte sich Piet zu. »Was wollt Ihr jetzt unternehmen?«

Piet dachte einen Moment lang nach. »Ich setze zum Reliquiar über und …«

»Ich komme mit«, sagte Minou.

Er seufzte. »Also gut. Le Maistre, Ihr behaltet bitte Cabanel und seinen Komplizen im Auge. Wenn sie zum Reliquiar übersetzen, folgt Ihr ihnen.«

»Ich habe zwei Wächter gesehen, die auf der Insel patrouillieren. Es könnten mehr sein. Ein Rundgang dauert etwa eine Viertelstunde.«

»In diesem Fall passe ich es so ab, dass sie mich nicht entdecken. Sollen wir uns in einer Stunde hier wiedertreffen und einander berichten, was wir entdeckt haben?«

Le Maistre nickte. »Gute Jagd, mein Freund.«

KAPITEL 87

DAS RELIQUIAR

Als sie den weißen Turm betraten, schlug Marie aus der Enge der Geruch von Weihrauch und Wachs entgegen.

Sie kamen in einen langen, schmalen Korridor, den Kerzen in schmiedeeisernen Doppelhaltern an einer Wand erhellten. Die tanzenden Flammen warfen ihr Licht an die gegenüberliegende Seite und beleuchteten eine Abfolge frommer Gemälde in den Alkoven: Christus auf Golgatha am Kreuz, die Dornenkrone, wie sie in die Sainte-Chapelle gebracht wurde, alle Stationen des Kreuzwegs.

»Es ist nicht mehr weit«, sagte Évreux' Sohn.

Als sie zu einem Bild der heiligen Veronika kamen, blieb Marie stehen. Die Replik des Schweißtuchs, die sie bei sich trug, war ausgezeichnet, aber genügte sie, um einen Reliquienjäger wie Seigneur de Évreux zu überzeugen? Guises Beichtvater, wie ihr Vater geglaubt hatte? Sie wusste es nicht.

Ihr wurde gewahr, dass Évreux' Sohn sie schon wieder anstarrte. Sie fuhr herum, sodass sie sich von Angesicht zu Angesicht gegenüberstanden.

»Habe ich Euch mit etwas beleidigt, dass Ihr ständig Eure Aufmerksamkeit auf mich richtet?«

»Wieso, stört Euch meine Aufmerksamkeit?«

»Euer Verhalten ist impertinent.«

Er verneigte sich spöttisch. »In diesem Fall bitte ich um Verzeihung.«

Marie merkte, wie ihr Zorn aufwallte. »Und ungehobelt seid Ihr auch. Ihr habt mir nicht einmal die Höflichkeit erwiesen, Euren Namen zu nennen.«

Ein Lächeln funkelte in seinen Augen. »Wozu braucht Ihr meinen Namen, Marie Cabanel? Mein Vater ist es, den Ihr aufsucht. Ich bin Seigneur de Évreux' Sohn, genügt Euch das nicht?«

Marie runzelte die Stirn. »Weshalb sprecht Ihr immer wieder meinen Namen aus, als umgebe ihn ein Geheimnis?«

»Das wisst Ihr nicht?« Er klang aufrichtig interessiert.

Erneut spürte sie die ganze Macht seines Blickes. »Was soll ich wissen?«

Er pfiff. »Bei Gott, Ihr wisst es wirklich nicht …«

»Wie ist Euer Name?«, fragte sie kurz angebunden. Die Ungeduld machte sie reizbar.

»Wenn das alles ist, was Euch bedrückt, so lässt es sich leicht abstellen. Ich heiße Louis.« Er verbeugte sich tief. »Zu Euren Diensten.«

Antoine le Maistre folgte dem gleichen Weg um den See wie beim ersten Mal.

Er beobachtete, wie Cabanel und sein Komplize ans andere Ufer schwammen, bevor er aus dem Schutz der Bäume trat, zum See hinunterging und ebenfalls hinüberschwamm. Als er die Insel erreichte, konnte er niemanden entdecken. Er hatte sich für unentdeckt und sicher gehalten, aber unvermittelt rührte sich hinter ihm die Luft, und die Spitze eines Messers drückte ihm in den Rücken.

»Ihr begeht einen Fehler, Freund.«

Der Mann lachte auf. »Das ist kein Fehler.« Das Messer drang le Maistre zwischen die Rippen.

Er keuchte auf, als die Klinge ihn durchbohrte, sauber und gekonnt. Einen Moment lang spürte er gar nichts. Dann merkte er, wie sich das Blut auf seinem Untergewand ausbreitete, und eine furchtbare Kälte wie Winterfrost ergriff seine Fingerspitzen. Er sank auf die Knie und schmeckte Blut in der Kehle.

Warum konnte er nicht atmen?

Er begriff es nicht. Der Mann sprach wie jemand aus der Gegend, aber Cabanel sollte doch Pariser sein? Die Messerwunde begann zu schmerzen, und die Qual verstärkte sich, bis es keine Stelle seines Körpers mehr gab, die nicht betroffen war.

Alles erschien mit einem Mal so hell. Auch der Schmerz schmolz dahin. Er konnte das Gesicht seiner lieben Frau sehen. Sie lächelte und streckte ihm die Hände entgegen. Ihre Kinder waren auch dort.

Fast hätte er gelacht. Sieben Jahre Krieg hatte er überlebt, hatte edel und mutig an der Seite der großen hugenottischen Kommandeure seiner Zeit gekämpft, doch am Ende ließ er unter der Hand eines gedungenen Mörders sein Leben. Er wollte Piet und Minou eine Warnung zurufen, aber die Worte blieben ihm im Halse stecken.

Le Maistre merkte, wie der Mann ihn beim Wams packte und ins Wasser stieß. Der Druck eines Stiefels im Nacken tauchte ihn unter. Als ihm das Vergessen in die Lunge strömte, sah er seine Frau und seine Kinder wieder.

Sie warteten auf ihn.

Marie runzelte die Stirn, und eine andere Erinnerung schoss ihr durch den Kopf. Warum klangen seine Worte so vertraut, und sein Name auch?

Louis zog einen schweren roten Vorhang beiseite. »Hier sind wir.«

Sie fasste sich wieder. »Ist Seigneur de Évreux dort drin?«

Zur Antwort spürte sie den Druck seiner Hand in ihrem Kreuz, als er sie durch die Tür schob. Marie fand sich in einem weiten Raum voll Licht und Schatten wieder. In der Mitte stand ein Altar mit zwei Kirchenstühlen davor. Hohe Kerzenleuchter ragten zu beiden Seiten auf. Ihr flackerndes Licht sandte tanzende Schatten in die Ecken des Raumes. Durch ein weites Dachfenster schien der Vollmond und tauchte alles in ein seltsames weißes Licht. Am anderen Ende des Raums konnte sie gerade eben eine weitere, kleinere Tür erkennen.

Als Maries Augen sich ans Halbdunkel gewöhnt hatten, bemerkte sie, dass auch hier Fresken die Wände zierten. Sieben Gemälde, vor jedem ein Schrein und eine einzelne Flamme. Und trotz ihrer Furcht, was geschehen konnte, riss sie verwundert die Augen auf.

»Als ich zum ersten Mal hierherkam, habe ich das Gleiche empfunden«, sagte Louis leise neben ihr. »Es ist überwältigend.«

»Das ist wahr. Reliquien für jede der sieben Stationen des Kreuzwegs.«

»Ja, und nur der sechste unserer Schreine ist noch leer.«

Marie war augenblicklich wieder beim Thema. »Aber nicht mehr lange«, sagte sie mit einer Zuversicht, die sie nicht empfand.

Louis lachte. »Wenn das, was Ihr uns bringt, echt ist.«

»So wurde es mir von kompetenter Seite versichert, wenngleich ich keine Expertin bin.«

»Und doch seid Ihr kühn genug, um herzukommen und mir Eure Reliquie anzubieten.«

Marie fuhr zusammen, als die Stimme aus der Dunkelheit drang. Sie hatte geglaubt, sie wäre mit Louis allein. Évreux' Sohn berührte sie leicht, als er ihr die Schachtel abnahm und damit auf die Stimme zuging.

»Ich danke dir, Louis. Soll dies das Sudarium sein?«

Marie wandte sich in Richtung der Stimme. Ein Mann in liturgischen Gewändern saß auf einem der beiden Kirchenstühle. Er trug eine weiße Kasel mit rotem Pallium und Stola. Im Kerzenlicht schimmerte die Seide. Marie empfand Unsicherheit. Ihr

Vater hatte gesagt, Vidal hätte sein Amt als Kardinal niedergelegt und eine neue Identität angenommen, um nicht gefunden zu werden, aber nun war er gekleidet wie ein Bischof.

»Mademoiselle Cabanel behauptet es.«

Marie wartete darauf, dass Évreux sich erhob und sie begrüßte. Er tat es nicht. Nervös sah sie zu, wie Louis ihm die Reliquie übergab, sich vorbeugte und seinem Vater etwas ins Ohr flüsterte.

Beide Männer wandten sich ihr zu und sahen sie an. Die Familienähnlichkeit war so groß, es konnte kein Zweifel bestehen, dass sie Vater und Sohn waren. Warum starrten sie so?

Panik überfiel Marie. Welche Dummheit hatte sie begangen, sich auf diese Insel bringen zu lassen? Wenn ihr Plan missglückte, waren Pierre und sein Bruder zu weit weg, um ihr zu helfen, und ihr Kutscher war mit dem Fuhrwerk beim Herrenhaus geblieben. Marie atmete tief durch. Sie musste standhaft bleiben. Eine andere Möglichkeit blieb ihr nicht. Weder von Angst noch von Schuldgefühl durfte sie sich schwächen lassen.

Sie trat vor. »Seigneur de Évreux, es ist mir eine Freude, Eure Bekanntschaft zu machen.«

»Wer hat dich geschickt?«

Évreux' Stimme war kalt.

»Niemand schickt mich, Monseigneur.« Der Mut verließ sie. »Ich habe Euch etwas ganz Außergewöhnliches und Schönes gebracht, das – nach allem, was Euer Sohn mir zeigte – Eure Sammlung vervollständigen wird.«

Sie trat näher. Sie konnte nun erkennen, dass er einen Camauro trug, die rote Samtmütze, die nur der Papst persönlich tragen durfte. Ihre Verwirrung wuchs.

»Bist du eine ehrliche Frau?«

Sie sah ihm in die Augen. »Das bin ich, Monseigneur.«

Vidal schaute zu seinem Sohn hoch und blickte Marie wieder an. »Trotzdem ist es am besten, sich zu vergewissern. Fessle sie.«

KAPITEL 88

Minou und Piet warteten, bis die Wächter eine weitere Runde begonnen hatten, und stiegen aus dem Boot ans Ufer. Rasch schüttelten sie sich den Regen von den Kleidern und rannten durch die Pfützen auf den weißen Turm zu.

»Was, wenn sie bemerken, dass das Boot wieder auf der Insel ist?«, flüsterte Minou.

»Daran können wir nichts ändern.« Er hielt den Atem an. »Vielleicht sollten wir auf le Maistre warten und ...«

»Wir kehren jetzt nicht um. Ich muss es wissen.«

Geduckt hielten sie sich in der Deckung des Steingeländers und eilten die Stufen hoch. Minou fühlte sich furchtlos, von Mut und Abenteuerlust erfüllt. Sie erinnerte sich, wie sie Hand in Hand mit Piet durch die Straßen von Toulouse geflohen war: Sie waren Soldaten ausgewichen, hatten Frauen und Kinder in Sicherheit gebracht und waren durch die Nacht nach Puivert geritten, um Alis und ihren geliebten Vater zu retten, die in der Burg gefangen gehalten wurden. Damals war sie tapfer gewesen.

In der Zeit zwischen zwei Herzschlägen gestattete sich Minou, kurz in Gesellschaft der Gespenster der Vergangenheit zu verharren, bei denen, die sie geliebt und verloren hatte, den Vermissten und den Toten. Dann atmete sie tief durch.

Aber nicht Marta. Marta war nicht tot.

Minou winkte Piet zu sich und drückte gegen die schwere Tür. Zu ihrem Erstaunen schwang sie auf.

»Minou, warte.« Piet glitt vor ihr durch die Öffnung. Er schaute sich innen um und nickte. »Du kannst kommen.«

Nun war es Minou, die zögerte. »Was, wenn wir uns irren? Wenn sie doch im Herrenhaus sind?«

»Jemand ist vor kurzem hier gewesen«, flüsterte Piet. »Schau, die brennenden Kerzen sind frisch. Drück die Tür zu, damit die Wächter nichts bemerken.«

Voller Angst, jeden Moment entdeckt zu werden, bewegte sich Minou langsam mit Piet hinter sich durch den Korridor. Sie war sich der Gemälde an den Wänden bewusst, aber sie nahm nichts davon auf. Ihre Aufmerksamkeit galt ganz der Tür am anderen Ende des Ganges und dem, was dahinterlag. Ein schwerer roter Vorhang war zu Seite gezogen, und ein schmales Lichtband schien zwischen Türkante und Rahmen hindurch.

Da hörte sie hinter sich Schritte.

»Halte die Lampe höher«, befahl Vidal.

Louis gehorchte. Licht fiel auf das Stück Stoff, das auf dem Altar ausgebreitet lag.

An den Stuhl gefesselt, versuchte Marie verzweifelt, unauffällig die Seile zu lockern, die sie ihr um die Handgelenke gebunden hatten. Sie hatte versucht, zu fliehen, als ihr klargeworden war, dass Vidal sie ergreifen lassen wollte, aber Louis hatte ihr den Weg verstellt. Er hatte den Poignard ihres Vaters an ihrem Gürtel gefunden und an sich genommen, ihr die Handgelenke gefesselt und das Seil durch die Öffnung der Stuhllehne geführt, um sie an Ort und Stelle zu fixieren. Aber fest waren die Fesseln nicht. Wenn sie ihre Hände lösen konnte, bestand die Möglichkeit, sich davonschleichen zu können, während die Aufmerksamkeit der Männer der Reliquie galt. Louis hatte die Tür nicht abgesperrt, und Diener oder Wächter schien es keine zu geben.

»Siehst du das, Louis? Das soll der Abdruck von Christi Antlitz sein.«

Als Marie den Zweifel in Évreux' Stimme hörte, zerrte sie noch heftiger an ihrer Fessel.

»Schon mehrmals zuvor ist mir ein Gewirk angeboten worden, bei dem es sich um das Schweißtuch handeln sollte, mit dem die heilige Veronika auf der Via Dolorosa dem Heiland das Gesicht abgewischt hat. Einige sagen, es habe Rom nie verlassen, andere behaupten, es sei nach Wien oder San Jaén oder Alicante gebracht worden, wo Mademoiselle Cabanel dies hier gefunden haben will.« Vidal musterte das Tuch. »Und es ist sehr gut. Ausgezeichnete Arbeit sogar. Fast erfüllt es deine Standards, Louis.«

»Monseigneur?«

»Deine Dornenkrone. Eines Tages kehren wir zur Sainte-Chapelle zurück und vergleichen sie mit dem Original.«

Marie hielt inne – die Dornenkrone, die Sainte-Chapelle. Sollte es möglich sein, dass sie Louis doch in Paris gesehen hatte? Aber zeitlich passte es nicht zusammen. Wenn Louis wirklich Vidals Sohn war – und Vidal war seit der Bartholomäusnacht nicht mehr in Paris gesehen worden –, konnte sie bei ihrer Begegnung nicht älter als sieben oder acht Jahre gewesen sein. Und Louis nicht viel älter.

Ein Schauder lief ihr den Rücken hinunter, als ihr ein Junge mit einer weißen Haarsträhne vor Augen trat, der einem kleinen Mädchen die Hand reichte …

»Komm, es ist nicht weit«, hatte er gesagt, und sie war mit ihm gegangen.

Die Erinnerung wurde noch deutlicher: ein blaues Zimmer aus Spiegeln und Gold, das polierte Virginal, stundenlang im Dunkeln allein, das Gebrüll und der Bierdunst im Atem eines Soldaten; ein sterbender Mann, der einen Dolch umklammerte, die Waffe, die zum Glücksbringer ihres Vaters geworden war.

»Aber das ist der Haken«, sagte Évreux. »Hier, siehst du, das ist einfach ein bisschen zu gut. Kannst du die Pinselstriche erkennen?«

»Ja, ich sehe sie.«

»Sie sind kaum vorhanden, aber wäre es wirklich ein Abdruck vom Gesichte Christi, gäbe es gar keine Spur von Menschenhand.«

Marie beruhigte ihre rasenden Gedanken und zwang sich, allein an die Gegenwart zu denken. Jetzt musste sie umso dringender fort. Was, wenn Louis sie ebenfalls erkannte?

»Was das Material angeht«, fuhr Vidal fort, »so passt es gleichfalls ausgezeichnet. Womöglich stammt dieser Stoff sogar aus dem Heiligen Land. Ein Kreuzritter mag ihn hergebracht haben, schon vor Jahrhunderten. Wer kann das sagen?«

Marie riss ein letztes Mal fest an der Fessel und befreite endlich die rechte Hand. Mit den Fingern tastete sie nach dem Seil und begann es vom Stuhl zu lösen.

Aber es war zu spät. Vidal schob den Stuhl zurück und stand auf. Er nahm die Mütze ab, fuhr sich über den kahlen Schädel und kam langsam zu ihr. Als er näher kam, sah Marie, dass sein Pallium sechs kleine Kreuze schmückten, die weiß waren, nicht schwarz wie üblich.

Sie saß sehr still und hielt die Hände hinter sich.

»So teuer und geschickt hergestellt dieses Sudarium auch ist – jedes ungeübte Auge würde es täuschen –, zu meinem Bedauern muss ich feststellen, dass es sich um eine Fälschung handelt, Mademoiselle. Was versuchte der Verantwortliche mit dieser Farce zu erreichen? Und weshalb hat er Euch geschickt, statt persönlich herzukommen?«

Marie zwang sich, mit ruhiger Stimme zu antworten: »Ich weiß nicht, was Ihr meint. Niemand hat mich geschickt.«

Wie er so vor ihr stand, konnte sie sehen, dass er krank war. An seiner Schläfe war ein Geschwür, seine Haut hatte eine gräuliche Farbe, und seine Augen waren tief in die Höhlen gesunken. Dennoch spürte Marie die Kraft, die von diesem Mann ausging.

»Euer Vater«, sagte Vidal. »Weshalb hat er Euch geschickt?«

»Mein Vater ist im vorigen Winter gestorben, Monseigneur.«

Er stützte die Arme zu beiden Seiten auf die Lehnen ihres Stuhls. »Ich glaube Euch nicht.«

Marie lehnte sich so weit wie möglich zurück. »Das Sudarium ist mir als echt verkauft worden.« Sie bemühte sich um ein Selbstbewusstsein, das sie nicht empfand. »Der Priester, von dem ich es erwarb, hat es persönlich über die spanische Grenze gebracht.«

»Das, hat er Euch gesagt, sollt Ihr behaupten?«

»Es ist die Wahrheit, Monseigneur.«

Er lachte hohl. »So? Dann möchte ich wissen, wie Ihr dafür bezahlt habt? Auf die übliche Weise, wie Frauen zahlen, wenn sie etwas von einem Mann wollen?«

Marie zuckte zusammen, als Vidal ihr die Hand auf die Brust legte.

»Vater!«

Sie sah Vidals andere Hand hochkommen und versuchte sich wegzuwinden, war aber zu langsam. Der Schlag traf sie hart auf die Wange.

»Vater, bitte!«, protestierte Louis.

Vidal ignorierte ihn. »Wo ist er?«

Marie wollte sich losreißen, aber er hielt ihre Schulter fest.

»Glaubt Ihr, mich betören zu können? Mein Sohn hat mir erzählt, wie er Euch vor Jahren durch Paris irrend gefunden hat. Er hat Euch wiedererkannt. Welcher Vater würde seine Tochter vorschicken, um sie sein verräterisches Werk für sich verrichten zu lassen?«

»Ich schwöre, ich weiß nicht …«

Erneut erhob Vidal die Hand, aber diesmal trat Louis dazwischen und fing den Hieb ab. Er stolperte zurück, sein Hut flog auf den Boden, und sie sah die endgültige Bestätigung, dass es sich bei Évreux um Vidal handelte: Louis hatte die gleiche weiße Haarsträhne, für die der Kardinal einst bekannt gewesen war.

»Sie ist allein gekommen, Vater«, sagte er. »Ich habe gesehen, wie sie eintraf. Und ihr Kutscher ist am Haus geblieben.«

Vidal bedachte ihn mit einem verächtlichen Blick. »Wenn du das glaubst, bist du ein Narr.« Er wandte sich Marie wieder zu. »Wo ist Euer Vater, Mademoiselle Reydon? Ich frage nicht noch einmal.«

»Reydon?« Marie sah ihn verwirrt an. Wenn das ein Kniff war, so konnte sie nicht im Entferntesten sagen, was er damit bezweckte. »Ich heiße Marie Cabanel. Mein Vater war Capitaine Pierre Cabanel, ein Soldat. Er ist im Januar in Rouen gestorben, das schwöre ich.«

»Cabanel!« Vidal lachte verächtlich. »Ich hätte nicht erwartet, dass Ihr unter eigenem Namen auftretet, Mademoiselle Reydon. Selbst für eine Frau wäre das der Gipfel der Dummheit. Ich frage Euch ein letztes Mal: Wo ist Reydon?«

Marie wappnete sich für einen weiteren Schlag, als die Tür hinter ihnen aufgeworfen wurde.

Triefnass standen Pierre und sein Bruder Jean in der Tür und hielten eine hochgewachsene Frau im grünen Mantel zwischen sich fest. Marie begriff nicht. Sie hatte sie gut für ihre Dienste bezahlt – standen die beiden trotzdem im Sold von Seigneur de Évreux?

Minou war, als schaute sie aus großer Höhe auf sich selbst herunter. Wie die Wasserspeier an der Église Saint-Nazaire in der Cité, die ihr solche Angst eingejagt hatten, als sie noch klein war. Alles in dem Saal wirkte durch das flackernde Kerzenlicht verzerrt. Über die Mauern, die mit Bildern von Tod und Sterben bedeckt waren, ließ es lange Schatten tanzen. Sieben Schreine standen in einer Reihe wie Geschenke für einen König.

Sie nahm den Anblick mit einem einzigen Blinzeln wahr. Ein großer Mann in liturgischem Gewand, auf dem Kopf weiße Stoppeln. Neben ihm, an einem umgeworfenen Stuhl, eine junge

Frau. Helle Haut, lange braune Haare, ganz in Blau gekleidet, wurde sie von einem jungen Mann festgehalten, der Vidal wie aus dem Gesicht geschnitten war. Fast schien es, als tanzten sie.

Minou hielt den Atem an und hatte das Gefühl, dass sie sich in einem Spiegel sah. Aller Zweifel war verflogen. Ihr schwindelte, aber sie empfand Dankbarkeit und einen Überschwang von Erleichterung.

»Marta ...« Sie wagte kaum, den Namen auszusprechen.

Das Mädchen schien sie nicht zu hören. Und obwohl sie sich gewappnet hatte, merkte Minou, wie ihr das Herz brach, als wäre es ein Stück Eis.

Im Gang hinter ihr erhob sich Tumult. Momente später stürmte Piet in den Saal. Mit gezücktem Dolch verteidigte er sich gegen zwei bewaffnete Wächter.

Einen Augenblick lang schwankte Vidal, als wäre er geschlagen worden.

»Packt ihn!«, kreischte er und wandte sich an den jungen Burschen. »Bring das Mädchen weg! Du weißt, was zu tun ist.«

Louis zögerte, dann zerrte er Marta, die schreiend austrat, zur Tür am anderen Ende des Saals.

»Marta!« Minou konnte nicht zulassen, dass ihre Tochter fortgeschleppt wurde.

Sie überraschte die Männer, die sie gefangen hatten, riss sich frei und rannte los. Aber fast sofort folgten sie ihr. Ein rauer Arm legte sich Minou um den Hals und zog sie nach hinten. Schmutzige Finger drückten auf ihren Mund, ekelhaft und zudringlich. Einen Augenblick glaubte sie, Piets Stimme zu hören, der am anderen Ende des Saals etwas brüllte. Aber dann vernahm sie ein Grunzen, als eine Faust ihn in den Magen traf, und sie wusste, dass er zu Boden ging.

Als sie sich wieder zu Marta umdrehte, war ihre Tochter verschwunden.

KAPITEL 89

Piet versuchte den Kopf zu heben. Der Schmerz in seinen Schultern war so heftig, dass er ächzte.

»Minou …«

Piet atmete aus und versuchte sich langsamer aufzurichten.

Alles tat ihm weh. Als er die Hände bewegen wollte, stellte er fest, dass sie ihm auf den Rücken gefesselt waren. Er zwang sich, die Augen zu öffnen. Er konzentrierte sich auf seine Stiefel, dann auf den Steinfußboden, schließlich auf die Holzbeine eines Stuhls. Erst als der Raum sich nicht mehr um ihn drehte, gelang es ihm, den Kopf zu heben und den Mann anzusehen, der ihm gegenübersaß.

»Vidal«, stieß er zwischen geschwollenen Lippen hervor. Er spürte einen lockeren Zahn und den metallischen Geschmack von Blut auf der Zunge.

»Wie du siehst.«

»Wo ist meine Frau?«

Vidal gab keine Antwort.

»Wo ist sie?«

Piet schaute Vidal in die Augen. Sofort erkannte er, dass er krank war. Seine Gesichtsfarbe und der Glanz in seinen Augen verrieten Fieber, und an seiner Schläfe hatte er eine große Wucherung. Wie außergewöhnlich, dass ein Mann durch das Verstreichen der Jahre so sehr verändert wurde und innerlich dennoch der Gleiche blieb.

»Was hast du mit meiner Frau gemacht?«

»Du wirst schon bald wieder mit ihr vereint.« Vidal presste

541

die Fingerspitzen zusammen. »Warum bist du gekommen, Reydon?«

»Du weißt, weshalb ich hier bin.«

Etwas zuckte durch das Gesicht seines alten Feindes. Wut vielleicht? Nein, die Bestätigung dessen, wovor es Vidal gegraut hatte, begriff Piet.

»Also sind die Amsterdamer Papiere doch ans Licht gekommen. Das hatte ich befürchtet. Ich tat alles, was ich konnte, um das zu verhindern.«

»Ich hätte nie erfahren, dass es dort etwas zu finden gibt, wenn deine Machenschaften nicht alles ans Licht gebracht hätten.«

Vidal zeigte wieder das gleiche Lächeln. »Das, fürchte ich, ist der Lauf der Welt.«

Piet erfasste seine Lage. Der Saal war leer bis auf sie beide, aber er bezweifelte nicht, dass Wächter vor der Tür standen. Wohin Minou gebracht worden war, wusste er nicht. Das Blatt hatte sich gegen ihn gewandt. Am besten hielt er Vidal am Reden, so lange es ging, und betete, dass le Maistre eine Möglichkeit fand, ihnen zu helfen.

»Hast du sie getötet?«, fragte er.

»Deine Hurenmutter? Du überschätzt mich, Reydon. Ich war noch ein Säugling, als sie starb.«

»Mariken Hassels von den Beginen kannte die Wahrheit.« Piet sprach in ruhigem Ton. »Und meine Mutter und mein Vater – dein Onkel – waren rechtmäßig verheiratet, wie du wohl weißt.«

»Dafür gibt es keinen Beweis.«

Piet sah ihm in die Augen. »Es existiert ein Dokument, das es bestätigt.«

»Welches du nun hast?«

»Richtig.«

»Aha.«

Piet hielt den Atem an. »Wie lange weißt du schon, dass wir Cousins sind?«

Vidal trommelte mit den Fingern auf die Armlehnen, eine Gewohnheit, die Piet sehr gut kannte.

»Antworte mir.«

»Mein Onkel hat die Liaison auf dem Totenbett gebeichtet.«

»Ihre Ehe«, entgegnete Piet, und obwohl er wusste, dass es ein Fehler war, fragte er: »Hat du Plessis von ihr gesprochen?«

»Von deiner Mutter?«, fragte Vidal verächtlich. »Nein. Sie hat ihm nichts bedeutet. Eine jugendliche Torheit.«

Piet zwang sich, ruhig zu bleiben. Er durfte sich nicht von Vidal reizen lassen.

»Wusste er, dass er einen Sohn hatte?«

»Welchen Unterschied hätte es bedeutet?«

»Einen großen.« Piet kämpfte darum, sich seine Wut nicht anmerken zu lassen. »Ist es denn nicht das, warum es geht? Und du hast offenbar selbst einen Sohn. Hast du ihn anerkannt?«

Vidal schaute zur Tür am anderen Ende des Saals. »Der Junge ist nützlich. Wenn er aufhört, nützlich zu sein, schicke ich ihn dorthin zurück, wo er herkommt.«

»Du empfindest keine Liebe für ihn?«

Er lachte. »Ich neige nicht zur Gefühlsduselei, Reydon.«

»Hast du den Anschlag auf meine Frau in Puivert angeordnet?«

Vidal tat, als müsste er nachdenken. »Ich würde …«

Endlich ging das Temperament mit Piet durch. »Antworte mir!«

Vidal zeigte wieder das gleiche träge Lächeln, an das Piet sich noch aus ihrer Studentenzeit in Toulouse erinnerte.

»Also gut. Habe ich versucht, Puivert von der falschen Châtelaine zu befreien? Jawohl. Wie sich herausstellte, war der Mann, den ich auswählte, der Aufgabe nicht gewachsen. Er schoss die falsche Hugenottenhure nieder.«

Piet schüttelte den Kopf. »Alis trug an dem Tag ein grünes Kleid.«

»Aha, so ist es dazu gekommen. Alis, richtig. Ich erinnere mich an sie.« Vidal hielt inne. »In Wirklichkeit wollte ich dich nur im Languedoc festhalten, während ich herauszufinden versuchte, wo das Geständnis meines Onkels über seine Jugendtorheit sein mochte.«

Piet starrte ihn entsetzt an. »Das war dein Grund? So beiläufig tötest du?«

Vidal wies mit dem Arm auf den ganzen Saal. »Solche Dinge haben einen Preis, Reydon, das sollte dir bewusst sein. Wie dem auch sei, der Mörder scheiterte. Du und deine Familie, ihr kamt dennoch nach Paris. Und ich gehe davon aus, dass Puivert ohne weitere Einmischung meinerseits in den Schoß der wahren Kirche zurückgekehrt ist. Ich lebe nur, um Gott zu dienen.«

»Das sehe ich.« Piet schaute ihn an. »Obwohl du seit unserer letzten Begegnung sehr im Rang aufgestiegen zu sein scheinst. Ich dachte immer, ein Pallium zu tragen sei nur einem Papst gestattet.«

Vidal lächelte schief. »Wie ich sehe, hast du nicht alles vergessen, was im Seminar gelehrt wurde.« Er betastete die Seide. »Allerdings wirst du sehen, dass ich eine Abwandlung vorgenommen habe. Weiße Kreuze statt schwarzer als Erinnerung an den freudigen Aufstand der Bartholomäusnacht, als Gottes wahre Kirche den falschen Christen die Herrschaft wieder entriss.«

Piet sah den Eifer, der aus Vidals Augen leuchtete. »Ist Guise darüber im Bilde?«

»Ich muss mich vor niemandem rechtfertigen.«

»Seit Jahren versteckst du dich vor ihm.«

»Guise wird nicht ewig leben.«

»Das mag sein, aber du wirst für deine Sünden gerichtet werden, Vidal. Vor dem letzten Richter musst du dich verantworten. Du bist ein Mörder und ein Dieb.«

»Und du bist ein Ketzer!«, schrie Vidal. »Dir droht eine weit strengere Strafe als mir.« Mit frohlockender Miene lehnte er sich zurück. »Sieh, was ich getan habe. Hier nimmt ein neues Zeitalter seinen Anfang, eine neue Kirche mit mir an ihrer Spitze. Heilige Reliquien, gesammelt zum Ruhme Gottes. Mein Platz im Himmel ist mir sicher.«

Piet lachte. »Du vergisst, dass ich dich kenne. Du glaubst nicht, dass Reliquien etwas zählen, ob sie nun echt sind oder nicht.«

»Du hast keine Ahnung, woran ich glaube«, entgegnete Vidal. »Aber deine Tochter zu mir zu schicken, um … nun, um was zu erreichen, Reydon? Hast du wirklich geglaubt, ich ließe mich so leicht täuschen? Deine Kniffe auf jenem Gebiet habe ich gelernt, vergiss das nicht.«

Piet stockte der Atem. »Meine Tochter?«

Vidal winkte verächtlich ab. »Niemand sonst ist hier, Reydon. Es besteht kein Bedarf, diese Farce weiterzutreiben.«

Piet versagte die Stimme. Er hatte sich nie gestattet zu glauben, dass Cabanels Tochter wirklich Marta sein könnte, aber was, wenn es doch stimmte? Was, wenn ihre Tochter noch lebte? Was, wenn sie hier war?

Erinnerungen stürmten auf ihn ein. Erinnerungen an die vielen Augenblicke voll Freude und Glück, die er zwölf Jahre lang unterdrückt hatte, weil er wusste, dass sie unerträglich wären, überschwemmten ihn nun: Wie er Marta auf den Schultern über den *Basse Cour* von Puivert trug, wie er ihr das Schachspiel beibrachte; wie er sie zum ersten Mal auf ein Pferd hob.

Und daran, wie verzweifelt er die Pariser Straßen absuchte, an die weißen Kreuze auf den Türen und die weißen Armbinden. Das Massaker. Ohne Marta die Stadt zu verlassen. Es gab keine Worte, die jemals seine Schuld sühnen würden.

»Wo ist sie?« Seine Stimme war ein hohles Flüstern.

Vidal wies auf die Tür am anderen Ende des Saals, als wäre die Frage unerheblich.

»Wie hast du es gemerkt?«, brachte Piet hervor.

Vidal schwenkte den Arm. »Wirklich außerordentlich. Wie es scheint, hat mein Sohn sie gefunden, wie sie durch die Rue de Béthisy irrte, am Tag vor dem Bartholomäusfest. Er brachte sie in Sicherheit. Davon erzählt hat er mir erst heute Abend. Er hat ihr das Leben gerettet, daran zweifle ich nicht. Als sie hier unter dem Namen Marie Cabanel auftrat, erkannte er sie, und ich begriff, dass du sie geschickt hast.«

Piets Gedanken überschlugen sich. Konnte Vidal wirklich nichts davon ahnen, dass sie Marta verloren hatten?

»Deshalb frage ich dich erneut«, sagte Vidal übergangslos. »Wieso bist du hier, Reydon? Du kannst dir doch nicht einbilden, dass ich auf mein Erbe verzichte?«

»Ich bin der Erbe meines Vaters.«

»Mein Onkel wusste nicht einmal, dass du existierst.« Einen Moment lang schweifte Vidals Blick fort, und eine weitere Veränderung schien über ihn zu kommen. »Du hättest nicht hierherkommen sollen«, fuhr er mit kalter Stimme fort. »Keiner von euch. Sieh dich um. Nur ein Schrein muss noch gefüllt werden. Du hast deine Tochter gut unterwiesen. Die Kopie, die sie mir heute Abend gebracht hat, war ausgezeichnet. Nicht gut genug, aber dennoch ausgezeichnet.« Vidals Hand berührte flüchtig die Replik des Sudariums. »Ich werde diese ausgezeichnete Kopie in den sechsten Schrein legen. Sie könnte sich als nützlich erweisen, bis die echte Reliquie ans Licht kommt.«

Er streckte die Hand aus und nahm einen Poignard vom Altar. »Alles ist zum Ruhme Gottes, Reydon. Er wird es verstehen. Er wird mir vergeben, was ich in seinem Namen tun muss.«

Piet starrte auf die Klinge. Zwölf Jahre war es her, aber diesen langen schmalen Dolch hätte er jederzeit wiedererkannt. Er selbst hatte Aimeric die Waffe geschenkt, als er zum letzten Mal von Puivert aufbrach.

»Woher hast du diesen Dolch?«

Vidal zog die Brauen hoch. »Der Dolch ist die Waffe deiner Tochter. Das musst du doch wissen?« Er richtete die Spitze auf Piet. »Wir verschwenden Zeit. Du und ich, wir stehen schon zu lange auf entgegengesetzten Seiten. Ich werde mir von dir nicht nehmen lassen, was rechtmäßig mein ist. Dass du so töricht bist, hierherzukommen, überrascht mich. Ich gestehe, ich werde nachts besser schlafen, wenn du nicht mehr meine Träume heimsuchst.«

»Das Erbe wird mir zufallen«, sagte Piet. Er musste Vidal am Reden halten.

»Du wirst tot sein, Reydon. Wächter!«

»Fehlt dir der Mut, es selbst zu tun?«

Vidal hielt die Klingenspitze dicht an Piets Kehle und zog sie wieder zurück. »Ich werde meine Hände nicht mit deinem Blut besudeln.«

Zwei Soldaten betraten den Saal.

Piet versuchte sich zu wehren, als er hochgezogen wurde, aber er konnte nichts ausrichten. Seine Hände waren gefesselt, und die Männer waren bewaffnet. Mit sich überschlagenden Gedanken begriff er, dass seine einzige Aussicht auf Flucht darin bestand, sich von den Wächtern loszureißen, sobald sie einmal draußen waren. Dann musste er Minou finden und … und seine Tochter.

»Wächter!«, rief Vidal ihnen nach. »Wo ist mein Sohn?«

»Er wartet am Steg«, antwortete einer.

»Schickt ihn zu mir.«

»Jawohl, Monseigneur.«

Piet spürte die Hand des Wächters im Nacken, die ihn voran in den Gang schob. Aus dem Augenwinkel sah er, wie Vidals Sohn in einen Alkoven zurücktrat. Piet fragte sich, wie lange er dort schon stand. Und ob er gehört hatte, wie sein Vater angekündigt hatte, ihn zu verstoßen.

KAPITEL 90

Minou kam vom Wasserrauschen und dem Geruch feuchter unterirdischer Gänge zu sich. Aus der Ferne, vom dicken Stein gedämpft, hörte sie das gleichbleibende Prasseln heftigen Regens auf dem See.

Sie wusste nicht, wo sie war. Für einen Moment glaubte sie, wieder in Amsterdam zu sein, einer Stadt, auf Wasser gebaut. Dann fiel ihr alles wieder ein.

Sie zitterte in ihren feuchten Sachen. Der Stoff lag schwer an ihren Beinen. Sie versuchte, sich aufzusetzen, aber bei der Anstrengung drehte sich alles um sie, und sie musste die Augen schließen. Ihre Füße fühlten sich an wie Eisklumpen. Als sie sie bewegte, bemerkte sie, dass Wasser um ihre Fußgelenke leckte.

Minou wartete, bis das Schwindelgefühl nachließ, und schaute sich um. Sie befand sich in einer Art überdachtem Kanal oder Regenablauf, aber sie bekam frische Luft. Weißes Mondlicht fiel unter dem Steinbogen durch, der den Kanal vom offenen Wasser trennte, und änderte die Farben von Grün zu Purpur und zu Silber. Dahinter konnte sie gerade noch die Platanenreihe am Seeufer erkennen. Der Schatten, den die Stangen des Eisengitters warfen, ließ den Raum wie eine Kerkerzelle wirken. Gerade eben konnte sie den Schieber unter der Wasserfläche erkennen.

»Ihr seid wach.«

Minous Herz machte einen Satz.

Zwölf Jahre waren vergangen, aber sie erkannte Martas Stimme sofort. Sie gehörte nun einer Erwachsenen, aber ganz unverkennbar war es Martas Stimme. Einen Moment lang stürmte jede einzelne verlorene Minute seit Martas Verschwinden auf sie ein. Minou wollte nur noch eines: die Arme um ihre Tochter schlingen und sie festhalten. Sie küssen und ihr versprechen, dass sie ihr nie wieder von der Seite weichen würde. Dann zügelte sich Minou. Sie hatte den Namen ihrer Tochter in der Kammer ausgerufen, aber Marta hatte nicht geantwortet. Sie hatte ihre Stimme gar nicht erkannt.

»Seid Ihr wohlauf, Madame?«

Minou fasste sich. »Meine Kehle ist ein wenig rau, aber ja.«

»Haben sie uns hiergelassen, damit wir ertrinken?«

Minou kniff die Augen zusammen. Im Halbdunkel konnte sie gerade Marta ausmachen, die am anderen Ende des Raums auf einem steinernen Sims neben dem Gitter saß. Um ihr Gesicht zu erkennen, war es zu finster – sie sah nur ihren Umriss –, aber dennoch durchfuhr sie ein tiefes Gefühl des Wiedererkennens. So lange hatte sich Minou immer wieder diesen Augenblick ausgemalt. Sie hatte nachgesonnen, was sie sagen könnte. Nun war er gekommen, und sie wusste gar nicht, wo sie beginnen sollte.

»Mein Name ist Marie Cabanel«, sagte Marta.

Minou brach ein wenig das Herz. Sorgfältig überlegte sie ihre Antwort; auf keinen Fall durfte sie etwas übers Knie brechen.

»Ich bin Marguerite Reydon, aber jeder nennt mich Minou.« Einen Augenblick lang schienen die Worte zwischen ihnen zu schweben. Bildete Minou sich nur ein, dass Marta den Atem anhielt?

»Es freut mich, Eure Bekanntschaft zu machen, Madame Reydon.« Sie sprach in höflichem, förmlichem Ton. »Ich bin froh, nicht allein zu sein.«

Minous Herz brach ein wenig mehr. »Ihr seid nicht allein. Ich werde Euch nicht verlassen.«

Obwohl jede Faser in ihr danach schrie, es auszusprechen, schienen die Worte in ihrem Mund zu Asche zu werden. Sie musste vorsichtig sein. Minou musste Marta dazu bringen, ihr zu vertrauen, bevor sie ihr die Wahrheit eröffnete.

»Während ich darauf wartete, dass Ihr aufwacht«, sagte Marta, »habe ich nach einem Fluchtweg gesucht. Dieses Gitter trennt uns vom See. Es gibt einen Schieber. Ich habe versucht, den Griff zu drehen, aber ich konnte ihn nicht bewegen. Das Gitter sitzt fest in der Wand.« Sie rüttelte an den Stäben. »Das Wasser steigt immer höher.« Ihr brach die Stimme, und mit einem Mal wirkte sie sehr jung. »So sollte das nicht ablaufen. Ich dachte, ich hätte an alles gedacht. Ich habe so sorgfältig geplant.« Marta brach in Tränen aus.

Ihre Tochter weinen zu hören war mehr, als Minou ertragen konnte. Sie hatte nur noch eines im Sinn: sie zu trösten. Alles Weitere würde folgen. Dazu wäre Zeit genug.

»Setzt Euch zu mir«, sagte Minou in die Dunkelheit. »Erzählt mir von Eurem Leben. Damit vergeht uns die Zeit schneller, während wir warten, dass jemand kommt.«

»Kommt denn jemand?«, fragte Marta mit kleiner Stimme.

»Piet wird kommen«, antwortete Minou. »Mein Gatte wird kommen. Er wird uns nicht im Stich lassen.«

Schweigen folgte, dann hörte Minou das Wasser platschen, als Marta durch die Flutkammer zu ihr kam und sich ans andere Ende des Simses setzte.

Einen Moment lang sagte keine von beiden etwas. Minou hörte nur das erbarmungslose Hämmern ihres Blutes im Kopf und den Regen, der unermüdlich auf die aufgewühlte Oberfläche des Sees schlug.

»Ich bin in Paris aufgewachsen«, begann Marta.

KAPITEL 91

Louis kehrte in den Reliquiensaal zurück und schloss die Tür.

Die Worte seines Vaters klangen ihm in den Ohren, während er an der Wand entlang in Vidals Sichtfeld trat. Sein Vater beugte sich über den Altar in der Saalmitte und musterte das Sudarium.

»Ich habe nie gewusst, wie es ist, wenn man geschätzt wird«, flüsterte Louis.

Vidal schenkte ihm keine Beachtung.

»Ihr habt mich glauben lassen, ich wäre es wert, geliebt zu werden. Aber das war nicht wahr. Ihr schätzt meine Nützlichkeit für Euch, und ich habe das mit Zuneigung verwechselt. Ich bin Euer Sohn.«

Vidal ergriff das Vergrößerungsglas und beugte sich tief über den Stoff, betrachtete genau den Abdruck des Gesichts. »Das ist wirklich eine ausgezeichnete Kopie. Ich würde sogar gern erfahren, wer sie angefertigt hat ... Ich werde Xavier beauftragen, den Fälscher zu finden.« Er runzelte die Stirn, als ihm wieder einfiel, dass sein Verwalter verschwunden war.

Louis erschauderte. Wie oft hatte er sich im Waisenhaus ausgemalt, wie es wäre, einen Mann zu töten. In jenen gefahrvollen Stunden zwischen Sonnenuntergang und Sonnenaufgang, in denen die Mönche kamen, hatte er sich vom Geschehen distanziert, indem er sich ein Messer in der Faust oder seine kleinen Hände an der Kehle seines Peinigers vorstellte. Er hatte sich vorgestellt, dass er sich dann frei und mächtig fühlen würde. Doch alles, was er nun sah, waren Xaviers tote Augen, die ihn aus den

Tiefen des Sees anstarrten. Er empfand nichts außer Ekel vor dem, was er getan hatte.

Unvermittelt schaute Vidal auf. »Louis. Da du schon hier bist, kannst du dich nützlich machen. Frag das Mädchen, wer das Sudarium angefertigt hat.«

Louis musste sich zu einer Antwort zwingen. »Vater, der Regen wird stärker. Hört Ihr ihn nicht auf dem Dach? Das Wasser steigt gefährlich hoch.«

»Und?«

»Das Wasser steigt rasch. Soll ich das Mädchen nicht irgendwohin bringen, wo es sicherer ist? Und Madame Reydon ebenfalls.«

Zu seinem Entsetzen lachte sein Vater auf. Louis sah auf seiner Stirn den Schweiß schimmern.

»Vater, seid Ihr krank?«

»Bist du solch ein Narr zu glauben, dass ich vorhabe, sie lebend davonkommen zu lassen? Reydon, seine ketzerische Frau und seine Tochter?«

Sein Vater richtete sich auf und sah ihn mit solchem Abscheu an, dass Louis einen Schritt zurücktrat.

»Falls die Wächter ihre Arbeit getan haben, hat ihn das Wasser schon erreicht. Was das Mädchen betrifft, für das du dich zu interessieren scheinst, so wird sie sich bald zu ihm gesellen, falls der See höher steigt als gewöhnlich. Ihre Mutter auch. Und falls nicht, können sie dort verfaulen, bis der Teufel sie holt.«

»Das könnt Ihr nicht ernst meinen.«

Sein Vater sah ihn wütend an. »Denk an die Worte des Levitikus im Buch Exodus. Es ist ganz eindeutig.« Vidal schwenkte den Arm in die Höhe. »In Gottes Namen soll es Opfer geben. Die Rechtschaffenen werden aus den Gebeinen unserer Feinde auferstehen, alle, die sich den Wegen des Herrn zu widersetzen suchen.«

Louis machte sich keine Illusionen, was seinen Vater anging – in den zurückliegenden zwölf Jahren hatte er Vidals Grausamkeit oft genug erlebt, die furchtbaren Taten, die Männer des Glaubens in Gottes Namen begingen –, aber Marta hatte nichts verbrochen. Für ihren Tod konnte es keine Rechtfertigung geben.

»Ihr wollt sie ertrinken lassen?«, fragte Louis verzweifelt. »Aber Marta weiß nicht einmal, wer sie ist, habt Ihr das nicht erkannt? Der Name Reydon sagte ihr nichts. Was immer ihr Vater hier will, es hat nichts mit ihr zu tun. Sie ist nicht Eure Feindin.«

Vidal trat einen Schritt auf ihn zu. »Du ziehst mein Urteil in Zweifel?«

Louis sackte zusammen. »Nein, Monseigneur, nur …«

»Du widersetzt dich meinen Befehlen?«

»Sie hat den Tod nicht verdient.«

Seine letzten Worte gingen unter, als Vidal ihm fest ins Gesicht schlug. Entsetzt riss Louis die Hände hoch, um sich zu verteidigen, da traf ihn schon der zweite Hieb. Louis rief sich ins Gedächtnis, dass sein Vater krank war. In letzter Zeit verschwand er oft in seinem labyrinthischen Geist und wusste nicht mehr, wo oder wer er war. Louis wollte nicht gegen ihn kämpfen, aber vielleicht blieb ihm keine andere Wahl.

»Vater! Ich bin es doch.«

Der nächste Schlag landete auf seinem Kinn. Louis stolperte nach hinten und warf den Kandelaber um. Wachs ergoss sich über den Steinfußboden. Die Flammen erloschen rasch, und der Saal wurde in Schwärze getaucht. Das einzige Licht kam nun vom weißen Mond, der durch das Dachfenster schien, und den kleinen Kerzen, die vor den Reliquienschreinen brannten.

»Ich flehe Euch an, hört auf!«

Vidal schien ihn nicht zu hören. Ein roter Nebel war hinabgestiegen. Louis konnte sehen, dass seine Handknöchel aufgeplatzt waren und bluteten. Das seidene Pallium war blutbespritzt, ob von ihm oder seinem Vater, wusste Louis nicht. Warum kam niemand zu Hilfe? Wo waren die Wächter? Louis wehrte den nächsten Schlag ab, aber ein weiterer Hieb streckte ihn zu Boden.

Blut lief ihm über das Gesicht, aber in der Dunkelheit fand seine Hand etwas Kaltes, Hartes. Er rappelte sich auf und hielt den Dolch schützend vor sich.

»Ich will Euch nicht verletzen! Haltet Euch fern.«

Vidal stürmte auf ihn zu, und in dem winzigen Moment, bevor Louis begriff, was geschah, spürte er schon, wie die Klinge seinem Vater zwischen die Rippen glitt.

Vidal riss überrascht die Augen auf. Sein Verstand war unvermittelt wieder klar, und er starrte seinen Sohn an.

»Ich wollte Euch nicht …«, wisperte Louis entsetzt.

»Ein neues Königreich auf Erden …« Vidal schwankte. »Zum Ruhme Gottes – du musst damit fortfahren …«

»Vater!«, rief Louis und sank auf die Knie. »Vater!«

KAPITEL 92

Minou beobachtete, wie das Wasser in der Kammer immer höher stieg. Sie konnte nichts tun, um es aufzuhalten. Von Wasser umgeben zu leben, hatte sie in Amsterdam gelernt, in ihrer Stadt der Tränen. Sie hatte gelernt, seine Kraft zu respektieren, zu fürchten und zu lieben. Niemals hätte sie gedacht, dass sie im Flachland bei Chartres ertrinken könnte.

Aber vor dem Regen gab es kein Entkommen. Sie hatten sich an die höchste Stelle zurückgezogen und hockten oben auf der Steintreppe unter der hölzernen Luke, durch die sie geworfen worden waren, aber dennoch reichte ihnen das Wasser schon bis zu den Knien. Wenn nicht bald jemand kam, würden sie ertrinken.

Minou sah auf Marta nieder, die an ihrer Schulter lehnte, ganz wie sie es als kleines Mädchen getan hatte, und lächelte. Was immer geschah, ob Piet sie fand oder ob sie hier sterben sollten, Minou wusste ohne den Schatten eines Zweifels, dass sie diese Zeit mit ihrer Tochter gegen nichts anderes eingetauscht hätte.

Marta war zuerst reserviert gewesen, hatte die Unabhängigkeit einer jungen Frau gezeigt, die daran gewöhnt war, auf sich selbst aufzupassen. Aber je höher das Wasser stieg, desto mehr vertraute sie ihr. Minou hatte mit einer Mischung aus Melancholie, Verwunderung und Erleichterung zugehört. All die furchtbaren Vorstellungen, die Minou in den vergangenen zwölf Jahren geplagt hatten, verblassten. Ihre Tochter war zu einer selbstsicheren Frau herangewachsen.

Minou hörte immer weiter zu und wartete auf den richtigen Augenblick. Je mehr Marta jedoch redete, desto klarer wurden bestimmte Dinge: Erstens, dass das Leben, das sie mit Pierre Cabanel geführt hatte, dem Mann, den sie für ihren Vater hielt, kompliziert gewesen war. Aus dem wenigen, was Marta verriet, schlussfolgerte Minou, dass er ein Söldnerhauptmann gewesen war. Von dem, was sie in Chartres tat, erzählte sie gar nichts, und Minou, die das zerbrechliche Vertrauen zwischen ihnen nicht riskieren wollte, bedrängte sie nicht.

Marta schien nicht zu ahnen, dass sie in ein ganz anderes Leben geboren worden war. Sie war Marie Cabanel. Die ersten sieben Jahre ihres Leben waren ausgelöscht. Sie sprach davon, wie sehr sie Paris liebte und dass sie nie woanders gewohnt hatte. Vom König von Navarra und seinen hugenottischen Anhängern sprach sie nur mit Verachtung; eindeutig machte sie ihn für die Kriege verantwortlich, die niemals endeten. Vom Herzog von Guise und dem Valoishof schwärmte sie voller Bewunderung.

Während Minou zu entscheiden versuchte, was sie tun sollte, beobachtete sie mit Freude die Spuren des Mädchens, das Marta gewesen, in der Frau, die sie jetzt war: ihre Liebe zu Edelsteinen, ihre Schlagfertigkeit, ihre Verachtung für Männer, die ihre Geheimnisse in der Schlafkammer ausplauderten, ihr Selbstvertrauen.

Marta war näher gerückt, bis sie schließlich ihr Haupt auf Minous Schoß gebettet hatte und einschlief. Minou hatte ihren grünen Mantel um die Tochter gelegt, damit sie es wärmer hatte, aber sie merkte, dass sie trotzdem noch zitterte.

Während ihre Tochter schlief, hatte ihr Minou murmelnd Geschichten aus ihrer verlorenen Vergangenheit erzählt, in der Hoffnung, die Erinnerungen in ihr zu wecken. Von den Bergen und der Natur im Languedoc hatte sie geflüstert, von ihrem Zuhause in Puivert und dem Leben der Familie dort. Schließlich hatte sie sich vorsichtig, um Marta nicht zu wecken, die Finger geküsst und sie ihrer Tochter sanft auf die Stirn gelegt.

»*Ma petite*«, flüsterte sie, ein Kosewort, das sie für auf immer verloren gehalten hatte.

KAPITEL 93

Die Wächter hielten ihn fest zwischen sich gepackt und zwangen Piet, im strömenden Regen die Stufen hinunterzusteigen. Der Wind heulte und warf sich gegen sie, peitschte ihre Mäntel Piet ins Gesicht. Ein Sturzbach rauschte die gebogene Treppe vor dem Haupteingang hinunter und überflutete den Boden.

Erst als sie beinahe am Steg waren, rutschte ein Wächter aus, und Piet nutzte den Moment. Er holte mit dem Bein aus, trat dem Mann in die Seite und streckte ihn zu Boden. Am Steingeländer der Treppe schlug er sich den Schädel an. Der andere Wächter zückte das Seitschwert, aber er war zu langsam. Piet schmetterte ihm die gefesselten Hände nach oben gegen die Nase, und mit einem widerlichen Knirschen zersplitterte der Knochen.

Der Wasserspiegel im See war rasch angestiegen und hob sich weiterhin. Das vertäute Boot befand sich nun fast auf Höhe des Stegs. Piet durfte nicht zögern. Er musste Minou und Marta finden.

Er wandte sich um und rannte durch die tiefen Pfützen, eilte zwei Stufen auf einmal nehmend die Treppe hoch und betrat wieder das Reliquiar. Das Wasser schien bereits einzudringen. Im Stuck zeigten sich kleine Risse. Er hatte keine Zeit zu verlieren. Er betete zu Gott, dass sie beisammen waren. Dass Minou für ihre Zuversicht, ihre Tochter lebe noch, belohnt worden war.

Vorbei an den Fresken und Gemälden stürmte Piet den Gang entlang in den Saal. Dort verharrte er mitten im Schritt.

Louis stand vor einem der Stühle. Der andere lag auf der

Seite, umgeben von zerbrochenen Kerzen, dem Altartuch und der Altarschale. Im Mondlicht, das von oben in die Schwärze schien, sah Piet die Dolchklinge funkeln.

»Das war meine Schuld«, sagte der junge Mann mit leerer Stimme. Er sah zu Vidal, der zusammengesunken in der Cathedra saß. »Mir schien es nicht richtig, ihn auf dem Boden liegenzulassen. Er hätte es verabscheut.«

Vorsichtig ging Piet näher.

Auch wenn seine Augen geöffnet waren, Vidal gab es nicht mehr. Piet sah die klaffende Wunde in seinem Bauch, wo der Dolch eingedrungen war. Das Gewand war blutgetränkt, die weißen Kreuze vollgesogen und rot. Auf dem Boden lag das Tuch mit dem Antlitz Christi zertrampelt und blutig unter Vidals Füßen.

Piet trat noch einen Schritt näher.

»Er wollte nie einen Sohn. Ich habe mich geirrt.« Mit schmerzerfüllten Augen blickte er Piet an.

»Ihr habt gehört, was er sagte.« Allmählich begriff Piet, was er vor sich sah; was sich abgespielt hatte.

»Er hat nicht einmal bemerkt, dass ich hier war. Ich war für ihn von geringerer Bedeutung als ein gefälschtes Stück Tuch.«

»Also habt Ihr ihn getötet.«

»Nein.« Louis klang erschrocken. »Das wollte ich nicht.« Er klopfte sich an den Kopf. »Die Krankheit hat ihn zu unsinnigen Dingen getrieben. Er hat mich geschlagen. Ich wollte mich nicht wehren – aber dann stürzte er sich auf mich. Die Klinge drang in ihn ein.«

Louis hob den Dolch und wandte sich Piet zu.

Piet trat zurück. »Ich bedeute keine Gefahr für Euch.« Er hob die gefesselten Hände. Zu seiner Überraschung ergriff Louis ihn am Handgelenk und zerschnitt das Seil. Es konnte kein Zweifel bestehen, Piet sah seinen alten Poignard vor sich.

»Woher habt Ihr den Dolch?«

Louis runzelte die Stirn. »Er war im Besitz Eurer Tochter.« Er sah Piet mit leeren Augen an. »Marta ist Eure Tochter.«

Piet hielt den Atem an. »Ich weiß.«

Louis lächelte merkwürdig. »Ich bezweifle, ob sie das weiß.«

»Wie meint Ihr das?«

»Sie erinnert sich nicht. Mein Vater glaubte, Ihr hättet sie geschickt. Er nannte sie Mademoiselle Reydon, aber darauf hat sie nicht reagiert. Sie hält sich für Marie Cabanel, die Tochter eines Mannes, der bezahlt wurde, um meinen Vater zu töten.« Er hielt inne. »Zumindest glaube ich, dass es sich so verhält.«

Piets Herz pochte heftig. »Vidal sagte, Ihr hättet Marta in Paris gefunden.«

Einen Augenblick lang leuchtete Louis' Gesicht auf. »An dem Tag, an dem der Anschlag auf Admiral de Coligny verübt wurde. Mein Vater wusste, was geplant war, deshalb verließen wir Paris mitten in der Nacht, bevor das Morden begann. Ich konnte nichts tun. Ich hatte Marta in unser Haus in der Rue d'Orléans gebracht. Ich habe mich immer gefragt, was aus ihr wurde.«

»Ihr habt ihr das Leben gerettet.« Piet legte dem jungen Mann die Hand auf die Schulter. Louis zuckte zusammen und entzog sich ihm. »Werdet Ihr mir helfen, sie noch einmal zu retten? Wo ist sie?«

Louis antwortete wie benommen: »Unter dem Reliquiar ist eine Flutkammer. Eine Luke öffnet sich zu einem Kanal mit einem Schieber. Mein Vater hat es mir einmal erklärt. Sie wird überflutet, wenn das Wasser zu hoch steigt.«

»Und meine Frau? Wo ist sie?«

»Bei Marta.«

Piet legte Louis die Hand auf den Arm. »Zeigt es mir. Wir müssen sie herausholen.«

»Wenn der Schieber nicht geschlossen ist, wird die Insel überflutet, sobald die Kammer sich füllt. Das war meines Vaters Absicherung. Wenn Guise gekommen wäre, bevor er seine Vorbereitungen getroffen hatte, wollte er die Reliquien lieber vernichten, als sie abzugeben.« Louis sah sich im Saal um. »Eine Flut. Alles wird weggespült. Genesis, Kapitel sechs bis neun.«

»Was, wenn wir den Schieber schließen?«

»Dazu ist es zu spät.« Louis starrte seinen toten Vater an. »Wir müssen ihn verlassen. Jeder verlässt ihn. Ich als Letzter.«

Piet sah dem Mann ins Gesicht, der seine Träume ein Leben lang heimgesucht hatte, und empfand nichts als Mitleid. Er beugte sich vor und schloss Vidal sanft die Augen.

»Möge Gott deiner Seele gnädig sein.«

Er nahm Louis beim Arm. »Bringt mich zu ihnen. Beeilt Euch.«

KAPITEL 94

Niemand kam.

Minou hielt die alte bestickte Haube auf dem Schoß, obwohl sie ihre Finger nicht mehr fühlen konnte.

»Was habt Ihr da?«, fragte Marta, die sich neben ihr regte.

»Nichts«, sagte Minou rasch. »Ist Euch kalt?«

»Nicht mehr als zuvor. Darf ich es bitte sehen?«

Minou zögerte und reichte Marta die Haube. Sie sah zu, wie sie den Stoff sanft in den Händen drehte.

»Ich …«, begann Marta und verstummte.

Minou hielt den Atem an. Womöglich hatte Marta einige Erinnerungen an das Mädchen, das sie einmal gewesen war, noch immer tief in sich vergraben.

»Die Haube gehörte meiner Tochter«, sagte sie.

Marta fuhr mit den Fingern über die gestickten Buchstaben. »Das ist seltsam. Ich glaube, ich hatte so eine Mütze, als ich klein war. Die eingestickten Buchstaben waren rot.«

»So wie hier: MRJ?«

Minou spürte Martas Verwirrung. Die junge Frau rückte ab und schob die Hände in die Taschen. Sie suchte nach etwas.

»Ich habe ein Taschentuch, wenn Ihr es braucht.«

»Das ist es nicht.« Marta öffnete die Hand und zeigte Minou einen schlichten Rosenkranz aus Holzperlen. »Er hat meiner Mutter gehört, glaube ich. Sie ist in Paris an der Pest gestorben, als ich klein war. Ich erinnere mich nicht an sie.«

Selbst im Halbdunkel der Flutkammer erkannte Minou ihren alten Rosenkranz. Zwölf Jahre lang war er verloren gewesen, für immer, hatte sie geglaubt, dabei war er die ganze Zeit bei ihrer flinkfingrigen Tochter gewesen.

»Du warst immer eine kleine Elster«, flüsterte sie.

Das Wasser stieg weiter, sie waren beide blau vor Kälte, und Hilfe war nicht in Sicht. Es mochten ihre letzten Momente auf Gottes Erde sein.

Jetzt, da die Zeit gekommen war, empfand Minou eine merkwürdige Ruhe. Sie nahm ihre Tochter bei der Hand.

»Da ist etwas, das ich Euch sagen muss«, setzte sie an. »Ihr seid nicht, wer zu sein Ihr glaubt.«

Unvermittelt wurde gegen die Falltür über ihren Köpfen geschlagen, und der Augenblick war verloren.

»Minou? Minou, bist du da?«

Ihr Herz machte einen Sprung, als sie seine Stimme hörte.

»Piet!«, rief sie. »Ich bin hier. Wir sind beide hier. Uns geht es gut.«

Minou hörte, wie der Riegel beiseitegeschoben wurde, dann wurde die Falltür hochgerissen, und Piets Gesicht erschien in der Öffnung.

»Ich hatte Angst, du würdest uns nicht finden.«

»Wir müssen euch von hier wegschaffen.«

»Nimm Marie zuerst.« Um mehr zu sagen, fehlte die Zeit.

Piet legte sich flach auf den Boden und streckte die Arme nach unten. »Ich bin so weit.«

»Schaffst du es allein?«, rief Minou hinauf.

»Vidals Sohn ist bei mir.« Durch ein knappes Kopfschütteln bedeutete er ihr, keine weiteren Fragen zu stellen.

Minou nickte und wandte sich Marie wieder zu.

»Was wolltet Ihr sagen, Madame? Sagt es mir.«

»Sobald wir frei sind, hole ich es nach«, versprach Minou leichthin. »Jetzt müssen wir unsere ganze Kraft darauf richten hinauszukommen.« Sie flocht die Finger ineinander und bückte sich. »Ihr steigt auf meine Hände, und wenn Ihr Euer Gleichgewicht gefunden habt, streckt die Arme hoch. Mein Mann wird Euch herausziehen.«

»Was ist mit Euch?«

»Sorgt Euch nicht um mich.«

Marta tat wie geheißen. Sie wankte ein wenig, fand ihr Gleichgewicht und umschlang mit beiden Händen Piets Handgelenk.

»Bereit?«

»Ja, Monsieur.«

»Dann los.«

Er ächzte und zog Marta hoch. Ihre Beine ruderten durch die Luft, aber sie hielt sich gut fest, und binnen weniger Momente war sie herausgezogen.

Piets Gesicht, rot vor Anstrengung, erschien wieder in der Öffnung. »Wie wirst du es schaffen, Minou? Gibt es etwas, worauf du dich stellen kannst?«

»Wenn ich mich gegen die Wand stemmen kann, sollte ich hoch genug kommen, damit du mich greifen kannst.«

Er beugte sich tiefer nach unten und wisperte: »Sie ist es, oder?«

Minou lächelte flüchtig. »Sie ist es, aber sie erinnert sich nicht.« Sie hob die Stimme, damit sie von allen zu hören war. »Ich versuche es nun.«

Beim ersten Versuch glitt Minou von der Wand ab. Ihre nassen Kleider zogen sie nach unten, und sie fand keinen Halt am glitschigen Mauerwerk. Beim zweiten Mal gelang es ihr schon besser. Beim dritten Anlauf schaffte sie es, die Hände ein wenig weiter auszustrecken, und Piet konnte ein wenig tiefer greifen. Zwar war es ein Kampf, der sie ihre letzte Kraft kostete, aber mit einem Mal war sie oben.

»Meine Dame des Nebels«, murmelte Piet und zog sie fest an sich.

Sie atmete seinen vertrauten Duft nach Sandelholz und

Haaröl ein, dann sah sie auf und bemerkte die beiden jungen Leute neben ihnen. Der Bursche wirkte benommen, doch Marta musterte sie forschend. Das erste Morgenlicht kroch durch ein schmales hohes Fenster in der Vorkammer, und zum ersten Mal sah Minou das Gesicht ihrer Tochter deutlich. Wie Antoine le Maistre gesagt hatte, war sie ihr Spiegelbild.

Sie lächelte. Marta jedoch runzelte die Stirn und wandte sich ab.

»Minou, das ist Louis«, sagte Piet.

Ohne die Augen von ihrer Tochter zu nehmen, nickte Minou. Sie verstand nicht, wieso der junge Mann nun mit ihnen verbündet zu sein schien statt mit seinem Vater, oder wieso sich Marta von ihr zurückzog. Sie hatte angenommen, zwischen ihnen hätte sich eine Beziehung entwickelt.

»Wo ist Vidal?«, fragte sie.

»Er wird uns nicht behelligen«, antwortete Louis mit merkwürdiger, distanzierter Stimme.

Minou bemerkte, dass Piet ihn ansah. »Die Wächter sind unsere größte Sorge. Mir ist es gelungen, sie bewusstlos zu schlagen, aber sie könnten jetzt überall sein. Ich bin überrascht, dass sie uns nicht schon gefunden haben. Das Gebäude ist nicht mehr sicher. Wir müssen zum Boot und die Insel verlassen.« Er bedachte Louis mit einem weiteren Blick. »Uns bleibt keine andere Wahl, als das Reliquiar zu durchqueren.«

Piet nahm Minou zur Seite. »Geh rasch durch den Saal zur anderen Tür«, flüsterte er. »Halte sie bei dir. Lass sie nicht anhalten.«

Minou riss die Augen auf. »Wieso, was ist geschehen?«

»Geh einfach weiter. Sieh dich nicht um.«

KAPITEL 95

Minou legte ihrer Tochter einen Arm um die Schultern, und Marta löste sich nicht von ihr. Sie bebte, und Minou wusste nicht zu sagen, ob sie vor Kälte, vor Erleichterung oder vor Furcht zitterte. Marta hatte kein Wort gesprochen, seit sie aus der Flutkammer gerettet worden waren.

Ein trostloses graues Dämmerlicht fiel durchs Dachfenster, während sie ins Reliquiar hasteten. Louis war vorgegangen, dicht gefolgt von Piet.

Minou blieb stehen. Vidal saß mitten im Raum auf einem Stuhl. Noch wandte er ihnen den Rücken zu.

»Piet!«, zischte sie. »Er wird uns sehen. Es muss doch noch einen anderen Weg geben.«

»Er kann uns nichts tun. Minou, geh weiter.«

»Was meinst du damit?«

Ein weiteres dumpfes Geräusch ertönte, lauter als das erste, wie von einem Bergtier, das aus dem Winterschlaf erwachte. In der Wand erschien ein Riss, schlängelte sich wie ein gezackter Blitz über die ganze Fläche und wurde immer breiter.

»Das Bauwerk kann jeden Augenblick einstürzen. Beeil dich, Minou.«

Piet drang weiter in den Saal vor. Nach kurzem Zögern folgte Minou ihm. Vidal rührte sich noch immer nicht.

Als sie auf Höhe des Altars waren, löste sich Marta von ihr und rannte zum Sessel. Im heller werdenden Licht entdeckte Minou die Flecken auf dem Boden, das zertrampelte Sudarium und Vidal selbst, in blutigem Gewand zusammengesackt.

»Nicht hinsehen.« Minou versuchte Marta wegzuziehen, aber sie schüttelte ihre Hand ab.

»Mein Vater hat sein ganzes Leben mit der Suche nach diesem Mann verbracht. Alles, was wir besaßen, hat er aufgewendet, um ihn zu finden, und jetzt ...« Sie wandte sich Piet zu. »Habt Ihr das getan?«

»Ich war es nicht.«

»Wer dann?«

Louis stand an der anderen Wand.

»Es war ein Unfall«, sagte er ruhig, als wäre es keine Angelegenheit von großer Bedeutung.

Unter ihren Füßen bebte der Stein. Der Boden sackte ein.

»Die Reliquien sind unwichtig!«, brüllte Piet. »Lasst sie hier.«

Louis hob den Deckel vom dritten Schrein. »Das ist die Sancta Camisia. Sie ist echt. Sie sollte gerettet werden. Und das Grabtuch von Antiochia auch, aber das wisst Ihr natürlich, Monsieur Reydon.«

»Dazu haben wir keine Zeit!«

Minou packte Marta beim Arm, als sich zwei Risse in der Wand öffneten, einander gegenseitig verbreiterten und den Raum spalteten.

»Lauft!«, brüllte Piet.

Sie verließen den Reliquiensaal und hetzten durch den Korridor. Unter ihnen durchlief ein neuer Stoß den Boden. Die Wandfresken zerfielen, Mauerwerk fiel aus den Alkoven. Ein großer Brocken blauen Stucks stürzte von der Decke. Ein Stück vom gemalten Kreuz Karls des Großen krachte neben Minou auf den Boden.

Piet riss die Außentür auf. Die Steintreppe löste sich schon von der Wand. Sie nahmen zwei Stufen auf einmal, und der Wind schnappte nach ihren Fersen. Endlich sprangen sie vom Gebäude weg und erreichten das Ufer.

»Hier ist kein Boot!«, schrie Minou. »Die Wächter müssen es genommen haben. Was tun wir jetzt?«

Piet beschirmte sein Gesicht gegen den peitschenden Regen und zeigte auf den See.

»Da ist es. Es hat sich losgerissen.«

»Kannst du es holen?« Minou schrie aus vollem Hals, um im Sturm gehört zu werden.

»Ich kann es versuchen.«

Das Herz klopfte ihr bis zum Hals, während sie Piet zusah, wie er sich in die Wogen stürzte. Eine gewaltige Welle überspülte ihn. Minou schrie auf, als er unter der Wasserfläche verschwand, doch bald entdeckte sie seinen Kopf ein wenig weiter draußen. Er musste gegen die Strömung ankämpfen, aber er kam voran. Mehrmals verschwand er aus Minous Sicht, bis er endlich auftauchte und das Seil packte. Unermüdlich zog er das Boot zurück zur Insel. Der Kahn bockte auf den Wellen wie ein Wildpferd.

»Du hast es fast geschafft!«, schrie Minou gegen den Sturm.

»Ihr müsst springen«, brüllte er, während er versuchte, das schwankende Boot ruhigzuhalten. »Ich wage mich nicht näher ans Ufer, sonst zerschmettern die Felsen uns noch den Rumpf.«

»Wartet«, rief Marta. Sie sprach zum ersten Mal seit der Flucht aus der Flutkammer. »Wir müssen auf Louis warten.«

»Er kennt die Insel«, entgegnete Minou. »Er wird wissen, wo er sich unterstellen muss, bis das Unwetter vorbei ist.«

Zu ihrer Erleichterung erhob Marta keine Einwände. Mit einem letzten Blick über die Schulter auf den weißen Turm hob sie den Rock und sprang.

»Tapferes Kind«, hörte Minou sich sagen. Dann holte sie tief Luft und tat es ihr gleich.

Kaum saßen sie im Boot, zog Piet sich ebenfalls an Bord, was den Kahn mit seinem flachen Boden zur Seite kippen ließ. Wasser schoss über die Heckwand. Piet erhob sich auf die

Knie und versuchte aufzustehen, damit er die Kette erreichen konnte.

»Das ist zu gefährlich!«, rief Minou. »Du wirst hinausgeschleudert.«

»Wir haben keine andere Wahl.«

Während Minou seine Beine gepackt hielt, um ihn festzuhalten, drehte Piet das Gesicht in den Wind, und Hand für Hand zog er sie an den eisernen Kettengliedern von der Insel weg. Die Jahre in Amsterdam hatten Minou gelehrt, was geschah, wenn große Wassermengen gewaltsam verdrängt wurden. Falls das Bauwerk einstürzte – sobald das Bauwerk einstürzte –, würde es eine gewaltige Welle verursachen. Ihr zerbrechliches Boot würde unter Wasser gezogen.

Vom stampfenden Wasser des Sees hin- und hergestoßen, warf das Boot mehrmals Piet beinahe ab, aber sie kamen weiter.

Fast waren sie am anderen Ufer, als der Holzpfahl, der die Kette auf der Insel hielt, nachgab und nach vorn in den See kippte wie ein gefällter Baum. Ein Stoß durchlief die Kette. Sie knallte wie eine Peitsche, schlug ins Wasser und warf das Boot um.

Minou streckte die Hand aus und packte Marta. Gemeinsam schafften sie es, die letzten Ellen zu schwimmen, die sie vom Ufer trennten. Voller Prellungen und nass bis auf die Knochen zogen sie sich an Land, aber sie lebten. Piet folgte ihnen.

Hinter ihnen ertönte ein gewaltiger Donner, als würde die Erde in zwei Hälften gespalten. Minou, Piet und Marta drehten sich um. Das Krachen schien in der Landsenke widerzuhallen und wie Donner von den fernen Bergen zurückgeworfen zu werden.

»Louis!«, rief Marta.

Einen Augenblick lang war Vidals Sohn kurz im Eingang des weißen Turms zu sehen. Dann verschwand er. Augenblicke später brach eine gewaltige Flutwelle aus dem See über die Insel herein. Das Reliquiar schien in seinen Grundfesten zu schwanken, dann sackte es in die unterirdischen Gewölbe, die Vidal hatte bauen lassen. Eine weiße Trümmerwolke stieg in den grauen Dämmerungshimmel auf.

Das Wasser hatte sich die Insel zurückgeholt.

KAPITEL 96

Zwei Tage später
LANDGUT BEI CHARTRES
Donnerstag, 24. August

Zur blauen Stunde war es, der magischen Zeit an einem Augustabend, wenn der Himmel sich von blau zu orange und weiß verfärbt. Überall ringsum, so weit das Auge reichte, erstreckten sich grüne Felder, goldener Weizen und rote Mohnblumen.

Ein leichter Wind ging, und lange Schatten tanzten auf den Wegen. Schmetterlinge flatterten, tauchten ab, setzten sich und breiteten die Flügel aus, um kreiselnd wieder in den Himmel zu steigen. Die Luft war erfüllt vom Gesang der Vögel und dem Summen der Bienen. Eine Walddrossel rief nach ihrem Gefährten. An den gestutzten Hecken von Buchsbaum, Rosmarin und Liguster, die zur Vordertür führten, schossen Sperlinge ein und aus.

Die Fassade des Herrenhauses war in das Sonnenlicht des späten Nachmittags getaucht. Das Gebäude war ein Haus von der Art, das im Spätsommer am meisten es selbst war, wenn das Geißblatt die grauen Mauern grün, gelb und weiß färbte.

Das Anwesen war elegant, geruhsam und schön. Völlig undenkbar erschien, dass erst zwei Tage zuvor eine Flut solche Verwüstung verursacht haben sollte. Der Sturm hatte sich genauso schnell gelegt, wie er aufgezogen war. Heute lag der See so still und ruhig da wie ein Mühlteich. Die Insel stand wieder über der Wasserfläche, aber der weiße Turm war verschwunden.

Chartres hatte noch nie eine Katastrophe wie diese erlebt: Als der Wasserspiegel sank, wurden die Leichen zweier Brüder aus der Gegend und zweier Gutswächter entdeckt, dazu ein Edelmann aus Chartres, Seigneur de Évreux selbst und sein Verwalter, ein gewisser Xavier. Obschon ihre Verletzungen durch Ertrinken nicht zu erklären waren, zeigte sich niemand bereit, weitere Fragen zu stellen. Piet trauerte um den Verlust seines Freundes Antoine le Maistre, doch Minou stellte sich vor, dass er mit seiner geliebten Frau und seinen Kindern wiedervereint wäre, und sagte sich, dass er endlich seinen Frieden gefunden habe.

Nur die Leiche von Évreux' Sohn Louis fehlte noch.

Minou und Piet saßen in der Bibliothek und warteten darauf, dass ihre Kutsche vor die Tür gebracht wurde. Am Vortag hatten sie sich zum Haus begeben und festgestellt, dass die Dienstboten zurückgekehrt waren. Alle erzählten sie das Gleiche: Seigneur de Évreux hatte sie am Vorabend des 21. Augusts fortgeschickt, ihnen eine Nacht und einen Tag bei ihren Familien geschenkt und sie gebeten, erst bei Morgendämmerung des darauffolgenden Tages wiederzukehren. Martas Kutscher, der während des Unwetters auf seinem Posten geblieben war, bestätigte ihre Darstellung. Und auch wenn einige einräumten, dass ihr Herr in letzter Zeit sonderbar gewesen sei, argen Stimmungsschwankungen unterworfen, bemerkte Piet doch, dass sein Tod sie alle getroffen hatte. Dass Louis' Leiche noch nicht gefunden worden war, schenkte ihnen Hoffnung, dass die Zukunft des Landguts gesichert wäre.

»Ich hätte es ihr nicht eröffnen sollen«, sagte Minou wieder. »Es ist zu viel. Nach allem, was geschehen ist, hätte ich ihr Zeit lassen sollen, um ...«

Piet legte seine Hand auf die ihre. »Liebste, hör damit auf. Marta hat es verdient, die Wahrheit zu erfahren. Auch wenn sie sie nicht hören wollte, auch wenn sie keine Erinnerung an ein

Leben vor Paris hat, muss sie doch in deinem Gesicht sehen, dass wahr ist, was du ihr sagst, und das bringt sie durcheinander. Gib ihr Zeit. Sie wird wiederkommen, wenn sie so weit ist.«

»Aber was, wenn sie nicht wiederkommt?«

Piet sah über die grüne Landschaft. »Wir müssen ihr Zeit lassen.«

Minou hatte wenig Hoffnung. Nachdem sie halb ertrunken zum Herrenhaus getaumelt waren, hatte Marta kaum ein Wort gesprochen. Ihr Gesicht war gerötet, ihre Temperatur deutete auf eine Erkältung hin. Nachdem sie sich in Vidals Privatgemächern einquartiert hatten, saß Minou den ganzen Tag bei ihrer Tochter, kühlte ihr die Stirn und verbrannte Kräuter, um die Luft zu reinigen. Sich um Marta zu kümmern, linderte ein wenig den Verlust von zwölf verstrichenen Jahren. Ein klein wenig.

Während das Fieber brannte, hatte sie Marta erzählt, wer sie wirklich war und was sie verloren hatte, um zu versuchen, ihre Erinnerungen hervorzuholen: an Puivert und Carcassonne, an den Wandteppich mit dem Bildnis der Familie Reydon-Joubert, der nun in Amsterdam über dem Kamin hing, an ihren Bruder und ihre Tante; daran, wie sehr sie geliebt worden war.

»Du hast mein Herz nie verlassen«, hatte sie geflüstert, während Marta schlief. »Kein Tag ist vergangen, an dem ich nicht an dich gedacht hätte.«

Bei Sonnenuntergang war Martas Fieber zu Minous Freude abgeklungen, aber als ihre Tochter wieder zu sich kam, hatte sie ihr Gesicht abgewandt. Minou versuchte die Vertrautheit wiederherzustellen, die zwischen ihnen in dem steinernen Kerker geherrscht hatte, aber Marta war förmlich und höflich gewesen. Sie hatte keine Bereitschaft signalisiert, Minou anzuhören.

Am Ende hatte sie mit dem Gefühl, ihr müsste das Herz brechen, ihr Tagebuch auf dem Tisch neben der Chaiselongue liegengelassen und sich zurückgezogen. Sie wollte Marta nicht noch mehr Schmerz bereiten – das konnte sie nicht.

»Ich bin mir nicht sicher, ob wir gehen sollten«, sagte Minou abermals. »Was, wenn sie uns nicht begleiten will? Was, wenn Louis überlebt hat? Wir sollten noch bleiben.«

»Wir sind ihre Eltern«, sagte Piet sanft, »aber sie ist eine erwachsene Frau, Minou. Und selbst wenn Louis nicht tot ist, sie kann hier nicht bleiben. Sie wollte dir nicht sagen, weshalb sie herkam, richtig? Wir wissen, dass sie eine gefälschte Reliquie herbrachte. Wir wissen auch, dass der Mann, den sie für ihren Vater hält, Pierre Cabanel, damit beauftragt war, Vidal zu ermorden.«

»Was willst du damit sagen?« Vor lauter Befürchtungen wurde sie unbeherrscht.

Piet seufzte. »Sie ist aus einem bestimmten Grund hierhergekommen, Minou.«

Minou fiel in Schweigen. Was immer ihre Tochter getan, welches Leben sie immer geführt hatte, sie würde es akzeptieren. Nie wieder daran denken. Wer waren sie, um Marta zu verurteilen, sie, die sie ihr Kind im Stich gelassen hatten, als es sie am dringendsten brauchte?

Aber jetzt, bei der Vorstellung, dass sie Marta wiedergefunden hatten, nur um zu erleben, dass sie sich von ihnen abwandte … Minou wusste, dass sie sich von diesem zweiten Verlust niemals erholen könnte.

»Mir ist das alles gleichgültig, Piet. Sie ist unsere Tochter.«

Piet hob die Hände. »Ich möchte nicht streiten. Aber zwölf Jahre sind eine lange Zeit, Liebste.«

Marta verkniff sich die Tränen und trat von der Tür weg.

Sie hatte nur vorgegeben zu schlafen. Sie hatte gehört, was Minou ihr in der Flutkammer zugeflüstert hatte, als sie glaubten, dass sie ertrinken müssten, und gestern erneut, als das Fieber brannte. Sie fürchtete, was sie im Delirium von sich gegeben haben mochte. Erinnerungen, von denen sie nicht gewusst hatte, dass sie sie besaß, waren auf sie eingestürmt und mit den Bruchstücken ihres Lebens verschmolzen, die sie nie hatte zuordnen können: in einer Burg im Gebirge über den Hof getragen zu werden, mit dem Zeiger an einem Reisekompass zu spielen und von einem alten Mann in nettem Ton dafür gescholten zu werden, eine schwarze Feder aufzuheben, die aus einem Fächer gefallen war, einen hölzernen Rosenkranz aus einer Schatulle zu stehlen; sich an eine bestickte Haube zu erinnern, die mit Blut bespritzt war.

An den Knaben, der sie im blauen Zimmer zurückgelassen hatte. Louis.

Marta umfasste den Rosenkranz fester und spürte, wie Scham ihr den Magen zusammenzog. Das waren gute Menschen. Sie liebten einander, das konnte sie sehen. Wenn sie die Wahrheit über sie erfuhren, würden die Reydons sie verabscheuen. Sie hatte kein ehrenvolles Leben geführt, dessen war sie sich bewusst, aber es war ihr einziges Leben.

»Meine Dame des Nebels ...«

Sie schüttelte den Kopf. Wenn die Reydons erfuhren, wer sie war und was sie getan hatte, würden sie sie zurückweisen. Sie waren anständige Leute, wie also konnten sie sie wieder als ihre Tochter annehmen? Es hatte keinen Sinn. Sie würde nach Paris gehen, genau wie sie es von vornherein geplant hatte. Sie würde dem Herzog von Guise berichten, was sie wusste, und sich seiner Gnade unterwerfen. Alles würde gut werden. Alles würde werden, wie sie es geplant hatte.

Während sie sich ein letztes Mal im Raum umschaute, fiel ihr Blick auf das Tagebuch, das Minou zurückgelassen hatte. Tränen stiegen Marta in die Augen, als sie an das letzte Gespräch dachte, das sie am Vorabend geführt hatten.

»Ich habe etwas für Euch«, hatte ihre Mutter gesagt, eigenartig nervös.

»Bevor Ihr es tut, Madame Reydon, darf ich etwas sagen?«

»Aber gewiss.«

»Mir ist klar, dass Ihr glaubt, wir wären miteinander verbunden. Die Ähnlichkeit ist offensichtlich, jeder bemerkt sie. Unsere Haltung, unsere Augen, es ist außerordentlich. Aber es besteht keinerlei Notwendigkeit, dass Ihr Euch für mich verantwortlich fühlt. Mein Vater hat mir ausreichende Mittel hinterlassen.«

Marta blinzelte die Erinnerung fort, an den Ausdruck der Verlorenheit in Madame Reydons Augen, den sie mit allen Mitteln hatte verbergen wollen. Gleich darauf hatte Minou in die Tasche gegriffen und ein Tagebuch herausgezogen. »Nehmt das. Lest es, wenn Ihr möchtet.«

»Was ist das?«

Minou hatte sich zu einem Lächeln gezwungen. »Die Geschichte eines Mädchens.«

Im blauen Licht des Nachmittags schlug Marta das Buch auf und las das erste Datum laut: »Château de Puivert. Freitag, der sechste Tag im Juni 1562.«

Marta schaute sich ein letztes Mal im Zimmer um, schob das Tagebuch in ihre Tasche und stahl sich zu den Ställen, wo ihre Kutsche wartete.

»Ich sollte noch einmal mit ihr sprechen«, sagte Minou. »Sie muss mit uns nach Amsterdam kommen, alles wartet auf sie.«

»Du hast alles getan, was du konntest.«

Minou winkte ab. »Was ist mit diesem Besitz, *mon cœur*?«, fragte sie. »Selbst wenn Louis überlebt hätte, wäre er rechtmäßig dein. All das wurde mit dem Vermögen du Plessis' aufgebaut.«

Piet nahm den Kopf zwischen die Hände. »Ich kann nicht fassen, dass er tot ist.«

»Vidal?« Minou seufzte. »Vidal hielt sich für unbesiegbar. Er hätte nie gedacht, dass der Tod ihn ereilen könnte – zumindest nicht, bevor er bereit wäre.« Sie schwieg kurz. »Glaubst du, dass sein Tod wirklich ein Unfall war?«

Piet fuhr mit den Fingern durch sein graues Haar. »Das ist schwer zu sagen. Der junge Kerl war entsetzt über das, was er getan hatte, so viel nehme ich ihm ab. In der kurzen Zeit, die ich mit Vidal verbrachte, hatte er eine Wildheit an sich, einen Eifer, eine Besessenheit von dem, was er glaubte, hier zu tun.«

»Was hat er gewollt?«

Piet seufzte. »Er betrachtete sich als den Begründer einer neuen Kirche, die es mit der Heiligen Liga aufnehmen sollte. Mit Rom. Mit der Beschaffung der Reliquien wollte er dieses Ziel erreichen.«

»Also war er auf Macht aus.«

Piet überlegte einen Moment lang. »Nein. Er fürchtete das Erlöschen der Flamme. Er fürchtete, was kommen würde. Hölle, nicht Himmel. Er starb in Angst, Minou, und unversöhnt.«

Minou bedeckte seine Hand mit der ihren. »Es ist nun vorbei. Du kannst nichts weiter tun.«

Es klopfte an der Tür.

»Herein«, rief Piet.

»Monsieur, Eure Kutsche wartet.«

»Vielen Dank.«

Minou stand auf. »Ich gehe jetzt zu ihr«, sagte sie rasch. »Schaue, ob sie fertig ist.«

Der Diener räusperte sich. »Mademoiselle Cabanel hat mich gebeten, Euch dies zu geben, Madame Reydon.«

Minou war, als verliere sie den Boden unter den Füßen. Ihr kam es vor, als sehe sie die Hand eines anderen, die vorgestreckt wurde und das Stück Papier auseinanderfaltete, von dem sie bereits wusste, was darauf stand.

»Minou, was ist?«

Piets Stimme schien von sehr weit weg zu kommen.

»Minou?«

Unfähig zu sprechen, reichte sie ihm die Nachricht. Auf dem Blatt standen nur zwei Wörter, aber sie genügten, um ihr das Herz zu brechen.

Verzeiht mir.

KAPITEL 97

ZEEDIJK
Zwei Monate später
31. Oktober

Die Glocken der Oude Kerk schallten über die Grachten und Kanäle von Amsterdam. Auf der Plaetse feilschten Käufer und Verkäufer um den Preis für Hering und Torf, wie sie es immer taten. Unter den Kolonnaden des alten Stadhuis, in dem nun ein vornehmlich protestantischer Rat saß, hauchten sich Frauen und Männer warmen Atem in kalte Hände.

Nach einem sanften September, in dem die Blätter an den Bäumen Weinrot, Gold und Kupfer gefärbt hatten und Amsterdam in ihren Farben strahlen ließen, schlug das Wetter nun um. Auf dem IJ waren nur wenige Masten übrig. Das letzte Hochseeschiff war ausgelaufen. Zugvögel traten ihre Reise nach Süden an, um dort die Sonne zu finden, auf den Kanarischen Inseln, in Lissabon und Sevilla, am Kap der Guten Hoffnung.

Minou hatte den Quartalsabschluss beendet. Als die Luft im Raum kühler wurde, rollte sie die Ärmel herunter und überlegte, Agnes zu rufen, damit sie das Feuer schürte. Sie blickte auf den kalten Kaminrost. Der immer frühere Einbruch des Abends betrübte sie stets, obwohl sie den Winter in Amsterdam mochte, wenn die Grachten gefroren und die Kinder auf der Singel Schlittschuh liefen, das Eis mit den hölzernen Kufen zerkratzten und wunderschöne weiße Bilder schufen.

Sie wandte sich wieder ihren Papieren zu. Sie wurden alle

im Haus Cornelias und Alis' erwartet, um Minous Geburtstag zu feiern. Salvadora war schon dort; sie zog den Komfort der Warmoesstraat der geschäftigen Umgebung des *Hofje* vor. Heute war Minous zweiundvierzigster Geburtstag. Sie war alt geworden. Piet und sie, Johannus und Bernarda, sie alle wären dabei, zusammen mit Frans und Agnes, den beiden ältesten Kindern in ihrem Waisenhaus.

Nur eine Person fehlte.

Minou streute Sand auf die Zahlenreihen. Sie war froh über die Ablenkung. Der Abend vor Allerheiligen wurde in der calvinistischen Kirche wenig beachtet, aber an Tagen wie heute erinnerte sie sich an die Rituale ihrer katholischen Kindheit – die Rosenwasserplätzchen, der Schluck warmen Weins, die Blumen, die man den Toten auf die Gräber legte. Sie, Aimeric und Alis, wie sie mit ihrem Vater im Schatten der Basilika Saint-Nazaire von Carcassonne standen und ihm zuhörten, wie er am Grab ihrer Mutter ein Gebet sprach, bevor er wieder nach drinnen ans Feuer eilte.

Sie öffnete eine braune Aktenmappe und wandte die Aufmerksamkeit den jüngsten Vorschlägen zu, die die Leitung des neuen städtischen Waisenhauses an der Stätte des Konvents der heiligen Lucia in der Kalverstraat ihnen geschickt hatte. Durch ihren Erfolg am Zeedijk waren ihre und Piets Ansichten sehr gefragt. Tante Salvadora, die seit August in Amsterdam wohnte, hatte sich ebenfalls als ausgezeichnete Ratgeberin erwiesen. In den düsteren Tagen nach Minous und Piets Rückkehr aus Chartres hatte sie sich als unerschütterliche Verbündete und Stütze gezeigt.

Minou zog die Kerze näher und begann zu lesen.

»Moeder.«

Minou schaute auf. »Bernarda, du kommst zu früh. Noch ist nicht Zeit zu gehen. Kannst du dich noch eine Weile allein beschäftigen?«

»An der Tür ist jemand und fragt nach dir. Eine Dame.«

Minou lehnte sich zurück. »Hat sie ihren Namen genannt? Oder was sie von mir wünscht?«

Das Mädchen runzelte die Stirn. »Ich bin mir nicht sicher. Sie sprach französisch, und so schnell. Ich habe Angst, dass ich sie falsch verstanden habe.«

Minou lächelte. »Ich bin sicher, du hast mehr verstanden, als du glaubst. Was meinst du denn, was sie gesagt hat?«

Bernarda sah auf ihre Füße. »Ich weiß es nicht. Sie ist sehr schön.«

Minou empfand tiefes Mitgefühl für ihre unbeholfene Tochter, die stotterte und errötete und sich immer falsch vorkam.

»Es spielt keine Rolle. Ich bin mir sicher, du hast es sehr gut gemacht.« Sie stand auf. »Führ sie herein. Du gehst und bittest deinen Bruder und deinen Vater, sich bereitzumachen. Es dauert bestimmt nicht lange. Um sechs gehen wir zur Warmoesstraat und essen Pfannkuchen.«

Bernarda strahlte. »Und trinken wir Bier?«

»Da ich Geburtstag habe, darfst du ein wenig Bier haben. Aber nur ein bisschen, vergiss das nicht. Nun beeil dich.«

Minou ordnete die Papiere auf dem Tisch, schloss das Tintenfass und wickelte die Federspitze ein, damit sie am nächsten Morgen bereit war.

Sie hörte Schritte und wandte sich der Besucherin zu. Hoffentlich würde die Angelegenheit nicht zu lange dauern.

Die Frau kam in einem blauen Schwall aus Samt und Seide herein. Minou beobachtete ihre Augen, als ihr Blick den Wandteppich über dem Kamin suchte, um sich dann auf Minou zu richten. Solch ungewöhnliche Augen, ein blaues und ein braunes.

»Ich bin Marta«, sagte sie.

Minou nickte. Mehr musste nicht gesagt werden.

EPILOG

Zehn Jahre später
KATHEDRALE VON CHARTRES
Sonntag, 27. Februar 1594

Im kalten Sonnenschein des Februarnachmittags standen Minou und ihre Familie mit anderen Ehrengästen im hochaufstrebenden Kirchenschiff. Sie trugen Samt und Pelz und Juwelen, Diademe und Kronen und waren gekommen, um der allerersten Krönung eines französischen Königs in der großen Kathedrale von Chartres beizuwohnen.

Nominell war er schon seit fünf Jahren Monarch, doch weder die Heilige Liga noch Caterina de' Medici waren bereit gewesen, einen Hugenotten auf dem Thron Frankreichs zu akzeptieren, und die Kriege waren weitergegangen. Nun endlich war Guise tot, und Henri de Bourbon war, pragmatisch bis ins Mark, im Juli 1593 zum Katholizismus übergetreten. Obwohl seine Entscheidung viele nicht erfreut hatte, hielt Minou es für die beste Aussicht, einen Frieden zu erzielen. Salvadora, die den König von Navarra so viele Jahre verabscheut hatte, war nun seine größte Fürstreiterin. Immerhin war er der erste Prinz von Geblüt.

Minou drehte den Kopf, um Piet anzulächeln, dessen Augen bei diesem Anlass hell strahlten. Der ganze hugenottische Adel war hier versammelt. Schulter an Schulter standen sie mit ihren katholischen Brüdern und Schwestern. Alis und Cornelia waren mit Salvadora, die zum Reisen zu hinfällig war, in Amsterdam geblieben, aber sonst hatten alle sie begleitet: Johannus, Bernarda und Marta.

Henri von Navarra, in ein blutrotes Satinhemd gekleidet, trat vor den Altar, wo der Bischof von Chartres wartete. Der König küsste das Schwert Karls des Großen und warf sich vor dem Altar zu Boden.

»Warum begleitet ihn seine Königin Margot nicht?«

Minou lächelte ihrer achtjährigen Enkelin zu. »Sie haben sich entfremdet.«

»Was heißt das denn? Und warum legt er sich hin?«

Minou legte den Finger vor die Lippen. »So ist es Tradition.«

Der Bischof von Chartres betete über dem König, salbte ihm das Haupt, die Brust, die Stelle zwischen den Schulterblättern und die Ellbogen. Jedes Mal sprach er dieselben Worte.

»*Ungo te in Regem.*«

»Warum sagt er denn immer wieder das Gleiche?«

»Pst«, flüsterte Marta. »Du darfst jetzt nicht reden.«

Minou und Piet grinsten einander an, weil sie sich an jede Gelegenheit in Martas Kindheit erinnerten, zu der sie sie hatten auffordern müssen, den Mund zu halten. Sie wussten nichts über den Vater von Martas Kind – sie hatte sich geweigert, davon zu sprechen, was in den beiden Monaten zwischen ihrer Abreise aus Chartres im August 1584 und ihrer Ankunft in Amsterdam am Tag vor Allerheiligen, fast zehn Wochen später, geschehen war oder wo sie sich aufgehalten hatte. Dem Temperament und Wesen nach war das kleine Mädchen jedenfalls das Ebenbild ihrer Mutter: von blitzschnellem Verstand, ungeduldig und kühner, als es ihrem Alter entsprach.

Henri de Bourbon erhob sich, um in eine blaue Tunika gekleidet zu werden, die mit goldenen Linien bestickt, und ein Messgewand, das mit Granatäpfeln damasziert war. Darauf kniete er sich wieder hin, und ihm wurden die Handflächen gesalbt.

»Warum dauert das so lange?«

Diesmal legte Bernarda ihrer kleinen Nichte den Arm um die Schultern.

Die Pairs von Frankreich boten Henri de Bourbon Handschuhe, Samtstiefel, Ring und Zepter dar, und schließlich nahm der Bischof die Krone vom Altar und setzte sie ihm aufs Haupt.

»*Vive le Roi!* Lang lebe der König. *Vive le Roi!*«

Der Ruf hallte durch die Kathedrale und breitete sich auf die Straßen aus, wo die Menge sich zusammengeschart hatte. Die Hoboen, Hörner, Trompeten, Pfeifen und Trommeln erklangen, die Kanonen donnerten die Salutschüsse heraus, die Musketiere feuerten eine Salve nach der anderen, und das *Te Deum* wurde gesungen. Minou berührte Piet an der Wange. Sein Haar war nun schneeweiß, sein Geist aber ungetrübt.

»Heute ist ein großer Tag.«

»Frankreich ist endlich wieder vereint. Ein neues Zeitalter beginnt.«

Lächelnd wandte Minou sich Marta zu und war erstaunt, welche Veränderung ihre Tochter überkommen hatte. Ihre Augen waren groß vor Schock, und alle Farbe war ihr aus den Wangen gewichen.

»Was ist denn? Was ist geschehen?«

Marta schüttelte den Kopf und legte fest die Hand vor den Mund.

Minou folgte ihrem Blick. Hoch zum Altar, wo die Adligen von Chartres dem neuen König eine Ehrengarde stellten. In der Mitte der Reihe stand ein hochgewachsener, dunkelhaariger Mann mit einer weißen Strähne.

Minou wurde kalt. Sie sah ihre Tochter an, dann ihre Enkelin, die mit der Schuhspitze Muster in den Staub malte. Und sie begriff.

»Er war es?«, fragte sie entsetzt flüsternd. »Er ist Louises Vater?«

Marta sah ihrer Mutter in die Augen und nickte.

Vor den Toren der Kathedrale warfen Herolde goldene und silberne Münzen in die Menge.

Danksagung

So viele großzügige Menschen waren mir während der Niederschrift von *Die Stadt der Tränen* auf praktische oder professionelle Weise und durch ihre Ermutigung eine Stütze:

Meine liebe Freundin und Herausgeberin bei Mantle, Maria Rejt, und die ganze Londoner »Pan Mac Gang«, besonders Anthony Forbes Watson, Josie Humber, Kate Green, Sarah Arratoon, Lara Borlenghi, Jeremy Trevathan, Sara Lloyd, Kate Tolley, James Annal, Stuart Dwyer, Brid Enright, Anna Bond, Charlotte Williams, Jonathan Atkins, Laura Ricchetti und Cormac Kinsella; dazu jeder bei Pan Mac Australia, New Zealand und India, sowie Terry Morris und Veronica Napier bei Pan Mac South Africa.

Mein fabelhafter Agent Mark Lukas und alle bei The Soho Agency and ILA, die mir zur Seite standen, darunter Niamh O'Grady, Alice Saunders, Nicki Kennedy, Sam Edenborough, Jenny Robson, Katherine West, Alice Natali und George Lucas bei Inkwell Management in New York.

Ich bin froh, so viele außergewöhnliche ausländische Herausgeber und Übersetzer zu haben, insbesondere Maaike le Noble, Frederika van Traa und Jorien de Vries bei Meulenhoff-Boekerij und Rienk Tychon für seine großartige Hilfe mit der niederländischen Geschichte im 16. Jahrhundert (und der Rechtschreibung!); meine Herausgeberin Catherine Richards bei Minotaur Books und das St Martin's Team in New York einschließlich Hector DeJean, Danielle Prielipp und Nettie Finn; alle bei Planeta de Libros, besonders Míriam Vall Rosinach; bei Sonatine Éditions

Marie Misandeau, Carine Fannius, Auxanne Bourreille und Muriel Arles; Lena Schäfer, Stefanie Zeller und Barbara Fischer bei Bastei Lübbe; alle bei Newton Crompton Editori.

Vielen Dank für überragende Ratschläge an Dr. Emily Guerry (Senior Lecturer für Medieval History an der University of Kent und Director des Centre for Medieval and Early Modern Studies) zur Sainte-Chapelle und zum Paris des 16. Jahrhunderts (alle Fehler habe ich begangen); Dr. Diana Winch, Direktorin des Hugenottenmuseums, und ihr Team; Dr. Tessa Murdoch FSA für viele nützliche Einführungen in hugenottische Organisationen in New Paltz, New York und South Carolina; der Belegschaft des Huguenot Museum in Franschhoek, South Africa. Riesigen Dank an Alain Pignon, Manager du Centre-ville de Carcassonne (der alles weiß, was es über die Geschichte Carcassonnes zu wissen gibt) und an Christine und Adélaïde Pujol für ihre jahrelange Gastfreundschaft im Hôtel de la Cité.

Ich war so dankbar, im April 2019 von der Nederlands Letterenfonds als Stadtschreiberin in Amsterdam eingeladen zu werden, während ich für diesen Roman recherchierte. Mein besonderer Dank gilt Maaike Pereboom.

Jeder Schriftsteller weiß, wie sehr Familie, Freunde und Nachbarn dabei helfen, das tägliche Leben in Gang zu halten, während man ein Buch schreibt, indem sie Kaffee, Wein und gute Laune aus der Außenwelt heranschaffen, daher besonderen Dank an: Jon Evans, Clare Parsons, Tony Langham, Jill Green, Anthony Horowitz, Saira Keevil, Stefan van Raay (der mir auch gestattete, seinen Namen zu »borgen«), Linda und Roger Heald, Dale Rooks, Syl Saller, Tessa Ross, Margaret Dascalopoulos, Sylvia Horton, Pierre Sanchez und Chantal Bilautou.

Alle Liebe und Dankbarkeit an meine Familie, besonders meine legendäre Schwiegermutter Rosie Turner; meine Schwäger Mark Huxley und Benjamin Graham, den Fotografen, der so großzügig mit seiner Zeit und immer bereit ist einzuspringen; meine liebe Schwester Caroline Matthews; meine brillante Schwester Beth Huxley (und Thea und Ellen) für ihre endlose Unterstützung (die sich nicht aufs Hundeausführen, Ballonkaufen und Teekochen beschränkt!); an Ollie Burton fürs Puzzeln und Käse; und das Andenken an meine Eltern, Richard und Barbara Mosse, sehr geliebt und sehr vermisst.

Zum Schluss, wie immer: Ich würde nichts von alldem schaffen ohne meinen geliebten Mann Greg Mosse – meine erste Liebe und mein erster Leser – und unsere brillanten, erstaunlichen (erwachsenen!) Kinder Martha Mosse und Felix Mosse. Ohne euch drei hätte es alles keinen Sinn. Ich bin so stolz auf euch.

Ein dunkles Geheimnis, eine große Liebe, ein verhängnisvoller Verrat

Kate Mosse
DIE BRENNENDEN
KAMMERN
Historischer Roman
Aus dem Englischen
von Dietmar Schmidt
624 Seiten
ISBN 978-3-7857-2672-3

Carcassonne, 1526: Die neunzehnjährige Minou Joubert, Tochter eines katholischen Buchhändlers, erhält eines Tages einen versiegelten Brief mit nur fünf Worten: »Sie weiß, dass du lebst.« Doch noch bevor sie herausfinden kann, was hinter der mysteriösen Botschaft steckt, wird die Begegnung mit dem Protestanten Piet Reydon ihr Leben für immer verändern. Denn der junge Hugenotte hat eine gefährliche Mission. Als er zu Unrecht des Mordes beschuldigt wird, verhilft Minou ihm zur Flucht aus der Stadt. Erst in einsamen Bergdorf kommen sie dem Rätsel um den geheimnisvollen Brief auf die Spur.

Lübbe

Gut und Böse, Liebe und Hass –
die Vorgeschichte zu Ken Folletts
Weltbestseller »Die Säulen der Erde«

Ken Follett
KINGSBRIDGE -
DER MORGEN EINER
NEUEN ZEIT
Historischer Roman
Aus dem Englischen
von Dietmar Schmidt,
Rainer Schumacher
1.024 Seiten
ISBN 978-3-7857-2700-3

England im Jahr 997. Der junge Bootsbauer Edgar ist der Erste, der die Gefahr am Horizont entdeckt: Drachenboote. Edgar versucht alles, um die Bürger von Combe vor dem Angriff der Wikinger zu warnen. Doch er kommt zu spät. Viele Menschen sterben. Die Stadt wird beinahe völlig zerstört, auch die Werft der Bootsbauer. Edgar bleibt nur ein Ausweg: ein verlassener Bauernhof in einem Weiler fern der Küste. Während er ums Überleben kämpft, streiten andere um Reichtum und Macht in England. Unter ihnen: der gleichermaßen ehrgeizige wie skrupellose Bischof Wynstan, der idealistische Mönch Aldred und Ragna, die Tochter eines normannischen Grafen ...

Lübbe